以史为鉴

红楼阐微

解读《红楼梦》前20回

何建新◎著

吉林文史出版社

第一回

甄士隐梦幻识通灵　贾雨村风尘怀闺秀

此开卷第一回也。作者自云：因曾历过一番梦幻之后，故将真事隐去，而借通灵之说，撰此《石头记》一书也。故曰甄士隐云云。但书中所记何事何人？自又云：今风尘碌碌，一事无成，忽念及当日所有之女子，一一细考较去，觉其行止见识皆出于我之上。何我堂堂须眉，诚不若彼裙钗哉？实愧则有馀，悔又无益之

图书在版编目（CIP）数据

红楼阐微：解读《红楼梦》前 20 回 / 何建新著 . —长春：
吉林文史出版社，2021.1

ISBN 978-7-5472-7594-8

Ⅰ.①红… Ⅱ.①何… Ⅲ.①《红楼梦》研究
Ⅳ.① I207.411

中国版本图书馆 CIP 数据核字（2021）第 024955 号

红楼阐微：解读《红楼梦》前 20 回

HONGLOU CHANWEI: JIEDU《HONGLOU MENG》QIAN 20 HUI

著　　者 / 何建新
策划编辑 / 吴光利
责任编辑 / 王明智
封面设计 / 有　森
出版发行 / 吉林文史出版社
地　　址 / 长春市福祉大路出版集团 A 座　　　　邮　　编 / 130118
网　　址 / www.jlws.com.cn
电　　话 / 0431-81629375
印　　刷 / 廊坊市海涛印刷有限公司
开　　本 / 889mm × 1194mm　　　　　　　　16 开
字　　数 / 953 千
印　　张 / 36
版　　次 / 2021 年 1 月第 1 版　　　　2021 年 1 月第 1 次印刷
书　　号 / ISBN 978-7-5472-7594-8
定　　价 / 138.00 元

序　言

　　清代进士戚蓼生在《石头记序》中指出："一声也而两歌，一手也而二牍，此万万不能有之事，不可得之奇，而竟得之《石头记》一书。嘻！异矣。"戚蓼生认为《红楼梦》"一声两歌""一手二牍"，这似乎是说《红楼梦》具有两面性。不仅如此，甲戌本、庚辰本、王府本上均有类似批语：

　　一、"是书勿看正面为幸。"（甲戌本第八回）

　　二、"此书表里皆有喻也。"（庚辰本第十二回）

　　三、"此一句力如龙象，意谓：正面你方才已自领略了，你也当思想反面才是。"（王府本第十二回）

　　这三条批语以及戚蓼生的序文，来自四个不同版本，它们却指向了同一个问题，《红楼梦》似乎具有两面性。这或许就是红学分为两个派别的原因吧，考证派认为《红楼梦》是普通小说，索隐派认为《红楼梦》影射历史。

　　无论考证派还是索隐派，这都是后世学派，红学鼻祖则是脂砚斋、戚蓼生等人，他们在书稿上留下了密密麻麻的批语，我们不妨看看这些批语，《红楼梦》真的具有两面性吗？它的背面真的隐藏着内容吗？请看批语：

　　一、"宜作史笔看。"（甲戌本第三回）

　　二、"凡野史俱可毁，独此书不可毁。"（庚辰本第十二回）

　　三、"秦可卿淫丧天香楼，作者用史笔也。"（靖本第十三回）

　　四、"野史中从无此法。"（庚辰本第十三回）

　　五、"可笑近之野史中……"（庚辰本第二十回）

　　六、"今古野史中无有此文也。"（庚辰本第二十一回）

　　七、"最恨近之野史中……"（庚辰本第四十三回）

　　八、"野史中所云才貌双全……"（庚辰本第四十九回）

　　这八条批语都提到了"史"，批语指出文章的某些段落是正史笔法，并且不断讥讽野史。《红楼梦》怎么就与历史联系起来了呢？不仅如此，书上还有这样的批语：

　　一、"似此应从《国策》得来。"（甲戌本第三回）

　　二、"《春秋》字法。"（甲戌本第三、八回）

　　三、"余读《左氏》见郑庄，读《后汉》见魏武，谓古之大奸巨猾惟此为最。今读《石头记》，又见凤姐！"（王府本第六十八回）

《国策》《春秋》《左氏》《后汉》都是史书，红学前辈为什么会提及史书呢？还有更神奇的事情，批语甚至用历史名人比拟书中女子：

一、"余看至此，故想日前所阅'王敦初尚公主，登厕时不知塞鼻用枣，敦辄取而啖之，早为宫人鄙诮多矣'。"（甲戌本第三回）

黛玉入贾府，批语用东晋权臣王敦入宫的故事说事儿。

二、"何等气派，何等声势，有射石定羽之力，动天摇地，如项羽喑哑。"（王府本第十回）

金氏入贾府，批语用项羽的故事说事儿。

三、"正写幻情，偏作锥心刺骨语。呼渡河者三，是一意。"（王府本第十一回）

秦可卿生病将逝，批语竟然用北宋抗金名将宗泽临死前三呼渡河的故事说事儿。

文章明明在描写女子，批语却用王敦、项羽、宗泽这样的历史人物对比说事儿，这究竟是怎么回事？难道红学前辈钻进了死胡同吗？问题似乎没有这么简单，我们继续看批语：

一、"毕肖。赶热灶者。"（甲戌本第二回）

二、"毕肖。"（甲戌本第三回）

三、"当家的人事如此，毕肖！"（甲戌本第三回）

四、"寡母孤儿一段，写得毕肖毕真。"（甲戌本第四回）

五、"毕肖。"（甲戌本第六回）

六、"毕真。"（庚辰本第十二回）

七、"下人迎合凑趣，毕真。"（庚辰本第十四回）

八、"家常戏言，毕肖之至！"（庚辰本第十四回）

……

不看不知道，一看吓一跳，脂批中竟然有无数个"毕肖""毕真"之类的批语。什么毕真、什么毕肖呢？批语分明在将两件事情做对比，对比的结果是"毕肖""毕真"，因而，这或许能够说明文章背后"真事隐"。我们继续看批语：

一、第四回中出现了一个拐子，甲戌本的批语发问：

"斯何人也？"

如果《红楼梦》是小说，拐子就是拐子，他还能是谁呢？"斯何人也？"这句问话说明拐子背后隐藏着一个人物，但是，批书人不知道他是谁！

二、第二十六回中李嬷嬷出现后，甲戌本上的批语是：

"奇文，真令人不得机关。"

文章有机关，对于李嬷嬷的出现，批书人没看懂。

文章背后有文章，人物背后有人物，不过，作者描摹得毕真毕肖，以假乱真，这就是"假作真时真亦假"。

面对这些批语，我们怎么能将《红楼梦》当作普通小说呢？何况古人已经指明了阅读方法，请看批语：

一、"观者记之，不要看这书正面，方是会看。"（庚辰本第十二回）

二、"凡看书人从此细心体贴，方许你看，否则此书哭矣。"（庚辰本第十二回）

三、"而读者但以小说古词目之，则大罪过！"（王府本第二十二回）

把《红楼梦》当作小说，这是大罪过！我们已经领略过《红楼梦》的正面，应该思考一下反面了。否则，前人会笑话我们，请看批语：

一、"此书不免腐儒一谤。"（庚辰本第十二回）

二、"史公用意非念死书子之所知。"（王府本第六十九回）

三、"盖声止一声，手只一手，而淫佚贞静，悲戚欢愉，不啻双管之齐下也。噫！异矣。其殆稗官野史中之盲左、腐迁乎？"（戚序本序言）

史公撰写了一本历史，读死书的人看不懂罢了。呜呼！《红楼梦》双管齐下，其中隐藏着左丘明、司马迁所撰的那类正史文章。因而，《红楼梦》的表面情节是一篇假文章，是一部鬼话，对此，批语早已做了说明：

一、"剩了这一块便生出这许多故事。使当日虽不以此补天，就该去补地之坑陷，使地平坦，而不有此一部鬼话。"（甲戌本第一回）

二、"言此书原系空虚幻设。"（庚辰本第十二回）

《红楼梦》是空虚幻设的一部鬼话，其精髓在于隐写的内容。脂批尚在，白纸黑字，密密麻麻，历历在目！前人之述尽矣，何须笔者多言？其实，根本不必旁征博引，文章第一回已经表白过了：

一、"何为不用假语村言，敷演出一段故事来，以悦人之耳目哉？"

二、"但我想，历来野史，皆蹈一辙，莫如我这不借此套者，反倒新奇别致。"

三、"及至君仁臣良父慈子孝，凡伦常所关之处，皆是称功颂德，眷眷无穷，实非别书之可比。"

《红楼梦》是假语村言敷衍出来的故事，它新奇别致，实非别书之可比。为此，笔者尝试解读文章，还原历史，由于红学大家颇多，孤云野鹤，难免受嘲，故而，借用哈斯宝先生《新译〈红楼梦〉》中的一段话，聊以自嘲：

后世明哲读此书，若以我的评论为是，则他便是我的知音。若另有解释另有批评，那又是他的别一部《红楼梦》，而非我今日之《红楼梦》了。

何建新

2020 年 5 月 1 日

目 录
CONTENTS

第一回

甄士隐梦幻识通灵　贾雨村风尘怀闺秀

原文及脂批	注　解
此书开卷第一回也，作者自云："因曾历过一番梦幻之后，故将真事隐去，而撰此《石头记》一书也，故曰'甄士隐梦幻识通灵'。"	作者说"曾历过一番梦幻"之后，就写成了《红楼梦》，他不可能真的做了一个梦，这番梦幻必然有所指代，他一定是遇到了难以言表的事情，借梦幻说事儿。这番梦幻就是明亡清兴的历史！明朝已经灭亡，清朝已经兴起，作者要记载这段历史，但是，历史必然涉及朝廷，作者担心受到朝廷打击，只能"将真事隐去"，借梦幻隐写历史。
但书中所记何事，又因何而撰是书哉？	书中记的是什么事情呢？作者为什么写这本书呢？文章自我发问，下文将给出答案。
自云："今风尘碌碌，一事无成，	作者本是明朝官员，明朝灭亡后，他降清为官，朝代更替，尘事碌碌，作者一事无成。
"忽念及当日所有之女子，	突然有一天，作者想起了明末清初的那些历史人物，他想撰写这段历史，记载这些人物。然而，个人修史面临重重危险，作者在无奈之余，把历史人物比拟成了女子。
"一一细推了去，	作者对书中的历史人物进行了一一考证。
"觉其行止见识，皆出于我之上。	作者能够写成鸿篇巨制《红楼梦》，他的"行止见识"一定高于常人，然而，他却说"行止见识"不如女子，这是什么原因呢？
"何堂堂之须眉，诚不若彼一干裙钗？	问得好！作者生活在封建男权社会中，他为什么不如女子呢？答案只有一个，书中女子指代的历史人物位高权重。
【蒙古王府本侧批：何非梦幻，何不诵灵？作者托言，原当有自。受气清浊，本无男女别。】	一切都可以写进梦幻，一切都可以借以通灵。作者借梦幻托言，肯定有故事原型。书中人物只有清浊不同，没有性别之分。这条批语解释得很清楚，文中人物没有性别之分！

"实愧则有余、悔则无益,是大无可奈何之日也。

作者是读书人,读书人重视名节,他因降清而惭愧。可是,后悔已经来不及了,作者无可奈何!

"当此时,则自欲将已往所赖,上赖天恩、下承祖德,锦衣纨绔之时、饫甘餍美之日,

作者在明朝受了皇帝的恩德,这就是"天恩",因而,他的前半生很不错。

"背父母教育之恩、负师兄规训之德,

作者背负了父母的教导、朋友的规劝,降清为官了。

"以至今日一事无成、半生潦倒之罪,【蒙侧批:明告看者。】

降清的结果是"一事无成、半生潦倒",作者万分惭愧,他将自己视为一个罪人!

"编述一记,以告普天下人。

作者写下一部《石头记》,向天下人谢罪来了。

"虽我之罪固不能免,

降清是既成的事实,作者的罪过无法免除。

"然闺阁中本自历历有人,万不可因我不肖,则一并使其泯灭也。

"闺阁"指代朝廷的内阁,闺阁小姐指内阁大学士。内阁中历历有人,作者要记载内阁大学士的所作所为。明太祖朱元璋废除了宰相制度,由大学士处理政务,崇祯年间,共有50多位内阁大学士,后文中,他们将一一登场!

【蒙侧批:因为传他,并可传我。】

作者是明朝官员,他与内阁大学士有交集,文章在写内阁大学士的时候,作者的经历就可以夹写于其中。因而,要知道本书的作者并不难,他的人生经历就在书中。

有人认为《红楼梦》的作者是曹雪芹,曹家被抄家后,他著书立传表达对封建统治者的不满。可是,文章却说"虽我之罪固不能免",如果曹雪芹认为自己的罪过不能免除,他就应该好好认罪,为什么要表达不满呢?

"虽今日之茅椽蓬牖,瓦灶绳床,其风晨月夕,阶柳庭花,亦未有伤于我之襟怀笔墨者。

作者写作时,已经辞去清朝的官职,家庭条件不太好,但是,这丝毫不影响写作。

"何为不用假语村言,敷演出一段故事来,以悦人之耳目哉?故曰'风尘怀闺秀'。"乃是第一回题纲正义也。

这里交代得清清楚楚,《红楼梦》是用"假语村言""敷演"出来的故事。所以,对于文章的表面情节,一定不能当真!

开卷即云"风尘怀闺秀",则知作者本意原为记述当日闺友闺情,并非怨世骂时之书矣。

此地无银三百两!如果不是"怨世骂时之书",何必先来开脱呢?这是不打自招。

虽一时有涉于世态，然亦不得不叙者，但非其本旨耳，阅者切记之。

诗曰：

浮生着甚苦奔忙，盛席华筵终散场。

悲喜千般同幻渺，古今一梦尽荒唐。

谩言红袖啼痕重，更有情痴抱恨长。

字字看来皆是血，十年辛苦不寻常。

列位看官：你道此书从何而来？说起根由虽近荒唐，【甲戌侧批：自站地步，自首荒唐，妙！】

细按则深有趣味。

待在下将此来历注明，方使阅者了然不惑。

原来女娲氏炼石补天之时，【甲戌侧批：补天济世，勿认真，用常言。】于大荒山【甲戌侧批：荒唐也。】无稽崖【甲戌侧批：无稽也。】炼成高经十二丈、【甲戌侧批：总应十二钗。】方经二十四丈【甲戌侧批：照应副十二钗。】顽石三万六千五百零一块。

娲皇氏只用了三万六千五百块【甲戌侧批：合周天之数。】，只单单剩了一块未用，便弃在此山青埂峰下。

【蒙侧批：数足，偏遗我。"不堪入选"句中透出心眼。】

如果不是"怨世骂时之书"，何必提醒读者"切记之"呢？切记什么呢？这是越描越黑。

明朝的帝王将相，苦苦奔忙，但是，明朝就像一场筵席，终将散场。

明朝灭亡后，皇权、官爵、财富，统统变得渺茫，朝代更替，一切都成为荒唐一梦。

不要说帝王的血泪深重，还有一群情痴的官员，抱恨终生。明朝灭亡后，有的官员自杀，有的官员降清，有的官员隐居，无论如何，他们心里不好受。

《红楼梦》字字滴血，书中的死人事件时有发生，因为它是一部血泪史！作者用十年工夫写成此书，其中辛苦，非比寻常。

说起故事的根由，实在太荒唐了，世人万万没想到，《红楼梦》是一部正史！

读《红楼梦》要"细按"，甲戌本、蒙古王府本、庚辰本上的批语都是"细按"，只有"细按"，才能明白其中的趣味。"细按"是阅读《红楼梦》的方法，笔者将尝试着逐字逐句"细按"。

读者有没有疑惑呢？整本书就是作者在答疑解惑。

文章以女娲补天的神话开头，作者哄人有方。对此，甲戌侧批提示："济天补世，勿认真，用常言。"对于这样的神话，读者不要认真，不要被表面情节牵住了牛鼻子。

人间只有一块补天石。

"不堪入选"是一篇大文章，其他石头都补天去了，剩下一块补天之材，如果它坠落凡间，用它做什么器物才能显示它"天下唯一"的特征呢？玉玺！只能是玉玺！

【甲戌侧批：剩了这一块便生出这许多故事。使当日虽不以此补天，就该去补地之坑陷，使地平坦，而不有此一部鬼话。】

注意批语中的"鬼话"二字！《红楼梦》的表面故事全是鬼话，隐写的历史才是真话！

【甲戌眉批：妙！自谓落堕情根，故无补天之用。】

谁知此石自经煅炼之后，灵性已通，【甲戌侧批：煅炼后性方通，甚哉！人生不能学也。】因见众石俱得补天，独自己无材不堪入选，遂自怨自叹，日夜悲号惭愧。

若去补天，则无此一部鬼话了。

石头"灵性已通"，这又是怪事！文章不是在讲神话，而是写朝代更迭史，朝代更迭就是争夺玉玺的历史，所以，文章从玉玺着笔。后文中，玉玺化身为贾宝玉，黛玉、宝钗夺爱贾宝玉，就是在争夺皇权。

一日，正当嗟悼之际，俄见一僧一道远远而来，生得骨格不凡，丰神迥别，

僧道二人来了，他俩是谁？他俩是作者呀，道人是钱谦益先生，僧人是吴梅村先生，二人是明末清初的文坛领袖，真是"骨格不凡，丰神迥别"。关于二人生平，下文有详细描述，在此不赘述。

【靖批：作者自己形容。蒙双行夹批：这是真像，非幻像也。】

说说笑笑来至峰下，坐于石边高谈快论。

批语说得清楚，僧道二人是作者，这是真像，不是幻象。

钱谦益（道人）与吴梅村（和尚）都有降清经历，对此，他俩抱恨终生，在无奈之时，就与石头对话，搞出一部鬼话《石头记》。

先是说些云山雾海神仙玄幻之事，后便说到红尘中荣华富贵。

我们不妨问问两位仙长："既然已经成仙，为何谈论'红尘中荣华富贵'呢？"僧道二人是红尘中人，并且一片痴情。

此石听了，不觉打动凡心，也想要到人间去享一享这荣华富贵，但自恨粗蠢，不得已，便口吐人言，

石头"不得已"口吐人言，"不得已"的不是石头，而是两位作者。

【甲戌侧批：竟有人问口生于何处，其无心肝，可笑可恨之极。】

如果有人问石头的嘴巴在哪里？它有没有心肝？这样的人不懂《红楼梦》，作者借石头演绎历史，石头只是托言的幌子。

向那僧道说道："大师，弟子蠢物，【甲戌侧批：岂敢岂敢。】不能见礼了。适闻二位谈那人世间荣耀繁华，心切慕之。弟子质虽粗蠢，【甲戌侧批：岂敢岂敢。】性却稍通，

石头与两位作者对话了。

"况见二师仙形道体，定非凡品，必有补天济世之材，利物济人之德。

"如蒙发一点慈心，携带弟子得入红尘，在那富贵场中、温柔乡里受享几年，自当永佩洪恩，万劫不忘也。"

二仙师听毕，齐憨笑道："善哉，善哉！那红尘中有却有些乐事，但不能永远依恃，

"况又有'美中不足，好事多魔'八个字紧相连属，

"瞬息间则又乐极悲生，人非物换，究竟是到头一梦，万境归空。"

【甲戌侧批：四句乃一部之总纲。】

"倒不如不去的好。"

这石凡心已炽，那里听得进这话去，乃复苦求再四。

二仙知不可强制，

乃叹道："此亦静极思动，无中生有之数也。

"既如此，我们便携你去受享受享，只是到不得意时，切莫后悔。"

那石道："自然，自然。"

那僧又道："若说你性灵，却又如此质蠢，并更无奇贵之处，如此也只好踮脚而已。【甲戌侧批：煅炼过尚与人踮脚，不学者又当如何？】

"也罢，我如今大施佛法助你助，

"待劫终之日，复还本质，以了此案。你道好否？"石头听了，感谢不尽。

两位仙师想补天济世，可是，他俩毫无法术。后文中，癞头和尚、跛足道人只会说些谶语，根本救不了人的性命。

作者要借石头演绎历史，不看下文就可以知道，僧道二人肯定会携带石头下凡。

本书主要介绍了崇祯年间的历史，李自成于崇祯十七年攻陷北京，到时，明朝玉玺就不存了！因而，后文中只要出现"十七"这个数字，贾宝玉一定不高兴。

"美中不足，好事多魔"正是崇祯王朝的经历。

瞬息之间，人非物换，这不是朝代更替又是什么事情呢？明朝灭亡就是"到头一梦，万境归空"。

明朝终将灭亡，这四句话就是结局。

不去也得去，不然的话，如何托言说事儿呢？

既然石头会说话，他肯定会法术，何必求助于僧道呢？表面情节解释不通呀。

两位作者知道，他们不能强行记载这段历史。

《红楼梦》表面情节全部是无中生有，文章以假写真。

后悔时就来不及了。

去吧，去吧。

一块普通石头怎么行呢？必须把石头变成玉玺的形状才行，等待作者施法吧。

僧人是作者吴梅村，他不会佛法，"佛法"指文字功夫，作者要把一块普通石头变成玉玺。

这句话把文章的结尾透露出来了。文章先讲石头，随后，石头变成人物化的贾宝玉，最终，贾宝玉还要变成石头。

【甲戌侧批：妙！佛法亦须偿还，况世人之债乎？近之赖债者来看此句。所谓游戏笔墨也。】

作者正在游戏笔墨。

那僧便念咒书符，大展幻【甲戌侧批：明点"幻"字。好！】术，

幻术！作者在作法。

将一块大石登时变成一块鲜明莹洁的美玉，且又缩成扇坠大小的可佩可拿。

人世间唯一的石头"缩成扇坠大小"，并且"可佩可拿"，这不是玉玺又是什么呢？

【甲戌侧批：奇诡险怪之文，有如髯苏《石钟》《赤壁》用幻处。】

文字如此惊险，几乎要露馅了！真是"奇诡险怪之文"！

那僧托于掌上，笑道："形体倒也是个宝物了！

这是一个宝物！

【甲戌侧批：自愧之语。蒙双行夹批：世上人原自据看得见处为凭。】

这个宝物是玉玺，世人一般看不懂呀。

"还只没有实在的好处，【甲戌侧批：好极！今之金玉其外败絮其中者，见此大不欢喜。】须得再镌上数字，使人一见便知是奇物方妙。

石头上还要刻字！"使人一见便知是奇物"！苍天啊！这不是玉玺还能是什么？

【甲戌侧批：世上原宜假，不宜真也。谚云："一日卖了三千假，三日卖不出一个真。"信哉！】

作者围绕石头说了这么多假话，什么女娲补天、石头通灵、和尚施法，其实，真话只有一句，这块石头是玉玺！

"然后携你到那昌明隆盛之邦，【甲戌侧批：伏长安大都。】诗礼簪缨之族，【甲戌侧批：伏荣国府。】花柳繁华地，【甲戌侧批：伏大观园。】温柔富贵乡【甲戌侧批：伏紫芸轩。】去安身乐业。"

这块石头必然要去明朝京师北京。《红楼梦》只字不提北京，作者在刻意回避这个问题。但是，批书人完全明白这一点，甲戌侧批："伏长安大都。"长安是十三朝古都，提起长安，读者就知道这是都城，批语暗示，这块石头要去都城。

【甲戌侧批：何不再添一句"择个绝世情痴作主人"？】

这块石头要依附于主人，它的主人就是皇帝！

【甲戌眉批：昔子房后谒黄石公，惟见一石。子房当时恨不能随此石去。余亦恨不能随此石去也。聊供阅者一笑。】

批书人表明了自己与石头的关系，批书人也是明朝官员，明朝灭亡，石头走了，他却没有"随此石去也"，而是降清了。他的降清经历，聊供阅者一笑。

石头听了，喜不能禁，乃问："不知赐了弟子那几件奇处，

玉玺（石头）问作者："我有哪些奇贵之处？"对此，作者（和尚）很难直接回答。

【甲戌侧批：可知若果有奇贵之处，自己亦不知者。若自以奇贵而居，究竟是无真奇贵之人。】

"又不知携了弟子到何地方？望乞明示，使弟子不惑。"

那僧笑道："你且莫问，日后自然明白的。"

说着，便袖了这石，同那道人飘然而去，竟不知投奔何方何舍。

后来，又不知过了几世几劫，因有个空空道人访道求仙，忽从这大荒山无稽崖青埂峰下经过，忽见一大块石上字迹分明，编述历历。

空空道人乃从头一看，原来就是无材补天，幻形入世，【甲戌侧批：八字便是作者一生惭恨。】茫茫大士、渺渺真人携入红尘，历尽离合悲欢、炎凉世态的一段故事。

后面又有一首偈云：

无材可去补苍天，【甲戌侧批：书之本旨。】

枉入红尘若许年。【甲戌侧批：惭愧之言，呜咽如闻。】

此系身前身后事，

倩谁记去作奇传？

诗后便是此石坠落之乡，投胎之处，亲自经历的一段陈迹故事。

其中家庭闺阁琐事，以及闲情诗词倒还全备，或【甲戌侧批："或"字谦得好。】可适趣解闷，然朝代年纪，地舆邦国，

玉玺本是石头，怎么会知道自己奇贵呢？

这块石头究竟要去哪儿呢？读者有疑惑吗？石头代读者发问了。

作者许诺了，读者可以放心阅读后文，文章会把这段历史讲述得清清楚楚。

这块石头被投放到明朝皇宫，文章不敢这样描述，便说不知投向何方何舍。如果本书是普通小说，完全可以说明投奔的地方。

光阴易逝，崇祯王朝灭亡了，玉玺在人世间的经历就是《石头记》这本书。

来了一位空空道人，他是谁呢？他是虚拟人物。作者希望后世有人能够读懂书中的历史，就虚拟出了空空道人，他是"空"。作者不知道何年何月有人读懂这本书，因而，空空道人在"几世几劫"后出现，他一旦出现，就会发现书中的历史，就要与石头对话了，询问一些至关重要的问题。

空空道人在书中看出了问题，这段故事是"离合悲欢、炎凉世态"的故事，而不是世俗百态、青春爱情故事。空空道人是读懂《红楼梦》的第一高手。

偈子很好理解，玄机在最末一句："倩谁记去作奇传？"后人抄去要"作奇传"，如果当作普通小说就错了！

这是作者亲身经历的历史旧事。

这段文字前后矛盾。故事细节记得那么清楚，故事发生的时间、地点却记不清了，这怎么可能呢？

【甲戌侧批：若用此套者，胸中必无好文字，手中断无新笔墨。】却反失落无考。

【甲戌侧批：据余说，却大有考证。蒙侧批：妙在"无考"。】

《红楼梦》大有考证，能够考证出一部史书来！

空空道人遂向石头说道："石兄，你这一段故事，据你自己说有些趣味，故编写在此，意欲问世传奇。据我看来，第一件，无朝代年纪可考，【甲戌侧批：先驳得妙。】

空空道人与石头对话，分明就是空空道人向作者提问，他的第一个问题是："你的书想'问世传奇'，但是，书中不提朝代，怎么能读懂其中的历史呢？"

"第二件，并无大贤大忠理朝廷治风俗的善政，

空空道人提出第二个问题："书中没写朝廷，这算什么史书呢？"空空道人的两个问题，完全切中了要害。

【甲戌侧批：将世人欲驳之腐言预先代人驳尽。妙！】

今天的人们肯定会批驳《红楼梦》是史书的说法，作者已经把批驳者的话讲出来了："如果说《红楼梦》是史书，文章写朝代了吗？写朝廷了吗？"不用笔者批驳，作者会驳斥这种腐言，且看下文。

"其中只不过几个异样女子，或情或痴，或小才微善，亦无班姑蔡女之德能。我纵抄去，恐世人不爱看呢。"

表面情节中只有一群女子，空空道人担心世人看不懂其中的历史。

石头笑答道："我师何太痴耶！若云无朝代可考，今我师竟假借汉唐等年纪添缀，又有何难？

石头嘲笑读者了，如果说没有朝代，为什么不"假借汉唐等年纪"自己添缀呢？这话明确指出，书中的朝代年份需要读者添加。

【甲戌侧批：所以答得好。】

"但我想，历来野史，皆蹈一辙，

答得好！既驳斥了腐儒，又指明了读书方法。

文章在批驳野史。

"莫如我这不借此套者，反倒新奇别致。

《红楼梦》新奇别致，这是作者在为《红楼梦》下定义呀！

"不过只取其事体情理罢了，

《红楼梦》将历史事件比拟为市井琐事，把表面故事剔除，只取事体情理就可以了！

"又何必拘拘于朝代年纪哉！

不必拘泥于朝代年纪，文章用其他方式表示朝代年纪。

"再者，市井俗人喜看理治之书者甚少，爱适趣闲文者特多。

作者是伟大的预言家，直到今天，喜欢看理治书籍的人少，喜欢看闲文的人多。

"历来野史，或讪谤君相，或贬人妻女，【甲戌侧批：先批其大端。】奸淫凶恶，不可胜数。

"更有一种风月笔墨，其淫秽污臭，屠毒笔墨，坏人子弟，又不可胜数。

"至若佳人才子等书，则又千部共出一套，且其中终不能不涉于淫滥，以致满纸潘安子建、西子文君，不过作者要写出自己的那两首情诗艳赋来，故假拟出男女二人名姓，又必旁出一小人其间拨乱，【蒙侧批：放笔以情趣世人，并评倒多少传奇。文气淋漓，字句切实。】亦如剧中之小丑然。且鬟婢开口即者也之乎，非文即理。故逐一看去，悉皆自相矛盾，大不近情理之话。

"竟不如我半世亲睹亲闻的这几个女子，虽不敢说强似前代书中所有之人，但事迹原委，亦可以消愁破闷，也有几首歪诗熟话，可以喷饭供酒。

"至若离合悲欢，兴衰际遇，则又追踪蹑迹，

"不敢稍加穿凿，徒为供人之目，而反失其真传者。

【甲戌眉批：事则实事，然亦叙得有间架、有曲折、有顺逆、有映带、有隐有见、有正有闰，

以致草蛇灰线、空谷传声、一击两鸣、明修栈道、暗度陈仓、

云龙雾雨、两山对峙、烘云托月、背面敷粉、千皴万染，诸奇书中之秘法，亦不复少。

《红楼梦》与野史势不两立！

文章在批判小说！作者通过批判别人来证明自己，《红楼梦》既不是野史也不是小说。它与野史对立，也与小说对立，那么，它必然是正史！

《红楼梦》与小说水火不容。

小说大多是俊男靓女的故事，故事中定然有一个小人拨乱，就连今天的电视剧也脱不了这张旧稿。天下小说被作者批驳尽了，怎么能说《红楼梦》是小说呢？

文中人物是作者"亲睹亲闻的"，可是，"作者"曹雪芹出生时，曹家已经败落，他如何"亲睹亲闻"呢？

这里又提到"半世"，作者吴梅村前半生是明朝官员，他亲睹亲闻了明亡清兴的历史！

追踪蹑迹！这是标准的正史笔法。

文章不敢穿凿，描写的都是人物正传。

文中的历史都是实事，文章有历史框架，事件有波折，有顺写，有逆写，有一笔带过，有的历史事件明显、有的历史事件隐晦，有主要历史事件、次要历史事件。

在甲事件中为乙事件伏笔，使整篇文章像一篇小说，这是草蛇灰线；甲乙二人相隔千里，二人对话是空谷传声；在甲事件时提到乙事件，这是一击两鸣；表面情节是明修栈道，隐写的历史是暗度陈仓。

这都是本书隐写历史的章法。

余亦于逐回中搜剔刮剖明白，注释以待高明，再批示误谬。】

【甲戌眉批：开卷一篇立意，真打破历来小说巢臼。阅其笔则是《庄子》《离骚》之亚。】

【甲戌眉批：斯亦太过。】

"今之人，贫者日为衣食所累，富者又怀不足之心，纵然一时稍闲，又有贪淫恋色、好货寻愁之事，那里去有工夫看那理治之书？

"所以我这一段故事，也不愿世人称奇道妙，

"也不定要世人喜悦检读，【甲戌侧批：转得更好。】

"只愿他们当那醉淫饱卧之时，或避世去愁之际，把此一玩，岂不省了些寿命筋力？

"就比那谋虚逐妄，却也省了口舌是非之害，腿脚奔忙之苦。

"再者，亦令世人换新眼目，

"不比那些胡牵乱扯，忽离忽遇，满纸才人淑女、子建文君、红娘小玉等通共熟套之旧稿。我师意为何如？"

【甲戌侧批：余代空空道人答曰："不独破愁醒盹，且有大益。"】

空空道人听如此说，思忖半晌，将《石头记》【甲戌侧批：本名。】再检阅一遍，

【甲戌侧批：这空空道人也太小心了，想亦世之一腐儒耳。】

批书人认真阅读每一回并注释出来，但是，他不敢确定批注是否正确，期待后世人批示误谬。

本文并非小说，自然要"打破历来小说巢臼"。

文章隐写历史，不如正面写史恰当，有些地方"斯亦太过"。

既然读者没有工夫看"理治之书"，作者就为"理治之书"改变形式，把历史隐写成小说。这样的话，读者就爱看了，并且，还可以传承一段历史。

谁敢不称奇道妙？

不检读如何知道妙处呢？作者在说反话。

好一个"避世去愁"！作者就是在避世去愁之际写成此书。

作者把苦衷说出来了，如果直接记载这段历史，一旦清政府追查，作者就有"口舌是非之害""腿脚奔忙之苦"。

作者要为史书"换新眼目"，他要把史书改写成小说的形式。

本书并非"胡牵乱扯"，并不是传统小说的翻版！

《红楼梦》的最大益处就是修正《明史》。

空空道人很会读书，他又认真检阅了一遍，又发现了问题。

空空道人是聪明人，他在演戏给腐儒看。

因见上面虽有些指奸责佞贬恶诛邪之语，

【甲戌侧批：亦断不可少。】

亦非伤时骂世之旨，【甲戌侧批：要紧句。】

及至君仁臣良父慈子孝，凡伦常所关之处，皆是称功颂德，眷眷无穷，实非别书之可比。

虽其中大旨谈情，亦不过实录其事，又非假拟妄称，【甲戌侧批：要紧句。】一味淫邀艳约、私订偷盟之可比。

因毫不干涉时世，【甲戌侧批：要紧句。】

方从头至尾抄录回来，问世传奇。

从此空空道人因空见色，由色生情，传情入色，自色悟空，遂易名为情僧，改《石头记》为《情僧录》。

至吴玉峰题曰《石头记》。东鲁孔梅溪则题曰《风月宝鉴》。

空空道人发现了书上有"指奸责佞、贬恶诛邪"的历史事件。

若少了便不是史书了。

上文指出书中有"指奸责佞贬恶诛邪之语"，这里用一句"亦非伤时骂世之旨"把问题再兜回来。但是，甲戌侧批说："要紧句。""亦非伤时骂世之旨"是要紧句，读者得反着理解。

《红楼梦》"实非别书之可比"，如果把《红楼梦》当作小说看，这是莫大的罪过！

"情"的概念非常宽泛，亲情、友情、爱情是情；民族情、家国情也是情。文章交代得非常清楚，这个"情"不是"淫邀艳约、私订偷盟"的"小情"，而是一份"大情"。

既然"毫不干涉时世"，为何三番两次点醒呢？

在短短的100字内，批书人已经三次批注"要紧句"，读者能够置若罔闻吗？

空空道人要让这本书问世传奇！可惜，他是空，如果他早日出现，书中的秘密早就大白于天下了。

空空道人不是和尚，他怎么把书改名《情僧录》呢？万变不离其宗，作者吴梅村在书中化身为和尚，作者就是情僧，这书当然要叫《情僧录》。

再者，空空道人的悟道过程也有问题。"空"与"色"是佛教词语，简单说，色指物质，空指非物质，正常悟道过程是从物质世界看到非物质世界，也就是因色见空，这就是俗语所讲的"遁入空门"。空空道人却是因空见色，他的悟道过程不符合逻辑，但是，这里是指空空道人在《红楼梦》的表象之下看到了隐藏的历史！

看！这本书的始作俑者姓吴！吴玉峰的"吴"，孔梅溪的"梅"，贾雨村的"村"，组成了"吴梅村"三个字！有人可能会问，怎么把贾雨村扯进来了？是这样的，贾雨村谐音假语村，其字面意思是假话由村所说！《红楼梦》这篇假文章是吴梅村所写。

《红楼梦》又叫《石头记》，玉玺本来就是石头，玉玺的经历当然叫《石头记》。

以史为鉴，就是把历史当作镜子，鉴就是历史。《风月宝鉴》是历史，《红楼梦》是历史。

文章说"至吴玉峰题曰《石头记》"，"至"字表明在吴玉峰之前至少还有一个人！这个人就是钱谦益。钱谦益写过一部《明史稿》，有人认为这本书被火烧了，因为他家里失过火。《清史稿·钱谦益传》记载：

家富藏书，晚岁绛云楼火，惟一佛像不烬，遂归心释教，著《楞严经疏解蒙钞》。

钱谦益家中失火，但是，《明史稿》并没被烧。《红楼梦》第十二回中，跛足道人（钱谦益）在烈火之中救出了《风月宝鉴》，文中这样写道：

遂命架火来烧，只听镜内哭道："谁叫你们瞧正面了！你们自己以假为真，何苦来烧我？"正哭着，只见那跛足道人从外跑来，喊道："谁毁'风月鉴'，吾来救也！"说着，直入中堂，抢入手内，飘然去了。

钱谦益在火中救出《风月宝鉴》，这本《风月宝鉴》就是《明史稿》。钱谦益辛辛苦苦写成了《明史稿》，他想传与后人，可是，清廷不允许呀。万般无奈之下，他把这本书交给同乡吴梅村，吴梅村想到一个保留史书的办法，把它隐写成小说《红楼梦》，问世传奇！

吴梅村先生才高八斗，"冲冠一怒为红颜"就是他的名句。《吴梅村全集》记载了他的古诗、杂文、昆曲等若干作品。明末清初的顾湄先生在《吴梅村先生行状》中记载：

先生之学，博极群书，归于至精，有问经史疑难，古今典故，与夫著作原委，旁引曲证，洞若指掌，多先儒之所未发，诗文炳耀铿锵，其词条气格，皆足以追配古人，而虚怀推分，不务标榜，尤人所难。

吴梅村博览群书，对经史典籍了如指掌，他的有些观点前人并未阐述过。吴梅村的学识就是撰写《红楼梦》的资本！

《吴梅村先生行状》还提到："自虞山没后，先生独任斯文之重。"虞山就是钱谦益，钱谦益逝后，吴梅村独任斯文之重，何其了得！

再者，朝代更替，旧朝遗民想方设法留下一段历史，早有先例。《明季北略》记载，崇祯十一年，在苏州承天寺的水井中发现了一个铁匣子，里面藏有一部300多年前的史书，书中记载了宋、元更替的历史。这本史书的发现地点是苏州，这是吴梅村的老家；发现时间是崇祯十一年，此时吴梅村正值壮年。因此，笔者猜测，作者受此事启发，他把历史隐写成了《红楼梦》。

吴梅村写成了《红楼梦》，他期待后世有人解读出其中的秘密，了解他的苦衷。《吴梅村先生行状》记载了他的遗言：

> 吾死后，敛以僧装，葬吾于邓尉灵岩相近，墓前立一圆石，曰："诗人吴梅村之墓"，勿起祠堂，勿乞铭，闻其言者皆悲之……

吴梅村要在坟前立一块石头，这块石头就是《石头记》！吴梅村要穿着僧装下葬，因为他就是书中的癞头和尚！吴梅村不让写墓志铭，因为后人读懂《石头记》后，他的墓志铭要重写！

《吴梅村先生行状》记载了先生最后一个梦：

> 是岁正月旦，先生梦至一公府，主者王侯冠服，降阶迎揖，出片纸，非世间文字，不可识，谓先生曰："此位属公矣！"

吴梅村梦到自己来到一个公府，这个公府就是贾府！贾府人物是作者虚拟的，这群人正在等作者，他们拿出《石头记》，书上非世间文字，一般人不认识。这群人物齐声呼唤，"此位属公矣"！《红楼梦》的作者属吴梅村了！

《红楼梦》与吴梅村就这么对接起来了，后文中，吴梅村将自己考中进士、升任南京国子监司业的过程全部写进书里！关于先生的生平，后文再讲。

回过头再看第十二回中那面镜子的话语：

> 谁叫你们瞧正面了！你们自己以假为真，何苦来烧我？

《红楼梦》在哭诉啊！谁叫你们瞧正面了！你们自己以假为真，何苦毁坏作者的书呢？

后因曹雪芹于悼红轩中披阅十载，增删五次，纂成目录，分出章回，则题曰《金陵十二钗》。

大家看曹雪芹都干了什么？他只干了四件事："披阅""增删""纂目录""分章回"。很明显，他的工作在原稿基础上进行。如果没有原稿，他"披阅"什么？"增删"什么？如何"纂目录""分章回"呢？

我们找不到曹雪芹的史料，也找不到佐证作品，鸿篇巨制《红楼梦》绝不是一个名不见经传的人所写！那么，曹雪芹是谁呢？他与空空道人一样，是作者为后世解书人预先起好的名字，故而，文章在曹雪芹前面加了"后因"二字，曹雪芹所做的工作是后来的事情。曹雪芹出现后，他发现书中隐藏着历史，就会"披阅""增删""纂目录""分章回"，把它表述为一段完整的历史。

关于曹雪芹的身份，清人哈斯宝早就看明白了，他甚至自称曹雪芹。哈斯宝的《新译〈红楼梦〉》中有这样一段话：

曹雪芹先生是奇人，他为何那样必为曹雪芹，我为何步他后尘费尽心血？明白了我步他后尘费尽心血，我也成了一个曹雪芹。

知道曹雪芹身份的人不止哈斯宝一个。在程本续书中，曹雪芹出现了，第一百二十回中写道：

又不知过了几世几劫，果然有个悼红轩，见那曹雪芹先生正在那里翻阅历来的古史。

多年以后，曹雪芹终于来了！他正在看古史！古史！这本古史就是《红楼梦》啊！

雪芹是解书人，他有一本史书，因为不能说出书名，因而，这本书也称作《风月宝鉴》，这本史书是棠村作的序。棠村已经去世，批书人看到《风月宝鉴》与《石头记》两本史书，感慨颇深。

【甲戌眉批：雪芹旧有《风月宝鉴》之书，乃其弟棠村序也。今棠村已逝，余睹新怀旧，故仍因之。】

【甲戌眉批：若云雪芹披阅增删，然则开卷至此这一篇楔子又系谁撰？

足见作者之狡猾之甚。后文如此者不少。

这正是作者用画家烟云模糊处，观者万不可被作者瞒蔽了去，方是巨眼。】

并题一绝云：
满纸荒唐言，一把辛酸泪。

批语直接对雪芹质疑了！

行文非常狡猾。

作者用了烟云模糊法，千万不要被表面情节欺骗，这才是巨眼。

作家都说自己的文章是真知灼见，可是，《红楼梦》的作者明确指出纸面文字是荒唐的、是假的，其中，隐藏着辛酸的血泪。

都云作者痴，谁解其中味？【甲戌双行夹批：此是第一首标题诗。】

【甲戌眉批：能解者方有辛酸之泪，哭成此书。

壬午除夕，书未成，芹为泪尽而逝。余常哭芹，泪亦待尽。

作者一片痴情写成此书，谁能够解读出其中的历史呢？一旦解读出书中的历史，就明白了作者心中的滋味。

只有解读出书中历史的人，才有辛酸之泪！

解读《红楼梦》的曹雪芹在壬午除夕去世，只剩下一个懂《红楼梦》的脂砚斋了。

每思觅青埂峰再问石兄，奈不遇癞头和尚！何怅怅！

脂砚斋想与他人一起交流《红楼梦》中的历史，他最想找到化身为癞头和尚的作者吴梅村！可惜，遇不到癞头和尚，太遗憾了！

今而后惟愿造化主再出一芹一脂，是书何本，余二人亦大快遂心于九泉矣。甲午八月泪笔。】

脂砚斋希望后世有人读懂《红楼梦》，搞明白它到底是什么书。这样的话，他在九泉之下也欣慰了。脂砚斋期待搞明白"是书何本"，皇天不负苦心人，他的批注成为红楼隐史最大的证据。

至脂砚斋甲戌抄阅再评，仍用《石头记》。出则既明，且看石上是何故事。按那石上书云：【甲戌侧批：以下系石上所记之文。】

故事开始了，起笔就是历史！

当日地陷东南，这东南一隅有处曰姑苏，【甲戌侧批：是金陵。】有城曰阊门者，最是红尘中一二等富贵风流之地。【甲戌侧批：妙极！是石头口气，惜米颠不遇此石。】

"地陷东南"是神话传说，它与姑苏没有任何关系，风马牛不相及的事情扯到一起了。

更奇怪的是"地陷东南"前面有"当日"二字，谁知道地陷东南发生在哪天呢？"地陷东南"与下文有什么关系呢？就字面意思，完全可以删掉"当日地陷东南"，由"话说这姑苏地方"引起全文。

其实，地陷东南的"地"与皇帝的"帝"谐音，"帝陷东南"的意思是，有一位皇帝驾崩了！他就是天启皇帝！"当日"就是天启皇帝驾崩的时间，天启七年八月二十二日。

姑苏是作者吴梅村的家乡，作者在姑苏写成了《红楼梦》，故而，文章开头就提到姑苏。

在姑苏范围内根本没有一个城市叫阊门，阊门是神话中的天门，能够称作天门的城市只能是都城北京。姑苏正好位于北京的东南方向，姑苏仅仅是"东南一隅"，北京（阊门）才是中心，北京"最是红尘中一二等富贵风流之地"。

这阊门外有个十里街【甲戌侧批：开口先云势利，是伏甄、封二姓之事。】，

十里街现在还叫十里街，就是北京长安街，这条街在元朝就存在了。

街内有个仁清【甲戌侧批：又言人情，总为士隐火后伏笔。】巷，

仁清巷的"清"与卿相的"卿"谐音，这里住的都是大臣，都是卿相。

巷内有个古庙，

庙就是庙堂、皇宫，葫芦庙就是明朝皇宫！

因地方窄狭，【甲戌侧批：世路宽平者甚少。亦凿。】

这个地方并不窄狭，故而，批语把窄狭引导到世道不太平上来了。

人皆呼作葫芦庙。【甲戌侧批：糊涂也，故假语从此具焉。】

【蒙侧批：画的虽不依样，却是葫芦。】

庙旁住着一家乡宦，【甲戌侧批：不出荣国大族，先写乡宦小家，从小至大，是此书章法。】姓甄，【甲戌眉批：真。后之甄宝玉亦借此音，后不注。】名费，【甲戌侧批：废。】字士隐。【甲戌侧批：托言将真事隐去也。】

嫡妻封氏【甲戌侧批：风。因风俗来。】，情性贤淑，深明礼义。【甲戌侧批：八字正是写日后之英莲，见其根源不凡。】

家中虽不甚富贵，然本地便也推他为望族了。【甲戌侧批：本地推为望族，宁、荣则天下推为望族，叙事有层落。】

因这甄士隐禀性恬淡，不以功名为念，每日只以观花修竹，酌酒吟诗为乐，倒是神仙一流人品。

【甲戌侧批：自是羲皇上人，便可作是书之朝代年纪矣。总写英莲根基，原与正十二钗无异。蒙侧批：伏笔。】

只是一件不足：如今年已半百，膝下无儿，【甲戌侧批：所谓"美中不足"也。】只有一女，乳名英莲，【甲戌侧批：设云"应怜"也。】年方三岁。

一日，炎夏永昼。【甲戌侧批：热日无多。】士隐于书房闲坐，至手倦抛书，

甲戌侧批戳破了窗纸，葫芦庙是假的！

文章刻画明朝皇宫虽然没有照葫芦画瓢，描写得也差不多。

甄士隐的"甄"与真假的"真"谐音，"士"与事情的"事"谐音，"隐"就是隐藏的意思，甄士隐是本书中第一个出场的人物，他一出场，真实的历史事件就隐藏起来了，故而，甲戌侧批指出："托言将真事隐去也。"

甄士隐名费，"费"与废物的"废"谐音，正常情况下，古人不会用这个字取名。"废"字暗指甄士隐是废人，是太监，他就是魏忠贤。天启皇帝去世后，魏忠贤要采取行动争夺皇权。

魏忠贤当然没有妻子，文中的父子、母子、夫妻关系都是假的！作者根据历史人物的关系，拼凑成家庭成员关系，这样，国家大事就隐写成了家族琐事。封氏是时任内阁首辅黄立极，内阁首辅是第一宰相，作者把内阁首辅隐写为太监魏忠贤的"妻子"，骂人不吐脏字！

魏忠贤成就了一个望族——阉党。阉党势力非常大，从内阁大学士到兵部尚书，都是这个望族的成员！

魏忠贤（甄士隐）是"九千岁"，位高权重，生活怡然自得。

空空道人担心文章没提朝代年纪，这条批语做了提醒，依据此事就可以考证朝代年纪了！

太监当然"膝下无儿"，就连这个女儿也是假的。英莲扮演清朝的开国重臣范文程，范文程本是明朝人，由于他降清时间比较早，文章就先描写他。范文程在清朝当了近20年的内阁大学士，所以，英莲的戏份很多，她很快会离开家（明朝），并且在薛家（清朝）的地位越来越高。关于范文程的历史，下文有具体描写，在此不赘述。

天启皇帝去世后，魏忠贤（甄士隐）做起了白日梦，他想争夺皇权！《崇祯长编》记载：

伏几少憩，不觉朦胧睡去。梦至一处，不辨是何地方。

忽见那厢来了一僧一道，且行且谈。

【甲戌侧批：是方从青埂峰袖石而来也，接得无痕。】

只听道人问道："你携了这蠢物，意欲何往？"

那僧笑道："你放心，

"如今现有一段风流公案正该了结，这一干风流冤家，尚未投胎入世。趁此机会，就将此蠢物夹带于中，使他去经历经历。"

那道人道："原来近日风流冤孽又将造劫历世去不成？但不知落于何方何处？"

【蒙侧批：苦恼是"造劫历世"，又不能不"造劫历世"，悲夫！】

那僧笑道："此事说来好笑，竟是千古未闻的罕事。

"只因西方灵河岸上三生石畔，【甲戌侧批：妙！所谓"三生石上旧精魂"也。】有绛珠草一株，【甲戌侧批：点"红"字。】

【甲戌眉批：全用幻。情之至，莫如此。今采来压卷，其后可知。】

【甲戌侧批：细思"绛珠"一字岂非血泪乎。】

"时有赤瑕宫神瑛侍者，【甲戌侧

二十一日甲寅，熹宗崩，忠贤犹豫不发丧。

魏忠贤想掌握皇权，不过，他没有成功。甲戌侧批："热日无多。"魏忠贤的好日子不多了！

魏忠贤想掌握皇权，拥有玉玺。可是，玉玺（石头）还在和尚手中，故而，梦境与前文对接了。甄士隐必然想接触玉玺，但是，他没有机会拥有。

接得非常妙，红楼之梦开始了。

钱谦益（道人）向吴梅村（和尚）发问："你要把石头投到哪里去？"

答非所问。和尚开口就说"你放心"，意思是你放心好了，我会把你的《明史稿》传承下去。

作者发言了，文章要写一段历史公案，恰恰可以把玉玺夹带于其中。大家瞧，两位作者正在讨论写作问题呢！

钱谦益又问："你究竟要把石头投到哪里去，如何隐写历史呢？"

历史无法改写，"造劫历世"是必然的。

作者吴梅村（和尚）惯于讲假话，也惯于用真话引导读者。"竟是千古未闻的罕事"便是大实话，《红楼梦》描写的是千古未闻的罕事！

绛珠草指信王朱由检。天启皇帝去世了，信王朱由检要当皇帝，文章不便介绍他的现状，又扯上了一段鬼话。

表面情节全是假，文章开卷就写崇祯皇帝，后文会写什么，这不一目了然了吗？

"绛"与降落的"降"谐音，"珠"与朱明王朝的"朱"谐音，朱明王朝将要降落矣。

赤瑕宫就是明朝皇宫，神瑛侍者指玉玺，玉玺为皇帝批：点"红"字"玉"字二。甲戌眉批：按"瑕"字本注："玉小赤也，又玉有病也。"以此命名恰极。】【甲戌侧批：单点"玉"字二。】

"日以甘露灌溉，这绛珠草便得久延岁月。

"后来既受天地精华，复得雨露滋养，

"遂得脱却草胎木质，得换人形，仅修成个女体，

"终日游于离恨天外，饥则食蜜青果为膳，渴则饮灌愁海水为汤。

【甲戌侧批：饮食之名奇甚，出身履历更奇甚，写黛玉来历自与别个不同。】

"只因尚未酬报灌溉之德，故其五内便郁结着一段缠绵不尽之意。

【蒙侧批：点题处，清雅。】

【甲戌侧批：妙极！恩怨不清，西方尚如此，况世之人乎？趣甚警甚！】

【甲戌眉批：以顽石草木为偶，实历尽风月波澜，尝遍情缘滋味，至无可如何，始结此木石因果，以泄胸中恨郁。古人之"一花一石如有意，不语不笑能留人"，此之谓也。】

"恰近日这神瑛侍者凡心偶炽，【甲戌侧批：总悔轻举妄动之意。】

服务，当然可以比作侍者。

玉玺在传位遗诏上盖章了，这就是神瑛侍者浇灌绛珠草的隐喻。《明史·庄烈帝本纪》记载：

明年八月，熹宗疾大渐，召王入，受遗命。

皇帝受命于天，"受天地精华"者才能当皇帝。《熹宗实录》记载：

诏曰：朕以眇躬仰绍，祖宗鸿业七年……皇五弟信王聪明凤著，仁孝性成，爰奉祖训，兄终弟及之文，丕绍伦序，即皇帝位……

作者言之凿凿，故事是亲身经历，难道他真的见证了绛珠草转世吗？文章以草木比拟信王朱由检，草木与人物还要进行转换，后文中，朱由检将被写成女体，也就是林黛玉。第三回中，林黛玉入贾府就是朱由检登基当皇帝的过程。

魏忠贤想夺权，信王朱由检（绛珠草）在当皇帝的道路上遇到了阻力。皇帝又称天子，目前的朱由检"游于离恨天外"，还没当上皇帝。

若不奇就没有这本书了。

朱由检还没当上皇帝，他心里"郁结着一段缠绵不尽之意"。

点题已经非常明显了。

人世间恩怨不清的大戏，拉开了序幕。

明已亡，清已兴，作者无可奈何，便以顽石草木为偶，用以比拟人物，撰写历史。这正是"一花一石如有意，不语不笑能留人"。

天启皇帝已逝，玉玺（神瑛侍者）要换主人，他"凡心偶炽"等待新主人。

"乘此昌明太平朝世,

"意欲下凡造历幻【甲戌侧批:点"幻"字。】缘,已在警幻【甲戌侧批:又出一警幻,皆大关键处。】仙子案前挂了号。

"警幻亦曾问及灌溉之情未偿,趁此倒可了结的。

"那绛珠仙子道:'他是甘露之惠,我并无此水可还。他既下世为人,我也去下世为人,但把我一生所有的眼泪还他,也偿还得过他了。'

【甲戌侧批:观者至此请掩卷思想,历来小说中可曾有此句?千古未闻之奇文。】

【甲戌眉批:知眼泪还债,大都作者一人耳。余亦知此意,但不能说得出。】

【蒙侧批:恩情山海债,唯有泪堪还。】

"因此一事,就勾出多少风流冤家来,【甲戌侧批:余不及一人者,盖全部之主惟二玉二人也。】陪他们去了结此案。"

那道人道:"果是罕闻,实未闻有还泪之说。【蒙侧批:作想得奇!】想来这一段故事,比历来风月事故更加琐碎细腻了。"

那僧道:"历来几个风流人物,不过传其大概以及诗词篇章而已,至家庭闺阁中一饮一食,总未述记。

"再者,大半风月故事,不过偷香窃玉、暗约私奔而已,并不曾将儿女之真情发泄一二。【蒙侧批:所以别致。】

"想这一干人入世,其情痴色鬼,贤愚不肖者,悉与前人传述不同矣。"

"明""朝"二字都带出来了!

警幻的字面意思是警醒幻境,警幻仙子的话都是引导语,专门指点迷津。故而,甲戌侧批:"又出一警幻,皆大关键处。"

灌溉之情就要了结了,信王朱由检很快就会登基当皇帝。

绛珠仙子林黛玉要用眼泪来还债,崇祯皇帝的一生都是血泪啊!黛玉泪尽之时,崇祯王朝就结束了,贾家被抄家就是崇祯王朝结束之时。

读者掩卷思考吧,历来的小说中有这样的句子吗?本文是千古奇文!

眼泪还债一事,作者知之,脂砚斋知之,他们在清朝,不能将实情说出,笔者便可以胡说一番了。

这本书也是作者在还泪。

黛玉为皇帝,宝玉为玉玺,其他"多少风流冤家"或是明朝大臣,或是清朝人物,或是李自成、张献忠等人,他们要陪同二玉"了结此案"。

钱谦益(道人)觉得隐写历史的方法太罕见了,他担心书中情节过于"琐碎细腻"。

吴梅村继续解释,不必担心"琐碎细腻",其他史书记载人物并不全面,只记载了大概。

其他史书没有记载人物真情,本书则不同,人物心理都记载下来了。

"悉与前人传述不同矣"!作者再次为本书辩白。

那道人道："趁此何不你我也去下世度脱【蒙侧批："度脱"，请问是幻不是幻？】几个，岂不是一场功德？"

那僧道："正合吾意，你且同我到警幻仙子宫中，将蠢物交割清楚，待这一干风流孽鬼下世已完，你我再去。

【蒙侧批：幻中幻，何不可幻？情中情，谁又无情？不觉僧道亦入幻中矣。】

"如今虽已有一半落尘，然犹未全集。"

【甲戌侧批：若从头逐个写去，成何文字？《石头记》得力处在此。丁亥春。】

道人道："既如此，便随你去来。"

却说甄士隐俱听得明白，但不知所云"蠢物"系何东西。

遂不禁上前施礼，笑问道："二仙师请了。"那僧道也忙答礼相问。

士隐因说道："适闻仙师所谈因果，实人世罕闻者。但弟子愚浊，不能洞悉明白，若蒙大开痴顽，备细一闻，弟子则洗耳谛听，稍能警省，亦可免沉沦之苦。"

二仙笑道："此乃玄机不可预泄者。

"到那时不要忘了我二人，便可跳出火坑矣。"

士隐听了，不便再问。因笑道："玄机不可预泄，但适云'蠢物'，不知为何，或可一见否？"

那僧道："若问此物，倒有一面之缘。"说着，取出递与士隐。

士隐接了看时，原来是块鲜明美玉，上面字迹分明，镌着"通灵宝玉"四字，后面还有几行小字。

钱谦益想做"一场功德"，如果能够留下一部历史，这正是一场功德。

钱谦益的话，正中吴梅村下怀，两位降清的大文豪要留下一段历史，做一场功德。

僧道二人也是幻境中人，也是朝廷的官员。

有些历史事件，很早之前就发生了，因而，《红楼梦》的故事早就开始了，本文只讲最后一集：明朝的灭亡。

有些历史人物很早就为官了，如果从头作传记，这成了什么文字？《红楼梦》只讲最后一集。

和尚是执笔者，道人自然要跟和尚走。

无论玉玺多么具有灵性，终究是"蠢物"。

两位作者讨论完写作问题，就配合甄士隐演戏。甄士隐扮演魏忠贤，魏忠贤一定想看玉玺。

魏忠贤想免"沉沦之苦"，这说明他的"沉沦之苦"就在眼前。

两位作者安排好了玄机，但是，玄机不可预泄，一旦预泄，清朝就会毁了此书。

火坑就在魏忠贤面前，后文免不了一场大火。

魏忠贤想见一见玉玺，他想夺取皇权。

魏忠贤与玉玺只有"一面之缘"。

魏忠贤（甄士隐）把玉玺拿在了手中！他只能看看而已，很快就有人要抢夺皇权了。

【甲戌侧批：凡三四次始出明玉形，隐屈之至。】

正欲细看时，那僧便说已到幻境，便强从手中夺了去，

【甲戌侧批：又点"幻"字，云书已入幻境矣。】【蒙侧批：幻中言幻，何等法门。】

与道人竟过一大石牌坊，上书四个大字，乃是"太虚幻境"。【甲戌侧批：四字可思。】

两边又有一幅对联，道是：【蒙双行夹批：无极太极之轮转，色空之相生，四季之随行，皆不过如此。】

假作真时真亦假，

无为有处有还无。【甲夹批：叠用真假有无字，妙！】

士隐意欲也跟了过去，方举步时，忽听一声霹雳，有若山崩地陷。

士隐大叫一声，定睛一看，【蒙侧批：真是大警觉大转身。】只见烈日炎炎，芭蕉冉冉，【甲戌侧批：醒得无痕，不落旧套。】所梦之事便忘了对半。【甲戌侧批：妙极！若记得，便是俗笔了。】

又见奶母正抱了英莲走来。

作者终于把玉玺呈现在读者面前了，这是一块美玉，上面字迹分明。

魏忠贤手中的玉玺被人"强从手中夺了去"，他的白日梦即将破灭！

作者处处明点"梦""幻"等字，这是识破本书的不二法门！

太虚幻境值得深思，它是指点迷津之处。

真真假假，假假真真，假情节都是真历史，真历史都是假情节。"无为有处"正是和尚的"无中生有"之术！

大事不好，山崩地陷，魏忠贤（士隐）快死了！

大梦初醒，死到临头了！

注意这位奶母，本书中她只出现过一次，如果本书是小说，根本不用多写一位奶母，完全可以让士隐的妻子出场。对于历史而言，这位奶母是天启皇帝的奶母奉圣夫人——客氏。《明史·魏忠贤传》记载：

长孙乳媪曰客氏，素私侍朝，所谓对食者也。及忠贤入，又通焉。客氏遂薄朝而爱忠贤，两人深相结。

奶母与魏忠贤勾结，二人为非作歹，把朝廷和后宫搞得不成样子。为了准确地表达历史，作者安排奶母露一次面，她也是马上要死的人了。

士隐见女儿越发生得粉妆玉琢，乖觉可喜，便伸手接来，抱在怀内，斗他顽耍一回，又带至街前，看那过会的热闹。

方欲进来时，只见从那边来了一僧一道，【甲戌侧批：所谓"万境都如梦境看"也。】那僧则癞头跣脚，那道则跛足蓬头，疯疯癫癫，挥霍谈笑而至。

及至到了他门前，【甲戌侧批：此门是幻像。】看见士隐抱着英莲，那僧便大哭起来，【甲戌侧批：奇怪！所谓情僧也。】

又向士隐道："施主，你把这有命无运，累及爹娘之物，抱在怀内作甚？"

【甲戌眉批：八个字屈死多少英雄？屈死多少忠臣孝子？屈死多少仁人志士？屈死多少词客骚人？

今又被作者将此一把眼泪洒与闺阁之中，见得裙钗尚遭逢此数，况天下之男子乎？

看他所写开卷之第一个女子便用此二语以定终身，则知托言寓意之旨，谁谓独寄兴于一"情"字耶！

武侯之三分，武穆之二帝，二贤之恨，及今不尽，况今之草芥乎？

家国君父事有大小之殊，其理其运其数则略无差异。知运知数者则必谅而后叹也。】

士隐听了，知是疯话，也不去睬他。

那僧还说："舍我罢，舍我罢！"

英莲是降清官员范文程，他与魏忠贤并无关系，文章将其写成父女，使《红楼梦》就像一篇小说。这是一笔两用法，既可以介绍范文程，也可以介绍魏忠贤。

癞头和尚，跛足道人，二位作者又来了，上文描写了甄士隐的梦境，现在描写现实生活，但是，现实生活也是假的，甲戌侧批提示："万境都如梦境看"。

作者果然是情僧，他居然大哭起来，诸位见过和尚大哭吗？

怪事，癞头和尚骂人了，他骂英莲是"有命无运，累及爹娘之物"呢！范文程（英莲）投降清朝，帮着清朝打明朝，就是"累及爹娘"之物！

文章用"有命无运，累及爹娘"描述降清官员，对此，批书人有话说。降清官员中有英雄，有忠臣孝子，有仁人志士，也有词客骚人，可是，他们一旦降清，就成为两姓家奴，遭受屈辱。

作者介绍的第一个闺阁人物是降清官员，明亡以后，会有大批官员降清，天下间有无数男子，有同样的劫数。

来，来，来，谁来解释一下"情"字？当代人被"大旨谈'情'"的"情"字局限住了！谁谓独寄兴于一"情"字耶！

武侯是诸葛亮，武穆是岳飞，二人都有国家面临灭亡的遗恨，明朝人也有这样的遗恨啊！

作者以家事比国事，道理完全一样！如果知道明朝灭亡是运数，就谅解降清官员吧，他们的人生已经令人叹惜了。

魏忠贤（士隐）与范文程（英莲）没有关系，所以，士隐"也不去睬他"，他不关心英莲的命运。

这句话是为下文铺垫，以便和尚喋喋不休说些谶语，暗示范文程后来的经历。

【蒙侧批：如果舍出，则不成幻境矣。行文至此，又不得不有此一语。】

士隐不耐烦，便抱女儿撤身要进去，那僧乃指着他大笑，口内念了四句言词道：

惯养娇生笑你痴，【甲戌侧批：为天下父母痴心一哭。】

菱花空对雪澌澌。【甲戌侧批：生不遇时。遇又非偶。】

好防佳节元宵后，【甲戌侧批：前后一样，不直云前而云后，是讳知者。】

便是烟消火灭时。【甲戌侧批：伏后文。】

士隐听得明白，心下犹豫，意欲问他们来历。

只听道人说道："你我不必同行，就此分手，各干营生去罢。

"三劫后，【甲戌眉批：佛以世谓"劫"，凡三十年为一世。三劫者，想以九十春光寓言也。】我在北邙山等你，会齐了同往太虚幻境销号。"

那僧道："最妙，最妙！"

说毕，二人一去，再不见个踪影了。士隐心中此时自忖：这两个人必有来历，该试一问，如今悔却晚也。

这士隐正痴想，

忽见隔壁【甲戌侧批："隔壁"二字极细极险，记清。】葫芦庙内寄居的一个穷儒，姓贾名化，【甲戌侧批：假话。妙！】表字时飞，【甲戌侧批：实非。妙！】别号雨村者走了出来。

如果把英莲舍出，《红楼梦》就不是历史了。

这段预言暗示范文程（英莲）的人生经历。文章不能总以"地陷东南""绛珠转世"这样的幌子说事，这段文字便成为引导后文的幌子。

范文程于1618年降清，崇祯皇帝于1627年登基，所以，英莲出场时是小孩儿，后文中她会迅速长大，参与到故事中来。再者，如果士隐是普通人家，和尚便是坏和尚，他知道英莲的坎坷命运，为什么不想法子破解呢？

读者更应该犹豫，僧道二人到底什么来历？

两位作者各行其道，他们有各自的人生轨迹。

北邙山不是修仙的地方，而是一片坟墓。唐代诗人王建诗句："北邙山头少闲土，尽是洛阳人旧墓。"白居易诗句："何事不随东洛水，谁家又葬北邙山。"北邙山上是坟墓，道人、和尚并无长生之术，他俩要在坟墓中相遇。道人在北邙山等和尚，这说明道人死得早，和尚死得晚，事实就是这样，钱谦益逝于1664年，吴梅村逝于1672年。

这样的神奇文章，确实妙啊。

"这两个人必有来历"！这是作者赤裸裸的提示，300多年来，谁知道二人来历呢？

"痴想"！难道魏忠贤不是痴想吗？

葫芦庙里来人了！皇宫里面来人了！来人姓贾名化，谐音假话；表字时飞，谐音实妃，来人实际上是一位妃子，她就是天启皇帝的妻子，张嫣皇后。魏忠贤想夺权，张嫣皇后要帮助信王朱由检登基。《明史·张嫣皇后传》记载：

及熹宗大渐，折忠贤逆谋，传位信王者，后力也。

【甲戌侧批：雨村者，村言粗语也。言以村粗之言演出一段假话也。】

借表面情节演绎一段历史。

这贾雨村原系胡州【甲戌侧批：胡诌也。】人氏，也是诗书仕宦之族，因他生于末世，

胡州谐音胡诌，这个籍贯是胡诌的。

【甲戌侧批：又写一末世男子。】

批语为什么指出雨村是男子呢？因为书中的女子扮演男子，这里明点"男子"，说明他扮演女子，文字都是反的嘛！

父母祖宗根基已尽，人口衰丧，只剩得他一身一口，在家乡无益。

可怜，张嫣皇后只剩一身一口，她的丈夫刚刚去世，她又没有孩子，真是一身一口。

【蒙侧批：形容落破诗书子弟，逼真。】

注意"逼真"二字，比拟事物非常形象时才用这个词形容，文章把皇后隐写成落魄书生，是不是非常逼真呢？

因进京求取功名，再整基业。

张嫣皇后（雨村）要"再整基业"，这份基业就是江山基业，她要把皇权从魏忠贤手中夺过来，交给信王朱由检。其实，张皇后与魏忠贤斗争很久了，《明史·张嫣皇后传》记载：

（后）性严正，数于帝前言客氏、魏忠贤过失……帝尝至后宫，后方读书。帝问何书。对曰："《赵高传》也。"帝默然。

自前岁来此，又淹塞住了，暂寄庙中安身，每日卖字作文为生，【蒙侧批："庙中安身""卖字为生"，想是过午不食的了。】

"卖字作文"！天启皇帝立下遗诏传位给弟弟朱由检，可是，魏忠贤秘不发丧，无法执行遗诏。张嫣皇后要把遗诏交给大臣，这不就是"卖字作文"吗？

故士隐常与他交接。【甲戌侧批：又夹写士隐实是翰林文苑，非守钱虏也，直灌入"慕雅女雅集苦吟诗"一回。】

二人已经"交接"，斗争马上就见分晓了。

当下雨村见了士隐，忙施礼陪笑道："老先生倚门伫望，

魏忠贤"倚门伫望"，他正在等兵部尚书崔呈秀。《明史·崔呈秀传》记载：

无何，熹宗崩，廷臣入临。内使十余人传呼崔尚书甚急，廷臣相顾愕眙。呈秀入见忠贤，密谋久之，语秘不得闻。

魏忠贤要与崔呈秀密谈夺取皇权的事情，因而，下文中，崔呈秀就要上场了！

"敢是街市上有甚新闻否？"

张嫣皇后（雨村）向魏忠贤发问了："有新闻吗？天

红楼闲微——解读《红楼梦》前二十回

士隐笑道："非也，

"适因小女啼哭，引他出来作耍，正是无聊之甚，兄来得正妙，请入小斋一谈，彼此皆可消此永昼。"

说着，便令人送女儿进去，自与雨村携手来至书房中。小童献茶。

方谈得三五句话，忽家人飞报："严老爷来拜。"

【甲戌侧批："炎"也。炎既来，火将至矣。】

士隐慌的忙起身谢罪道："恕诳驾之罪，略坐，弟即来陪。"

雨村忙起身亦让道："老先生请便。晚生乃常造之客，稍候何妨。"【蒙本侧批：世态人情，如闻其声。】说着，士隐已出前厅去了。

这里雨村且翻弄书籍解闷。忽听得窗外有女子嗽声，

雨村遂起身往窗外一看，原来是一个丫鬟，在那里撷花，

生得仪容不俗，眉目清明，【甲戌侧批：八字足矣。】虽无十分姿色，却亦有动人之处。【甲戌眉批：更好。这便是真正情理之文。可笑近之小说中满

魏忠贤说皇帝还没死，他在隐瞒皇帝去世的消息。《崇祯长编》记载：

熹宗崩，忠贤犹豫不发丧。

魏忠贤把话题岔开了，因为他等的人还没来。

仇人相见，分外眼红，所以，文章无法描写二人对话。

"忽家人飞报"，事情紧急，魏忠贤倚门伫望的人来了！"严"是严酷的意思，严老爷就是阉党五虎之一兵部尚书崔呈秀！

魏忠贤要惹火烧身了。

事情紧急，魏忠贤"慌的忙起身"，他要与崔呈秀商量夺权，关键时刻到了。

从表面情节看，雨村的话非常得体，故而，蒙本侧批说："世态人情，如闻其声。"文章隐写历史，但是，表面情节中的世态人情非常逼真！

又一位历史人物登场了，这位丫鬟是一位大臣，他要参与这场斗争。

花与话谐音，撷花就是偷听消息！窗外的丫鬟是礼部尚书来宗道，他得到天启皇帝去世的确切消息。《石匮书后集》记载：

司礼太监王体乾及忠贤在丧次，独体乾语礼部，备丧礼。忠贤独呼兵部尚书崔呈秀入。

魏忠贤等待兵部尚书崔呈秀的时候，司礼太监王体乾把皇帝去世的消息告诉了礼部，让礼部准备丧礼。因此，礼部尚书来宗道得知了皇帝去世的消息。

礼部尚书来宗道巴结过魏忠贤，其"姿色"可想而知！不过，他马上要背叛魏忠贤了，这就是他的"动人之处"。

纸"羞花闭月"等字。这是雨村目中，又不与后之人相似。】

雨村不觉看的呆了。【甲戌侧批：今古穷酸色心最重。】

魏忠贤秘不发丧，张嫣皇后"呆了"。此时的张嫣皇后只有21岁，她不知道该怎么办。

那甄家丫鬟撷了花，

来宗道（丫鬟）要将天启皇帝去世的消息告诉张嫣皇后。

方欲走时，猛抬头见窗内有人，敝巾旧服，虽是贫窭，然生得腰圆背厚，面阔口方，更兼剑眉星眼，直鼻权腮。

张嫣皇后非常漂亮，雨村面相自然不差。从这里的记载看，张嫣皇后体型略胖，面阔口方，剑眉星眼，直鼻权腮。这与百度百科上的介绍如出一辙。

【甲戌侧批：是莽操遗容。】

王莽、曹操都是夺取皇权的人物，张嫣皇后（雨村）正在夺取皇权。

【甲戌眉批：最可笑世之小说中，凡写奸人则用"鼠耳鹰腮"等语。】

小说中的奸人是真奸人，雨村并非奸人。

这丫鬟忙转身回避，心下乃想："这人生的这样雄壮，却又这样褴褛，想他定是我家主人常说的什么贾雨村了，

礼部尚书来宗道正在思索，要不要把消息告诉张嫣皇后呢？

"每有意帮助周济，只是没甚机会。我家并无这样贫窭亲友，想定是此人无疑了。怪道又说他必非久困之人。"如此想来，不免又回头两次。

来宗道把消息告诉了张嫣皇后，因此，崇祯皇帝登基后，他得到了好处。《崇祯长编》记载：

十二月，以登极恩晋礼部尚书来宗道为太子太保。

来宗道帮皇帝登基，他被提拔为内阁次辅、首辅，所以，下文中丫鬟频频遇到美事。

【甲戌眉批：这方是女儿心中意中正文。又最恨近之小说中满纸红拂紫烟。】

【蒙侧批：如此忖度，岂得为无情？】

小说中的人物不值一谈。

雨村见他回了头，便自为这女子心中有意于他，【甲戌侧批：今古穷酸皆会替女妇心中取中自己。】便狂喜不尽，自为此女子必是个巨眼英雄，风尘中之知己也。【蒙侧批：在此处已把种点出。】

如果来宗道不讨好魏忠贤，他很难当上礼部尚书。而来宗道向张嫣皇后告密，他就抛弃了旧主子魏忠贤。

就表面情节而言，"巨眼英雄"四个字不恰当。就隐写历史而言，这四个字再恰当不过了，在关键时刻，来宗道帮崇祯皇帝登基，算个巨眼英雄。

一时小童进来，雨村打听得前面留饭，不可久待，

张嫣皇后知道了真相，她也回去做准备了。

遂从夹道中自便出门去了。

"夹道"？表面情节全是假，为什么会有这么具体的地

方呢？因为丫鬟的名字叫"来宗道"，文章夹写了来宗道！

士隐待客既散，知雨村自便，也不去再邀。

士隐待客散了，谈话结束了，崔呈秀不支持魏忠贤夺权。《明史·崔呈秀传》记载：

或言忠贤欲篡位，呈秀以时未可，止之也。

一日，早又中秋佳节。

"中秋佳节"前面是"早又"二字，为什么不用"恰值"二字呢？因为天启皇帝于农历八月二十二日去世，中秋节已过去七天，所以用"早又"二字。

士隐家宴已毕，乃又另具一席于书房，却自己步至庙中来邀雨村。【甲戌侧批：写士隐爱才好客。】

文章好看之至，这场夺权斗争就要出结果了。

原来雨村自那日见了甄家之婢曾回顾他两次，自为是个知己，便时刻放在心上。

来宗道两次向张嫣皇后汇报消息（回顾两次），张嫣皇后已经知道魏忠贤的底牌。

【蒙侧批：也是不得不留心。不独因好色，多半感知音。】

雨村并不好色，他在感谢丫鬟提供信息。

今又正值中秋，不免对月有怀，因而口占五言一律云：

夺权斗争十分激烈，张嫣皇后忧心忡忡，文章要借诗言情。

【甲戌双行夹批：这是第一首诗。后文香奁闺情皆不落空。余谓雪芹撰此书中，亦有传诗之意。】

这里说"雪芹撰此书"，这会让人以为《红楼梦》是雪芹所写。其实不然，批书人明白书中的历史却不说破，如果雪芹是作者，他为什么出卖作者呢？

未卜三生愿，频添一段愁。

张嫣皇后的丈夫刚刚去世，三生石上，姻缘已了，年仅21岁的她要守寡了。这个时候，魏忠贤要夺权，张嫣皇后又添了一段愁绪。

闷来时敛额，行去几回头。

个人婚姻不幸，加上皇权面临危险，张嫣皇后敛额蹙眉，在深宫大院里徘徊思索。

自顾风前影，谁堪月下俦？

俦是伴侣的意思。张嫣皇后的丈夫去世了，她形单影只，花前月下，再无伴侣。

蟾光如有意，先上玉人楼。

老天爷啊，如果一切都是天意，就把玉玺的主人确定下来吧，千万不要让皇权旁落，快点儿让信王朱由检当皇帝吧。

关于诗句的解读方法，书中有提示。第四十八回中有这样一段话："诗的好处，有口里说不出来的意思，想去却是逼真的。"文章的提醒清楚之至，作者遇到口里说不出来的意思，就借助诗文表达，只要读者会心，想去都是逼真的。

本书除了借梦说事外，还借诗词表达历史。这就是本书中梦幻情节多、诗词曲赋多的原因。

诗言情，诗言志，诗还能记载历史，作者吴梅村把诗的功能发挥到了极致，形成了独特的诗歌艺术风格，时人称之为"梅村体"。顾师轼编写的《吴梅村先生年谱》有这样一句话：

吾乡梅村先生之诗，亦世之所谓"诗史"也。

张嫣皇后的抱负就是帮信王登基当皇帝。

雨村吟罢，因又思及平生抱负，苦未逢时，乃又搔首对天长叹，复高吟一联曰：

玉在匮中求善价，

只有出卖物品，才会求取价钱，"求善价"的意思是要卖玉了，暗指玉玺要换主人了！

钗于奁内待时飞。【甲戌侧批：表过黛玉则紧接上宝钗。甲夹批：前用二玉合传，今用二宝合传，自是书中正眼。蒙侧批：偏有些脂气。】

薛宝钗扮演清太宗皇太极，他要与崇祯皇帝争夺江山。皇太极比崇祯皇帝早登基一年，所以，明朝玉玺寻找新主人时，宝钗已在奁内，已是后金（大清）大汗了！

作者为了让读者注意这副对联，用了多个词语提示。"搔首对天长叹""复高吟一联"，下文还有"不过偶吟前人之句"，这都说明这句诗非常重要。

恰值士隐走来听见，笑道："雨村兄真抱负不浅也！"

张嫣皇后的抱负真的不浅！

雨村忙笑道："不过偶吟前人之句，何敢狂诞至此。"

雨村并不狂诞，狂诞者是士隐。

因问："老先生何兴至此？"

对呀，魏忠贤，你来干什么？

士隐笑道："今夜中秋，俗谓'团圆之节'，想尊兄旅寄僧房，不无寂寥之感，故特具小酌，邀兄到敝斋一饮，不知可纳芹意否？"

士隐居然邀请雨村喝酒，此酒一定是鸿门宴。

雨村听了，并不推辞，便笑道："既蒙厚爱，何敢拂此盛情。"【甲戌侧批：写雨村豁达，气象不俗。】

甲戌侧批："写雨村豁达，气象不俗。""气象不俗"四字评价张嫣皇后，非常恰当。

说着，便同士隐复过这边书院中来。

书院？书院是喝酒的地方吗？书院是起草圣旨的地方。魏忠贤与张嫣皇后到书院中来了，夺权斗争白热化了！

· 28 ·

须臾茶毕，早已设下杯盘，那美酒佳肴自不必说。

二人归坐，先是款斟漫饮，次渐谈至兴浓，不觉飞觥限斝起来。

当时街坊上家家箫管，户户弦歌，当头一轮明月，飞彩凝辉，二人愈添豪兴，酒到杯干。

雨村此时已有七八分酒意，狂兴不禁，乃对月寓怀，口号一绝云：

时逢三五便团圆，【甲戌侧批：是将发之机。】

满把晴光护玉栏。【甲戌侧批：奸雄心事，不觉露出。】

天上一轮才捧出，
人间万姓仰头看。

【甲戌眉批：这首诗非本旨，不过欲出雨村，不得不有者。用中秋诗起，用中秋诗收，又用起诗社于秋日。所叹者三春也，却用三秋作关键。】

士隐听了，大叫："妙哉！吾每谓兄必非久居人下者，

"今所吟之句，飞腾之兆已见，

"不日可接履于云霓之上矣。可贺，可贺！"【蒙侧批：伏笔，作□眼语。妙！】乃亲斟一斗为贺。

【甲戌侧批：这个"斗"字莫作升斗之斗看，可笑。】

雨村因干过，叹道："非晚生酒后狂言，若论时尚之学，【甲戌侧批：四

对呀，不必说美酒佳肴。表面情节是假的，说什么美酒佳肴？

真的假不了，假的真不了，甄贾二人对饮，就要分出胜负来了。"先、次、不觉"，这是斗争的三个阶段。

当空明月高照，好兆头。这是通过描摹风景暗示幻情。

雨村要念诗，张嫣皇后要先发制人，他来书院的目的是颁布懿旨。《崇祯长编》记载：

翌日，凶问彰露，始宣皇后懿旨告外。

魏忠贤秘不发丧，张皇后颁布懿旨把天启皇帝去世的消息告诉了朝臣。这是釜底抽薪，天启皇帝已经去世，如果魏忠贤不执行遗诏，就是抗旨不遵！

诗是双关语，大体意思是，在中秋节后，明朝已经确定了玉玺的新主人，他一旦登基，万人景仰！

最令人叹惜的就是三春，崇祯十七年三月十九日，李自成攻陷京城，三春时节，明朝灭亡。

张嫣皇后当然不是久居人下者。

凡事都有预兆，妙文。

皇帝又称为天子，张嫣皇后要扶持新皇帝登基，这正是"接履于云霓之上矣"。

"斗"字不是升斗之"斗"，那就应该是斗争的"斗"。

若论时尚之学，张嫣皇后令须眉汗颜。至于考取功名，只不过是"充数"的表面情节，况且，"或"字说明雨村

· 29 ·

字新而含蓄最广，若必指明，则又落套矣。】晚生也或可去充数沾名，

"只是目今行囊路费一概无措，神京路远，非赖卖字撰文即能到者。"

士隐不待说完，便道："兄何不早言。

"愚每有此心，但每遇兄时，兄并未谈及，愚故未敢唐突。

"今既及此，愚虽不才，'义利'二字却还识得。【蒙侧批："义利"二字，时人故自不识。】

"且喜明岁正当大比，

"兄宜作速入都，春闱一战，方不负兄之所学也。

"其盘费余事，弟自代为处置，亦不枉兄之谬识矣！"当下即命小童进去，速封五十两白银，并两套冬衣。

【甲戌眉批：写士隐如此豪爽，又无一些粘皮带骨之气相，愧杀近之读书假道学矣。】

又云："十九日乃黄道之期，

"兄可即买舟西上，待雄飞高举，明冬再晤，岂非大快之事耶！"

雨村收了银衣，不过略谢一语，并不介意，仍是吃酒谈笑。

并不在乎功名。

张嫣皇后开始哭穷了，哭穷的目的是向魏忠贤要东西，她想要遗诏，她想"卖字撰文"，她要把遗诏公布出来，予以执行。

休要强词夺理！张嫣皇后颁布懿旨，就是逼迫你执行遗诏，现在说"何不早言"，早干什么去了？

强词夺理！张嫣皇后"并未谈及"，魏公公就可以不执行遗诏吗？

朝臣已经知道天启皇帝去世，魏忠贤的计谋很难实施，他知道"义利"二字，不得不请信王朱由检入宫了！

目前是天启七年，明年是崇祯元年，崇祯元年正是大比之年。《崇祯实录》记载：

崇祯元年，夏四月癸巳，赐进士刘若宰等三百五十人及第、出身有差。

不劳士隐多虑，张嫣皇后正在都中，她已经大获全胜。

甄士隐开始献殷勤了。俗话说，无事献殷勤，非奸即盗。今日始信。"两套冬衣"指遗诏，魏忠贤把天启皇帝的遗诏交出来了。

文章把魏忠贤写成一位豪爽人，丝毫没有露出真实面目。错读《红楼梦》的人还以为甄士隐是豪爽人物呢！

这话有学问，崇祯十七年三月十九日，崇祯皇帝自缢。另外，天启七年八月十九日可能是信王朱由检到皇宫看望哥哥的日期。

就要大快人心了。

不介意就对了，何必在乎一个斗败的太监呢？

【甲戌侧批：写雨村真是个英雄。蒙侧批：托大处，即遇此等人，又不得太琐细。】

那天已交了三更，二人方散。士隐送雨村去后，回房一觉，直至红日三竿方醒。【甲戌侧批：是宿酒。】

因思昨夜之事，意欲再写两封荐书与雨村带至神都，使雨村投谒个仕宦之家为寄足之地。【甲戌侧批：又周到如此。】

因使人过去请时，那家人去了回来说："和尚说，贾爷今日五鼓已进京去了，

"也曾留下话与和尚转达老爷，

"说：'读书人不在黄道黑道，总以事理为要，

"不及面辞了'。"

【甲戌侧批：写雨村真令人爽快。】

士隐听了，也只得罢了。

真是闲处光阴易过，倏忽又是元宵佳节矣。士隐命家人霍启【甲戌侧批：妙！祸起也。此因事而命名。】

抱了英莲去看社火花灯，半夜中，霍启因要小解，便将英莲放在一家门槛上坐着。

待他小解完了来抱时，哪有英莲的踪影？

急得霍启直寻了半夜，至天明不见，那霍启也就不敢回来见主人，便逃往他乡去了。

雨村是真英雄！

甲戌侧批："是宿酒。"果然是宿酒，堪比鸿门宴。

甲戌侧批："又周到如此。"这说明原来并不周到，突然如此周到，为时晚矣！

贾爷，好，这位爷本来就是假的！假爷已经进京，正在宫中忙碌！"和尚说"，这三个字大有深意，本书所有文字都是化身为癞头和尚的吴梅村所说。

作者（和尚）有话要转达，洗耳恭听吧。

读《红楼梦》"总以事理为要"，不要受表面情节干扰！

张嫣皇后谢幕了，她的主要历史事件介绍完了。

爽快！爽快！

不罢了还能怎么样？

"霍启"谐音"祸起"，大祸将起！崇祯皇帝登基后，魏忠贤（士隐）大祸临头了！

文章没有继续写魏忠贤，转笔却写范文程（英莲），文章交错有法。范文程正坐在"门槛"上，"门槛"就是明朝与后金的国界，他要跨过"门槛"投降了！《清史稿·范文程传》记载：

天命三年，太祖既下抚顺，文寀、文程共谒太祖。

范文程降清了，如何能找到呢？他会把家庭出身全部忘记！通常情况下，走丢的孩子会思念父母，英莲却不思念父母，后文中有人曾让她认一认街坊邻居，她却说，我都忘记了，这是多人的调侃啊，范文程把明朝的家乡父老都忘了！

介绍霍启的文字较少，目前还不知道他扮演哪位历史人物。

那士隐夫妇，见女儿一夜不归，便知有些不妥，再使几人去寻找，回来皆云连音响皆无。

这是一击两鸣法，两件风马牛不相及的历史事件穿插在一起描写，使表面情节更像小说。魏忠贤夺权失败，他"便知有些不妥"，《明史·魏忠贤传》记载：

七年秋八月，熹宗崩，信王立。王素稔忠贤恶，深自儆备，其党自危。

夫妻二人，半世只生此女，一旦失落，岂不思想，因此昼夜啼哭，几乎不曾寻死。

暂时不用寻死，稍候时日，就得寻死。

【蒙侧批：天下作子弟的，看了想去。】

好好想吧，作者究竟在写什么呢？

【甲戌眉批：喝醒天下父母之痴心。】

魏忠贤的痴心已被喝醒！

看看的一月，士隐先就得了一病，当时封氏孺人也因思女搆疾，日日请医疗治。

黄立极（封氏）患"病"了，他患的是政治病，作为内阁首辅，他不与魏忠贤对抗，崇祯皇帝登基后，后果可想而知了。且看后文。

不想这日三月十五，葫芦庙中炸供，那些和尚不加小心，致使油锅火逸，便烧着窗纸。

葫芦庙里出大事了，皇宫里出大事了！崇祯皇帝处理阉党了。"炸供"就是审供，朝廷开始审问阉党。"烧着窗纸"就是东窗事发。因为阉党案件牵涉的官员太多，这个案子到崇祯二年才定案。《崇祯实录》记载：

三月辛未，廷臣上钦定"逆案"，诏刊布中外，共二百十八人，以七等定罪。

阉党定案时间是"三月辛未日"，这天正是三月十五日，葫芦庙内三月十五日炸供，这是铁的史实！

此方人家多用竹篱木壁者，【蒙侧批：交竹滑溜婉转。】大抵也因劫数，于是接二连三，牵五挂四，

接二连三、牵五挂四，阉党分子都被扯出来了！

将一条街烧得如火焰山一般。

阉党倒霉了！

【甲戌眉批：写出南直召祸之实病。】

批语指出大火是人为召祸所致。批语以南直反说北直，北直即北直隶，也就是明朝京都北京。这场大火是京城里有人召祸所致。

彼时虽有军民来救，那火已成了势，如何救得下？直烧了一夜，方渐渐的熄去，也不知烧了几家。

大火本是劫数，神仙也救不了。

只可怜甄家在隔壁，早已烧成一片

语不惊人死不休！文章本可以让魏忠贤（士隐）在大

瓦砾场了。只有他夫妇并几个家人的性命不曾伤了。

急得士隐惟跌足长叹而已。

只得与妻子商议，且到田庄上去安身。

偏值近年水旱不收，鼠盗蜂起，无非抢田夺地，鼠窃狗偷，民不安生，

因此官兵剿捕，难以安身。

士隐只得将田庄都折变了，

便携了妻子与两个丫鬟投他岳丈家去。

他岳丈名唤封肃，【蒙双行夹批：风俗。】

本贯大如州人氏，【甲戌眉批：托言大概如此之风俗也。】虽是务农，家中都还殷实。

今见女婿这等狼狈而来，

心中便有些不乐。

【甲戌侧批：所以大概之人情如是，风俗如是也。蒙侧批：大都不过如此。】

幸而【蒙侧批：若非"幸而"，则有不留之意。】士隐还有折变田地的银

火中丧生，但是，魏忠贤死于天启七年，阉党定案是崇祯二年的事，文章要分叙单传。再者，魏忠贤是自缢而死，文章还要描写他上吊的过程呢！

面对"熊熊大火"，魏忠贤只能"跌足长叹"！

田庄指魏忠贤的田宅，他的田宅不保了。

文章把时代大背景写出来了，崇祯年间，水旱不收，鼠盗蜂起，张献忠、李自成等人共有上百支农民起义军队伍抢田夺地，民不安生。

这话讲不通，官兵来了，地方治安应该变好，怎么就难以安身了呢？其实，"官兵剿捕"是针对魏忠贤说的，朝廷准备捉拿他了。

魏忠贤的田宅充公了，《明季北略》记载：

后数日，（忠贤）疏辞公侯伯三爵，上准改，又疏缴进诰券田宅，着吏、户、工三部查收。

魏忠贤要离开朝廷了，崇祯皇帝派他去守凤阳皇陵。《明史·庄烈帝本纪》记载：

十一月甲子，安置魏忠贤于凤阳。

这位岳丈扮演钱嘉征，他要弹劾魏忠贤。

"大如州"指南直隶。魏忠贤去凤阳守皇陵，凤阳隶属于南直隶。"本贯"指钱嘉征的本来籍贯，钱嘉征是嘉兴人，这里原属于南直隶。《明史·地理》记载：

嘉兴府元嘉兴路，属江浙行省。太祖丙午年十一月为府，直隶京师。十四年十一月改隶浙江。

魏忠贤很狼狈了。

钱嘉征心中"有些不乐"，他就要整理魏忠贤的黑材料了。

对魏忠贤心中不乐的人很多，崇祯皇帝登基后，有多位官员弹劾魏忠贤。《明史·魏忠贤传》记载：

主事陆澄原、钱元悫，员外郎史躬盛递交章论忠贤。

魏忠贤有的是银子，他去守皇陵时，运了几十车财宝！《明季北略》记载：

第一回 甄士隐梦幻识通灵 贾雨村风尘怀闺秀

子未曾用完，拿出来托他，随分就价薄置些须房地，为后日衣食之计。

那封肃便半哄半赚，与他些薄田朽屋。士隐乃读书之人，不惯生理稼穑等事，勉强支持了一二年，越觉穷了下去。

封肃每见面时，便说些现成话，

且人前人后又怨他们不善过活，只一味好吃懒作【甲戌侧批：此等人何多之极。】等语。

士隐知投人不着，心中未免悔恨，再兼上年惊唬，急忿怨痛，已有积伤，暮年之人，贫病交攻，

竟渐渐的露出那下世的光景来。【蒙侧批：几几乎。世人则不能止于几几乎，可悲！观至此，不……】

可巧这日，拄了拐杖挣挫到街前散散心时，忽见那边来了一个跛足道人，

疯癫落脱，麻屣鹑衣，口内念着几句言词，

道是：
世人都晓神仙好，惟有功名忘不了！

古今将相在何方？荒冢一堆草没了。

忠贤遂将珍宝四十辆、马千四、壮士八百行，通政使杨绍震劾逆贤在途拥兵云云。

"半哄半赚"，妙！表面情节有一半是哄人的。

钱嘉征很容易就找出魏忠贤的10条"现成话"，《崇祯长编》记载：

浙江嘉兴县贡生钱嘉征疏言东厂太监魏忠贤十罪：一曰并帝……二曰蔑后……三曰弄兵……

"他们"是指阉党，以魏忠贤为首的阉党"不善过活"，把朝廷搞得乌烟瘴气。

魏忠贤（士隐）正是"暮年之人"，他死时，已经59周岁了。

魏忠贤已经"露出那下世的光景来"，文章即将描写他的死亡过程。

道人是钱谦益，魏忠贤夺权的这段历史是他的亲身经历，所以，道人来搭戏了。再者，钱谦益是东林党人，东林党与魏忠贤势不两立，不是冤家不聚首，钱谦益为魏忠贤搭戏来了。由于吴梅村（和尚）是崇祯四年的进士，所以，和尚不能来搭戏。

魏忠贤临死时，确实有人在旁边唱歌。《明季北略》记载：

时有京师白书生，作挂枝儿在外厢唱彻五更，形其昔时豪势，今日凄凉，言言讥刺，忠贤闻之，益凄闷，遂与李朝钦缢死。

魏忠贤是九千岁，当时，有人只知有魏忠贤而不知有皇帝，他的功名如何呢？

魏忠贤权倾天下，古今将相没有几个人比他权势高，可是，到头来，终究是荒冢一堆。

世人都晓神仙好，只有金银忘不了！

终朝只恨聚无多，及到多时眼闭了。

世人都晓神仙好，只有娇妻忘不了！

【蒙双行夹批：要写情要写幻境，偏先写出一篇奇人奇境来。】

君生日日说恩情，君死又随人去了。

世人都晓神仙好，只有儿孙忘不了！

痴心父母古来多，孝顺儿孙谁见了？

士隐听了，便迎上来道："你满口说些什么？只听见些'好''了''好''了'。"

那道人笑道："你若果听见'好''了'二字，还算你明白。"

"可知世上万般，好便是了，了便是好。若不了，便不好；若要好，须是了。我这歌儿，便名《好了歌》。"

士隐本是有宿慧的，一闻此言，心中早已彻悟。

因笑道："且住！待我将你这《好了歌》解注出来何如？"

魏忠贤守皇陵时，大队人马，运了很多财宝。

再多的金银也没有用，他就要闭眼了！

魏忠贤跟客氏"对食"，这对苟且夫妻都要死了。

介绍太监时却提到娇妻，这不是奇人奇境吗？

天启皇帝在时，魏忠贤可以天天在君王前说恩情，现在，君王已逝，魏公公跟着去吧。

魏忠贤有一大群儿孙，兵部尚书崔呈秀是他的义子，"五虎""五彪""十狗""十孩儿""四十孙"，这都是魏忠贤的党徒子孙！

魏忠贤当权时，"孝顺儿孙"为他建祠堂，内阁大学士推波助澜，以致全国各地都有魏公公的祠堂，搞得老百姓只知有魏公公而不知有皇帝。

皇帝派人来捉拿魏忠贤了，魏忠贤不会好了！《好了歌》就是《坏了歌》，好！好！好！了！了！了！魏忠贤命休矣！

皇帝派来追兵，魏公公心里已经明白了。《崇祯长编》记载：

忠贤既谪凤阳而途中犹盛舆卫自拥护。于是，帝再谕兵部曰：逆恶魏忠贤本当肆市以雪众冤，姑从轻降发凤阳，岂臣恶不思自改，辄敢将畜亡命，身带凶刃，环拥随护，势若叛然。朕心甚恶，着锦衣卫即差的当官旗前去扭解押赴彼处交割明白，所有跟随群奸即擒拿具奏，勿得纵容贻患，若有疏虞，责有所归。

魏忠贤唯一办法的就是自我了结，如若不然，被捉拿到京城，肯定没有好！若想好，就得自我了结；若不了结，便大事不好！好便是了，了便是好。若不了，便不好；若要好，须是了。魏忠贤唯一的办法就是自我了结！

魏忠贤早已彻悟，崇祯皇帝不会饶过他了。

作者要借魏公公之口注解文章，洗耳恭听吧。

道人笑道："你解，你解。"

"你解，你解。"钱谦益让谁解呢？他透过文章，眼睛直勾勾地盯着读者说："你解，你解。"

士隐乃说道：
陋室空堂，当年笏满床，【甲戌侧批：宁、荣未有之先。】

笏是大臣上朝时手持的手板，对魏忠贤而言，想当年，大臣向他汇报工作，他的床头都是笏啊！

衰草枯杨，曾为歌舞场。【甲戌侧批：宁、荣既败之后。】

明朝皇室按五行相生的顺序取名。比如，万历皇帝朱翊钧，泰昌皇帝朱常洛，崇祯皇帝朱由检，祖孙三人名字的最末一字分别是"金""水""木"字旁的字，取"金生水、水生木"之意。"枯杨"二字是木字旁，这是朱由检一辈取名所用的偏旁，这里用枯杨指代崇祯王朝。这句话的意思是，明朝灭亡，谁还记当年的情况。

蛛丝儿结满雕梁，【甲戌侧批：潇湘馆、紫芸轩等处。】

蛛丝儿的"蛛"与朱明王朝的"朱"谐音，明朝皇宫的雕梁画栋结满蛛丝，暗指明朝已经衰败。

绿纱今又糊在蓬窗上。【甲戌侧批：雨村等一干新荣暴发之家。甲戌眉批：先说场面，忽新忽败，忽丽忽朽，已见得反复不了。】

大清王朝将会为明朝皇宫糊上绿纱，新的王朝即将取代旧的王朝。

说什么脂正浓，粉正香，如何两鬓又成霜？【甲戌侧批：宝钗、湘云一干人。】

帝王将相，荣华富贵，转眼成空，徒使人两鬓增霜。

昨日黄土陇头送白骨，【甲戌侧批：黛玉、晴雯一干人。】

朝堂之上，斗争杀人，黄土陇头白骨相叠。

今宵红灯帐底卧鸳鸯。【甲戌眉批：一段妻妾迎新送死，倏恩倏爱，倏痛倏悲，缠绵不了。】

争权夺利，受宠受辱，哪管帐底鸳鸯。再者，鸳鸯是书中的一位人物，后文中还有故事。

金满箱，银满箱，【甲戌侧批：熙凤一干人。】展眼乞丐人皆谤。【甲戌侧批：甄玉、贾玉一干人。】

金银满箱，转眼成空。明朝灭亡后，曾经的厚禄高官，难免寄人篱下，被人唾弃。

正叹他人命不长，那知自己归来丧！【甲戌眉批：一段石火光阴，悲喜不了。风露草霜，富贵嗜欲，贪婪不了。】

不必感叹他人命运，在朝代交替之际，谁又知道自己的命运呢？

训有方，保不定日后【甲戌侧批：言父母死后之日。】作强梁。【甲戌侧批：柳湘莲一干人。】

明朝大臣读过圣贤之书，李自成攻陷京城时，却有人投降，做了强梁。

择膏粱，谁承望流落在烟花巷！【甲戌眉批：一段儿女死后无凭，生前空为筹划计算，痴心不了。】

清军入关，朝臣面临抉择，有人降清，"流落在烟花巷"仕清为官。

因嫌纱帽小，致使锁枷杠，【甲戌侧批：贾赦、雨村一干人。】

官员争权夺利，到头来，却是锁枷肩上扛。

昨怜破袄寒，今嫌紫蟒长。【甲戌侧批：贾兰、贾菌一干人。甲戌眉批：一段功名升黜无时，强夺苦争，喜惧不了。】

李自成、张献忠是农民出身，昨天还穿着破袄，一夜间，紫蟒加身，称帝称王。

乱烘烘你方唱罢我登场，【甲戌侧批：总收。甲戌眉批：总收古今亿兆痴人，共历幻场，此幻事扰扰纷纷，无日可了。】

历史就是一台大戏，乱哄哄，你方唱罢我登场。

反认他乡是故乡。【甲戌侧批：太虚幻境青埂峰一并结住。】

明朝臣子，投降他人，反认他乡为故乡。

甚荒唐，到头来都是为他人作嫁衣裳！

荒唐，荒唐，明王朝为清王朝作了嫁衣裳。

【甲戌侧批：语虽旧句，用于此妥极是极。苟能如此，便能了得。】【甲戌眉批：此等歌谣原不宜太雅，恐其不能通俗，故只此便妙极。其说得痛切处，又非一味俗语可到。】【蒙双行夹批：谁不解得世事如此，有龙象力者方能放得下。】

关于甄士隐的这段注解，似乎还有深意，笔者望文生义，浅解如此。

那疯跛道人听了，拍掌笑道："解得切，解得切！"

解语赤裸裸地揭示了历史，只有这样解才算"解得切"。大家看，作者已为解读《红楼梦》做了示范，这样才算解得切！

士隐便笑一声"走罢！"【甲戌侧批：如闻如见。】

走吧！魏公公，死到临头了，不要打哑谜了！

【甲戌眉批："走罢"二字真悬崖撒手，若个能行？】

悬崖撒手！

【蒙侧批：一转念间登彼岸。】

一念之间，生死相隔。

【靖眉批："走罢"二字，如见如闻，真悬崖撒手。非过来人，若个能行？】

魏忠贤悬崖撒手而去！

将道人肩上褡裢抢了过来背着，竟不回家，同了疯道人飘飘而去。

当下烘动街坊，众人当作一件新闻传说。

封氏闻得此信，哭个死去活来，只得与父亲商议，遣人各处访寻，那讨音信？无奈何，少不得依靠着他父母度日。

幸而身边还有两个旧日的丫鬟伏侍，主仆三人，日夜作些针线发卖，帮着父亲用度。那封肃虽然日日抱怨，也无可奈何了。

褡裢指绳索，魏忠贤把绳索环绕在脖子上，他自缢了，双脚"飘飘"，一命呜呼！《明史·魏忠贤传》记载：

忠贤行至阜城，闻之，与李朝钦偕缢死。

魏忠贤死了，这是特大新闻，人们都在谈论这件事。

黄立极（封氏）"哭个死去活来"，他是魏忠贤当权时期的内阁首辅，魏忠贤倒台，他大哭一场，他的首辅职位保不住了。《烈皇小识》记载：

时阁臣四员黄立极、施凤来、张瑞图、李国櫡，皆逆贤爱立也，上首放立极。

真是好文章，一笔也不苟且。来宗道（丫鬟）还有历史事件要记载，文章为丫鬟伏笔，这就是草蛇灰线。

第一回基本讲完了，但是，新问题出现了。魏忠贤（士隐）自缢了，张嫣皇后（雨村）没有重大历史事件可以记载了，范文程（英莲）还没走到历史舞台的中央，如何开启下文呢？

如果抛开这三个人另起头绪，文章就不像小说了，怎么办呢？作者有办法，让贾雨村扮演一位新的历史人物吧。关于这一点，做三点说明：

一、第五十九回中有这样一句话："分明一个人，怎么变出三样来？"这话很清楚，一个人可以扮演三个历史人物。

二、贾雨村是本书中唯一有名、有字、有号的人物，这是作者特意提醒，雨村不是独立人物。后文还会介绍雨村的名字与长相，并且不会再提他的字"时飞"。

三、第五回提到"此曲不比尘世中所填传奇之曲，必有生旦净末之则"。《红楼梦》曲子与《红楼梦》文稿同一名称，文稿与曲子一样，都是在演戏，既然演戏，一位演员完全可以扮演多个人物。

下文中，雨村不再扮演张嫣皇后，他将扮演其他历史人物。前四回中，雨村要考中进士、升任太爷、纳小妾、被贬为民、做教师、再次为官、审理案件，他起到穿针引线的作用，其他历史人物将伴随他的经历一一出场。贾雨村是地地道道的假语者！

这日，那甄家大丫鬟在门前买线，

忽听得街上喝道之声，众人都说新太爷到任。

丫鬟于是隐在门内看时，只见军牢快手，一对一对的过去，俄而大轿抬着一个乌帽猩袍的官府过去。

【甲戌眉批：所谓"乱哄哄，你方唱罢我登场"是也。】

【甲戌侧批：雨村别来无恙否？可贺可贺。】

丫鬟倒发了个怔，自思这官好面善，倒象在那里见过的。

于是进入房中，也就丢过不在心上。【甲戌侧批：是无儿女之情，故有夫人之分。】

【蒙侧批：起初到底有心乎？无心乎？】

至晚间，正待歇息之时，忽听一片声打的门响，许多人乱嚷，说："本府太爷差人来传人问话。"【蒙侧批：不忘情的先写出头一位来了。】

封肃听了，唬得目瞪口呆，不知有何祸事。

【蒙总评：出口神奇，幻中不幻。文势跳跃，情里生情。

来宗道（丫鬟）为张嫣皇后提供了线索，这岂不是"买线"？笔者提个建议，此处改为"卖线"如何？一笑。

新太爷是大学士施凤来。崇祯皇帝登基不久，对天启年间过渡来的内阁大学士进行了调整，黄立极被免职，施凤来成为新首辅。因而，"新太爷"前面并没用"本县、本府"等定语。

乌帽猩袍指内阁大学士的服饰。

雨村刚扮演完张嫣皇后，现在，他扮演内阁首辅施凤来，这就是你方唱罢我登场。

因为新太爷身份特殊，文章将于第二回重新介绍他，故而，文章至此，并没说新太爷是雨村。但是，批语说他是雨村，因为雨村不再扮演张嫣皇后，故而，批书人在调侃，雨村别来无恙否？

读者也要"发了个怔"，此人是谁？为了区分雨村扮演的历史人物，暂且称张嫣皇后为"实妃雨村"，称施凤来为"新太爷雨村"。

施凤来当首辅，这事与来宗道没有什么关系。

批语质疑来宗道向张嫣皇后告密到底有心无心。

批语提到"头一位"，有"头一位"就有"第二位"，雨村扮演的头一位人物是张嫣皇后,第二位人物是施凤来。施凤来刚刚出场，他与前文的历史事件没有关系，文章的表面情节正在借头一位雨村的故事向下行文！

封肃不必担心，这是大喜事，他弹劾魏忠贤成功，后文中，他会喜得屁滚尿流。

文章神奇，幻境有历史事件支撑，幻中不幻！作者交替描写风马牛不相及的历史事件，文章的跳跃性很强。表面情节以前事为幌子引起后事，这便是"情里生情"。

借幻说法，而幻中更自多情，因情捉笔，而情里偏成痴幻。

试问君家识得否，色空空色两无干。】

文章借幻说法，隐写历史才是多情。作者因情执笔，把历史写进幻境。

读者是否明白，色与空两不相碍，表面情节与隐藏的历史没有关系，没有关系！

第一回讲完了，来一首打油诗吧：
托梦言情情无限，以史为鉴鉴两面。
正面唯有儿女情，睹至反面骷髅现。
帝王将相入梦来，金戈铁马风云变。
荒唐满纸皆是史，字字泣血泪已断。
自古史公多奇志，盲左腐迁青史传。
万古文章唯红楼，真话假说成绝篇。

第二回

贾夫人仙逝扬州城　冷子兴演说荣国府

【甲戌回前批：此回亦非正文本旨，

只在冷子兴一人，即俗谓"冷中出热，无中生有"也。

其演说荣府一篇者，盖因族大人多，若从作者笔下，一一叙出，尽一二回不能得明，则成何文字？

故借用冷子一人，略出其文，使阅者心中，已有一荣府隐隐在心，

然后用黛玉、宝钗等两三次皴染，则耀然于心中眼中矣。此即画家三染法也。

未写荣府正人，先写外戚，是由远及近，由小至大也。

若使先叙出荣府，然后一一叙及外戚，又一一至朋友、至奴仆，其死板拮据之笔，岂作十二钗人手中之物也？

今先写外戚者，正是写荣国一府也。

故又怕闲文赘累，开笔即写贾夫人已死，是特使黛玉入荣府之速也。】

【通灵宝玉于士隐梦中一出，今又于子兴口中一出，阅者已洞然矣。

扮演崇祯皇帝的林黛玉还没出场，第二回还不是正文本旨，黛玉出场后，正文才开始。

明朝末年，东林党与阉党水火不容，阉党失去势力后，东林党人要得势了，这就是"冷中出热"。不过，与其说"冷中出热"，不如说"热中出冷"，作者在第一回安排了一场大火，阉党分子接二连三、牵五挂四被"大火"波及，第二回新出场的人物叫冷子兴，冷子兴的字面意思是一群被冷落的臣子兴起了，因而，这分明是"热中出冷"。

文章把明朝比作一个家庭，这个"家庭"太庞大了，官员太多了，如果一个一个介绍，一两回也介绍不完，这样的话，《红楼梦》就不像小说了。

文章借冷子兴之口，以介绍"家庭成员"的方式一一引出朝廷官员，让读者觉得这个家庭好像是真的。

伴随着黛玉、宝钗等人出场，贾府人物陆续出场，贾家更像一个大家庭。这就是画家所用的三染法，先勾勒世系人物，然后皴染人物的具体情节。

文章没有先介绍崇祯皇帝登基，而是先介绍朝臣，这是由远及近、由小至大。

明朝官员众多，如果一个一个引出，然后再做介绍，这成了什么文字？

本回的重点人物是贾雨村和冷子兴，他俩的长篇对话，就是介绍明朝末年的大体情况。

文中历史人物虽然多，但是，主要人物是崇祯皇帝。所以，作者既要从整体上介绍明朝官员（贾家儿女），还要重点介绍崇祯皇帝（黛玉），这就是本书第二回、第三回的主要内容。

前文已将玉玺（通灵宝玉）介绍得差不多了。本回中，玉玺将被人物化为贾宝玉，冷子兴将会对贾宝玉的身份特征做明确的解释。

然后于黛玉、宝钗二人目中极精极细一描，则是文章锁合处。

黛玉是玉玺的拥有者崇祯皇帝朱由检，宝钗是玉玺的抢夺者清太宗皇太极。故而，二人见宝玉时，文章会对玉玺（宝玉）的特征进行极精极细的描写。

盖不肯一笔直下，有若放闸之水、燃信之爆，使其精华一泄而无余也。

关于贾宝玉的身份，文章不能一笔直下，如果一笔直下，他的身份可能会暴露。所以，文章会三番两次提示宝玉与众不同。

究竟此玉原应出自钗黛目中，方有照应。

唯有黛玉、宝钗二人见此玉是照应，别人都是过客。

今预从子兴口中说出，实虽写而却未写。观其后文，可知此一回则是虚敲旁击之文，笔则是反逆隐曲之笔。】

本回文字全是虚敲旁击，文章运用反逆隐曲的笔法，通过贾雨村与冷子兴的对话，介绍明朝末年朝廷人物的大体情况。

【蒙本回前批：以百回之大文，先以此回，作两大笔以帽之，诚是大观。世态人情，尽盘旋于其间，而一丝不乱，非聚龙象力者，其孰能哉？】

本书处处都是史笔，但是，表面情节中的"世态人情""一丝不乱"，如果作者不是大文豪，哪有这等笔力！

诗云：【甲戌双行夹批：只此一诗便妙极！此等才情，自是雪芹平生所长，余自谓评书非关评诗也。】

写诗是吴梅村的"平生所长"，他留给后世无数诗篇！《吴梅村全集》录入他的五言古诗65首，七言古诗101首，五言律诗321首，七言律诗342首，五言排律9首，五言绝句35首，六言绝句12首，七言绝句213首，总共1098首诗！如果写诗是曹雪芹的平生所长，他的传世诗文在哪里呢？

一局输赢料不真，
香销茶尽尚逡巡。

这句诗直接点明第一回中有输赢斗争。阉党已经"香销茶尽"，但是，阉党余党还会掀起波澜，目前，他们还在逡巡徘徊。

欲知目下兴衰兆，
须问旁观冷眼人。【甲戌眉批：故用冷子兴演说。】

如果读者想了解当前的兴衰荣辱，好好听"冷眼人"讲故事就可以，他的话全部是历史。

却说封肃因听见公差传唤，忙出来陪笑启问。

嘉兴贡生钱嘉征（封肃）笑了，弹劾魏忠贤成功了，能不笑吗？如果本文是小说，突然来了公差，封肃应该恐惧吃惊才对。

那些人只嚷："快请出甄爷来！"

官兵来拿魏忠贤（甄爷）了。魏忠贤已经自缢，但是，活要见人，死要见尸，所以，官兵追来了。

【甲戌侧批：一丝不乱。】

若乱了就不是正史了。

封肃忙陪笑道："小人姓封，并不姓甄。只有当日小婿姓甄，今已出家一二年了，不知可是问他？"

那些公人道："我们也不知什么'真''假'，【甲戌侧批：点睛妙笔。】

"因奉太爷之命来问。他既是你女婿，便带了你去亲见太爷面禀，省得乱跑。"

说着，不容封肃多言，大家推拥他去了。封家人个个都惊慌，不知何兆。

那天约二更时，只见封肃方回来，欢天喜地。

【甲戌侧批：出自封肃口内，便省却多少闲文。】

众人忙问端的。他乃说道："原来本府新升的太爷姓贾名化，本贯胡州人氏，

"曾与女婿旧日相交。

"方才在咱门前过去，因见娇杏那丫头买线，所以他只当女婿移住于此。

【甲戌侧批：侥幸也。托言当日丫头回顾，故有今日，亦不过偶然侥幸耳，非真实得尘中英杰也。非近日小说中满纸红拂紫烟之可比。】

【甲戌眉批：余批重出。余阅此书，偶有所得，即笔录之。非从首至尾阅过

封肃丝毫不害怕公差，一直在笑。

妙语！作者费尽心血写成此书，就是要让清朝的公人不知道真假！这真是点睛妙笔！

公差说了真话，"省得乱跑"？省得谁乱跑？省得魏忠贤乱跑，公差来捉拿魏忠贤了。

对于钱嘉征（封肃）来说，这是吉兆，他一定会得到朝廷的赏赐。

钱嘉征弹劾魏忠贤成功了，他办成了一件大事，真的"欢天喜地"。

魏忠贤死了，"欢天喜地"的人不止钱嘉征一个，受迫害的东林党人都欢天喜地！他们复职、升迁的机会来了，"冷子"就要兴起了。如果展开描写，文章就长了，所以，这里省却很多闲文。

新太爷在第一回末尾出场，现在才说他是雨村，并对他做了重新介绍，他的名字还是"假话"，已经没有"时飞"的表字了，他不再扮演张嫣皇后，而是扮演内阁首辅施凤来。贾雨村，假语存，一位地地道道的假语者。再者，施凤来是浙江平湖人，故而，他的籍贯是"胡州"。

施凤来与魏忠贤有交情，《烈皇小识》记载：
时阁臣四员黄立极、施凤来、张瑞图、李国槽，皆逆贤爱立也。

娇杏"买线"指来宗道为张嫣皇后提供线索。第一回并没说丫鬟的名字，这时才说她叫娇杏，娇杏谐音侥幸，礼部尚书来宗道侥幸的机会来了！

批语指出来宗道并不是"尘中英杰"，他不过是一时侥幸而已。崇祯皇帝登基之初重用了他，不久之后，他还是被列为阉党。

脂砚斋的批书方法就是第一回中所说的"细按"，只有"细按"才知道本书"深有趣味"。

复从首加批者，故偶有复处。且诸公之批，自是诸公眼界；脂斋之批，亦有脂斋取乐处。后每一阅，亦必有一语半言，重加批评于侧，故又有于前后照应之说等批。】

"我一一将原故回明，那太爷倒伤感叹息了一回，

"又问外孙女儿，【甲戌侧批：细。】我说看灯丢了。

"太爷说：'不妨，我自使番役，务必探访回来。'【甲戌侧批：为葫芦案伏线。】

"说了一回话，临走倒送了我二两银子。"

甄家娘子听了，不免心中伤感。【甲戌侧批：所谓"旧事凄凉不可闻"也。】一宿无话。

至次日，早有雨村遣人送了两封银子、四匹锦缎，答谢甄家娘子，

施凤来伤感叹息了，因为有人弹劾他。《崇祯实录》记载：

监生山阴胡焕猷论：大学士黄立极、施凤来、张瑞图、李国樯当魏忠贤专权，不能匡救；且揣意旨，专恃逢迎；浙、直建祠，各撰碑称颂：宜俱罢。

天启朝过渡到崇祯朝的内阁大学士共有四个人，胡焕猷把他们都弹劾了，因而，施凤来要伤感叹息。

"灯"指代明朝，范文程（英莲）不想看"灯"，他已经投降后金，故而，英莲要生活在别人家里了。

这是为后文伏线。如果英莲真的回到甄家，这本书就不是史书了！

钱嘉征弹劾魏忠贤成功，他得到了应有的赏赐。

首辅黄立极（甄家娘子）"伤感"了，不光胡焕猷弹劾他，还有人弹劾他。《崇祯长编》记载：

户部四川司主事刘鼎卿疏劾首辅黄立极阿媚忠贤，票拟曲从。忠贤煽先帝擅开内操，皇城禁地，佩刀执戟者出入无忌，至仰瞻先帝坠河失马，惊悸不一而足，未闻立极痛哭一陈，伏乞亟罢之，以为万世人臣容容厚福者戒。

黄立极得了钱，得了锦缎，辞职回家了。《崇祯长编》记载：

允大学士黄立极乞休，仍加太保，荫子尚宝司司丞，遣人护送，乘驿归，加赐白金百两、彩缎四表里、大红生蟒一袭，仍月给夫米以示优异。

甄家娘子得了"四匹锦缎"，《崇祯长编》记载黄立极得了"彩缎四表里"，两处记载完全一样。

黄立极辞职后，内阁首辅就是施凤来（雨村），新首辅打发旧首辅，这是多么奇妙的文章啊。

【甲戌侧批：雨村已是下流人物，看此，今之如雨村者亦未有矣。】

第一回中有一句批语说"写雨村真是个英雄"，这里却说"雨村已是下流人物"，不是批语前后矛盾，而是此雨村非彼雨村。

又寄一封密书与封肃，转托问甄家娘子要那娇杏作二房。【甲戌侧批：谢礼却为此。险哉，人之心也！】

黄立极辞职一个月后，来宗道（丫鬟）进入内阁。《崇祯长编》记载：

宗道以原官兼东阁大学士俱入阁，同首辅施凤来等辨事。

这里记载得清清楚楚，来宗道（丫鬟）要与施凤来（雨村）同在内阁办事。

封肃喜的屁滚尿流，巴不得去奉承，便在女儿前一力撺掇成了，【甲戌侧批：一语道尽。】

"一力撺掇成了"指封肃弹劾魏忠贤成功了，故而，他喜得屁滚尿流。

乘夜只用一乘小轿，便把娇杏送进去了。

来宗道进入内阁，成为内阁大学士。

雨村欢喜，自不必说，乃封百金赠封肃，外谢甄家娘子许多物事，令其好生养赡，以待寻访女儿下落。封肃回家无话。

这段文字是对上文的小结，小结之后，下文将介绍新的历史事件。另外，这里再次提到英莲，使表面情节前后照应，并为后文伏笔。

【甲戌侧批：找前伏后。士隐家一段小枯荣至此结住，所谓真不去，假焉来也！】

魏忠贤死了，崇祯皇帝对内阁进行了调整，至此，整治阉党、更换内阁大学士的这段"小枯荣"基本介绍完了，下文中，东林党人该出场了，这就是"真不去，假焉来也"！

却说娇杏这丫鬟，便是那年回顾雨村者。

就表面情节而言，丫鬟回顾雨村在前文中刚刚发生，这里重提此事，是不是有点儿多余呢？《红楼梦》哪有闲文啊？丫鬟回顾的雨村是张嫣皇后，而不是施凤来，故而，文章做了提示。

因偶然一顾，便弄出这段事来，亦是自己意料不到之奇缘。【甲戌侧批：注明一笔，更妥当。】

"奇缘"并非姻缘！来宗道（娇杏）做梦也没想到，只因"偶然一顾"，他会成为内阁大学士，并且会成为内阁次辅（二房）。《崇祯长编》记载：

崇祯元年四月壬子，次辅来宗道加少保兼太子太保，改户部尚书，进文渊阁大学士。

谁想他命运两济，

天启朝的礼部尚书成为崇祯朝的内阁大学士，来宗道的命运真不错！能够在天启、崇祯两朝都身居要位的官员非常少见！

【甲戌眉批：好极！与英莲"有命无运"四字，遥遥相映射。莲，主也；杏，仆也。今莲反无运，而杏则两全，可知世人原在运数，不在眼下之高低也。此则大有深意存焉。】

不承望自到雨村身边，只一年便生了一子，

又半载，雨村嫡妻忽染疾下世，雨村便将他扶册作正室夫人了。

正是：

偶因一着错，【甲戌侧批：妙极！盖女儿原不应私顾外人之谓。】

便为人上人。

【甲戌侧批：更妙！可知守礼俟命，终为俄莩。其调侃寓意不小。】

【甲眉：从来只见集古集唐等句，未见集俗语者。此又更奇之至！】

原来，雨村因那年士隐赠银之后，他于十六日便起身入都。至大比之期，不料他十分得意，已会了进士，

选入外班，今已升了本府知府。

虽才干优长，未免有些贪酷之弊，

世人原在运数，不在眼下之高低也！来宗道命运不错，偶然一回头，侥幸成为内阁大学士。范文程（英莲）的命运也不错，后文便见分晓。

笑话，大老爷们还"生了一子"！

"正室夫人"指内阁首辅，来宗道当上了首辅。来宗道当首辅时是崇祯元年五月，这时，施凤来（雨村）已离职两个月了，所以，下文一定会补写雨村被人弹劾离职的事情，我们完全可以根据历史事件推测后文。

来宗道因偶尔回顾，就成为内阁首辅、人上之人！

来宗道应变快，他见魏忠贤不行了，马上投靠张嫣皇后，故而，他成不了俄莩。文章的调侃寓意实在不小，堂堂内阁首辅被写成丫鬟，究其原因，这位首辅是清客宰相。《崇祯实录》记载：

时宗道居相，无所长短，倪元璐每有陈说，宗道辄止之曰："吾翰林故事，惟香茗耳。"时谓之"清客宰相"。

奇文奇语。

来宗道的升职过程介绍完了，文章要补叙施凤来（新太爷雨村）的历史。施凤来是万历三十五年的进士，并且是榜眼，所以，他"十分得意"。《明史·施凤来传》记载：

施凤来，平湖人。张瑞图，晋江人。皆万历三十五年进士。凤来殿试第二，瑞图第三……

外班与内阁相对，"选入外班"指他已是朝廷官员；"本府知府"指内阁首辅，施凤来于天启七年十一月任内阁首辅。

施凤来主持科举考试时，有人弹劾他有些"贪酷之弊"。《崇祯长编》记载：

广东道御史黄仲晔疏纠首辅施凤来昔病今愈，躭躭典试，长安传闻，至有谓首辅援近例，以自请于皇上者。今执贽及门、槐柳森列，辅臣之欲得矣。

且又恃才侮上，

“上”指皇上，施凤来欺瞒皇上，《烈皇小识》记载：

先臣上《先朝实录未正》一疏，略曰……皇上初登大宝，《要典》未毁，逆案未定，阁臣施凤来等不行奏明，含糊从事。

那些官员皆侧目而视。【甲戌侧批：此亦奸雄必有之理。】

世道变了，朝臣对内阁大学士施凤来侧目而视！谁让他巴结奉迎过魏忠贤呢！

不上一年，便被上司寻了个空隙，作成一本，参他“生情狡猾，擅纂礼仪，且沽清正之名，而暗结虎狼之属，致使地方多事，民命不堪”【甲戌侧批：此亦奸雄必有之事。】等语。

这段参本完全是正史笔法，施凤来生情狡猾，暗中勾结魏忠贤，并为魏忠贤的生祠撰写碑文，致使各地都为魏忠贤建生祠，增加百姓负担。因此，施凤来将被列为阉党，《崇祯实录》记载：

三月辛未，廷臣上钦定“逆案”，诏刊布中外……以七等定罪：曰首逆同谋，崔呈秀等六人……曰祠颂，施凤来等四十四人：死、戍、罢职，轻重有差。

龙颜大怒，即批革职。

施凤来被崇祯皇帝免职了，《崇祯实录》记载：

三月，乙丑，大学士施凤来、张瑞图并免，遣行人送还，赐金、币、廪役。

作者立意要写“闺阁”（内阁）。下面梳理一下崇祯初年的内阁首辅任职情况：

序号	内阁首辅	书中人物	任命时间	免职时间
1	黄立极	甄氏娘子	1626年9月	1627年11月
2	施凤来	新太爷雨村	1627年11月	1628年3月
3	李国槽		1628年3月	1628年5月
4	来宗道	娇杏	1628年5月	1628年6月
……				

崇祯皇帝于1627年8月登基，到1628年6月，已经换了四位内阁首辅，分别是黄立极（甄氏娘子）、施凤来（新太爷雨村）、李国槽和来宗道（妖杏），目前，已有三位首辅出场，后文一定有一位姓李的人物上场。

该部文书一到，本府官员无不喜悦。

阉党逆案名单颁布以后，朝廷官员十分高兴。

那雨村心中虽十分惭恨，却面上全无一点怨色，仍是嘻笑自若。【甲戌侧批：此亦奸雄必有之态。】

被弹劾离职却嬉笑自若，这就有点儿不要脸了。《明史·施凤来传》记载：

凤来素无节概，以和柔媚于世。

交代过公事，将历年做官积的些资本并家小人属送至原籍，安排妥协，

【甲戌侧批：先云"根基已尽"，故今用此四字，细甚！】

却是自己担风袖月，游览天下胜迹。【甲戌侧批：已伏下至金陵一节矣。】

那日，偶又游至淮扬地面，因闻得今岁盐政点的是林如海。

这林如海姓林名海，表字如海。

【甲戌侧批：盖云"学海文林"也。总是暗写黛玉。】

乃是前科的探花，

今已升至兰台寺大夫，【甲戌眉批：官制半遵古名亦好。余最喜此等半有半无，半古半今，事之所无，理之必有，极玄极幻，荒唐不经之处。】

本贯姑苏人氏，

【甲戌侧批：十二钗正出之地，故用真。】

今钦点出为巡盐御史，到任方一月有余。

"安排妥协"是指文章安排停当，施凤来已经离职，他的历史事件介绍完了，后文中没有他的传记了。"假语存"继续说假话，雨村要扮演第三位历史人物！

表面情节也能前后照应，文章太神奇了。

这是在为贾雨村扮演的第三位历史人物出场做伏笔。

盐政的"盐"与语言的"言"谐音，言政就是言说政务，林如海是一位以说话为主的官员。

林如海表字如海，字与名相比，多了一个"如"字，"如"就是比如的意思。这就是说，他不是崇祯皇帝（黛玉）的父亲，但可以比作父亲。一日为师，终身为父，老师可以比作父亲。林如海就是崇祯皇帝的经筵讲官，大名鼎鼎的文震孟！

批语把文震孟的姓氏点出来了。文章正在介绍崇祯皇帝（黛玉）的讲官文震孟，这正是暗写崇祯皇帝。

文震孟是状元，不是探花。文章为什么不说他是状元呢？因为科举考试三年举行一次，全国上下三年间才有一位状元，如果说林如海是状元，太容易被考证了，故而，文章说他是探花。

明清时期根本没有"兰台寺大夫"这个职位，文章用这个半有半无、半真半假的职位说理罢了。"兰台"是宫廷藏书的地方，文震孟是经筵讲官，故而，文章用"兰台寺大夫"比拟文震孟的工作。

文震孟是苏州人。《明史·文震孟传》记载：
文震孟，字文起，吴县人。

吴县属于苏州府，文震孟与钱谦益（跛足道人）、吴梅村（癞头和尚）是同乡！大家瞧，文中的三位长辈都是姑苏人，并且，这里与第一回开头的姑苏相照应。

批语指出姑苏这个地方是真的！

文震孟于天启年间被罢官为民，崇祯元年被起用，他刚刚到任。《明史·文震孟传》记载：
崇祯元年以侍读召。改左中允，充日讲官。

原来这林如海之祖，曾袭过列侯，

今到如海，业经五世。起初时，只封袭三世，

因当今隆恩盛德，远迈前代，额外加恩，至如海之父，又袭了一代；

【甲戌眉批：可笑近时小说中，无故极力称扬浪子淫女，临收结时，还必致感动朝廷，使君父同入其情欲之界，明遂其意，何无人心之至！不知彼作者有何好处，有何谢报，到朝廷高庙之上，直将半生淫朽秽资睿德，又苦拉君父作一干证护身符，强媒硬保，得遂其淫欲哉！】

至如海，便从科第出身。

虽系钟鼎之家，却亦是书香之族。【甲戌侧批：要紧二字，盖钟鼎亦必有书香方至美。】

"列侯"与"兰台寺大夫"一样，都是假的，明清时期没有列侯这个爵位。这里用列侯比拟文震孟的家世，文震孟的家世非常了得。

文震孟的曾祖父是文徵明，在画史上，他与唐寅、沈周、仇英合称"吴门四家"；在诗文上，他与唐寅、祝允明、徐祯卿并称"吴中四才子"。

下面，我们来看看文家前三世的情况：

第一世，文震孟的高祖父文林，进士，曾任温州知府。《明史·文徵明传》记载：

父林，温州知府。叔父森，右佥都御史。

第二世，文震孟的曾祖父文徵明。《明史·文徵明传》记载：

正德末，巡抚李充嗣荐之，会徵明亦以岁贡生诣吏部试，奏授翰林院待诏。

第三世，文震孟的祖父文彭，曾是国子博士。《明史·文震孟传》记载：

祖，国子博士彭。

第四世，文震孟的父亲文元发，诗人、画家，官至河南卫辉府同知。《明史·文震孟传》记载：

父，卫辉同知元发，并有名行。

诸位看看文家的家世吧，小说中编写出的官宦世家都是假的，文家是真实存在的世家。

文震孟是第五代，他状元及第，官至礼部左侍郎、东阁大学士。《明史·文震孟传》记载：

震孟弱冠以《春秋》举于乡，十赴会试。至天启二年，殿试第一，授修撰。

文家正是书香传世的钟鸣鼎食之家。

只可惜这林家支庶不盛，子孙有限，虽有几门，却与如海俱是堂族而已，没甚亲支嫡派的。

【甲戌侧批：总为黛玉极力一写。】

今如海年已四十，只有一个三岁之子，偏又于去岁死了。

虽有几房姬妾，【甲戌侧批：带写贤妻。】奈他命中无子，亦无可如何之事。

今只有嫡妻贾氏，

生得一女，乳名黛玉，年方五岁。

夫妻无子，故爱如珍宝，且又见他聪明清秀，

【甲戌侧批：看他写黛玉，只用此四字。可笑近来小说中，满纸"天下无二""古今无双"等字。】

便也欲使他读书识得几个字，

不过假充养子之意，

聊解膝下荒凉之叹。【甲戌眉批：如此叙法，方是至情至理之妙文。最可笑者，近小说中满纸班昭蔡琰、文君道韫。】

雨村正值偶感风寒，

病在旅店，

为了引出崇祯皇帝（林黛玉），这段文字就假了。文震孟有后人，他儿子文秉写过一本记载崇祯年间历史的史书《烈皇小识》，后文中，我们将引用此书的记载。

为了引出黛玉，这里说林家人少，并非实指文家人少。

文震孟生于万历二年，崇祯皇帝生于万历三十八年，文震孟比崇祯皇帝大36岁，所以，如海40岁时，黛玉四周岁、五虚岁。不必看下文，就可以推算出黛玉的年龄，黛玉必是5岁！

"无可如何"的是作者，文章要为崇祯皇帝（黛玉）出场做伏笔，就不能真实地记载文震孟后世子孙，这是无可如何的事情。

贾氏，假氏，又来了一位假人物。

崇祯皇帝（林黛玉）五虚岁了，《明史·庄烈帝本纪》记载：

庄烈愍皇帝，讳由检，光宗第五子也，万历三十八年十二月生。

文震孟爱戴年轻的崇祯皇帝。

林黛玉是崇祯皇帝，皇帝才是"天下无二""古今无双"的人物！批语在讥笑小说中的"天下无二""古今无双"！

文震孟要为崇祯皇帝上课。

这句话说得太明白了，黛玉与如海之间的关系是"假充"的，黛玉不是女而是子。

批语在对比说事儿，班昭、蔡琰、文君、道韫都是女子，本文不是这样，黛玉扮演男人！

这位雨村是天启年间下野的内阁大学士韩爌，他得罪了魏忠贤，"偶感风寒"，离职回乡。目前，雨村已扮演了三位人物，分别是张嫣皇后（实妃雨村）、施凤来（新太爷雨村）、韩爌（生病的雨村）。

"旅店"指墓地。可怜，韩爌离职后无家可归，住在

墓地里。《明史·韩爌传》记载：

五年七月，逆党李鲁生劾爌，削籍除名。又假他事坐赃二千，毙其家人于狱。爌鬻田宅，贷亲故以偿，乃栖止先墓上。

将一月光景方渐愈。

崇祯皇帝登基后，韩爌将会再次就任首辅。

一因身体劳倦，二因盘费不继，也正欲寻个合式之处，暂且歇下。

原任大学士韩爌身心疲惫，家里没钱。现在，魏忠贤死了，他复出的机会来了。

幸有两个旧友，亦在此境居住，【甲戌侧批：写雨村自得意后之交识也。又为冷子兴作引。】

有人阻止韩爌复出，幸好有旧友帮忙，他才能复出，这又是正史笔法。

因闻得盐政欲聘一西宾，雨村便相托友力，谋了进去，且作安身之计。

天启朝过渡来的内阁大学士都走了，崇祯皇帝即将起用原任内阁首辅韩爌（雨村）。至于雨村教学，那是假的，文章根本不会描写教学场景。

妙在只一个女学生，并两个伴读丫鬟，这女学生年又小，

这是从崇祯皇帝小时候写起。

身体又极怯弱，

崇祯皇帝小时候身体不够健壮。

工课不限多寡，故十分省力。

上学是假，所以十分省力。

堪堪又是一载的光阴，谁知女学生之母贾氏夫人一疾而终。

贾氏夫人扮演崇祯皇帝的父亲明光宗朱常洛。崇祯皇帝（黛玉）9岁时，父亲去世，这是在说这段历史。文中的历史事件多如牛毛。

女学生侍汤奉药，守丧尽哀，

崇祯皇帝小时候送葬父亲的情形。

遂又将辞馆别图。林如海意欲令女学生守制读书，故又将他留下。

崇祯年间，文震孟（如海）将帮助韩爌（雨村）复出，这是后话，后文再讲。

近因女学生哀痛过伤，本自怯弱多病，【甲戌侧批：又一染。】触犯旧症，遂连日不曾上学。

老师都是假的，如何上学呢？不上学就对了。

【甲戌眉批：上半回已终，写"仙逝"正为黛玉也。故一句带过，恐闲文有妨正笔。】

崇祯皇帝登基之前的历史属于"上半回"，文章将"上半回"一语带过，重点讲崇祯皇帝登基后的历史。

雨村闲居无聊，每当风日晴和，饭后便出来闲步。这日，偶至郭外，意欲赏鉴那村野风光。

韩爌（雨村）要出去玩，且看他要去哪里。

【甲戌眉批：大都世人意料此，终不能此；不及彼者，而反及彼。故特书意在村野风光，却忽遇见子兴一篇荣国繁华气象。】

忽信步至一山环水旋、茂林深竹之处，隐隐的有座庙宇，门巷倾颓，墙垣朽败，门前有额，题着"智通寺"三字，

【甲戌侧批：谁为智者？又谁能通？一叹。】

门旁又有一副旧破的对联，曰：

身后有余忘缩手，

眼前无路想回头。

【甲夹批：先为宁、荣诸人当头一喝，却是为余一喝。】

雨村看了，因想到：这两句话，文虽浅近，其意则深。

【甲戌侧批：一部书之总批。】

我也曾游过些名山大刹，倒不曾见过这话头，其中想必有个翻过筋斗来的亦未可知，

【甲戌侧批：随笔带出禅机，又为后文多少语录不落空。】

何不进去试试？

想着走入，只有一个龙钟老僧在那里煮粥。

明明要写京城的事情，却从村野风光谈起，这是欲左先右术。

出错了！文章出大错了！"隐隐的有座庙宇"，说明雨村站在远处观察，看不清庙宇，既然连庙宇都看不清，如何看清"智通寺"三个字呢？

其实，这座庙还是庙堂、朝廷。韩爌在天启年间就是内阁首辅，他是"庙宇"中的人物，但是，他被魏忠贤排挤出来了。下文要补叙这段历史。

脂砚斋一声叹息，谁是智者？谁能解通？寺名"智通寺"，用智慧才能读通文章啊。

"隐隐的有座庙宇"要引出天启年间的历史，作者担心读者不懂，专门配上这副对联解释。

"身后有余"指后面的文章还很长；"忘缩手"指不要忘了向后翻书。

"眼前无路"指读不通文章了；"想回头"就是要回想前朝的历史，这样就会读通了。

对联是双关语，它可以为书中历史人物当头一喝，也可以为读者当头一喝！笔者以为，这句话主要是唤醒读者。

"文虽浅近，其意则深"。这是作者的原文，读者能不洗耳恭听吗？

整部《红楼梦》也是"文虽浅近，其意则深"。

下文出现的老僧就是第一回中的甄士隐，魏忠贤这只老猴子"翻过筋斗"来到这里了。

孙悟空是从石头里跳出来的！读者也要从石头情节中"翻过筋斗"跳出来，这难道不是禅机吗？

不必试，魏忠贤（老僧）不理韩爌（雨村）。

韩爌于天启四年离职，此时的魏忠贤56岁，算作"龙钟"之年。瞧，魏忠贤把朝廷搅成了一锅粥，这家伙正在往锅底下添火，不一会儿就将"油锅火逸，便烧着窗纸"。

【甲戌侧批：是雨村火气。】

雨村见了，便不在意。【甲戌侧批：火气。】

魏忠贤在朝廷中搅和，韩爌大人好大火气。

韩爌"不在意"魏忠贤，二人闹矛盾了，《明史·韩爌传》记载：

及杨涟劾魏忠贤二十四大罪，忠贤颇惧，求援于爌。爌不应，忠贤深衔之。

及至问他两句话，那老僧既聋且昏，【甲戌侧批：是翻过来的。】

齿落舌钝，【甲戌侧批：是翻过来的。】

所答非所问。

批语做了提示，"是翻过来的"，文意是反过来的。魏忠贤在装聋作哑，正在耍小聪明呢。

老秃驴口齿伶俐，出口杀人。

魏忠贤开始说反话了。魏忠贤想让同党夺取内阁首辅韩爌的权力，他就说反话试探韩爌。《明史·魏忠贤传》记载：

故事，阁中秉笔止首辅一人。广微欲分其柄，嘱忠贤传旨，谕爌同寅协恭，而责次辅毋伴食。

雨村不耐烦，便仍出来，

韩爌不耐烦，辞职出来了。《明史·韩爌传》记载：

爌惶惧，即抗疏乞休。

【甲戌眉批：毕竟雨村还是俗眼，只能识得阿凤、宝玉、黛玉等未觉之先，却不识得既证之后。】

韩爌还是俗眼，他不与魏忠贤同流合污，这是英明之处，但是，崇祯皇帝登基后，他还是被别人蒙骗了。

【甲戌眉批：未出宁、荣繁华盛处，却先写一荒凉小景；未写通部入世迷人，却先写一出世醒人。回风舞雪，倒峡逆波，别小说中所无之法。】

文章还没有正式介绍崇祯年间起复旧员一事，却先介绍了天启年间官员辞职一事。这正是"回风舞雪，倒峡逆波"，普通小说哪有这样的章法？

意欲到那村肆中沽饮三杯，以助野趣，于是款步行来，将入肆门，

转笔写崇祯年间的历史了，韩爌（生病的雨村）复职的机会来了，他即将进入朝廷（肆门）。

只见座上吃酒之客有一人起身大笑，接了出来，口内说："奇遇，奇遇！"

此人是冷子兴，他扮演钱龙锡，钱龙锡因得罪魏忠贤被革职，崇祯元年，朝廷起用旧臣，一大群"冷子"被重新起用，钱龙锡是第一个进入内阁的旧臣，他是"冷子"（旧臣）的代表。

原任首辅韩爌遇到了老同事钱龙锡，果然是奇遇！再者，钱龙锡进入内阁也是奇遇，官员推荐了10位内阁候选人，金瓯枚卜（类似抽签的方式决定人选）时，第一个被选中的人就是钱龙锡。《明史·钱龙锡传》记载：

庄烈帝即位，以阁臣黄立极、施凤来、张瑞图、李国

雨村忙看时，此人是都中在古董行中贸易的号冷子兴者，

【甲戌侧批：此人不过借为引绳，不必细写。】

旧日在都相识。

雨村最赞这冷子兴是个有作为大本领的人，这子兴又借雨村斯文之名，故二人说话投机，最相契合。

雨村忙笑问道："老兄何日到此？弟竟不知。今日偶遇，真奇缘也。"

子兴道："去年岁底到家，

"今因还要入都，

"从此顺路找个敝友说一句话，承他之情，留我多住两日。

槽皆忠贤所用，不足倚，诏廷臣推举，列上十人。帝仿古枚卜典，贮名金瓯，焚香肃拜，以次探之，首得龙锡……

古董行里不卖古董，里面有一群"老古董"，他们是内阁大学士。文章把内阁大学士比作老古董，妙极了！在内阁中，首辅是"掌柜"，钱龙锡没做过首辅，只是"贸易"。

钱龙锡（冷子兴）进入内阁后，会有大批旧臣进入内阁，所以，他只是引绳。再者，钱龙锡任大学士的时间不长，所以，不必细写。另外，钱龙锡差点儿丢了脑袋，所以，后文中冷子兴会摊上官司。

韩爌与钱龙锡同是天启朝的官员，都因与魏忠贤不合离职，他俩是旧相识了。

韩爌与钱龙锡关系不错，崇祯二年三月十五日的那场"大火"（阉党定案），就是他俩一起审定的。《明史·钱龙锡传》记载：

时大治忠贤党，爌与李标、钱龙锡主之。

崇祯皇帝先起用钱龙锡，后起用韩爌，这不，韩爌向钱龙锡打听情况了。

这句话记载了钱龙锡被革职回家的时间。他被重新起用的时间是天启七年十二月，"去年岁底"就是天启六年底。《明史·钱龙锡传》记载：

天启四年擢礼部右侍郎，协理詹事府。明年改南京吏部右侍郎。忤魏忠贤，削籍。

天启五年，钱龙锡还是南京吏部右侍郎。随后，他得罪魏忠贤被革职，很明显，革职的时间是天启五年或六年。

钱龙锡还要入都，他要就任内阁大学士了。

钱龙锡能够当上大学士，肯定有人帮他，钱龙锡"承他之情"进入内阁。目前，不知道这位敝友是哪位历史人物。

注意"两日"二字，钱龙锡于天启七年十二月入阁，崇祯二年十二月罢官，他在内阁的时间整整两年。这里的"两日"暗指两年，为了表述方便，暂且称这种方法叫"以日比年"，后文无数次用到这种章法。《红楼梦》中的时间表述很模糊，红学界对宝玉、黛玉、宝钗的年龄存在争议。原因是这样的，文章介绍甲人物时可能从天启七年说

“我也无紧事，且盘桓两日，待月半时也就起身了。

起，介绍乙人物时可能从崇祯二年说起，时间反复交叉，故而，表面情节中的人物年龄出现争议。

钱龙锡在内阁中工作两年（盘桓两日），于崇祯二年“月半”之时离职。《崇祯长编》记载：

（十二月）乙丑，免朝。大学士钱龙锡致仕。

十二月乙丑日就是十二月十五日，钱龙锡离职的时间正是月半之时。冷子兴的话完整地介绍了钱龙锡从入阁到离任的过程。

“今日敝友有事，我因闲步至此，且歇歇脚。不期这样巧遇！”一面说，一面让雨村同席坐了，另整上酒肴来。

“一面”“一面”，两个方面。冷子兴的话是一个方面，子兴与雨村同席而坐是另一个方面。钱龙锡（冷子兴）先进入内阁，故而，他早就在内阁的“酒席”上，韩爌入朝后会成为首辅，所以，雨村一来，内阁中要另整“酒肴”。

二人闲谈漫饮，叙些别后之事。【甲戌侧批：好！若多谈则累赘。】

不能再多谈了，再多谈不仅累赘，关键是读者扒拉不清这段历史。

雨村因问：“近日都中可有新闻没有？”

都中发生了特大新闻，崇祯皇帝登基，朝廷正在处理阉党，起用旧臣，赶快去谋个职位吧。

【甲戌侧批：不突然，亦常问常答之言。】

文章就要介绍京城里的情况了，但表面情节过渡自然，对话并不生硬。

子兴道：“倒没有什么新闻，倒是老先生你贵同宗家，【甲戌侧批：雨村已无族中矣，何及此耶？看他下文。】出了一件小小的异事。”

文章将重大的新闻写成了“小小的异事”，作者哄人有方。

雨村笑道：“弟族中无人在都，何谈及此？”

韩爌家无人在都，他正在想入都为官呢。

子兴笑道：“你们同姓，岂非同宗一族？”雨村问是谁家。

雨村与贾府人物都姓贾，贾与真假的“假”谐音，贾府是假的府邸，贾府人物个个为假，书中的“贾”字要全部换成“假”字理解。

子兴道：“荣国府贾府中，可也不玷辱了先生的门楣了？”

“荣国府”指北京故宫，具体说，这里是故宫的后宫，崇祯皇帝（黛玉）要入住这里。

【甲戌侧批：剖小人之心肺，闻小人之口角。】

批书人很了解钱龙锡，至于为什么称钱龙锡为小人，此事后文再讲。

雨村笑道：“原来是他家。

“若论起来，寒族人丁却不少，自东汉贾复以来，支派繁盛，各省皆有，谁逐细考查得来？【甲戌侧批：此话纵真，亦必谓是雨村欺人语。】

“若论荣国一支，却是同谱。但他那等荣耀，我们不便去攀扯，至今故越发生疏难认了。”

子兴叹【甲戌侧批：叹得怪。】道：“老先生休如此说。如今的这宁、荣两门，也都萧疏了，不比先时的光景。”

【甲戌侧批：记清此句。可知书中之荣府已是末世了。】

雨村道：“当日宁荣两宅的人口也极多，如何就萧疏了？”

【甲戌侧批：作者之意原只写末世，此已是贾府之末世了。】

冷子兴道：“正是，说来也话长。”

雨村道：“去岁我到金陵地界，因欲游览六朝遗迹，那日进了石头城，【甲戌侧批：点睛神妙。】从他老宅门前经过。

就是他家，想不想去谋职呢？

一个假的家庭，哪有宗族支派问题？故而，甲戌侧批说：“此话纵真，亦必谓是雨村欺人语。”

韩爌想到崇祯朝为官，但是，他遇到了阻力，又不便攀扯。《明史·韩爌传》记载：

崇祯元年，言者争请召用，为逆党杨维垣等所扼，但赐敕存问，官其一子。

阉党余党杨维垣等人不想让韩爌复职，但是，崇祯皇帝已经关注韩爌了，朝廷发布敕令慰问韩爌，并封他的一个儿子为官。

宁国府是皇宫的外朝，大臣上朝的地方；荣国府是后宫，皇帝居住的地方。宁、荣府就是明朝皇宫，皇宫已经萧疏，大不如前了。

读者记清，明朝末世已到。

雨村问了一个很大的问题：明朝怎么就萧疏了呢？

朝代有末世之说，家族有末世之说吗？诸君细思。

小孩没娘，说来话长，雨村的问题，不是三言两语所能回答的。

注意“老宅”二字！老宅与新宅对应，可是，后文根本没说宁荣府有“新宅”。既然没有“新宅”，为什么不说“从他门前经过”，加上“老宅”二字岂不多余？

对于明朝而言，确实有新老两宅。明朝开国皇帝朱元璋建都南京，“老宅”是南京；燕王朱棣将“新宅”搬到北京，“新宅”是北京。从朱棣开始，明朝帝王就生活在“新宅”了。

老宅在金陵、在南京，但是，文章不会说新宅在哪里，说出新宅位置容易露馅。南京故宫与北京故宫都叫宁荣府，只有新旧之分，没有名字之别，这里的宁荣府是南京故宫，后文的宁荣府是北京故宫，这就是“暗度金针法”。

"街东是宁国府，街西是荣国府，

南京故宫分为前朝和后宫两部分，宁国府是前朝，荣国府是后宫。外朝和后宫本是南北方向，为了掩人耳目，作者把它写成东西方向。

"二宅相连，

故宫的前朝与后宫本来就连接在一起。

"竟将大半条街占了。

南京故宫的面积很大。

"大门前虽冷落无人，

崇祯年间，明朝皇室搬家到"新宅"200多年了，南京故宫门前，冷落无人。

【甲戌侧批：好！写出空宅。】

皇帝不在这里，这里真是空宅。

"隔着围墙一望，里面厅殿楼阁，也还都峥嵘轩峻，

南京故宫里当然有楼阁。

"就是后【甲戌侧批："后"字何不直用"西"字？恐先生堕泪，故不敢用"西"字。】一带花园子里面树木山石，也还都有翁蔚洇润之气，那里象个衰败之家？"

甲戌侧批在谈论方向问题，因为故宫（宁荣府）是南北方向，通常情况下，"后"是指北，所以，用"后"字妙，用"西"便不妙了。

冷子兴笑道："亏你是进士出身，

韩爌是进士出身，《明史·韩爌传》记载：韩爌，字象云，蒲州人。万历二十年进士。

"原来不通！

钱龙锡抱怨韩爌了。钱龙锡摊上大事时，首辅韩爌未能平息此事，所以，钱龙锡说他"原来不通"！

"古人有云：'百足之虫，死而不僵。'

"百足之虫，死而不僵！"这是形容崇祯王朝的专用语，作者老先生用词准确之至！

"如今虽说不及先年那样兴盛，较之平常仕宦之家，到底气象不同。

皇家与"仕宦之家"当然"气象不同"。

"如今生齿日繁，事务日盛，

朝廷中人多事杂。

"主仆上下，安富尊荣者尽多，运筹谋画者无一，【甲戌侧批：二语乃今古富贵世家之大病。】

官员们都在追求富贵，没有人"运筹谋画"。

"其日用排场费用，又不能将就省俭，如今外面的架子虽未甚倒，内囊却也尽上来了。

朝廷缺钱！明朝面临财政危机。

【甲戌侧批："甚"字好！盖已半倒矣。】

明朝尚未灭亡，已经半倒了。

57

"这还是小事，更有一件大事。谁知这样钟鸣鼎食之家，翰墨诗书之族，【甲戌侧批：两句写出荣府。】如今的儿孙，竟一代不如一代了！"

【甲戌眉批：文是极好之文，理是必有之理，话则极痛极悲之话。】

雨村听说，也纳罕道："这样诗礼之家，岂有不善教育之理？别门不知，只说这宁、荣二宅，是最教子有方的。"【甲戌侧批：一转有力。】

子兴叹道："正说的是这两门呢。待我告诉你。当日宁国公【甲戌侧批：演。】与荣国公【甲戌侧批：源。】是一母同胞弟兄两个。

"宁公居长，生了四个儿子。【甲戌侧批：贾蔷、贾菌之祖，不言可知矣。】宁公死后，贾代化袭了官，【甲戌侧批：第二代。】也养了两个儿子。长名贾敷，至八九岁上便死了，只剩了次子贾敬袭了官，【甲戌侧批：第三代。】

"如今一味好道，只爱烧丹炼汞，【甲戌侧批：亦是大族末世常有之事。叹叹！】余者一概不在心上。

"幸而早年留下一子，名唤贾珍，【甲戌侧批：第四代。】因他父亲一心想作神仙，把官倒让他袭了。

"他父亲又不肯回原籍来，只在都中城外和道士们胡羼。

明朝的帝王一代不如一代了！无所作为的万历皇帝在位48年；纷争不断的泰昌皇帝在位一个月；爱好木工的天启皇帝在位七年；崇祯皇帝虽然能干，但是，他接手的是一个烂摊子。

文章是好文章，道理是硬道理，明朝帝王一代不如一代，说起这话让人伤心啊。

甲戌侧批："一转有力。"幸好有此一转，万历皇帝与天启皇帝荒于朝政，崇祯皇帝却是勤政的。

目前还不知道宁国公、荣国公是真是假，因为没有他们的具体事件，无法判断身份。所以，对缺少具体事迹且死去的贾府前辈不做考证，待高明君子判断。这里的两条批语提到"演""源"二字，无端觉得这两个字谐音影视演员的"演员"。

贾敬是活的，需要考证他的身份，他就是张溥！

张溥与作者吴梅村是同乡，并且同年考中进士，他在朝廷当了几天小官后辞职回家了。当时，他的名声非常大，他创立了复社，复社才子满天下，作为复社领袖的张溥，虽然不在朝廷，却能干涉朝廷事务，这就是贾敬不在宁国府居住，却是家长的原因。再者，张溥是被人毒死的，后文记载了他被毒死的惨状，暂不多谈。

这里的"道"不是道家的"道"，而是道理的"道"。张溥（贾敬）是复社领袖，他喜欢讲"道"，这个"道"是指政治理论。他的"道"影响很大，曾有人说他会大乱天下。《明史·张溥传》记载：

里人陆文声者，输赀为监生，求入社不许，采又尝以事挞之。文声诣阙言："风俗之弊，皆原于士子。溥、采为主盟，倡复社，乱天下。"

贾珍的"珍"与真假的"真"谐音，真真假假，假假真真，他与贾雨村一样要扮演多位历史人物，其中一位历史人物名字就叫"珍"。

钱谦益化身为跛足道人，张溥是道士，二人都是姑苏人，想必有些关系。一笑。

"这位珍爷倒生了一个儿子，今年才十六岁，名叫贾蓉。【甲戌侧批：至蓉五代。】

"如今敬老爹一概不管。

"这珍爷那里肯读书，只一味高乐不了，把宁国府竟翻了过来，也没有人敢来管他。【甲戌侧批：伏后文。】

"再说荣府你听，方才所说异事，就出在这里。

"自荣公死后，长子贾代善袭了官，【甲戌侧批：第二代。】娶的也是金陵世勋史侯家的小姐为妻，

【甲戌侧批：因湘云，故及之。】

"生了两个儿子：长子贾赦，次子贾政。【甲戌侧批：第三代。】

贾珍、贾蓉是父子，这说明贾珍扮演历史人物的职位高，贾蓉扮演历史人物的官职低。后文中关于二人的描写较多，暂不多谈。

张溥（贾敬）管不着朝廷中的大臣。

珍爷扮演重要官员，他要把朝廷"翻了过来"，却没人敢管他。

朝廷里有异事了！

"史"是历史的"史"，这是特殊姓氏，书中姓史的人都是明朝皇室人员。

批语指出，老太君姓史是因为史湘云的缘故，这说明史湘云最应该姓史，因为她扮演崇祯皇帝的儿子皇太子朱慈烺！皇太子没有机会坐龙椅了，所以，湘云坐的椅子要断腿；皇太子没有机会穿龙袍了，所以，湘云只能看着薛宝琴穿华丽衣服，她讽刺说"这身衣服野鸭子毛做的"。瞧，是不是透露后文剧情了呢？

说到这里，不妨再透露一点，第七十六回，黛玉与湘云月夜联诗，这是在描写李自成打来后，崇祯皇帝与儿子送别的场景，这一回，看一次哭一次，言辞悲切，七尺男儿忍不住落泪啊！

贾赦是钱谦益，贾政是作者吴梅村。

有人可能会问，前面说跛足道人是钱谦益，癞头和尚是吴梅村，这里怎么又变了呢？第一回中，道人说过："趁此何不你我也去下世度脱几个？"这话交代得明白，僧道二人也要下世，僧人转世为贾政，道人转世为贾赦。

现在就有意思了，贾敬是苏州人张溥，贾赦是苏州人钱谦益，贾政是苏州人吴梅村，林如海是苏州人文震孟。瞧！作者把四位苏州才子写成了长辈！

在这四个人中，文震孟家世最显赫，年龄最大，他又是崇祯皇帝的讲官，所以，文章把他写成黛玉的父亲。张溥、钱谦益、吴梅村则被写成贾府长辈，奸臣、庸臣被写成贾家儿女。三位长辈丝毫不喜欢儿女，贾敬不理贾珍，贾赦大骂贾琏，贾政说贾府女儿皆非吉兆。再者，文震孟

去世于崇祯九年，张溥去世于崇祯十四年，钱谦益、吴梅村到清朝才去世。所以，林如海先死，贾敬后死，贾赦、贾政不死。非常抱歉，笔者把后文内容都透露出来了。

"如今代善早已去世，太夫人【甲戌侧批：记真，湘云祖姑史氏太君也。】尚在。

太夫人身份特殊，待她正式出场时再做介绍。

"长子贾赦袭着官。【甲辰夹批：伏下贾琏凤姐当家之文。】

贾赦袭官指钱谦益被重新起用一事。《清史稿·钱谦益传》记载：

崇祯元年，起官，不数月至礼部侍郎。

"次子贾政，自幼酷喜读书，祖父最疼。原欲以科甲出身的，

吴梅村（贾政）于崇祯四年考中进士，他是科甲出身，但是，科甲出身的时间比较晚，目前还没描写崇祯皇帝登基，他不能先以科甲身份出场，故而，他要先编造一个职位。

"不料代善临终时遗本一上，皇上因恤先臣，即时令长子袭官外，问还有几子，立刻引见，遂额外赐了这政老爹一个主事之衔，

【甲戌侧批：嫡真实事，非妄拟也。】

"令其入部习学，

"主事之衔"，好职位！作者自报家门了，本书由贾政主事，《红楼梦》是吴梅村（贾政）所写。作者把玉玺虚拟为贾宝玉，难道他不应该自命为贾宝玉的父亲吗？

批书人啥都知道。

瞧，作者吴梅村还在习学，此时，他还没考中进士呢。后文中，太监喊贾政入朝时，吴梅村才考中进士。

"如今现已升了员外郎了。

【甲戌侧批：总是称功颂德。】

"员外郎"本来就是指编制之外的人。

作者还没考中进士，就说自己是员外郎，这不是称功颂德吗？

"这政老爹的夫人王氏，【甲戌侧批：记清。】

王夫人了不起，她扮演一位将军，他保家卫国战死沙场，恰可以比作玉玺（宝玉）的"慈母"。

"头胎生的公子，名唤贾珠，十四岁进学，不到二十岁就娶了妻生了子，【甲戌侧批：此即贾兰也。至兰第五代。】一病死了。【甲戌侧批：略可望者即死，叹叹！】

因为缺少贾珠的事迹，无从考证他的身份。

"第二胎生了一位小姐，生在大年初一，这就奇了，

这位小姐是元春，她是崇祯朝最大的奸臣温体仁。作者吴梅村（贾政）痛恨此人，把他写成了自己的"女儿"，元春省亲时，贾政不向元春屈膝，并且还教育了元春一番！

60

"不想后来又生一位公子，【甲戌眉批：一部书中第一人却如此淡淡带出，故不见后来玉兄文字繁难。】

"说来更奇，一落胎胞，嘴里便衔下一块五彩晶莹的玉来，上面还有许多字迹，【甲戌侧批：青埂顽石已得下落。】

"就取名叫作宝玉。你道是新奇异事不是？"【正是宁、荣二处支谱。】

雨村笑道："果然奇异。只怕这人来历不小。"

子兴冷笑道："万人皆如此说，

"因而乃祖母便先爱如珍宝。

"那年周岁时，政老爹便要试他将来的志向，

"便将那世上所有之物摆了无数，与他抓取。谁知他一概不取，伸手只把些脂粉钗环抓来。

"政老爹便大怒了，说：'将来酒色之徒耳！'因此便大不喜悦。

"独那史老太君还是命根一样。

"说来又奇，如今长了七八岁，虽然淘气异常，但其聪明乖觉处，百个不及他一个。

"说起孩子话来也奇怪，

"他说：'女儿是水作的骨肉，男人是泥作的骨肉。【甲戌侧批：真千古奇文奇情。】我见了女儿，我便清爽；见了男子，便觉浊臭逼人。'

"你道好笑不好笑？将来色鬼无疑了！"

这位公子就是贾宝玉，石头化身为贾宝玉了。

石头随贾宝玉一起降生，石头与贾宝玉合二为一，石头就是宝玉，宝玉就是石头。都是玉玺的象征，皇权的象征，明朝的象征。

玉玺就是宝玉，不叫宝玉又能叫什么呢？

文章将玉玺人物化了，作者担心读者不理解，便提醒读者"只怕这人来历不小"。

唉！万人都说这人来历不小，可是，专家却不知道！

玉玺本是珍宝，当然要爱如珍宝。

政老爹（作者）开玩笑了，玉玺有什么志向，不必试，他唯一的志向是寻找印泥。

脂粉指代印泥，宝玉当然要抓脂粉，不抓脂粉如何盖章呢？

印泥是"酒"，印泥的颜色是"色"，玉玺果然是"酒色之徒"！

老太太是何人，待她出场时再讲。

有何聪明乖觉可言，终究是个蠢物。

玉玺不会说话，他说话要借助于圣旨，而圣旨是皇帝的意志。因而，宝玉的话都是怪话！

鱼儿离不开水，玉玺离不开印泥，宝玉喜水。

此"色鬼"是颜色之鬼，尤其喜欢红色！

【甲戌侧批：没有这一句，雨村如何罕然厉色，并后奇奇怪怪之论？】

雨村罕然厉色忙止道："非也！可惜你们不知道这人来历。

"大约政老前辈也错以淫魔色鬼看待了。

"若非多读书识事，加以致知格物之功，悟道参玄之力，不能知也。"

子兴见他说得这样重大，忙请教其端。

雨村道："天地生人，除大仁大恶两种，余者皆无大异。若大仁者，则应运而生，大恶者，则应劫而生。运生世治，劫生世危。

"尧，舜，禹，汤，文，武，周，召，孔，孟，董，韩，周，程，张，朱，皆应运而生者。

"蚩尤，共工，桀，纣，始皇，王莽，曹操，桓温，安禄山，秦桧等，皆应劫而生者。【甲戌侧批：此亦略举大概几人而言。】

"大仁者，修治天下；大恶者，挠乱天下。

"清明灵秀，天地之正气，仁者之所秉也；残忍乖僻，天地之邪气，恶者之所秉也。

"今当运隆祚永之朝，太平无为之世，清明灵秀之气所秉者，上至朝廷，下及草野，比比皆是。所余之秀气，漫无所归，遂为甘露，为和风，洽然溉及四海。

"彼残忍乖僻之邪气，不能荡溢于光天化日之中，遂凝结充塞于深沟大壑

批语在分析文章引出下文的方法。

来瞧这话，"可惜你们不知道这人来历"，可惜呀，你们研究红学却不知道宝玉的来历啊！

政老前辈是作者，他不会看走眼。"大约"二字就说明了一切。

多读《红楼梦》，致知格物、悟道参玄，才能知道宝玉的身份。文章在教读者辨识宝玉的身份！

事关重大，读者快来请教吧。

天地之间除了平常人外，还有大仁大恶两种人，仁者应运而生，则是治世；恶者应劫而生，则是危世。非常明显，文章在讨论天下大事。

"朱"字放在最末一位，这是什么意思？作者在搞文字游戏，朱是明朝皇帝的姓氏。

应劫出生的人就要登场了。

从表面情节看，文章越扯越远。从隐写历史看，这才是作者最想表达的意思，有大恶者挠乱天下！

正邪不相容。

这段话极具欺骗性，表面上看是歌功颂德，其实，文章略略一收，然后如开闸之水，下文必将谈论正邪较量。

邪气起势了，暗指清军与农民起义军开始起势，明朝的麻烦来了！

之内，偶因风荡，或被云催，略有摇动感发之意，

"一丝半缕误而泄出者，偶值灵秀之气适过，

清军与农民起义军起势时，正赶上明朝的灵秀之气适过。

"正不容邪，邪复妒正，【甲戌侧批：譬得好。】两不相下，亦如风水雷电，地中既遇，既不能消，又不能让，必至搏击掀发后始尽。

双方力量既不能消，又不能让，只有战争了。读《红楼梦》要高度重视天气状况，其中隐藏着军事较量，"亦如风水雷电""必至搏击掀发后始尽"。

"故其气亦必赋人，发泄一尽始散。使男女偶秉此气而生者，在上则不能成仁人君子，下亦不能为大凶大恶。【甲戌侧批：恰极，是确论。】

这股气会对当时的政治人物产生巨大影响，想做仁人君子的做不成，大凶大恶造反派也失败了。

"置之于万万人中，其聪俊灵秀之气，则在万万人之上，

玉玺（宝玉）是皇权的象征，它本来就居"万万人之上"。

"其乖僻邪谬不近人情之态，又在万万人之下。

朝代灭亡时，玉玺终究是一块石头，它要居"万万人之下"。

"若生于公侯富贵之家，则为情痴情种，若生于诗书清贫之族，则为逸士高人，纵再偶生于薄祚寒门，断不能为走卒健仆，甘遭庸人驱制驾驭，必为奇优名倡。

玉玺本是石头，石头在不同人家作用不一样。

"如前代之许由、陶潜、阮籍、嵇康、刘伶、王谢二族、顾虎头、陈后主、唐明皇、宋徽宗、刘庭芝、温飞卿、米南宫、石曼卿、柳耆卿、秦少游，

贾宝玉到底是何身份，作者居然用这么多历史人物来说明他？

"近日之倪云林、唐伯虎、祝枝山，

倪云林是元末明初画家，生于 1301 年；唐伯虎是明代画家，生于 1470 年；祝枝山是明代书法家，生于 1461 年。专家们考证出来的"作者"曹雪芹，大约生于 1715 年，他居然把两三百年前的古人称为"近日"之人。这是为何？

"再如李龟年、黄幡绰、敬新磨、卓文君、红拂、薛涛、崔莺、朝云之流。此皆易地则同之人也。"

这一大段文字谈古论今，解答宝玉的身份，最终结论是"易地则同之人也"，换个地方还是原来那个人，贾宝玉就是第一回中的石头。

子兴道："依你说，'成则王侯败则贼'【甲戌侧批：《女仙外史》中论魔道已奇，此又非《外史》之立意，故觉愈奇。】了。"

艺高人胆大，文章越写越奇。成则王侯败则贼！这样的话都说出来了！

雨村道："正是这意。

介绍玉玺的文字结束了，"正是这意"是小结。

"你还不知，我自革职以来，这两年遍游各省，

韩爌被革职两年了，他于天启五年七月被革职，崇祯皇帝登基是天启七年八月，其间正好两年。《明史·韩爌传》记载：

五年七月，逆党李鲁生劾爌，削籍除名。

"也曾遇见两个异样孩子。

宝玉是玉玺，天下还有这样的孩子吗？

【甲戌侧批：先虚陪一个。】

文章要虚写另一个玉玺，且看这个玉玺是从哪里冒出来的。

"所以，方才你一说这宝玉，我就猜着了八九亦是这一派人物。

挺会猜。

"不用远说，只金陵城内，钦差金陵省体仁院总裁甄家，你可知么？"

作者问读者了，南京甄家"你可知么"？这事我们知道，崇祯朝灭亡后，朱由崧在南京称帝，建立弘光政权，所以，南京的这个小孩也叫宝玉，他一定比贾宝玉年龄小，两个人在现实中无法相见，只能在梦中相见。瞧，这不正是后文的情节吗？

【甲戌侧批：此衔无考，亦因寓怀而设，置而勿论。】

"体仁院"三个字暗含内阁大学士温体仁的名字。温体仁于万历四十四年掌管南京翰林院，崇祯六年至十年，他是内阁首辅，因此把南京行政机关称作了"体仁院"，体仁是人名不是官名，所以，此衔无考。另外，温体仁是崇祯年间任职时间最长的内阁首辅，后文中，"体仁"二字还会出现。

【甲戌眉批：又一真正之家，特与假家遥对，故写假则知真。】

贾府是崇祯王朝，甄府是南明政权，写假当然要知真。

子兴道："谁人不知！

唉！谁人知之？

"这甄府和贾府就是老亲，又系世交。两家来往，极其亲热的。

明成祖朱棣定都北京时，保留了南京的官员班子，因而，明朝同时有两套官员班子，南京也有六部、都察院、国子监、大理寺等部门，甄家与贾家其实是一家，他们家也有老太太、太太、姑娘们。

"便在下也和他家来往非止一日了。"

钱龙锡是上海人，他可能与南京官员有联系。

【甲戌侧批：说大话之走狗，毕真。】

批书人开骂了，没有史料佐证，笔者不敢乱说。不过，这里又出现了"毕真"二字，这还是说表面情节非常逼真。

雨村笑道："去岁我在金陵，也曾有人荐我到甄府处馆。我进去看其光景，谁知他家那等显贵，却是个富而好礼之家，【甲戌侧批：如闻其声。甲戌眉批：只一句便是一篇世家传，与子兴口中是两样。】倒是个难得之馆。

南京也有一套官员班子，也是个好地方。

"但这一个学生，虽是启蒙，却比一个举业的还劳神。

朱由崧在南京建立的弘光政权举业艰难。《明史·马士英传》记载：

十七年三月，京师陷，帝崩，南京诸大臣闻变，仓卒议立君。

"说起来更可笑，他说：'必得两个女儿伴着我读书，我方能认得字，心里也明白，不然我自己心里糊涂。'

弘光政权在南京仓促建立，朝廷缺少官员，所以，得有一大群女儿来陪伴甄宝玉。如果没有官员陪伴，玉玺根本不认得字，他心里肯定糊涂！

【甲戌侧批：甄家之宝玉乃上半部不写者，故此处权力表明，以遥照贾家之宝玉，凡写贾家之宝玉，则正为真宝玉传影。】

贾宝玉是崇祯朝的玉玺，甄宝玉是弘光朝的玉玺，崇祯朝灭亡后，贾宝玉不在了，甄宝玉才能出场。

【蒙侧批：灵玉却只一块，而宝玉有两个，情性如一，亦如六耳、悟空之意耶？】

崇祯政权与弘光政权都是朱明政权，所以，灵玉只有一块，甄、贾宝玉，同父同母，同形同貌，合而为一，分而为二，如同孙悟空与六耳猕猴。

"又常对跟他的小厮们说：'这女儿两个字，极尊贵，极清净的，比那阿弥陀佛，元始天尊的这两个宝号还更尊荣无对的呢！

"女儿"两个字比阿弥陀佛、元始天尊的宝号还"尊荣无对"呢。这两个字需要读者好好理解，参透了佛、参透了道，再来谈论"女儿"二字吧。

【甲戌眉批：如何只以释、老二号为譬，略不敢及我先师儒圣等人？余则不敢以顽劣目之。】

作者遵儒圣之道，写书为纠结的人生忏悔，故，不敢言先师儒圣。

"'你们这浊口臭舌，万不可唐突了这两个字，要紧。

作者骂人了！谈论《红楼梦》，如果说不清"女儿"二字，便是"浊口臭舌"！要紧，要紧！

"'但凡要说时，必须先用清水香茶【甲戌侧批：恭敬。】漱了口才可，

若说"女儿"二字，这有条件，先闭上嘴，漱过口后说吧。

"'设若失错,【甲戌侧批:罪过。】便要凿牙穿腮等事。'

"其暴虐浮躁,顽劣憨痴,种种异常。

"只一放了学,进去见了那些女儿们,其温厚和平,聪敏文雅,【甲戌侧批:与前八个字嫡对。】竟又变了一个。

"因此,他令尊也曾下死笞楚过几次,

"无奈竟不能改。

"每打的吃疼不过时,他便'姐姐''妹妹'乱叫起来。

【甲戌眉批:以自古未闻之奇语,故写成自古未有之奇文。此是一部书中大调侃寓意处。盖作者实因鹡鸰之悲、棠棣之威,故撰此闺阁庭帏之传。】

"后来听得里面女儿们拿他取笑:

"'因何打急了只管叫姐妹做甚?莫不是求姐妹去说情讨饶?你岂不愧些!'

"他回答的最妙。他说:'急疼之时,只叫姐姐妹妹字样,或可解疼也未可知,因叫了一声,便果觉不疼了,遂得了秘法。每疼痛之极,便连叫姐妹起来了。'

"你说可笑不可笑?也因祖母溺爱不明,每因孙辱师责子,

说错了有报应,"凿牙穿腮"着实疼痛!

弘光政权有种种异常,拥立朱由崧登基的马士英被《明史》列入《奸臣传》,这个政权的异常之处,可以参见《马士英传》,在此不赘述。

玉玺在朝臣面前,脉脉含情,聪敏文雅。

弘光政权建立时,清军已经入关,这个政权频频挨打。

弘光政权无法改变局势,如若能改,无此一部鬼话《红楼梦》了。

宝玉挨打象征明朝挨打。"姐姐""妹妹"都是朝臣,朝廷挨打,不喊大臣喊谁呢?

《红楼梦》是奇文奇语。

马士英拿弘光政权取笑。马士英是内阁大学士兼兵部尚书,但是,他没有远见,把新朝廷当成了儿戏。《明史·马士英传》记载:

而士英为人贪鄙无远略,复引用大铖,日事报复,招权罔利,以迄于亡。

这话是说弘光皇帝朱由崧,他当皇帝不到一年,就沉湎酒色。《明史·朱常洵传》记载:

由崧性暗弱,湛于酒色声伎,委任士英及士英党阮大铖,擢至兵部尚书,巡阅江防。二人日以鬻官爵、报私憾为事。

敌人打来,朝臣(姐妹)出谋划策、率兵打仗,只要打退敌人就可以解疼。宝玉急疼之时,叫"姐姐""妹妹",这是解疼的唯一方法。

弘光政权排挤了许多忠臣,《明史·马士英传》记载:

吕大器、姜曰广、刘宗周、高弘图、徐石麒皆与士英龃龉,先后罢归。

"因此我就辞了馆出来。

"如今在这巡盐御史林家做馆了。

"你看，这等子弟，必不能守祖父之根基，从师长之规谏的。

"只可惜他家几个姊妹都是少有的。"

【甲戌侧批：实点一笔，余谓作者必有。】

子兴道："便是贾府中，现有的三个也不错。

"政老爹的长女，名元【甲戌侧批："原"也。】春，现因贤孝才德，选入宫作女史【甲戌侧批：因汉以前例，妙！】去了。

"二小姐乃赦老爹之妾所出，名迎【甲戌侧批："应"也。】春，

"三小姐乃政老爹之庶出，名探【甲戌侧批："叹"也。】春，

"四小姐乃宁府珍爷之胞妹，名唤惜【甲戌侧批："息"也。】春。

"因史老夫人极爱孙女，都跟在祖母这边一处读书，听得个个不错。"【甲辰夹批：复接前文未及，正词源三叠。】

雨村道："更妙在甄家的风俗，女儿之名，亦皆从男子之名命字，'不似别家另外用这些"春""红""香""玉"等艳字的，何得贾府亦落此俗套？'

子兴道："不然，只因现今大小姐是正月初一日所生，故名元春，余者方从了'春'字。上一辈的，却也是从兄弟而来的。

雨村又哄读者，甄家之馆是崇祯十七年的事，老先生无缘过去了。

还是好好在林家做馆吧。

弘光政权不听忠臣规谏，无法守住明朝根基！

刘宗周、高弘图、姜曰广等人都是"少有的"好官，可是，马士英专权，他们不得志。

这一笔是实写，这段历史必然要提及此事。

文章转笔介绍崇祯年间的官员了，贾府女儿都是内阁大学士。

元春扮演温体仁，他的人品最差，他的传记在《明史·奸臣传》上，作者吴梅村把他写成了自己的"女儿"，老先生准备骂死他。

迎春扮演的历史人物也当过内阁首辅，他心狠手辣。

探春扮演的历史人物也是内阁大学士，但他"庶出"，他没当过首辅。

惜春扮演的是崇祯王朝最后一任内阁首辅，崇祯初年，他还没走上政治舞台。

眼见为实，耳听为虚，"听得"二字妙，"听得"说明实际上并非如此！元、迎、探、惜四人，个个糟糕透顶！

贾府不会落入俗套，假的府邸里，女儿都是朝臣，都是男子，她们本应该用男子之名命字，作者为了掩人耳目，把他们写成了女儿。

"上一辈的，却也是从兄弟而来的"，这一辈也应该从兄弟取名呀！雨村与子兴一唱一和把实情都说出来了。

"现有对证：目今你贵东家林公之夫人，即荣府中赦、政二公之胞妹，在家时名唤贾敏。不信时，你回去细访可知。"

不用别处考证，文章自己来对证了。贾敏也是男人，如果读者不信，"回去细访可知"。"细访"就是第一回中的"细按"。

雨村拍案笑道："怪道这女学生读至凡书中有'敏'字，皆念作'密'字，每每如是；写字遇着'敏'字，又减一二笔，我心中就有些疑惑。

笔者心中也有疑惑，什么人的名字要避讳减一笔呢？贾敏一定扮演皇上，她是崇祯皇帝的父亲明光宗朱常洛无疑了。

"今听你说的，是为此无疑矣。

"怪道我这女学生言语举止另是一样，不与近日女子相同，

说得如此清楚，读者不必疑惑了。

林黛玉是崇祯皇帝，她的言语举止自然"另是一样"，自然"不与近日女子相同"。

"度其母必不凡，方得其女，今知为荣府之孙，又不足罕矣。

其母乃明光宗朱常洛。

"可伤上月竟亡故了。"

明光宗在位一个月就去世了。

子兴叹道："老姊妹四个，这一个是极小的，又没了。长一辈的姊妹，一个也没了。只看这小一辈的，将来之东床如何呢？"

这段话是过渡语，以便引起下文继续介绍人物。

雨村道："正是，方才说这政公，已有衔玉之儿，又有长子所遗一个弱孙。

吴梅村（政公）有一个"好儿子"，那就是人物化的玉玺（贾宝玉）。他的"女儿"是奸臣、庸臣，他的孙子更糟糕，他是吴三桂，这个"孙子"将会逐鹿中原，后文中，贾兰将要箭射小鹿。

"这赦老竟无一个不成？"

有啊，赦老的"儿女"也是内阁大学士。

子兴道："政公既有玉儿之后，其妾又生了一个，【甲戌侧批：带出贾环。】倒不知其好歹。只眼前现有二子一孙，却不知将来如何。

贾环两次被清军包围，两次投降清朝，这个"环"字极妙。

"若问那赦公，也有二子。长名贾琏，今已二十来往了。

贾琏当过内阁首辅，他虽然不是贾政的"儿子"，但是，他得生活在贾政身边，以便作者随时调用他出场。

"亲上作亲，娶的就是政老爹夫人王氏之内侄女，【甲戌侧批：另出熙凤一人。】今已娶了二年。

还有内侄女，真能扯，下文再看这位内侄女吧。

"这位琏爷身上现捐的是个同知，也是不肯读书，于世路上好机变，言谈去的，所以如今只在乃叔政老爷家住着，帮着料理些家务。

"谁知自娶了他令夫人之后，倒上下无一人不称颂他夫人的，琏爷倒退了一射之地。

"说模样又极标致，言谈又爽利，心机又极深细，竟是个男人万不及一的。"

【甲戌侧批：未见其人，先已有照。】
【甲戌眉批：非警幻案下而来为谁？】

雨村听了，笑道："可知我前言不谬。【甲戌侧批：略一总住。】

"你我方才所说的这几个人，都只怕是那正邪两赋而来一路之人，未可知也。"

子兴道："邪也罢，正也罢，只顾算别人家的账，你也吃一杯酒才好。"

雨村道："正是，只顾说话，竟多吃了几杯。"

子兴笑道："说着别人家的闲话，正好下酒，【甲戌侧批：盖云此一段话亦为世人茶酒之笑谈耳。】即多吃几杯何妨。"

雨村向窗外看【甲戌侧批：画。】道："天也晚了，仔细关了城。

"我们慢慢的进城再谈，未为不可。"

于是，二人起身，算还酒账。【甲戌侧批：不得谓此处收得索然，盖原非正文也。】

"世路上好机变"，这六个字可以作为贾琏的最佳评语，《明史》上有他的传记，后文再谈。

贾琏虽是内阁首辅，却斗不过老婆。

王熙凤"是个男人万不及一的"，读者自思此人身份。

批书的老先生深知玄机，讲完第三回就知道这两条批语的妙处了，凤姐真的从警幻案下而来，真的"先已有照"。

雨村是一位合格的说书人，他把历史全说出来了！前言果然不谬！

正邪两赋来了许多朝臣，谁正谁邪，需要读者自己分辨。

对了，别忘了算自己的账。笔者先帮韩爌（雨村）算算账，他不久后会当上首辅，然后辞职回乡。唉！还是先喝酒吧，当首辅的喜酒还没喝呢。

不要多吃酒，吃多了酒断案不清。

两位大学士吃酒闲谈，相聊甚欢，不知到了关键时刻，能否出手相救呢？

千不怕万不怕，就怕晚些时候李自成打来，京城关了门，麻烦就大了！

两位先生进城去吧，一起在内阁工作时，慢慢再谈，未为不可。

酒账不要算了，文字账还要好好算算。

方欲走时，又听得后面有人叫道："雨村兄，恭喜了！特来报个喜信的。"【甲戌侧批：此等套头，亦不得不用。】

雨村忙回头看时——【己双行夹批：语言无味，令人不耐。古人云"惜墨如金"，视此则视墨如土矣。似此则演至千回万回可也。】

【蒙：先自写幸遇之情于前，而叙借口谈幻境之情于后。世上不平事，道路口如碑。虽作者之苦心，亦人情之必有。雨村之遇娇杏，是此文之总帽，故在前。冷子兴之谈，是事迹之总帽，故叙写于后。冷暖世情，比比如画。】

报喜信的人来了！韩爌先生，大喜！崇祯皇帝召您入京了！《明史·韩爌传》记载：

至五月，始遣行人召之。

"回头看"？文章要回头补叙。批语的意思是，如果总是补叙，语言无味，令人不耐，文章可以"演至千回万回"，这不是惜墨如金，这是视墨如土呀。

作者苦心写史，把历史事件隐藏在表面情节中，而表面情节中的人情世态丝毫不差。

第三回

金陵城起复贾雨村　荣国府收养林黛玉

【甲戌批语：（收养）二字触目凄凉之至！】

【蒙古王府本批语：我为你持戒，我为你吃斋；

我为你百行百计不舒怀，我为你泪眼愁眉难解。

无人处，自疑猜，生怕那慧性灵心偷改。】

【宝玉通灵可爱，天生有眼堪穿。万年幸一遇仙缘，从此春光美满。随时喜怒哀乐，远却离合悲欢。地久天长香影连，可意方舒心眼。】

【宝玉衔来，是补天之余，落地已久，得地气收藏，因人而现。其性质内阳外阴，其形体光白温润，天生有眼可穿，故名曰宝玉，将欲得者尽宝爱此玉之意也。】

【天地循环秋复春，生生死死旧重新。君家著笔描风月，宝玉颦颦解爱人。】

却说雨村忙回头看时，不是别人，乃是当日同僚一案参革的号张如圭者。

信王朱由检入宫当皇帝被隐写成贾府"收养"黛玉，"收养"二字已经奠定了凄凉的基调。

崇祯皇帝登基时，作者吴梅村（贾政）还没有考中进士，所以，黛玉入贾府时，文章以"斋戒"为由支开贾政。"我为你持戒，我为你吃斋"，就是指这件事，黛玉出场，贾政一定不能在场。

作者有降清经历，他愧对崇祯皇帝，后半生无论怎么做，都不能舒怀，他泪眼愁眉，难解愧疚。

作者辞去清朝的官职，找到一个"无人处"，避世去愁。但是，他生怕后世评价自己不忠，把"慧性灵心偷改"。这就是他写《红楼梦》的原因。

玉玺（宝玉）非常可爱，能够遇到玉玺，这是万年一遇的仙缘。崇祯皇帝与玉玺如果没有离合悲欢，这样的缘分才会舒心。

明朝玉玺由来已久，它因人而现，并非谁都可以得到它。"将欲得者"想夺取玉玺！

天地循环，朝代更替，生生死死，以新代旧。作者着笔写历史，宝玉、黛玉就是离别的皇帝与玉玺。

张如圭的"圭"谐音闺阁的"闺"，文章以闺阁代内阁，张如圭是一位姓张的内阁大学士，他就是张瑞图。"同僚一案"指阉党案件，阉党案件是中国历史上最典型的同僚案，张瑞图先被参革，后来被列为阉党。《明史·顾秉谦传》记载：

自秉谦、广微当国，政归忠贤。其后入阁者黄立极、施凤来、张瑞图之属，皆依媚取容，名丽逆案。

甄氏娘子扮演黄立极，新太爷雨村扮演施凤来，张如主扮演张瑞图。崇祯皇帝登基时，内阁中共有四位大学士，目前已出现了三位。

【甲戌侧批：盖言如鬼如蜮也，亦非正人正言。】

张瑞图（张如圭）不是正人，他到处为魏忠贤的生祠撰写碑文。

他本系此地人，革后家居，

张瑞图本是朝廷中人（系此地人），崇祯皇帝登基后，他被革职回家了。《崇祯实录》记载：

崇祯元年三月，大学士施凤来、张瑞图并免。

今打听得都中奏准起复旧员之信，

朝廷起复旧员，这本身就说明朝廷发生了变故。

他便四下里寻情找门路，忽遇见雨村，

张瑞图已被参革，他寻情找门路不是为了复职，而是不想被列入阉党。他可能找过时任首辅韩爌（雨村），《明史·阉党传》记载：

其后定逆案，瑞图、宗道初不与，庄烈帝诘之，韩爌等封无实状。

韩爌不想把张瑞图列为阉党，不过，崇祯皇帝亲自过问此事，张瑞图还是被列为阉党。《明史·阉党传》记载：

帝曰："瑞图为忠贤书碑，宗道称呈秀父'在天之灵'，非实状耶？"乃以瑞图、宗道与顾秉谦、冯铨等坐赎徒为民……

故忙道喜。

张瑞图寻情无果，只能向韩爌道喜了。

二人见了礼，张如圭便将此信告诉雨村，雨村自是欢喜，

从表面情节看，雨村被革职时，"龙颜大怒，即批革职"，皇帝大怒革了雨村的职，如果雨村想复职，这太难了。但是，从隐写历史看，被革职的雨村是施凤来，复职的雨村是韩爌。

忙忙的叙了两句，【甲戌侧批：画出心事。】遂作别各自回家。

韩爌没时间与张瑞图聊天，只能忙忙地叙了两句。

冷子兴听得此言，便忙献计，

钱龙锡向韩爌（雨村）献计了。

【甲戌侧批：毕肖。赶热灶者。】

表面情节非常逼真，批语用了"毕肖"二字。

令雨村央烦林如海，转向都中去央烦贾政。

对于韩爌复出，文震孟（如海）能帮上忙，吴梅村（贾政）帮不上忙，所以，下文详写如海帮忙，略写贾政帮忙。

雨村领其意，作别回至馆中，忙寻邸报看真确了。【甲戌侧批：细。】次日，面谋之如海。

韩爌想在新朝廷中谋个职位，便找文震孟帮忙。文震孟还欠韩爌一个人情呢，下文会提及此事。

如海道："天缘凑巧，

"因贱荆去世，都中家岳母念及小女无人依傍教育，

"前已遣了男女船只来接，

"因小女未曾大痊，故未及行。

"此刻正思向蒙训教之恩未经酬报，遇此机会，岂有不尽心图报之理。

"但请放心，弟已预为筹画至此，已修下荐书一封，转托内兄务为周全协佐，方可稍尽弟之鄙诚，即有所费用之例，弟于内兄信中已注明白，亦不劳尊兄多虑矣。"

雨村一面打恭，谢不释口，一面又问："不知令亲大人现居何职？"

【甲戌侧批：奸险小人欺人语。】

"只怕晚生草率，不敢骤然入都干渎。"

【甲戌侧批：全是假，全是诈。】

如海笑道："若论舍亲，与尊兄犹系同谱，乃荣公之孙。大内兄现袭一等将军，名赦，字恩侯，

这就是无巧不成书！

"都中家岳母"，林如海的岳母家在都中，在京城！黛玉要去京城。

为什么派来男船呢？难道贾家提前知道雨村要去吗？不！男船来接黛玉，黛玉扮演男人！

信王朱由检（黛玉）入宫当皇帝遇到了阻力，所以，故未及行。张嫣皇后打灭魏忠贤的幻想后，信王就将入宫。

天启年间，魏忠贤要杖责文震孟，韩爌极力保护文震孟。训教之恩指这件事。《明史·文震孟传》记载：

一日，讲筵毕，忠贤传旨，廷杖震孟八十。首辅叶向高在告，次辅韩爌力争。

文震孟在全心全力帮助韩爌复出。

雨村问贾赦的官职还可以，因为钱谦益（贾赦）在崇祯初年复官了；若问贾政的官职，这纯粹是骗人，吴梅村（贾政）到崇祯四年才考中进士，此时，他没有官职。

雨村在欺负读者不知情。

杨维垣等人阻止韩爌复出，韩爌不敢骤然入都，朝廷于四月召他入朝，他于十二月到任。《崇祯实录》记载：

崇祯元年，四月，庚子，召前大学士韩爌入朝。

十二月己丑，大学士韩爌入朝。

韩爌入都与钱谦益、吴梅村没有关系，如果把"不敢骤然入都干渎"的对象理解为贾赦、贾政，雨村的话就"全是假，全是诈"。不过，《红楼梦》要"细按"，笔者认为雨村的两句话应该分开理解，"不敢骤然入都干渎"指韩爌不敢骤然复出，因为当时阉党还没被铲除，韩爌有所顾忌。

文章把钱谦益隐写为贾府长辈，因此，不得不说他是世袭，并杜撰了"一等将军"的职位，史书中根本没有这个职位。有人可能会问，既然杜撰职位，为什么不说他是公、侯、伯等世袭爵位呢？是这样的，钱谦益是礼部

· 73 ·

侍郎，这是正三品官，世袭爵位品级很高，钱谦益的品级不够。

《清史稿》记载："公、侯、伯，超品。子，正一品。男，正二品。轻车都尉、正三品。以上俱分三等。"公爵、侯爵、伯爵是超品，子爵是正一品，男爵是正二品，轻车都尉是正三品。只有轻车都尉与礼部侍郎的品级一样，所以，"一等将军"可能指轻车都尉。但是，钱谦益是明朝官员，轻车都尉是清代爵位，故而，作者杜撰了一个不伦不类的"一等将军"，用以反映钱谦益的官职品级。

"二内兄名政，字存周，【甲戌侧批：二名二字皆颂德而来，与子兴口中作证。】现任工部员外郎，

"存周"谐音"村诌"，《红楼梦》是吴梅村所诌。目前，吴梅村是"员外郎"，官员编制外的人。

从表面情节看，贾政是工部官员，在礼、户、吏、兵、刑、工六部中，工部的权力最小，而贾政只是员外郎，官职不高。《清史稿》记载："员外郎，初制四品。顺治十六年改五品。康熙六年复故，九年定从五品。各部同。"员外郎品级最高时是四品，最低时是从五品，贾政这么个级别，却要帮因皇帝发怒而免职的雨村复出，这是无法完成的任务。

"其为人谦恭厚道，大有祖父遗风，非膏粱轻薄仕宦之流，【复醒一笔。】故弟方致书烦托。

文章介绍贾政就是作者自我介绍。虽然他降清为官，但是，他与"膏粱轻薄"之辈不同，他不是轻薄人！《娄东耆旧传·吴伟业传》记载：

顺治中，当路多疑其独高节全名者，强荐起之。两亲俱祸及门户，严装促应征。

有人怀疑吴梅村想保全名节，就故意推荐他为官，父母又担心惹上祸事，吴梅村只能降清为官。

批语："复醒一笔。"这笔要醒什么？作者要自我解释，他与轻薄仕宦的降清之流不一样！

"否则不但有污尊兄之清操，即弟亦不屑为矣。"

【甲戌侧批：写如海实写政老。所谓此书有不写之写是也。】

如果吴梅村真心降清，世人对他就不屑了。

雨村听了，心下方信了昨日子兴之言，于是又谢了林如海。

作者吴梅村（贾政）尚未露面，文章已经自我介绍了，这就是"不写之写"。

两相对证，如海、子兴所言一致。

如海乃说："已择了出月初二日小女入都，

信王朱由检入宫（黛玉入贾府）是一个重要时间，越是重要时间，作者越小心翼翼，文章给出一个模糊日期，"出月初二日"。作者的用意很明显，这是模糊日期，读者不要考证了。

"尊兄即同路而往，岂不两便？"

雨村唯唯听命，心中十分得意。

如海遂打点礼物并饯行之事，雨村一一领了。

那女学生黛玉，身体方愈，原不忍弃父而往，无奈他外祖母致意务去，

且兼如海说："汝父年将半百，再无续室之意，

"且汝多病，年又极小，上无亲母教养，

"下无姊妹兄弟扶持，

【甲戌侧批：可怜！一句一滴血，一句一滴血之文。】

"今依傍外祖母及舅氏姊妹去，正好减我顾盼之忧，何反云不往？"

黛玉听了，方洒泪拜别，【甲戌侧批：实写黛玉。】

【蒙侧批：此一段是不肯使黛玉作弃父乐为远游者。以此可见作者之心宝爱黛玉如己。】

随了奶娘及荣府几个老妇人登舟而去。

崇祯皇帝登基在前，韩爌复职在后，文章要将这两件事穿插在一起描写，这样描写的确"两便"。

刻画出了韩爌复职的心理。

文震孟对韩爌周到之至。

不要受"父亲""外祖母"等人物影响，第一回交代过了，"只取其事体情理罢了"。这段话是说，信王朱由检本来不想当皇帝，但是，天启皇帝一定要让他当皇帝。《崇祯长编》记载：

> 熹宗凭榻顾帝曰："来，吾弟当为尧舜。"帝惧不敢应。良久奏曰："臣死罪，陛下为此言，臣应万死。"熹宗慰勉至再……

第二回中说"今如海年已四十"，这里说林如海"年将半百"，倏忽之间，十多年过去了。第二回中黛玉5岁，此时的黛玉已十五六岁了。信王朱由检17岁登基，文中的时间，并无太大差错。

崇祯帝幼年时，生母刘氏被杖杀，他真的没有"亲母教养"。《明史·庄烈帝本纪》记载：

> 母贤妃刘氏，早薨。

崇祯皇帝唯一的哥哥天启皇帝刚刚过世。

崇祯皇帝的母亲早逝，哥哥又死了，这等文字真是"一句一滴血之文"。

该去，作为明朝皇权的唯一合法继承人，不去怎么行呢？

17岁的信王朱由检洒泪离开信王府，此时，魏忠贤大权在握，信王此去，不知是福是祸，难免洒泪而别。

作者吴梅村宝爱崇祯皇帝之心，天地可鉴。

水能载舟，亦能覆舟，林姑娘已经登舟，小舟风浪急，林姑娘，一路小心呀。

雨村另有一只船，带两个小童，依附黛玉而行。

【甲戌侧批：老师依附门生，怪道今时以收纳门生为幸。】

有日到了都中，【甲戌侧批：繁中简笔。】

进入神京，雨村先整了衣冠，

【甲戌侧批：且按下黛玉以待细写。今故先将雨村安置过一边，方起荣府中之正文也。】

带了小童，【甲戌侧批：至此渐渐好看起来也。】拿着宗侄的名帖，【甲戌侧批：此帖妙极，可知雨村的品行矣。】至荣府的门前投了。

彼时贾政已看了妹丈之书，即忙请入相会。

见雨村相貌魁伟，言语不俗，

且这贾政最喜读书人，礼贤下士，济弱扶危，大有祖风，

况又系妹丈致意，因此优待雨村，

【甲戌侧批：君子可欺其方也，况雨村正在王莽谦恭下士之时，

韩爌先生请稍候，待崇祯皇帝登基后，您才能进入内阁。

若有黛玉这样的学生，老师得多大脸面呀？

崇祯皇帝入宫前，宫里经过了一番激烈的斗争，如果详细描述，三五句话说不完，故而，甲戌侧批："繁中简笔。"

注意"先"字，韩爌（雨村）入都时间是崇祯元年十二月，崇祯皇帝（黛玉）登基时间是天启七年八月，很明显，雨村进京的时间提前了，故而，文章用了"先"字提示。

韩爌入都事小，崇祯皇帝登基事大。文章先叙小事，以便集中笔墨介绍崇祯皇帝登基。

文章正式描写崇祯年间的历史了，至此，渐渐好看起来了。

政老又哄读者。贾政与雨村相会是假，故而，不会描写如何落座，如何吃茶，只能一笔带过。

文章再次描写雨村的相貌、言语，他与前一个雨村又不一样了。

吴梅村（贾政）最喜读书人，礼贤下士，济弱扶危，大有祖风。作者的自我评价与顾湄对他的评价如出一辙。顾湄的《吴梅村先生行状》写道：

其风度冲旷简达，令人把之鄙吝顿消，与人交，不事矫饰，煦如阳春，生平规言矩行，尺寸无所逾越，为以奖进人才为己任，谆谆劝诱，至老不怠。

这是明目张胆地哄骗读者，吴梅村与韩爌没有仕途交集。

作者在欺骗读者，但是，他的方法高明。

王莽未篡时，谦恭下士，此时的韩爌还没有二次为相呢。

虽政老亦为所惑，在作者系指东说西也。】

政老就是作者，作者就是政老，文章全是指东说西，表面情节在为隐写历史服务。

更又不同，便竭力内中协助，题奏之日，轻轻谋了一个复职候缺，

崇祯皇帝想通过更换首辅改善政治生态，原任首辅韩爌重返朝廷，轻轻松松就复职了。《明史·韩爌传》记载：

十二月还朝，复为首辅。

【甲戌侧批：《春秋》字法。】

《春秋》是鲁国的史书，"《春秋》笔法"就是史书笔法。

不上两个月，金陵应天府缺出，便谋补【甲戌侧批：《春秋》字法。】了此缺，

从表面情节讲，雨村升任应天府的情节太假了。应天知府是四品官，《清史稿》记载："府，知府一人，初制正四品，乾隆十八年改从四品。"应天知府是四品官，而工部员外郎贾政是五品官，一个五品官帮别人谋到了四品官，这怎么可能呢？

拜辞了贾政，择日上任去了。【甲戌侧批：因宝钗故及之，一语过至下回。】不在话下。

韩爌在朝廷中当首辅，他哪儿也不用去。甲戌侧批："因宝钗故及之，一语过至下回。"文章在为下文伏笔，宝钗扮演清太宗皇太极，崇祯二年，皇太极发动己巳之变，时任首辅正是韩爌。故而，宝钗将伴随死人事件出场，雨村断不清死人案件！

且说黛玉自那日弃舟登岸时，

信王朱由检（黛玉）"弃舟登岸"，身份就要发生华丽转变了。

【甲戌侧批：这方是正文起头处。此后笔墨，与前两回不同。】

信王马上要进入皇宫了，正文刚开始呢。

便有荣国府打发了轿子并拉行李的车辆久候了。

魏忠贤派人来接信王了，《崇祯长编》记载：

二十一日甲寅，熹宗崩，忠贤犹豫不发丧。翌日，凶问彰露，始宣皇后懿旨告外，遣其党涂文辅、王朝辅迎帝入宫，群臣无得见者。

这林黛玉常听得【甲戌侧批：三字细。】母亲说过，他外祖母家与别家不同。

这是实话，谁家敢跟皇家比？

他近日所见的这几个三等仆妇，吃穿用度，已是不凡了，何况今至其家。

三等仆妇"已是不凡了"，言外之意，贾家还有一二等"仆妇"，她们会更加不凡！

因此步步留心，时时在意，不肯轻易多说一句话，多行一步路，惟恐被人耻笑了他去。【甲戌侧批：写黛玉自幼之心机。】

魏忠贤意欲篡权，信王朱由检步步留心，时时在意。《烈皇小识》记载：

烈皇昔由藩邸入继大统，毒雾迷空，荆棘满地，以孑身出入于刀锋剑芒之中……

自上了轿，进入城中，从纱窗向外瞧了一瞧，其街市之繁华，人烟之阜盛，自与别处不同。【甲戌侧批：先从街市写来。】

又行了半日，忽见街北蹲着两个大石狮子，三间兽头大门，门前列坐着十来个华冠丽服之人。

正门却不开，只有东西两角门有人出入。

正门之上有一匾，匾上大书"敕造宁国府"五个大字。

【甲戌侧批：先写宁府，这是由东向西而来。】

黛玉想道："这必是外祖之长房了。"

想着，又往西行，不多远，照样也是三间大门，方是荣国府了。

却不进正门，只进了西边角门。

那轿夫抬进去，走了一射之地，

将转弯时，便歇下退出去了。

后面的婆子们已都下了轿，赶上前来。

这条街就是长安街，这里自然与别处不同。

到紫禁城了，"三间兽头大门"就是午门。清故宫基本上保留了明故宫的原型，请看下图：

只有皇帝能走正门，其他人只能走角门。

"敕造宁国府"，五个大字醒目之至！贾府是皇帝下令建造的！

宁、荣二府是东西方向，批语再重述一遍，这话就值得推敲了，其潜台词是"本是南北方向，这里写成东西方向了"。

宁国府是皇宫的前朝，是朝臣开会议事的地方。

荣国府大门就是乾清门，进了此门就是后宫。

此时的朱由检（黛玉）还是王爷，没资格走正门，只能从角门进去。文章交代得清楚之至。

信王入宫必然要走故宫大门，也就是宁国府大门，但是，表面情节不便这样写，故而，文章用了囫囵法，只说黛玉入门，没说黛玉走的是荣府大门。

"一射之地"，距离不近，至少得100米吧。

抬着信王的轿子停下来了。

前文并没提到婆子，突然冒出"婆子们"，她们指代朝廷官员。魏忠贤派太监去接信王，官员不放心，他们紧跟着来了。《明季北略》记载：

王心危甚，袖食物以入，群臣闻之，咸欲奔入。

另换了三四个衣帽周全十七八岁的小厮上来，复抬起轿子。

众婆子步下围随至一垂花门前落下。众小厮退出，众婆子上来打起轿帘，扶黛玉下轿。

林黛玉扶着婆子的手，进了垂花门，

两边是抄手游廊，当中是穿堂，当地放着一个紫檀架子大理石的大插屏。转过插屏，小小的三间厅，厅后就是后面的正房大院。正面五间上房，皆雕梁画栋，两边穿山游廊厢房，挂着各色鹦鹉、画眉等鸟雀。

台矶之上，坐着几个穿红着绿的丫头，一见他们来了，便忙都笑迎上来，说："刚才老太太还念呢，可巧就来了。"

【甲戌侧批：如见如闻，活现于纸上之笔。好看煞！】

于是三四人争着打起帘笼，【甲戌侧批：真有是事，真有是事！】一面听得人回话："林姑娘到了。"

【甲戌眉批：此书得力处，全是此等地方，所谓"颊上三毫"也。】

黛玉方进入房时，只见两个人搀着一位鬓发如银的老母迎上来，黛玉便知是他外祖母。

"衣帽周全"的小厮就是太监，作者用"衣帽周全"反说他们身体器官不全。后世好事者觉得"衣帽周全"形容贾府家丁有点儿寒酸，有些版本上将此处改为"眉目秀洁"。可气！可悲！可恨！

朝臣（婆子）跟随而来，他们想见信王，可是，太监不让他们见信王。《明季北略》记载：

（朝臣）至殿门，宦者不纳。

信王朱由检入宫时，太监（小厮）占上风，此时，"众小厮退出"，官员（婆子）占了上风。这里省却了信王在皇宫里过夜的场景，直接描写崇祯皇帝与官员们在一起了。

垂花门是明朝故宫的某个门，朝臣正在陪同信王朱由检穿过这个门。

抄手游廊、穿堂、插屏、三间厅、正房大院、五间上房、穿山游廊厢房，描写太细致了，笔者不知道这是皇宫的哪个地方，反正脑子里想象一下皇宫就行了。

老太太何许人？"刚才"是多久之前呢？且看下文。

文章描写新皇帝入宫的场景怎么样？这等文章"好看煞"！

三四个人争着为新皇帝打帘笼，还有人高喊一声："新皇帝驾到（林姑娘到了）。"

果然是"颊上三毫"，文章把当时的场面全部刻画出来了。

史太君扮演万历皇帝。有人可能会问："崇祯皇帝登基时，万历皇帝已去世七年了，他怎么会出现在这里？"笔者来答："石头都能人物化，死人过来述说历史，这有什么奇怪呢？万历皇帝在位48年，他对明朝灭亡负有重要责任，所以，文章把他扯上了！再者，作者吴梅村是苏州人，苏州是昆曲的故乡，昆曲《牡丹亭还魂记》讲

方欲拜见时，早被他外祖母一把搂入怀中，

心肝儿肉叫着大哭起来。【甲戌侧批：几千斤力量写此一笔。】

当下地下侍立之人，无不掩面涕泣，【甲戌侧批：旁写一笔，更妙！】

黛玉也哭个不住。【甲戌侧批：自然顺写一笔。】

一时众人慢慢解劝住了，黛玉方拜见了外祖母。【甲戌眉批：书中正文之人，却如此写出，却是天生地设章法，不见一丝勉强。】

此即冷子兴所云之史氏太君，贾赦、贾政之母也。【甲戌侧批：书中人目太繁，故明注一笔，使观者省眼。】

当下贾母一一指与黛玉："这是你大舅母，【邢氏。】这是你二舅母，【王氏。】这是你先珠大哥的媳妇珠大嫂子。"黛玉一一拜见过。

贾母又说："请姑娘们来。今日远客才来，可以不必上学去了。"

众人答应了一声，便去了两个。不一时，只见三个奶嬷嬷并五六个丫鬟，簇拥着三个姊妹来了。【甲戌侧批：声势如现纸上。甲戌眉批：从黛玉眼中写三人。】

的就是死人变活人的故事，所以，不必对老太太的身份诧异。"

请注意，文中并没描写老太太的体态与衣着，因为老太太是过世的人，不能详细描写她。搀着她出场的两个人就是两位作者，作者把万历皇帝"搀"来了！有了这样一位老太君，贾府真像大家庭了。

万历皇帝去世时，信王朱由检9岁，祖孙二人搂抱一下，也在情理之中，况且，文章还特意用了一个"早"字。

祖孙二人若相见，定然要抱头大哭。这一笔力压千钧，可是，谁知道其中的力量呢？

这句话是旁写，使表面情节更加逼真。

这句话是顺带，使表面情节以假乱真。

崇祯皇帝登基时要拜见列祖列宗的牌位。"拜见了外祖母"的表面情节与隐写历史天生地设，不见一丝勉强。

文章没有破绽，甲戌侧批露出了破绽，倘若家庭关系是真的，这条批注就多余了。

贾母用手一指，就把大舅母、二舅母、大嫂子都介绍完了。她们长啥模样？穿什么衣着？说话了吗？本回不会详细描述这三个人，下文用的全是囵囵法。电视剧《红楼梦》中，两位舅母与大嫂子都开口说了话，这是对原著极大的不尊重！

上学也是骗人的。

三个大男人来了，迎春、探春、惜春都是明朝的内阁大学士，这就是"何堂堂之须眉，诚不若彼一干裙钗"的原因。

第一个肌肤微丰，【甲戌侧批：不犯宝钗。】合中身材，腮凝新荔，鼻腻鹅脂，温柔沉默，观之可亲。【甲戌侧批：为迎春写照。】

迎春扮演薛国观，崇祯十二年，他会当上内阁首辅。"观之可亲"的"观"就是他的名字。请看其画像：

薛国观

肌肤微丰，腮凝新荔，鼻腻鹅脂，描写传神！

第二个削肩细腰，【甲戌侧批：《洛神赋》中云"肩若削成"是也。】长挑身材，鸭蛋脸面，俊眼修眉，顾盼神飞，文彩精华，见之忘俗。【甲戌侧批：为探春写照。】

探春扮演谢升，崇祯十三年，他会当上内阁大学士，因为他没当过首辅，所以，他不是"正出"而是"庶出"。请看其画像：

谢 升

削肩膀，鸭蛋脸，俊眼修眉，一丝不错。

第三个身量未足，形容尚小。

惜春扮演的历史人物此时尚未考中进士，所以，他"身量未足，形容尚小"。

【甲戌眉批：浑写一笔更妙！必个个写去则板矣。可笑近之小说中有一百个女子，皆是如花似玉一副脸面。】

所批极是。

其钗环裙袄，【甲戌侧批：是极。】三人皆是一样的妆饰。

这三个人都是内阁大学士，学士服是一样的。

【甲戌侧批：毕肖。】

表面情节非常逼真。

黛玉忙起身迎上来见礼，【甲戌侧批：此笔亦不可少。】

黛玉不用向"姐妹"见礼，既然把她们写成姐妹，就回个礼吧，使表面情节更加逼真。

互相厮认过，大家归了坐。丫鬟们斟上茶来。不过说些黛玉之母如何得病，如何请医服药，如何送死发丧。

黛玉之母扮演明光宗朱常洛，他因为服药而死，这就是明末三大疑案之一的"红丸案"，后文还会详细描写这件事。

不免贾母又伤感起来，【甲戌侧批：妙！】因说："我这些儿女，所疼者独有你母，今日一旦先舍我而去，连面也不能一见，今见了你，我怎不伤心！"说着，搂了黛玉在怀，又呜咽起来。

文章很难描写众人相见的场景，这里便以人物的情感宣泄分散读者的注意力。

众人忙都宽慰解释，方略略止住。【甲戌侧批：总为黛玉自此不能别往。】

似乎满屋子都是人，可是大舅母、二舅母、大嫂子、三姐妹居然都没说话，黛玉也没说话！这是不是怪事？文章安排老太太说三道四，硬生生扯出"一屋子人"，这就是囫囵法。读者若以为"众人"是舅母、表嫂、表姐妹，那就大错特错了！

众人见黛玉年貌虽小，其举止言谈不俗，

新皇帝的言谈举止，当然不俗。

身体面庞虽怯弱不胜，【甲戌侧批：写美人是如此笔仗，看官怎得不叫绝称赏！】

崇祯皇帝的身体真有点儿怯弱不胜，批书人对这种描写拍案叫绝。

却有一段自然的风流态度，【甲戌侧批：为黛玉写照。众人目中，只此一句足矣。】便知他有不足之症。

崇祯皇帝挺帅，风流态度是自然的。

【甲戌眉批：从众人目中写黛玉。草胎卉质，岂能胜物耶？想其衣裙皆不得不勉强支持者也。】

文章没写黛玉的衣着，如果黛玉穿着女人的衣服就不符合史实了，如果她穿着男人的衣服就露馅了。故而，甲戌眉批直接指出衣着问题。

因问："常服何药，如何不急为疗治？"

究竟何人所问？大舅妈？二舅妈？大表嫂？三姐妹？文章就是不说主语。

黛玉道："我自来是如此，从会吃饮食时便吃药，到今日未断，请了多少名医修方配药，皆不见效。

崇祯皇帝登基后频繁地更换官员，但是，官员配不出解救明朝的"药方"，崇祯皇帝终将自缢。

"那一年我三岁时，【甲戌侧批：文字细如牛毛。】

穿插介绍崇祯皇帝小时候的历史。文中的历史事件多如牛毛。

"听得说来了一个癞头和尚，

癞头和尚是作者吴梅村的幻象，只要癞头和尚出现，就是作者在搭戏。

【甲戌眉批：奇奇怪怪一至于此。通部中假借癞僧、跛道二人点明迷情幻海中有数之人也。非袭《西游》中一味无稽、至不能处便使用观世音可比。】

"说要化我去出家，我父母固是不从。他又说：'既舍不得他，只怕他的病一生也不能好的了。

"'若要好时，除非从此以后总不许见哭声，

"'除父母之外，凡有外姓亲友之人，一概不见，方可平安了此一世。'"

"疯疯癫癫，说了这些不经之谈，【甲戌侧批：是作书者自注。】也没人理他。

"如今还是吃人参养荣丸。"【甲戌侧批：人生自当自养荣卫。】

【甲戌眉批：甄英莲乃副十二钗之首，却明写癞僧一点。今黛玉为正十二钗之冠，反用暗笔。盖正十二钗人或洞悉可知，副十二钗或恐观者忽略，故写极力一提，使观者万勿稍加玩忽之意耳。】

贾母道："正好，我这里正配丸药呢。叫他们多配一料就是了。"【甲戌侧批：为后菖菱伏脉。】

一语未了，只听后院中有人笑声，

【甲戌侧批：懦笔庸笔何能及此！】

说："我来迟了，不曾迎接远客！"

整部小说都是借僧道二人点拨人物，因为他俩是作者的幻象。癞僧、跛道并非一味无稽，他俩与《西游记》中的观世音菩萨不一样，他俩可以考证出来。

癞头和尚的话就是作者的话，崇祯皇帝的心病一生都不能好了！

这话大有深意，只要天下不太平，民间就有哭声，"不许见哭声"说明天下太平，黛玉的病与天下太平与否息息相关！

"外姓亲友"影响黛玉的病情，薛家就是外姓亲友，薛家代表大清，大清是崇祯皇帝最大的心病！

文章的表面情节都是"不经之谈"。甲戌侧批："是作书者自注。"癞头和尚是作者吴梅村，作者自己在注解文章。

"人参养荣丸"就是要强大国家、养大荣国！明朝一直在谋划这件事。

癞头和尚对英莲做了谶语，又对黛玉品头论足，书中的每一个人物都与癞头和尚有关，因为他是作者。

万历四十七年，明朝与后金之间发生了萨尔浒之战，这是明亡清兴的转折点，自此以后，明朝一直在配制"人参养荣丸"。朝廷配"药"的核心就是选拔将军，所以，甲戌侧批由药谈及人物，"为后菖菱伏脉"。

后院中有人笑！后院指后宫，后宫来的人必是太监！

懦笔庸笔无此章法，人未露面声先到。

黛玉到贾府后，贾母第一个说话，舅妈、表姐妹都没说话，但是，来人说话了，他一定是魏忠贤。信王朱由检登基时，魏忠贤还没死，他不想让信王当皇帝，故而，他来迟了。

【甲戌侧批：第一笔，阿凤三魂六魄已被作者拘定了，后文焉得不活跳纸上？此等文字非仙助即神助，从何而得此机括耶？】

阿凤爱说爱笑的人物形象已经被作者安排好了，后文中，她的形象会非常逼真。这样的文章必是文曲星君助力，不然，文章哪有这么多机关呢？

【甲戌眉批：另磨新墨，掭锐笔，特独出熙凤一人。未见其人，先使闻声，所谓"绣幡开，遥见英雄俺"也。】

文章别磨新墨，将魏忠贤写成了女人。绣幡开，太监魏忠贤又来了。

黛玉纳罕道："这些人个个皆敛声屏气，恭肃严整如此，

新皇帝来了，人们都敛声屏气、恭肃严整。

"这来者系谁，这样放诞无礼？"【甲戌侧批：原有此一想。】

信王朱由检早就知道魏忠贤"放诞无礼"。"放诞无礼"形容魏忠贤再恰当不过了，《春秋》字法。

心下想时，只见一群媳妇丫鬟围拥着一个人从后房门进来。

来了，来了，魏公公就要露脸了！

这个人打扮与众姑娘不同，彩绣辉煌，恍若神妃仙子：

"恍若"二字妙，"恍若神妃仙子"，说明她不是神妃仙子。

头上戴着金丝八宝攒珠髻，绾着朝阳五凤挂珠钗，【甲戌侧批：头。】项上戴着赤金盘螭璎珞圈，【甲戌侧批：颈。】裙边系着豆绿宫绦双衡比目玫瑰佩，【甲戌侧批：腰。】身上穿着缕金百蝶穿花大红洋缎窄裉袄，外罩五彩刻丝石青银鼠褂，下着翡翠撒花洋绉裙。

凤姐的服饰就是太监的服饰，《明史·舆服》记载：
明初置内使监，冠乌纱描金曲脚帽，衣胸背花盘领窄袖衫，乌角带，靴用红扇面黑下桩。

一双丹凤三角眼，两弯柳叶吊梢眉，

看图吧，"三角眼""吊梢眉"，令人啧啧称奇！

魏忠贤

身量苗条，体格风骚，粉面含春威不露，丹唇未启笑先闻。

"粉面含春威不露"，这是笑里藏刀。
"丹唇未启笑先闻"，这是笑面之虎。

【甲戌侧批：为阿凤写照。甲戌眉批：试问诸公：从来小说中可有写形追像至此者？】

黛玉连忙起身接见。

贾母笑【甲戌侧批：阿凤一至，贾母方笑，与后文多少笑字作偶。】道："你不认得他，他是我们这里有名的一个泼皮破落户儿，

"南省俗谓作'辣子'，你只叫他'凤辣子'就是了。"

【甲戌侧批：阿凤笑声进来，老太君打诨，虽是空口传声，

却是补出一向晨昏起居，阿凤于太君处承欢应候一刻不可少之人，看官勿以闲文淡文也。】

黛玉正不知以何称呼，

只见众姊妹都忙告诉他道："这是琏嫂子。"

黛玉虽不识，也曾听见母亲说过，大舅贾赦之子贾琏，娶的就是二舅母王氏之内侄女，自幼假充男儿教养的，

学名王熙凤。

【甲戌侧批：奇想奇文。以女子曰"学名"固奇，然此偏有学名的反倒不识字，不曰学名者反若假。】

黛玉忙陪笑见礼，以"嫂"呼之。

这熙凤携着黛玉的手，上下细细打谅了一回，【甲戌侧批：写阿凤全部传神第一笔也。】

书中文字奇，这条批语也奇，没见过魏忠贤或其画像的读者很难做出这样的批注。

崇祯皇帝接见魏忠贤了。

魏忠贤是皇宫里有名的"泼皮破落户儿"！这几个字形容魏忠贤，这也是"《春秋》字法"。

不知黛玉听真没有？不要叫凤姐嫂子，叫她破落户儿"凤辣子"就可以了。

注意"空口传声"四个字，此时，万历皇帝（老太太）已逝，他的话是"空口传声"。

魏忠贤在万历朝就是太监了，所以，凤姐服侍过老太太。《明史·魏忠贤传》记载：
忠贤自万历中选入宫，隶太监孙暹。

作者犯难了，黛玉是皇帝，如何称呼太监呢？

帮腔的人说话了："姑且叫嫂子吧。"说话的人是"众姊妹"，这还是囫囵法，文章就是不告诉读者到底谁在说话。

"自幼假充男儿"，魏忠贤（凤姐）打小就当太监，是个假男儿。

凤是雄鸟，凰是雌鸟。王熙凤是雄性，她是当家太监魏忠贤。

凤姐不识字，这也有渊源，明太祖朱元璋对太监约法三章，其中一条就是太监不准识字。

信王朱由检（黛玉）很聪明，他向"放诞无礼"的魏忠贤赔笑了，这是先礼后兵呀。

魏忠贤"打谅"信王朱由检，他心里琢磨：他当皇帝，我还能不能继续当九千岁呢？"打谅"二字极其传神！

注意"这熙凤"三个字，有"这熙凤"必然有"那熙凤"，熙凤与贾雨村一样，后文中，她还会扮演其他历史人物。

· 85 ·

仍送至贾母身边坐下，因笑道："天下真有这样标致的人物，我今儿才算见了！

这样标致的人物，天下只有一个！

【甲戌眉批："真有这样标致人物"出自凤口，黛玉丰姿可知。宜作史笔看。】【甲戌侧批：这方是阿凤言语。若一味浮词套语，岂复为阿凤哉！】

"宜作史笔看"，这五个大字就足够了，这本书本是历史，当然要作史笔看！

"况且这通身的气派，竟不象老祖宗的外孙女儿，竟是个嫡亲的孙女，【甲戌侧批：仍归太君，方不失《石头记》文字，且是阿凤身心之至文。】

正是嫡亲，不过，不是孙女，而是孙子。

"怨不得老祖宗天天口头心头一时不忘。【甲戌侧批：却是极淡之语，偏能恰投贾母之意。】只可怜我这妹妹这样命苦，【甲戌侧批：这是阿凤见黛玉正文。】

魏公公，您此时才知道他命苦吗？假惺惺！

"怎么姑妈偏就去世了！"【甲戌侧批：若无这几句，便不是贾府媳妇。】说着，便用帕拭泪。

甲戌侧批提示，作者安排熙凤说了这几句话，她真的像"贾府媳妇"了。

贾母笑道："我才好了，你倒来招我。【甲戌侧批：文字好看之极。】

贾母说"我才好了"，死人当作活人来搭戏，岂不是"我才好了"？

"你妹妹远路才来，身子又弱，也才劝住了，快再休提前话！"

"再休提前话"，不要再提前面的历史了，快说现在的历史吧。注意，文中有很多"前话""这话""那话"等词语，因为文章采用了说话（说书）的形式介绍历史，书中人物如同一群相声演员，他们在说"群口相声"。

【甲戌侧批：反用贾母劝，看阿凤之术亦甚矣。】

魏忠贤的权术怎么样？

这熙凤听了，忙转悲为喜道："正是呢！我一见了妹妹，一心都在他身上了，

又是"这熙凤"！魏忠贤的心思全部用在新皇帝身上了。

"又是喜欢，又是伤心，

这是真伤心。

"竟忘记了老祖宗。该打，该打！"

魏忠贤真的该打！

又忙携黛玉之手，问："妹妹几岁了？可也上过学？现吃什么药？在这里不要想家，想要什么吃的，什么玩的，只管告诉我，丫头老婆们不好了，也只管告诉我。"

魏忠贤向新皇帝问长问短，这是他的本职工作。

一面又问婆子们："林姑娘的行李东西可搬进来了？带了几个人来？

放置新皇帝的行李，安排新皇帝的随从人员。

【甲戌侧批：当家的人事如此，毕肖！】

表面情节非常逼真。

"你们赶早打扫两间下房，让他们去歇歇。"

安排新皇帝的住处。

说话时，已摆了茶果上来，熙凤亲为捧茶捧果。【甲戌侧批：总为黛玉眼中写出。】

魏忠贤为新皇帝捧茶捧果，这是应该做的。

又见二舅母问他："月钱放过了不曾？"【甲戌侧批：不见后文，不见此笔之妙。】

二舅母扮演孙传庭，他已经辞职回家多年了，此时，王夫人说话，这事很奇怪！幸好，批语做了提示："不见后文，不见此笔之妙。"我们看后文吧。

熙凤道："月钱已放完了。才刚带着人到后楼上找缎子，

魏忠贤要找缎子，信王朱由检（黛玉）入宫了，太监要找缎子给他做龙袍。

【甲戌侧批：接闲文，是本意避繁也。】

文章说到了龙袍问题，简捷之至，这真是避繁也。

"找了这半日，也并没有见昨日太太说的那样的。【甲戌侧批：却是日用家常实事。】想是太太记错了？"

这段话夹杂着孙传庭（王夫人）早期的历史，可惜，孙传庭早期的官职不高，没查到相关史料，不知道魏忠贤为什么指责孙传庭记错了。

王夫人道："有没有，什么要紧。"

魏忠贤指责孙传庭记错了，但是，孙传庭不在乎，他说："有没有，什么要紧。"因而，他辞职回家了。《明史·孙传庭传》记载：

天启初，擢吏部验封主事，屡迁稽勋郎中，请告归。家居久不出。

因又说道："该随手拿出两个来给你这妹妹去裁衣裳的，【甲戌侧批：仍归前文。妙妙！】

文章夹写了孙传庭的历史事件，随后，转笔回到崇祯皇帝的龙袍问题上，"因又说道"四个字过渡自然。后文中凡是将一个人的话分成两段的文字，都是这种章法。

孙传庭的事小，崇祯皇帝的龙袍事大！应该立即为林妹妹"裁衣裳"，他就要登基了，没有龙袍怎么行？

"等晚上想着叫人再去拿罢，可别忘了。"

熙凤道："这倒是我先料着了，知道妹妹不过这两日到的，我已预备下了，

【甲戌眉批：余知此缎阿凤并未拿出，此借王夫人之语机变欺人处耳。若信彼果拿出预备，不独被阿凤瞒过，亦且被石头瞒过了。】

"等太太回去过了目好送来。"【甲戌侧批：试看他心机。】

王夫人一笑，点头不语。

【甲戌侧批：深取之意。凤姐是个当家人。】

当下茶果已撤，贾母命两个老嬷嬷带了黛玉去见两个母舅。

时贾赦之妻邢氏忙亦起身，笑回道："我带了外甥女过去，倒也便宜。"

贾母笑道："正是呢，你也去罢，不必过来了。"

邢夫人答应了一声"是"字，遂带了黛玉与王夫人作辞，大家送至穿堂前。

出了垂花门，早有众小厮们拉过一辆翠幄青绸车。邢夫人携了黛玉，坐在上面，

【未识黛卿能乘此否？】

众婆子们放下车帘，方命小厮们抬起，拉至宽处，方驾上驯骡，亦出了西

皇帝的龙袍，千万不能忘了！

魏忠贤（凤姐）说"已预备下了"龙袍。

魏忠贤想篡夺皇权，他极可能没为信王朱由检准备龙袍。

这是表面情节，此事不需要王夫人过目。

送龙袍就对了，王夫人点头认可。由于孙传庭不在朝廷，王夫人只笑不能表态。

凤姐扮演后宫当家人，王夫人陪戏。

黛玉看舅舅是假，文章要借机介绍钱谦益（贾赦）、吴梅村（贾政）的现状。两位"舅舅"是臣子，他们不敢见黛玉，若见面，"舅舅"要向"外甥女"跪下喊万岁。

邢夫人扮演卢象升，他也不在现场，可是，总得有人搭戏，文章找了个"便宜"方法，让邢夫人带路。现在，我们再来看看贾府长辈吧，贾敬、贾赦、贾政分别是苏州人张溥、钱谦益、吴梅村；邢夫人、王夫人分别是卢象升、孙传庭两位将军。作者用心良苦，他把崇祯年间最英勇的两位将军写成了贾府夫人，这两位将军都将战死沙场。

邢夫人本不该在这里，所以"不必过来了"。

黛玉根本不用去见舅舅，文章借机介绍钱谦益（贾赦）而已。

垂花门是标记点，可惜，笔者不知道它是皇宫的哪个地方。

黛玉可乘，邢夫人不可乘。

这户"黑油大门"是钱谦益先生（贾赦）的家或者办公场所。

角门，往东过荣府正门，便入一黑油大门中，至仪门前方下来。

众小厮退出，方打起车帘，邢夫人搀着黛玉的手，进入院中。黛玉度其房屋院宇，必是荣府中花园隔断过来的。【甲戌侧批：黛玉之心机眼力。】

进入三层仪门，果见正房厢庑游廊，悉皆小巧别致，不似方才那边轩峻壮丽，且院中随处之树木山石皆有。

【甲戌侧批：为大观园伏脉。试思荣府园今在西，后之大观园偏写在东，何不畏难之若此？】

一时进入正室，早有许多盛妆丽服之姬妾丫鬟迎着，邢夫人让黛玉坐了，一面命人到外面书房去请贾赦。

【甲戌侧批：这一句都是写贾赦，妙在全是指东击西打草惊蛇之笔。若看其写一人即作此一人看，先生便呆了。】

一时人来回话说："老爷说了：'连日身上不好，

"'见了姑娘彼此倒伤心，

【甲戌侧批：追魂摄魄。甲戌眉批：余久不作此语矣，见此语未免一醒。】

"'暂且不忍相见。

宁荣府是故宫，钱谦益（贾赦）怎么敢生活在皇宫里呢，他的住所一定是隔断过来的。

天下不会有另一个院子比宁荣府更好了。从表面情节看，贾赦是长房，又是"世袭一等将军"，他不住在荣国府，却住在只有"三层仪门"的院子里，这解释不通啊。

大观园是一个假园子，文章已经在为大观园伏笔了。

59岁的钱谦益娶了23岁的柳如是，这是天下共知的事情。因而，贾赦还没露面，文章先说"姬妾"，妙啊，后文中，贾赦真的娶了一个小媳妇。

钱谦益没有露面，文章"指东击西""打草惊蛇"，已经把与他相关的"姬妾事件"提示出来了。介绍钱谦益自然要提及柳如是，如果读者只看到一个人物，那就呆了！

钱谦益真的连日不好，天启年间，他被弹劾罢官；崇祯初年，他又被弹劾离职。《清史稿·钱谦益传》记载：

天启中，御史陈以瑞劾罢之。崇祯元年，起官，不数月至礼部侍郎。会推阁臣，谦益虑尚书温体仁、侍郎周延儒并推，则名出己上，谋沮之。体仁追论谦益典试浙江取钱千秋关节事，予杖论赎。

温体仁当着崇祯皇帝的面弹劾钱谦益，钱谦益被杖责离职。"大舅"挨过"外甥女"的板子，彼此相见，怎能不伤心呢？关于钱谦益与温体仁的历史，后文有详细描述，在此不赘述。

追魂摄魄！钱谦益见了崇祯皇帝，二人要彼此伤心！

怎么样？"大舅"不能见黛玉！如果相见，这位假舅舅得跪下说话！

【甲戌侧批：若一见时，不独死板，且亦大失情理，亦不能有此等妙文矣。】

"'劝姑娘不要伤心想家，跟着老太太和舅母，即同家里一样。

"'姊妹们虽拙，

"'大家一处伴着，亦可以解些烦闷。

【甲戌侧批：赦老亦能作此语，叹叹！】

"'或有委屈之处，只管说得，不要外道才是。'"

黛玉忙站起来，一一听了。再坐一刻，便告辞。

邢夫人苦留吃过晚饭去，

黛玉笑回道："舅母爱惜赐饭，原不应辞，只是还要过去拜见二舅舅，恐领了赐迟去不恭，【甲戌侧批：得体。】异日再领，未为不可。望舅母容谅。"

邢夫人听说，笑道："这倒是了。"

遂令两三个嬷嬷用方才的车好生送了姑娘过去，于是黛玉告辞。邢夫人送至仪门前，又嘱咐了众人几句，眼看着车去了方回来。

一时黛玉进了荣府，下了车。

众嬷嬷引着，便往东转弯，穿过一个东西的穿堂，

【甲戌侧批：这一个穿堂是贾母正

崇祯皇帝登基时，钱谦益不在朝廷中，如果相见也不符合史实。

崇祯皇帝就在自己的家里，当然要同家里一样！

姐妹们就是一群拙物！

解哪门子烦闷？把这群姐妹打出去，黛玉或许会少些烦闷！

钱谦益与贾府姊妹扮演的历史人物水火不容，所以，赦老这话令人一叹，如果是正常写史，赦老定然不作此语！

崇祯皇帝在自己家里，不必外道。

《红楼梦》是神来之笔，黛玉没见到大舅，文章却把钱谦益的经历做了介绍！

卢象升（邢夫人）用心良苦。

崇祯皇帝（黛玉）居然叫了邢夫人一声"舅母"，并说"望舅母容谅"，邢夫人是何身份，这不一目了然吗？卢象升将战死沙场，对此，崇祯皇帝真的需要说一句"将军容谅"！这是后话，后文再谈。

如果卢象升听到崇祯皇帝这句话，他该含笑九泉了。文章一刻不闲，介绍过钱谦益，顺带介绍了卢象升。

如果本书是小说，邢夫人送黛玉至门口，黛玉要回头还礼，本书则完全不必，黛玉扮演皇帝，舅母是臣子，皇帝不需要还礼。

崇祯皇帝进入皇宫，文章要以拜见二舅为幌子，完整地介绍皇宫里的情况。

东西穿堂是紫禁城前朝与后宫的分界线，文章把前朝与后宫隐写成东西两府，表面情节不便说黛玉走进宁国府，所以，文章先写东西穿堂，下文中，黛玉必然要向南走，皇帝要由后宫走进前朝。

批语在提示位置及方向问题。

房之南者，凤姐处所通者则是贾母正房之北。】

向南大厅之后，仪门内大院落，

上面五间大正房，

两边厢房鹿顶耳房钻山，四通八达，轩昂壮丽，比贾母处不同。

黛玉便知这方是正经正内室，一条大甬路，直接出大门的。

进入堂屋中，抬头迎面先看见一个赤金九龙青地大匾，

匾上写着斗大的三个大字，是"荣禧堂"，

后有一行小字"某年月日，书赐荣国公贾源"，

又有"万几宸翰之宝"。

大紫檀雕螭案上，设着三尺来高青绿古铜鼎，悬着待漏随朝墨龙大画，

一边是金蜼彝，【甲戌侧批：蜼，音垒。周器也。】一边是玻璃盒。【甲戌侧批：盒，音海。盛酒之大器也。】地下两溜十六张楠木交椅。

又有一副对联，乃乌木联牌，镶着錾银的字迹，【甲戌侧批：雅而丽，富而文。】道是：

座上珠玑昭日月，

堂前黼黻焕烟霞。【甲戌夹批：实贴。】

崇祯皇帝向南走，进入大院落，这里就是紫禁城的正院，也就是表面情节中的宁国府。

"五间大正房"是故宫的某个大殿。

皇宫内四通八达，轩昂壮丽。

这条大甬路就是紫禁城的中心道路，它直接通向大门。

谁家敢挂九龙匾？九五至尊，九是阳极之数，龙是帝王象征，赤金九龙青地大匾，亮瞎人眼！

匾上有斗大的文字。

贾源就是假的源头。

"万几"指皇帝处理政务，《明史·韩文传》记载："是时青宫旧奄刘瑾等八人号'八虎'，日导帝狗马、鹰兔、歌舞、角觝，不亲万几。"万几指皇帝处理政务，宸翰是帝王的墨迹，"万几宸翰之宝"分明是皇帝的办公用品。

谁家敢挂墨龙大画？不想要脑袋了吗？

文章把宫殿里的陈设描写出来了，笔者无法描述明朝皇宫的陈设，大家想象一下影视剧里的宫廷陈设吧。

"珠"与朱明王朝的"朱"谐音，"日月"合在一起是"明"字，诗句中暗含着"朱明"二字。

黼黻指官服上的华美花纹，这里代指官服。百官朝贺，华美的官服灿若烟霞。

下面一行小字，道是："同乡世教弟勋袭东安郡王穆莳拜手书。"【甲戌侧批：先虚陪一笔。】

原来王夫人时常居坐宴息，亦不在这正室，【甲戌侧批：黛玉由正室一段而来，是为拜见政老耳，故进东房。】

只在这正室东边的三间耳房内。

【甲戌侧批：若见王夫人，直写引至东廊小正室内矣。】

于是老嬷嬷引黛玉进东房门来。

临窗大炕上铺着猩红洋罽，正面设着大红金钱蟒靠背，石青金钱蟒引枕，秋香色金钱蟒大条褥。两边设一对梅花式洋漆小几。左边几上文王鼎匙箸香盒，右边几上汝窑美人觚，觚内插着时鲜花卉，并茗碗痰盒等物。地下面西一溜四张椅上，都搭着银红撒花椅搭，底下四副脚踏。椅之两边，也有一对高几，几上茗碗瓶花俱备。其余陈设，自不必细说。

【甲戌侧批：此不过略叙荣府家常之礼数，特使黛玉一识阶级座次耳，余则繁。】

老嬷嬷们让黛玉炕上坐，炕沿上却有两个锦褥对设，黛玉度其位次，便不上炕，只向东边椅子上坐了。【甲戌侧批：写黛玉心意。】

本房内的丫鬟忙捧上茶来。黛玉一面吃茶，一面打谅这些丫鬟们，装饰衣裙，举止行动，果亦与别家不同。

茶未吃了，只见一个穿红绫袄青缎掐牙背心的丫鬟【甲戌侧批：金乎？玉

这段小字似乎有深意，笔者不知。

王夫人怎么会住在紫禁城的正殿呢？文章借黛玉拜见二舅之机，介绍宫殿的情况。然后，以"二舅妈不在这里"岔开文字，并说二舅妈"居""坐""宴""息"都不在这里，那么，她在这里干什么？偶尔来参加御前会议罢了。

文章以黛玉见贾政为幌子描写紫禁城的宫殿。不用多说，贾政和王夫人还不在这三间耳房里。

此批甚是，带路人是傻子吗？

文章要介绍东边的一个侧殿。

都是宫殿内的陈设，文章说不必细说，我们也不必多谈。

介绍完宫殿的陈设，信王朱由检要认一认自己的座次了。

信王朱由检（黛玉）在宫殿内走走，此时，他尚未登基，不能坐主要位次。不要以为主要位子是"舅舅""舅妈"的，二人进屋子就得跪下。

皇宫内的"丫鬟"与别家当然不同。

"背心"二字如此夺目，难道古人已经时尚到将背心穿在外面了吗？"红绫袄青缎掐牙背心"是指官服，"红

乎？】走来笑说道："太太说，请林姑娘到那边坐罢。"

"绫袄"指官服的颜色，"背心"指官服的补子，补子上有禽兽图案。官员级别不同，官服颜色不同，补子图案不同。参照下图理解一下吧。

老嬷嬷听了，于是又引黛玉出来，到了东廊三间小正房内。

介绍完"五间正房""三间耳房"，现在介绍位置更偏、面积更小的房子，"东廊三间小正房"，王夫人只能在这里了。

正房炕上横设一张炕桌，桌上磊着书籍茶具，【甲戌侧批：伤心笔，堕泪笔。】靠东壁面西设着半旧的青缎靠背引枕。

王夫人却坐在西边下首，亦是半旧的青缎靠背坐褥。

见黛玉来了，便往东让。

黛玉心中料定这是贾政之位。

【甲戌侧批：写黛玉心到眼到，佝夫但云为贾府叙坐位，岂不可笑？】

因见挨炕一溜三张椅子上，也搭着半旧的弹墨椅袱，黛玉便向椅上坐了。

【甲戌侧批：三字有神。此处则一色旧的，可知前正室中亦非家常之用度也。

可笑近之小说中，不论何处，则曰商彝周鼎、绣幕珠帘、孔雀屏、芙蓉褥等样字眼。】

注意甲戌侧批："伤心笔，堕泪笔"，批书人可能熟悉这间屋子啊，如果不是高官，很难了解这间屋子。

在"东廊三间小正房"里，王夫人还要坐下首，黛玉在这里，别人敢坐上首吗？

表面情节露破绽了！王夫人不懂礼仪吗？东边是上首，她"往东让"外甥女，外甥女能坐上首吗？

难道哄死人不需要偿命吗？贾政更不敢坐这个地方，这是以贾政为幌子掩盖真相。

如果有人以为这是叙座位，那就太可笑了！这个座位不用叙，黛玉一定得坐上首啊！

信王朱由检小心翼翼，他没坐正座。

三字指"半旧的"三个字。崇祯皇帝登基，皇宫的陈设当然是半旧的！即使是半旧的，皇宫里的陈设也不是家常用度。

小说中的商彝周鼎、绣幕珠帘、孔雀屏、芙蓉褥，只是堆砌辞藻。这里的描写却是实写！

王夫人再四携他上炕，他方挨王夫人坐了。

炕上只有两个座，王夫人坐下首，黛玉挨着王夫人坐了，她能坐在哪儿呢？她只能坐上首！这段文字如此简单，却给读者留下思考的空间，《红楼梦》的妙处全在这种囫囵语。

【甲戌眉批：近闻一俗笑语云：一庄农人进京回家，众人问曰："你进京去可见些个世面否？"庄人曰："连皇帝老爷都见了。"

皇帝！批语把皇帝都说出来了！

众罕然问曰："皇帝如何景况？"庄人曰："皇帝左手拿一金元宝，右手拿一银元宝，马上稍着一口袋人参，行动人参不离口。一时要屙屎了，连擦屁股都用的是鹅黄缎子，所以京中掏茅厕的人都富贵无比。"

好没见识的村庄人，崇祯皇帝就在面前，睁开大眼看看吧！

试思凡稗官写富贵字眼者，悉皆庄农进京之一流也。盖此时彼实未身经目睹，所言皆在情理之外焉。

低级官吏不曾亲见皇宫里的富贵，因而，稗官野史都在情理之外。

又如人嘲作诗者亦往往爱说富丽语，故有"□骨变成金玳瑁，□睛嵌作碧璃琉"之诮。余自是评《石头记》，非鄙弃前人也。】

这条批语很长，有人认为批语顾左右而言他，其实，批语高明之至，看似在讲一个无关的故事，却是明点"皇帝"二字！

王夫人因说："你舅舅今日斋戒去了，【甲戌侧批：点缀宦途。】

文章说贾政"斋戒去了"，批语说"点缀宦途"，斋戒与宦途风马牛不相及，批语为什么这样说呢？《左传·曹刿论战》中有这样一句话"肉食者鄙，未能远谋"，"肉食者"指官员，由此可知，"斋戒者"指百姓。崇祯皇帝登基时，吴梅村（贾政）尚未为官，他正在"斋戒"，这反映了吴梅村的仕途经历。文章是好文章，批语是好批语！

"再见罢。

吴梅村考中进士时再见吧。

【甲戌侧批：赦老不见，又写政老。政老又不能见，是重不见重，犯不见犯。作者惯用此等章法。】

此时的钱谦益、吴梅村都不能与崇祯皇帝相见，但是，文章的描写方法各异，都是好章法。

"只是有一句话嘱咐你：

虽然王夫人说话，却是转达作者吴梅村（贾政）的意思，文章就是这么奇妙。

"你三个姊妹倒都极好，

吴梅村先生，这话又在骗读者。

· 94 ·

"以后一处念书认字学针线，或是偶一顽笑，都有尽让的。

"但我不放心的最是一件：我有一个孽根祸胎，

【甲戌侧批：四字是血泪盈面，不得已无奈何而下。四字是作者痛哭。】

"是家里的'混世魔王'，【甲戌侧批：与"绛洞花王"为对看。】

"今日因庙里还愿去了，【甲戌侧批：是富贵公子。】

"尚未回来，晚间你看见便知了。

"你只以后不要睬他，你这些姊妹都不敢沾惹他的。"

黛玉亦常听得母亲说过，二舅母生的有个表兄，乃衔玉而诞，顽劣异常，【甲戌侧批：与甄家子恰对。】极恶读书，

【甲戌侧批：是极恶每日"诗云""子曰"的读书。】

最喜在内帏厮混，

外祖母又极溺爱，无人敢管。

今见王夫人如此说，便知说的是这表兄了。

【甲戌侧批：这足一段反衬笔法。黛玉心用"猜度蠢物"等句对着去，方不失作者本旨。】

因陪笑道："舅母说的，可是衔玉所

姐妹们是朝臣，朝臣敢不尽让吗？

这个孽根祸胎就是玉玺，它是国家的象征，皇权的象征，江山社稷的象征。玉玺就是孽根祸胎，历朝历代，因为争夺玉玺，死了多少人啊？眼前的这个孽根祸胎，将导致崇祯皇帝（黛玉）自缢！

血泪盈面！作者写作时，明朝已经灭亡，他在不得已无奈何之下，把明朝玉玺写成宝玉。作者写作时，他在痛哭啊！

玉玺是最大的"混世魔王"，历朝历代，玉玺引起了多少纷争？多少战争？

此刻，玉玺（宝玉）还在庙堂里还愿，他的第一个愿望是期待崇祯皇帝（黛玉）到来。

信王朱由检还没拿到玉玺，宝玉来了，信王就正式成为崇祯皇帝了。

姊妹是朝臣，哪个朝臣敢沾惹玉玺，难道他不想要脑袋了吗？

不要说"极恶读书"，玉玺连一个字都不认识。

"诗云""子曰"是普通人读书，玉玺不会这样读书。

"内帏"指内阁。内阁大学士起草好圣旨，玉玺在上面盖章。宝玉当然要在"内帏厮混"，这是他的工作地点。

玉玺要执行皇帝的意志，自然"无人敢管"。

这位表兄人见人爱，小心有人横刀夺爱。

宝玉是玉玺，并不是人物，描写他要从别人观察的角度去写，正面描写不太好写。

崇祯皇帝登基时是天启七年八月，玉玺于此时人物

· 95 ·

生的这位哥哥? 在家时亦曾听见母亲常说,这位哥哥比我大一岁,小名就唤宝玉,

【甲戌侧批:以黛玉道宝玉名,方不失正文。】

"虽【甲戌侧批:"虽"字是有情字,宿根而发,勿得泛泛看过。】极憨顽,说在姊妹情中极好的。

"况我来了,自然只和姊妹同处,兄弟们自是别院另室的,【甲戌侧批:又登开一笔,妙妙!】岂得去沾惹之理?"

王夫人笑道:"你不知道原故。他与别人不同,

"自幼因老太太疼爱,原系同姊妹们一处娇养惯了的。

【甲戌侧批:此一笔收回,是明通部同处原委也。】

"若姊妹们有日不理他,他倒还安静些,

"纵然他没趣,不过出了二门,背地里拿着他两个小幺儿出气,咕唧一会子就完了。

【甲戌侧批:这可是宝玉本性真情,前四十九字迥异之批今始方知。盖小人口碑累累如是。是是非非任尔口角,大都皆然。】

"若这一日姊妹们和他多说一句话,他心里一乐,便生出多少事来。

"所以嘱咐你别睬他。他嘴里一时甜言蜜语,一时有天无日,一时又疯疯傻傻,只休信他。"黛玉一一的都答应着。

【甲戌眉批:不写黛玉眼中之宝玉,却先写黛玉心中已早有一宝玉矣,幻妙

化,第二年是崇祯元年,因而,宝玉比崇祯这个年号大一岁。

皇帝说出玉玺之名,这才是正经!

玉玺是憨子,只知在内阁里"憨顽"。

别说封建社会,就是在今天,兄弟与姊妹也不能住在一处。黛玉发问,就是要为下文"登开一笔",以便王夫人为黛玉、宝玉同吃同睡找个合适的理由,以免表面情节露出马脚。

他与别人大不同!

男女授受不亲,老太太的疼爱可以遮挡一切吗?这样的表面情节,骗人而已。

无论宝玉做什么事,都有老太太罩着,一切荒唐事件都合理了。这是全文最大的幌子。

玉玺本来就很安静。

玉玺在圣旨上盖章后,圣旨生效,这就可以拿人出气了!

宝玉本无脾气,就连"咕唧一会子"都得靠他人代劳。

如果这一天圣旨多,玉玺就忙碌起来,一张张圣旨都需要盖章,这能够生出许多事来!

圣旨上的文字"一时甜言蜜语,一时有天无日,一时疯疯傻傻"。

人物化的玉玺到底什么样呢?读者心里应该发痒了。

之至！自冷子兴口中之后，余已极思欲一见，及今尚未得见，狡猾之至！】

只见一个丫鬟来回："老太太那里传晚饭了。"

传饭了，皇帝的这顿饭是什么规格呢？且看下文。

王夫人忙携黛玉从后房门【甲戌侧批：后房门。】由后廊【甲戌侧批：是正房后廊也。】往西，出了角门，【甲戌侧批：这是正房后西界墙角门。】是一条南北宽夹道。

笔者不知道明朝故宫是什么样子，且随她们绕圈子吧。

南边是倒座三间小小的抱厦厅，北边立着一个粉油大影壁，后有一半大门，小小一所房室。

"三间小小的抱厦厅"就是魏忠贤（凤姐）的房间。

王夫人笑指向黛玉道："这是你凤姐姐的屋子，回来你好往这里找他来，少什么东西，你只管和他说就是了。"

王夫人对信王朱由检说："这里是太监魏忠贤的屋子，少什么东西，你只管和他说就是了。"

这院门上也有【甲戌侧批：二字是他处不写之写也。】四五个才总角的小厮，都垂手侍立。

魏忠贤的院门前有人站岗，没经历过的人写不到啊。

王夫人遂携黛玉穿过一个东西穿堂，便是贾母的后院了。【甲戌眉批：这正是贾母正室后之穿堂也，与前穿堂是一带之屋，中一带乃贾母之下室也。记清。】

甲戌眉批在提醒位置，可是，笔者没有明朝皇宫的原型图，不知道具体位置。

【甲戌侧批：写得清，一丝不错。】

没有图片对照，味同嚼蜡！

于是，进入后房门，已有多人在此伺候，

多人在伺候。

见王夫人来了，方安设桌椅。【甲戌侧批：不是待王夫人用膳，是恐使王夫人有失侍膳之礼耳。】

王夫人没有资格在这里吃饭，她要好好伺候黛玉吃饭，不能失礼。

贾珠之妻李氏捧饭，熙凤安箸，王夫人进羹。

"大表嫂"捧饭，"二表嫂"安箸，"二舅妈"进羹，这顿饭规格够高的！就表面情节而言，小小年纪的黛玉，如何下咽呢？

贾母正面榻上独坐，

贾母在饭局之外，她本是局外之人。

两边四张空椅，熙凤忙拉了黛玉在左边第一张椅上坐了，黛玉十分推让。

魏忠贤（凤姐）让信王坐"第一张椅子"。

贾母笑道："你舅母你嫂子们不在这里吃饭。

别人没有资格在这里吃饭。

"你是客，原应如此坐的。"

黛玉原该坐第一张交椅！

黛玉方告了座，坐了。贾母命王夫人坐了。

王夫人不在这里吃饭，肯定坐在旁边。

迎春姊妹三个告了座方上来。迎春便坐右手第一，探春左第二，惜春右第二。

"二表姐"迎春也得坐下首。其实，迎春、探春、惜春根本没有入座，文章不便说黛玉一个人吃饭，便安排她们陪戏。

旁边丫鬟执着拂尘、漱盂、巾帕。李、凤二人立于案旁布让。

魏忠贤（凤姐）布让一下还可以，李氏就别布让了，她扮演李自成。瞧，作者已经把李自成隐藏在崇祯皇帝（黛玉）身边了，所以，李氏不能开口说话。

外间伺候之媳妇丫鬟虽多，却连一声咳嗽不闻。

新皇帝在吃饭，谁敢咳嗽？

寂然饭毕，各有丫鬟用小茶盘捧上茶来。当日林如海教女以惜福养身，云饭后务待饭粒咽尽，过一时再吃茶，方不伤脾胃。【甲戌侧批：夹写如海一派书气，最妙！】

文章在夹写文震孟（如海），他为崇祯皇帝讲课非常细致，慢慢讲解，便于皇帝吸收消化。《明史·文震孟传》记载：

震孟在讲筵，最严正。时大臣数逮系，震孟讲《鲁论》"君使臣以礼"一章，反复规讽，帝即降旨出尚书乔允升、侍郎胡世赏于狱。

皇宫的礼仪颇多，信王需要一一学习。

今黛玉见了这里许多事情不合家中之式，不得不随的，少不得一一改过来，因而接了茶。早见人又捧过漱盂来，黛玉也照样漱了口。盥手毕，又捧上茶来，这方是吃的茶。【甲戌侧批：总写黛玉以后之事，故只以此一件小事略为一表也。】

【甲戌眉批：余看至此，故想日前所阅"王敦初尚公主，登厕时不知塞鼻用枣，敦辄取而啖之，早为宫人鄙诮多矣"。

东晋大臣王敦娶舞阳公主为妻，他第一次用宫廷厕所时，不知道漆箱里的干枣是用来塞鼻子的，就把枣吃掉了，并且还闹出"澡豆为饭"的笑话。

"王与马，共天下"，出身于天下第一门阀世家的王敦闹出了笑话，被宫人取笑了。

今黛玉若不漱此茶，或饮一口，不为荣婢所诮乎？观此则知黛玉平生之心思过人。】

贾母便说："你们去罢，让我们自在说话儿。"王夫人听了，忙起身，又说了两句闲话，方引凤、李二人去了。

贾母因问黛玉念何书。黛玉道："只刚念了四书。"【甲戌侧批：好极！稗官专用"腹隐五车书"者来看。】

黛玉又问姊妹们读何书。贾母道："读的是什么书，不过是认得两个字，不是睁眼的瞎子罢了！"

一语未了，只听外面一阵脚步响，【甲戌侧批：与阿凤之来相映而不相犯。】

丫鬟进来笑道："宝玉来了！"【甲戌侧批：余为一乐。】

黛玉心中正疑惑着："这个宝玉，不知是怎生个惫懒人物，懵懂顽童？

【甲戌侧批：文字不反，不见正文之妙，似此应从《国策》得来。】

"倒不见那蠢物【甲戌侧批：这蠢物不是那蠢物，却有个极蠢之物相待。妙极！】也罢了。"

心中想着，忽见丫鬟话未报完，已进来了一位年轻的公子：

头上戴着束发嵌宝紫金冠，齐眉勒着二龙抢珠金抹额，穿一件二色金百蝶穿花大红箭袖，束着五彩丝攒花结长穗宫绦，外罩石青起花八团倭锻排穗褂，登着青缎粉底小朝靴。

面若中秋之月，【甲戌眉批：此非套"满月"，盖人生有面扁而青白色者，

黛玉是来当皇帝的，崇祯皇帝心思过人，注意学习，宫人不敢取笑他。

陪衬演员都走吧，他们没有参与新皇帝入宫这件事，戏演完了，都走吧。

崇祯皇帝念过"四书"。

姐妹们是文臣，都是读书人，文章借老太太的话骂姐妹们"不是睁眼的瞎子罢了"，讥讽如刀。对于《红楼梦》这本书而言，似乎也有一群睁眼瞎，至于笔者瞎不瞎，后人评判吧。

脚步匆匆，有人把玉玺抱来了！

玉玺来了！崇祯皇帝正式登基！

文章不便正面描写玉玺，这还是从黛玉猜测的角度描写，玉玺就是惫懒人物、懵懂顽童！

《红楼梦》就是一部"反文"，《国策》是史书，《红楼梦》是一部"反文体"的史书。

如果不见这蠢物，就不用当皇帝，也就不至于自缢。崇祯皇帝一声叹息，倒不见那蠢物也罢了！

丫鬟抱着玉玺，玉玺与丫鬟同时进来了。所以，丫鬟的话未报完，宝玉就进来了。

笔者没见过明朝玉玺，无法批注，读者自己寻思吧。

崇祯皇帝于中秋后登基，文章明点"中秋"二字。

则皆可谓之秋月也。用"满月"者不知此意。】色如春晓之花。

【甲戌眉批："少年色嫩不坚牢"，以及"非夭即贫"之语，余犹在心。今阅至此，放声一哭。】

鬓若刀裁，

眉如墨画，

面如桃瓣，

目若秋波。

虽怒时而若笑，即嗔视而有情。【甲戌侧批：真真写杀。】

项上金螭璎珞，又有一根五色丝绦，系着一块美玉。

黛玉一见，便吃一大惊，心下想道："好生奇怪，倒像在那里见过一般，何等眼熟到如此！"

【甲戌侧批：正是想必在灵河岸上三生石畔曾见过。】

只见这宝玉向贾母请了安，贾母便命："去见你娘来。"宝玉即转身去了。一时回来，

再看，已换了冠带：头上周围一转的短发，都结成小辫，红丝结束，共攒至顶中胎发，总编一根大辫，黑亮如漆，

从顶至梢，一串四颗大珠，用金八宝坠角，身上穿着银红撒花半旧大袄，仍旧带着项圈、宝玉、寄名锁、护身符等物，下面半露松花撒花绫裤腿，锦边弹墨袜，厚底大红鞋。

越显得面如敷粉，唇若施脂，转盼

崇祯皇帝在位 17 年，宝玉只能活到 17 岁，对此，批书人放声大哭了。

玉玺上的文字是用刀子刻出来的！

玉玺要蘸墨水。

玉玺要蘸红色墨水。

玉玺盖章就是眉目传情。

玉玺只有一种表情，分不出怒、笑、嗔、情。

美玉！作者用心良苦！

朱由检对玉玺能不眼熟吗？就算他没见过玉玺，至少在诏书上见过玉玺的印记吧。

三生石上旧姻缘也！

哎呀呀！明朝共有 24 方玉玺，宝玉转身离开，转眼回来，把其他玉玺都请出来了！《明史·舆服》记载：

明初宝玺十七：其大者曰"皇帝奉天之宝"，曰"皇帝之宝"……嘉靖十八年，新制七宝：曰"奉天承运大明天子宝""大明受命之宝"……

"小辫"指 24 方玉玺，小辫总编成大辫，"大辫"是 24 方玉玺的集合，这是明朝最高皇权。

好一双"厚底大红鞋"，这是玉玺蘸印泥的结果！那双"锦边弹墨袜"就是玉玺印面的底部边框呀！

虽然逼真，却都是囫囵语。

多情，语言常笑。天然一段风骚，全在眉梢，平生万种情思，悉堆眼角。

看其外貌最是极好，却难知其底细。

后人有《西江月》二词，批宝玉极恰，

【甲戌眉批：二词更妙。最可厌野史"貌如潘安""才如子建"等语。】

其词曰：
无故寻愁觅恨，有时似傻如狂。

纵然生得好皮囊，腹内原来草莽。

潦倒不通世务，愚顽怕读文章。

行为偏僻性乖张，那管世人诽谤！

富贵不知乐业，贫穷难耐凄凉。

可怜辜负好韶光，于国于家无望。

天下无能第一，古今不肖无双。

寄言纨绔与膏粱，莫效此儿形状！

【甲戌眉批：末二语最紧要。只是纨绔膏粱，亦未必不见笑我玉卿。可知能效一二者，亦必不是蠢然纨绔矣。】

贾母因笑道："外客未见，就脱了衣裳，还不去见你妹妹！"

宝玉早已看见多了一个姊妹，便料定是林姑妈之女，忙来作揖。

厮见毕归坐，细看形容，与众各别：

天下有几个人知道他的底细呢？

文章借诗词说明宝玉的底细了，这两首词批玉玺极恰，这是作者自己说的！

若用"貌如潘安""才如子建"形容宝玉，就令人作呕了！

玉玺本没有愁恨可寻。可是，升迁的诏书、杀人的诏书，都由玉玺盖章，他够不够傻？够不够狂？

玉玺的外表够不够美观？可是，他就是一个草莽！

玉玺通世务吗？会读文章吗？

玉玺够不够乖张？升职抑或杀人，对他来说易如反掌。可是，这会招致世人的诽谤。

国家"富贵"时，玉玺不用做具体工作；国家"贫穷"时，要更朝换代，他就耐不住凄凉。

玉玺在白白辜负时光，明朝没有希望了！

玉玺是天下最无能的"人"，他大权在握，却不能保家卫国；朝代更替，他把江山社稷拱手让人！

纨绔膏粱子弟，千万不要学习宝玉，他是一个虚拟人物呀！

取笑宝玉的纨绔子弟最愚蠢，效仿一二者或许不是太蠢，效仿需要一定的见识呀。

你这蠢物！还不拜见皇帝！

玉玺前来作揖，皇帝就不用回礼了。

玉玺开始打量新皇帝了，文章要描写崇祯皇帝的相貌了。

【甲戌眉批：又从宝玉目中细写一黛玉，直画一美人图。】

两弯似蹙非蹙罥烟眉，【甲戌侧批：奇眉妙眉，奇想妙想。】一双似泣非泣含露目。【甲戌侧批：奇目妙目，奇想妙想。】态生两靥之愁，娇袭一身之病。泪光点点，娇喘微微。闲静时如姣花照水，行动处似弱柳扶风。【甲戌侧批：至此八句是宝玉眼中。】

心较比干多一窍，【甲戌侧批：此一句是宝玉心中。甲戌眉批：更奇妙之至！多一窍固是好事，然未免偏僻了，所谓"过犹不及"也。】

病如西子胜三分。

【甲戌侧批：此十句定评，直抵一赋。】

【甲戌眉批：不写衣裙妆饰，正是宝玉眼中不屑之物，故不曾看见。黛玉之举止容貌，亦是宝玉眼中看、心中评。若不是宝玉，断不能知黛玉是何等品貌。】

宝玉看罢，因笑【甲戌眉批：黛玉见宝玉写一"惊"字，宝玉见黛玉写一"笑"字，一存于中，一发乎外，可见文于下笔必推敲的准稳，方才用字。】道：【甲戌侧批：看他第一句是何话。】"这个妹妹我曾见过的。"

【甲戌侧批：疯话。与黛玉同心，却是两样笔墨。观此则知玉卿心中有则说出，一无了滞皆无。】

崇祯皇帝长得很帅气，必是一幅美人图了。

我们不妨将崇祯皇帝的图片与林黛玉的影视剧照对比一下：

崇祯帝　　　　林黛玉（影视剧照）

眉，眼，脸庞，分明是同一个人物原型。

这是介绍崇祯皇帝的心思。不过，甲戌眉批不同意"心较比干多一窍"的描写，批书人认为这样描写崇祯皇帝未免偏僻了。

崇祯皇帝的身体不够健壮。

十赋不如此十句。

上文没描写黛玉的衣着，原因是黛玉穿着龙袍，文章不太好描述。

宝玉真见过这个妹妹。朱由检见玉玺或其在圣旨上印记时，宝玉也见过黛玉呀。

何尝疯，说的都是实话。石兄不说假话，只是得从反文着眼。

贾母笑道："可又是胡说，你又何曾见过他？"

宝玉笑道："虽然未曾见过他，然我看着面善，心里就算是旧相识，

【甲戌侧批：一见便作如是语，宜乎王夫人谓之疯疯傻傻也。】

"今日只作远别重逢，亦未为不可。"【甲戌侧批：妙极奇语，全作如是等语。无怪人谓曰痴狂。】

贾母笑道："更好，更好。【甲戌侧批：作小儿语瞒过世人亦可。】若如此，更相和睦了。"【甲戌侧批：亦是真话。】

宝玉便走近黛玉身边坐下，又细细打谅一番，【甲戌侧批：与黛玉两次打谅一对。】因问："妹妹可曾读书？"【甲戌侧批：自己不读书，却问到人，妙！】

黛玉道："不曾读，只上了一年学，些须认得几个字。"

宝玉又道："妹妹尊名是那两个字？"黛玉便说了名。

宝玉又问表字，黛玉道："无字。"

宝玉笑道："我送妹妹一妙字，莫若'颦颦'二字极妙。"

探春【甲戌侧批：写探春。】便问何出。

宝玉道："《古今人物通考》上说：'西方有石名黛，可代画眉之墨。'况这林妹妹眉尖若蹙，用取这两个字，岂不两妙！"

探春笑道："只恐又是你的杜撰。"

如果从本质上讲，玉玺不会看别人，反正都是作者的理。

"旧相识"，好，算作旧相识吧。

此处批语较多，都好理解，不一一解读。

可以，别说远别重逢，就是说结婚过日子也不为过。若是今天写《红楼梦》，极可能把宝玉、黛玉写成夫妻，宝钗是第三者插足。

如果一生和睦，就没有这部鬼话《红楼梦》了。可惜，和睦的时间不长久。

玉玺居然问皇帝是否读书，怪事。

皇上尚且如此谦虚，读者该当如何？

为什么隐去黛玉的话呢？倘若黛玉说实话，她应该说："我姓朱名由检。"

为什么是"无字"？天下无双之无吧？

文章为崇祯皇帝取"颦颦"二字为名，且看有何妙处。

谢升（探春）出场了，这至少表明两个问题：一是崇祯皇帝登基时，谢升正在朝中；二是谢升有文采。此处借探春搭戏，暂不多谈谢升。

这里提到《古今人物通考》，笔者没查到这本书，但是，从字面上看，这句话似乎是提示读者，通考古今人物，就能考证出黛玉的身份！

宝玉是石头，《红楼梦》是以石头的口吻写的，探春与宝玉对话，就是与作者对话，探春指出"颦颦"二字是作者杜撰的。

宝玉笑道："除《四书》外，杜撰的太多，偏只我是杜撰不成？"

【甲戌侧批：如此等语，焉得怪彼世人谓之怪？只瞒不过批书者。】

又问黛玉："可也有玉没有？"【甲戌侧批：奇极怪极，痴极愚极，焉得怪人目为痴哉？】

众人不解其语，黛玉便忖度着因他有玉，故问我有也无。【甲戌眉批：奇之至，怪之至，又忽将黛玉亦写成一极痴女子，观此初会二人之心，则可知以后之事矣。】

因答道："我没有那个。想来那玉是一件罕物，岂能人人有的。"

宝玉听了，登时发作起痴狂病来，摘下那玉，就狠命摔去，【甲戌侧批：试问石兄：此一摔，比在青埂峰下萧然坦卧何如？】

骂道："什么罕物，连人之高低不择，还说'通灵'不'通灵'呢！我也不要这劳什子了！"

吓的众人一拥争去拾玉。贾母急的搂了宝玉道："孽障！【甲戌侧批：如闻其声，恨极语却是疼极语。】

"你生气，要打骂人容易，

"何苦摔那命根子！"【甲戌侧批：一字一千斤重。】

宝玉满面泪痕泣【甲戌侧批：千奇百怪，不写黛玉泣，却反先写宝玉泣。】道："家里姐姐妹妹都没有，单我有，我说没趣，如今来了这们一个神仙似的妹妹也没有，

这就等于作者承认"颦颦"二字是杜撰的了。

"颦颦"二字或有深意，笔者不知。

宝玉问黛玉："可有玉玺没有？"黛玉应该回答："我有玉，我的玉就是你。"但是，文章不能这样写，且看下文如何写。

黛玉不能回答有或没有，如果说有，前文没有铺垫；如果说没有，读者就糊涂了，没有玉他算哪门子皇帝？

玉是一件罕物，别人没有，只有黛玉有，但是，黛玉说没有，她说错话了！文章马上就安排宝玉演戏给读者看！

宝玉演戏给读者看了："你说没有玉玺，我就砸了它！你必须承认自己有玉。"

臭小子，演戏给读者看呢！笔者要挖你的墙脚了，这劳什子与你同质同体、同形同貌，摔碎了它，你就没命了！

孽障，何苦砸玉戏弄读者。

打人容易，下一道圣旨就是了！

命根子，砸不得！一字一千斤重，诸君觉得如何？

对呀，神仙妹妹受命于天，她为什么没有玉玺？她必须有！

"可知这不是个好东西。"【甲戌眉批："不是冤家不聚头"第一场也。】

贾母忙哄他道："你这妹妹原有这个来的,

"因你姑妈去世时,舍不得你妹妹,无法处,遂将他的玉带了去了。一则全殉葬之礼,尽你妹妹之孝心,二则你姑妈之灵,亦可权作见了女儿之意。

"因此他只说没有这个,不便自己夸张之意。

"你如今怎比得他?

"还不好生慎重带上,仔细你娘知道了。"说着,便向丫鬟手中接来,亲与他带上。宝玉听如此说,想一想大有情理,也就不生别论了。

【甲戌侧批:所谓小儿易哄,余则谓"君子可欺以其方"云。】

当下,奶娘来请问黛玉之房舍。

贾母说:"今将宝玉挪出来,同我在套间暖阁儿里,把你林姑娘暂安置碧纱橱里。等过了残冬,春天再与他们收拾房屋,另作一番安置罢。"

宝玉道:"好祖宗,【甲戌侧批:跳出一小儿。】

"我就在碧纱橱外的床上很妥当,何必又出来闹的老祖宗不得安静。"贾母想了一想说:"也罢了。"

每人一个奶娘并一个丫头照管,余者在外间上夜听唤。

一面早有熙凤命人送了一顶藕合色花帐,并几件锦被缎褥之类。

石头早就参悟了,玉玺不是好东西,它会害得人国破家亡。

黛玉有玉!黛玉的"黛"谐音佩戴的"戴",宝玉就是她的玉!

扯片子圆谎!

黛玉若夸张就得亮出底牌:"我是皇帝!我有玉,我的玉就是你!"

你是器物,他是皇帝,你怎比得他呀!

想一想大有情理!这话是提示读者,想一想其中的情理就明白了!

表面情节在欺骗读者,但是,文章哄人有方!

开始讲崇祯皇帝的住宿问题了。

崇祯皇帝于天启七年八月进宫,他先住下,"过了残冬",到崇祯元年春天"另作一番安置"。

玉玺开口说话了,凭空"跳出一小儿"。

皇帝与玉玺,住处不能太远。老太太要把宝玉挪出碧纱橱,宝玉不肯,只能让黛玉住进去了。

信王朱由检拥有了玉玺,他正式成为崇祯皇帝。现在,文章要在他身边安插历史人物了。

大太监魏忠贤为皇帝送了被褥等床上用品。

黛玉只带了两个人来：一个是自幼奶娘王嬷嬷，

一个是十岁的小丫头，亦是自幼随身的，名唤作雪雁。【甲戌侧批：新雅不落套，是黛玉之文章也。】贾母见雪雁甚小，一团孩气，王嬷嬷又极老，料黛玉皆不遂心省力的，

便将自己身边的一个二等丫头，名唤鹦哥【甲戌眉批：妙极！此等名号方是贾母之文章。最厌近之小说中，不论何处，满纸皆是红娘、小玉、娇红、香翠等俗字。】者与了黛玉。

外亦如迎春等例，每人除自幼乳母外，另有四个教引嬷嬷，除贴身掌管钗钏盥沐两个丫鬟外，另有五六个洒扫房屋来往使役的小丫鬟。

当下，王嬷嬷与鹦哥陪侍黛玉在碧纱橱内。

宝玉之乳母李嬷嬷，

并大丫鬟名唤袭人【甲戌侧批：奇名新名，必有所出。】者，陪侍在外面大床上。

王嬷嬷可能是跟随信王一起入宫的太监王承恩。

目前还不知道雪雁扮演哪位历史人物。"雪雁甚小，一团孩气"，这说明此时的雪雁不是重要人物，后文中，她可能会成为重要人物。

文章为魏忠贤取名王熙凤，凤是鸟类的头领，"雪雁""鹦哥"都是鸟，这二人可能都是太监。鹦哥会学人说话，她极可能是某位太监的代言者。后文中，刘姥姥说过："黑老鸹怎么长出个凤头？"鹦哥极可能会成长为新的王熙凤，成为太监首领。

崇祯皇帝登基后，对大臣、太监进行了调整。

王承恩（王嬷嬷）与鹦哥扮演的太监成为崇祯皇帝的内侍太监。

李嬷嬷露面了！她扮演内阁大学士李国槽，崇祯皇帝登基时，内阁里共有四位大学士，分别是黄立极、施凤来、张瑞图、李国槽，至此，四位内阁大学士就齐了。李国槽也会成为内阁首辅，所以，李嬷嬷要陪伴宝玉。

说到这里，我们再来梳理一下崇祯皇帝登基后的内阁首辅任职情况吧。第一位首辅是黄立极（甄氏娘子），第二位是施凤来（新太爷雨村），第三位是李国槽（李嬷嬷），第四位是来宗道（娇杏），第五位是周道登，第六位是韩爌（复职的雨村）。到目前为止，六任内阁首辅已有五位露面了。

袭人陪伴玉玺（宝玉），她一定扮演内阁大学士，她就是韩爌。也就是说，袭人与复职的雨村都扮演韩爌。韩爌是崇祯初年的重要历史人物，为了准确地记载他的历史，文章为他安排男女两位演员，以便他随时出场。

现在，作者已经在崇祯皇帝（黛玉）身边安排了王嬷嬷、鹦哥两个太监。在玉玺（宝玉）身边安排了李嬷嬷、袭人两位内阁大学士。后文的总基调就是在宝玉身边安排内阁大学士，因为大学士处理政务时要用玉玺。

原来这袭人亦是贾母之婢，

本名珍珠。【甲戌侧批：亦是贾母之文章。前鹦哥已伏下一鸳鸯，今珍珠又伏下一琥珀矣。以下乃宝玉之文章。】

贾母因溺爱宝玉，生恐宝玉之婢无竭力尽忠之人，素喜袭人心地纯良，克尽职任，遂与了宝玉。

宝玉因知他本姓花，又曾见旧人诗句上有"花气袭人"之句，遂回明贾母，更名袭人。

这袭人亦有些痴处：

【甲戌侧批：只如此写又好极！最厌近之小说中，满纸"千伶百俐""这妮子亦通文墨"等语。】

服侍贾母时，心中眼中只有一个贾母，如今服侍宝玉，心中眼中又只有一个宝玉。

只因宝玉性情乖僻，每每规谏宝玉不听，心中着实忧郁。【蒙侧批：我读至此，不觉放声大哭。】

是晚，

宝玉李嬷嬷已睡了，

他见里面黛玉和鹦哥犹未安息，他自卸了妆，悄悄进来，

贾母扮演万历皇帝，袭人是贾母之婢，这说明韩爌是万历朝的老臣。《明史·韩爌传》记载：

韩爌，字象云，蒲州人。万历二十年进士。选庶吉士。

袭人本名珍珠，我们要好好记住这一点，后文大有用处。

韩爌（袭人）"心地纯良，克尽职任"，这是正史笔法。《明史·韩爌传》记载：

爌先后作相，老成慎重。引正人，抑邪党，天下称其贤……

袭人改过名，她与雨村一样，也要扮演多位历史人物。对于这个问题，第五回有明确答案，到时再讲。

韩爌（袭人）有些痴情，后文会谈及。

文章在描写内阁大学士，这与普通小说完全不同。

韩爌对万历皇帝、天启皇帝、崇祯皇帝都非常忠心，这又是正史笔法。

宝玉是玉玺，他是皇帝的代言人。袭人规谏宝玉是指韩爌劝谏崇祯皇帝，可是，皇帝渐渐不听劝导，韩爌心中非常忧郁。崇祯皇帝不听老臣韩爌的劝谏，批书人放声大哭了。

"是晚"是时间提示语，晚些时候的意思。

"李嬷嬷已睡了"指李国㭎辞职离开内阁，回家休息去了。这是一个准确的时间点。《明史·庄烈帝本纪》记载：

崇祯元年，五月，己巳，李国㭎致仕。

李国㭎离职之际，朝廷下达了召韩爌入朝的圣旨。《崇祯长编》记载：

四月，丁巳，谕吏部曰：旧辅韩爌忠谟直节，渊识宏深，勋勤迹着。方今时事多艰，有斯良弼，岂可长违禁地？兹特从阁臣及台省诸臣之请，以原官起用入阁，特正揆席，

笑问："姑娘怎么还不安息？"

黛玉忙让："姐姐请坐。"

袭人在床沿上坐了。

鹦哥笑道："林姑娘正在这里伤心，【甲戌侧批：可知前批不谬。】自己淌眼抹泪的说：

【甲戌侧批：黛玉第一次哭却如此写来。】

【甲戌眉批：前文反明写宝玉之哭，今却反如此写黛玉，几被作者瞒过。这是第一次算还，不知下剩还该多少？】

"'今儿才来，就惹出你家哥儿的狂病，倘或摔坏了那玉，岂不是因我之过！'

【甲戌侧批：所谓宝玉知己，全用体贴功夫。蒙：我也心疼，岂独颦颦！】

"因此便伤心，我好容易劝好了。"

袭人道："姑娘快休如此，将来只怕比这个更奇怪的笑话儿还有呢！

"若为他这种行止，你多心伤感，只怕你伤感不了呢。

"快别多心！"

【蒙侧批：后百十回黛玉之泪，总不能出此二语。"月上窗纱人到墀，窗上影儿先进来"，笔未到而境先到矣。［应知此非伤感，来还甘露水也。］】

式资和燮之功。尔部即遣官至家敦请，刻期就用，副朕侧席延伫至意。

李国槽于五月九日离任，朝廷于四月二十六日请韩爌入朝了，韩爌于十二月来到了朝廷。

崇祯皇帝有心事，他睡不着觉啊。

崇祯皇帝很尊敬韩爌。

能够在崇祯皇帝（黛玉）身边坐下的人都不简单，这是在写韩爌的身份。

皇帝的伤心事来了，只要玉玺（宝玉）不安宁，他就会放声大哭。

崇祯皇帝第一次哭是因为己巳之变发生了，后金把明朝京城包围了，因而，下文一定会有死人事件！

作者就是要隐瞒世人记载历史，下文将要描写清军南略，这是第一次，清军南略共发生五次。

崇祯皇帝责任心很强，如果保护不好玉玺，保护不好国家，他认为这是自己的过错。

能够心疼的人极可能是当事人呀。

鹦哥能言会道，他在劝皇帝。

将来的话还多呢！

恰是此话，为了皇权，为了玉玺，崇祯皇帝真的伤感不了。

韩爌规谏崇祯皇帝不要多心！但是，崇祯皇帝本是个多心的人。

关于韩爌劝崇祯皇帝不要多心的历史还在后面呢，目前笔未到而境先到矣。

黛玉道："姐姐们说的，我记着就是了。

林姑娘，您真记着了还是假记着了？

"究竟那玉不知是怎么个来历？上面还有字迹？"

黛玉提示读者了，这玉到底有何来历？

袭人道："连一家子也不知来历，上头还有现成的眼儿，听得说，落草时是从他口里掏出来的。

无人知此石来历。

【甲戌侧批：癞僧幻术亦太奇矣。蒙侧批：天生带来美玉，有现成可穿之眼，岂不可爱，岂不可惜！】

癞僧吴梅村幻术高明，平生事业全在文字功夫上。他凭空搞出一块玉来，居然有现成的眼儿，世人若相信这等鬼话，可以不用读《红楼梦》了。

"等我拿来你看便知。"黛玉忙止道："罢了，此刻夜深，明日再看也不迟。"

明日再细看吧。

【甲戌侧批：总是体贴，不肯多事。蒙侧批：他天生带来的美玉，他自己不爱惜，遇知己替他爱惜，连我看书的人也着实心疼不了，不觉背人一哭，以谢作者。】

天下还有这等好文章，批书人"背人一哭，以谢作者"，笔者已数次哭泣，读者同来一哭，以谢作者。

大家又叙了一回，方才安歇。

终结前文，开启下文。

次日起来，省过贾母，因往王夫人处来，正值王夫人与熙凤在一处拆金陵来的书信看，又有王夫人之兄嫂处遣了两个媳妇来说话的。

"金陵"并不是指南京，而是取其字面意思，"金"是努尔哈赤建立的大金（大清的前身），为了区分于完颜阿骨打建立的金国，我们称其为后金；"陵"就是祖陵的意思，后金在其发源地发兵了！"异姓亲友"有所行动，黛玉必然要大哭！

黛玉虽不知原委，

这是鬼话，如果她不知原委，何必将她与这件事一并提及呢？

探春等却都晓得是

文章已经两次单独提及探春，却没有单独说迎春、惜春，因为迎春、惜春扮演的历史人物此时不在朝廷中，故而，文章只提探春。

议论金陵城中所居的薛家姨母之子姨表兄薛蟠，

"蟠"字拆分开是"虫""番"二字，明朝称后金为外番，薛蟠是外番大虫，他就是多尔衮。

倚财仗势，打死人命，

多尔衮带着人马在大明境内打死人了！明朝的麻烦来了！

现在应天府案下审理。

如今母舅王子腾得了信息，故遣他家内的人来告诉这边，意欲唤取进京之意。

【蒙：补不完的是离恨天，所余之石岂非离恨石乎。而绛珠之泪偏不因离恨而落，为惜其石而落。

可见惜其石必惜其人，其人不自惜，而知己能不千方百计为之惜乎？所以绛珠之泪至死不干，万苦不怨。所谓"求仁得仁又何怨"，悲夫！】

"应天府"是反话，实指顺天府，北京城。明廷要想办法解决后金打死人的事件，不用多说，这个"案子"很难审理，没有人能够抓获凶手。

边关将军得到了后金打来的消息。后金快速行军，要打到京城来了！大事不好了！

这块石头是明朝玉玺，明朝灭亡，它就成了离恨石。皇帝惜玉，他的每滴泪水都为江山社稷而落。

通灵玉就是贾宝玉，都表示玉玺，玉玺不会自我珍惜，皇帝千方百计去珍惜他。所以，崇祯皇帝的血泪至死不干，但是，他不能抱怨玉玺。求仁得仁就无怨无悔了，崇祯皇帝求仁却未得仁，这样的结局，令人悲伤啊！

第四回

薄命女偏逢薄命郎　葫芦僧乱判葫芦案

【蒙古王府本回前批：阴阳交结变无伦，幻境生时即是真。秋月春花谁不见，朝晴暮雨自何因。

心肝一点劳牵恋，可意偏长遇喜嗔。我爱世缘随分定，至诚相感作痴人。

请君着眼护官符，把笔悲伤说世途。作者泪痕同我泪，燕山仍旧窦公无。】

【题曰：捐躯报君恩，未报躯犹在。眼底物多情，君恩诚可待。】

却说黛玉同姊妹们至王夫人处，见王夫人与兄嫂处的来使计议家务，又说姨母家遭人命官司等语。

因见王夫人事情冗杂，姊妹们遂出来，至寡嫂李氏房中来了。原来这李氏即贾珠之妻。

【甲戌侧批：起笔写薛家事，他偏写宫裁，是结黛玉，明李纨本末，又在人意料之外。】

珠虽夭亡，幸存一子，取名贾兰，今方五岁，已入学攻书。

这李氏亦系金陵名宦之女，父名李守中，【甲戌侧批：妙！盖云人能以理

"阴阳交结"指明清战争，文章即将描写变化无伦的战争，所有幻境都是真实的历史。文中的秋月春花，读者都能够看懂，但是，文中人物哭哭啼啼、打打闹闹，这是为什么呢？

崇祯皇帝牵挂国家安危，然而，他常常遇到不如意的事。随缘定分，造化弄人，明朝灭亡也算是缘吧。感谢作者一片痴情，留下这样的好文章。

读者要认识理解护官符的意义，作者借护官符述说仕途变迁的历史。燕山指代燕京（北京），窦公比喻崇祯皇帝，京城仍在，崇祯皇帝却不在了，作者的眼泪同批书者的眼泪是一样的！

臣子应该以死报答皇恩，但是，明朝已经灭亡，臣子却没有死。眼前的景物，令臣子感伤，他已经无法报答皇恩了。

黛玉的病怕见外姓亲人，薛家就是外姓亲人，薛家表示后金（大清）。崇祯二年，后金发动了己巳之变，因而，薛家人还没露面，就带来了死人的消息！

李氏就是李自成，李自成是明亡清兴历史上的重要人物，文章开始介绍他了。

文章刚起笔写后金，却转笔介绍李自成，这又出人意料。李自成逼迫崇祯皇帝自缢，李氏终结了黛玉的生命，文章在叙述李自成的本末。

贾兰就是山海关总兵吴三桂，吴三桂与作者吴梅村同姓，作者把他写成了自己的孙子，这就令人忍俊不禁了。世人都知道隔代亲，但是，贾政丝毫不喜欢这个"孙子"，如若不信，请看后文。

李氏的父亲叫李守中？巧极了，李自成的父亲就叫李守忠！《明史·李自成传》记载：

自守，安得为情所陷哉！】

曾为国子监祭酒，

族中男女无有不诵诗读书者。

【甲戌侧批：未出李纨，先伏下李纹、李绮。】

至李守中继承以来，便说"女子无才便有德"，【甲戌侧批："有"字改得好。】

故生了李氏时，便不十分令其读书，

只不过将些《女四书》、《列女传》、《贤媛集》等三四种书，使他认得几个字，记得前朝这几个贤女便罢了，却只以纺绩井臼为要，

因取名为李纨，

字宫裁。

【甲戌侧批：一洗小说窠臼俱尽，且命名字，亦不见红香翠玉恶俗。】

因此这李纨虽青春丧偶，居家处膏粱锦绣之中，竟如槁木死灰一般，【甲

父守忠，无子，祷于华山，梦神告曰："以破军星为若子。"已，生自成。

李自成的父亲当然没当过国子监祭酒，但是，作者吴梅村当过国子监祭酒。《清史稿·吴梅村传》记载：

顺治九年，用两江总督马国柱荐，诏至京。侍郎孙承泽、大学士冯铨相继论荐，授秘书院侍讲，充修太祖、太宗圣训纂修官。十三年，迁祭酒。

顺治十三年，吴梅村当上了国子监祭酒。吴梅村是文中的贾政，贾政是李氏的公公，公公也是父亲呀，于是，作者把国子监祭酒的职位用到了这里！文章真是太神奇了！

李氏族人都是李自成的人马，后文中，李氏族人要进入贾府，那时，就非常可怕了。

李纹、李绮都是李自成的人马，文章已经在为后文做伏笔了。

"有德"是降清官员孔有德的名字，他于崇祯六年降清。这里提到了孔有德的名字，所以，批语说："'有'字改得好。"孔有德的传记在《清史稿》第234卷，在此不赘述。

李自成读书不多，这是实写！

这段文字是表面情节，哄人而已。

李纨在第三回出现，当时并没说她叫李纨，只叫她李氏，现在，文章特意介绍她了。李纨谐音李完，正常情况下，没有人给孩子取这个名，"李""完"二字暗示了李自成的完结！

宫裁的字面意思是把皇宫制裁。

本书不是小说，而是史书，"真事隐""假语存""李完"等名字都有特殊含义，这与普通小说的红香翠玉等名完全不一样。

李自成（李纨）是反叛人物，文章把他写成了老实人。所以，甲戌侧批说，李纨"最能越理生事"，李自成应该

【戌侧批：此时处此境，最能越理生事，彼竟不然，实罕见者。】

一概无见无闻，唯知侍亲养子，外则陪侍小姑等针黹诵读而已。

【甲戌侧批：一段叙出李纨，不犯熙凤。】

今黛玉虽客寄于斯，日有这般姐妹相伴，除老父外，余者也都无庸虑及了。

【甲戌侧批：仍是从黛玉身上写来，以上了结住黛玉，复找前文。】

如今且说雨村，因补授了应天府，

一下马就有一件人命官司详至案下，

乃是两家争买一婢，各不相让，以至殴伤人命。

彼时雨村即传原告之人来审。那原告道："被殴死者乃小人之主人。

"因那日买了一个丫头，不想是拐子拐来卖的。这拐子先已得了我家的银子，

"我家小爷原说第三日方是好日子，再接入门。

【甲戌侧批：所谓"迟则有变"，往往世人因不经之谈误却大事。】

起兵生事，但是，文章把他写成老实人，这就太罕见了！

这句话是表面情节顺笔带出来的。

上面这段文字在介绍李自成，在表面情节中，李纨与熙凤是妯娌，但是，她俩扮演的历史人物毫无关系，丝毫不犯。

文章不对姐妹们做介绍，却重点介绍这位嫂子，作者的用意非常明确。

我们回头再看黛玉入贾府的情节，当时，文章并没描写李纨的举止言谈，因为她只是陪衬人物，并不是李自成真在那里呀。

文章要讲时任内阁首辅韩爌（雨村）了。补授应天府是假，他二次就任内阁首辅了。

韩爌到任不足一年，后金打来了，己巳之变发生了，明朝摊上了人命"官司"。《明史·庄烈帝本纪》记载：

崇祯二年，冬十月戊寅，大清兵入大安口。

文章把己巳之变隐写成人命官司，在这场假官司中，死者白死，拿不来凶犯，这个"案件"注定是葫芦案。

正常的审案过程应该先介绍死者姓名，但是，这里的死人指后金军打死了明朝人，所以，本段文字只介绍事件，不说死者姓名。

拐卖事件是借以说事的幌子。

第二回讲过"以日比年"的纪年方法，"第三日"就是崇祯皇帝登基后第三年，崇祯皇帝于天启七年登基，己巳之变发生在崇祯二年。"以日比年"，这是本书的纪年方法，"十七日"就是崇祯十七年，后文中，贾府要于"十七日"发生大事。

迟则有变！己巳之变！皇太极率10万大军，翻越长城，快速行军，明朝猝不及防，京城被包围了。

"这拐子便又悄悄的卖与薛家，被我们知道了，去找拿卖主，夺取丫头。无奈薛家原系金陵一霸，

"依财仗势，众豪奴将我小主人竟打死了。

"凶身主仆已皆逃走，无影无踪，只剩了几个局外之人。

"小人告了一年的状，竟无人作主。

"望大老爷拘拿凶犯，剪恶除凶，以救孤寡，死者感戴天地之恩不尽！"

雨村听了大怒道："岂有这样放屁的事！打死人命就白白的走了，再拿不来的？"

因发签差公人立刻将凶犯族中人拿来拷问，令他们实供藏在何处，一面再动海捕文书。

正要发签时，只见案边立的一个门子，使眼色儿不令他发签。

雨村心下甚为疑怪，【甲戌侧批：原可疑怪，余亦疑怪。】只得停了手。即时退堂，至密室，侍从皆退去，只留门子服侍。

这里说得非常明确，薛家是一霸！薛家每个人都脱不了干系，特别是薛宝钗。

后金军打死了明朝人！

后金军（薛家）根本不用逃走，下文交代得清清楚楚，薛蟠绝对不是逃跑。

明朝没有本领捉拿后金军，这个"案子"无人做主。

明朝人希望朝廷"拘拿凶犯，剪恶除凶，以救孤寡"，这也反映后金行军速度很快，后金军于十月初翻越长城，到十一月一日就打到龙井关，京师戒严了！《崇祯长编》记载：

崇祯二年十一月壬午，朔，免朝。大清兵至龙井关。京师戒严。

内阁首辅韩爌（雨村）大怒："岂有这样放屁的事！后金侵犯天朝，打死臣民，竟然拿不来的！"兵临城下，皇帝召集韩爌等人召开会议，商量对策了。《崇祯长编》记载：

特谕，召辅臣韩爌、礼部堂上官庶吉士刘之伦、金声平台召对。

韩爌想派兵拿人，可是，明朝打不过后金，雨村只能徒劳！

门子的责任是守门，这位门子是时任兵部尚书王洽。《烈皇小识》记载：

洽，山东人，相貌极伟岸，上私语云："好似门神。"

崇祯皇帝第一眼看到王洽，就说他像门神，门神是守门的，兵部尚书的职责就是守卫国门。文章为王洽取名门子，既有出处，又十分形象。太妙了！

组织力量抗击后金，这不是内阁首辅韩爌的专长，这事要听兵部尚书的，且看王洽（门子）有何高论。

这门子忙上来请安，笑问："老爷一向加官进禄，八九年来就忘了我了？"【甲戌侧批：语气傲慢，怪甚！】

雨村道："却十分面善得紧，只是一时想不起来。"

那门子笑道："老爷真是贵人多忘事，

"把出身之地竟忘了，

【甲戌侧批：利心语。自招其祸，亦因夸能恃才也。】

"不记当年葫芦庙里之事？"

雨村听了，如雷震一惊，【甲戌侧批：余亦一惊，但不知门子何知，尤为怪甚。】方想起往事。

原来这门子本是葫芦庙内一个小沙弥，

因被火之后，无处安身，欲投别庙去修行，又耐不得清凉景况，因想这件生意倒还轻省热闹，【甲戌侧批：新鲜字眼。】遂趁年纪蓄了发，充了门子。

【甲戌侧批：一路奇奇怪怪，调侃世人，总在人意臆之外。】

雨村那里料得是他，便忙携手笑道："原来是故人。"【甲戌侧批：妙称！全是假态。】

门子也知道老爷加官进禄了，妙极。

"面善"是形容王洽面善，这又是史笔。《明史·王洽传》记载：

洽仪表顾伟，危坐堂上，吏民望之若神明。

韩爌是内阁首辅，真是贵人。

王洽与韩爌一样，在万历朝、天启朝都当过官，所以，王洽了解韩爌的出身。

王洽自招其祸，就要下狱了。《明史·王洽传》记载：

遵化陷，再日始得报。帝怒其侦探不明，又以廷臣玩愒，拟用重典，故于洽不少贷。

葫芦庙是庙堂、朝廷，朝廷里的事情太多了，从何谈起呢？且看下文。

笔者也如"雷震一惊"，再来回忆一下葫芦庙中的往事吧。

葫芦庙大火之前，门子已是沙弥，这说明阉党案发前，王洽已是朝臣。《明史·王洽传》记载：

王洽，字和仲，临邑人。万历三十二年进士。历知东光、任丘。服阕，补长垣。

王洽没被卷入葫芦庙的那场"大火"，说明他不是阉党，崇祯皇帝登基后，他"蓄了发"，被重新起用。《明史·王洽传》记载：

天启五年四月，御史李应公希忠贤指劾洽，遂夺职闲住。崇祯元年，召拜工部右侍郎，摄部事。兵部尚书王在晋罢，帝召见群臣，奇洽状貌，即擢任之。

兵部尚书被写成了门子，这难道不是大调侃吗？蓄发一事就更调侃了。

雨村是内阁首辅，门子是兵部尚书，二人正在商讨军事问题。已经火烧眉毛了，雨村却说"原来是故人"，这个情节太假了。

· 115 ·

又让坐了好谈。【甲戌侧批：假极！】

这门子不敢坐。

雨村笑道："贫贱之交不可忘，【甲戌侧批：全是奸险小人态度，活现活跳。】

"你我故人也，二则此系私室，既欲长谈，岂有不坐之理？"这门子听说，方告了座，斜签着坐了。

雨村因问方才何故有不令发签之意。

这门子道："老爷既荣任到这一省，难道就没抄一张本省'护官符'来不成？"

【甲戌侧批：可对"聚宝盆"，一笑。三字从来未见，奇之至！】

雨村忙问："何为'护官符'？【甲戌侧批：余亦欲问。】我竟不知。"

门子道："这还了得！连这个不知，怎能作得长远！【甲戌侧批：骂得爽快！】

"如今凡作地方官者，皆有一个私单，上面写的是本省最有权有势，极富极贵的大乡绅名姓，各省皆然，

"倘若不知，一时触犯了这样的人家，不但官爵，只怕连性命还保不成呢！

后金兵临城下，哪有时间坐下慢慢聊天！假极。

兵部尚书在内阁首辅房里，坐坐无妨。

表面情节中，人物对话全是奸险小人的态度，这样的表面情节毕真毕肖，活灵活现。

二人在万历年间就同朝为官，本该坐。再者，兵部尚书站着说话，成何体统？

明知故问，明朝打不过后金，发签何用？

护官符？《红楼梦》中还有灵符，我们要好好看看这个符！

"护官符"大有玄机，这是一个"聚宝盆"，里面藏了不少宝贝。

笔者也欲问，"护官符"为何物？

韩爌（雨村）的仕途生涯也不长远！后金军于崇祯二年十一月攻到京师城下，第二年正月，韩爌辞职回家了。《明史·庄烈帝本纪》记载：

一月，乙未，禁抄传边报。韩爌致仕。

就算这段文字是真的，这也是表面情节，目的是引出护官符。

韩爌不仅丢了官爵，还将性命不保！《明史·韩爌传》记载：

十七年春，李自成陷蒲州，迫爌出见，不从。贼执其孙以胁。爌止一孙，乃出见，贼释其孙。爌归，愤郁而卒，年八十矣。

崇祯十七年，李自成攻陷韩爌的老家，捉住韩爌的孙子，逼迫韩爌出来相见，韩爌只得会见李自成，回家以后，他便愤郁死了。

韩爌性命不保是后话，门子说三道四，他的性命也不保了！《明史·王洽传》记载：

二年十月，我大清兵由大安口入，都城戒严。洽急征四方兵入卫，督师袁崇焕，巡抚解经传、郭之琮，总兵官祖大寿、赵率教、满桂、侯世禄、尤世威、曹鸣雷等先后

至，不能拒，大清兵遂深入。帝忧甚，十一月召对廷臣。侍郎周延儒言："本兵备御疏忽，调度乖张。"检讨项煜继之，且曰："世宗斩一丁汝夔，将士震悚，强敌宵遁。"帝领之，遂下洽狱，以左侍郎申用懋代。明年四月，洽竟瘐死。寻论罪，复坐大辟。

明军无法阻止后金军，礼部侍郎周延儒指责王洽防御疏忽、调度不利；翰林检讨项煜要求杀了王洽。于是，王洽下狱，四个月后，他死在狱中。

注意，上面这段记载提到的袁崇焕、满桂、周延儒等人，他们都会在下文中出现！

【甲戌侧批：可怜可叹，可恨可气，变作一把眼泪也。】

韩爌和王洽都不是正常死亡，他俩都有可怜可叹之处，也都有可恨可气之处。这条批语说韩爌可以，说王洽也可以。

"所以绰号叫作'护官符'。【甲戌侧批：奇甚趣甚，如何想来？】

甲戌侧批说的"如何想来"，这是说作者如何想出"护官符"这个名堂的呢！

"方才所说的这薛家，老爷如何惹他！

明朝惹不起后金。

"他这件官司并无难断之处，皆因都碍着情分面上，所以如此。"

这个"官司"不难断，只要朝廷有强兵良将，把凶犯拿来就行。

一面说，一面从顺袋中取出一张抄写的"护官符"来，递与雨村，看时，上面皆是本地大族名宦之家的谚俗口碑。其口碑排写得明白，下面所注的皆是自始祖官爵并房次。

护官符是假的，始祖官爵和房次也真不了。

石头亦曾抄写了一张，【甲戌侧批：忙中闲笔用得好。】今据石上所抄云：

石头口吻，这是作者最直接的提示，不要把表面情节当真。可是，现在有些版本中，好事者删减了石头二字！

贾不假，白玉为堂金作马。

"贾家"谐音"假家"，文章把明朝写成了一个假的家庭。"白玉为堂"，白玉就是黛玉、宝玉二人，他俩代表庙堂、朝廷。"金作马"，在清朝，"金"是敏感字，因为大清的前身是金，因此，作者移花接木，用"金"表示李自成、张献忠等人领导的农民起义军，他们是马子、流寇，因而，要格外注意名字中含"金"字的人。

【甲戌侧批：宁国、荣国二公之后，

崇祯皇帝在位期间，前后共20任内阁首辅，这就是

· 117 ·

共二十房分，除宁、荣亲派八房在都外，现原籍住者十二房。】

所谓的二十房分。目前，我们已经介绍了黄立极、施凤来、李国槽、来宗道、韩爌五位内阁首辅，后文中，其他首辅会一一登场。

阿房宫，三百里，住不下金陵一个史。

阿房宫是秦帝国的宫殿，被誉为"天下第一宫"，史家居然比阿房宫还厉害，谁家有这么大来头？只能是皇家，姓史的人都是皇室成员。

【甲戌侧批：保龄侯尚书令史公之后，房分共十八。都中现住者十房，原籍现居八房。】

实话实说，笔者没搞清楚这条批语的意思。

东海缺少白玉床，龙王来请金陵王。

龙王指皇帝，金陵王指辅佐皇帝的重臣或重要太监，所以，姓王的人物是实权派。

【甲戌侧批：都太尉统制县伯王公之后，共十二房。都中二房，余皆在籍。】

这条批语可能认为姓王的人物指兵部尚书。崇祯皇帝在位期间，朝廷共换了14任兵部尚书，前两任兵部尚书崔呈秀、阎鸣泰是阉党，这里可能没统计他，这样的话，就是12任兵部尚书。

丰年好大雪，【甲夹批：隐"薛"字。】珍珠如土金如铁。

后金（大清）发源于东北地区，这里天气寒冷多雪，故而，文章用"雪"字表示后金，"雪"谐音"薛"，姓薛的都是后金人。"金如铁"是指文章用"铁"表示后金，后文中的"铁"字都与后金有关。

【甲戌侧批：紫薇舍人薛公之后，现领内府帑银行商，共八房分。】

谁家能领内帑银子呢？内帑不属户部管理，而是皇帝的小金库，除非皇室，其他人不可能长年领取内帑。薛家是大清皇室，花的钱就是内帑！这里提到"共八房分"，皇太极在兄弟中排行第八。

【甲戌眉批：妙极！若只有此四家，则死板不活，若再有两家，又觉累赘，故如此断法。】

批语暗示还有两家，如果具体描述，这两家分别是李自成、张献忠，这两个人都要称帝。

雨村犹未看完，忽听传点，人报："王老爷来拜。"

王老爷来了！这是赤裸裸的提示，门子就是王老爷！就是兵部尚书王洽！

雨村听说，忙具衣冠出去迎接。

韩爌正在接见的门子就是王老爷！所以，下文根本不会描写雨村会客的场景。

【甲戌侧批：横云断岭法，是板定大章法。】

批语把这种提示方法叫作"横云断岭法"，并说这是"板定大章法"。后文中，我们要高度重视这种"板定大章法"，如果文中突然出现了张老爷或杨老爷，这就是提示相应历史人物的姓氏。

有顿饭工夫，方回来细问。

文章不能描写雨村与王老爷对话，他与门子对话就是与王老爷对话。

这门子道："这四家皆连络有亲，一损皆损，一荣皆荣，扶持遮饰，俱有照应的。【甲戌侧批：早为下半部伏根。】

扶持掩饰，前后文还有照应！神文！

"今告打死人之薛，就系丰年大雪之'雪'也。也不单靠这三家，他的世交亲友在都在外者，本亦不少。

如何？薛家不依靠这三家，人家本是一霸。

"老爷如今拿谁去？"

兵部尚书王洽对内阁首辅韩爌说："老爷如今拿谁去？明朝拿不来后金的人呀！"

雨村听如此说，便笑问门子道："如你这样说来，却怎么了结此案？

内阁首辅向兵部尚书问计："怎么才能赶走后金军队，了结此案呢？"

"你大约也深知这凶犯躲的方向了？"

王老爷当然知道凶犯在哪里，对方根本没躲，就在京师城下！

门子笑道："不瞒老爷说，不但这凶犯的方向我知道，

不光门子知道凶犯的方向，我们也知道凶犯的方向，他从东北而来。因而，下文中，薛家一定住在东北方。

"一并这拐卖之人【甲戌侧批：斯何人也。】我也知道，

甲戌侧批："斯何人也。"脂砚斋遇到问题了，他不知道拐子扮演哪位历史人物。"斯何人也"，简简单单四个字，却有力地证明书中人物都暗指历史人物。脂砚斋都不知道拐子是谁，我们很难确定他的身份，从下文看，他可能是清初的内阁大学士刚林。

"死鬼买主也深知道。

既然门子啥都知道，审案之前，为什么不告诉老爷呢？表面情节欺人太甚！

"待我细说与老爷听：这个被打之死鬼，

"细说"！文章要穿插介绍一位新的历史人物，文章立意要写内阁（闺阁），此人也是内阁大学士。注意，买主被称为"死鬼"，后文中，秦钟的阴魂真的遇到了鬼，并且，鬼还开口说话，书中的"鬼"是同一伙人，目前这位"死鬼"有些来历。

"乃是本地一个小乡绅之子，名唤冯渊，

冯渊就是冯铨。冯铨的父亲是冯盛明，他当过河南左布政使，算是一个"小乡绅"。在天启年间，冯铨巴结魏忠贤当上内阁大学士，却因为得罪崔呈秀被罢官。崇祯年间，他想复出为官，朝廷不用他。明亡后，他降清为官，成为清朝的内阁大学士。冯铨是明清两朝的内阁大学士，文章来介绍他了。《清史稿·冯铨传》记载：

冯铨，字振鹭，顺天涿州人。明万历进士，授检讨。谄事魏忠贤，累迁文渊阁大学士兼户部尚书……顺治元年，睿亲王既定京师，以书征铨，铨闻命即至，赉冠服、鞍马、银币。

冯铨与范文程都是明朝人，二人降清后，都当上了内阁大学士，真是冤孽相逢。

冯铨家很有钱，周延儒二次为相，他掏了一万两银子疏通关节。《烈皇小识》记载：

先是，阁臣虽内外兼周，鲜有当圣意者。众推宜兴（周延儒）颇有机巧，或能仰副，而圣意亦及之。于是，庶吉士张溥、礼部员外郎吴昌时为之经营，涿洲冯铨、河南侯恂、桐城阮大铖等，分任一股，每股银万金，共费六万两，始得再召。

【甲戌侧批：真真是冤孽相逢。】

"自幼父母早亡，又无兄弟，只他一个人守着些薄产过日子。

冯铨"酷爱男风"，他是同性恋。据史料记载，冯铨与多位大臣发生了同性恋关系，因为史书上很少有这样的花边新闻，读者可以查阅相关资料。再者，如果本文是普通小说，完全不用说冯渊酷爱男风，直接写他深爱英莲就可以了，写他酷爱男风纯粹是画蛇添足。

"长到十八九岁上，酷爱男风，最厌女子。

文章的重点不是介绍冯铨，重点要介绍范文程。

【甲戌侧批：最厌女子，仍为女子丧生，是何等大笔！不是写冯渊，正是写英莲。】

"这也是前生冤孽，可巧【甲戌侧批：善善恶恶，多从可巧而来，可畏可怕。】遇见这拐子卖丫头，

"可巧"！注意这两个字，后文中会有无数个"可巧"！万事就怕巧了。

"他便一眼看上了这丫头，立意买来作妾，立誓再不交结男子，

为了准确介绍冯铨，必须说他是同性恋。但是，史实成了表面情节的累赘，文章不得不说同性恋男子爱上了女子。

【甲戌侧批：谚云："人若改常，非病即亡。"信有之乎？】

封建社会有三纲五常，明朝官员降清，这就背离了纲常，并且，降清官员的遭遇并不好，他们"非病即亡"。

"也不再娶第二个了，【甲戌侧批：虚写一个情种。】

文章重点要引出后金（薛家），夹写冯铨，因而，批语提示冯铨的情节有点儿虚。

"所以三日后方过门。谁晓这拐子又偷卖与薛家，他意欲卷了两家的银子，再逃往他省。谁知又不曾走脱，两家拿住，打了个臭死，都不肯收银，只要领人。

注意这个拐子，他扮演的历史人物"意欲卷了两家的银子"，他想从两方得到好处，但是，他最终被拿住了，这个拐子可能就是刚林。他先讨好皇太极，又讨好多尔衮，最终被顺治皇帝杀了。

"那薛家公子岂是让人的，

"便喝着手下人一打，将冯公子打了个稀烂，抬回家去三日死了。

史笔，多尔衮当然不肯让人。

薛蟠打死人指后金打死了明朝人，冯渊之事是插笔介绍冯铨，这是两个不同的历史事件。现在，两个事件交会到一起了，文章只能说薛蟠打死了冯渊，这就是前文只说薛蟠打死人，不说死者是谁的原因。如果文章开始就说死者是冯渊，这就讲不通了。

由于冯铨70多岁才死，因而，冯渊不能立即死，"抬回家去三日死了"，这说明他还活了一段时间。如果本书是小说，直接说冯渊被当场打死，岂不省事？

"这薛公子原是早已择定日子上京去的，

"头起身两日前，就偶然遇见这丫头，意欲买了就进京的，谁知闹出这事来。

"既打了冯公子，夺了丫头，他便没事人一般，只管带了家眷走他的路。

"他这里自有兄弟奴仆在此料理，

"也并非为此些些小事值得他一逃走的。

【甲戌侧批：妙极！人命视为些些小事，总是刻画阿呆耳。】

"这且别说，

"老爷你当被卖之丫头是谁？"【甲戌侧批：问得又怪。】

雨村笑道："我如何得知？"

门子冷笑道："这人算来还是老爷的大恩人呢！

"他就是葫芦庙旁住的甄老爷的小姐，名唤英莲的。"【甲戌侧批：至此一醒。】

雨村罕然道："原来就是他！闻得养至五岁被人拐去，却如今才来卖呢？"

多尔衮等人已选定了日期攻打明朝京城。

买丫头是偶然事件，文章将两个历史事件穿插在一起描写罢了。

后金军打死人后，"没事人一般"，继续向前行军。

多尔衮还有其他兄弟，这里说得清清楚楚。

如果为这点儿小事逃走，他就不是多尔衮了。

在多尔衮眼里"人命视为些些小事"。就表面情节而言，就算薛家是金陵一霸，也不能把打死人当作"些些小事"。

分明是说书人的口吻，"这且别说"，下文要讲另一段历史。

这个丫头是清朝的内阁大学士范文程，明朝的内阁首辅韩爌怎么会认得他呢？这话问得奇怪呀。

清军入关前，韩爌就去世了，他怎么会知道范文程呢？

这也算恩人？从表面情节看，勉强算吧。

《红楼梦》的妙处在于书中人物都有一张"老婆舌头"，门子东扯西拉，就要讲述范文程的历史了。

范文程（英莲）降清的时间比己巳之变的时间早11年，也就是说，英莲"看灯丢了"是11年前的事情，文章要补叙范文程这11年来的经历。

121

门子道："这一种拐子单管偷拐五六岁的儿女，养在一个僻静之处，到十一二岁，度其容貌，带至他乡转卖。

十一二岁是指过了十一二年，范文程降清已经十一二年了。

"当日这英莲，我们天天哄他顽耍，虽隔了七八年，如今十二三岁的光景，其模样虽然出脱得齐整好些，然大概相貌，自是不改，熟人易认。

范文程是明朝人，他虽然生活在后金（大清），他的大概相貌改变不了呀。

"况且他眉心中原有米粒大小的一点胭脂痣，从胎里带来的，【甲戌侧批：宝钗之热，黛玉之怯，悉从胎中带来。今英莲有痣，其人可知矣。】所以我却认得。

不知范文程是否有胭脂痣，史书很少记载长相，所以，无从查证。不过，胭脂痣可能是假的，这样写可能是为了便于门子一眼认出他。

"偏生这拐子又租了我的房舍居住，那日拐子不在家，我也曾问他。

拐子把英莲放在门子的房舍里，这个拐子毫无防备心吗？

"他是被拐子打怕了的，【甲戌侧批：可怜！】万不敢说，

范文程真是"被打怕了的"，当年，后金攻下抚顺，范文程主动投降。

"只说拐子系他亲爹，

认贼作父。

"因无钱偿债，故卖他。我又哄之再四，他又哭了，只说：'我不记得小时之事！'这可无疑了。

范文程不记得小时的事了，他忘记了明朝，一心服务于后金。

"那日冯公子相看了，兑了银子，拐子醉了，

拐子一会儿出去，一会儿喝醉，毫无防范心，这样的表面情节哄死人不偿命！作者才是真正的拐子,他的假话，世人都信以为真了。

"他自叹道：'我今日罪孽可满了！'

范大学士，您的罪孽满了！

"后又听见冯公子令三日之后过门，他又转有忧愁之态。我又不忍其形景，等拐子出去，又命内人去解释他：'这冯公子必待好日期来接，

"这冯公子必待好日期来接"，这是大实话呀！冯铨降清后，他要与范文程同朝共事呀！真是曲尽情理，表面上好像是安慰的话语，讲述的却是史实！

"'可知必不以丫鬟相看。

谁敢拿内阁大学士当丫鬟看？

"'况他是个绝风流人品，家里颇过得，

这是描写冯铨（冯渊）长相与家境。

"'素习又最厌恶堂客，

冯铨是同性恋。

"'今竟破价买你，后事不言可知。

关于冯铨的后事不言可知。明眼人一看就知道，姓冯的同性恋官员，天下只此一位。

"'只耐得三两日，何必忧闷！'

不必忧闷，好日子在后头！

"他听如此说，方才略解忧闷，自为从此得所。

范文程降清，自为从此得所，他全心全意效力于大清了。

"谁料天下竟有这等不如意事，【甲戌侧批：可怜真可怜！一篇《薄命赋》，特出英莲。】第二日，他偏又卖与薛家。

范文程降清的历史介绍完了，下文继续介绍后金南略。

"若卖与第二个人还好，这薛公子的混名人称'呆霸王'，

"呆霸王"三个字送与多尔衮，恰当之至。

"最是天下第一个弄性尚气的人，

多尔衮算不算天下第一弄性尚气的人？

"而且使钱如土，【甲戌侧批：世路难行钱作马。】遂打了个落花流水，生拖死拽，把个英莲拖去，如今也不知死活。【甲戌侧批：为英莲留后步。】

英莲断然死不了。贾府姐妹是明朝官员，他们的命运都不好，但是，英莲是清朝开国重臣，他的命运越来越好。这就是书中人物的命运趋势。

"这冯公子空喜一场，一念未遂，反花了钱，

又一折，再插入一段冯铨的历史。崇祯年间，冯铨为了复出，他出钱帮周延儒二次为相，可是，他花了钱，却空欢喜一场。《明史·吴甡传》记载：

周延儒再相，冯铨力为多，延儒许复其冠带。铨果以捐资振饥属抚按题叙，延儒拟优旨下户部。公议大沸，延儒患之。冯元飙为甡谋，说延儒引甡共为铨地，延儒默援之，甡遂得柄用。及延儒语铨事，甡唯唯，退召户部尚书傅淑训，告以逆案不可翻，寝其疏不复。

"送了命，岂不可叹！"

送了命是骗人的，当然可叹。

【甲戌眉批：又一首《薄命叹》。英、冯二人一段小悲欢幻境从葫芦僧口中补出，省却闲文之法也。

文章通过门子之口介绍了范文程和冯铨，文章没有半句闲话，省中又省，句句都是历史。

所谓"美中不足，好事多魔"，先用冯渊作一开路之人。】

冯铨就是一个铺垫开路的人物。

雨村听了，亦叹道："这也是他们的孽障遭遇，亦非偶然。

范文程与冯铨在清朝内阁中有一段"孽障遭遇"，这"亦非偶然"，而是必然的史实。

"不然这冯渊如何偏只看准了这英莲?

"这英莲受了拐子这几年折磨，才得了个头路，且又是个多情的，

"若能聚合了，倒是件美事，偏又生出这段事来。

"这薛家纵比冯家富贵，想其为人，自然姬妾众多，淫佚无度，未必及冯渊定情于一人者。

"这正是梦幻情缘，恰遇一对薄命儿女。

【甲戌眉批：使雨村一评，方补足上半回之题目。

所谓此书有繁处愈繁，省中愈省；又有不怕繁中繁，只有繁中虚；不畏省中省，只要省中实。此则省中实也。】

"且不要议论他，

"只目今这官司，如何剖断才好?"

门子笑道："老爷当年何其明决，

"今日何反成了个没主意的人了!

"小的闻得老爷补升此任，亦系贾府王府之力，

冯铨看准了范文程，这也有故事。顺治三年，冯铨上疏说自己的位次应该列范文程之后。《清史稿·冯铨传》记载：

三年正月，铨疏言："臣蒙特召入内院，列同官旧臣之前，臣固辞不敢……特恩改列范文程、刚林后。如以新旧为次，并当列祁充格、宁完我后。"得旨："天下一统，满、汉无分别。内院职掌等级，原有成规，不必再定。"是年命典会试，列范文程、刚林后，宁完我前。

范文程是个多情的!

这是作者在注解文章，冯铨、范文程同是清朝内阁大学士，如果能将二人聚合，倒是史实。可是表面文章无法这样安排。

是个情种。

梦幻之中，儿女命薄，但是，梦幻是假的，这对"薄命儿女"在现实都活到70多岁。

文中人物都是说书人，他们在饰演本职角色时，还要介绍他人的历史，甚至还要做出评论。

文章在介绍繁杂的历史事件时，还要夹写其他事件，繁中愈繁。有的历史事件一笔带过，省中愈省。在繁杂的事件中夹写他事，为了照顾表面情节，有些内容可能比较虚。不怕文章省，一句话带过的事件也是史实。夹写冯铨的历史就是省中实。

又岔开文字了。

后金兵临城下，明朝"如何剖断才好"呢?

在魏忠贤当权期间，韩爌（雨村）毅然离开朝廷，这就是他的明决之处。

后金打来，内阁首辅韩爌成了没主意的人了!

确实有人帮韩爌复出。

"此薛蟠即贾府之亲，老爷何不顺水行舟，作个整人情，将此案了结，日后也好去见贾府王府。"

雨村道："你说的何尝不是。【甲戌侧批：可发一长叹。这一句已见奸雄，全是假。】

"但事关人命，蒙皇上隆恩，起复委用，【甲戌侧批：奸雄。】实是重生再造，正当殚心竭力图报之时，【甲戌侧批：奸雄。】

"岂可因私而废法？【甲戌侧批：奸雄。】是我实不能忍为者。"【甲戌侧批：全是假。】

门子听了，冷笑道："老爷说的何尝不是大道理，但只是如今世上是行不去的。

"岂不闻古人有云'大丈夫相时而动'，

"又曰'趋吉避凶者为君子'。

【甲戌侧批：近时错会书意者多多如此。】

"依老爷这一说，不但不能报效朝廷，亦且自身不保，还要三思为妥。"

雨村低了半日头，【甲戌侧批：奸雄欺人。】

方说道："依你怎么样？"

门子道："小人已想了一个极好的主意在此：

顺水行舟容易，可是，薛家风向不对，阻力太大，这个"整人情"万万做不得。

我去！门子明明在说假话，雨村却说"何尝不是"，甲戌侧批直接指出"全是假"。

正史笔法，韩爌蒙皇上隆恩起用，他的确应该殚心竭力图报。甲戌侧批连骂两个"奸雄"，这是因为韩爌没处理外敌入侵这件事，并且还引发了朝臣内斗，他自己草草辞职了。

韩爌没有办法组织力量对付后金军，他实不能忍为，却又毫无办法。

天下大乱，世道不太平，大道理行不通。

既然知道相时而动，兵部尚书为何不早行动呢？如果早行动，不至于后金攻到京师城下。

内阁首辅韩爌要趋吉避凶，他将会辞职回家。

不要错会文意，趋吉避凶者未必是真君子，韩爌是堂堂首辅，第一宰相，遇上大事就草草辞职，这怎么行呢？这是君子所为吗？

韩爌（雨村）不能报效朝廷了，他的官职快要保不住了。《明史·韩爌传》记载：

明年正月，中书舍人加尚宝卿原抱奇故由输赀进，亦劾爌主款误国，招寇欺君，郡邑残破，宗社阽危，不能设一策，拔一人，坐视成败，以人国侥幸，宜与龙锡并斥。

韩爌毫无办法！

韩爌问王洽："后金军队就在城下，'依你怎么样'？"

放屁！哪还有极好的主意？

"老爷明日坐堂，只管虚张声势，动文书发签拿人。

完了！发签拿人只是虚张声势！

"原凶自然是拿不来的，

如果拿来原凶，就没有这本鬼话《红楼梦》了。

"原告固是定要将薛家族中及奴仆人等拿几个来拷问。

明朝也只能打一下后金的奴仆，打不到主人。

"小的在暗中调停，

调停？礼部侍郎周延儒正在指责你调停不力呢！

"令他们报个暴病身亡，令族中及地方上共递一张保呈，老爷只说善能扶鸾请仙，堂上设下乩坛，令军民人等只管来看。

这个"案子"很难结，因为很难模拟兵部尚书王洽调度军队与后金作战的情形，所以，文章要以"扶鸾请仙"的鬼话结案。作者虽然高明，这段文字只得以神鬼收场，差强人意。笔者有个小小主意，安排门子领着一群羊，路遇一群狼，羊狼大战如何？聊以取乐。

"老爷就说：'乩仙批了，死者冯渊与薛蟠原因夙孽相逢，今狭路既遇，原应了结。

冯铨与多尔衮本是夙孽相逢。

"'薛蟠今已得了无名之症，【甲戌侧批："无名之症"却是病之名，而反曰"无"，妙极！】被冯魂追索已死。

为了结案而结案。

"'其祸皆因拐子某人而起，拐之人原系某乡某姓人氏，按法处治，余不略及'等语。

这个拐子可能是刚林，他被顺治皇帝按法处治了。

"小人暗中嘱托拐子，令其实招。

拐子实招了，他被杀了。

"众人见乩仙批语与拐子相符，余者自然也都不虚了。

整篇文章都是虚假的，还不虚呢！

"薛家有的是钱，老爷断一千也可，五百也可，与冯家作烧埋之费。那冯家也无甚要紧的人，不过为的是钱，见有了这个银子，想来也就无话了。老爷细想此计如何？"

诸君觉得如何？此计可以结案，就是太假了。

雨村笑道："不妥，不妥。

笔者也说不妥！

【甲戌侧批：奸雄欺人。】

批书人很了解韩爌，一直在抨击他。

"等我再斟酌斟酌，或可压服口声。"

面对朝臣弹劾，韩爌想"压服口声"。在危难之际，国是为要，压服朝臣的口声是小事。

二人计议，天色已晚，别无话说。

至次日坐堂，勾取一应有名人犯，雨村详加审问，果见冯家人口稀疏，不过赖此欲多得些烧埋之费，

【甲戌侧批：因此三四语收住，极妙！此则重重写来，轻轻抹去也。】

薛家仗势倚情，偏不相让，故致颠倒未决。

雨村便徇情枉法，胡乱判断了此案。

【甲戌侧批：实注一笔，更好。不过是如此等事，又何用细写。

可谓此书不敢干涉廊庙者，即此等处也，莫谓写之不到。

盖作者立意写闺阁尚不暇，何能又及此等哉！】

冯家得了许多烧埋银子，也就无甚话说了。

【甲戌眉批：又注冯家一笔，更妥。可见冯家正不为人命，实赖此获利耳。

故用"乱判"二字为题，虽曰不涉世事，或亦有微词耳。

但其意实欲出宝钗，不得不做此穿插，故云此等皆非《石头记》之正文。】

过渡语。

历史事件介绍得差不多了，要收场了。

文章介绍了内阁首辅与兵部尚书应对己巳之变的情况，文章要结尾时，就用假情节轻轻抹去。关于己巳之变，还有精彩大戏，皇太极即将上演反间计，扮演皇太极的薛宝钗就要来了。

后金不会让步。

"胡乱"二字妙！韩爌"断案不清"，除了原抱奇，还有人弹劾他。《明史·韩爌传》记载：

无何，左庶子丁进以迁擢愆期怨爌，亦劾之，而工部主事李逢申劾疏继上。爌即三疏引疾。

文章实写一笔，韩爌解决不了战争问题。

这本书不敢明写朝廷，但是，读者不能说作者没写到朝廷。

文章描写内阁大学士还来不及，表面情节不能过多写朝廷，不然会露馅的。

关于冯铨的历史，无法多讲了。

冯家得了银子，这是在说冯铨贪财，文章假写冯铨之死，真写冯铨贪财，这样就妥当了。关于冯铨贪财，《清史稿》上有记载：

御史吴达劾铨向降将姜瓖索银三万……给事中许作梅、庄宪祖、杜立德，御史王守履、罗国士、邓孕槐、桑芸等亦交章劾铨得招抚侍郎江禹绪金……

表面情节不涉及世事，但是，隐写情节全部是世事，全部是微词。

葫芦案一步一步深入，范文程、冯铨等人物一一穿插进来，文章的主要目的是引出皇太极（宝钗），穿插进来的人物是次要人物，皇太极才是主要人物。

【甲戌眉批：盖宝钗一家不得不细写者。若另起头绪，则文字死板，故仍只借雨村一人穿插出阿呆兄人命一事，且又带叙出英莲一向之行踪，并以后之归结，是以故意戏用"葫芦僧乱判"等字样，撰成半回，略一解颐，略一叹世，盖非有意讥刺仕途，实亦出人之闲文耳。】

语义浅显，不多谈。

雨村断了此案，急忙作书信二封，与贾政并京营节度使王子腾，【甲戌侧批：随笔带出王家。】不过说"令甥之事已完，不必过虑"等语。

草草结案，文章收笔了。

此事皆由葫芦庙内之沙弥新门子所出，

战争责任推给了兵部尚书王洽（门子）。《崇祯实录》记载：

上怒其侦探不明，故罪之。

雨村又恐他对人说出当日贫贱时的事来，因此心中大不乐业。

兵部尚书下狱，内阁首辅也不大乐业了。

【甲戌侧批：瞧他写雨村如此，可知雨村终不是大英雄。】

在己巳之变中，谁能算得上英雄呢？

后来到底寻了个不是，远远的充发了他才罢。

王洽被充军了，《明史·王洽传》记载：

帝颔之，遂下洽狱，以左侍郎申用懋代。

【甲戌侧批：至此了结葫芦庙文字。又伏下千里伏线。起用"葫芦"字样，收用"葫芦"字样，盖云一部书皆系葫芦提之意也，此亦系寓意处。】

葫芦提就是糊涂的意思。《红楼梦》这部书就是葫芦提，世人入了葫芦提，却不自知！

当下言不着雨村。

文章暂时不讲韩爌了，后文还有他的大戏。

且说那买了英莲打死冯渊的薛公子，

文章开始介绍多尔衮了，这才是正文呢。

【甲戌侧批：本是立意写此，却不肯特起头绪，故意设出"乱判"一段戏文，其中穿插，至此却淡淡写来。】

如果另起头绪介绍多尔衮，文章的表面情节就出现了缝隙，就不像小说了。

亦系金陵人氏，本是书香继世之家。

"金陵"即后金的祖陵。书香继世是反文，实指以武起家。

只是如今这薛公子幼年丧父，

努尔哈赤去世时，多尔衮14岁，算是"幼年丧父"。

寡母又怜他是个独根孤种，未免溺爱纵容，遂至老大无成，

且家中有百万之富，现领着内帑钱粮，采办杂料。

这薛公子学名薛蟠，表字文龙，

五岁上就性情奢侈，言语傲慢。

虽也上过学，不过略识几字，【甲戌侧批：这句加于老兄，却是实写。】

终日惟有斗鸡走马，游山玩水而已。

虽是皇商，一应经济世事，全然不知，不过赖祖父之旧情分，

户部挂虚名，支领钱粮，其余事体，自有伙计老家人等措办。

寡母王氏乃现任京营节度使王子腾之妹，与荣国府贾政的夫人王氏，是一母所生的姊妹，今年方四十上下年纪，只有薛蟠一子。

还有一女，比薛蟠小两岁，乳名宝钗，

生得肌骨莹润，举止娴雅。【甲戌侧批：写宝钗只如此，更妙！】

当日有他父亲在日，酷爱此女，

令其读书识字，较之乃兄竟高过十倍。【甲戌侧批：又只如此写来，更妙！】

薛姨妈是虚拟人物，她是大清（后金）发言人，文章安排这样一位人物，以便她与史太君对话述说历史。

多尔衮要到明朝地界"采办杂料"，抢夺物品。

全是反话，文龙指武龙，多尔衮差点当上真龙天子，所以用了"龙"字。

这是描写多尔衮的性格。

多尔衮识字不多。批语做了验证。

多尔衮经常带兵四处打仗。

多尔衮祖父时，他家还是大明子民，有些"旧情分"。《清史稿·清太祖本纪》记载：

稍长，定三姓之乱，众奉为贝勒，居长白山东俄漠惠之野俄朵里城，号其部族曰满洲。满洲自此始。元于其地置军民万户府，明初置建州卫。

后金住在建州，这里本是明朝地盘，不过，这只是"虚名"，明朝已经管辖不到这里了。后金向明朝"支领钱粮"的方式是抢夺。

一门假亲戚。薛姨妈与王夫人的姐妹关系是假的，后文绝对不会描写姐妹俩非常亲切。

宝钗就是皇太极。宝钗的"钗"与拆分的"拆"谐音，她要来拆分黛玉与宝玉的姻缘。

宝钗初次露面，文章不写其相貌衣着，只用"肌骨莹润，举止娴雅"这八个字糊弄人。这八个字不是女性专用词，用它形容奶油小生也可以。

努尔哈赤酷爱皇太极，皇太极排行老八，却是四大贝勒之一。

皇太极比多尔衮厉害多了。

自父亲死后，见哥哥不能依贴母怀，他便不以书字为事，只留心针黹家计等事，好为母亲分忧解劳。

近因今上崇诗尚礼，征采才能，降不世出之隆恩，除聘选妃嫔外，凡仕宦名家之女，皆亲名达部，以备选为公主、郡主入学陪侍，充为才人、赞善之职。

【甲戌侧批：一段称功颂德，千古小说中所无。】

二则自薛蟠父亲死后，各省中所有的买卖承局，总管、伙计人等，见薛蟠年轻不谙世事，便趁时拐骗起来，京都中几处生意，渐亦消耗。

薛蟠素闻得都中乃第一繁华之地，正思一游，

便趁此机会，一为送妹待选，二为望亲，三因亲自入部销算旧账，再计新支，

实则为游览上国风光之意。

因此早已打点下行装细软，以及馈送亲友各色土物人情等类，

正择日一定起身，不想偏遇见了拐子重卖英莲。薛蟠见英莲生得不俗，【甲戌侧批：阿呆兄亦知不俗，英莲人品可知矣。】

立意买他，又遇冯家来夺人，因恃强喝令手下豪奴将冯渊打死。

他便将家中事务一一的嘱托了族中人并几个老家人，

他便带了母妹竟自起身长行去了。

努尔哈赤去世后，皇太极（宝钗）当上大汗，他在管理后金事务。

皇太极意欲入宫，他想占领明朝皇宫！不过，他在清军入关前逝世，他只能争夺江山（宝玉），却无法进入明朝皇宫。若以为宝钗是待选妃子，就大错特错了，后文绝对不会描写宝钗待选这事了。

逼真的假情节而已。

后金的经济"渐亦消耗"，皇太极准备到明朝"联系生意"呢！

后金打算进攻明朝。

"送妹待选"是假。"望亲"也是假。"销算旧账"是真，后金与明朝之间还有旧账——萨尔浒之战，明军打到了后金家门口，这笔账得算了，后金也要打到明朝家门口。"再计新支"也是真，后金要在明朝境内抢夺财务。

后金国度太小，薛家要搞一次出国游。

"行装细软"指军用物资。

范文程（英莲）"生得不俗"。皇太极看重范文程，皇太极去世后，多尔衮仍然重视范文程。

多尔衮真的处理过冯铨的案件，不过，冯铨并未受处分，也没被打死。

后金发兵之前，家里已经安排好了。

后金起兵了，皇太极（宝钗）亲率大军进攻明朝。《清史稿·太宗本纪》记载：

冬十月癸丑，上亲征明，征蒙古诸部兵以次来会。

人命官司一事，他竟视为儿戏，自为花上几个臭钱，没有不了的。【甲戌侧批：是极！人谓薛蟠为呆，余则谓是大彻悟。】

在路不记其日。

【甲戌侧批：更妙！必云程限则又有落套，岂暇又记路程单哉？】

那日已将入都时，却又闻得母舅王子腾升了九省统制，奉旨出都查边。

薛蟠心中暗喜道："我正愁进京去有个嫡亲的母舅管辖着，不能任意挥霍挥霍，偏如今又升出去了，可知天从人愿。"【甲戌侧批：写尽五陵心意。】

因和母亲商议道："咱们京中虽有几处房舍，只是这十来年没人进京居住，那看守的人未免偷着租赁与人，须得先着几个人去打扫收拾才好。"

他母亲道："何必如此招摇！

"咱们这一进京，原该先拜望亲友，或是在你舅舅家，【甲戌侧批：陪笔。】或是你姨爹家。【甲戌侧批：正笔。】

"他两家的房舍极是便宜的，咱们先能着住下，再慢慢的着人去收拾，岂不消停些。"

薛蟠道："如今舅舅正升了外省去，家里自然忙乱起身。

"咱们这工夫一窝一拖的奔了去，

"岂不没眼色。"

他母亲道："你舅舅家虽升了去，还有你姨爹家。况这几年来，你舅舅、姨娘两处，每每带信捎书，接咱们来。

后金发兵，明朝人遭殃了，人命如同儿戏。

后金突袭，进军速度很快。

"必云程限"的"程"指的是范文程。这条批语的意思是说，文章重点要讲皇太极，不能因为讲范文程误了重要事件。

王子腾可能是一位明朝将领，己巳之变时，他不在朝廷中。

多尔衮心中暗喜，没有人管辖着，他就可任意作为了。

后金军要到明朝京城"打扫"房舍，一旦打扫干净，明朝皇宫就归他们了。

别太招摇了，不然的话，文章就露馅了。

舅舅家、姨爹家都不想留这门亲戚。姨爹贾政是作者，收留这门假亲戚，非作者出面不可，不然，别人都不想留下这门假亲戚。

明朝的房子非常多，但是，一口吃不成大胖子，后金准备慢慢收拾明朝。

后金突袭，明朝"忙乱起身"迎击后金，这一仗实在太"忙乱"，明朝肯定打不赢。

后金人马"一窝一拖"来了，战火马上要烧到京城了。

确实没眼色，崇祯皇帝刚登基两年，朝廷事务还没理顺，后金突袭来了。

这是用假情节串联故事，后文中，根本没有人愿意留下薛家母子。

· 131 ·

"如今既来了，你舅舅虽忙着起身，你贾家姨娘未必不苦留我们。

"咱们且忙忙收拾房屋，岂不使人见怪？

【甲戌侧批：闲语中补出许多前文，此画家之云罩峰尖法也。】

"你的意思我却知道，【甲戌侧批：知子莫如父。】

"守着舅舅、姨爹住着，未免拘紧了你，不如你各自住着，好任意施为。

【甲戌侧批：寡母孤儿一段，写得毕肖毕真。】

"你既如此，你自去挑所宅子去住。

"我和你姨娘，姊妹们别了这几年，却要厮守几日，我带了你妹子投你姨娘家去，【甲戌侧批：薛母亦善训子。】你道好不好？"

薛蟠见母亲如此说，情知扭不过的，只得吩咐人夫一路奔荣国府来。

那时王夫人已知薛蟠官司一事，亏贾雨村维持了结，才放了心。又见哥哥升了边缺，正愁又少了娘家的亲戚来往，【甲戌侧批：大家尚义，人情大都是也。】略加寂寞。

过了几日，忽家人传报："姨太太带了哥儿姐儿，合家进京，正在门外下车。"

喜的王夫人忙带了女媳人等，接出大厅，将薛姨妈等接了进去。姊妹们暮年相会，自不必说悲喜交集，泣笑叙阔一番。

忙又引了拜见贾母，将人情土物各种酬献了，合家俱厮见过，忙又治席接风。

"苦留"！明朝当然想"苦留"，如果装进木笼囚车，留得才稳当呢。

忙忙收拾房屋、抢夺财物，明朝当然要见怪。

闲话中补写了许多历史。一片云彩遮挡住整座冰山，这正是云罩峰尖法。

批语说"知子莫如父"，从这条批语看，薛姨妈可能还要扮演努尔哈赤。

多尔衮就是要在明朝境内任意施为。

如果真是寡母孤儿，何必用"毕肖毕真"注解呢？

清军入关后，摄政王多尔衮早晚会挑所大宅子。

不好，王夫人不欢迎你们。

后金军奔紫禁城（荣国府）来了！

这段文字是表面情节，表面情节过渡一下，以便继续行文。

忽家人传报：后金打来了！正在城门之下！

姐妹相见，没有语言描写，没有动作描写，这又是囫囵法。可是，影视剧却为薛姨妈、王夫人安排上台词，诸如"姐姐，我想死了你了""妹妹，我也想你"等话，甚是荒唐！

假情节不宜过多，文章过渡一下而已。

薛蟠已拜见过贾政，

贾琏又引着拜见了贾赦、贾珍等。

贾政便使人上来对王夫人说："姨太太已有了春秋，

"外甥年轻不知世路，在外住着恐有人生事。

"咱们东北角上梨香院【甲戌侧批：好香色。】

"一所十来间房，白空闲着，打扫了，请姨太太和姐儿哥儿住了甚好。"

【甲戌眉批：用政老一段，不但王夫人得体，且薛母亦免靠亲之嫌。】

王夫人未及留，

贾母也就遣人来说"请姨太太就在这里住下，大家亲密些"等语。

【甲戌侧批：老太君口气得情。偏不写王夫人留，方不死板。】

薛姨妈正要同居一处，

方可拘紧些儿子，若另住在外，又恐他纵性惹祸，遂忙道谢应允。

又私与王夫人说明："一应日费供给一概免却，方是处常之法。"

【甲戌侧批：作者题清，犹恐看官误认今之靠亲投友者一例。】

王夫人知他家不难于此，遂亦从其愿。从此后，薛家母子就在梨香院住了。

作者吴梅村（贾政）见过多尔衮！再者，安排后金人的住处，非作者不可，别人都不合适。

贾琏露脸了，他就是周延儒，他与同性恋官员冯铨是同科进士。崇祯年间，他两次就任内阁首辅，他的大戏就要来了。

贾政怎么不出来招待亲戚呢？此时，他还没考中进士，只能在背后说话。文章真神奇，作者总是在借机说话。

恐有人生事，谁在生事？薛家生事，他们是来打仗的！

梨香院位于"东北角上"，后金位于东北地区，薛家就住在这里。

作者贾政为后金人找到了合适的地方。

明朝人怎么会留下后金人呢？因而，无论谁留薛家人都不合适，但是，政老是作者，作者安排薛家人住下，文章千妥万妥。

王夫人不能留、不想留！

说假话没底气，大家看看这句话，一个"等语"就把表面情节糊弄过去了。

如果王夫人留人，不仅死板，文意就错乱了。

薛姨妈想住下，后金想占领明朝呢。

每说一句实话，就补一句话来圆谎。

后金的住房问题解决了，还要从经济划清界限。

如果读者认为这是投亲，就错看了《红楼梦》。

古人常用梨花比雪花，位于东北地区的后金，天气寒冷多雪，正是一个"梨花"满园的独立"小院"。

原来这梨香院即当日荣公暮年养静之所，

梨香院是后金疆域，但是，这里原属明朝疆域。

小小巧巧，约有十余间房屋，前厅后舍俱全。

后金疆域面积不大，宫殿楼宇却都齐全。

另有一门通街，薛蟠家人就走此门出入。

这是后金内部的道路。

西南有一角门，通一夹道，

后金西南的"角门"是山海关；"夹道"是渤海湾与长城之间所夹的区域，一条长长的夹道。

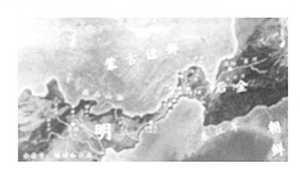

出夹道便是王夫人正房的东边了。

后金入了山海关就到了明朝的东侧边境。

每日或饭后，或晚间，薛姨妈便过来，或与贾母闲谈，或与王夫人相叙。

薛姨妈经常过来，王夫人却不曾过去。清军经常进入明朝境内，明军却无法进入后金境内。

宝钗日与黛玉迎春姊妹等一处，

皇太极与崇祯皇帝根本不会见面，文章又用了囫囵法，一句话就介绍了钗、黛相见。

【甲戌眉批：金玉初见，却如此写，虚虚实实，总不相犯。】

文章把皇太极与崇祯皇帝安排在一起了，真真假假，虚虚实实，表面情节并不相犯。

或看书下棋，或作针黹，

文章无法描写见面场景，干脆说说她们"看书下棋"，"看书"是看战报，"下棋"是博弈，二位帝王各看各的"书"，共下一盘"棋"。

倒也十分乐业。【甲戌侧批：这一句衬出后文黛玉之不能乐业，细甚妙甚！】

目前，双方还乐业，这盘棋暂时分不出输赢。不过，黛玉最终输了这盘"棋"，她不能乐业呀。

只是薛蟠起初之心，原不欲在贾宅居住者，但恐姨父管约拘禁，料必不自在的，无奈母亲执意在此，且宅中又十分殷勤苦留，只得暂且住下，

多尔衮怎么会住在明朝（贾家）呢？他入住北京时，明朝已经灭亡，这时候应该叫作大清了。

都是"姨父"在作怪，他想怎么写就怎么写，历史人物在他的笔下都受到了"管约拘禁"，岂止一个薛蟠？

一面使人打扫出自己的房屋，再移

多尔衮总要"打扫房屋"，他终究会"移居"成功。

居过去的。【甲戌侧批：交代结构，曲曲折折，笔墨尽矣。】

谁知自从在此住了不上一月的光景，贾宅族中凡有的子侄，俱已认熟了一半，凡是那些纨绔气习者，莫不喜与他来往，

今日会酒，明日观花，甚至聚赌嫖娼，渐渐无所不至，引诱的薛蟠比当日更坏了十倍。

【甲戌侧批：虽说为纨绔设鉴，其意原只罪贾宅，故用此等句法写来。】

虽然贾政训子有方，治家有法，

【甲戌侧批：八字特洗出政老来，又是作者隐意。】

一则族大人多，照管不到这些，

二则现任族长乃是贾珍，彼乃宁府长孙，又现袭职，凡族中事，自有他掌管，

三则公私冗杂，且素性潇洒，不以俗务为要，每公暇之时，不过看书着棋而已，余事多不介意。

【蒙侧批：既为作姨父的开一条生路，若无此段，则姨父非木偶即不仁，则不成为姨父矣。】

况且这梨香院相隔两层房舍，又有街门另开，任意可以出入，所以这些子弟们竟可以放意畅怀的，因此，薛蟠遂将移居之念，渐渐打灭了。

【正是：渐入鲍鱼肆，反恶芝兰香。】

明朝灭亡后，摄政王多尔衮入住北京，此时，有一半明朝官员降清，他们都喜欢与多尔衮来往。可悲可叹！

降清官员引诱得多尔衮"无所不至"，比当日更坏了10倍。

降清官员最为不堪，所以，文章将降清官员与多尔衮混在一起描写。

吴梅村（贾政）为自已开脱了，他训子有方，治家有法，但是，家长身份是假，他管不着贾家儿女。

政老是作者，作者是政老，文章是作者的隐意。

作者吴梅村（贾政）管不到这些。

宁国府是皇宫的前朝，贾珍是宁国府的家长，他是内阁首辅。

作者在自我介绍，他素性潇洒，不以俗务为要，平常不大管闲事。

作者以"姨父"的身份为自己开辟了一条道路，如果没有这段文字，就无法体现"姨父"是作者，这样的话，贾政与其他人物一样，只是作者手中的木偶，用以演绎历史而已。

梨香院离贾府很远，后金有独立院落，多尔衮可以放意畅怀的。

子曰："与善人居，如入芝兰之室，久而不闻其香，即与之化矣，与不善人居，如入鲍鱼之肆，久而不闻其臭，亦与之化矣。"批语的意思是降清官员与多尔衮一起待久了，已经适应了降清生活。

【蒙批：看他写一宝钗之来，以英莲事逼其进京，及以舅氏官出，唯姨可倚，转转相逼来，且加以世态人情隐耀其间，如人饮醇酒，不期然而醉矣。】

文章从虚拟的葫芦案一步步引出皇太极，表面情节环环相扣，世态人情丝毫不乱。读这样的文章，"如人饮醇酒，不期然而醉矣"。

第五回

游幻境指迷十二钗　饮仙醪曲演红楼梦

【蒙古王府本回前批：万种豪华原是幻，何尝造孽，何是风流？

曲终人散有谁留，为甚营求？只爱蝇头！

一番遭遇几多愁，点水根由，泉涌难酬！】

题曰：
春困葳蕤拥绣衾，恍随仙子别红尘。

问谁幻入华胥境？千古风流造孽人。

却说薛家母子在荣府中寄居等事略已表明，此回则暂不能写矣。

【甲戌侧批：此等处实又非别部小说之熟套起法。】

如今且说林黛玉自在荣府以来，

【甲戌眉批：不叙宝钗，反仍叙黛玉。盖前回只不过欲出宝钗，非实写之文耳，

此回若仍续写，则将二玉高搁矣，故急转笔仍旧至黛玉，使荣府正文方不至于冷落也。

今写黛玉神妙之至，何也？因写黛玉实是写宝钗，非真有意去写黛玉，几乎又被作者瞒过。】

贾母万般怜爱，寝食起居，一如宝

表面情节都是幻境，宝玉本是玉玺，他何尝造孽？何曾风流？文章借他演绎历史罢了。

明朝要灭亡了，官员们苦苦营求的职位与财富，都成了蝇头小利。

"清"是"三点水旁"，"点水"表示大清。明亡清兴的这番遭遇，为明朝官员带来无限愁绪，他们无法酬报明朝了！

宝玉在睡梦中跟随警幻仙子游览幻境，本回的幻境不是红尘世界了，作者要在幻境中指点迷津。

玉玺（宝玉）盖章的过程被隐写成风流韵事。明朝灭亡后，玉玺不存在了，宝玉成了造孽人。

花开两朵，各表一枝。文章已将后金（薛家）安排妥当，下面要介绍明朝的历史。这里说明一点，崇祯初年，大清还没改国号，还叫金。

薛家的事是清朝历史，贾家的事是明朝历史，文章注明暂时不写薛家，这是在划界限，这种章法与普通小说完全不同。

文章要介绍崇祯皇帝（黛玉）了。

本文主要从明朝的角度撰写历史，所以，文章不再写皇太极，继续写崇祯皇帝。第四回写宝钗，只是为了引出她，并不是宝钗正传。

如果文章过多描写宝钗，这就喧宾夺主了，所以，转笔写黛玉，使文章不脱笔。

描写崇祯皇帝必然要写到皇太极，双方交兵，自然要谈及两位帝王。

皇帝与玉玺"寝食起居"同等规格，这既说明了黛玉

玉,【甲戌侧批：妙极！所谓一击两鸣法,宝玉身份可知。】

身份,又说明了宝玉身份。这就是一击两鸣法。

迎春、探春、惜春三个亲孙女倒且靠后。【甲戌侧批：此句写贾母。】

不管亲孙女、疏孙女,皇帝与玉玺的身份最为尊贵,其他人都得靠后。

便是宝玉和黛玉二人之亲密友爱处,亦自较别个不同,

皇帝与玉玺的亲密友爱,当然与别人不同。

【甲戌侧批：此句妙,细思有多少文章。】

细想一下,每个字都有文章。宝玉是玉玺,他要执行皇帝的意志,宝玉、黛玉合二为一,分而为二。

日则同行同坐,夜则同息同止,真是言和意顺,略无参商。

皇帝与玉玺"言和意顺,略无参商"。但是,皇太极打来,把一切都搅乱了。

不想如今忽然来了一个薛宝钗,

皇太极来了,他对崇祯皇帝构成极大的威胁。"不想""忽然"两个词语用得多么贴切呀。

【甲戌侧批：总是奇峻之笔,写来健拔,似新出一人耳。】

描写黛玉时突然提到宝钗,这是奇峻之笔,陡然之间,双峰对峙。

【甲戌眉批：此处如此写宝钗,前回中略不一写,可知前回迥非十二钗之正文也。】

第四回是为了引出皇太极,这里一起笔就用"不想""忽然"两个词语,文章渐渐地要写皇太极正传了。后文中,宝钗出场,不是突然出现,就是吓人一跳,"不想""忽然"两个词语奠定了宝钗出场的基调。

欲出宝钗便不肯从宝钗身上写来,却先款款叙出二玉,陡然转出宝钗,三人方可鼎立。行文之法又一变体。】

宝钗一来,三人鼎立之势就形成了。三人指黛玉、宝钗、李纨,也就是崇祯皇帝、皇太极、李自成。所以,大观园中三个主要处所为黛玉、宝钗、李纨所居。

年岁虽大不多,然品格端方,容貌丰美,

这是实写皇太极容貌,《清史稿·太宗本纪》记载：
上仪表奇伟,聪睿绝伦,颜如渥丹,严寒不栗。

人多谓黛玉所不及。

人们大多说,崇祯皇帝不及皇太极。"人多谓"三个字客观地表现了人们对两位帝王的评价。

【甲戌侧批：此句定评,想世人目中各有所取也。按黛玉宝钗二人,一如姣花,一如纤柳,各极其妙者,然世人性分甘苦不同之故耳。】

不同的人有不同的评价标准。崇祯皇帝与皇太极各有长处、各有缺点,世人大多是以成败论英雄,故而说黛玉不及宝钗。

而且宝钗行为豁达,随分从时,

皇太极行为豁达,随分从时,《清史稿·太宗本纪》记载：
仁孝宽惠,廓然有大度。

不比黛玉孤高自许，目无下尘，

目无下尘的"尘"与大臣的"臣"谐音，崇祯皇帝不听大臣建议，孤高无依。《明史·流寇传》记载：

（帝）且性多疑而任察，好刚而尚气。任察则苛刻寡恩，尚气则急遽失措。

故比黛玉大得下人之心。

皇太极比崇祯皇帝得臣子之心。一笔评价两位帝王，就算司马迁在世，也要大加称赞。

【甲戌侧批：将两个行止摄总一写，实是难写，亦实系千部小说中未敢说写者。】

文章在评价两位帝王的大体性格，这很难着笔，别的小说，千部万部也写不了这么到位。

便是那些小丫头子们，亦多喜与宝钗去顽。

皇太极豁达，臣子愿意接近他。

因此黛玉心中便有些恚郁不忿之意，

崇祯皇帝恚郁不忿，臣子猜不透他的心思。

【甲戌侧批：此一句是今古才人通病，如人人皆如我黛玉之为人，方许他妒。此是黛玉缺处。】

崇祯皇帝的缺点在于猜忌、恚郁不忿。

宝钗却浑然不觉。【甲戌侧批：这还是天性，后文中则是又加学力了。】

批语指出皇太极还善于学习，《清史稿·太宗本纪》记载：性耽典籍，诸览弗倦。

那宝玉亦在孩提之间，况自天性所禀来的一片愚拙偏僻，

宝玉是石头，他当然"愚拙偏僻"。

【甲戌侧批：四字是极不好，却是极妙。只不要被作者瞒过。】

如果用"愚拙偏僻"形容人，这是极不好的，用它形容石头，这就妙了。

视姊妹弟兄皆出一意，并无亲疏远近之别。

宝玉是石头，他与别人没有亲疏远近之别。

【甲戌侧批：如此反谓"愚痴"，正从世人意中写也。】

文章说宝玉愚痴，这是从世人的角度描写玉玺呀。

其中因与黛玉同随贾母一处坐卧，故略比别个姊妹熟惯些。

宝玉属于黛玉，所以，二人最亲密。

既熟惯，则更觉亲密，既亲密，则不免一时有求全之毁，不虞之隙。

《孟子·离娄章句上》第二十一节："孟子曰：'有不虞之誉，有求全之毁'。"这话的意思是，有意料不到的赞誉，也有求全责备的诽谤。崇祯皇帝凡事都要处理明白，因而，难免遭受毁谤，并产生意想不到的裂痕。这就是"求全之毁，不虞之隙"。

【甲戌侧批：八字定评，有趣。不独黛玉、宝玉二人，亦可为古今天下亲密人当头一喝。

甲戌眉批：八字为二玉一生文字之纲。】

这日不知为何，他二人言语有些不合起来，

黛玉又【甲戌侧批："又"字妙极！补出近日无限垂泪之事矣，此仍淡淡写来，使后文来得不突然。】气的独在房中垂泪，

宝玉又【甲戌侧批："又"字妙极！凡用二"又"字，如双峰对峙，总补二玉正文。】自悔言语冒撞，前去俯就，那黛玉方渐渐的回转来。

因东边宁府中花园内梅花盛开，

【甲戌侧批：元春消息动矣。】

贾珍之妻尤氏乃治酒，请贾母、邢夫人、王夫人等赏花。

是日先携了贾蓉之妻，二人来面请。

贾母等于早饭后过来，就在会芳园【甲戌侧批：随笔带出，妙！字意可思。】游顽，先茶后酒，不过皆是宁荣二府女眷家宴小集，并无别样新文趣事可记。

【甲戌侧批：这是第一家宴，偏如此草草写。此如晋人倒食甘蔗，渐入佳境一样。】

一时宝玉倦怠，欲睡中觉，

"亦"字说明文章有原意，不过，这也可以为世间的亲密人"当头一喝"。

"求全之毁，不虞之隙"，这是黛玉、宝玉感情的总基调。

二人言语不合，必定有人威胁到了皇权。

宝钗一来，黛玉哭了。皇太极打来了，崇祯皇帝与玉玺的亲密关系受到了影响。

只要不让宝姐姐住进家里，林妹妹就不会哭。可惜，宝玉徒有光鲜外表，手无缚鸡之力。

宁国府是紫禁城的前朝，是大臣上朝的地方，文章要写朝廷中的事情了。

温体仁（元春）蠢蠢欲动了。

朝廷要召开会议，赏花是大臣集合的幌子，因而，下文根本不会描写赏花。尤氏是女主人，她一定扮演内阁首辅，至于她扮演谁，下文详谈。

贾蓉之妻是秦可卿，她扮演袁崇焕。为了抵御后金，朝廷即将起用袁崇焕。

赏花游玩本来就是假的，哪有什么文章可记。如果本文是庸俗笔墨，定然会描写赏花的细节。

文章就要介绍袁崇焕（秦可卿）了，精彩大戏在后头，如晋人倒食甘蔗，越嚼越甜。

女眷们赏花，宝玉怎么来了呢？文章把崇祯皇帝写成了女性，并且客居于姥姥家的深宅大院，黛玉的活动范围

受到了限制，所以，宝玉到朝廷中执行皇权来了。宝、黛二玉都是皇权的象征，来一个人就可以了。

贾母命人好生哄着，歇一回再来。

睡觉是为了描写一场春梦。《红楼梦》就是一场春梦，崇祯十七年春尽之时，梦破矣！

贾蓉之妻秦氏便忙笑回道："我们这里有给宝叔收拾下的屋子，

薛蟠要"打扫房屋"，秦氏已"收拾下的屋子"，妙极了，明清双方就"屋子"问题进行纠缠了。

"老祖宗放心，只管交与我就是了。"

宝玉是明朝的象征，是江山社稷的象征，秦氏说："只管交与我就是了。"秦氏好大口气，袁崇焕夸下海口了！《明史·袁崇焕传》记载：

七月，崇焕入都，先奏陈兵事，帝召见平台，慰劳甚至，咨以方略。对曰："方略已具疏中。臣受陛下特眷，愿假以便宜，计五年，全辽可复。"

崇祯皇帝非常看重袁崇焕，他向袁崇焕询问军事策略，袁崇焕夸下海口："计五年，全辽可复！"这就留下了祸患，秦氏之死，"病因"在此！

又向宝玉的奶娘丫鬟等道："嬷嬷姐姐们，请宝叔随我这里来。"

袁督师，安顿宝玉不是小事呀。

贾母素知秦氏是个极妥当的人，

天启年间，袁崇焕是"极妥当的人"，他守卫辽东，收复失地，取得不少功劳。《明史·袁崇焕传》记载：

至五年夏，承宗与崇焕计，遣将分据锦州、松山、杏山、右屯及大、小凌河，缮城郭居之。自是宁远且为内地，开疆复二百里。

【甲戌侧批：借贾母心中定评。】

袁崇焕（秦氏）是万历四十七年进士，借万历帝（贾母）评价最妙。

生的袅娜纤巧，

这是描写袁崇焕的身材，他的个子不高。《石匮书后集》记载：

袁崇焕短小精悍，形如小猱。

行事又温柔和平，

对于袁崇焕的性格，不同的史料有不同的记载，不确定这句话是真是幻。

乃重孙媳中第一个得意之人，【甲戌侧批：又夹写出秦氏来。】

崇祯皇帝登基后，袁崇焕是第一个得意之人。《明史·袁崇焕传》记载：

庄烈帝即位，忠贤伏诛，削诸冒功者。廷臣争请召崇焕。其年十一月擢右都御史，视兵部添注左侍郎事。崇祯元年四月，命以兵部尚书兼右副都御史，督师蓟辽、兼督登莱、天津军务，所司敦促上道。七月，崇焕入都，先奏陈兵事，帝召见平台，慰劳甚至，咨以方略。

崇祯皇帝登基后，朝臣争着推荐袁崇焕出山。天启七年十一月，袁崇焕被提拔为右都御史，第二年四月，被任命为兵部尚书兼右副都御史，督师蓟辽。这时候，袁崇焕还没到朝廷呢！三个月后，袁崇焕来到朝廷，皇帝还亲自慰问他。

见他去安置宝玉，自是安稳的。

目前还安稳，以后就难说了。

当下秦氏引了一簇人来至上房内间。宝玉抬头看见一幅画贴在上面，画的人物固好，其故事乃是《燃藜图》，

《燃藜图》的"燃"是燃烧的意思，"藜"与黎民百姓的"黎"谐音，战火燃烧过来了，黎民百姓在战火中挣扎。

也不看系何人所画，

不用看这幅图是谁画的，文章只取谐音之意。

心中便有些不快。【甲戌眉批：如此画联，焉能入梦？】

黎民百姓在战火中挣扎，宝玉如何入睡呢？

又有一幅对联，写的是：

作者怕读者不懂"燃藜"的意思，配上对联予以解释。

世事洞明皆学问，

表面情节都是世俗琐事，世俗琐事的背后都是学问。洞明世事后，方能明白其中的学问。

人情练达即文章。

表面情节都是人情世故，人情世故的背后都是文章。练达人情后，方能懂得其中的文章。

【甲戌双行夹批：看此联极俗，用于此则极妙。盖作者正因古今王孙公子，劈头先下金针。】

作者怕王孙公子误解文章，用对联予以提醒。可是，金针当头，奈何世人不醒？

及看了这两句，纵然室宇精美，铺陈华丽，亦断断不肯在这里了，忙说："快出去！快出去！"

宝玉大声呼喊："快出去！快出去！"快点儿把后金军队赶出去！

秦氏听了笑道："这里还不好，可往那里去呢？不然往我屋里去吧。"

正要去你屋子里，朝廷召袁崇焕，就是让他对付后金。

宝玉点头微笑。

傻笑。

有一个嬷嬷说道："那里有个叔叔往侄儿房里睡觉的理？"

老嬷嬷是明白人，生活在封建社会，难道全然不顾封建礼教吗？

秦氏笑道："嗳哟哟！不怕他恼。他能多大呢，就忌讳这些个！

一块玉玺能有多大？若忌讳这些个，岂不傻了？

"上月你没看见我那个兄弟来了，【甲戌眉批：伏下秦钟，妙！】

"虽然与宝叔同年，两个人若站在一处，只怕那个还高些呢。"

【甲戌侧批：又伏下一人，随笔便出，得隙便入，精细之极。】

宝玉道："我怎么没见过？你带他来我瞧瞧。"

【甲戌侧批：侯门少年纨绔活跳下来。】

众人笑道："隔着二三十里，往那里带去，

"见的日子有呢。"

说着大家来至秦氏房中。刚至房门，便有一股细细的甜香【甲戌侧批：此香名"引梦香"。】袭人而来。

宝玉觉得眼饧骨软，连说："好香！"

【甲戌侧批：刻骨吸髓之情景，如何想得来，又如何写得来？（进房如梦境。）】

入房向壁上看时，有唐伯虎画的《海棠春睡图》，【甲戌侧批：妙图。】

两边有宋学士秦太虚写的一副对联，其联云：

嫩寒锁梦因春冷，【甲夹批：艳极，淫极！】

芳气笼人是酒香。【甲夹批：已入梦境矣。】

袁崇焕（秦氏）刚刚上场，又伏了另一位历史人物。妙极，丝毫不牵强。

不管秦钟扮演哪位历史人物，他一定比宝玉高，宝玉是玉玺，他能有多高？

文章见缝插针，随笔带出秦钟，秦钟是明末清初历史上的重要人物，他也当过内阁大学士。

玉玺要见秦钟，秦钟就要走到历史舞台的中央了。

宝玉本是石头，瞧这口吻，活像侯门少年。

秦钟扮演的人物离朝廷有一点儿距离。

不必着急，见秦钟的日子在后头。

这是印泥的香味，起用袁崇焕（秦氏）的圣旨已写好，玉玺蘸上印泥盖章后就可以生效。

好香，宝玉平生之乐，全在此香。

玉玺盖章前要蘸印泥，这就是"刻骨吸髓"。

海棠指代人物，宋人释惠洪的《冷斋夜话》记载，唐明皇召见杨贵妃，贵妃喝醉了酒，明皇笑曰："岂妃子醉，直海棠睡未足耳！"唐明皇把妃子比作海棠，作者活用这个典故，本书中的海棠指人物。这幅画指圣旨，圣旨上写着袁崇焕的名字，玉玺马上要在圣旨上盖章了。

宋学士指明朝内阁大学士，内阁大学士已经写好了起用袁崇焕的圣旨。

崇祯王朝就是一场春梦，崇祯十七年春天，明朝灭亡了。

前文说宝玉是酒色之徒，文章以酒指代印泥，此处的香气是酒香，即印泥之香。

案上设着武则天当日镜室中设的宝镜，【甲戌侧批：设譬调侃耳，若真以为然，则又被作者瞒过。】一边摆着飞燕立着舞过的金盘，盘内盛着安禄山掷过伤了太真乳的木瓜。上面设着寿昌公主于含章殿下卧的榻，悬的是同昌公主制的联珠帐。

武则天的宝镜、赵飞燕舞过的金盘、安禄山掷过的木瓜、寿昌公主的榻、同昌公主的联珠帐，这些东西是凡人家的器物吗？这里是皇宫。

宝玉含笑连说："这里好！"【摆设就合着他的意。】秦氏笑道："我这屋子大约神仙也可以住得了。"

这里不是秦氏的屋子，是"神仙"的屋子，"神仙"一会儿就该来了。

说着亲自展开了西子浣过的纱衾，移了红娘抱过的鸳枕。

纱衾、鸳枕都可以比作圣旨。

【甲戌侧批：一路设譬之文，迥非《石头记》大笔所屑，别有他属，余所不知。】

上面这一大段文字很难隐藏历史事件，批书人认为这不像《石头记》的文字，当然，其中可能隐藏着某些内容，批书人不知道。

于是众奶母伏侍宝玉卧好，款款散了，只留袭人、【甲戌侧批：一个再见。】媚人、【甲戌侧批：二新出。】晴雯、【甲戌侧批：三新出，名妙而文。】麝月【甲戌侧批：四新出，尤妙。看此四婢之名，则知历来小说难与并肩。】四个丫鬟为伴。【甲戌眉批：文至此不知从何处想来。】

袭人、媚人、晴雯、麝月都是重要的历史人物，他们在玉玺（宝玉）身边，都是内阁大学士。这里提及她们的名字，是为后文做伏笔。

批语提到"历来小说难与并肩"，这是实话，贾家的家庭成员是官员，丫鬟也是官员，历来小说中哪有丫鬟是主要人物的呢？

秦氏便吩咐小丫鬟们，好生在廊檐下看着猫儿狗儿打架。【甲戌侧批：细极。】

宝玉与秦氏见面是要解决明清战争问题，这里提到"猫儿狗儿打架"，这可以算作"互文见义"了。

那宝玉刚合上眼，便惚惚的睡去，犹似秦氏在前，遂悠悠荡荡，随了秦氏，至一所在。

玉玺要盖章了，因而，宝玉在睡梦中少不了"男女之事"。

【甲戌侧批：此梦文情固佳，然必用秦氏引梦，又用秦氏出梦，竟不知立意何属？惟批书人知之。】

批语说得清楚，梦境有立意，如果只看表面情节，哪有立意，只是一场春梦。从隐写的历史来讲，袁崇焕为崇祯皇帝送来"五年复辽"的美梦，但是，这个梦无法实现，所以，引梦是袁崇焕（秦氏），出梦是袁崇焕。

但见朱栏白石，绿树清溪，真是人

这是在写印泥盒。印泥盒是白石做成，印泥把四壁染

迹希逢，飞尘不到。【甲戌侧批：一篇《蓬莱赋》。】

宝玉在梦中欢喜，想道："这个去处有趣，我就在这里过一生，

"纵然失了家也愿意，

"强如天天被父母师傅打呢。"

【甲戌侧批：一句忙里点出小儿心性。】

正胡思之间，忽听山后有人作歌曰：
春梦随云散，【甲戌双行夹批：开口拿"春"字，最紧要！】

飞花逐水流。【甲夹批：二句比也。】

寄言众儿女，
何必觅闲愁。
【甲夹批：将通部人一喝。】

宝玉听了是女子的声音。【甲戌侧批：写出终日与女儿厮混最熟。】歌声未息，早见那边走出一个人来，蹁跹袅娜，端的与人不同。

有赋为证：
方离柳坞，乍出花房。但行处，鸟惊庭树；将到时，影度回廊。仙袂乍飘兮，闻麝兰之馥郁；荷衣欲动兮，听环佩之铿锵。靥笑春桃兮，云堆翠髻；唇绽樱颗兮，榴齿含香。纤腰之楚楚兮，回风舞雪；珠翠之辉辉兮，满额鹅黄。出没花间兮，宜嗔宜喜；徘徊池上兮，若飞若扬。蛾眉颦笑兮，将言而未语；莲步乍移兮，待止而欲行。羡彼之良质兮，冰清玉润；羡彼之华服兮，闪灼文章；爱彼之貌容兮，香培玉琢；美彼之态度兮，凤翥龙翔。其素若何？春梅绽雪。其洁若何？秋菊被霜。其静若何？松生空谷。其艳若何？霞映澄塘。其文若何？龙游

红了，这就是朱栏白石。印泥盒里人迹希逢、飞尘不到。

臭小子，遇见印泥就高兴成这个样子！

傻瓜，失了家后，清朝人不让你到这里来！

父母师父不打，就怕李纨作乱，宝钗发难。

文章描摹小儿心性，非常逼真。

崇祯十七年三月十九日，春尽之时，李自成占领北京，明朝梦断，扮演皇太子朱慈烺的史湘云失散了。

飞花无情之甚，随春去也！

明朝官员（贾家儿女）争名夺利，国破之时，这一切都是一场闲愁。

来人是警幻仙子，"端的与人不同"，她不是历史人物。"警幻"的字面意思就是警醒幻境，她要为读者指点迷津了。

这篇《警幻仙子赋》愁杀笔者，解读不了。幸好，下文有前人的批注。

曲沼。其神若何？月射寒江。应惭西子，实愧王嫱。奇矣哉，生于孰地，来自何方？信矣乎，瑶池不二，紫府无双。果何人哉？如斯之美也！

【甲戌眉批：按此书凡例本无赞赋闲文，前有宝玉二词，今复见此一赋，何也？盖此二人乃通部大纲，不得不用此套。

前词却是作者别有深意，故见其妙。此赋则不见长，然亦不可无者也。】

宝玉见是一个仙姑，喜的忙来作揖问道："神仙姐姐，

【甲戌侧批：千古未闻之奇称，写来竟成千古未闻之奇语。故是千古未有之奇文。】

"不知从那里来，如今要往那里去？也不知这是何处，望乞携带携带。"

那仙姑笑道："吾居离恨天之上，灌愁海之中，乃放春山遣香洞太虚幻境警幻仙姑是也。【甲戌侧批：与首回中甄士隐梦景一照。】

"司人间之风情月债，掌尘世之女怨男痴。

"因近来风流冤孽，【甲戌侧批：四字可畏。】缠绵于此处，是以前来访察机会，布散相思。今忽与尔相逢，亦非偶然。

"此离吾境不远，别无他物，仅有自采仙茗一盏，亲酿美酒一瓮，素练魔舞歌姬数人，新填《红楼梦》仙曲十二支，

【甲戌侧批：点题。盖作者自云所历不过红楼一梦耳。】

《红楼梦》重点在于写史，不应该有闲文，前文中有两首《西江月》描写宝玉，这里又有一首赋描写警幻，全书中只有宝玉、警幻二人不扮演历史人物，文章便用诗赋为二人开场，其他人则不用诗赋予以开场，不管黛玉还是宝钗，因为这是文章的章法。

写宝玉的两首词明确指出宝玉是玉玺，但是，这首赋似乎没隐藏什么内容。不过，这首赋也不能少。

神仙姐姐来了，她是指点迷津的人，读者有什么疑惑，可以向神仙请教。

批语用了三个"千古"，三个"奇"字。《红楼梦》正是千古未有之奇文。

神仙姐姐要指导读者不要看错了书。

《红楼梦》塑造了一个幻境，警幻仙子要点破幻境。警幻仙姑与癞头和尚是同道中人，他俩同样的口吻，说话神乎其神，目的是点破幻境，点醒读者。

所有人物的命运都由警幻仙子管理，因而，《红楼梦》的最后章节可能会由警幻仙子将众人引入幻境。

世间本没有偶然，万法皆是缘分。

警幻要为读者出示三样东西：仙茗、美酒、《红楼梦》，这三样东西都有深刻含义。这本书叫《红楼梦》，曲子也叫《红楼梦》，这说明，曲子就是书，书就是曲子，警幻仙姑解读曲子就是解读《红楼梦》这本书！

作者经历的一切不过是一场梦罢了。

"试随吾一游否？"

宝玉听说，便忘了秦氏在何处，【甲戌侧批：细极。】

竟随了仙姑，至一所在，有石牌横建，上书"太虚幻境"四个大字，两边一副对联，

【甲戌侧批：士隐曾见此匾对，而僧道不能领入，留此回警幻邀宝玉后文。】

乃是：

假作真时真亦假，

无为有处有还无。【甲戌双行夹批：正恐观者忘却首回，故特将甄士隐梦景重一渲染。】

转过牌坊，便是一座宫门，上面横书四个大字，道是"孽海情天"。

又有一副对联，大书云：

厚地高天，堪叹古今情不尽；

痴男怨女，可怜风月债难偿。

【甲戌眉批：菩萨天尊皆因僧道而有，以点俗人，独不许幻造太虚幻境以警情者乎？

观者恶其荒唐，余则喜其新鲜。

有修庙造塔祈福者，余今意欲起太虚幻境以较修七十二司更有功德。】

宝玉看了，心下自思道："原来如此。但不知何为'古今之情'，何为'风月之债'？从今倒要领略领略。"

宝玉只顾如此一想，不料早把些邪魔招入膏肓了。【甲戌侧批：奇极妙文。】

当下随了仙姑进入二层门内，至两边配殿，皆有匾额对联，一时看不尽许多，

愿随仙姑一游。

下面的事情与袁崇焕（秦氏）没有关系，文章暂时不写他了。

宝玉在梦境中，梦境非常奇幻，想到哪里就到哪里，文章把读者引进皇宫了。

士隐无缘得入，宝玉却处其中。

文中有"真""假""有""无"，分辨真假，区分有无，这是读书的第一要务。

过牌坊，见宫门，到明朝皇宫了。

天高地厚，感叹朝代更替，古往今来，家国情怀难尽。

怨女痴男，追求官爵财富，一朝亡国，旧时恩怨难偿。

警幻仙子的存在是作者（僧道）的巧妙安排，为了点醒读者，难道不能制造一个幻境警醒幻情吗？

人们认为这段梦境荒唐不经，批书人却最喜欢这样的情节。

写史就是一场功德，批书人要揭示文章的内容，这也是一场功德。

宝玉在提醒读者，好好领略"古今之情""风月之债"吧。

宝玉是石头，根本不会想，如果他能够想问题，满脑子只能是"邪魔"。

皇宫里可看的东西太多了，一时看不尽许多。

惟见有几处写的是："痴情司""结怨司""朝啼司""夜怨司""春感司""秋悲司"。【甲戌侧批：虚陪六个。】

看了，因向仙姑道："敢烦仙姑引我到那各司中游玩游玩，不知可使得？"

仙姑道："此各司中皆贮的是普天之下所有的女子过去未来的簿册。"

"尔凡眼尘躯，未便先知的。"

宝玉听了，那里肯依，复央之再四。

仙姑无奈，说："也罢，就在此司内略随喜随喜罢了。"宝玉喜不自胜，抬头看这司的匾上，乃是"薄命司"【甲戌侧批：正文。】三字，

两边对联写的是：
春恨秋悲皆自惹，
花容月貌为谁妍。

宝玉看了，便知【甲戌侧批："便知"二字是字法，最为紧要之至。】感叹。

进入门来，只见有十数个大橱，皆用封条封着。看那封条上，皆是各省的地名。

宝玉一心只拣自己的家乡封条看，遂无心看别省的了。只见那边橱上封条上大书七字云："金陵十二钗正册"。【甲戌侧批：正文题。】

宝玉问道："何为'金陵十二钗正册'？"警幻道："即贵省中十二冠首女子之册，故为'正册'。"

宝玉道："常听【甲戌侧批："常听"二字，神理极妙。】人说，金陵极大，怎么只十二个女子？"

痴情司、结怨司、朝啼司、夜怨司、春感司、秋悲司，这是六个部门，这就是吏、户、礼、兵、刑、工六部。

使得。作者正要带读者到六部中认识一下各部官员。

警幻仙子拥有一个历史人物档案册，各部门历任长官的名册都在这里。

凡眼尘躯如何识得？

欲擒故纵，宝玉不必央求，仙姑自然会带路。

"薄命司"中的历史人物都活不长。

明朝官员的遗恨与悲伤都是自己惹出来的，想方设法伪装自己，到头来，明朝灭亡，这都算得了什么呢？

"便知"二字"最为紧要之至"，不知情者以为在看小说，知情者便会感叹。

明朝官员的籍贯，各省都有。

这里的金陵指南京，明朝时期，南京辖区叫南直隶。吴梅村的老家苏州，皇帝的老家凤阳，都属于南直隶，因而，宝玉算是金陵人氏。"金陵十二钗"可能指书中有12位南直隶地区的高官，关于这一点，尚未考证清楚。

文章在解读"金陵十二钗"，但笔者没搞明白。

宝玉只能听，不能说，所以，"常听"二字妙。"金陵极大"，大到什么程度呢？

红楼阐微——解读《红楼梦》前二十回

"如今单我家里，上上下下，就有几百女孩子呢。"【甲戌侧批：贵公子口声。】

朝中大臣可不少，上上下下，几百人呢。

警幻冷笑道："贵省女子固多，不过择其紧要者录之。下边二橱则又次之。余者庸常之辈，则无册可录矣。"

官员虽然很多，但是，文章只为重要人物写传记，次要人物没有传记。

宝玉听说，再看下首二橱上，果然写着"金陵十二钗副册"，又一个写着"金陵十二钗又副册"。

书中的历史人物有正有副，层次分明。

宝玉便伸手先将"又副册"橱开了，拿出一本册来，揭开一看，

作者要打开画册介绍历史人物了。

只见这首页上画着一幅画，又非人物，也无山水，不过是水墨濡染的满纸乌云浊雾而已。

画上不是人物，也无山水，文章到底想告诉读者什么呢？问题就在"又非人物"四个字上，这幅画代表多位历史人物，而不是某一位具体人物，所以，"又非人物"。书名《红楼梦》，曲名《红楼梦》，书就是曲，在戏曲中，一位演员完全可以扮演多位人物。有人可能会问："作者为什么不将历史人物与书中人物一一对应呢？"因为官员太多了，如果文章频繁地出现新人物，表面情节就不像小说了。

有几行字迹，写的是：
霁月难逢，彩云易散。

风雨过后，天气放晴，这时候很难见到明月，彩云也容易消散。这话暗含晴雯的名字。晴雯扮演的官员，如同雨后的明月、彩云一样美好，但是，很容易消失，她扮演的人物任职时间都不长！

心比天高，身为下贱。

品德心性很高，却居于贱位，晴雯扮演的官员没得到重用啊！

风流灵巧招人怨。

晴雯招致了别人怨恨，他不得志。

寿夭多因毁谤生，

晴雯受到他人毁谤而离职或丧生。

多情公子空牵念。

朝廷留不下晴雯，宝玉也只能空牵念。

【甲戌双行夹批：恰极之至！"病补雀金裘"回中与此合看。】

岂止病补雀金裘一回，无论晴雯扮演谁，他的性格已经被作者限定了。

宝玉看了，又见后面画着一簇鲜花，一床破席。

花与席点明下面这位人物是花袭人。袭人与晴雯一样，也要扮演多位历史人物。

也有几句言词，写道是：
枉自温柔和顺，

空云似桂如兰。

　　袭人扮演的官员是皇帝的宠臣，他在皇帝面前温柔和顺。

　　兰和桂都有异香，古人常用其比喻有才华德能的贤人。但是，袭人扮演的大臣失去了这种品德。

堪叹优伶有福，
谁知公子无缘。

　　不太明白这两句话的意思，似乎是说袭人对明朝无益。

　　【甲戌双行夹批：骂死宝玉，却是自悔。】

　　作者也是朝臣，他应该自悔。

　　宝玉看了不解。

　　几人能解？

　　遂掷下这个，又去开了"副册"橱门，拿起一本册来，

　　这一册的人物与刚才一册的人物大不相同。

　　揭开看时，只见画着一株桂花，下面有一池沼，其中水涸泥干，莲枯藕败。

　　这是介绍范文程（英莲），他如同莲藕一样，半生在明朝，半生在清朝。清朝人认为他有桂花的品德，但在明朝人眼里，他是枯败形象。

后面书云：
根并荷花一茎香，【甲戌双行夹批：却是咏菱妙句。】

　　范文程在明朝考中秀才，他的根基（根）很"香"。他降清后，一生都受清廷重用，他的一生（茎）也很"香"。

平生遭际实堪伤。

　　范文程帮着清朝打明朝，这样的事情难道不令人感伤吗？

自从两地生孤木，【甲夹批：拆字法。】

　　这句可能是说范文程会在明清"两地"生活。

致使香魂返故乡。

　　范文程能够随清军一起打回故乡！

　　宝玉看了仍不解。

　　宝玉还不解，文章接着提醒。

　　便又掷了，再去取"正册"看。

　　副册上只介绍了范文程一个人！他是降清官员的代表，副册上的其他人物应该都是降清官员。

　　只见头一页上便画着两株枯木，木上悬着一围玉带，

　　两株枯木组成"林"字，暗指林黛玉，玉带悬在木上，暗指崇祯皇帝自缢而死。

　　又有一堆雪，雪下一股金簪。

　　金簪指宝钗，清军入关半年前，皇太极去世，他被埋于白雪皑皑的北国。

也有四句言词，道是：
可叹停机德，【甲戌夹批：此句薛。】

　　批语认为这句写薛，笔者认为这句写林。这里以乐羊子妻断机杼的故事比拟崇祯皇帝自缢于绢上。再者，崇祯皇帝字德约，"德"字暗指崇祯皇帝。

堪叹咏絮才,【甲戌夹批:此句林。】

笔者认为此句写薛。这里以絮比雪,暗指薛宝钗(皇太极)。

玉带林中挂,

金簪雪里埋。

崇祯皇帝(林黛玉)自缢而逝,尸体挂在木梢。

皇太极因病而逝,死于冰天雪地的北国。

【甲戌双行夹批:寓意深远,皆非生其地之意。】

"皆非生其地之意"就是"皆是死其地之意",文章在描写两位帝王之死。

宝玉看了仍不解。

蠢货,还未解悟!

【甲戌眉批:世之好事者争传《推背图》之说,想前人断不肯煽惑愚迷,即有此说,亦非常人供谈之物。

《推背图》是中华预言第一奇书,唐太宗李世民为了推算大唐国运,请李淳风和袁天罡编写了《推背图》。《推背图》融易学、天文、诗词、谜语、图画为一体,暗示天命。前人写下这样的奇书并不是为了愚弄后人,只是平常人不懂罢了。

此回悉借其法,为众女子数运之机。无可以供茶酒之物,亦无干涉政事,真奇想奇笔。】

《红楼梦》第五回完全借用《推背图》方法,图画配谶语,暗示人物命运。这些判词并不是供茶饮酒之物,其中隐藏着历史,然而,从表面上看,判词丝毫不涉及政事,这真是奇笔啊。

待要问时,情知他必不肯泄漏,待要丢下,又不舍。

他想说只是不敢明说,读者多问问便明白了。

遂又往后看时,只见画着一张弓,弓上挂着香橼。也有一首歌词云:

这是元春。弓与香橼都取它的形状。弓的形状与人体脊椎形状相似,"弓"比作"体"字,"香橼"是植物的果实,取其"仁"字。这幅图暗指此人是内阁大学士温体仁。

二十年来辨是非,

温体仁(元春)在万历年间就为官了,他的前20年,并没掀起风浪,但是,20年后,他的人生走了样。《明史·温体仁传》记载:

温体仁,字长卿,乌程人。万历二十六年进士。改庶吉士,授编修,累官礼部侍郎。崇祯初迁尚书,协理詹事府事。为人外谨而中猛鸷,机深刺骨。

温体仁是万历二十六年的进士,经过20多年的努力,他一步步攀升,崇祯年间他当上尚书,他执掌朝政的机会马上就来了。

榴花开处照宫闱。

石榴开花是五六月,"照宫闱"是指当上内阁大学士。《明史·温体仁传》记载:

其明年六月,遂命体仁以礼部尚书兼东阁大学士。

三春争及初春景，【甲夹批：显极。】

虎兔相逢大梦归。

迎、探、惜三人扮演的内阁大学士没有温体仁受宠。

虎是十二属相之一；兔是犀牛，指代属相牛。温体仁被罢官的年份是牛年，他死的年份是虎年。《明史·温体仁传》记载：

及得旨竟放归，体仁方食，失匕箸，时十年六月也。逾年卒，帝犹惜之，赠太傅，谥文忠。

温体仁于崇祯十年被罢相，这年是丁丑年，牛年；第二年是丙寅年，虎年，温体仁死了，他的大梦终结了。

后面又画着两人放风筝，一片大海，一只大船，船中有一女子掩面泣涕之状。也有四句写云：

才自精明志自高，

生于末世运偏消。【甲戌双行夹批：感叹句，自寓。】

清明涕送江边望，

千里东风一梦遥。【甲夹批：好句！】

这是探春。探春扮演谢升，他是明、清两朝的内阁大学士。这里以大海比喻大清，探春没被海水淹死，他坐在船上降清了，但是，降清并不光彩，他在掩面哭泣。

谢升比较精明。

生于末世的明朝官员，运气大都不太好。

这里把清、明两个字都点出来了，探春会降清。

谢升降清不久就去世了。《清史稿·谢升传》记载：

升至京师，改命与诸大学士共理机务。顺治二年，卒，赠太傅，谥清义。

后面又画几缕飞云，一湾逝水。其词曰：

富贵又何为？

襁褓之间父母违。

展眼吊斜晖，湘江水逝楚云飞。

这是史湘云，她扮演皇太子朱慈烺。

皇太子富贵无比，可是，李自成打来了，富贵又怎么样呢？

李自成攻陷北京，崇祯皇帝与周皇后都自缢了，皇太子于一夜之间失去了父母。

转眼之间，日薄西山，皇太子继承皇权的梦断了，湘云与宝玉的"爱情故事"终结了！

后面又画着一块美玉，落在泥垢之中。其断语云：

欲洁何曾洁，
云空未必空。
可怜金玉质，
终陷淖泥中。

这是妙玉，她是李纨的替身，她也扮演李自成。
李自成想占领京城，可是，他终被清军打败。

152

后面忽见画着个恶狼，追扑一美女，欲啖之意。其书云：

这是迎春，她扮演薛国观，薛国观就是图中的恶狼，他会胡乱咬人。

子系中山狼，

这句话直译就可以，迎春是中山狼。由于"子系"两个字合起来是繁体字孙，作者为迎春安排了一位姓孙的丈夫掩饰这句话。于是，就有人说这句判词预言迎春的丈夫姓孙，然而，后文明确说她的丈夫姓孙，那么，这样的预言有什么意思呢？

得志便猖狂。【甲夹批：好句！】

薛国观是一只猖狂的中山狼，他之所以被提拔重用，就是因为他经常找碴，胡乱弹劾人。

金闺花柳质，

闺指闺阁，也就是文中的内阁，薛国观会当上内阁首辅。

一载赴黄粱。

薛国观于崇祯十二年二月就任内阁首辅，第二年六月被罢职，他只当了一年的首辅，所以，他的黄粱美梦只有一载。

后面便是一所古庙，里面有一美人在内看经独坐。其判云：

这是惜春。古庙指庙堂，惜春是崇祯年间的最后一任内阁首辅魏藻德，他独自在庙堂里，没有人陪伴他了。

堪破三春景不长，

魏藻德的首辅梦并不长，李自成于三春时节攻陷京城，他的梦就断了。

缁衣顿改昔年妆。

缁衣就是朝服。《诗·郑风·缁衣》："缁衣之宜兮，敝予又改为兮。"李自成攻陷京师，堂堂首辅魏藻德，脱下官服向李自成朝贺。《明史·李自成传》记载：

越三日己酉，昧爽，成国公朱纯臣、大学士魏藻德率文武百官入贺，皆素服坐殿前。

可怜绣户侯门女，

魏藻德并没有因为向李自成朝贺而改变命运，他被折磨死了，可怜呀。《明史·魏藻德传》记载：

藻德输万金，贼以为少，酷刑五日夜，脑裂而死。

独卧青灯古佛旁。【甲夹批：好句！】

古佛指代逝世的崇祯皇帝，崇祯皇帝刚刚去世，内阁首辅魏藻德死在他的不远处。

后面便是一片冰山，上面有一只雌凤。其判曰：

这是王熙凤。凤是雄性，凰是雌性，天下只有雄凤，根本没有雌凤，由于太监不男不女，文章用雌凤比拟太监。一只雌凤领头，后面一片冰山，王熙凤要扮演多位人物，她首先扮演魏忠贤。

凡鸟偏从末世来，

"凡""鸟"二字合为"凤"（繁体为鳳），这指出判词属于王熙凤。魏忠贤（王熙凤）生于明朝末世。

都知爱慕此生才。

魏忠贤当权时，朝臣都知道巴结他。

一从二令三人木，【甲夹批：拆字法。】

苦向金陵事更哀。

后面又是一座荒村野店，有一美人在那里纺绩。其判云：

势败休云贵，
家亡莫论亲。
【甲戌双行夹批：非经历过者，此二句则云纸上谈兵。过来人那得不哭！】
偶因济刘氏，
巧得遇恩人。

后面又画着一盆茂兰，旁有一位凤冠霞帔的美人。也有判云：

桃李春风结子完，

到头谁似一盆兰。

如冰水好空相妒，

枉与他人作笑谈。【甲戌双行夹批：真心实语。】

后面又画着高楼大厦，有一美人悬梁自缢。其判云：

情天情海幻情身，

情既相逢必主淫。

漫言不肖皆荣出，

造衅开端实在宁。

万历年间，魏忠贤只是随从太监；天启年间，他掌握生杀之令；崇祯年间，他就死了（"人""木"合为"休"字）。

魏忠贤自缢于去凤阳（属金陵管辖）的路上。

这是巧姐。不知道她扮演哪位历史人物，无法解读。

甲戌双行夹批说得清楚，经历过那段历史才会哭，没经历过那段历史，只能纸上谈兵。

这是李自成（李纨）。李自成穿上了皇家衣裳，不过，他称帝的时间太短暂了，吴三桂（贾兰）带着清军打来了，茂兰正在旁边虎视眈眈呢！

"李""完"二字谐音"李纨"，李氏终将完结。

"兰"指贾兰，也就是吴三桂。李自成没打过吴三桂。

李自成与吴三桂冰水相妒。

李自成匆匆逃离京城，只能被人当作笑谈了。

这是秦可卿，她扮演袁崇焕。"高楼大厦"的高就是崇的意思；"悬梁自缢"就是患难了，"患"与"焕"谐音。这幅画把"崇焕"二字点出来了！

袁崇焕是有争议的人物，直到今天，人们还在争论。"情天"指明朝，"情海"指清朝，这句判词直接将袁崇焕置身于情天情海之间，忠奸难辨。

有人要借袁崇焕事件，大发淫威。

"荣"指后宫（荣国府），皇帝住在后宫，"荣"指代崇祯皇帝。这句判词的意思是，不要说袁崇焕被杀是崇祯皇帝的错误决定。

"宁"指前朝（宁国府），大臣在前朝上朝，"宁"表示朝臣。这句判词的意思是，杀死袁崇焕是朝臣造衅的结果。

宝玉还欲看时，那仙姑知他天分高明，性情颖慧，【甲戌眉批：通部中笔笔贬宝玉，人人嘲宝玉，语语谤宝玉，今却于警幻意中忽写出此八字来，真是意外之意。此法亦别书中所无。】

又出现了怪事，上文说宝玉"愚拙偏僻"，这里说宝玉"性情颖慧"，一块石头，怎么就"性情颖慧"呢？批语指出"性情颖慧"是意外之意，"性情颖慧"是提示语，理解文章需要"性情颖慧"。

恐把仙机泄漏，

作者既想泄露仙机，又怕所泄非人。

遂掩了卷册，笑向宝玉道："且随我去游玩奇景，【甲戌侧批：是哄小儿语，细甚。】何必在此打这闷葫芦！"【甲戌侧批：为前文"葫芦庙"一点。】

妙极，整本书就是一个"闷葫芦"。

宝玉恍恍惚惚，不觉弃了卷册，【甲戌侧批：是梦中景况，细极。】又随了警幻来至后面。

文章描写世态，一丝不乱；描写梦境，恍如真梦。

但见珠帘绣幕，画栋雕檐，说不尽那光摇朱户金铺地，雪照琼窗玉作宫。更见仙花馥郁，异草芬芳，真好个所在。

进入新的房间了。

【甲戌侧批：已为省亲别墅画下图式矣。】

省亲别墅也是梦境，也是假的！

又听警幻笑道："你们快出来迎接贵客！"

警幻仙子把玉玺带进了内阁，她对内阁大学士高声喊道："快出来迎接玉玺！"

一语未了，只见房中又走出几个仙子来，皆是荷袂蹁跹，羽衣飘舞，姣若春花，媚如秋月。

这几位仙子是时任内阁大学士，他们正在内阁里办公。

一见了宝玉，都怨谤警幻道："我们不知系何'贵客'，忙的接了出来！姐姐曾说今日今时必有绛珠妹子【甲戌侧批：绛珠为谁氏？请观者细思首回。】的生魂前来游玩，故我等久待。

内阁大学士正在内阁里等待崇祯皇帝（林黛玉）到来，崇祯皇帝没来，玉玺却来了。

"何故反引这浊物来污染这清净女儿之境？"

这浊物实是闺中良友。

【甲戌眉批：奇笔摅奇文。作书者视女儿珍贵之至，不知今时女儿可知？余为作者痴心一哭，又为近之自弃自败之女儿一恨。】

文章将内阁大学士写成了女儿，不知道今天的人可曾知道这一点。批书人为作者的痴心一哭，也为那些自弃自败的大学士一恨！

155

宝玉听如此说，便吓得欲退不能退，【甲戌侧批：贵公子不怒而反退，却是宝玉天分中一段情痴。】果觉自形污秽不堪。

人们都说宝玉貌美富贵，他为什么自形污秽不堪呢？因为玉玺的印面蘸了印泥。

警幻忙携住宝玉的手，【甲戌侧批：妙！警幻自是个多情种子。】

警幻仙子手持玉玺，准备盖章了。

向众姊妹道："你等不知原委：

这与雨村同一口吻，雨村曾说过："可惜你们不知道此人来历。"

"今日原欲往荣府去接绛珠，

本应接崇祯皇帝前来内阁商量国事。

"适从宁府所过，偶遇宁荣二公之灵，嘱吾云：'吾家自国朝定鼎以来，功名奕世，富贵传流，虽历百年，奈运终数尽，不可挽回者。

明朝定鼎以来，功名奕世，富贵传流，已经200多年了，但是，明朝运数尽了，已经无力回天了。奈何？奈何？

"'故遗之子孙虽多，竟无可以继业。

朱明皇室，子孙虽多，能够继承祖业的人却不多。

【甲戌侧批：这是作者真正一把眼泪。】

作者一把辛酸之泪。

"'其中惟嫡孙宝玉一人，禀性乖张，生性怪谲，虽聪明灵慧，略可望成，无奈吾家运数合终，恐无人规引入正。

玉玺（宝玉）本质上愚笨无比，但是，他要按照皇帝的意旨在圣旨上盖章，圣旨生效是玉玺的作用，这是玉玺的乖张、怪谲之处。

"'幸仙姑偶来，万望先以情欲声色等事警其痴顽，

仙姑要警示痴顽之人。

【甲戌侧批：二公真无可奈何，开一觉世觉人之路也。】

二公指作者吴梅村与钱谦益，作者描写这个梦境，就是要开辟一条道路，警醒读者。

"'或能使彼跳出迷人圈子，然后入于正路，亦吾兄弟之幸矣。'

如果后世读者跳出圈子，解读出历史，这是作者的平生之幸，这就可以为他们洗刷降清之耻。

"如此嘱吾，故发慈心，引彼至此。先以彼家上中下三等女子之终身册籍，令彼熟玩，尚未觉悟。

册籍就是秘籍，读者把秘籍看了，还不觉悟吗？

"故引彼再至此处，令其再历饮馔声色之幻，

文章还要继续引导读者。

"或冀将来一悟，亦未可知也。"

作者一片苦心，希望将来有人解悟。

【甲戌侧批：一段叙出宁、荣二公，足见作者深意。】

作者的深意就是警醒读者，解读文意。

说毕，携了宝玉入室。但闻一缕幽香，竟不知其所焚何物。宝玉遂不禁相问，警幻冷笑道："此香尘世中既无，尔何能知！

香味不是世间的东西，其中有寓意，且看下文。

"此香乃系诸名山胜境内初生异卉之精，合各种宝林珠树之油所制，名'群芳髓'。"【甲戌侧批：好香！】宝玉听了，自是羡慕而已。

此香是"宝林珠树之油"所制，宝指宝玉，林指黛玉，制造这种香气，得死无数植物，宝林二人如何受得了？

大家入座，小丫鬟捧上茶来。宝玉自觉清香异味，纯美非常，因又问何名。警幻道："此茶出在放春山遣香洞，又以仙花灵叶上所带之宿露而烹。此茶名曰'千红一窟'。"【甲戌侧批：隐"哭"字。】宝玉听了，点头称赏。

这种茶叫"千红一窟"，"窟"与"哭"谐音。千红一窟是计数单位，宝玉喝一杯这种茶就代表明朝死1000个人。后文中，我们看看宝玉在薛家喝了几杯茶就可以计算出明朝的损失。

因看房内，瑶琴、宝鼎、古画、新诗，无所不有，

内阁里有各种摆设。

更喜窗下亦有唾绒，奁间时渍粉污。

撰写圣旨时会留下污渍。

壁上也见悬着一副对联，书云：
幽微灵秀地，【甲戌双行夹批：女儿之心，女儿之境。】

这里是内阁大学士办公场所，文章把内阁大学士比作女儿，这里正是女儿之境，幽微灵秀之处。

无可奈何天。

文章想写内阁大学士办公的场所，却不能放笔描写，这是作者的无可奈何之处。

【甲戌双行夹批：两句尽矣。撰通部大书不难，最难是此等处，可知皆从无可奈何而有。】

通过表面情节比拟历史不难，但是，引导读者理解文章就难了，这便是作者无可奈何之处。

宝玉看毕，无不羡慕。因又请问众仙姑姓名：一名痴梦仙姑，一名钟情大士，一名引愁金女，一名度恨菩提，各各道号不一。

四位仙姑一向可好，笔者一一注上芳讳如何？
痴梦仙姑是时任内阁大学士周道登，形容他完全可以用一个"痴"字。《明史·周道登传》记载：
道登无学术，奏对鄙浅，传以为笑。
钟情大士是时任内阁大学士李标，他忠心耿耿，故谐音用一"忠"字。《明史·李标传》记载：
韩爌还朝，标让为首辅，寻与爌等定逆案。
引愁金女是时任内阁大学士刘鸿训，他的惆怅是自己

引出来的。《明史·刘鸿训传》记载：

帝有所不可，退而曰："主上毕竟是冲主。"帝闻，深衔之，欲置之死。

度恨菩提是时任内阁大学士钱龙锡，他被别人暗算了，这都是恨呀。《明史·钱龙锡传》记载：

乃议龙锡大辟，且用夏言故事，设厂西市以待。帝以龙锡无逆谋，令长系。

酒来了，且看是何美酒。

少刻，有小丫鬟来调桌安椅，设摆酒馔。真是：琼浆满泛玻璃盏，玉液浓斟琥珀杯。更不用再说那肴馔之盛。

宝玉因闻得此酒清香甘冽，异乎寻常，又不禁相问。警幻道："此酒乃以百花之蕊，万木之汁，加以麟髓之醅，凤乳之麹酿成，因名为'万艳同杯'。"【甲戌侧批：与"千红一窟"一对，隐"悲"字。】宝玉称赏不迭。

这酒万万不能喝，"万艳同杯"，喝一杯就会有一万人逝去生命。下文中，宝玉到薛家喝酒，数一数他喝了几杯就明白了。

饮酒间，又有十二个舞女上来，请问演何词曲。

警幻道："就将新制《红楼梦》十二支演上来。"

《红楼梦》还没演明白，演《红楼梦》吧。

书名《红楼梦》，曲名《红楼梦》，等量代换，这本书就是曲子，就是一出戏；反之，曲子就是一本微缩版的书。

故事从朱元璋开辟基业开始。

舞女们答应了，便轻敲檀板，款按银筝。听他歌道是：

"开辟鸿蒙……"【甲夹批：故作顿挫摇摆。】

方歌了一句，警幻便说道："此曲不比尘世中所填传奇之曲，

曲子不同于尘世中的曲子，这说明《红楼梦》这本书不同于尘世中的书。

"必有生旦净末之则，又有南北九宫之限。

曲子不受角色限制，这本书也不受角色限制，一个演员可以扮演多位历史人物，多位演员也可以扮演同一位历史人物。

"此或咏叹一人，或感怀一事，偶成一曲，即可谱入管弦。

有些地方写历史人物，有些地方写历史事件，怎么方便怎么描写。

"若非个中人，【甲戌侧批：三字要紧。不知谁是个中人。宝玉即个中人乎？然则石头亦个中人乎？作者亦系个

只有个中人明白。

中人乎？观者亦个中人乎？】不知其中之妙。

"料尔亦未必深明此调，若不先阅其稿，后听其歌，翻成嚼蜡矣。"

【甲戌眉批：警幻是个极会看戏人。近之大老观戏，必先翻阅角本。目睹其词，耳听彼歌，却从警幻处学来。】

说毕，回头命小丫鬟取了《红楼梦》原稿来，递与宝玉。

宝玉接来，一面目视其文，一面耳聆其歌曰：

【甲戌眉批：作者能处，惯于自站地步，又惯于陡起波澜，又惯于故为曲折，最是行文秘诀。】

［红楼梦引子］开辟鸿蒙，谁为情种？【甲戌侧批：非作者为谁？余又曰："亦非作者，乃石头耳。"】

都只为风月情浓。

趁着这奈何天，伤怀日，寂寥时，试遣愚【甲戌侧批："愚"字自谦得妙！】衷。因此上演出这怀金悼玉的《红楼梦》。

【甲戌双行夹批：读此几句，翻厌近之传奇中必用开场副末等套，累赘太甚。】

【甲戌眉批："怀金悼玉"，大有深意。】

［终身误］

都道是金玉良姻，俺只念木石前盟。

先阅读《红楼梦》书稿，再看《红楼梦》曲子，两者对照，才能明白其中深意。不然，味同嚼蜡。

读者要向警幻学习看戏方法。

神奇之至！《红楼梦》原稿就在你我手中，作者在指导我们阅读！

眼睛看着《红楼梦》原稿，耳朵听着《红楼梦》曲子，两相对照才能明白书中的妙处。

作者站在自己的角度，指导读者阅读，这是本文最大的秘诀。

作者吴梅村（贾政）是天下第一情种，石头是情种之子，一个老情种塑造了一个小情种。

都因亡国情痛、怀恩情浓。

这与《红楼梦》第一回开头如出一辙。在明朝灭亡后的无可奈何之际，在感怀崇祯王朝的伤怀之日，在寄人篱下的寂寥之时，作者倾诉衷肠，写下这怀恨金（清朝）、悼念玉（明朝）的《红楼梦》。

吴梅村是苏州人，苏州是昆曲的发源地，明末清初是昆曲发展的高峰时期，《牡丹亭》《长生殿》《桃花扇》等曲目都产生于这一时期。昆曲由副末开场，介绍曲子的大体情节。《红楼梦》脱胎于昆曲，虽然没用副末开场，本段开场文字与副末开场的形式完全一样，介绍了写书的原因！

怀恨后金，悼念明朝，这就是其中深意。

终身误！作者把终身气节误了！

明亡清兴，金玉良姻已成现实，木石前盟已成旧事。

空对着，山中高士晶莹雪；终不忘，世外仙姝寂寞林。

面对清朝，作者始终不能忘记明朝。

叹人间，美中不足今方信。

感叹人世沧桑，美中不足，今日方信。

纵然是齐眉举案，到底意难平。

齐眉举案指夫妻互敬互爱，这里指清廷对作者还不错。但是，作者心里，到底意难平。

【甲戌眉批：语句泼撒，不负自创北曲。】

作者是南方人，他是南曲行家，写过《秣陵春》等昆曲作品，不过，他自创的北曲也非常厉害。

［枉凝眉］

枉凝眉，白犯愁，白操心。

一个是阆苑仙葩，一个是美玉无瑕。

一个崇祯皇帝，一个明朝玉玺。

若说没奇缘，今生偏又遇着他，

如果没有奇缘，崇祯皇帝为什么会遇到玉玺呢？

若说有奇缘，如何心事终虚话？

如果说当皇帝是缘分，崇祯王朝为什么灭亡了呢？

一个枉自嗟呀，一个空劳牵挂。一个是水中月，一个是镜中花。

上一句是问句，这是答句，因为朝臣有人枉自嗟叹，有人徒劳牵挂，有人如水中月，有人如镜中花。后文中，水中花、镜中月两位人物会出场。

想眼中能有多少泪珠儿，怎经得秋流到冬尽，春流到夏！

崇祯皇帝有多少血泪啊，年复一年，何年泪能干？

宝玉听了此曲，散漫无稽，不见得好处，【甲戌侧批：自批驳，妙极！】

尚未醒悟，如之奈何？

但其声韵凄惋，竟能销魂醉魄。因此也不察其原委，问其来历，就暂以此释闷而已。

读《红楼梦》不察原委、不问来历，只能暂时释闷，毫无益处。

【甲戌眉批：妙！设言世人亦应如此法看此《红楼梦》一书，更不必追究其隐寓。】

批语说反话了，但是，反话一出口就带出了真话，"不必追究其隐寓"，这就说明其中有隐寓！

因又看下道：
［恨无常］

恨温体仁（元春）反复无常。

喜荣华正好，恨无常又到。

温体仁当了八年内阁大学士，其中四年是首辅，崇祯皇帝对他宠信之至，然而，突然发生了意外，他被免职了。

眼睁睁，把万事全抛；

温体仁眼睁睁地抛弃了权势。

荡悠悠，把芳魂消耗。

温体仁离职一年后，就死了。

望家乡，路远山高。

温体仁是浙江人，这里离朝廷路远山高。

故向爹娘梦里相寻告：

儿命已入黄泉，天伦呵，须要退步抽身早！【甲夹批：悲险之至！】

[鄙骨肉]

一帆风雨路三千，把骨肉家园齐来抛闪。

恐哭损残年，

告爹娘，休把儿悬念。

自古穷通皆有定，离合岂无缘？

从今分两地，各自保平安。

奴去也，莫牵连。

[乐中悲]

襁褓中，父母叹双亡。

【甲戌侧批：意真辞切，过来人见之不免失声。】

纵居那绮罗丛，谁知娇养？

幸生来，英豪阔大宽宏量，从未将儿女私情略萦心上。好一似，霁月光风耀玉堂。

梦中的爹娘是假爹娘，假爹娘分别是吴梅村与孙传庭，他们没有这样的女儿！

温体仁死于崇祯十一年，六年后，李自成攻陷京城，如果明朝官员能够早点儿退步抽身，还能有个好下场，到李自成打来后，抽身就来不及了。

谢升（探春）抛弃故国降清了。

谢升（探春）投降了清朝，他把国家与骨肉都忘记了。《弘光朝伪东宫伪后及党祸纪略》记载：

弘光时，加升上柱国少师，兼太子太师礼部尚书，而升已北行矣。

谢升降清时已经72岁，正是残年之人。

梦中的爹娘不悬念，政老爹在写文章骂你呢。

一切都是缘分，如果谢升早接到南明的诏书，他可能就不用背负降清之耻了。

从此分为明清两地，各自保平安吧。

顺治二年，谢升去世，没有人牵连他了。

皇太子朱慈烺（史湘云）的悲惨命运。

李自成攻陷京城，一夜之间，皇太子父母双亡。

知道皇太子悲惨经历的人要失声痛哭啊。

皇太子富贵无比，但他不是娇生惯养的。皇太子学习典籍，擅长书法，皇帝上朝，他就站在旁边。《弘光朝伪东宫伪后及党祸纪略》记载：

太子于经籍多宫中所讲习，书法尤工。既长，元旦早朝，未尝不在侧。

这是实写皇太子，太子有英豪之气，心胸宽大，不拘小节，光明磊落。吴梅村是皇太子的老师，他太熟悉太子了。《明史·朱慈烺传》记载：

十年预择东宫侍班讲读官，令礼部尚书姜逢元，詹事姚明恭，少詹王铎、屈可伸侍班；礼部侍郎方逢年，谕德项煜，修撰刘理顺，编修吴伟业（吴梅村）、杨廷麟、林曾志讲读；编修胡守恒、杨士聪校书。

厮配得才貌仙郎，博得个地久天长，准折得幼年时坎坷形状。

如果皇太子能得到玉玺（湘云与宝玉结合），皇权就得以继承，这也能抵消他坎坷遭遇。

终久是云散高唐，水涸湘江。

高唐是楚王与仙女幽会的地方。宋玉的《高唐赋》中有这样一段话："昔者，先王尝游高唐，怠而昼寝，梦见一妇人，曰：'妾，巫山之女也，为高唐之客，闻君游高唐，愿荐枕席。'王因幸之。"

巫山云雨发生在高唐，"云散高唐"指巫山云雨成为泡影，也就是说史湘云无法与宝玉结合了，皇太子与玉玺无缘了。

这是尘寰中消长数应当，何必枉悲伤！

皇太子无法继承皇权，这是命运的安排，悲伤有什么用呢？

【甲戌眉批：悲壮之极，北曲中不能多得。】

这是描摹太子的难得之曲，悲壮之至。

［世难容］

世人难容李自成（妙玉）。

气质美如兰，才华阜比仙。【甲戌侧批：妙卿实当得起。】

李自成想称帝当"神仙"。

天生成孤僻人皆罕。

李自成一意孤行，攻陷明朝。

你道是啖肉食腥膻，【甲戌侧批：绝妙！曲文填词中不能多见。】

"道"不是说的意思，"道是"两个字一起理解，就是的意思。这话指李自成在血腥杀戮。

视绮罗俗厌。

李自成视皇家为俗厌。

却不知太高人愈妒，过洁世同嫌。【甲夹批：至语。】

李自成攻陷京城，明朝人都嫌弃他。

可叹这，青灯古殿人将老，

李自成占领京城不久，清军打来了，他的好日子也要到头了。

辜负了，红粉朱楼春色阑。

李自成打不过清军，将朱明王朝拱手让人。

到头来，依旧是风尘肮脏违心愿。

李自成最终失败了，他的心愿没有实现。

好一似，无瑕白玉遭泥陷，又何须，王孙公子叹无缘。

李自成逃离京城，白玉堂（明朝）被清军占领。
清军入关了，明朝的官员王孙们，何必感叹无缘于这个朝廷呢？

［喜冤家］

冤家对头薛国观（迎春）。

中山狼，无情兽，全不念当日根由。

作者用"狼""兽"比拟薛国观，他确实有狼兽行为。《明史·薛国观传》记载：

> 魏忠贤擅权，朝士争击东林。国观所劾御史游士任、操江都御史熊明遇、保定巡抚张凤翔、兵部侍郎萧近高、刑部尚书乔允升，皆东林也……国观为人阴鸷谿刻，不学少文。温体仁因其素仇东林，密荐于帝，遂超擢大用之。

一味的骄奢淫荡贪还构。

薛国观骄奢不已，贪心想要抢夺别人的职位。《明史·薛国观传》记载：

> 其冬，首辅刘宇亮出督师，国观与杨嗣昌比，构罢宇亮。明年二月代其位。

觑着那，侯门艳质同蒲柳；作践的，公府千金似下流。

在薛国观眼里，朝臣如蒲柳一样下贱，被他搞得像下流人物。

叹芳魂艳魄，一载荡悠悠。【甲戌双行夹批：题只十二钗，却无人不有，无事不备。】

薛国观只当了一年内阁首辅，不久后，他就被皇帝杀了。《明史·薛国观传》记载：

> 八月初八日夕，监刑者至门，犹鼾睡……宣诏毕，顿首不能出声，但言"吴昌时杀我"，乃就缢。

［虚花悟］

魏藻德（惜春）是崇朝最后一任内阁首辅，一切皆虚。

将那三春看破，桃红柳绿待如何？

崇祯十七年三春之际，李自成攻破京城，明朝内阁首辅又能怎么样呢？

把这韶华打灭，觅那情淡天和。

魏藻德向李自成朝贺，想寻找一条生路。

说什么，天上夭桃盛，云中杏蕊多。到头来，谁把秋挨过？

然而，魏藻德难逃一死，他被李自成手下的人折磨死了。

则看那，白杨村里人呜咽，青枫林下鬼吟哦。

李自成攻陷京城，到处都是坟墓，到处都是鬼魂。

更兼着，连天衰草遮坟墓。

还有呢，天子已成为衰草枯杨，葬于坟墓。

这的是，昨贫今富人劳碌，春荣秋谢花折磨。

魏藻德刚当上首辅不久，昨日贫今日富，白白劳碌，他要在李自成的大牢里受折磨。

似这般，生关死劫谁能躲？

死劫难躲。

闻说道，西方宝树唤婆娑，上结着长生果。【甲夹批：末句、开句、收句。】

听说西方有个极乐世界，在那里或许会长生不死。

［聪明累］

此曲写王熙凤，她扮演多位历史人物。

机关算尽太聪明，反算了卿卿性命。【甲戌侧批：警拔之句。】

这句写魏忠贤，他算尽机关，最终却自缢了。

生前心已碎，死后性空灵。

不知这句写谁。

家富人宁，终有个家亡人散各奔腾。

明朝灭亡后，朝臣、太监各自奔腾。

枉费了，意悬悬半世心；好一似，荡悠悠三更梦。【甲戌眉批：过来人睹此，宁不放声一哭？】

不要枉费心思，一切都如三更之梦，清军来了将重新洗牌。

忽喇喇似大厦倾，昏惨惨似灯将尽。

大厦将倾，明灯欲灭。

呀！一场欢喜忽悲辛。叹人世，终难定！【甲夹批：见得到。】

欢喜之际，悲伤忽至，人间事，本难定。

［留余庆］

留余庆，留余庆，忽遇恩人；幸娘亲，幸娘亲，积得阴功。劝人生，济困扶穷，休似俺那爱银钱忘骨肉的狠舅奸兄！正是乘除加减，上有苍穹。

此曲可能写巧姐，不知巧姐扮演哪位历史人物，不解曲子的妙处。

［晚韶华］

此曲还是写李自成（李纨）。

镜里恩情，【甲夹批：起得妙！】更那堪梦里功名！

李自成的皇权梦，终究是镜中功名。

那美韶华去之何迅！再休提锈帐鸳衾。

李自成占领京城只一个月，好日子去得太迅速了，不要再提他在皇宫里的生活了。

只这带珠冠，披凤袄，也抵不了无常性命。

李自成当上皇帝，戴珠冠、披龙袄，但是，清军打来，保命要紧呀。

虽说是，人生莫受老来贫，也须要阴骘积儿孙。

造反的人管什么阴骘呢？

气昂昂头戴簪缨；光灿灿腰悬金印；威赫赫爵禄高登，昏惨惨黄泉路近。

李自成戴过皇帝帽，拿过皇权印，登过皇帝座，可是，清军来了，他的黄泉之路近了。

问古来将相可还存？也只是虚名儿与后人钦敬。

明朝的帝王将相不复存在，李自成更是个虚名。

［好事终］

此曲是总写。

画梁春尽落香尘。【甲戌侧批：六朝妙句。】

雕梁画栋的明朝皇宫，在三春之际，尘埃落实。

擅风情，秉月貌，便是败家的根本。

箕裘颓堕皆从敬，

【甲戌侧批：深意他人不解。】

家事消亡首罪宁。

宿孽总因情。

【甲戌双行夹批：是作者具菩萨之心，秉刀斧之笔，撰成此书，一字不可更，一语不可少。】

［收尾·飞鸟各投林］【甲戌双行夹批：收尾愈觉悲惨可畏。】

为官的，家业凋零；
富贵的，金银散尽。【甲戌侧批：二句先总宁荣。】
有恩的，死里逃生；
无情的，分明报应。
欠命的，命已还；
欠泪的，泪已尽。
冤冤相报实非轻，分离聚合皆前定。
欲知命短问前生，老来富贵也真侥幸。
看破的，遁入空门；
痴迷的，枉送了性命。【甲戌侧批：将通部女子一总。】
好一似食尽鸟投林，落了片白茫茫大地真干净！【甲夹批：又照看"葫芦庙"。与"树倒猢狲散"反照。】
歌毕，还要歌副曲。【甲戌侧批：是极！香菱、晴雯辈岂可无，亦不必再。】

警幻见宝玉甚无趣味，因叹："痴儿竟尚未悟！"

那宝玉忙止歌姬不必再唱，自觉朦胧恍惚，告醉求卧。

警幻便命撤去残席，送宝玉至一香闺绣阁之中，其间铺陈之盛，乃素所未见之物。

明朝官员明争暗斗、追逐利益，这就是亡国的根本。

"箕裘颓堕"指祖业中断。祖业中断有张溥（贾敬）帮周延儒二次为相的原因。

笔者也不太理解这句话。

明朝灭亡，罪魁祸首是明朝官员！

情！

别说更改文字，我们至今还没看懂这本书，谁有胆子改文字呢？

这首曲子基本是白话了，明朝灭亡后，官员们各自找归宿吧。

好一似食尽鸟投林，落了片白茫茫大地真干净！干净！干净！干净！一切归了大清！

书中的历史人物那么多，应该还有无数副曲。

怎么说都不悟，急死人呀！

宝玉本来就在梦中，梦中还要睡觉，这是要写梦中之梦呀，玉玺要盖章了。

玉玺被送到内阁，他要在圣旨上盖章。

165

更可骇者，早有一位女子在内，

其鲜艳妩媚，有似乎宝钗，风流袅娜，则又如黛玉。正不知何意。

【甲戌侧批：难得双兼，妙极！】

忽警幻道："尘世中多少富贵之家，那些绿窗风月，绣阁烟霞，皆被淫污纨绔与那些流荡女子悉皆玷辱。【甲戌侧批：真极！】

"更可恨者，自古来多少轻薄浪子，皆以好色不淫为饰，又以情而不淫作案，此皆饰非掩丑之语也。

"好色即淫，

"知情更淫。

"是以巫山之会，云雨之欢，皆由既悦其色，复恋其情所致也。【甲戌侧批："好色而不淫"，今翻案，奇甚！】

"吾所爱汝者，乃天下古今第一淫人也。"【甲戌侧批：多大胆量敢作如此之文！】【甲戌眉批：绛芸轩中诸事情景由此而生。】

宝玉听了，唬的忙答道："仙姑差了。

"我因懒于读书，家父母尚每垂训饬，岂敢再冒'淫'字？况且年纪尚小。不知'淫'字为何物。"

警幻道："非也。淫虽一理，意则有别。

"如世之好淫者，不过悦容貌，喜歌舞，调笑无厌，云雨无时，恨不能尽天下之美女供我片时之趣兴，【甲戌侧

有什么可骇的，这个女子是袁崇焕（秦可卿），起用他的圣旨已经写好，玉玺要在上面盖章。

"似乎宝钗"，这话是说袁崇焕似乎与皇太极勾结；"又如黛玉"，这话是说他忠诚于崇祯皇帝。关于袁崇焕的问题，至今还有争议，后文会解开这段悬案。

袁崇焕肯定不可能两者相兼。

尘世男女的绿窗风月是淫，宝玉是玉玺，他不懂世间之淫。

轻薄浪子可恨，拿出种种理由作案，都是饰非掩丑罢了。

玉玺喜欢红色的印泥，这是"好色"。玉玺盖章过程如同巫山云雨，这就是"淫"。

既然读者知情，为什么不意淫呢？

《红楼梦》中丝毫没有男女苟且之事。

文章越写越奇，作者胆子越来越大，几乎就要说破了。淫与印谐音，玉玺难道不是"天下古今第一印"吗？

仙姑真差了，为什么调侃一块石头呢？

文章把玉玺写成人物已经非常神奇了，一个假人物怎么淫呢？除非作者为"淫"做出新的解释。

"淫"有多种意义，不要总想男女那点儿事。

俗世之淫是肌肤之淫、蠢物滥淫，宝玉是石头，他没有这种机会。

批：说得恳切恰当之至！】此皆皮肤淫滥之蠢物耳。

"如尔则天分中生成一段痴情，吾辈推之为'意淫'。【甲戌侧批：二字新雅。】

"'意淫'二字，惟心会而不可口传，可神通而不可语达。

【甲戌侧批：按宝玉一生心性，只不过是体贴二字，故曰"意淫"。】

"汝今独得此二字，在闺阁中，固可为良友，

"然于世道中未免迂阔怪诡，百口嘲谤，万目睚眦。

"今既遇令祖宁荣二公剖腹深嘱，吾不忍君独为我闺阁增光，见弃于世道，是特引前来，醉以灵酒，沁以仙茗，警以妙曲，

"再将吾妹一人，乳名兼美【甲戌侧批：妙！盖指薛林而言也。】字可卿者，许配于汝。

"今夕良时，即可成姻。不过令汝领略此仙闺幻境之风光尚如此，何况尘境之情景哉？

"而今后万万解释，改悟前情，留意于孔孟之间，委身于经济之道。"

说毕便秘授以云雨之事，推宝玉入房，将门掩上自去。

那宝玉恍恍惚惚，依警幻所嘱之言，未免有儿女之事，难以尽述。

至次日，便柔情缱绻，软语温存，与可卿难解难分。

"意淫"？妙啊，玉玺蘸上印泥盖章而已。

说多了容易露馅，不可口传，不可语达，只能让读者心会神通了。

玉玺盖章就是"体贴"一下圣旨而已。

玉玺是内阁中的良友，内阁中离了他，啥事也办不成。

宝玉无法在俗世中生活，如果世间真有这样一个宝玉，别人要嘲谤、鄙视他了。

神茶也闻过了，仙酒也见过了，妙曲也听过了，还有什么没说明白吗？下文就要讲历史了。

秦氏的乳名叫"兼美"，袁崇焕到底成就了谁呢？

幻境与尘境不同，快盖章吧，别啰唆了。

都改了吧，文章根本没写男女私情，好好留心孔孟之间、经济之道，这才是正理。

毕肖！

"难以尽述"是大实话，盖章就是一秒的事情，怎么详细描写呢？

玉玺在圣旨上盖章后，朝廷起用袁崇焕了。《明史·袁崇焕传》记载：

因二人携手出去游顽之时，忽至一个所在，但见荆榛遍地，狼虎同群，迎面一道黑溪阻路，并无桥梁可通。

【甲戌侧批：若有桥梁可通，则世路人情犹不算艰难。】

正在犹豫之间，忽见警幻后面追来，告道："快休前进，作速回头要紧！"【甲戌侧批：机锋。点醒世人。】

宝玉忙止步问道："此系何处？"

警幻道："此即迷津也。深有万丈，遥亘千里，

"中无舟楫可通，只有一个木筏，

"乃木居士掌舵，灰侍者撑篙，

"不受金银之谢，但遇有缘者渡之。

"尔今偶游至此，设如堕落其中，则深负我从前谆谆警戒之语矣。"

话犹未了，只听迷津内水响如雷，竟有许多夜叉海鬼将宝玉拖将下去。

吓得宝玉汗下如雨，一面失声喊叫："可卿救我！"

吓得袭人辈众丫鬟忙上来搂住，叫："宝玉别怕，我们在这里！"

却说秦氏正在房外嘱咐小丫头们好生看着猫儿狗儿打架，

忽听宝玉在梦中唤他的小名，【甲戌侧批：云龙作雨，不知何为龙，何为云，

崇祯元年四月，命以兵部尚书兼右副都御史，督师蓟辽、兼督登莱、天津军务，所司敦促上道。

蓟辽督师袁崇焕来到了明清边境线上，这里"荆榛遍地，狼虎同群"。"黑溪"指大清，袁崇焕（可卿）此来，就是要解决"黑溪阻路"的问题。

袁崇焕此来，他的世路人情马上就艰难起来了！

身处凶险之地，回头要紧呀！如若不然，"黑溪"将会淹没宝玉！

这里是明清边境。

明清边境距京城恰好是一千里。

黛玉坐着小船入贾府，这个木筏还是那艘小船，指代明朝。

"木居士"指崇祯皇帝（朱由检兄弟一辈取名都是"木字旁"），明朝由崇祯帝"掌舵"，"撑篙"的明朝官员工作不力，是一群"灰侍者"。

"金银"指敌人，崇祯王朝想摆脱敌人的干扰。

清朝将替代明朝，教导毫无意义。

"夜叉海鬼"兴风作浪，明朝（宝玉）被拖住了后腿。

"可卿救我"！"可""卿"二字颠倒位置就是"卿可救我"，崇祯皇帝对袁崇焕寄予厚望。

明朝官员可不少，但是，他们保护不了宝玉。

明清战争被比作猫儿狗儿打架。战争一触即发，袁崇焕（秦氏）正在嘱咐队伍，部署边防。

宝玉在梦中叫出可卿的小名，这真是梦吗？这个梦比现实还真实。宝玉为什么喊袁崇焕呢？因为己巳之变发生

何为雨。】因纳闷道："我的小名这里从没人知道的，他如何知道，在梦里叫出来？"

正是：

一场幽梦同谁近，
千古情人独我痴。

了，朝廷要让袁崇焕火速支援京城，这里与前文中薛家进京（后金打来）对接起来了。

袁崇焕到底是忠是奸？其实，他也是一个痴人！

第六回

贾宝玉初试云雨情　刘姥姥一进荣国府

却说秦氏因听见宝玉从梦中唤他的乳名，心中自是纳闷，又不好细问。

警幻意淫之训就是玉玺在圣旨上盖章，宝玉与袭人的儿女之事，盖章而已。

注意"正传"二字，就是正史中的人物传记。本回描写刘姥姥进贾府，同时为王熙凤扮演的历史人物做了正传。另外，刘姥姥进贾府还为"二进""三进"做了伏笔。

周瑞家的接待刘姥姥，这为下回撰写周瑞家的正传做了伏笔。《红楼梦》常常一笔写两位、三位或多位历史人物。

无论表面情节还是隐写的历史，本回的故事都让人心酸。读者在银灯之下，挑尽表面情节，就会发现隐写的历史事件，让人泪眼漫漫。

刘姥姥扮演袁崇焕，也就是说，刘姥姥与秦可卿扮演同一位历史人物。己巳之变发生了，袁崇焕千里迢迢来支援京城，但是，朝廷高官不知足，有人要陷害他。袁崇焕无法酬报朝廷了，但是，他的报效之心胜似骨肉。

崇祯二年十月，后金突破长城，直逼北京，朝廷呼喊袁崇焕支援京城。表面情节很难让秦氏继续演绎这段历史，文章便用刘姥姥扮演袁崇焕。

彼时宝玉迷迷惑惑，若有所失。

"若有所失"就是玉玺盖章后，失去一点儿印泥而已。

注意"彼时"二字，从表面情节看，宝玉刚做完春梦，完全可以删掉"彼时"二字。但是，从隐写的历史来看，"彼时"是时间提示语，袁崇焕支援京城是崇祯二年的事，袁崇焕被朝廷起用是崇祯元年的事，"彼时"是袁崇焕被任命的时间。

众人忙端上桂圆汤来，呷了两口，遂起身整衣。

桂圆汤就是印泥，玉玺盖章需要蘸印泥，宝玉喝一两口"汤"就足够了！

袭人伸手与他系裤带时，不觉伸手至大腿处，只觉冰凉一片粘湿。唬的忙退出手来，问是怎么了。

玉玺的印面上粘连着"冰凉粘湿"的印泥。就表面情节而言，下文中袭人要为宝玉换中衣，这说明宝玉穿着中衣，袭人为宝玉系裤带，并且隔着中衣，怎么摸得那么深呢？再者，宝玉到了做春梦的年纪，难道不知羞吗？表面情节欺人太甚！

宝玉红涨了脸，把他的手一捻。

玉玺上粘满红色印泥，所以，宝玉涨红了脸。

袭人本是个聪明女子，年纪本又比宝玉大两岁，近来也渐通人事，

袭人扮演内阁大学士韩爌，也就是葫芦案中的雨村。因为雨村无法反映韩爌在朝廷中的地位，这里用袭人扮演韩爌，主要是说明韩爌在朝廷中的地位，也就是他与宝玉的亲密关系。

今见宝玉如此光景，心中便觉察一半了，

崇祯皇帝登基后，朝廷的光景变了，韩爌已经觉察了一半，他复职的机会来了。

不觉也羞的红涨了脸面，

幸福得涨红了脸。

不敢再问。

杨维垣等人阻止韩爌复出，韩爌也不敢多问。

仍旧理好衣裳，遂至贾母处来，胡乱吃毕了晚饭，过这边来。

玉玺根本不吃饭，所以用"胡乱"二字。

袭人忙趁众奶娘丫鬟不在旁时，另取出一件中衣来与宝玉换上。

天启年间过渡来的内阁大学士都不在宝玉旁边了，韩爌来伺候玉玺了。

宝玉含羞央告道："好姐姐，千万别告诉人。"

告诉别人，别人也未必懂。

袭人亦含羞笑问道："你梦见什么故事了？

梦中有故事！

"是那里流出来的那些脏东西？"

玉玺盖章时滴落的印泥而已。

宝玉道："一言难尽。"

玉玺盖章的过程，一言难尽！

说着便把梦中之事细说与袭人听了，然后说至警幻所授云雨之情，羞的袭人掩面伏身而笑。

韩爌（袭人）要当首辅了，他高兴地掩面伏身而笑，分明是笑弯了腰。

宝玉亦素喜袭人柔媚娇俏，遂强袭人同领警幻所训云雨之事。【甲戌侧批：数句文完一回提纲文字。】

又一番云雨，又一次盖章，玉玺在写有韩爌名字的圣旨上盖章后，韩爌成为首辅。其实，这段文字与雨村复职是同一历史事件，不过，这里侧重于反映朝廷对韩爌的重视程度。

袭人素知贾母已将自己与了宝玉的，今便如此，亦不为越礼，

宝玉还没成婚，他与丫鬟有儿女之事，这不越礼吗？如果怀孕了怎么办？这样的表面文章让人怎么相信呢？

【甲戌夹批：写出袭人身份。】

这段文字重点是在介绍韩爌的身份地位。

遂和宝玉偷试一番，幸得无人撞见。自此宝玉视袭人更比别个不同，【甲戌双行夹批：伏下晴雯。】

玉玺执行皇帝的意旨，宝玉视袭人比别个不同，就是皇帝对韩爌另眼相看。《明史·韩爌传》记载：

十二月还朝，复为首辅。帝御文华后殿阅章奏，召爌等，谕以拟旨务消异同，开诚和衷，期于至当。爌等顿首谢，退言："上所谕甚善，而密勿政机，诸臣参互拟议，不必显言分合。至臣等晨夕入直，势不能报谢宾客。商政事者，宜相见于朝房，而一切禁私邸交际。"帝即谕百僚遵行。

袭人待宝玉更为尽心。

【甲戌双行夹批：一段小儿女之态，可谓追魂摄魄之笔。】

韩爌尽心辅佐皇帝。

笔笔都是史笔，笔笔都追魂摄魄。

暂且别无话说。

【甲戌双行夹批：一句接住上回"红楼梦"大篇文字，另起本回正文。】

文章暂且不介绍韩爌了。

上面这段文字承接第五回，用"彼时"分开，介绍了崇祯元年十二月韩爌当首辅的过程，下文将继续介绍袁崇焕。

按荣府中一宅人合算起来，人口虽不多，从上至下也有三四百丁，

朝廷中的主要官员有"三四百丁"。

虽事不多，一天也有一二十件，竟如乱麻一般，

朝廷的重大事务一天有一二十件，如同"乱麻一般"。

并无个头绪可作纲领。

历史事件太多，作者组织材料时"并无个头绪可作纲领"。作者在说实话。

正寻思从那一件事自那一个人写起方妙，恰好忽从千里之外，芥豆之微，小小一个人家，因与荣府略有些瓜葛，

千里之外发生事情了，在明朝的边境重镇宁远发生了兵变，这场瓜葛史称"十三营兵变"。

【甲戌侧批：略有些瓜葛，是数十回后之正脉也。真千里伏线。】

这场瓜葛与后面十多回文章密切相关，文章将逐一展开介绍。

这日正往荣府中来，

有人要往朝廷中来，他就是袁崇焕！己巳之变发生了，他要来支援京城！

因此便就此一家说来，倒还是头绪。

崇祯元年的十三营兵变由袁崇焕平息，崇祯二年的己巳之变发生后，袁崇焕要支援京城。文章要将这两件事穿插在一起描写。

你道这一家姓甚名谁，又与荣府有甚瓜葛？

朝廷拖欠边防士兵的军饷，这就是瓜葛。

诸公若嫌琐碎粗鄙呢，则快掷下此书，另觅好书去醒目；

若谓聊可破闷时，待蠢物【甲戌双行夹批：妙谦，是石头口角。】逐细言来。

方才所说的这小小之家，乃本地人氏，姓王，

祖上曾作过小小的一个京官，昔年与凤姐之祖王夫人之父认识。

因贪王家的势利，便连了宗认作侄儿。【甲戌双行夹批：与贾雨村遥遥相对。】

那时只有王夫人之大兄凤姐之父【甲戌双行夹批：两呼两起，不过欲观者自醒。】与王夫人随在京中的，知有此一门连宗之族，余者皆不认识。

目今其祖已故，只有一个儿子，名唤王成，

因家业萧条，仍搬出城外原乡中住去了。

王成新近亦因病故，

只有其子，小名狗儿。

狗儿亦生一子，小名板儿，嫡妻刘氏，又生一女，名唤青儿。

【甲戌双行夹批：《石头记》中公勋世宦之家以及草莽庸俗之族，无所不有，自能各得其妙。】

这书确实琐碎，一会儿写美女，一会儿写帅哥，一会儿写嬷嬷，一会儿写丫鬟，表面情节关联性不强，过于琐碎。再者，有些情节太假，显得粗鄙。但是，琐碎粗鄙是表面情节，隐藏的历史笔笔如画，此等妙书，怎敢掷下？

石头在说话，妙极了。

王家就是王师、帝王军队。"这小小之家"出问题了，兵变就要发生了。

王家之祖可能指天启年间的兵部尚书王象乾，王夫人之父可能指内阁大学士孙承宗。王象乾曾与孙承宗一起守过辽东。

"宗"可能指老臣孙承宗。

孙传庭（王夫人）于天启初年离任，王夫人在京时是天启初年。关于"小小王家"的祖上和王夫人之父，因为文中记载较少，故而，不敢确定他们的身份。

王成扮演兵部尚书王在晋。王在晋是王洽（门子）的前任，十三营兵变时，时任兵部尚书就是他。

十三营兵变三个月后，王在晋被免职回老家了。《崇祯实录》记载：

崇祯元年，十月，戊申，兵部尚书王在晋免。

王在晋（王成）于崇祯十六年病逝，为了引出不成器的"儿子"，表面情节只能说他新近病故。

"狗儿"就是十三营兵变的闹事士兵。狗儿爱惹是生非，文章为其取名"狗儿"，简单之至。

这里又伏下刘氏、青儿、板儿三个历史人物。

表面情节中，各色人物齐备，他们可以扮演不同的历史人物，各具其妙。

一家四口，仍以务农为业，因狗儿白日间又作些生计，刘氏又操井臼等事，青板姊妹两个无人看管，狗儿遂将岳母刘姥姥【甲戌双行夹批：音老，出《谐声字笺》。称呼毕肖。】接来一处过活。

这刘姥姥乃是个积年的老寡妇，膝下又无儿女，只靠两亩薄田度日。

今者女婿接来养活，岂不愿意，遂一心一计，帮趁着女儿女婿过活起来。

因这年秋尽冬初，天气冷将上来，家中冬事未办，狗儿未免心中烦虑，吃了几杯闷酒，在家闲寻气恼，【甲戌双行夹批：病此病人不少，请来看狗儿。】

刘氏也不敢顶撞。

【甲戌眉批：自"红楼梦"一回至此，则珍馐中之虀耳，好看煞！】

因此刘姥姥看不过，乃劝道："姑爷，你别嗔着我多嘴。

"咱们村庄人，那一个不是老老诚诚的，守多大碗儿吃多大的饭。

【甲戌侧批：能两亩薄田度日，方说的出来。】

狗儿一家四口是辽东边防线上的将士，崇祯元年七月，袁崇焕（刘姥姥）督师蓟辽，他来到了辽东边防前沿。

刘姥姥的形象取自明朝末年的一位积年老寡妇——秦良玉。秦良玉是我国历史上唯一以将军身份被载入史册的女性。秦良玉的丈夫很早就去世了，到崇祯年间，她50多岁了，但是，她经常带兵打仗，甚至还赶走了张献忠的队伍。《明史·秦良玉传》记载：

为人饶胆智，善骑射，兼通词翰，仪度娴雅。而驭下严峻，每行军发令，戎伍肃然。所部号白杆兵，为远近所惮。

文章把秦良玉的形象嫁接到了袁崇焕身上，秦可卿、刘姥姥都扮演袁崇焕，秦可卿的姓氏取自秦良玉，刘姥姥的形象取自秦良玉。

袁崇焕（刘姥姥）来到了蓟辽地区，他一心一计，想好好过活，守好边防，对抗后金。

驻扎在宁远的军队四个月没发军饷，以狗儿为首的士兵"闲寻气恼"，他要组织兵变了。《崇祯实录》记载：

崇祯元年，七月，甲申，辽东宁远军哗。

刘氏扮演巡抚毕自肃，他被哗变士兵抓住了，"也不敢顶撞"。《崇祯实录》记载：

以军粮四月不得发，因大噪，执巡抚右佥都御史毕自肃。

前几回写朝廷大事，本回写士兵哗变，这如同菜肴中放入调料，这等文章，确实好看。

宁远士兵于七月哗变，袁崇焕于八月到达宁远，他要亲自处理这件事。《明史·袁崇焕传》记载：

崇焕以八月初抵关，闻变驰与广密谋。

袁崇焕训斥闹事士兵："当兵的人哪一个不是老老诚诚？守多大碗儿吃多大饭？"

袁崇焕是督师，有两亩薄田。

"你皆因年小的时候，托着你那老的福，【甲戌夹批：妙称，何肖之至！】吃喝惯了，如今所以把持不住。

"有了钱就顾头不顾尾，没了钱就瞎生气，成个什么男子汉大丈夫呢！

【甲戌侧批：此口气自何处得来？甲戌双行夹批：为纨绔下针，却先从此等小处写来。】

"如今咱们虽离城住着，终是天子脚下。这长安城中，遍地都是钱，只可惜没人会去拿去罢了。在家跳蹋会子也不中用。"

狗儿听说，便急道："你老只会炕头儿上混说，难道叫我打劫偷去不成？"

【蒙府侧批：古人有错用盗字之说，的是此句章本。】

刘姥姥道："谁叫你偷去呢。也到底想法儿大家裁度，不然那银子钱自己跑到咱家来不成？"

狗儿冷笑道："有法儿还等到这会子呢。

"我又没有收税的亲戚，【甲戌双行夹批：骂死。】作官的朋友，【脂批：骂死世人，可叹可悲！】有什么法子可想的？

"便有，也只怕他们未必来理我们呢！"

刘姥姥道："这倒不然。谋事在人，成事在天。咱们谋到了，看菩萨的保佑，有些机会，也未可知。我倒替你们想出一个机会来。

"你们吃喝惯了，拖欠四个月军饷，就把持不住了？"

"作为边防士兵，有了钱就顾头顾不尾，没了钱就瞎生气，成个什么男子汉大丈夫！"

口气神妙之至！

袁崇焕继续训斥闹事士兵："这里虽然是边境，但是，这里依然是天子脚下。缺少军饷就向朝廷要钱，在军队里跳蹋会子不中用！"

不打自招！闹事士兵为了讨要军饷把巡抚毕自肃等人捆绑了，这与打劫有什么两样呢？

批语在解释"偷"的意思。

袁崇焕继续说话："谁叫你这样做的！缺少军饷要想法儿裁度，不然，军饷能自己跑来吗？"

朝廷不发饷，士兵有什么法子？

户部尚书算不算"收税的亲戚""作官的朋友"？被哗变士兵抓住的巡抚毕自肃（刘氏）是户部尚书毕自严的弟弟，毕自肃多次请求发饷，户部却不发军饷，导致哗变。《明季北略》记载：

初，自肃奏请，而户部不发，则罪不在自肃，而在户部明矣。

有这样的亲戚朋友，却讨不来军饷，奈何？

闹事士兵（狗儿）想不出办法，袁崇焕（刘姥姥）能想出办法来。其实，袁崇焕到辽东时已经得到了一笔军饷，《崇祯实录》记载：

给袁崇焕十万金，资鼓铸；仍发饷金二十万。

"当日你们原是和金陵王家【甲戌双行夹批：四字便抵一篇世家传。】连过宗的，二十年前，他看承你们还好，

"如今自然是你们拉硬屎，

天下王师是一宗。

这"屎"够硬，闹事士兵把巡抚、总兵、推官、同知都绑起来了。《崇祯长编》记载：

> 悍卒因大哗，露刃排幕府，缚自肃及总兵官朱梅、推官苏涵淳、州同知张世荣。

这是补足表面情节之句。

"不肯去亲近他，故疏远起来。

"想当初我和女儿还去过一遭。【甲戌双行夹批：补前文之未到处。】

袁崇焕是督师，毕自肃是都察院右佥都御史，两人都到过朝廷。

"他们家的二小姐着实响快，会待人，倒不拿大。

文章夹写孙传庭（王夫人），他着实响快，会待人，不拿大。

"如今现是荣国府贾二老爷的夫人。

孙传庭身经百战，战死沙场。作者吴梅村（贾政）为自己选了这样一位"夫人"，他的心中应该百味杂陈，本书实系作者惭愧写成。

"听得说，如今上了年纪，越发怜贫恤老，最爱斋僧敬道，舍米舍钱的。

听说的话不足为信，这是表面情节。

"如今王府虽升了边任，只怕这二姑太太还认得咱们。你何不去走动走动，或者他念旧，有些好处，也未可知。

此时的孙传庭还没有复出，所以，下文中王夫人根本不会出现。

"要是他发一点好心，拔一根寒毛比咱们的腰还粗呢。"

王夫人的"寒毛"没有那么粗，朝廷的"寒毛"才有那么粗。

刘氏一旁接口道："你老虽说的是,但只你我这样个嘴脸，怎样好到他门上去的。

毕自肃（刘氏）没有机会去朝廷了，因为他就要死了。

"先不先，他们那些门上的人也未必肯去通信。没的去打嘴现世。"

户部尚书是毕自肃的亲哥哥，毕自肃却因为没有军饷被哗变士兵"打嘴现世"，他感到羞辱，自杀了。《明史·袁崇焕传》记载：

> 自肃伤重，兵备副使郭广初至，躬翼自肃，括抚赏及朋椿二万金以散，不厌，贷商民足五万，乃解。自肃疏引罪，走中左所，自经死。

谁知狗儿利名心最重，【甲戌双行夹批：调侃语。】听如此一说，心下便有些活动起来。

这段话是过渡语，十三营兵变的历史基本介绍完了，下文要转折了。

又听他妻子这话，便笑接道："姥姥既如此说，况且当年你又见过这姑太太一次，何不你老人家明日就走一趟，

"先试试风头再说。"

刘姥姥道："嗳呦呦！【甲戌侧批：口声如闻。】可是说的，'侯门深似海'，

"我是个什么东西，

"他家人又不认得我，我去了也是白去的。"

狗儿笑道："不妨，我教你老人家一个法子：你竟带了外孙子板儿，

"先去找陪房周瑞，若见了他，就有些意思了。

"这周瑞先时曾和我父亲交过一件事，

"我们极好的。"

【甲戌双行夹批：欲赴豪门，必先交其仆。写来一叹。】

刘姥姥道："我也知道他的。

"只是许多时不走动，知道他如今是怎样。这也说不得了。

"你又是个男人，又这样个嘴脸，自然去不得，

"明日"就是第二年，崇祯二年，己巳之变发生了，袁崇焕要领兵支援京城。

这个风头不用试，袁崇焕一去不返。文章绝对不会描写刘姥姥返家的过程。

贾府是朝廷，是真正的侯门！朝廷里的水太深，袁崇焕（刘姥姥）就要下狱了。

己巳之变前，袁崇焕是皇帝最宠信的大臣之一；己巳之变后，有人怀疑他勾结后金，人们马上就搞不清他"是个什么东西"了。

朝臣不认得袁崇焕了，他带领军队支援京城，可是，他白去了。

板儿扮演祖大寿。督师袁崇焕带着总兵祖大寿一起支援京城。《明史·袁崇焕传》记载：

我大清兵数十万分道入龙井关、大安口。崇焕闻，即督大寿、可刚等入卫。

宁远哗变时内阁首辅是周道登，周瑞扮演周道登。不过，到己巳之变时，周道登已经不是首辅了，所以，刘姥姥到贾府时肯定见不到周瑞。

周道登（周瑞）任首辅期间，王在晋（王成）任兵部尚书，首辅向兵部尚书安排工作，无可非议。

周道登与王在晋关系极好，周道登因保护王在晋而被人弹劾。《明史·周道登传》记载：

吏部尚书王永光等言道登党护枢臣王在晋及宗生铢统饰、乡人陈于鼎馆选事，俱有实迹，乃罢归。

表面情节非常逼真，令人一叹。

袁崇焕当然知道原任内阁首辅周道登。

"这也说不得了"，这是赤裸裸的提示，文章不详细介绍周道登了。

闹事士兵（狗儿）级别太低，没机会去朝廷。

177

"我们姑娘年轻媳妇子，也难卖头卖脚的，

毕自肃就要自杀了，他也不能去。

"倒还是舍着我这付老脸去碰一碰。

老脸就要碰壁了。

"果然有些好处，大家都有益，便是没银子来，我也到那公府侯门见一见世面，也不枉我一生。"

袁崇焕此去，他的一生枉费了。

说毕，大家笑了一回。当晚计议已定。

宝玉在梦中呼喊，刘姥姥要去救宝玉了。

次日天未明，刘姥姥便起来梳洗了，又将板儿教训了几句。

"次日"到了，崇祯二年十一月，袁崇焕带着祖大寿进京了。

那板儿才五六岁的孩子，一无所知，听见刘姥姥带他进城逛去，【甲戌双行夹批：音光，去声。游也。出《谐声字笺》。】便喜的无不应承。

祖大寿（板儿）"一无所知"，这一去，他要因为自己的无知惹出祸来。

于是刘姥姥带他进城，找至宁荣街。【甲戌双行夹批：街名。本地风光，妙！】

来至荣府大门石狮子前，只见簇簇轿马，

袁崇焕的兵马于十一月十六日来到京师城下，《崇祯实录》记载：

十一月，丁酉，孙承宗入朝，袁崇焕抵左安门。

袁崇焕想进皇宫，他得先进外城门，再进内城门，然后进禁城门，"荣府大门"指外城的左安门。后金军打到了京师城下，门口有"簇簇轿马"，这是守城的军队。

刘姥姥便不敢过去，

朝廷让袁崇焕在蓟州阻挡后金军，可是，后金军突破蓟州直逼京城，于是，有人说袁崇焕纵敌深入，对此，袁崇焕有些害怕了。《明史·袁崇焕传》记载：

俄闻率教战殁，遵化、三屯营皆破，巡抚王元雅、总兵朱国彦自尽，大清兵越蓟州而西。崇焕惧，急引兵入护京师，营广渠门外……然都人骤遭兵，怨谤纷起，谓崇焕纵敌拥兵。

且掸了掸衣服，

十一月二十三日，皇帝召见袁崇焕，袁崇焕换了衣服去见皇帝。《崇祯实录》记载：

甲辰，召袁崇焕、祖大寿、满桂、黑云龙及兵部尚书申用懋于平台。崇焕不自安，留中使于营，自青衣玄帽入。

又教了板儿几句话，然后蹭【甲戌侧批："蹭"字神理。】到角门前。

袁崇焕教了祖大寿几句话，他俩一起"蹭"到了城门之下。

只见几个挺胸叠肚指手画脚的人，坐在大板凳上，说东谈西呢。

【甲戌双行夹批：不知如何想来，又为侯门三等豪奴写照。】【蒙府侧批：世家奴仆，个个皆然，形容逼真。】

刘姥姥只得蹭上来问："太爷们纳福。"

众人打量了他一会，

便问"那里来的？"

刘姥姥陪笑道："我找太太的陪房周大爷的，烦那位太爷替我请他老出来。"

那些人听了，都不瞅睬，

半日方说道："你远远的在那墙角下等着，一会子他们家有人就出来的。"

内中有一老年人说道："不要误他的事，何苦要他。"

因向刘姥姥道："那周大爷已往南边去了。"

守城士兵"指手画脚""说东谈西"，已经有人传言袁崇焕勾结后金，纵敌深入。《明史·袁崇焕传》记载：

朝士因前通和议，诬其引敌胁和，将为城下之盟。

指手画脚、说东道西这样的双关用语，绝妙之至。

袁崇焕与守城士兵对话了。

"打量"！这是不放心的打量啊！

问得好，朝廷让袁崇焕在蓟州阻挡后金军，可是，袁崇焕来到京师城下，守城士兵当然要问了。

顺势介绍前任内阁首辅周道登（周瑞），此时，内阁首辅是韩爌，周道登已经离任，故而，刘姥姥一定见不到周瑞。

守城士兵不理会袁崇焕，"都不瞅睬"。

袁崇焕来到城下，京城已经戒严，报信的速度有点儿慢，"半日"才有人说话。《国榷》记载：

丁酉，袁崇焕抵左安门，时戒严，报不即入。

袁崇焕千里迢迢而来，千万不要误他的大事！

周道登（周瑞）的老家是苏州，他已经离职"往南边去了"。

现在，我们梳理一下内阁首辅的情况：

序号	内阁首辅	书中人物	任命时间	免职时间
1	黄立极	甄氏	1626年9月	1627年11月
2	施凤来	新太爷雨村	1627年11月	1628年3月
3	李国㯙	李嬷嬷	1628年3月	1628年5月
4	来宗道	娇杏	1628年5月	1628年6月
5	周道登	周瑞	1628年6月	1628年12月
6	韩爌	生病的雨村	1628年12月	1630年1月
7	李标		1630年1月	1630年3月
8	成基命		1630年3月	1630年9月
......				

"他在后一带住着，他娘子却在家。"

又来了一位假娘子，"周瑞家的"字面意思是周瑞老家的、周瑞的老乡。周道登（周瑞）是苏州人，周瑞家的也是苏州人，他就是申用懋。兵部尚书王洽（门子）下狱后，申用懋成为新任尚书。

"你要找时，从这边绕到后街上后门上去问就是了。"【甲戌双行夹批：有年纪人诚厚，亦是自然之理。】

京城由外到内依次是外城、内城、紫禁城，袁崇焕在左安门、广渠门一带，这是外城门，他要进内城，必然要向后绕，"后门"指内城门。

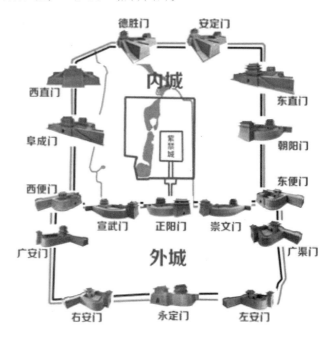

刘姥姥听了谢过，遂携了板儿，绕到后门上。

袁崇焕、祖大寿来到内城的城门口。

只见门前歇着些生意担子，也有卖吃的，也有卖顽耍物件的，闹吵吵三二十个小孩子在那里厮闹。

外面在打仗，生意不好做，"歇着些生意担子"，并且有人"厮闹"。

【甲戌双行夹批：如何想来？合眼如见。】

慢慢想。

刘姥姥便拉住一个道："我问哥儿一声，有个周大娘可在家么？"

周瑞不在朝廷中，周瑞家的在朝廷中。

孩子们道："那个周大娘？我们这里周大娘有三个呢，还有两个周奶奶，不知是那一行当的？"

"行当"就是部门。朝廷的部门太多，你找"那一个行当的"呢？三个周大娘、两个周奶奶可能都指苏州籍的官员或者指不同部门的官员。

刘姥姥道："是太太的陪房周瑞。"
孩子道："这个容易，你跟我来。"

袁崇焕要见兵部尚书，顺理成章。下面梳理一下崇祯初年兵部尚书的更替情况：

序号	兵部尚书	书中人物	任命时间	免职时间
1	崔呈秀	严老爷	1627年8月	1627年10月
2	阎鸣泰		1627年10月	1628年3月
3	王在晋	王成	1628年4月	1628年10月
4	王洽	门子	1628年12月	1629年11月
5	申用懋	周瑞家的	1629年11月	1629年12月
		......		

说着，跳跳蹭蹭的引着刘姥姥进了后门，【甲戌侧批：因女春，又是后门，故容易引入。】至一院墙边，

"院墙"指内城城墙，跨过这道"院墙"才能进入内城。

指与刘姥姥道："这就是他家。"又叫道："周大娘，有个老奶奶来找你呢，我带了来了。"

督师袁崇焕请求进入城。

周瑞家的在内听说，忙迎了出来，问："是那位？"

兵部尚书申用懋"在内"，他在内城中发问："是哪位？"朝廷同时召见了满桂、黑云龙，所以，申用懋问谁来了。

刘姥姥忙迎上来问道："好呀，周嫂子！"

申用懋比袁崇焕大20多岁，刘姥姥要喊周瑞家的一声"嫂子"，字字句句都在情理之中。

周瑞家的认了半日，方笑道："刘姥姥，你好呀！

申用懋向袁崇焕问好，他对袁崇焕不错。

"你说说，能几年，我就忘了。【甲戌侧批：如此口角，从何处出来？】

袁崇焕就任督师才一年多，申用懋当然记得他。

"请家里来坐罢。"

刘姥姥一壁里走着，

兵部尚书申用懋向督师袁崇焕传达朝廷的旨意，进城来吧。

壁指城墙壁。京城戒严，不能打开城门，袁崇焕缒城而入，入城过程就是"一壁里走着"。

一壁笑说道："你老是贵人多忘事，那里还记得我们呢。"

满城的人都记得你们，只是态度有点儿微妙。

说着，来至房中。周瑞家的命雇的小丫头倒上茶来吃着，

为了对抗后金军，明朝临时"雇"了一个人，这位"雇的小丫头"就是游僧申甫。《崇祯实录》记载：

申甫，本游僧，善小术；尝夜观乾象云："木星入太微垣帝座前，患在踰旬。"声疏入，立召见，利口称知兵；授都指挥金书、副总兵，遂作战车。

周瑞家的又问板儿道："你都长这们大了！"

板儿扮演祖大寿，"大寿"的字面意思是长寿、年龄大，周瑞家的这一问把祖大寿的名字问出来了。

又问些别后闲话。

又问刘姥姥："今日还是路过，还是特来的？"【甲戌侧批：问的有情理。】

火烧眉毛了，还有时间说闲话吗？

这还用问，当然是特来的！

【蒙府侧批：刘姥姥此时一团要紧事在心，有问不得不答。递转递进，不敢陡然。看之令人可怜。而大英雄亦有若此者。所谓欲图大事，不拘小节。】

事情紧急，袁崇焕没有时间说闲话，但是，表面情节还要层层递进。此时的袁崇焕已经被人误解，着实可怜。大英雄也有遇到这种情况的，想办大事就不能拘泥于这些小节了。

刘姥姥便说："原是特来瞧瞧嫂子你，

袁崇焕特来找兵部尚书申用懋。

"二则也请请姑太太的安。

这是添缀、圆谎的话。孙传庭没参与己巳之变，如果刘姥姥真的见到王夫人，那就出了神！

"若可以领我见一见更好，若不能，便借重嫂子转致意罢了。"

"见一见"的对象是指崇祯皇帝。

【甲戌双行夹批：刘婆亦善于权变应酬矣。】

批语点出袁崇焕也善于权变应酬。

周瑞家的听了，便已猜着几分来意。

兵部尚书申用懋当然知道袁崇焕的来意。

只因昔年他丈夫周瑞争买田地一事，其中多得狗儿之力，

明清争夺地盘，多靠辽东士兵之力。

今见刘姥姥如此而来，心中难却其意，

申用懋对袁崇焕还不错。

【甲戌双行夹批：在今世，周瑞夫妇算个怀情不忘的正人。】

"今世"！今世与往世相对，这说明世道变了，周瑞夫妇是"往世"的人，"今世"已是清朝。

二则也要显弄自己的体面。【甲戌眉批："也要显弄"句为后文作地步，也陪房本心本意实事。】

王洽（门子）下狱后，申用懋（周瑞家的）当上兵部尚书，这是几天前的事情，新官上任都要显弄体面。

听如此说，便笑说道："姥姥你放心，大远的诚心诚意来了，

袁崇焕不远千里，诚心诚意来了。

【甲戌侧批：自是有宠人声口。】

刚刚当上兵部尚书，当然是有宠人。

"岂有个不教你见个真佛去的呢?【甲戌双行夹批:好口角。】

"论理,人来客至回话,却不与我相干。

"我们这里都是各占一样儿:【甲戌侧批:略将荣府中带一带。】

"我们男的只管春秋两季地租子,闲时只带着小爷们出门子就完了,

"我只管跟太太奶奶们出门的事。

"皆因你原是太太的亲戚,又拿我当个人,投奔了我来,我就破个例,给你通个信去。

"但只一件,姥姥有所不知,我们这里又不比五年前了。

"如今太太竟不大管事,

"都是琏二奶奶管家了。

"你道这琏二奶奶是谁?

"就是太太的内侄女,当日大舅老爷的女儿,小名凤哥的。"

刘姥姥听了,罕问道:"原来是他!

"怪道呢,我当日就说他不错呢。【甲戌双行夹批:我亦说不错。】

"真佛"指崇祯皇帝,应该让袁崇焕见见"真佛"。

论理,"人来客至回话"是太监干的活,兵部尚书不干这活。

又要扯片子介绍其他事件。

这是介绍周道登(周瑞),他当内阁首辅的时间只有"两季",周道登于1628年7月任首辅,12月离任,正好干了两季,随后,他"出门子"离职回老家了。

葫芦案中的门子是守门人,周瑞家的只管"出门的事",前后两任兵部尚书都跟"门"较劲,守卫国门是兵部尚书的本职工作。

哪有兵部尚书跑出来送信的理?破例一回吧。

这不是天启年间了,朝廷发生了重大变革。

孙传庭(太太)根本不管朝廷事务,后文中太太不会管理家庭事务。

第三回中,王熙凤扮演魏忠贤,此时,魏忠贤已经自缢两年了,王熙凤不再扮演魏忠贤,她将扮演另一位太监,下文必将重新介绍凤姐。

洗耳恭听。

"凤哥"!好名字,果然是一位哥!太太姓王,大舅老爷也姓王,凤哥必然姓王,他就是太监王应朝。后金兵临城下,崇祯皇帝派太监王应朝监军了。《明末纪事本末》记载:

冬十一月,我大清兵南下,始遣乾清宫太监王应朝监视行营。

就是他,监军太监王应朝。

王应朝可能不错,由于太监的史料较少,未找到佐证材料。

"这等说来,我今儿还得见他了。"

周瑞家的道:"这自然的。如今太太事多心烦,有客来了,略可推得去的就推过去了,

"都是凤姑娘周旋迎待。

"今儿宁可不会太太,倒要见他一面,才不枉这里来一遭。"

刘姥姥道:"阿弥陀佛!全仗嫂子方便了。"

周瑞家的道:"说那里话。俗语说的:'与人方便,自己方便。'

"不过用我说一句话罢了,害着我什么。"

说着,便叫小丫头到倒厅上【甲戌双行夹批:一丝不乱。】悄悄的打听打听,老太太屋里摆了饭了没有。小丫头去了。

这里二人又说些闲话。

【蒙府侧批:急忙中偏不就去,又添一番议论,从中又伏下多少线索,方见得大家势派出入不易,方见得周瑞家的处事详细;继之后文,放笔写凤姐,亦不唐突。仍用冷子兴演说宁、荣旧笔法。】

刘姥姥因说:"这凤姑娘今年大还不过二十岁罢了,就这等有本事,当这样的家,可是难得的。"

周瑞家的听了道:"我的姥姥,告诉不得你呢。

"这位凤姑娘年纪虽小,行事却比世人都大呢。

"如今出挑的美人一样的模样儿,少说些有一万个心眼子。

见见监军太监吧。

太太与这档子事无关。

王应朝监视行营,各路援军都由他周旋迎待。

快去见监军太监吧,他们要根据援军数量发放军饷,若不见太监,很难领到军饷。

袁崇焕确实该求佛了。

如果袁崇焕打败后金军,兵部尚书申用懋脸上也有光彩,这正是"与人方便,自己方便"。

周瑞家的只是"说一句话罢了",她为刘姥姥搭戏而已。

老太太屋子里的饭只有崇祯皇帝敢吃,后文定然不会写凤姐吃饭。

"闲话"!这是公然插播广告。

袁崇焕(刘姥姥)急着见崇祯皇帝,但是,文章偏不这样写,又插入了"闲话",这不仅为后文伏下了线索,也反映了袁崇焕入城不容易,反映了申用懋处事周详,并且还为后文刻画凤姐留足了地步。这里还是冷子兴演说宁、荣府的章法。

太监监军,当这样的家,难得啊!

如果把实话告诉你,文章就露馅了。

这位非那位。那位凤姑娘扮演魏忠贤,这位凤姑娘比魏忠贤年龄小,但做事大气。

心眼子特别多。

"再要赌口齿，十个会说话的男人也说他不过。

特别会说话。

"回来你见了就信了。

笔者已经信了。

"就只一件，待下人未免太严些个。"
【甲戌双行夹批：略点一句，伏下后文。】

这句话放在末尾，这是为后文做伏笔。

说着，只见小丫头回来说："老太太屋里已摆完了饭了，

饭摆好了，崇祯皇帝一会儿就来吃饭。

"二奶奶在太太屋里呢。"

王应朝（凤姐）是乾清宫的太监，他被任命为监军太监后，就不能在后宫工作了，他的办公地点设在第三回中王夫人所在的房间。

周瑞家的听了，连忙起身，催着刘姥姥说："快走，快走。

快点儿吧！兵临城下，时间不等人！

"这一下来他吃饭是个空子，咱们先赶着去。若迟一步，回事的人也多了，难说话。

战争时期，回事的人太多了。

"再歇了中觉，越发没了时候了。"

还有歇中觉的习惯？

【甲戌夹批：写出阿凤勤劳冗杂，并骄矜珍贵等事来。】

大敌当前，临危受命的监军太监很忙呀。

【甲戌眉批：写阿凤勤劳等事，然却是虚笔，故于后文不犯。】

后文中凤姐还要扮演其他人，这里若将凤姐安排军事工作的情况落实了，后文便不好写了。

【蒙侧批：非身临其境者不知。】

身临其境者极可能是朝廷官员。

【蒙侧批：有曰："富贵不还乡，如衣锦夜行。"近日周瑞家的得遇刘姥姥，是可谓"衣锦不夜行"者。】

申用懋（周瑞家的）刚当上兵部尚书，本应该显摆显摆，文中的他只是一个领路人。

说着一齐下了炕，打扫打扫衣服，又教了板儿几句话，随着周瑞家的，逶迤往贾琏的住处来。

贾琏与凤姐是一对假夫妻，凤姐是太监，贾琏是大臣，"往贾琏的住处来"就是指往朝臣办公的地方来。

先到了倒厅，周瑞家的将刘姥姥安插在那里略等一等。

袁崇焕由外城进入了内城，但是，他还没进入紫禁城，倒厅就是紫禁城门口的等候处。

自己先过了影壁，进了院门，知凤姐未下来，先找着凤姐的一个心腹通房大丫头，名唤平儿的。

"院门"是紫禁城门，这里由太监把守。平儿是凤姐的"心腹通房大丫头"，她可能扮演太监冯元升，他要核对援军数量，以便发放军饷。

185

【甲戌夹批：着眼。这也是书中一要紧人。《红楼梦》曲内虽未见有名，想亦在副册内者也。】【靖眉：观警幻情榜方知余言不谬。】

【甲戌夹批：名字真极，文雅则假。】

周瑞家的先将刘姥姥起初来历说明，【甲戌双行夹批：细！盖平儿原不知有此一人耳。】

又说："今日大远的特来请安。当日太太是常会的，今日不可不见，所以我带了他进来了。

"等奶奶下来，我细细回明，奶奶想也不责备我莽撞的。"

平儿听了，便作了主意："叫他们进来，先在这里坐着就是了。"【甲戌双行夹批：暗透平儿身份。】

周瑞家的听了，方出去引他两个进入院来。

上了正房台矶，小丫头打起猩红毡帘，

【甲戌双行夹批：是冬日。】

才入堂屋，只闻一阵香扑了脸来，【甲戌双行夹批：是刘姥姥鼻中。】竟不辨是何气味，身子如在云端里一般。【甲戌双行夹批：是刘姥姥身子。】

满屋中之物都耀眼争光的，使人头悬目眩。【甲戌双行夹批：是刘姥姥头目。】

【蒙侧：写府第奢华，还是写刘姥姥粗劣？大抵村舍人家见此等景象，未有不破胆惊心、迷魂醉魄者。】

后文中，平儿要惹出大事来。

如果为太监取文雅的名字，这不就太假了吗？

兵部尚书向守门太监说明了袁崇焕的来历。

袁崇焕不远千里而来，不可不见。

人们议论说袁崇焕通敌，申用懋把袁崇焕带进来了，可能有人要责备他莽撞。

太监冯元升（平儿）招呼袁崇焕进来。

申用懋引着袁崇焕、祖大寿进入紫禁城了。

上台阶，开帘子，马上步入大殿了。

正是冬日，崇祯皇帝平台召见袁崇焕的时间是农历十一月二十三日，《国榷》《崇祯实录》上都有记载。

刘姥姥一进堂屋，就如在云端里一般。袁崇焕放烟幕弹了，他吓唬说朝臣说，敌人非常强大，难以战胜，他想促成和谈。《国榷》记载：

先张皇敌势耸朝臣，冀成款议。

袁崇焕的一番说辞让朝臣头悬目眩，大臣糊涂了，袁崇焕是援军统帅，他为什么长敌人威势、灭自己威风呢？

这条批语太露骨了，后金军突破蓟州，袁崇焕破胆惊心，于是，他使用了"迷魂醉魄"法，吓唬朝臣，希望促成和谈。

刘姥姥此时惟点头咂嘴念佛而已。

就凭崇祯皇帝的性格，他会同意议和吗？念"佛"也没有用。

【甲戌夹批：六字尽矣，如何想来。】

"咂嘴念佛而已"，写尽了袁崇焕的处境。

于是来至东边这间屋内，乃是贾琏的女儿大姐儿睡觉之所。【甲戌夹批：记清。】

大姐儿扮演一位重要人物，他的屋子可能是某一个大殿。甲戌夹批提醒读者"记清"，可惜，不知大姐儿扮演谁，也不知这间屋子是何地方。

平儿站在炕沿边，打量了刘姥姥两眼，【甲戌夹批：写豪门侍儿。】

太监冯元升开始"打量"袁崇焕了，身为援军统领，你怎么能说出这话来呢？《玉堂荟记》记载：

而袁为人疏直，于大珰少所结好，毁言日至……

只得【甲戌夹批：字法。】问个好让坐。

"只得"二字说明冯元升对袁崇焕不太友好。

刘姥姥见平儿遍身绫罗，插金带银，花容玉貌的，【甲戌双行夹批：从刘姥姥心中目中略一写，非平儿正传。】便当是凤姐儿了。【甲戌双行夹批：毕肖。】

王应朝（凤姐）与冯元升（平儿）是刚刚任职的监军太监，袁崇焕分不清这两个人。

才要称姑奶奶，忽见周瑞家的称他是平姑娘，又见平儿赶着周瑞家的称周大娘，方知不过是个有些体面的丫头了。

不要小瞧这个"丫头"，他管着核发军饷呢！

于是让刘姥姥和板儿上了炕，平儿和周瑞家的对面坐在炕沿上，小丫头子斟了茶来吃茶。

吃哪门子茶？休骗读者。

刘姥姥只听见"咯当""咯当"的响声，大有似乎打箩柜筛面的一般，【甲戌夹批：从刘姥姥心中意中幻拟出奇怪文字。】

从批语看，"咯当"声是"幻拟"出来的文字，"咯当"声可能是崇祯皇帝临朝的乐声。

不免东瞧西望的。

袁崇焕东瞧西望，他想让朝臣为自己帮腔，以便促成和谈。

忽见堂屋中柱子上挂着一个匣子，底下又坠着一个秤砣般一物，却不住的乱幌。

钟摆是摇摆不定之物，这对袁崇焕而言，并非吉兆。

【甲戌夹批：从刘姥姥心中日中设譬拟想，真是镜花水月。】

这是从袁崇焕角度的描写。

刘姥姥心中想着："这是什么爱物儿？有甚用呢？"

用处大着呢，能吓人一跳，还能准确报时。

正呆时，【甲戌夹批：三字有劲。】

只听得"当"的一声，又若金钟铜磬一般，不防倒唬的一展眼。

接着又是一连八九下。【甲戌侧批：写得出。甲戌夹批：细！是巳时。】

方欲问时，只见小丫头子们齐乱跑，说："奶奶下来了。"

【蒙府侧批：即以"奶奶下来了"之结局，使画云龙妙手。】

周瑞家的与平儿忙起身，命刘姥姥："只管等着，是时候我们来请你。"说着，都迎出去了。

刘姥姥屏声侧耳默候。只听远远有人笑声，【甲戌侧批：写得侍仆妇。】

约有一二十妇人，衣裙窸窣，渐入堂屋，往那边屋内去了。又见两三个妇人，都捧着大漆捧盒，进这边来等候。听得那边说了声"摆饭"，渐渐的人才散出，只有伺候端菜的几个人。

半日鸦雀不闻之后，忽见二人抬了一张炕桌来，放在这边炕上，

桌上碗盘森列，仍是满满的鱼肉在内，不过略动了几样。【蒙府侧批：白描如神。】

板儿一见了，便吵着要肉吃，刘姥姥一巴掌打了他去。

忽见周瑞家的笑嘻嘻走过来，招手儿叫他。刘姥姥会意，于是带了板儿下炕，至堂屋中，周瑞家的又和他唧咕了一会，

袁崇焕正在发呆呢。

警钟响了，崇祯皇帝绝对不会议和，袁崇焕被"唬的一展眼"，他不敢向崇祯皇帝说议和的事情。《国榷》记载：

上慰谕久之。崇焕惧上英明，终不敢言款。

刚才打了一下，现在打了八九下，一共九下或十下，这说明是九点或十点。这个时间段正好是巳时，目前正在讲述己巳之变，挂钟准确地表达了事件发生的年份。

太监王应朝（凤姐）下朝了！这说明崇祯皇帝召见袁崇焕结束了。

"奶奶下来了"是障眼法，文章要表达的意思是崇祯皇帝会见袁崇焕结束了，云影中隐隐有条龙呢。

袁崇焕还要见一见监军太监王应朝（凤姐）。

皇帝刚召见完袁崇焕，就有人笑了，袁崇焕吓唬朝臣想促成和谈，这不是授人以柄吗？反对派开心地笑了。

有人在伺候崇祯皇帝吃饭。

"半日鸦雀不闻"的就餐环境与黛玉初入贾府就餐情景非常相似。

饭菜虽多，崇祯皇帝无心吃饭，不过略动了几样。

总兵祖大寿（板儿）似乎与督师袁崇焕（刘姥姥）产生了小的分歧。

袁崇焕口无遮拦，他在朝廷里吓唬大臣，这下有的"唧咕"了。

方过这边屋里来。只见门外锃铜钩上悬着大红撒花软帘，【甲戌侧批：从门外写来。】

这里是监军太监王应朝（凤姐）在朝廷中的办公场所。

南窗下是炕，炕上大红毡条，

炕可能指办公桌，办公桌上铺着毡布。

靠东边板壁立着一个锁子锦靠背与一个引枕，铺着金心绿闪缎大坐褥，旁边有雕漆痰盒。

不知这是何物。

那凤姐儿家常带着秋板貂鼠昭君套，围着攒珠勒子，穿着桃红撒花袄，石青刻丝灰鼠披风，大红洋绉银鼠皮裙，

凤姐的服饰是明朝太监的服饰，此处可以参照第三回中凤姐服饰理解。

粉光脂艳，端端正正坐在那里，【甲戌夹批：一段阿凤房室起居器皿家常正传，奢侈珍贵好奇货注脚，写来真是好看。】

批语再提"正传"二字，这段文字是王应朝的正传。

手内拿着小铜火箸儿拨手炉内的灰。【甲戌夹批：这一句是天然地设，非别文杜撰妄拟者。甲戌侧批：至平，实至奇，稗官中未见此笔。】

太监手里拿着手炉。甲戌夹批做了验证说明，这一句符合史实，是天然地设之句。稗官野史从没有这样的笔法，因为他们不曾亲见宫廷里的情况。

平儿站在炕沿边，捧着小小的一个填漆茶盘，盘内一个小盖钟。凤姐也不接茶，也不抬头，【甲戌侧批：神情宛肖。】

关于太监的史料太少，不知这段文字的妙处。

只管拨手炉内的灰，慢慢的问道："怎么还不请进来？"

太神奇了！今天的影视剧中，太监口吻，不过如此！

【甲戌侧批：此等笔墨，真可谓追魂摄魄。蒙侧批："还不请进来"五字，写尽天下富贵人待穷亲戚的态度。】

追魂摄魄！比拟逼真。

一面说，一面抬身要茶时，只见周瑞家的已带了两个人在地下站着呢。这才忙欲起身，犹未起身，满面春风的问好，又嗔周瑞家的不早说。

"忙欲起身，犹未起身"，太监好大的架子。

刘姥姥在地下已是拜了数拜，"问姑奶奶安。"

人在矮檐下，怎能不低头，袁崇焕底气全无。

凤姐忙说："周姐姐，快搀住不拜罢。请坐。我年轻，不大认得，可也不知是什么辈数，不敢称呼。"

周瑞家的忙回道："这就是我才回的那姥姥了。"【甲戌侧批：凤姐云"不敢称呼"，周瑞家的云"那个姥姥"。凡三四句一气读下，方是凤姐声口。】

凤姐点头。

刘姥姥已在炕沿上坐了，板儿便躲在背后，百般的哄他出来作揖，他死也不肯。

凤姐儿笑【甲戌侧批：二笑。】道："亲戚们不大走动，都疏远了。知道的呢，说你们弃厌我们，不肯常来，

【甲戌侧批：阿凤真真可畏可恶。】

"不知道的那起小人，还只当我们眼里没人似的。"

刘姥姥忙念佛【甲戌侧批：如闻。】道："我们家道艰难，走不起，来了这里，没的给姑奶奶打嘴，

"就是管家爷们看着也不像。"

凤姐儿笑【甲戌侧批：三笑。】道："这话没的叫人恶心。不过借赖着祖父虚名，作个穷官儿，谁家有什么，不过是个旧日的空架子。

"俗语说，'朝廷还有三门子穷亲戚'呢，何况你我。"

【蒙府侧批：点醒多少势利鬼。】

说着，又问周瑞家的回了太太了没有。【甲戌侧批：一笔不肯落空，的是阿凤。】

人们传言袁崇焕勾结后金，纵敌深入。王应朝（凤姐）不知道他是"什么辈数"，不确定他是忠是奸，故而，不敢乱下"称呼"。

袁崇焕还是袁崇焕，后金军不是他勾引来的，《玉堂荟记》记载：

乃京城小民，亦群然以为奸臣卖国；此等事，人多不敢言之。

《国榷》也引用了杨士聪的这段话。

王应朝不是糊涂人。

祖大寿（板儿）出问题了，他不肯向监军太监作揖，这是在添乱呀。

谁是"知道的"，他们分明是捕风捉影，他们说袁崇焕"弃厌"了明朝呀。

真真可畏！"你们弃厌我们"一语就把袁崇焕当作叛徒了。

凤姐是聪明人，他在骂捕风捉影的那起"小人"，凤姐"眼中有人"，袁崇焕没有勾结后金。

袁崇焕的嘴呀，说话太直了！今天不打嘴，明天却要打嘴现世。

早有人"看着也不像"了。

明朝已是个空架子，不然，后金军如何能打到京师城下呢？

"朝廷"！目前，朝廷还认袁崇焕这门"亲戚"。

"朝廷"二字明点出来了，读者该醒悟了。

周瑞家的很难回答，若说回了王夫人，这不符合史实；若说没回，表面情节不好交代。所以，周瑞家的必然要岔开话。

周瑞家的道："如今等奶奶的示下。"

好章法，只字不提太太。

凤姐道："你去瞧瞧，要是有人有事就罢，得闲儿呢就回，看怎么说。"周瑞家的答应着去了。

不用去了，王夫人不管这事。

【蒙府侧批：看之一字，极细。】

"看"字是提醒读者看下文，"看"的结果是王夫人不管这件事。

这里凤姐叫人抓些果子与板儿吃，

祖大寿得到了赏赐。

刚问些闲话时，就有家下许多媳妇管事的来回话。【甲戌侧批：不落空家务事，却不实写。妙极！妙极！】

大敌当前，监军太监非常忙碌。

平儿回了，凤姐道："我这里陪客呢，晚上再来回。若有很要紧的，你就带进来现办。"平儿出去了，一会进来说："我都问了，没什么紧事，我就叫他们散了。"【蒙府侧批：能事者，故自不凡。】凤姐点头。

这是写平儿的身份，平儿可以直接安排工作。

只见周瑞家的回来，向凤姐道："太太说了，今日不得闲，二奶奶陪着便是一样。多谢费心想着。白来逛逛呢便罢，若有甚说的，只管告诉二奶奶，都是一样。"

袁督师，有话快说，只管告诉监军太监，这与告诉崇祯皇帝是一样的。

刘姥姥道："也没甚说的，

袁崇焕已经见过皇帝，确实没有什么可说了。

"不过是来瞧瞧姑太太，姑奶奶，也是亲戚们的情分。"

袁崇焕为了情分而来，他没有勾结后金。

周瑞家的道："没甚说的便罢，若有话，只管回二奶奶，是和太太一样的。"【甲戌侧批：周妇系真心为老妪也，可谓得方便。】

兵部尚书申用懋（周瑞家的）一片好心。

一面说，一面递眼色与刘姥姥。【甲戌侧批：何如？余批不谬。】

袁崇焕想议和，兵部尚书递眼色不让他说。

刘姥姥会意，未语先飞红的脸，【蒙侧批：开口告人难。】欲待不说，今日又所为何来？

议和这事不好开口呀，但是，袁崇焕真心想说这话。

只得忍耻说道："论理今儿初次见姑奶奶，却不该说，

【甲戌眉批：老妪有忍耻之心，故后有招大姐之事。作者并非泛写，且为求亲靠友下一棒喝。】

"只是大远的奔了你老这里来，也少不的说了。"

刚说到这里，只听二门上小厮们回说："东府里的小大爷进来了。"

凤姐忙止刘姥姥："不必说了。"【甲戌侧批：惯用此等横云断山法。】

一面便问："你蓉大爷在那里呢？"

只听一路靴子脚响，

进来了一个十七八岁的少年，面目清秀，身材俊俏，轻裘宝带，美服华冠。【甲戌侧批：如纨绔写照。】

刘姥姥此时坐不是，立不是，藏没处藏。

凤姐笑道："你只管坐着，这是我侄儿。"

刘姥姥方扭扭捏捏在炕沿上坐了。

贾蓉笑道："我父亲打发我来求婶子，说上回老舅太太给婶子的那架玻璃炕屏，

"明日请一个要紧的客，借了略摆一摆就送过来的。"【甲戌侧批：夹写凤姐好奖誉。】

凤姐道："说迟了一日，昨儿已经给了人了。"

真不该说呀！年轻的崇祯皇帝怎么会同意议和呢！

袁崇焕想忍耻与后金议和呀！因为不知道大姐是谁，不知招大姐之事是何事，刘姥姥的忍耻之心似乎还是后文的伏笔。

还是不说为妙！

"二门"指内城门，城门口又有人传话来了："满桂将军来了！"崇祯皇帝召见袁崇焕时，同时召见了满桂、黑云龙，来者就是满桂。

不必说了，议和的事情不用说了。满桂一来，袁崇焕就要小心了。满桂与袁崇焕不合！

满桂（贾蓉）的队伍驻扎在德胜门下，他是从德胜门来的。

脚步匆匆，满桂来了。

这段文字是囫囵语，"面目清秀"四个字一语带过，贾蓉到底何眉何目，文章不会告诉读者。

满桂一来，袁崇焕坐不住了。满桂在战斗中负伤了，袁崇焕却受到人们怀疑，二人地位高下自见。

还有这么个好"侄儿"。

坐下看看满桂汇报什么事情吧。

"炕屏"谐音"抗屏"，就是依靠和屏障的意思。满桂（贾蓉）的队伍驻扎在德胜门下，他刚刚吃了败仗，要求进入瓮城休兵。

这是补足表面情节之句。

崇祯皇帝于十一月二十三日召见满桂，满桂屯兵瓮城是十一月二十一日的事情，故而，这件事"说迟了"，这里是在补叙。《崇祯实录》记载：

壬寅，开得胜门瓮城，屯满桂余兵。

贾蓉听着，嘻嘻的笑着，在炕沿上半跪道："婶子若不借，又说我不会说话了，又挨一顿好打呢。

"婶子只当可怜侄儿罢。"

凤姐笑【甲戌侧批：又一笑，凡五。】道："也没见我们王家的东西都是好的不成？一般你们那里放着那些东西，只是看不见我的才罢。"贾蓉笑道："那里有这个好呢！只求开恩罢。"

凤姐道："若碰一点儿，你可仔细你的皮！"

因命平儿拿了楼房的钥匙，传几个妥当人抬去。

贾蓉喜的眉开眼笑，说："我亲自带了人拿去，别由他们乱碰。"说着便起身出去了。

这里凤姐忽又想起一事来，便向窗外叫："蓉哥回来。"

外面几个人接声说："蓉大爷快回来。"

贾蓉忙复身转来，垂手侍立，听何指示。

【甲戌眉批：传神之笔，写阿凤跃跃纸上。】

【甲墨眉：奇峰突起，好笔奇笔，如此方是活笔，不是死笔。】

【甲墨眉：此等出神入化之笔，试问别书可有否？

"又挨一顿好打呢"的"又"字大有文章，满桂已被后金军打败过一次了。《烈皇小识》记载：

虏骑以十一月初三破遵化，十五至坝上，二十日薄都城。自虏冲突而西，从城上望之，如黑云万朵，挟迅风而驰，须臾已过。满桂身带重伤，血染征袍，所存仅三千人。

满桂身负重伤，着实可怜。《明史·满桂传》记载：

城上发大炮佐之，误伤桂军，桂亦负伤，令入休瓮城。旋与袁崇焕、祖大寿并召见，桂解衣示创，帝深嘉叹。

别扯片子了，快开恩吧，不然就全军覆没了。

满桂的皮已经被打伤了。

拿出钥匙打开瓮城门。

满桂亲自带了人马进入瓮城。

回来！七天之后，崇祯皇帝还要第二次召见满桂呢！

距离挺远，几个人接声才能把话传出去。

十二月初一，崇祯皇帝第二次召见满桂与袁崇焕，这一次，满桂说自己的箭伤是袁崇焕的队伍所致。贾蓉此来，刘姥姥的麻烦来了。

作者笔下的历史人物，哪个不是跃然纸上呢？

满桂再次入城，他与袁崇焕翻脸了，袁崇焕要下狱了，这就是奇峰突起。

从来没有。

第六回　贾宝玉初试云雨情　刘姥姥一进荣国府

其中包藏东西不少。令阅者自会。作文者悟得此法，则耐人咀嚼。无意平语直至病矣。

满桂去而复来，其中包含的历史事件，读者自己领会吧，文章叙事有法。

读此而不长进学问开拓心胸者，真钝根人也。】

末法时期，钝根人多。

那凤姐只管慢慢的吃茶，出了半日的神，又笑道："罢了，你且去罢。晚饭后你来再说罢。

满桂先回去吧，十二月初一再来吧。

"这会子有人，我也没精神了。"

袁崇焕还在这里，下文接着谈袁崇焕。

贾蓉应了一声，方慢慢的退去。

唯唯诺诺而出。

【甲戌侧批：妙！却是从刘姥姥身边目中写来。度至下回。】

满桂（贾蓉）的戏就在袁崇焕（刘姥姥）面前上演了，后文中，二人便要面对面了。

这里刘姥姥心神方定，

可怜，袁崇焕一直心神不定呢。

才又说道："今日我带了你侄儿来，也不为别的，只因他老子娘在家里，连吃的都没有。如今天又冷了，越想没个派头儿，只得带了你侄儿奔了你老来。"

开口要军饷了，如今天又冷，援军连吃的都没有，朝廷发点儿军饷吧。

说着又推板儿道："你那爹在家怎么教你来？打发咱们作煞事来？只顾吃果子咧。"

祖大寿（板儿）真是"一无所知"，关键时刻老是掉链子，你倒是帮袁督师说句话呀！

凤姐早已明白了，听他不会说话，因笑止道：【甲戌双行夹批：又一笑，凡六。自刘姥姥来凡笑五次，写得阿凤乖滑伶俐，合眼如立在前。若会说话之人便听他说了，阿凤厉害处正在此。问看官常有将挪移借贷已说明白了，彼仍推聋装哑，这人为阿凤若何？呵呵，一叹！】"不必说了，我知道了。"

领取军饷这事，监军太监早就知道了，十一月十一日就陆续为援军发放军饷了。《国榷》记载：

戊戌，遣太监冯元升等复军讫，始下户部发饷；又命太监吕直劳诸军万金，青盐千斤，米百石，酒十樽，羊百头。

因问周瑞家的："这姥姥不知可用了早饭没有？"刘姥姥忙说道："一早就往这里赶咧，那里还有吃饭的工夫咧。"

大敌当前，哪有吃饭的工夫呢。

凤姐听说，忙命快传饭来。一时周瑞家的传了一桌客饭来，摆在东边屋内，过来带了刘姥姥和板儿过去吃饭。

凤姐说道："周姐姐，好生让着些儿，我不能陪了。"

于是过东边房里来。又叫过周瑞家的去，问他才回了太太，说了些什么？周瑞家的道："太太说，他们家原不是一家子，

"不过因出一姓，当年又与太老爷在一处作官，偶然连了宗的。这几年来也不大走动。

"当时他们来一遭，却也没空了他们。今儿既来了瞧瞧我们，是他的好意思，

【甲戌侧批：穷亲戚来看是"好意思"，余又自《石头记》中见了，叹叹！】

"也不可简慢了他。

"便是有什么说的，叫奶奶裁度着就是了。"

【甲戌眉批：王夫人数语令余几哭出。】

凤姐听了说道："我说呢，既是一家子，我如何连影儿也不知道。"

说话时，刘姥姥已吃毕了饭，拉了板儿过来，舔唇抹嘴的道谢。

凤姐笑道："且请坐下，听我告诉你老人家。方才的意思，我已知道了。

"若论亲戚之间，原该不待上门来就该有照应才是。

【甲戌侧批：点"不待上门就该有照应"数语，此亦于《石头记》再见话头。】

朝廷还要管饭，《明史·袁崇焕传》记载：

崇焕惧，急引兵入护京师，营广渠门外。帝立召见，深加慰劳，咨以战守策，赐御馔及貂裘。

兵部尚书可以陪一陪，太监就别陪了。

虽然都是王师，两个"王家"却不是一伙，袁崇焕的队伍是边防军，孙传庭的队伍是内陆军。

只有朝廷遇上大事时，两伙军队同时支援朝廷，才有机会相遇。

袁崇焕（刘姥姥）是"好意思"！虽然他想与后金议和，议和不一定就是坏意思呀。

这个"好意思"，往往无人能懂。

原不该简慢他，他只是不太会说话而已。

不知奶奶能否裁度了这件事呀。

王夫人的话乃至理明言，"好意思"三字评价袁崇焕是恰当的。

不知道就应该好好调查，千万别误了大事。

落难的凤凰不如鸡，堂堂督师成了这个模样。

王应朝（凤姐）是明白人，这时候还称袁崇焕为"老人家"呢。

袁崇焕的队伍没上门前，朝廷就应该与他相互照应，今天上门来了，却被人怀疑了。

《石头记》是最真实的史书，里面有其他史书中没有的话头。

"但如今家内杂事太烦，太太渐上了年纪，一时想不到也是有的。

孙传庭还没有入朝，他根本管不着这些事。

"况是我近来接着管些事，都不知道这些亲戚们。

凤姐刚管事，恐怕力不从心呀。

"二则外头看着虽是烈烈轰轰的，殊不知大有大的艰难去处，说与人也未必信罢。

朝廷有朝廷的难处，说出这话来，别人未必相信。

"今儿你既老远的来了，又是头一次见我张口，怎好叫你空回去呢。【甲戌侧批：也是《石头记》再见了，叹叹！】可巧昨儿太太给我的丫头们做衣裳的二十两银子，我还没动呢，你若不嫌少，就暂且先拿了去罢。"

军饷还留着呢，拿走就是了。

那刘姥姥先听见告艰难，只当是没有，心里便突突的，【甲戌侧批：可怜可叹！】

突突的！

后来听见给他二十两，喜的又浑身发痒起来，【甲戌侧批：可怜可叹！】说道："嗳，我也是知道艰难的。

袁崇焕了解国家的艰难，如果他不了解艰难情况，或许就不会想到议和了。

"但俗语说的，'瘦死的骆驼比马大'，

崇祯王朝就像一只快要瘦死的骆驼了。

"凭他怎样，你老拔根寒毛比我们的腰还粗呢！"

朝廷的寒毛比袁崇焕的腰粗多了。

周瑞家的见他说的粗鄙，只管使眼色止他。

刘姥姥说得虽然粗鄙，但句句是实话。

凤姐看见，笑而不睬，只命平儿把昨儿那包银子拿来，

太监冯元升（平儿）核发军饷。《明末纪事本末》记载：冬十一月，我大清兵南下，始遣乾清宫太监王应朝监视行营。太监冯元升核军讫，始下户部发饷。又命太监吕直劳军。

再拿一吊钱来，【甲戌侧批：这样常例亦再见。】都送到刘姥姥的跟前。

天气寒冷，朝廷为守城士兵额外发了钱。

凤姐乃道："这是二十两银子，暂且给这孩子做件冬衣罢。

援军官兵缺少冬衣。

"若不拿着，就真是怪我了。这钱雇车坐罢。

"改日无事，只管来逛逛，方是亲戚们的意思。

"天也晚了，也不虚留你们了，到家里该问好的问个好儿罢。"一面说，一面就站了起来。

刘姥姥只管千恩万谢，拿了银钱，随了周瑞家的来至外面。周瑞家的方道："我的娘啊！你见了他怎么倒不会说话了？

"开口就是'你侄儿'。我说句不怕你恼的话，便是亲侄儿，也要说和软些。

"那蓉大爷才是他的正经侄儿呢，他怎么又跑出这么个侄儿来了。"

【甲戌双行夹批：与前"眼色"针对，可见文章中无一个闲字。为财势一哭。】

刘姥姥笑道："我的嫂子，【甲戌侧批：叔颜如见。】我见了他，心眼儿里爱还爱不过来，那里还说的上话来呢。"

二人说着，又到周瑞家坐了片时。刘姥姥便要留下一块银子与周瑞家孩子们买果子吃，周瑞家的如何放在眼里，执意不肯。

刘姥姥感谢不尽，仍从后门去了。

正是：
得意浓时易接济，
受恩深处胜亲朋。

【甲戌．一进荣府一回，笔如游龙，且将豪华举止令观者已得大概，想作者应是心花欲开之候。

袁崇焕要缒城而出，"车"指代出城工具。

七天之后，袁崇焕会再次回来。

出城去吧，问候士兵，鼓舞士气，奋力打击后金军才是正事。

袁崇焕真不会说话，《烈皇小识》记载：
兼崇焕出言无状，对百官讼言："达子此来要做皇帝，已卜某日登极矣。"

说话和软些才是正理，何况是想促成和谈呢。

满桂（贾蓉）的队伍是朝廷的"亲侄子"，袁崇焕的队伍已经被人怀疑了。

《红楼梦》中无一个闲字，只字不可更改。

袁崇焕承认自己不会说话了，既然不会说话，难免百口莫辩。

兵部尚书不差一块银子。

袁崇焕出城去了，文章收场了。

朝廷起用袁崇焕时，皇帝亲口答应了他，吏部、兵部、户部、言路都要配合他工作。可惜，此一时彼一时，"易接济""胜亲朋"已成为往事。

文章已经介绍了袁崇焕的大概情况，描写得如此细致，作者应该心花欲开了。

借刘妪入阿凤正文，"送宫花"写"金玉初聚"为引，作者真笔似游龙，变幻难测，非细究至再三再四不记数，那能领会也？叹叹！】

【蒙：梦里风流，醒后风流，试问何真何假？

刘姆乞谋，蓉儿借求，多少颠倒相酬。英雄反正用计筹，不是死生看守。】

文章借刘姥姥引入阿凤，第七回"送宫花"又为第八回"金玉初聚"作引，全面描写明清战争的细节，文章变幻难测，如果不细细研读，哪能领会其中的妙处。

梦中的秦可卿风流了一回，醒着的刘姥姥风流了一回，她俩都扮演袁崇焕，两次风流哪次真哪次假呢？梦中的风流是真，醒着的风流已是末路。

袁崇焕想议和，满桂想在瓮城休兵，两路援军将领本应该将生命置之度外，奋力厮杀，他们却各怀心计，而不是不顾死生拼命守城。

第七回

送宫花贾琏戏熙凤　宴宁府宝玉会秦钟

【蒙古本回前批：苦尽甘来递转，正强忽弱谁明？

天启年间，袁崇焕受魏忠贤排挤辞职回家；崇祯年间，朝廷重新起用袁崇焕，这就是"苦尽甘来"。然而，正当袁崇焕大权在握时，他忽然受到怀疑而下狱，这就是"正强忽弱"。关于袁崇焕苦尽甘来、正强忽弱的历史，谁又能明白呢？

惺惺自古惜惺惺，时运文章摇动。

作者痛惜袁崇焕的遭遇，本文会对袁崇焕做出全面分析。

无缝机关难见，多才笔墨偏精。

《红楼梦》如同一个机关，表面情节丝毫没有缝隙，这就是才子文章的精致之处。

有情情处特无情，何是人人不醒？】

表面情节的有情处正是隐写历史的无情处，读者为什么不醒悟呢？

【靖本批语：他小说中一笔作两三笔者、一事启两事者均曾见之。岂有似"送花"一回间三带四攒花簇锦之文哉？】

《红楼梦》描写历史，常常是一笔作两三笔用，对此，我们在前文中已经见过了。"送宫花"一回牵涉的历史人物、历史事件太多了，文章间三带四，如攒花簇锦一般，把相关历史人物、相关历史事件都带出来了。

题曰：
十二花容色最新，不知谁是惜花人？
相逢若问名何氏？家住江南本姓秦。

本回中，后金（薛家）要给明朝（贾府）送"花儿"，这件事关系到袁崇焕（秦氏）的生死。袁崇焕是广东东莞人，这里正是江南地区。

话说周瑞家的送了刘姥姥去后，便上来回王夫人话。【甲戌侧批：不回凤姐，却回王夫人，不交代处，正交代得清楚。】

督师袁崇焕（刘姥姥）出城了，兵部尚书申用懋（周瑞家的）还有其他事情。申用懋不需要向太监王应朝（凤姐）回话，文章交代得清楚。

谁知王夫人不在上房，

孙传庭（王夫人）不在上房就对了，此时他不在朝廷中，表面情节借王夫人引起下文而已。

问丫鬟们时，方知往薛姨妈那边闲话去了。

"闲话"！王夫人根本不会与后金代言人薛姨妈聊天，她们只能"闲话"。

【甲戌侧批：文章只是随笔写来，便有流离生动之妙。】

文章看似随笔，却大有玄机。己巳之变是双方战争，前文介绍了明朝，下文要介绍后金，周瑞家的找王夫人，而王夫人在薛家，这样，周瑞家的就要去薛家了，如此一来，她就要与薛家人演对手戏了。

周瑞家的听说，便转出东角门至东院，往梨香院来。

刚至院门前，只见王夫人的丫鬟名金钏儿者，

【甲戌侧批：金钏、宝钗互相映射。妙！】

和一个才留了头的小女孩儿站在台阶坡上顽。【甲戌侧批：莲卿别来无恙否？】

见周瑞家的来了，便知有话回，因向内努嘴儿。【甲戌侧批：画。】

"梨香院"是后金疆域，"东角门"指山海关，从北京方向看，山海关位于正东方。

顺势伏下了金钏儿，解读"护官符"时谈过，"金"表示起义军，金钏儿就是起义军首领高迎祥，己巳之变期间，高迎祥起势了。《国榷》记载：

> 崇祯二年，十二月，癸酉。巡抚山西右副都御史耿如杞、总兵官张鸿功援兵溃于良乡。援兵皆沿边劲卒，鼠走，剽掠秦、晋间，李自成与之合，众至万余，推高迎祥为首，称闯王，自成为闯将。

高迎祥将会被孙传庭活捉，所以，金钏儿必将死于王夫人之手。这里穿插介绍金钏儿，这与第四回中介绍李纨是同一个章法，欲左先右！

金钏是起义军头领，宝钗是后金大汗，二人可以相提并论。如果就表面情节而言，金钏儿是丫鬟，她怎么能与宝钗相提并论呢？

从表面情节看，读者无法知道这个女孩儿是英莲，但是，批语指出这个女孩儿是英莲。这是因为清人与明人发型不同，这里以发型说事，范文程（英莲）降清后，改成了清人发型，因而，"才留了头的小女孩儿"就是英莲。目前，范文程站在"台阶坡上"，他面前有一个"台阶"，皇太极非常看重他，他的升职空间很大。

为了便于理解文章，我们介绍一下清人的发型，明朝遗民陈燕翼编著的史书《思文大纪》记载：

> 时剃头令下，阃左无一免者。金钱鼠尾，几成遍地腥膻。

清军入关后，颁布了剃头令，发型标准是"金钱鼠尾"，辫子如老鼠尾巴一样，细得能够穿过钱眼。这种发型几乎就是秃头，《红楼梦》用发型来区分明人与清人，文中的和尚、尼姑都是清人。梨香院是后金疆域，这里的人都有特殊的发型，本回不仅描写了英莲、宝钗的发型，并且还出现了和尚和尼姑。

再者，作者吴梅村有降清经历，所以，他自称癞头和尚。不过，这个"和尚"不太情愿，他是"癞头"，分明还想保住头发嘛！

降清官员范文程与明朝兵部尚书申用懋根本无法相见，只能努嘴，以便继续演绎历史。

红楼阐微——解读《红楼梦》前二十回

周瑞家的轻轻掀帘进去，只见王夫人和薛姨妈长篇大套的说些家务人情等语。

从表面情节讲，王夫人与薛姨妈肯定要聊"家务人情"，但是，为什么加"等语"二字呢？其实，这是一场"长篇大套"的战争，"等语"才是重点。

周瑞家的不敢惊动，

"不敢惊动"四个字出卖了申用懋，他也没有抗击后金军的好办法。

遂进里间来。

来到皇太极的房间了！

【甲戌双行夹批：总用双歧岔路之笔，令人估料不到之文。】

走岔路了，申用懋绝对不可能去后金见皇太极，但是，为了隐写历史，文章只能把相关人物安排在同一个平台上对话。

只见薛宝钗【甲戌侧批：自入梨香院，至此方写。】穿着家常衣服，

皇太极穿着"家常衣服"，家常衣服是后金的可汗服。

【甲戌双行夹批：好！写一人换一副笔墨，另出一花样。甲戌眉批："家常爱着旧衣裳"是也。】

另换一幅笔墨描写皇太极。宝钗穿着帝王服饰。

头上只散挽着纂儿，

以发型说事，"纂儿"指代辫子。周瑞家的来到梨香院后，这是第二次介绍发型了。

坐在炕边里，伏在小炕桌上同丫鬟莺儿正描花样子呢。

"描花样子"？皇太极正在玩花样，他要使用反间计。

【甲戌侧批：一幅《绣窗仕女图》，亏想得周到。】

文章如此描写皇太极，像不像《绣窗仕女图》呢？

见他进来，宝钗才放下笔，转过身来，满面堆笑让："周姐姐坐。"

敌对双方见面，一定会大打出手。不过，文章在演戏，宝钗先说一句客套话。

周瑞家的也忙陪笑问："姑娘好？"

周瑞家的回一句客套话。文章已经写了两句废话，下面该切入正文了。

一面炕沿上坐了，因说："这有两三天也没见姑娘到那边逛逛去，只怕是你宝兄弟冲撞了你不成？"

客套话后，周瑞家的直入正题："难道明朝（宝兄弟）冲撞了你不成？"这分明是谴责的口吻。

【甲戌侧批：一人不漏，一笔不板。】

表面情节一笔不板，但是，细想一下，周瑞家的这样问话，略显唐突。

宝钗笑道："那里的话。【甲戌侧批：得空便入。】

完全是说书人口吻，下面要讲哪段历史呢？文章见缝就钻，顺势转笔，下文要讲另一段历史了。

"只因我那种病又发了，

皇太极的病复发了，文章一转笔就是十多年后了，《清

（崇祯十五年）十月，丁巳，上不豫……

十二月丁卯，上不豫……

（崇祯十六年）春正月丙申朔，上不豫……

三月，庚戌，上不豫，赦死罪以下。

从崇祯十五年十月至第二年三月，皇太极频繁发病！

皇太极真有病，表面情节和隐写历史是天成地设之文。周瑞家的针对崇祯二年的己巳之变发问，宝钗针对崇祯十五年皇太极发病作答，文字巧妙之至，丝毫没有闲文，真是惜墨如金。

以日比年，崇祯皇帝登基第一年、第二年，后金没有大规模军事行动。"第三日"，后金出"屋子"攻打明朝了。

上句话顺势插入了时间点。

皇太极52岁时猝死，这极可能与病根儿有关。《清史稿·太宗本纪》记载：

庚午，上御崇政殿。是夕，亥时，无疾崩，年五十有二，在位十七年。

病根会闹出人命，真不是玩的！

皇太极患病后，请了很多人，花了很多钱，但是，没人能治好他的病。

皇太极的病确实有点儿奇怪，松锦之战后，他的身体一直不好。

"无名之症"是虚证、是心病。文章用"后来"二字岔开文字，转笔介绍己巳之变，皇太极的心病是如何拿下大明江山。秃头和尚出现了，这是以发型说事，他是后金的人，他要帮皇太极出主意对付明朝。

文章转笔从清方的角度介绍己巳之变了。

皇太极有一股"热毒"，排毒方法是"孽火齐攻"，大举发兵，进攻明朝。

【甲戌眉批："那种病""那"字，与前二玉"不知因何"二"又"字，皆得天成地设之体；且省却多少闲文，所谓"惜墨如金"是也。】

"所以这两天没出屋子。"

【甲戌侧批：得空便入。】

周瑞家的道："正是呢，姑娘到底有什么病根儿，也该趁早儿请个大夫来，好生开个方子，认真吃几剂，一势儿除了根才是。

"小小的年纪倒作下个病根儿，也不是顽的。"

宝钗听了便笑道："再不要提吃药，为这病请大夫吃药，也不知白花了多少银子钱呢。

"凭你什么名医仙药，从不见一点儿效。

"后来还亏了一个秃头和尚，说专治无名之症，因请他看了。

【甲戌侧批：奇奇怪怪，真云龙作雨，忽隐忽见，使人逆料不到。】

"他说我这是从胎里带来的一股热毒，【甲戌侧批：凡心偶炽，是以孽火齐攻。】

"幸而先天壮，还不相干。【甲戌侧批：浑厚故也，假使颦、凤辈，不知又何如治之。】

"若吃寻常药，是不中用的。

"他就说了一个海上方，又给了一包药末子作引子，异香异气的。不知是那里弄了来的。

【甲戌双行夹批：卿不知从那里弄来，余则深知是从放春山采来，以灌愁海水和成，烦广寒玉兔捣碎，在太虚幻境空灵殿上炮制配合者也。】

"他说发了时吃一丸就好。倒也奇怪，吃他的药倒效验些。"

周瑞家的因问："不知是个什么海上方儿？姑娘说了，我们也记着，说与人知道，倘遇见这样病，也是行好的事。"

宝钗见问，乃笑道："不用这方儿还好，若用了这方儿，真真把人琐碎死。

"东西药料一概都有限，

"只难得'可巧'二字：

皇太极年轻时体格壮，他的病暂时不要紧。

世间的药不中用，必须用仙方才可以。

"海上方"是老方子。北宋末年，金国与北宋通过海路联络，签订了灭辽盟约"海上之盟"，盟约成功实施后，辽国被消灭了，金国便全力对付北宋，导致北宋灭亡。

此刻，后金要借用金国的这个"老方子"对付明朝。当时，毛文龙的队伍驻扎在皮岛上，对后金形成一定威胁，《国榷》记载："当辽事破坏之后，从岛中收召辽人，牵制金、复、海、盖四卫，时时袭建虏，有所斩获，颇有功。"皇太极想解决毛文龙威胁，于是，就使用了"海上方"，他要诱使袁崇焕杀掉毛文龙。

袁崇焕到辽东后，皇太极派人与他联络，并向他许诺，只要杀掉毛文龙，后金就归还部分土地。结果，袁崇焕杀了毛文龙，从此以后，在海岛上牵制后金的这股军事力量就不存在了。

"海上方"效验了，袁崇焕把毛文龙杀了。《国榷》记载：

而建虏以扼其背，甚忌之。阴通款崇焕，求杀文龙。而崇焕中其计不觉也，惜哉。

把这段历史告诉后人，果然是行好的事。

宝钗要把人弄死！文章连用两个"真"字，但是，看惯了假文章的读者对此熟视无睹。

这味药不用花大本钱，袁崇焕想"五年复辽"，只要诱惑他一下就可以。《烈皇小识》记载：

及（崇焕）履任，觇知文龙有成约，急遣喇嘛僧入清，啖以厚利，欲解文龙议以就己。而清最重盟誓，坚持不可，强之再四，不听。喇嘛僧曰："今惟有斩毛文龙耳。在清不为负约，在我可以收功。"

本书中有无数个"可巧"。这次"可巧"的是袁崇焕杀毛文龙不足三个月，皇太极采取了史无前例的军事行动。《明史·袁崇焕传》记载：

“要春天开的白牡丹花蕊十二两，【甲戌侧批：凡用“十二”字样，皆照应十二钗。】夏天开的白荷花蕊十二两，秋天的白芙蓉蕊十二两，冬天的白梅花蕊十二两。

“将这四样花蕊，于次年春分这日晒干，和在药末子一处，一齐研好。又要雨水这日的雨水十二钱……”

周瑞家的忙道：“嗳哟！这么说来，这就得三年的工夫。

“倘或雨水这日竟不下雨，这却怎处呢？”

宝钗笑道：“所以说那里有这样可巧的雨，便没雨也只好再等罢了。

“白露这日的露水十二钱，霜降这日的霜十二钱，小雪这日的雪十二钱。

“把这四样水调匀，和了药，再加十二钱蜂蜜，十二钱白糖，

“丸了龙眼大的丸子，盛在旧磁坛内，埋在花根底下。

“若发了病时，拿出来吃一丸，用十二分黄柏煎汤送下。”【甲戌双行夹批：末用黄柏更妙。可知“甘苦”二字，不独十二钗，世皆同有者。】

周瑞家的听了笑道：“阿弥陀佛，真坑死人的事儿！

“等十年未必都这样巧的呢。”

宝钗道：“竟好，自他说了去后，一二年间可巧都得了，

文龙既死，甫逾三月，我大清兵数十万分道入龙井关、大安口。

糟糕透顶！配这味药需要无数花儿殉葬！白牡丹花蕊、白荷花蕊、白芙蓉蕊、白梅花蕊各十二两，这得死多少花儿呀！这些花儿都是白花，这不就是天下缟素吗？

春分、雨水是春天的节令，崇祯二年春天，皇太极实施反间计，到六月，袁崇焕把毛文龙杀了！

事情就发生在崇祯皇帝登基后第三年。

计谋虽好，实现不了（天不下雨）怎么办？

宝钗又笑了，静待时机，只要袁崇焕上当，这味药就配成了。

白露、露水是秋天的节令，此时，后金正在做战争准备，到小雪节令，后金就打到了北京城下。

蜂蜜、白糖是甜头，如果没有甜头，袁崇焕怎么会上当呢？

“龙眼大的丸子”，毛文龙的“龙”字露出来了。这味药是不是要加上毛草根、文杏两味药呢？这样的话，“毛文龙”三个字就凑齐了。

吃一丸就害死无数人，先死毛文龙，再死袁崇焕，还要害死无数明朝百姓。

真坑死人的事儿！真的！

不用10年，袁崇焕到任一年，机会就来了！

又一个“可巧”。皇太极杀毛文龙的计谋得逞了！《国榷》记载：

袁氏身膺不道之罚，则杀岛帅适所以自杀也。

红楼阐微——解读《红楼梦》前二十回

"好容易配成一料。如今从南带至北，现在就埋在梨花树底下呢。"

【甲戌侧批："梨香"二字有着落，并未白白虚设。】

周瑞家的又问道："这药可有名字没有呢？"

宝钗道："有。【甲戌侧批：一字句。】这也是那癞头和尚说下的。

"叫作'冷香丸'。"【甲戌侧批：新雅奇甚。】

周瑞家的听了点头儿，因又说："这病发了时到底觉怎么着？"

宝钗道："也不觉甚怎么着，只不过喘嗽些，吃一丸下去也就好些了。"

【甲戌双行夹批：以花为药，可是吃烟火人想得出者？诸公且不必问其事之有无，只据此新奇妙文悦我等心目，便当浮一大白。】

周瑞家的还欲说话时，忽听王夫人问："谁在房里呢？"

周瑞家的忙出去答应了，趁便回了刘姥姥之事。

略待半刻，见王夫人无语，

方欲退出，

【甲戌双行夹批：行文原只在一二字，便有许多省力处。不得此窍者，便在窗下百般扭捏。】

薛姨妈忽又笑道：【甲戌双行夹批："忽"字"又"字与"方欲"二字对射。】
"你且站住。

"我有一宗东西，你带了去罢。"

文章又说反话，不是从南到北，后金军队翻越长城，由北而南打来了。

古人常用梨花比喻雪花，梨花小院香满园，后金壮大起来了。

有名，《孙子兵法》称其为"借刀杀人"。

癞头和尚是作者吴梅村，这味药由作者命名最妙。

后金天气寒冷，"冷"指后金，"冷香丸"就是说后金"香"起来了。

这病发了就想攻城略地。

反间计用一次就不得了。

以花为药，世人无福消受，读者不需要考证这味药的有无，此中情节"浮一大白"，背后有一篇大文章，袁崇焕、毛文龙都是这篇文章中的人物。

皇太极使用反间计的历史讲完了，王夫人问话是为了岔开文字，继续讲述历史。

刘姥姥扮演袁崇焕，他是"海上方"事件的当事人，文章略一点明。

王夫人起串联情节作用，故而，她不说话。

申用懋任兵部尚书的时间只有一个多月，他就要离任（退出）了。

一二字之间大有文章，"方欲退出"这四个字表明申用懋快离任兵部尚书了。如果读者得不到这个窍门，只能"百般扭捏"。

请留步，文章还要借周瑞家的引出其他历史事件。

后金要送给明朝一宗东西，且看这是何物。

说着便叫香菱。【甲戌双行夹批：二字仍从"莲"上起来。盖"英莲"者，"应怜"也，"香菱"者亦"相怜"之意。此是改名之"英莲"也。】

英莲改名为香菱，明朝的"莲藕"在后金"开花"了，范文程被重用了！这与第一回中的"菱花空对雪澌澌"相呼应。

只听帘栊响处，方才和金钏顽的那个小丫头进来了，问："奶奶叫我作什么？"

奶奶叫你攻打明朝，范文程参加了己巳之变。《清史稿·太宗本纪》记载：

壬辰，参将英俄尔岱、文馆范文程留守遵化，大军进逼燕京。

【甲戌双行夹批：这是英莲天生成的口气，妙甚！】

批书人熟悉范文程的口气，他极可能是降清官员呀。

薛姨妈道："把匣子里的花儿拿来。"

"花儿"？花样真多！花儿与话儿谐音，后金再次使用反间计，他们要向明朝传话，传话内容是"袁崇焕与后金已有约定，合伙干掉明朝"。

香菱答应了，向那边捧了个小锦匣来。薛姨妈道："这是宫里头的新鲜样法，

确实是"新鲜样法"！

"拿纱堆的花儿十二支。

纱堆的"纱"与杀人的"杀"谐音！

"昨儿我想起来，白放着可惜了儿的，何不给他们姊妹们戴去。昨儿要送去，偏又忘了。你今儿来的巧，就带了去罢。你家的三位姑娘，每人一对，剩下的六枝，送林姑娘两枝，那四枝给了凤哥罢。"

后金散布谣言说，袁崇焕已经降清，这些谣言要传到明朝的帝王将相耳朵里！

【甲戌侧批：妙文！今古小说中可有如此口吻者？】

本文不在今古小说之列。

王夫人道："留着给宝丫头戴罢了，又想着他们。"

孙传庭多想做"花儿"送给皇太极呀！

薛姨妈道："姨娘不知道，宝丫头古怪【甲戌侧批："古怪"二字，正是宝卿身份。】着呢，

皇太极确实"古怪"，连续两次使用反间计，先诱骗袁崇焕杀了毛文龙，然后散布袁崇焕降清的谣言。

"他从来不爱这些花儿粉儿的。"

如果宝钗爱花儿粉儿，她就不是皇太极了！

【甲戌双行夹批：可知周瑞一回，正为宝菱二人所有，正《石头记》得力处也。】

周瑞家的来此是为了介绍皇太极与范文程。

说着，周瑞家的拿了匣子，走出房门，见金钏仍在那里晒日阳儿。

周瑞家的因问他道："那香菱小丫头子，可就是常说临上京时买的，为他打人命官司的那个小丫头子么？"金钏道："可不就是。"【甲戌侧批：出明英莲。】

正说着，只见香菱笑嘻嘻的走来。

周瑞家的便拉了他的手，细细的看了一会，因向金钏儿笑道："倒好个模样儿，竟有些像咱们东府里蓉大奶奶的品格儿。"

【甲戌双行夹批：一击两鸣法，二人之美，并可知矣。再忽然想到秦可卿，何玄幻之极。

假使说像荣府中所有之人，则死板之至，故远远以可卿之貌为譬，似极扯淡，然却是天下必有之情事。】

金钏儿笑道："我也是这们说呢。"

周瑞家的又问香菱："你几岁投身到这里？"

又问："你父母今在何处？

"今年十几岁了？

"本处是那里人？"

香菱听问，都摇头说："不记得了。"

【甲戌双行夹批：伤痛之极，亦必如此收住方妙。不然，则又将作出香菱思乡一段文字矣。】

金钏在"晒日阳儿"，高迎祥还没有兴起大风浪。这一句是编年体纪事方法。

见缝就钻，逢人便借，周瑞家的与金钏儿对话是为了介绍范文程（香菱）。

范文程生活得挺好，笑嘻嘻地就来了。

范文程和袁崇焕有些像呢！不是面貌像，而是"品格儿"像！范文程是降清官员，袁崇焕有通敌嫌疑，二人有点儿像。

这就是一笔两用，既介绍了范文程，又点出了袁崇焕。不过，袁崇焕没有降清，香菱像可卿之说过于玄幻！

范文程本是明朝人，他的长相与明朝人相似，如果文章说香菱像荣府所有人，这就死板了。范文程和袁崇焕有些像，只是远远为譬，如果二人真的具有同样的"品格儿"，这就把袁崇焕通敌的事写实了，这就扯淡了。不过，文章表述非常清楚，"有些像"前面还有一个"竟"字！

你也懂吗？搭戏而已。

笔者代答："范文程生于1597年，降清时间是1618年，他21岁时投身到后金。"

笔者代答："范文程与哥哥一起投降后金，不知其父母的情况。"

他今年32岁了。

本处是明朝辽东地区辽阳人。

范文程已经把故乡忘了，他死心塌地地服务于后金了。

如果不这样收笔，香菱该说："我与老家的人闹翻了，我要随后金军一起打回去。"

周瑞家的和金钏儿听了，倒反为叹息伤感一回。

一时间周瑞家的携花至王夫人正房后头来。

原来近日贾母说孙女儿们太多了，一处挤着倒不方便，只留宝玉、黛玉二人这边解闷，却将迎、探、惜三人移到王夫人这边房后三间小抱厦内居住，

令李纨陪伴照管。【甲戌侧批：不作一笔安逸之笔矣。】

如今周瑞家的故顺路先往这里来，只见几个小丫头子都在抱厦内听呼唤呢。

迎春的丫鬟司棋与探春的丫鬟侍书【甲戌双行夹批：妙名。贾家四钗之鬟，暗以琴、棋、书、画四字列名，省力之甚，醒目之甚，却是俗中不俗处。】二人正掀帘子出来，手里都捧着茶钟，

周瑞家的便知他们姊妹在一处坐着呢，遂进入内房，只见迎春探春二人正在窗下围棋。

周瑞家的将花送上，说明缘故。二人忙住了棋，都欠身道谢，命丫鬟们收了。

周瑞家的答应了，因说："四姑娘不在房里？

"只怕在老太太那边呢。"

丫鬟们道："在这屋里不是？"

【甲戌双行夹批：用画家三五聚散法写来，方不死板。】

周瑞家的听了，便往这边屋里来。只见惜春正同水月庵的小姑子智能儿一处顽笑，

没啥伤感的，"倒反"二字就是明证。周瑞家的与金钏儿应该伤感一下自己的命运才是。

一步千里，周瑞家的回到了明朝。

迎、探、惜三人不在贾母处就对了，皇帝与大臣本来就不住在一处。

再点一下李自成，文章"不作一笔安逸之笔矣"。

周瑞家的来到朝廷中，他要向朝廷官员逐一汇报消息。

介绍薛国观（迎春）与谢升（探春）时，又伏下了司棋、侍书两位历史人物。

薛国观与谢升正在下围棋，下棋需要算计输赢。此时，二人还没有进入内阁，他俩在为仕途谋划呢。

二人接受了袁崇焕勾结后金的话儿（花儿），真真是败家娘们！

此时，魏藻德（四姑娘）还没考中进士，得换个地方找他。

"只怕"二字说明她也不在老太太那边。

囫囵法，"这屋"指代魏藻德的老家，他的老家是北京通州，离朝廷不远。

如果是庸俗笔墨，此处便说"不知道四姑娘在哪里"，文章偏写四姑娘在屋里，灵活之至。

智能儿是尼姑，她扮演后金（大清）的人。水月庵的"水月"二字是"清"字的左边偏旁和右下偏旁，文章用"水月"指代大清。

【甲戌双行夹批：总是得空便入。百忙中又带出王夫人喜施舍等事，可知一支笔作千百支用。又伏后文。甲戌眉批：闲闲一笔，却将后半部线索提动。】

见周瑞家的进来，惜春便问他何事。周瑞家的便将花匣打开，说明原故。

惜春笑道："我这里正和智能儿说，我明儿也剃了头同他作姑子去呢，可巧又送了花儿来，若剃了头，可把这花儿戴在那里呢？"

说着，大家取笑一回，惜春命丫鬟入画来收了。【甲戌侧批：曰司棋，曰侍书，曰入画；后文补抱琴。琴、棋、书、画四字最俗，上添一虚字则觉新雅。】

周瑞家的因问智能儿："你是什么时候来的？

"你师父那秃歪剌往那里去了？"

智能儿道："我们一早就来了，我师父见了太太，就往于老爷府内去了，

"叫我在这里等他呢。"

【甲戌双行夹批：又虚贴一个于老爷，可知尚僧尼者，悉愚人也。】

周瑞家的又道："十五的月例香供银子可曾得了没有？"

智能儿摇头儿说："我不知道。"

魏藻德（惜春）是北京通州人，智能儿与惜春在一起，这说明后金军打到通州地区了。

智能儿的出现是在为后文伏笔，智能儿扮演的历史人物与崇祯末年的一桩重大历史事件有关，闲闲一笔，正是为后文伏线。

魏藻德还没考中进士，这时候与他说话，毫无意义。

不想戴"花"就算了，明朝灭亡后，就怕想做姑子也做不成。

又伏下一位入画。琴、棋、书、画四人扮演的明朝大臣与其主人扮演的大臣有关联。

后金军于十月打来。

"秃歪剌"指喇嘛僧，后金与袁崇焕议和通过一位喇嘛僧传递消息。袁崇焕入援京城时，把喇嘛僧也带来了，因而，他被杀的一条罪状就是私携喇嘛僧入城。《崇祯实录》记载：

谕曰："袁崇焕付托不效，专事欺隐。市粟谋款不战，散遣援兵，潜移喇嘛僧入城……"

私携喇嘛僧入城，袁崇焕跳进黄河也洗不清。

智能儿并未参加己巳之变，这里是为她伏笔，后文才有她的正传。

文中的僧尼不是好人呀。

崇祯二年十二月十五日，后金正在京师城下抢银子呢。

智能儿没有参加抢夺。

【甲戌双行夹批：妙！年轻未任事也。一应骗布施、哄斋供诸恶，皆是老秃贼设局。写一种人，一种人活像。】

惜春听了，便问周瑞家的："如今各庙月例银子是谁管着？"

周瑞家的道："是余信管着。"

【甲戌侧批：明点"愚信"二字。】

惜春听了笑道："这就是了。他师父一来，余信家的就赶上来，和他师父咕唧了半日，想是就为这事了。"

【甲戌双行夹批：一人不落，一事不忽，伏下多少后文，岂真为送花哉！】

那周瑞家的又和智能儿唠叨了一会，便往凤姐儿处来。

穿夹道从李纨后窗下过，【甲戌双行夹批：细极！李纨虽无花，岂可失而不写者？故用此顺笔便墨，间三带四，使观者不忽。】

越过西花墙，出西角门进入凤姐院中。

走至堂屋，只见小丫头丰儿坐在凤姐房中门槛上，见周瑞家的来了，连忙【甲戌侧批：二字着紧。】摆手儿叫他往东屋里去。

周瑞家的会意，忙蹑手蹑足往东边房里来，只见奶子正拍着大姐儿睡觉呢。【甲戌侧批：总不重犯，写一次有一次的新样文法。】

周瑞家的悄问奶子道："奶奶睡中

老秃贼设了一个局，他向袁崇焕传递假的和谈消息，诱使他杀了毛文龙。

朝廷的银子谁管着呢？当然是户部尚书。

余信扮演时任户部尚书毕自严。

户部尚书毕自严愚信传言。《烈皇小识》记载：

民谣云："投了袁崇焕，达子跑一半。"兼崇焕出言无状，对百官讼言："达子此来要做皇帝，已卜某日登极矣。"户部尚书毕自严，至挢舌不能下，举朝皆疑之。

不清楚余信家的扮演谁。

哪有花儿可送，文章在介绍己巳之变的过程。

周瑞家的要给监军太监王应朝（凤姐）送话了。

夹道！"夹"是夹杂，"道"是述说，文章夹写李自成（李纨），他与己巳之变没有任何关系，文章顺便提起他，提醒读者不要忘了他。

来到监军太监王应朝的办公场所了。

参与己巳之变的太监太多，无法确定丰儿的身份。丰儿坐在"门槛上"，她可能扮演的是提督九门的太监沈良佐或吕直。《明末纪事本末》记载：

十二月，以司礼监太监沈良佐、内官太监吕直提督九门及皇城门。

第六回提到东边房里是大姐儿睡觉之屋，这里说大姐儿正在睡觉，难道大姐儿扮演的历史人物正在监狱里吗？不知道她扮演谁，奈何？奈何？

表面情节又出漏洞了，周瑞家的一直在送花，她不

觉呢？也该请醒了。"奶子摇头儿。【甲戌侧批：有神理。】

正说着，只听那边一阵笑声，却有贾琏的声音。

接着房门响处，平儿拿着大铜盆出来，叫丰儿舀水进去。

【甲戌双行夹批：妙文奇想！阿凤之为人，岂有不着意于"风月"二字之理哉？若直以明笔写之，不但唐突阿凤身价，亦且无妙文可赏。若不写之，又万万不可。故只用"柳藏鹦鹉语方知"之法，略一皴染，不独文字有隐微，亦且不至污渎阿凤之英风俊骨。所谓此书无一不妙。甲戌眉批：余素所藏仇十洲《幽窗听莺暗春图》，其心思笔墨，已是无双，今见此阿凤一传，则觉画工太板。】

平儿便到这边来，一见了周瑞家的便问："你老人家又跑了来作什么？"

周瑞家的忙起身，拿匣子与他，说送花儿一事。

平儿听了，便打开匣子，拿了四枝，转身去了。

半刻工夫，手里拿出两枝来，【甲

知道凤姐何时入睡，为什么说"该请醒了"呢？从隐写的历史而言，这话是说，监军太监王应朝对后金的谣言快清醒了。

贾琏扮演周延儒。周延儒要借袁崇焕事件落井下石，他开始奸笑了。《崇祯实录》记载：

初，逆珰定案，诸奸深憾龙锡，谋借袁崇焕事报之；且因龙锡，罗及诸臣。周延儒、温体仁实主之……

再者，袁崇焕下狱27天后，周延儒成为内阁大学士，因而，他也要笑一笑。《崇祯实录》记载：

十二月，丁丑，进礼部侍郎周延儒、何如宠、钱象坤为礼部尚书兼东阁大学士，直文渊阁。

"房门响处"指城门旁边；"大铜盆"是接人入城的器具；"舀水"的意思是用"大铜盆"将城下人请入城内。十二月一日，皇帝再次召见袁崇焕，这一次，袁崇焕下狱了。《国榷》记载：

十二月，辛亥朔，召袁崇焕、祖大寿、满桂、黑云龙于平台。崇焕方遣副总兵张洪谟等蹑敌，闻召议饷，入见；上问以杀毛文龙，今逗留何也？不能对。命下锦衣狱。

贾琏在笑，平儿、丰儿出门舀水，有人便以为贾琏与凤姐白日纵淫。对于隐写的历史而言，袁崇焕通敌的话儿（花儿）传来，周延儒（贾琏）在笑，平儿、丰儿两位太监在忙碌，很明显，他们三个人都是冲着袁崇焕来的，但是，王应朝（凤姐）没露面，他没有轻信传言。这里不写凤姐，正是描写凤姐的英明！呜呼，谁人知之？

"又"字妙！兵部尚书申用懋（周瑞家的）又来干什么呢？

"花儿"来了，后金的谣言传来了。

坏了！坏了！太监平儿接受了"花儿"！

袁崇焕（蓉大奶奶）的麻烦来了！皇太极为袁崇焕量

戌侧批：攒花簇锦之文，故使人耳目眩乱。】先叫彩明吩咐道："送到那边府里给小蓉大奶奶戴去。"

【甲戌侧批：忙中更忙，又曰"密处不容针"，此等处是也。】

次后方命周瑞家的回去道谢。

周瑞家的这才往贾母这边来。穿过了穿堂，抬头忽见他女儿打扮着才从他婆家来。

周瑞家的忙问："你这会跑来作什么？"

他女儿笑道："妈一向身上好？我在家里等了这半日，妈竟不出去，

"什么事情这样忙的不回家？我等烦了，

"自己先到了老太太跟前请了安了，这会子请太太的安去。

"妈还有什么不了的差事，手里是什么东西？"

周瑞家的笑道："嗳！今儿偏偏的来了个刘姥姥，我自己多事，为他跑了半日，

"这会子又被姨太太看见了，送这几枝花儿与姑娘奶奶们。这会子还没送清楚呢。

"你这会子跑了来，一定有什么事。"

他女儿笑道："你老人家倒会猜。实对你老人家说，你女婿前儿因多吃了两杯酒，和人分争，

身打造的"花儿"，由明朝人为他"戴"上了！反间计起作用了！

本处文字包含的历史事件太多了，忙中更忙、密不容针。

兵部尚书申用懋快要谢恩（道谢）离任了。

这位"女儿"已经打扮好了，她扮演梁廷栋。梁廷栋是申用懋的继任者，十二月二十五日，梁廷栋成为兵部尚书。《崇祯长编》记载：

乙亥，兵部尚书申用懋致仕，以梁廷栋为兵部尚书。

梁廷栋这会子跑来向崇祯皇帝汇报御敌策略来了，《明史·梁廷栋传》记载：

十一月，大清兵克遵化，巡抚王元雅自缢，即擢廷栋右佥都御史代之。廷栋请赐对，面陈方略，报可。

梁廷栋（女儿）向皇帝汇报过御敌策略后，皇帝很喜欢他，这不，梁廷栋急着想当兵部尚书，他嫌申用懋竟不出去呢。

莫急，你妈马上就出去，兵部尚书的职位非你莫属。

梁廷栋已经向皇帝汇报过军事策略了。

梁廷栋好急，这种性子恐怕要出事。

袁崇焕（刘姥姥）一来，申用懋（周瑞家的）多事了，不然，他可能不会被免职。

不是那么容易送清楚的。

无事不登三宝殿，他要来当兵部尚书。

又一折。这位"女婿"是冷子兴，前文讲过，他扮演大学士钱龙锡。钱龙锡被卷入了袁崇焕的案子。《明史·钱龙锡传》记载：

帝怒崇焕战不力，执下狱，而捷、裖已为永光引用。

捷遂上章，指通款杀将为龙锡罪，且言祖大寿师溃而东，由龙锡所挑激。

"不知怎的被人放了一把邪火，说他来历不明，

朝廷里有人放邪火，钱龙锡审定了阉党案，阉党余党痛恨他，便借袁崇焕的案子弹劾他。《明史·钱龙锡传》记载：

时群小丽名逆案者，聚谋指崇焕为逆首，龙锡等为逆党。更立一逆案相抵。

注意"群小"二字，这是明代史书形容阉党的专用词，后文中，蒙古王府本上的批注会直接使用这个词。

"告到衙门里，要递解还乡。

钱龙锡离职还乡了，《明史·钱龙锡传》记载：

捷再疏攻，帝意颇动。龙锡再辩，引疾，遂放归。

"所以我来和你老人家商议商议，这个情分，求那一个可了事呢？"

钱龙锡离职了，但是，这件事还没完，袁崇焕被杀时，又有人弹劾钱龙锡。这一次，右中允黄道周、刑部尚书胡应台、给事中刘斯琜为钱龙锡说情，都没成功。《明史·钱龙锡传》记载：

乃议龙锡大辟，且用夏言故事，设厂西市以待。帝以龙锡无逆谋，令长系。

周瑞家的听了道："我就知道呢。这有什么大不了的！

这事也不小啊。

"你且家去等我，

申用懋说："你等着，我离职回家后，就把兵部尚书的位子让给你。"

"我给林姑娘送了花儿去就回家去。

崇祯皇帝（黛玉）也要得知后金的话儿（花儿）。文章好看之至，且看下文。

"此时太太二奶奶都不得闲儿，你回去等我。这有什么，忙的如此。"

不忙怎么能当上兵部尚书呢？己巳之变前，梁廷栋只是参政，数日之内，他当上了兵部尚书。

女儿听说，便回去了，又说："妈，好歹快来。"

梁廷栋喊妈了，这是一个急性子。

周瑞家的道："是了。小人儿家没经过什么事，就急得你这样了。"

梁廷栋是"小人儿家"，"没经过什么事"。《明史·梁廷栋传》记载：

给事中陈良训首刺廷栋，同官陶崇道复言："廷栋数月前一监司耳，倏而为巡抚、总督、本兵，国士之遇宜何如报……"

说着，便到黛玉房中去了。

后金散布的谣言要传到崇祯皇帝耳朵里了。

【甲戌双行夹批：又生出一小段来，是荣、宁中常事，亦是阿凤正文，若不如此穿插，直用一送花到底，亦太死板，不是《石头记》笔墨矣。】

谁知此时黛玉不在自己房中，却在宝玉房中大家解九连环顽呢。

【甲戌侧批：妙极！又一花样。此时二玉已隔房矣。】

周瑞家的进来笑道："林姑娘，姨太太着我送花儿与姑娘带。"

宝玉听说，便先问："什么花儿？拿来给我。"一面早伸手接过来了。【甲戌侧批：瞧他夹写宝玉。】

开匣看时，原来是宫制堆纱新巧的假花儿。【甲戌侧批：此处方一细写花形。】

黛玉只就宝玉手中看了一看，【甲戌侧批：妙！看他写黛玉。】

便问道："还是单送我一人的，还是别的姑娘们都有呢？"【甲戌双行夹批：在黛玉心中，不知有何丘壑。】

周瑞家的道："各位都有了，这两枝是姑娘的了。"

黛玉冷笑道："我就知道，

"别人不挑剩下的也不给我。"

【甲戌侧批：吾实不知黛卿胸中有何丘壑，在"看一看"上传神。】

周瑞家的听了，一声儿不言语。

【甲戌眉批：余阅送花一回，薛姨妈云"宝丫头不喜这些花儿粉儿的"，则谓是宝钗正传。

一路史笔，巧妙穿插，灵活之至。

崇祯皇帝（黛玉）正在与玉玺（宝玉）解九连环，九连环一旦解开，崇祯王朝就结束了。

后金威胁着明朝皇权，影响了二玉感情，宝玉、黛玉从此将渐行渐远。

兵部尚书申用懋赔笑向崇祯皇帝汇报工作："皇上，'花儿'来了，有人说袁崇焕通敌。"

宝玉是皇帝的代言人，宝玉应答，巧妙之至，以假乱真。皇帝要详细了解情况。

"假花儿"谐音"假话儿"，崇祯皇帝识破了反间计！"漫言不肖皆荣处"，不要说崇祯皇帝认为袁崇焕通敌；"造衅开端实在宁"，袁崇焕之死是朝臣造衅的结果。

崇祯皇帝非常聪明，"看了一看"便明白了。《明史》却说"其人奔告于帝，帝信之不疑"。《明史》的记载是在抹黑崇祯皇帝呢！

崇祯皇帝在询问："大家都知道这个'话儿'吗？"

兵部尚书回答说："'各位都有了'，大家都知道'袁崇焕通敌'的消息。"

"我就知道"！宝姐姐搞花样，林妹妹知道！

崇祯皇帝很生气，你们不长脑子吗？为什么大家都知道"袁崇焕通敌"的消息？这里面有猫腻！

黛玉胸中有千丘万壑，"看一看"前还有一个"只"字，传神之至。

兵部尚书申用懋一言不发，他毫无主意呀！

皇太极正传。

又出阿凤、惜春一段，则又知是阿凤正传。

今又到颦儿一段，却又将阿颦之天性，从骨中一写，方知亦系颦儿正传。

小说中一笔作两三笔者有之，一事启两事者有之，未有如此恒河沙数之笔也。】

宝玉便问道："周姐姐，你作什么到那边去了。"

周瑞家的因说："太太在那里，因回话去了，姨太太就顺便叫我带来了。"

宝玉道："宝姐姐在家作什么呢？怎么这几日也不过这边来？"周瑞家的道："身上不大好呢。"

宝玉听了，便和丫头说："谁去瞧瞧？

"只说我和林姑娘【甲戌侧批："和林姑娘"四字着眼。】打发了来请姨太太姐姐安，问姐姐是什么病，现吃什么药。

"论理我该亲自来的，就说才从学里来，也着了些凉，异日再亲自来看罢。"

【甲戌眉批：余观"才从学里来"几句，忽追思昔日情景，可叹！

想纨绔小儿，自开口云"学里"，亦如市俗人开口便云"有些小事"，然何尝真有事哉！此掩饰推托之词耳。

宝玉若不云"从学房里来凉着"，然则便云"因憨顽时凉着"者哉？写来一笔，继之一叹。】

说着，茜雪便答应去了。

王应朝正传。

崇祯皇帝正传。

普通小说中，有一笔作两三笔用的，有一事开启两件事的，但是，普通小说不会与《红楼梦》一样，一回中有恒河沙数的历史事件。

去而未去，故有此问。

顺便捎回来后金的谣言，这个消息谁捎回来都一样，兵部尚书捎回来最妙。

扯幌子以便引起下文。

袁崇焕下狱，派谁对付后金军？《崇祯实录》记载：命满桂总理援兵、节制诸将，马世龙、祖大寿分理辽东兵。

宝玉无法做主，"我和林姑娘"打发人去瞧瞧，做主的人是林姑娘。

宝玉是明朝的象征，后金打来，宝玉真的"着凉"了。

玉玺在内阁中，批书人在追思昔日的情景。

玉玺是石头，他怎么会真在"学里"呢？这都是掩饰推托之词呀。

后金打来，宝玉肯定着凉了，若宝玉说："今日梦见宝姐姐打我一下。"不知何如？

又一折。茜雪是女版的冷子兴，她也扮演钱龙锡。说话间就到了十二月二十二日，钱龙锡离职去了。《国榷》记载：壬申，大学士钱龙锡引疾去。

周瑞家的自去，无话。

原来这周瑞的女婿，便是雨村的好友冷子兴，【甲戌侧批：着眼。】近因卖古董和人打官司，故教女人来讨情分。

周瑞家的仗着主子的势利，把这些事也不放在心上，晚间只求求凤姐儿便完了。

至掌灯时分，凤姐已卸了妆，

来见王夫人回话："今儿甄家【甲戌侧批：又提甄家。】送了来的东西，我已收了。【甲戌侧批：不必细说方妙。】

"咱们送他的，趁着他家有年下进鲜的船回去，一并都交给他们带了去罢？"

王夫人点头。

凤姐又道："临安伯老太太生日的礼已经打点了，派谁送去呢？"【甲戌侧批：阿凤一生尖处。】

王夫人道："你瞧谁闲着，就叫他们去四个女人就是了，又来当什么正经事问我。"

【甲戌双行夹批：虚描二事，真真千头万绪，纸上虽一回两回中或有不能写到阿凤之事，然亦有阿凤在彼处手忙心忙矣，观此回可知。】

十二月二十五日，申用懋也离职了。《崇祯长编》记载：

乙亥，兵部尚书申用懋致仕，以梁廷栋为兵部尚书。

内阁（古董行）的老古董在捣鬼，如果钱龙锡（冷子兴）不讨情分，连命都得搭上。

"晚间"是晚些时候的意思，钱龙锡于崇祯二年十二月离职，第二年九月，这件事又翻腾出来了。《明史·钱龙锡传》记载：

帝召诸臣于平台，置崇焕重辟。责龙锡私结边臣，蒙隐不举，令廷臣议罪。是日，群议于中府，谓："斩帅虽龙锡启端，而两书有'处置慎重'语，意不在擅杀，杀文龙乃崇焕过举。至讲款，倡自崇焕，龙锡始答以'酌量'，继答以'天子神武，不宜讲款'。然军国大事，私自商度，不抗疏发奸，何所逃罪？"帝遂遣使逮之。

"掌灯时分"是酉时，这里可能用"酉"表示年份，崇祯六年是癸酉年，这年，王应朝可能卸任了。

王应朝收了南京（甄家）的东西，似乎有人托王应朝办事。这是在介绍王应朝的后事。

有来有往，王应朝要帮人办事。

王夫人搭戏，她只点头不说话。

似乎是在写一位临安籍官员，文章没有具体描写，不知何事。

凤姐说的两件事与太监王应朝卸任有关，但是，这并非正经大事，故而，王夫人做了提醒。

朝廷中的事件太多了，描写重大历史事件还容易一些，如果把次要历史事件融入文章，这就有点儿难了，所以，文章虚写二事。

凤姐又笑道:"今日珍大嫂子来,请我明日过去逛逛,明日倒没有什么事情。"

王夫人道:"有事没事都害不着什么。每常他来请,有我们,你自然不便意,他既不请我们,单请你,

"可知是他诚心叫你散淡散淡,别辜负了他的心,便有事也该过去才是。"

凤姐答应了。

当下李纨、迎、探等姐妹们亦来定省毕,各自归房无话。

次日凤姐梳洗了,先回王夫人毕,方来辞贾母。宝玉听了,也要跟了逛去。

凤姐只得答应,立等着换了衣服,姐儿两个坐了车,一时进入宁府。

早有贾珍之妻尤氏与贾蓉之妻秦氏婆媳两个,

引了多少姬妾丫鬟媳妇等接出仪门。

那尤氏一见了凤姐,必先笑嘲一阵,

一手携了宝玉同入上房来归坐。

秦氏献茶毕,

凤姐因说:"你们请我来作什么?

"有什么好东西孝敬我,就快献上来,我还有事呢。"

尤氏秦氏未及答话,地下几个姬妾先就笑说:"二奶奶今儿不来就罢,既来了就依不得二奶奶了。"

明日朝臣聚集,太监王应朝要去"逛逛"。珍大嫂子是尤氏。尤氏谐音犹是,还是的意思,她还是首辅韩爌。袁崇焕下狱了,韩爌要来处理这件事。

孙传庭(王夫人)尚未入朝,这次活动还没有他,所以,尤氏不能请王夫人。

千万不要辜负了韩爌(尤氏)的心,一个月来,袁崇焕下狱,钱龙锡离职,兵部尚书已换了两位,他老人家急了!

且看凤姐有何法术。

将李自成(李纨)隐藏在众姐妹间,后文不突兀。

宝玉是皇帝的代言人,他一定要去宁府,如果他不去,就得安排黛玉去。

太监王应朝带着宝玉进入朝堂!

尤氏是韩爌,秦氏是袁崇焕,韩爌是袁崇焕的座师,文章将其写成婆媳,妙极。韩爌与袁崇焕同时出现,这是要放笔描写十二月初一崇祯皇帝召见袁崇焕的过程,故而,文章用了"早有"二字。

决定袁崇焕命运的时刻来了,这群姬妾丫鬟媳妇都是朝臣,其中必然有人要乱说话。

韩爌不喜欢太监,魏忠贤的前车之鉴在那里呢!

"上房"就是朝堂,内阁首辅携玉玺在朝堂上归坐,这就暗示崇祯皇帝坐在这里呢。

袁崇焕(秦氏)的地位已经不行了。

请你主持公道。

王应朝(凤姐)不够主动。

有人抢话!有人抢先向皇帝打小报告。乱了!打小报告的人还放出狠话:"太监王应朝来了也不行,'依不得二奶奶了'。"

正说着，只见贾蓉进来请安。

> 满桂（贾蓉）来了，这真是雪上加霜！他要对皇帝说，自己的箭伤是袁崇焕的队伍所致！

宝玉因问："大哥哥今日不在家么？"

> 岔开文字了。大哥哥扮演的历史人物尚未登场。

尤氏道："出城与老爷请安去了。

> 伏线千里，这是在为贾敬伏笔。

"可是你怪闷的，坐在这里作什么？何不也去逛逛？"

> 继续拆分，下文要介绍其他历史事件。

秦氏笑道："今儿巧，上回宝叔立刻要见的我那兄弟，他今儿也在这里，

【甲戌眉批：欲出鲸卿，却先小姊娌闲闲一聚，随笔带出，不见一丝作造。】

> "笑"？哭还来不及呢！"笑"字并非实写，秦氏的话是为了引出秦钟。
>
> 鲸就是大的意思，卿就是臣子，鲸卿就是大臣，秦钟扮演一位非常重要的大臣。表面情节如此引出秦钟，丝毫不造作。

"想在书房里呢，宝叔何不去瞧一瞧？"

> 玉玺要见秦钟，秦钟扮演的历史人物马上要被提拔重用了。

宝玉听了，即便下炕要走。

> 笑话！玉玺还能自己走？

尤氏、凤姐都忙说："好生着，忙什么？"一面便吩咐，"好生小心跟着，别委屈着他，倒比不得跟了老太太过来就罢了。"

【甲戌双行夹批："委屈"二字极不通，却是至情，写愚妇至矣！】

> 宝玉每走一步，必须有人陪同。

凤姐说道："既这么着，何不请进这秦小爷来，我也瞧一瞧。难道我见不得他不成？"

> 袁崇焕马上要下狱了，两位"愚妇"快想办法对付"姬妾"吧。

尤氏笑道："罢，罢！可以不必见他，比不得咱们家的孩子们，胡打海摔的惯了。"

【甲戌双行夹批：卿家"胡打海摔"，不知谁家方珍怜珠惜？此极相矛盾却极入情，盖大家妇人口吻如此。】

> 笔者也欲见一见这小爷，到底何人，三两次皴染还不露面。
>
> 此时的秦钟还没有"胡打海摔"，下一步，他将"胡打海摔"，后文免不了一场战争。另外，贾家指代明朝，秦钟居然不是"咱们家"的孩子，麻烦在此，秦钟将来会降清。
>
> 表面情节的矛盾处正是隐写历史的入情处。

"人家的孩子都是斯斯文文的惯了，

> 秦钟是斯文人物出身。

"乍见了你这破落户，还被人笑话死了呢。"

> "破落户"是太监的专用称谓。秦钟要笑话太监，诸君试想，他是何等人物。

凤姐笑【甲戌侧批：自负得起。】道："普天下的人，我不笑话就罢了，竟叫这小孩子笑话我不成？"

贾蓉笑道："不是这话，他生的腼腆，没见过大阵仗儿，婶子见了，没的生气。"

凤姐啐道："他是哪吒，我也要见一见！

"别放你娘的屁了。

"再不带我看看，给你一顿好嘴巴。"

贾蓉笑嘻嘻的说："我不敢扭着，

"就带他来。"

【甲戌眉批：此等处写阿凤之放纵，是为后回伏线。】

说着，果然出去带进一个小后生来，较宝玉略瘦些，清眉秀目，粉面朱唇，身材俊俏，举止风流，似在宝玉之上，

只是羞羞怯怯，有女儿之态，腼腆含糊，慢向凤姐作揖问好。

凤姐喜的先推宝玉，笑道："比下去了！"【甲戌侧批：不知从何处想来。】

便探身一把携了这孩子的手，就命他身傍坐了，慢慢的问他年纪读书等事，【甲戌侧批：分明写宝玉，却先偏写阿凤。】方知他学名唤秦钟。

王应朝（凤姐）并未夸口，他是监军太监，完全可以笑话普天下的人。

秦钟扮演的人物还没见过大阵仗儿，不久后，他就要参与大阵仗儿了。

好！我们来见一见这位三头六臂的哪吒！他就是洪承畴！洪承畴是明末清初历史上的重要人物，他为明朝立下赫赫战功，但是，他最终降清了。

满桂（贾蓉）在"放屁"，他说袁崇焕逗留不前、自己的箭伤是袁崇焕的队伍所致，这被王应朝识破了。《国榷》记载：

谈迁曰：当满桂战败时，谓督师对垒不发一矢，非也，桂战都城北，崇焕战都城南，颇有杀伤。

应该立即给他一顿好嘴巴，省得乱讲。

自己打不过后金军而已！

带来吧。

阿凤扮演当家人，他会越来越放肆，这里先点一下他的性格。

看看洪承畴的画像吧：

洪承畴

闺阁女儿扮演内阁大学士，洪承畴降清后，也是内阁大学士，故而，他有女儿之态。

"比下去了"！这四个字着实可畏，洪承畴会投降清朝，要把明朝"比下去了"！

秦钟谐音情种，洪承畴因一夜风流毁了半世英明，且看下文介绍。

【甲戌双行夹批：设云"情钟"。古诗云："未嫁先名玉，来时本姓秦。"二语便是此书大纲目、大比托、大讽刺处。】

洪承畴是明朝的股肱之臣，但是，他终将降清，这就是文章的大纲目、大比托、大讽刺！

早有凤姐的丫鬟媳妇们见凤姐初会秦钟，并未备得表礼来，遂忙过那边去告诉平儿。平儿知道凤姐与秦氏厚密，虽是小后生家，亦不可太俭，遂自作主意，拿了一匹尺头，

这是补写前文，洪承畴是进士出身，这里的"一匹尺头"指圣旨，洪承畴先接到考中进士的圣旨。

两个"状元及第"的小金锞子，交付与来人送过去。

洪承畴是 1616 年丙辰科殿试二甲第十四名，小金锞子上的"状元及第"指洪承畴进士及第。《清史稿·洪承畴传》记载：

洪承畴，字亨九，福建南安人。明万历四十四年进士。

如此介绍洪承畴的早期经历，的确有点儿简薄。

凤姐犹笑说太简薄等语。

秦氏等谢毕。一时吃过饭，尤氏、凤姐、秦氏等抹骨牌，不在话下。

抹骨牌要分输赢，袁崇焕（秦氏）是第一输家，韩爌（尤氏）是第二输家，抢话的姬妾是赢家。

【甲戌双行夹批：一人不落，又带出强将手下无弱兵。】

洪承畴是崇祯朝最强的军事将领之一。

宝玉秦钟二人随便起坐说话。【甲戌侧批：淡淡写来。】

淡起笔。

那宝玉只一见了秦钟的人品出众，心中便有所失，痴了半日，自己心中又起了呆意，

宝玉与可卿梦中云雨后"若有所失"，此时，他"便有所失"，还起了呆意，如果把洪承畴写成女儿，也要写男女之事吧？一笑。

乃自思道："天下竟有这等人物！

没想到吧，明朝的股肱之臣却要降清！

"如今看来，我竟成了泥猪癞狗了。

崇祯十五年，洪承畴率领的明军主力部队被打散了，他被清军俘虏，从此，宝玉成了泥猪癞狗。《清史稿·洪承畴传》记载：

承畴被围阅六月，食且尽……我师夜就所守堞树云梯，阿山部卒班布里、何洛会部卒罗洛科先登，遂克其城，获承畴、民仰、变蛟、廷臣及诸将吏，降残卒三千有奇。

"可恨我为什么生在这侯门公府之家，若也生在寒门薄宦之家，早得与他交结，也不枉生了一世。

结交得也不晚，只是结局不好，洪承畴降清后，宝玉（明朝）的一生就枉费了。

"我虽如此比他尊贵，【甲戌双行夹批：这一句不是宝玉本意中语，却是古今历来膏粱纨绔之意。】可知锦绣纱罗，也不过裹了我这根死木头；美酒羊羔，也不过填了我这粪窟泥沟。'富贵'二字，不料遭我荼毒了！"

【甲戌双行夹批：一段痴情，翻"贤贤易色"一句筋斗，使此后朋友中无复再敢假谈道义，虚论情常。】

松锦大战期间，朝廷把重要的军事力量都交给了洪承畴，洪承畴战败降清，关宁锦防线全线溃败，明朝失去了屏障。如此一来，明朝（宝玉）成了一根死木头了！

洪承畴对明朝的道义、情常，在他降清的那一瞬间都变成虚假的了。《论语》中子夏曾说过一句话："贤贤易色；事父母，能竭其力；事君，能致其身……"服侍君上，就要豁出性命。可是，洪承畴没豁出性命，所以，批语说"翻'贤贤易色'一句筋斗"，这是一个180度的大筋斗啊！

明朝还没灭亡，洪承畴降清了，他为明朝官员做了一个糟糕的榜样。作者也要降清，他借此发泄呢！

【蒙侧批：此是作者一大发泄处。】

人人都爱玉玺。

秦钟自见了宝玉形容出众，举止不浮，【甲戌双行夹批："不浮"二字妙，秦卿目中所取正在此。】更兼金冠绣服，骄婢侈童，【甲戌双行夹批：这二句是贬，不是奖。此八字遮饰过多少魑魅纨绮秦卿目中所鄙者。】秦钟心中亦自思道："果然这宝玉怨不得人溺爱他。

"可恨我偏生于清寒之家，不能与他耳鬓交接，

"清寒之家"指大清，洪承畴降清后，就无法亲近宝玉了。

"可知'贫富'二字限人，亦世间之大不快事。"

【甲戌双行夹批："贫富"二字中，失却多少英雄朋友！蒙侧批：总是作者大发泄处，借此以伸多少不乐。】

洪承畴降清追求"富贵"去了，但是，这是他一生中最不快的事。

许多明朝官员因为贪恋富贵而投降清朝。作者也要降清，所以，他要写出其中的"不乐"。

二人一样的胡思乱想。【甲戌双行夹批：作者又欲瞒过众人。】

二人刚刚见面就介绍分手的情形，这真是胡思乱想。

忽又【甲戌双行夹批：二字写小儿得神。】宝玉问他读什么书。【甲戌双行夹批：宝玉问读书，亦想不到之大奇事。】

宝玉是石头，他问话本身就是奇事。

秦钟见问，便因实而答。

【甲戌双行夹批：四字普天下朋友来看。】

二人你言我语，十来句后，越觉亲密起来。

一时摆上茶果，宝玉便说："我两个又不吃酒，把果子摆在里间小炕上，我们那里坐去，省得闹你们。"

【甲戌双行夹批：眼见得二人一身一体矣。】

于是二人进里间来吃茶。

秦氏一面张罗与凤姐摆酒果，一面忙进来嘱宝玉道："宝叔，你侄儿倘或言语不防头，你千万看着我，

"不要理他。

"他虽腼腆，却性子左强，不大随和些是有的。"【甲戌侧批：实写秦钟，又映宝玉。】

宝玉笑道："你去罢，我知道了。"

秦氏又嘱了他兄弟一回，方去陪凤姐。

一时凤姐尤氏又打发人来问宝玉："要吃什么，外面有，只管要去。"宝玉只答应着，也无心在饮食上，

只问秦钟近日家务等事。【甲戌双行夹批：宝玉问读书已奇，今又问家务，岂不更奇？】

如果因实而答，他得说读过四书五经，参加过科举考试。所以，文章点一下"因实而答"就罢了。

普天下的朋友来看吧，"因实而答"后面还有一篇文章。

凡是与宝玉亲密的人都会升职，洪承畴马上就会被提拔重用。

袁崇焕的事还没写完，这里又介绍了洪承畴，两件事要分开谈。

宝玉与袭人云雨之例。

"里间"指国内，洪承畴正在陕西地区呢。

袁崇焕（秦氏）急了，他对玉玺（宝玉）说："我没与后金勾结！'你千万看着我'！"

这话说得有点儿早，不理洪承畴是后话。

洪承畴"性子左强"，陕西农民起义，身为督粮道参政的洪承畴很会打仗。《崇祯实录》记载：

崇祯二年四月甲午，固原盗侵犯耀州，督粮道参政洪承畴令官兵、乡勇万余人分十二营围贼于云阳，几覆之；乘夜雷雨，溃围走淳化，入神道岭；追斩二百余级。

"你去罢"三个字有万斤之重！宝玉打发袁崇焕下狱了。《明史·袁崇焕传》记载：

十二月朔再召对，遂缚下诏狱。

凤姐也救不了秦氏，因为史实就在那儿。

韩爌、王应朝想说服皇帝，不让袁崇焕下狱，可是，皇帝"只答应着"，没有反应。

转笔再写洪承畴。

秦钟因说："业师于去年病故，

"家父又年纪老迈，残疾在身，公务繁冗，

"因此尚未议及再延师一事，目下不过在家温习旧课而已。

"再读书一事，必须有一二知己为伴，时常大家讨论，才能进益。"

宝玉不待说完，便答道："正是呢，我们却有个家塾，合族中有不能延师的，便可入塾读书，子弟们中亦有亲戚在内可以附读。我因业师上年回家去了，也现荒废着呢。

"家父之意，亦欲暂送我去温习旧书，待明年业师上来，再各自在家里读。

"家祖母因说：一则家学里之子弟太多，生恐大家淘气，反不好，

"二则也因我病了几天，遂暂且耽搁着。

"如此说来，尊翁如今也为此事悬心。

"今日回去，何不禀明，就往我们敝塾中来，我亦相伴，彼此有益，岂不是好事？"

秦钟笑道：【甲戌眉批：真是可儿之弟。】"家父前日在家提起延师一事，也曾提起这里的义学倒好，原要来和这里的亲翁商议引荐。因这里又事忙，不便为这点小事来聒絮的。宝叔果然度小侄或可磨墨涤砚，何不速速的作成，【甲戌眉批：真是可卿之弟。】

"又彼此不致荒废，又可以常相谈聚，又可以慰父母之心，又可以得朋友之乐，岂不是美事？"

不知这位业师是真是幻。

秦钟的父亲扮演一位年龄很大的官员，目前，他公务烦冗，后文有他的正传。

读哪门子书呢？休骗读者，这是在为第九回的学堂打斗事件做伏笔。

作者在教读者，读《红楼梦》需要一二知己为伴，大家讨论，才能进益！

贾家是一个假家庭，家塾也是假的，家塾里有三教九流的人物。

宝玉之父乃作者吴梅村（贾政），整本书都是"家父之意"。

后文要描写打仗，这里先已铺垫下了。

笔者已知此病，冷香丸所致。

秦钟的父亲扮演陕西巡抚张梦鲸，此时，他也在为己巳之变悬心。

是好事。

洪大人莫急，此事马上就成，崇祯皇帝已经发现你带兵打仗的本领。只是到了关键时刻，不要忘了皇帝的知遇之恩呀。

被朝廷重用可以慰父母之心、得朋友之乐，是大美事。《清史稿·洪承畴传》记载：

崇祯初，流贼大起，明庄烈帝以承畴能军，迁延绥巡

抚、陕西三边总督，屡击斩贼渠，加太子太保、兵部尚书，兼督河南、山、陕、川、湖军务。

此事已成，不必再商量了。

宝玉道："放心，放心。咱们回来告诉你姐夫、姐姐和琏二嫂子。你今日回家就禀明令尊，我回去再禀明祖母，再无不速成之理。"二人计议一定。

那天气已是掌灯时候，出来又看他们顽了一回牌。算账时，却又是秦氏、尤氏二人输了戏酒的东道，【甲戌侧批：自然是二人输。】言定后日吃这东道，一面就叫送饭。

算账结果很清楚，袁崇焕（秦氏）将"输掉"性命，韩爌（尤氏）将输掉职位。秦氏输得最惨，所以，他虽然是"媳妇"，名字却排在"婆婆"前面！

吃毕晚饭，因天黑了，尤氏说："先派两个小子送了这秦相公家去。"媳妇们传出去半日，秦钟告辞起身。

这是以送秦钟为幌子引起下文，文章将再起波澜。

尤氏问："派了谁送去？"媳妇们回说："外头派了焦大，谁知焦大醉了，又骂呢。"【甲戌双行夹批：可见骂非一次矣。】

焦大扮演马房太监杨春。杨春被后金士兵捉住了，后金利用他设了一个反间计，他们故意让杨春"偷听"到袁崇焕降清的"机密消息"，随后，杨春被放回来了，他把"花儿"带到了明朝。

尤氏、秦氏都说道："偏又派他作什么！

就表面情节而言，焦大送秦钟不合情理，贾府家丁众多，既然焦大喝多了酒，尤氏、秦氏是主子，为什么不派别人呢？

"放着这些小子们，那一个派不得？偏要惹他去。"【甲戌侧批：便奇。】

不要相信太监杨春的话！

凤姐道："我成日家说你太软弱了，纵的家里人这样还了得了。"

王应朝（凤姐）发现内阁首辅韩爌太软弱了，遇到这样的情况得用强硬手段。

尤氏叹道："你难道不知这焦大的？

知道，这是一个十足的傻瓜，他被后金玩弄了。

"连老爷都不理他的，

老爷张溥（贾敬）不相信杨春的话。

"你珍大哥哥也不理他。

贾珍扮演大学士成基命，他也不相信杨春的话。此处非成基命正传，暂不介绍他。

"只因他从小儿跟着太爷们出过三四回兵，从死人堆里把太爷背了出来，得了命，

杨春是从死人堆里出来的。《清史稿·太宗本纪》记载：初，获明太监二人，令副将高鸿中，参将鲍承先、宁完我等受密计。至是，鸿中、承先坐近二太监耳语云："今

"自己挨着饿，却偷了东西来给主子吃。

杨春把假消息"偷"回来了。

"两日没得水，得了半碗水给主子喝，

杨春要把"偷听"的消息送给主子。

"他自己喝马溺。

喝马溺的必是养马人，《崇祯长编》记载：
提督大坝马房太监杨春、王成德为大清兵所获，口称我是万岁爷养马的官儿……

"不过仗着这些功劳情分，有祖宗时都另眼相待，如今谁肯难为他去。他自己又老了，又不顾体面，一味吃酒，吃醉了，无人不骂。

哪有奴才公开叫骂主子的理？这段话是为焦大叫骂找借口。

"我常说给管事的，不要派他差事，全当一个死的就完了。今儿又派了他。"

内阁首辅韩爌（尤氏）不相信太监杨春（焦大）的话，"全当一个死的就完了"。

【蒙侧批：有此功劳，实不可轻易摧折，亦当处之道，厚其赡养，尊其等次。

杨春被后金所骗，本不必理会他，为了避免他乱说，找个合适的理由打发他就完了。

送人回家，原非酬功之事。所谓汉之功臣不得保其首领者，我知之矣。】

后金放杨春回来是想实施反间计，而杨春以为汇报秘密可以酬功，这样的"功臣"会害了首领呀。

凤姐道："我何曾不知这焦大。倒是你们没主意，有这样的，何不打发他远远的庄子上去就完了。"【甲戌眉批：这是为后协理宁国伏线。】

王应朝（凤姐）表态了："我认识太监杨春，不要相信他的话，'打发他远远的庄子上去就完了'。"

说着，因问："我们的车可齐备了？"地下众人都应道："伺候齐了。"

快要引出焦大了。

凤姐起身告辞，和宝玉携手同行。

完全不管封建礼教，凤姐、宝玉携手，这样的表面情节也有人信吗？

尤氏等送至大厅，只见灯烛辉煌，众小厮都在丹墀侍立。

"丹墀"是宫殿或寺庙等处的专用建筑词语。普通官宦人家若有丹墀，这就无异于造反了。

那焦大又恃贾珍不在家，即在家亦不好怎样他，更可以任意洒落洒落。

文章开始点贾珍了，贾珍扮演大学士成基命，袁崇焕被杀时，时任内阁首辅是成基命。因而，后文中秦氏死时，尤氏不在现场，贾珍在现场乱忙。

因趁着酒兴，先骂大总管赖二，【甲戌双行夹批：记清，荣府中则是赖大，又故意综错的妙。】说他不公道，欺软怕硬："有了好差事就派别人，

"象这等黑更半夜送人的事，就派我。

"没良心的王八羔子！

"瞎充管家！

"你也不想想，焦大太爷跷跷脚，比你的头还高呢。二十年头里的焦大太爷眼里有谁？

"别说你们这把子的杂种王八羔子们！"

正骂的兴头上，贾蓉送凤姐的车出去，众人喝他不听，贾蓉忍不得，便骂了他两句，使人捆起来，"等明日酒醒了，问他还寻死不寻死了！"

那焦大那里把贾蓉放在眼里，反大叫起来，赶着贾蓉叫："蓉哥儿，你别在焦大跟前使主子性儿。别说你这样儿的，就是你参，你爷爷，也不敢和焦大挺腰子！

"不是焦大一个人，你们就做官儿，享荣华，受富贵？

"你祖宗九死一生挣下这家业，到如今了，不报我的恩，反和我充起主子来了。

这分明是在骂时任吏部尚书王永光，他的人事安排不公呀。《明史·曹于汴传》记载：

故御史高捷、史㻑素憸邪，为清议所摈，吏部尚书王永光力荐之。故事，御史起官，必都察院咨取，于汴恶其人，久弗咨。永光愤，再疏力争。已得请，于汴犹以故事持之，两人遂投牒自乞，于汴益恶之，卒持不予。两人竟以部疏起官，遂日夜谋倾于汴。

补足表面情节之句。

王永光失去了良心，他要落井下石。《明史·袁崇焕传》记载：

龙锡故主定逆案，魏忠贤遗党王永光、高捷、袁弘勋、史㻑辈谋兴大狱，为逆党报仇，见崇焕下吏，遂以擅主和议、专戮大帅二事为两人罪。

吏部尚书为六卿之长，本是管家。可是，王永光本是阉党，他在崇朝瞎充管家呢。

魏忠贤当权时期，太监的地位高了去了。

杂种王八羔子们总想为阉党翻案。

满桂（贾蓉）凑上来了，准备挨骂吧。

焦大把牛皮吹破了。袁崇焕下狱后，满桂（贾蓉）总领各路援军，他一巴掌就能打死这个中了反间计的傻瓜。

满桂升官了。《明史·满桂传》记载：

十二月朔复召见，下崇焕狱，赐桂酒馔，令总理关、宁将卒，营安定门外。

明朝家业不容易，军事将领不是谁都能干的。

【甲戌侧批：忽接此焦大一段，真可惊心骇目，一字化一泪，一泪化一血珠。】

一字一滴泪，一泪一滴血。

"不和我说别的还可，若再说别的，咱们白刀子进去红刀子出来！"

白刀子进去红刀子出来，十二月十七日，满桂战死了。《崇祯实录》记载：

（丁卯）桂始屯宣武门瓮城内，谓援寡未可战；中使趣使亟战，桂不得已，挥涕而出，以五千人同孙祖寿等战安定门外，俱败没，麻登云、黑云龙被执。

【甲戌双行夹批：是醉人口中文法。一段借醉奴口角闲闲补出宁荣往事近故，特为天下世家一笑。】

醉人说实话。

凤姐在车上说与贾蓉道："以后还不早打发了这个没王法的东西！留在这里岂不是祸害？

马房太监咋咋呼呼，还有王法吗？明明中了皇太极反间计，留着是个祸害！

"倘或亲友知道了，岂不笑话咱们这样的人家，连个王法规矩都没有。"

薛家就是亲友，如果他们知道明朝上当了，他们会笑掉大牙！

贾蓉答应"是"。

朝廷催促满桂出战，满桂不得已，说了"是"。

众小厮见他太撒野了，只得上来几个，揪翻捆倒，拖往马圈里去。

马圈？好地方。喝马溺、进马圈，作者把马房太监的职业特征写绝了。

焦大越发连贾珍都说出来，

马房太监杨春之事发生于崇祯二年十二月，成基命（贾珍）到崇祯三年才当上首辅。文章要借醉汉之口继续向下介绍历史，越发连后面的历史都讲出来了。

乱嚷乱叫说："我要往祠堂里哭太爷去。那里承望到如今生下这些畜牲来！

畜生一天天多起来了，内阁大学士韩爌、钱龙锡、李标等人都得被逼走。

"每日家偷狗戏鸡，爬灰的爬灰，养小叔子的养小叔子，

有人说贾珍和秦可卿有一腿，我去！真会瞎掰！

"爬灰"是指袁崇焕通敌那点儿事，杨春以为"偷听"到的消息是真的，他在骂袁崇焕通敌。

"我什么不知道？

你什么都不知道！还有那些不知道的编辑，把这句话加注了问号。杨春不知道实情，把问号改成叹号才是正经。

"咱们'胳膊折了往袖子里藏'！"

满桂的胳膊折了，他说是被袁崇焕的军队射伤。《崇祯实录》记载：

桂前被流矢，视之，皆袁军矢也。

袁崇焕的队伍在广渠门一带，满桂的队伍在德胜门一带，袁军不可能伤到满桂。满桂分明是"胳膊折了往袖子里藏"。

不如意的历史事件太多了，但是，作者不便直接说呀。

【甲戌眉批："不如意事常八九，可与人言无二三。"以二句批是段，聊慰石兄。】

【蒙侧批：放笔痛骂一回，富贵之家，每罹此祸。】

恨铁不成钢，只能放笔痛骂。

众小厮听他说出这些没天日的话来，唬的魂飞魄散，也不顾别的了，便把他捆起来，用土和马粪满满的填了他一嘴。

马粪也用上了，有人堵住了马房太监杨春的嘴，朝廷没有采信他的消息。

凤姐和贾蓉等也遥遥的闻得，便都装没听见。

听见了装作没听见的才是聪明人。

宝玉在车上见这般醉闹，倒也有趣，因问凤姐道："姐姐，你听他说'爬灰的爬灰'，什么是'爬灰'？"【蒙侧批：暗伏后来史湘云之问。】

崇祯皇帝注意到这件事了，宝玉代皇帝发问："什么是爬灰？袁崇焕是不是真与后金勾结？"

凤姐听了，连忙立眉嗔目断喝道："少胡说！那是醉汉嘴里混嗳。你是什么样的人，不说没听见，还倒细问！等我回去回了太太，仔细捶你不捶你！"

凤姐英明。

唬的宝玉忙央告道："好姐姐，我再不敢了。"

朝廷的确没有中后金的反间计。

凤姐亦忙回色哄道："这才是呢。等到了家，咱们回了老太太，打发你同秦家侄儿学里念书去要紧。"说着，却自回往荣府而来。

文章要收场了，并且为后文伏笔，后文将重点介绍洪承畴（秦钟）。

正是：
不因俊俏难为友，正为风流始读书。

如果不把洪承畴写得俊俏点儿，他如何能与宝玉交朋友呢？二人一起读书就是为了介绍一桩风流的历史。

【甲戌侧批：原来不读书即蠢物矣。】

读不通呢？

第八回

比通灵金莺微露意　探宝钗黛玉半含酸

【蒙古本批语：幻情浓处故多嗔，岂独颦儿爱妒人。

莫把心思劳展转，百年事业总非真。】

【甲戌题曰：古鼎新烹凤髓香，那堪翠篼贮琼浆。

莫道绮縠无风韵，试看金娃对玉郎。】

话说凤姐和宝玉回家，见过众人。宝玉先便回明贾母秦钟要上家塾之事，

自己也有了个伴读的朋友，正好发奋，【甲戌侧批：未必。】

又着实的称赞秦钟的人品行事，最使人怜爱。

凤姐又在一旁帮着说"过日他还来拜老祖宗"等语，说的贾母喜欢起来。【甲戌侧批：止此便十成了，不必繁文再表，故妙。偷渡金针法。】

凤姐又趁势请贾母后日过去看戏。

文章正在描写战争，后金打到明朝京城之下，怎么能怪崇祯皇帝（黛玉）生气妒人呢？

后金兵临城下，崇祯皇帝心思辗转，他想改变局势，可是，到头来，江山基业都要丢。

鼎中新茶，气味香浓，杯里美酒，如同琼浆。然而，本回中的茶与酒另有含义。

不要说文章没有风韵、没有波澜，认真看金娃与玉郎一番辩扯，就能明白其中的波澜。

秦钟与宝玉一起读书是幌子。先立幌子，然后写史，这是本书一大章法。

玉玺怎么会发奋读书呢？故而，批语说未必。

洪承畴（秦钟）的人品行事不错，从朝臣上疏可见一斑。《崇祯长编》记载：

河南道试御史王道纯上言：幸恃抚臣洪承畴一身是胆，满腹皆兵……

兵科左给事中降二级管事刘懋上言：新抚臣洪承畴虽仁能结民，智足办贼，安能为无米之炊乎？

洪承畴是万历年间的进士，贾母扮演万历皇帝，文章借凤姐之语，介绍洪承畴见过万历皇帝，这就是"偷渡金针法"。

己巳之变发生了，阉党余党借机寻衅，朝臣内斗的大戏拉开了序幕。《明史·韩爌传》记载：

时逆案虽定，永光及袁弘勋、捷、褚睪日为翻案计。至十月，人清兵八畿甸，都城戒严。初，袁崇焕入朝，尝与钱龙锡语边事。龙锡，东林党魁也，永光等谋因崇焕兴大狱，可尽倾东林。

贾母虽年老，却极有兴头。【甲戌侧批：为贾母写传。】

万历皇帝很有兴头，这一笔是正传。不过，即使他再有兴头也无法参与崇祯年间的历史，因而，下文不会描写贾母看戏。

至后日，又有尤氏来请，遂携了王夫人、林黛玉、宝玉等过去看戏。

朝廷正在上演大戏，崇祯皇帝（黛玉）与首辅韩爌（尤氏）是主角，玉玺（宝玉）是参与者。不过，此时的孙传庭（王夫人）不在朝廷中，因而，下文不会详细描写王夫人看戏。

至晌午，贾母便回来歇息了。

贾母必须歇息，不然，文章就难以理解了。

【甲戌双行夹批：叙事有法，若只管写看戏，便是一无见世面之暴发贫婆矣。

贾母只是走过场，如果真的描写她看戏，她只能是一个富婆，而不是万历皇帝了。

写"随便"二字，兴高则往，兴败则回，方是世代封君正传。

注意"世代封君"四个字，"君"就是皇帝，"世代封君"就是历代皇帝。本文主要描写崇祯年间的历史，但是，有些人物在万历年间、天启年间就为官了，因而，文章有时要提及老皇帝。贾母扮演历代帝王，后文中，她要扮演万历皇帝、泰昌皇帝、天启皇帝，甚至还可能扮演崇祯皇帝，只要文字能够表述清楚，这都不足为怪。

且"高兴"二字，又可生出多少文章来。】

若描写万历皇帝高兴，这又是一篇大文章了。

王夫人本是好清净的，见贾母回来也就回来了。

孙传庭于崇祯八年复出，他没有参与崇祯二年这出大戏，王夫人必须回来。

【甲戌双行夹批：偏与邢夫人相犯，然却是各有各传。】

邢夫人扮演卢象升，他参与了己巳之变。《明史·卢象升传》记载：

崇祯二年，京师戒严，募万人入卫。

然后凤姐坐了首席，尽欢至晚无话。【甲戌侧批：细甚，交代毕。】

王应朝（凤姐）是监军太监，他可以坐首席。

却说宝玉因送贾母回来，待贾母歇了中觉，意欲还去看戏取乐，又恐扰的秦氏等人不便，

表面文章露马脚了，宝玉去看戏为什么会扰到秦氏呢？不必多说，这出戏事关秦氏（袁崇焕）生死。

【甲戌侧批：全是体贴功夫。】

玉玺盖章，就是用身体贴一下圣旨而已。

因想起近日薛宝钗在家养病，未去亲候，意欲去望他一望。

宝玉要去见皇太极（宝钗），有好戏看了，少不了一番辩扯。

若从上房后角门过去，又恐遇见别事缠绕，再或可巧遇见他父亲，更为不妥，宁可绕远路罢了。

这是作者吴梅村（贾政）的自我介绍，他于崇祯四年考中进士，宝玉若于己巳之变期间遇见"父亲"，就不符合史实了。

【甲戌侧批：本意正传，实是羃时苦恼，叹叹！】【甲戌侧批：细甚。】

当下众嬷嬷丫鬟伺候他换衣服，见他不换，仍出二门去了。众嬷嬷丫鬟只得跟随出来，还只当他去那府中看戏。谁知到穿堂，便向东向北绕厅后而去。

偏顶头遇见了门下清客相公詹光、【甲戌侧批：妙！盖沾光之意。】单聘仁【甲戌侧批：更妙！盖善于骗人之意。】二人走来，

一见了宝玉，便都笑着赶上来，一个抱住腰，一个携着手，

都道："我的菩萨哥儿，【甲戌侧批：没理没伦，口气毕肖。】我说作了好梦呢，好容易得遇见了你。"

说着，请了安，又问好，劳叨了半日，方才走开。

作者正在备考进士，正是苦恼之时。作者的自我介绍太详细了。

宝玉要去后金与皇太极理论一番，后金位于东北方向，宝玉即将穿越时空到达那里。

文章又岔开了，穿插介绍詹光、单聘仁两位历史人物。"门下"指门下省，从魏晋时期到宋朝，朝廷实行三省六部制，门下省是朝廷的重要机构。"清客"指内阁大学士，大学士来宗道没有真才实学，时人称他为"清客宰相"。

门下清客詹光、单聘仁就是大学士何如宠与钱象坤，他俩于己巳之变期间入阁。《国榷》记载：

庚辰，何如宠、钱象坤并为礼部尚书兼东阁大学士，直文渊阁。

詹光就是詹事府出身的钱象坤，詹光谐音沾光，他沾光进入内阁。《明史·钱象坤传》记载：

崇祯元年，召拜礼部尚书，协理詹事府。明年冬，都城被兵，条御敌三策。奉命登陴分守，祁寒不懈。帝觇知，遂与何如宠并相。

单聘仁谐音善骗人，何如宠为了不与周延儒、温体仁同朝为官，九次上疏辞职，六次上疏拒绝复出，这就是骗人之处。《明史·何如宠传》记载：

四年春，副延儒总裁会试。事竣，即乞休，疏九上乃允。陛辞，陈惇大明作之道。抵家，复请时观《通鉴》，察古今理乱忠佞，语甚切。六年，延儒罢政，体仁当为首辅。而延儒憾体仁排己，谋起如宠以抑之，如宠畏体仁，六疏辞，体仁遂为首辅。

贾宝玉可以复制无数个自己，玉玺在圣旨上的印记也是贾宝玉。钱、何二人手持升职的圣旨，这就等于抱住了宝玉的腰、携住宝玉的手。

美梦成真。

钱、何二人只能"劳叨了半日"，他俩在内阁的时间并不长。

【甲戌眉批：一路用淡三色烘染、行云流水之法，写出贵公子家常不即不离气致。经历过者则喜其写真，未经者恐不免嫌繁。】

老嬷嬷叫住，因问："你二位爷是从老爷跟前来的不是？"【甲戌侧批：为玉兄一人，却人人俱有心事，细致。】

二人点头【甲戌侧批：使人起遐思。】道："老爷在梦坡斋小书房里歇中觉呢，

【甲戌侧批：妙！梦遇坡仙之处也。】

"不妨事的。"【甲戌侧批：玉兄知己。一笑。】

一面说，一面走了。说的宝玉也笑了。

于是转弯向北奔梨香院来。

可巧银库房的总领名唤吴新登【甲戌侧批：妙！盖云无星戥也。】与仓上的头目名戴良，【甲戌侧批：妙！盖云大量也。】还有几个管事的头目，共有七个人，从帐房里出来，一见了宝玉，赶来都一齐垂手站住。

独有一个买办名唤钱华，【甲戌双行夹批：亦钱开花之意。随事生情，因情得文。】因他多日未见宝玉，忙上来打千儿请安，宝玉忙含笑携他起来。

众人都笑说："前儿在一处看见二爷写的斗方儿，字法越发好了，多早晚儿赏我们几张贴贴。"

文章将玉玺写成贵公子，表面情节行云流水，玉玺的本质特征不即不离。知情人喜欢这种写法，不知情的人则嫌弃文字繁杂。

借老嬷嬷之口打听贾政的消息，作者吴梅村又要做自我介绍了。

第三回中，贾政"吃斋"去了，目前，他还在梦坡斋"吃斋"。吴梅村正在小书房里备考进士，考中进士后，他就成为"肉食者"。

跛仙钱谦益是苏州人，吴梅村正在苏州老家。

吴梅村虽然还没有为官入朝，但是，丝毫不影响写史，钱谦益会把这段历史原原本本地告诉他。黄道周曾评价钱谦益："虞山尚在，国史犹未死也。"

梦坡斋一段文字发人一笑。

接前文。

又是"可巧"，再次岔开文字了。一下子出现了七个人，其中六位是尚书，一位是左都御史。在正常职级情况下，朝廷的所有部门一把手，只有六部尚书与都御史是正二品，所以，左都御史常与六部尚书同时提及。《明史·职官》记载："都察院。左、右都御史，正二品。"

崇祯二年十二月，吏、户、礼、兵、刑、工六部尚书及左都御史分别是王永光、毕自严、何如宠、申用懋、乔允升、南居益、曹于汴。吴新登、戴良就是七人中的二人。

钱华可能是工部尚书（买办）南居益，朝廷逮捕袁崇焕当天，南居益成为工部尚书。《崇祯长编》记载：

十二月，辛亥，以南居益为工部尚书。

"斗方儿"指圣旨，众人想讨要升迁的圣旨。

【甲戌眉批：余亦受过此骗，今阅至此，赧然一笑。此时有三十年前向余作此语之人在侧，观其形已皓首驼腰矣，乃使彼亦细听此数语，彼则潸然泣下，余亦为之败兴。】

脂砚斋曾托关系升迁，事情没能成功，阅读到此处，他难为情地笑了。30年前，许诺帮脂砚斋升迁的人就在旁边，他已经是一位白发驼腰的老人了。如果他听说这件事，肯定会潸然泪下，我也会败兴。

宝玉笑道："在那里看见了？"

在圣旨上看见了。

众人道："好几处都有，都称赞的了不得，

好多地方都有圣旨，人们都称赞圣旨上的书法。

"还和我们寻呢。"

还有人托六部尚书、左都御史讨要升迁的圣旨呢。

宝玉笑道："不值什么，你们说与我的小幺儿们就是了。"

宝玉不会写字，圣旨由大学士（小幺儿）执笔。圣旨写好后，宝二爷脱光衣服，跳进胭脂缸洗个澡，然后，一个筋斗跃于其上，体贴一下，圣旨生效。

一面说，一面前走，众人待他过去，方都各自散了。

一面写朝臣，一面为描写后金做铺垫。

【甲戌双行夹批：未入梨香院，先故作若许波澜曲折。瞧他无意中又写出宝玉写字来，固是愚弄公子闲文，然亦是暗逗宝玉历来文课事。不然，后文岂不太突？】

宝玉要去后金，路途上又介绍了两位大学士、六位尚书、一位左都御史，还有作者本人，看似闲文，一口气却介绍了10位历史人物，并且宝玉会书法一事又为后文留足了地步，真神文也。

闲言少述，【甲戌双行夹批：此处用此句最当。】

闲言少叙，快讲明清战争吧。

且说宝玉来至梨香院中，先入薛姨妈室中来，正见薛姨妈打点针黹与丫鬟们呢。宝玉忙请了安，薛姨妈忙一把拉了他，抱入怀内，

"一把拉了他"！后金（薛姨妈）对明朝（宝玉）垂涎欲滴，他们多想早日"拥抱"宝玉啊！

笑说："这们冷天，我的儿，难为你想着来，快上炕来坐着罢。"

怪事来了，前文并没说天气状况，宝玉一进薛家，天气寒冷之至！为何？后金的典型特征是天气寒冷。

命人倒滚滚的茶来。

这茶烫嘴！

宝玉因问："哥哥不在家？"

多尔衮不在家里，他参加了己巳之变，正在带兵打仗。《清史稿·多尔衮传》记载：

三年（崇祯二年），从上自龙井关入明边，与贝勒莽古尔泰等攻下汉儿庄，趋通州，薄明都，败袁崇焕、祖大寿援兵于广渠门外，又歼山海关援兵于蓟州。

薛姨妈叹道："他是没笼头的马，天天逛不了，那里肯在家一日。"

多尔衮如"没笼头的马"在大明境内横冲直撞。

宝玉道："姐姐可大安了？"

笔者代答："大安了。"

薛姨妈道："可是呢，你前儿又想着打发人来瞧他。

满桂瞧过后金军，不过，他已经战死了。

"他在里间不是，你去瞧他，里间比这里暖和，那里坐着，我收拾收拾就进去和你说话儿。"

千古未有之奇文，明朝玉玺（宝玉）即将与皇太极（宝钗）对话。

宝玉听说，忙下了炕来至里间门前，只见吊着半旧的红紬软帘。【甲戌侧批：从门外看起，有层次。】

这里是皇太极的宫殿。

宝玉掀帘一迈步进去，先就看见薛宝钗坐在炕上作针线，头上挽着漆黑油光的纂儿，

这是写皇太极的发型，这条漆黑油光的纂儿暗指清人的辫子。

蜜合色棉袄，

皇太极的棉袄。

玫瑰紫二色金银鼠比肩褂，

皇太极的褂子。

葱黄绫棉裙，

皇太极的棉裙。

一色半新不旧，看去不觉奢华。唇不点而红，眉不画而翠，脸若银盆，眼如水杏。

看画像，脸若银盆，眼如水杏，我们还能找出更合适的词语来形容这张脸、比拟这双眼睛吗？

皇太极

罕言寡语，人谓藏愚，

皇太极不太爱说话，心中满是计谋。

安分随时，自云守拙。

皇太极善于把握时机。

【甲戌双行夹批：这方是宝卿正传。与前写黛玉之传一齐参看，各极其妙，各不相犯，使其人难其左右于毫末。】

这才是皇太极的正传呢！前文中有崇祯皇帝的相貌描写，两处描写各具其妙，很难将两位帝王描写得这么传神了。

【甲戌眉批：画神鬼易，画人物难。写宝卿正是写人之笔，若与黛玉并写更难。今作者写得一毫难处不见，且得二人真体实传，非神助而何？】

画神鬼易，画人物难，文章并写皇太极与崇祯皇帝，这实在太难了。然而，二位帝王在作者笔下不见一丝难处，描摹得如此传神，这难道不是神仙相助吗？

宝玉一面看，一面问："姐姐可大愈了？"

姐姐肯定大愈了。

宝钗抬头【甲戌侧批：与宝玉迈步针对。】只见宝玉进来，【甲戌双行夹批：此则神情尽在烟飞水逝之间，一展眼便失于千里矣。】

皇太极根本不可能见到明朝玉玺，所以，甲戌侧批说"一展眼便失于千里矣"，宝钗与宝玉对话是跨越时空的对话。

连忙起身含笑答说："已经大好了，

"倒多谢记挂着。"

"大"是字眼。

"倒"是字眼。

说着，让他在炕沿上坐了，即命莺儿斟茶来。

马上要上茶了，这茶就是"千红一窟"。

一面又问老太太、姨妈安，别的姊妹们都好。

表面情节过渡语。

【甲戌侧批：这是口中如此。】

宝钗问安"是口中如此"，心里并非如此。

一面【甲戌侧批："一面"二，口中眼中，神情俱到。】看宝玉头上戴着缧丝嵌宝紫金冠，额上勒着二龙抢珠金抹额，身上穿着秋香色立蟒白狐腋箭袖，腰系五色蝴蝶鸾绦，项上挂著长命锁、记名符，

薛宝钗目不转睛地盯着宝玉，看头上之冠，看额上饰物，看箭袖服饰，看腰间丝绦，看项上宝玉，女孩子如此盯着男孩子看，大失体统。皇太极已经死死地盯上了明朝（宝玉）！

另外有一块落草时衔下来的宝玉。

通灵玉是"另外"之物，它与贾宝玉同形同体，为了行文方便，文章安排贾宝玉天生有玉。

宝钗因笑说道："成日家说你的这玉，究竟未曾细细的赏鉴，

清军入关前，皇太极就去世了，他究竟没有赏鉴过明朝玉玺。

"我今儿倒要瞧瞧。"

《红楼梦》是一场梦，皇太极要在梦中瞧一瞧明朝玉玺。

说着便挪近前来。

司马昭之心，昭然若揭，皇太极止一步步挪近明朝！不过，他无缘入关当皇帝，他儿子将会入关当皇帝，所以，后文中薛家必然会有一位绝世美女来到贾家。

【甲戌双行夹批：自首回至此，回回说有通灵玉一物，余亦未曾细细赏鉴，今亦欲一见。】

宝玉亦凑了上去，从项上摘了下来，递在宝钗手内。

宝钗托于掌上，

【甲戌双行夹批：试问石兄：此一托，比在青埂峰下猿啼虎啸之声何如？甲戌眉批：余代答曰："遂心如意。"】

只见大如雀卵，【甲戌侧批：体。】灿若明霞，【甲戌侧批：色。】莹润如酥，【甲戌侧批：质。】五色花纹缠护。【甲戌侧批：文。】

这就是大荒山中青埂峰下的那块顽石的幻相。【甲戌侧批：注明。】

后人曾有诗嘲云：
女娲炼石已荒唐，
又向荒唐演大荒。

失去幽灵真境界，
幻来亲就臭皮囊。【甲戌侧批：二语可入道，故前引庄叟秘诀。】

好知运败金无彩，
堪叹时乖玉不光。

【甲戌侧批：又夹入宝钗，不是虚图对得工。二语虽粗，本是真情，然此等诗只宜如此，为天下儿女一哭。】

白骨如山忘姓氏，
无非公子与红妆。

【甲戌侧批：批得好。末二句似与题不切，然正是极贴切语。】

那顽石亦曾记下他这幻相并癞僧所镌的篆文，今亦按图画于后。

通灵玉就是贾宝玉，通灵玉是静态的玉玺，贾宝玉是动态的玉玺。宝钗要看玉玺，表面情节绕不过去了，就请出了通灵玉。

宝玉如此轻巧地将通灵玉交给宝钗，如果黛玉在场，又要理论一番。

宝钗终生之梦就是想将此玉托于掌上。

笔者代答："比青埂峰下差多矣，'猿啼虎啸之声'莫若百姓哭声令人痛心。"

文章将玉玺的大小、颜色、手感、纹理都写出来了，批语也做了提示。

幻象！通灵玉是贾宝玉的幻象。

女娲炼石是神话传说，本有些荒唐。但是，本书在此基础上描写了一块石头，这不是荒唐中的荒唐吗？

通灵玉是贾宝玉的幻象，它没有真境界，贾宝玉才是它的皮囊。

皇太极于清军入关前去世，金国大汗失去光彩。令人叹惜的是明朝失去光芒，崇祯皇帝自缢了。

上面两句诗，一句写皇太极，一句写崇祯皇帝，两位帝王都不是正常死亡，为他们的命运一叹。

连年战争，白骨如山。朝代更替，许多明朝大臣忘却姓氏投降清朝。究其原因无非黛玉、宝钗二位红妆美女争夺江山罢了。

"白骨如山"这个词与表面情节格格不入，但是，对于隐写的历史而言，这个词再恰当不过了。

癞僧是作者吴梅村，全书文字都是癞僧所镌。

但其真体最小，方能从胎中小儿口内衔下。今若按其体画，恐字迹过于微细，使观者大废眼光，亦非畅事。

故今只按其形式，无非略展些规矩，使观者便于灯下醉中可阅。

今注明此故，方无"胎中之儿口有多大，怎得衔此狼犺蠢大之物"等语之谤。

【甲戌眉批：又忽作此数语，以幻弄成真，以真弄成幻。真真假假，恣意游戏于笔墨之中，可谓狡猾之至。作人要老诚，作文要狡猾。】

通灵宝玉正面图式
通灵宝玉

仙寿恒昌
莫失莫忘

通灵宝玉反面图式
一除邪祟

二疗冤疾

三知祸福

宝钗看毕，又从新翻过正面来细看，【甲戌侧批：可谓真奇之至。】

【甲戌双行夹批：余亦想见其物矣。前回中总用草蛇灰线写法，至此方细细写出，正是大关节处。】

口内念道："莫失莫忘，仙寿恒昌。"

【甲戌侧批：是心中沉吟，神理。】

【甲戌眉批：《石头记》立誓一笔不写一家文字。】

不费眼光，哪知《红楼梦》妙处？

切记此句，《红楼梦》须于"灯下醉中"阅读，如果清醒地看到表面情节，毫无趣味。

这段文字是作者的注解。曾有一位教授讨论玉的大小，悲乎！

通灵玉是玉玺的幻象，文章却注解它的大小，以真作幻，以幻为真，作者游戏笔墨，狡猾之甚！

明朝玉玺。

秦始皇命人用和氏璧镌刻的传国玉玺是中国正统皇帝的凭证，上面的文字是"受命于天，既寿永昌"，这与通灵玉上的文字多么相似呀！作者是明朝遗民，他祝愿明朝先祖"仙寿恒昌"；他对明朝历史"莫失莫忘"。

邪祟指代大清（后金）。首先要除掉大清。

农民起义是冤疾。其次要解决农民起义问题。

处理好上面两个问题，是福是祸，听由天命吧。

看得好认真。

文章进一步描摹玉玺，这正是大关节处。

重要的事情说两遍。

皇太极只能心中沉吟，他怎么可能真的见到明朝玉玺呢？

宝钗看玉，这是站在后金角度上看明朝，本来就是两家文字。

念了两遍，乃回头向莺儿笑道："你不去倒茶，也在这里发呆作什么？"

【甲戌双行夹批：请诸公掩卷合目想其神理，想其坐立之势，想宝钗面上口中。真妙！】

莺儿嘻嘻笑道："我听这两句话，倒象和姑娘的项圈上的两句话是一对儿。"

【甲戌双行夹批：又引出一个金项圈来，莺儿口中说出方妙。】

【甲戌眉批：恨颦儿不早来听此数语，若使彼闻之，不知又有何等妙论趣语以悦我等心臆。】

宝玉听了，忙笑道："原来姐姐那项圈上也有八个字，我也鉴赏鉴赏！"

【甲戌双行夹批：补出素日眼中虽见而实未留心。】

宝钗道："你别听他的话，没有什么字。"宝玉笑央："好姐姐，你怎么瞧我的了呢。"

宝钗被缠不过，因说道："也是个人给了两句吉利话儿，

"所以錾上了，叫天天带着，不然，沉甸甸的有什么趣儿。"【甲戌双行夹批：一句骂死天下浓妆艳饰富贵中之脂妖粉怪。】

一面说，一面解了排扣，【甲戌侧批：细。】

从里面大红袄上将那珠宝晶莹黄灿烂的璎珞掏将出来。【甲戌双行夹批：按，璎珞者，颈饰也！想近俗即呼为项圈者是矣。】宝玉忙托了锁看时，果然一面有四个篆字，两面八字，共成两句吉谶。

莺儿，别发呆，快点儿跑龙套搭句台词。

掩卷合目细思之。

"项圈"是后金玉玺，通灵玉与项圈表示两个政权，可以称"一对儿"。再者，大清终将占领明朝，会结成一对儿"夫妻"。

如果宝钗说是一对儿，表面情节太露了，莺儿说出此话，这就是"犹抱琵琶半遮面"。

黛玉若来，夺手厮打可也。

后金的玉玺也要亮相了。

明朝并未留心，后金突然发兵进攻。

皇太极的兵马在明朝境内绕了一圈，这就是看了宝玉。后文中，宝玉光着屁股时，宝钗就进来了！

项圈上是吉利话，可是，文章并没说通灵玉上是吉利话。明亡清兴，预兆在此。

皇太极不戴花儿，也不戴首饰。

排扣是特有的服饰纽扣。

宝玉拿出石头时，文章给了一首讥讽诗；宝钗拿出项圈时，文章说上面是吉谶。

亦曾按式画下形相：

璎珞正面式

不离不弃。

璎珞反面式

芳龄永继。【甲戌侧批：合前读之，岂非一对？】

宝玉看了，也念了两遍，又念自己的两遍，因笑问："姐姐这八个字倒真与我的是一对。"

【甲戌双行夹批：余亦谓是一对，不知干支中四注八字可与卿亦对否？】

【甲戌眉批：花看半开，酒饮微醉，此文字是也。】

莺儿笑道："是个癞头和尚送的，

"他说必须錾在金器上……"

【和尚在幻境中作如此勾当，亦属多事。】

宝钗不待说完，便嗔他不去倒茶，【甲戌侧批：写宝钗身份。蒙侧批：云龙显影法，好看煞！】

一面又问宝玉从那里来。【甲戌侧批：妙神妙理，请观者自思。】

宝玉此时与宝钗就近，只闻一阵阵凉森森甜丝丝的幽香，【蒙侧批：这方是花香袭人正意。】

竟不知系何香气，遂问："姐姐熏的是什么香？我竟从未闻见过这味儿。"

【甲戌侧批：不知比"群芳髓"又何如？】

宝钗笑道："我最怕熏香，好好的衣服，熏的烟燎火气的。"【甲戌侧批：真真骂死一干浓妆艳饰鬼怪。】

后金对大明政权"不离不弃"，紧追不舍。

皇太极没有入关当皇帝，他儿子会入关当皇帝，这不正是"芳龄永继"吗？

果然是一对儿。

四柱八字天克地冲，一旦婚配，必定死人。

花看半开，酒饮微醉，若即若离。

作者吴梅村（癞头和尚）将后金玉玺写成项圈！

这些字必须錾在金国的国家机器上。

倘若癞头和尚不多事，哪来这篇《红楼梦》？

薛姨妈让人倒滚滚的热茶，宝钗三番两次让莺儿倒茶，本回中，茶与酒是大关节。

这是神奇的问话，宝玉从何处来？他穿越空间而来。

香气会袭击人，下文要描述后金突袭明朝的结果。

此香乃太虚幻境之香。

此香是"群芳髓"，无数花儿的生命酿成此香，明朝死了无数臣民，后金才有这等香气！

皇太极不熏香。

宝玉道："既如此，这是什么香？"

宝钗想了一想，笑道："是了，是我早起吃了丸药的香气。"【甲戌侧批：点"冷香丸"。】

宝玉笑道："什么丸药这么好闻？好姐姐，给我一丸尝尝。"

【甲戌双行夹批：仍是小儿语气。究竟不知别个小儿，只宝玉如此。】

宝钗笑道："又混闹了，一个药也是混吃的？"

一语未了，忽听外面人说："林姑娘来了。"【甲戌侧批：紧处愈紧，密不容针之文。】

话犹未了，林黛玉已摇摇【甲戌侧批：二字画出身份。】的走了进来，

一见了宝玉，便笑道："嗳哟，我来的不巧了！"

【甲戌侧批：奇文，我实不知颦儿心中是何丘壑。】

宝玉等忙起身笑让坐，

宝钗因笑道："这话怎么说？"

黛玉笑道："早知他来，我就不来了。"

宝钗道："我更不解这意。"

黛玉笑道："要来一群都来，要不来一个也不来，今儿他来了，明儿我再来，如此间错开了来着，岂不天天有人来了？

【甲戌侧批：强词夺理。】

"也不至于太冷落，也不至于太热闹了。【甲戌侧批：好点缀。】

反间计之香。

早上吃的药丸居然还有这么大的香气，表面情节欺人太甚。皇太极诱使袁崇焕杀了毛文龙后，"海上方"冷香丸的香气正盛，皇太极趁机攻打明朝。

这味药事关明清双方，宝钗吃是甜的，宝玉吃是苦的。

宝玉说话还是小孩口吻，但是，他与别的小孩不同，如果其他孩子如此说话就不妙了。

明清双方混吃了同一味药，这味药治好了宝钗的病，加重了黛玉的病！

意欲何为？崇祯皇帝（黛玉）来见皇太极（宝钗）了？文章要将二人安排在同一个平台上对话。

"摇摇"二字刻画了崇祯皇帝走路的姿态。

崇祯皇帝怎么可能真与皇太极见面呢？所以，黛玉说来得不巧。

后金打到了明朝京师城下，崇祯皇帝心里会想什么呢？

宝钗没有主动让座，明争暗斗，无处不在。

黛玉、宝玉都代表明朝，他俩来一个就可以，故有此一问。再者，"这话怎么说"是江浙话，八旗子弟曹雪芹，如何学会江浙话的呢？

他与我都代表明朝，来一个即可。

这是代读者发问。

黛玉说"我来的不巧了"，这是实话，文章说了一句实话，便用这段话圆谎。

作者为了照顾表面情节而强词夺理。

反正都是作者的理，这话就把问题掩盖下去了。

"姐姐如何反不解这意思？"

【甲戌双行夹批：吾不知颦儿以何物为心为齿为口为舌，实不知胸中有何丘壑。】

宝玉因见他外面罩着大红羽缎对衿褂子，

【甲戌侧批：岔开文字，避繁章法，妙极妙极！】

【蒙侧批：又一转换。若无此则必有宝玉之穷究，宝钗之重复，加长无味。此等文章是《西游记》的请观世音菩萨，菩萨一到，无不扫地完结者。】

因问："下雪了么？"

地下婆娘们道："下了这半日雪珠儿了。"

宝玉道："取了我的斗篷来不曾？"黛玉便道："是不是，我来了你就该去了。"【甲戌侧批：实不知有何丘壑。】

宝玉笑道："我多早晚说要去了？不过拿来预备着。"

宝玉的奶母李嬷嬷因说道：

"天又下雪，也好早晚的了，就在这里同姐姐妹妹一处顽顽罢。

"姨妈那里摆茶果子呢。

"我叫丫头去取了斗篷来，说给小幺儿们散了罢。"宝玉应允。李嬷嬷出去，命小厮们都各散去不提。

这里薛姨妈已摆了几样细茶果来留他们吃茶。

不解的"姐姐"多了去了。

崇祯皇帝的心思别人猜不透。

对衿褂子是明朝服饰，清朝服饰为长袍马褂。后文会介绍李自成（李纨）的衣着，可以对比阅读。

黛玉身着明朝服饰，并且极可能是龙袍！文章轻巧地岔开文字，继续介绍下一个问题。

用衣着特征岔开文章引起下文，这就如同《西游记》中，观音菩萨一到，大小妖魔都得让路，本集完毕，请看下集。

后金（薛家）打来几个月了！下了一场大"雪"！

怪事又来了，前文并没说下雪，宝玉来了一会儿，居然"下了这半日雪珠儿"，这如何解释呢？

崇祯皇帝要与皇太极演对手戏，贾宝玉应该靠边站了。

目前是崇祯初年，宝玉去的时候是崇祯十七年，这会儿还早呢。

第三回的李嬷嬷扮演大学士李国楷，本回中，她扮演时任大学士李标，崇祯三年二月，韩爌离任，李标任首辅。《国榷》记载：

二月，癸亥，进李标为户部尚书武英殿大学士。

李标任首辅时，后金还没撤军，不过，"也好早晚的了"，这场"雪"接近尾声。

薛家正在摆丰收的茶果。

李标（李嬷嬷）任首辅时，其他内阁大学士（小幺儿们）陆续散了。《明史·李标传》记载：

先是，与标并相者六人，宗道、景辰以附珰斥，鸿训以增敕戍，周道登、钱龙锡被攻去，独标在……

茶与查谐音，要统计明朝的战争损失了！这里就要使用"千红一窟""万艳同杯"两个计数单位了，数一数宝玉吃了几杯酒、喝了几杯茶，就可以计算出明朝在己巳之变中的伤亡人数！

【甲戌侧批：是溺爱，非势利。】

溺爱不利于小孩成长。

宝玉因夸前日在那府里珍大嫂子的好鹅掌鸭信。【甲戌双行夹批：为前日秦钟之事恐观者忘却，故忙中闲笔，重一渲染。】

鹅掌鸭信？"掌"是掌管的意思，"鹅"替代"鸭"掌管事务了，韩爌离任，李标就任首辅了。

薛姨妈听了，忙也把自己糟的取了些来与他尝。【甲戌侧批：是溺爱，非夸富。】

"糟的"并不是指"糟的鹅掌鸭信"，"糟的"后面没有主语，糟的就是糟糕的、坏的。后金要给宝玉吃坏东西。

宝玉笑道："这个须得就酒才好。"

马上就上酒，明朝要喝下后金酿造的苦酒。

薛姨妈便令人去灌了最上等的酒来。【甲戌侧批：愈见溺爱。】

批语已经三次提到"溺爱"，溺爱真的会害了孩子！

李嬷嬷便上来道："姨太太，酒倒罢了。"

内阁首辅李标（李嬷嬷）说话了，他可不想让明朝（宝玉）吞下苦酒。

【甲戌眉批：余最恨无调教之家，任其子侄肆行哺啜，观此则知大家风范。】

批书人痛恨薛家任宝玉喝酒。明朝的内阁首辅李标有大家风范，他想要阻止宝玉喝酒。

宝玉央道："妈妈，我只喝一钟。"

饮鸩止渴。

李嬷嬷道："不中用！当着老太太、太太，那怕你吃一坛呢。

自己家的酒可吃，薛家的酒不能吃！

"想那日我眼错不见一会，不知是那一个没调教的，只图讨你的好儿，不管别人死活，给了你一口酒吃，

李嬷嬷骂"没调教的"给宝玉喝酒，这分明是在骂薛姨妈。注意"不管别人死活"六个大字，后金不管明朝人死活呀！

"葬送的我挨了两日骂。

内阁首辅李标也要挨骂。

"姨太太不知道，他性子又可恶，【甲戌侧批：补出素日。】吃了酒更弄性。

宝玉是玉玺，他要使性子就能免去官员的职务。

"有一日老太太高兴了，又尽着他吃，什么日子又不许他吃，何苦我白赔在里面。"

李标"白赔在里面"，他只当了十来天首辅。《明史·李标传》记载：

独标在，遂五疏乞休。

李标于崇祯三年二月十三日任职，三月二日离任，只当了18天首辅，他不想白赔在里面了。

【甲戌侧批：浪酒闲茶，原不相宜。】

薛姨妈笑道："老货，【甲戌侧批：二字如闻。】

"你只放心吃你的去。我也不许他吃多了。便是老太太问，有我呢。"

一面令小丫鬟："来，让你奶奶们去，也吃杯酒搪搪雪气。"

那李嬷嬷听如此说，只得和众人去吃些酒水。

这里宝玉又说："不必温暖了，我只爱吃冷的。"

薛姨妈忙道："这可使不得，吃了冷酒，写字手打颤儿。"【甲戌侧批：酷肖。】

宝钗笑道："宝兄弟，亏你每日家杂学旁收的，

【甲戌侧批：着眼。若不是宝卿说出，竟不知玉卿日就何业。】

【甲戌眉批：在宝卿口中说出玉兄学业，是作微露卸春挂之萌耳，是书勿看正面为幸。】

"难道就不知道酒性最热，若热吃下去，发散的就快，

"若冷吃下去，便凝结在内，以五脏去暖他，岂不受害？

"从此还不快不要吃那冷的了。"

【甲戌双行夹批：知命知身，识理识性，博学不杂，庶可称为佳人。可笑别小说中一首歪诗，几句淫曲，便自佳人相许，岂不丑杀？】

假酒害死人！

薛姨妈回骂李嬷嬷了，骂重了表面情节解释不过去，干脆骂"老货"吧。崇祯三年，李标48岁，是个"老货"。

这是要硬灌小孩子喝酒。

不仅宝玉要喝苦酒，明朝人都得喝苦酒。

请看"只得"二字，这是多么无奈呀！

不必挑剔，热冷都得喝！

表面情节非常逼真。

宝玉只能杂学旁收，干不了正经大事。

宝玉每天干什么工作，大家应该明白了吧。

是书勿看正面为幸！

薛家的"酒"发散快，后金发兵速度很快。

"凝结在内"的"内"指明朝京城，"五脏"指各路援军。京城被围困，各路部队前来勤王，但是，明朝还要受害！

不管热的冷的，小孩子都不能吃酒。

批语在评价皇太极。

宝玉听这话有情理，【甲戌双行夹批：宝玉亦听的出有情理的话来，与前回问读书家务，并皆大奇之事。】

石头能听出情理来？这当然是怪事。故而，做了批注。

便放下冷酒，命人暖来方饮。

小孩子最好不要喝酒。

黛玉磕着瓜子儿，只抿着嘴笑。【甲戌侧批：实不知其丘壑，自何处设想而来？】

"磕着瓜子儿"不就是闲打牙吗？这是明确告诉读者，下文将要插入一段"闲话"（历史），下文必然又要用"可巧"开头。"磕着瓜子儿"与上文中的"大红羽缎对衿褂子"是同一种章法，都是为了岔开文章，也就是《西游记》中观音菩萨驱魔让路之法。

可巧【甲戌侧批：又用此二字。】黛玉的小丫鬟雪雁走来与黛玉送小手炉，

又是"可巧"！新的历史人物顺势上场了，雪雁为崇祯皇帝"送温暖"来了，本回中，她扮演马世龙。《明史·马世龙传》记载：

及满桂战死，遂令世龙代为总理，赐尚方剑，尽统诸镇援师。

黛玉因含笑问他："谁叫你送来的？

己巳之变前，马世龙因事离职，己巳之变时，老臣孙承宗重用了他。《明史·马世龙传》记载：

二年冬，都城戒严。刑部尚书乔允升荐世龙才，诏图功自赎。会祖大寿师溃，京师大震。承宗再起督师，以便宜遣世龙驰谕大寿听命。

"难为他费心，

这话是说孙承宗，他已经66岁了，为了对抗后金军，还得请他费心。《明史·孙承宗传》记载：

二年十月，大清兵入大安口，取遵化，将薄都城，廷臣争请召承宗。诏以原官兼兵部尚书守通州，仍入朝陛见。

"那里就冷死了我！"

已经够冷了，小心为妙。

【甲戌侧批：吾实不知何为心，何为齿、口、舌。】

批书人猜不透崇祯皇帝的心思。

雪雁道："紫鹃【甲戌侧批：鹦哥改名也。】姐姐【甲戌双行夹批：又顺笔带出一个妙名来，洗尽春花腊梅等套。】怕姑娘冷，使我送来的。"

宝玉的丫鬟扮演内阁大学士，紫鹃是黛玉的丫鬟，她扮演的历史人物与宝玉身边的丫鬟不同，她似乎扮演内阁大学士兼督师孙承宗。不过，甲戌侧批说："鹦哥改名也。"批书人认为紫鹃是鹦哥改名，笔者不知其意，这里将紫鹃当成孙承宗解读，待高明君子指正。

黛玉一面接了，抱在怀中，笑道："也亏你倒听他的话。

马世龙是孙承宗的老部下，他最听孙承宗的话。《明史·马世龙传》记载：

红楼闻微——解读《红楼梦》前二十回

“我平日和你说的，全当耳旁风，

“怎么他说了你就依，比圣旨还快些！”

【甲戌双行夹批：要知尤物方如此，莫作世俗中一味酸妒狮吼辈看去。】

宝玉听这话，知是黛玉借此奚落他，

也无回复之词，只嘻嘻的笑两阵罢了。【甲戌侧批：这才好，这才是宝玉。】

宝钗素知黛玉是如此惯了的，也不去睬他。【甲戌侧批：浑厚天成，这才是宝钗。】

薛姨妈因道："你素日身子弱，禁不得冷的，他们记挂着你倒不好？"

黛玉笑道："姨妈不知道。

"幸亏是姨妈这里，倘或在别人家，人家岂不恼？好说就看的人家连个手炉也没有，巴巴的从家里送个来。

"不说丫鬟们太小心过余，

"还只当我素日是这等轻狂惯了呢。"

【甲戌双行夹批：用此一解，真可拍案叫绝，足见其以兰为心，以玉为骨，

（天启年间）诸有求于承宗者，率因世龙，不得则大恚。而世龙貌伟，中实怯，忌承宗者多击世龙以撼之。

己巳之变前，朝廷逮捕马世龙，他不听皇帝的话，迟迟不肯入朝。《明史·马世龙传》记载：

崇祯元年，王在晋为尚书。世龙上疏极论其罪，有诏逮世龙，久不至。

圣旨！朝廷下达逮捕马世龙圣旨，他迟迟不来，现在要升职了，他来得比圣旨快多了。

圣旨召不来马世龙，对此，不要怪崇祯皇帝生气，谁当皇帝都会生气。

逮捕马世龙的圣旨上玉玺的印记，马世龙迟迟不来，玉玺没起到作用。故而，黛玉的话奚落到了宝玉。

宝玉不会说话，这才是真正的宝玉。

雪雁的问题是明朝内部的问题，所以，宝钗用不着理睬。

薛姨妈搭话引下文。

后金不知道明朝的内部问题。

这话大有情理！薛家是大户人家，难道连取暖的地方都没有吗？从家里送小手炉来，这分明是责备薛家没照顾好黛玉。

马世龙（雪雁）"太小心过余"了，他总理各路援军时，见死不救。《崇祯长编》记载：

副协理兵部右侍郎刘之纶屯遵化娘娘庙山，大清兵环而射之，中矢死。马世龙在蓟门知而不援，遂全军皆没。

从马世龙事件看，崇祯皇帝不轻狂，他没有处理马世龙。《崇祯实录》记载：

刑科给事中宋可久疏参马世龙前在行阵，任意逗留，今来叙功，肆行冒滥……帝以世龙已告病不问。

只有文曲星君才能写出这样的文章，表面情节已经逼到了死角，作者硬生生诌出一个理由，不仅把表面情节糊

以莲为舌，以冰为神。真真绝倒天下之裙钗矣。】

【甲戌墨眉：强词夺理，偏他说得如许，真冰雪聪明也。】

薛姨妈道："你这个多心的，有这样想，我就没这样心。"

说话时，宝玉已是三杯过去。

李嬷嬷又上来拦阻。

宝玉正在心甜意洽之时，和宝黛姊妹说说笑笑的，那肯不吃。

【甲戌双行夹批：试问石兄：比当日青埂峰猿啼虎啸之声何如？】

宝玉只得屈意央告："好妈妈，我再吃两钟就不吃了。"

李嬷嬷道："你可仔细老爷今儿在家，

"提防问你的书！"

【甲戌侧批：不入耳之言是也。甲戌双行夹批：不合提此话。这是李嬷嬷激醉了的，无怪乎后文。一笑。】

宝玉听了这话，便心中大不自在，慢慢的放下酒，垂了头。【甲戌双行夹批：画出小儿愁凄之状，楔紧后文。】

黛玉先忙的说："别扫大家的兴！舅舅【甲戌侧批：二字指贾政也。】若叫你，只说姨妈留着呢。

"这个妈妈，他吃了酒，又拿我们来醒脾了！"【甲戌侧批：这方是阿颦真意对玉卿之文。】

弄过去了，还准确地表达了马世龙与崇祯皇帝的处事态度。真神笔也。

作者强词夺理，岂奈他何？黛玉的话大事化小，小事化了，表面情节又轻轻地抹去了。

清朝人总说崇祯皇帝多心，但是，从马世龙的经历看，崇祯皇帝不多心，甚至有点儿宽宏大量。

三杯"万艳同杯"，在这场战争中明朝伤亡三万人！但是，这不是最终结果，下文中宝玉还要喝两杯酒。文章将五杯酒分两次计数，还有另外一层用意，"三杯"的"三"表示时间已是崇祯三年三月，这时候，后金陆续撤兵了。

朝廷唯有这么一位好"嬷嬷"。

由不得宝玉了。

差多了。

如果不主动吃酒，薛姨妈定然会劝酒。

要仔细了，此时是崇祯三年，吴梅村（老爷）还没入朝为官，他还在苏州老家。

书与数谐音，作者要问数呢！

表面情节中，李嬷嬷的话激怒宝玉，宝玉必将说气话，因而，李标离职的日子不远了。

宝玉已经垂了头，无论如何，他也要把苦酒喝完。

"孙悟空，我叫你一声，你敢答应吗？"贾政先生，黛玉喊一声舅舅，你敢答应吗？文章绝对不会描写黛玉当面喊舅舅。

崇祯皇帝指责李标了，李标离任已成定局。

一面悄推宝玉，使他赌气，

一面悄悄的咕哝说："别理那老货，咱们只管乐咱们的。"

那李嬷嬷也素知黛玉的意思，

因说道："林姐儿，【甲戌侧批：如此之称似不能通，却是老妪真心道出。】你不要助着他了。你倒劝劝他，只怕他还听些。"

林黛玉冷笑道："我为什么助他？我也不犯着劝他。你这妈妈太小心了，

"往常老太太又给他酒吃，如今在姨妈这里多吃一口，料也不妨事。必定姨妈这里是外人，不当在这里的也未可定。"

李嬷嬷听了，又是急，又是笑，

【甲戌侧批：是认不得真，是不忍认真，是爱极颦儿、疼煞颦儿之意。】

说道："真真这林姑娘，说出一句话来，比刀子还尖。

"这算了什么呢。"

宝钗也忍不住笑着，

把黛玉腮上一拧，

【甲戌侧批：我也欲拧。】

说道："真真这个颦丫头的一张嘴，叫人恨又不是，喜欢又不是。"

"推"字有情理，皇帝推玉玺在圣旨上盖章。

崇祯皇帝不理李标了，《明史·李标传》记载：

帝不从，自是深疑朝臣有党，标等遂不得行其志。

李标深知崇祯皇帝的意思。

李标说的是金玉良言。

李标太小心了，小心到三番五次辞职。《崇祯长编》记载：

甲辰，大学士李标以时事多艰，菲材不堪佐理，三疏请罢。优旨谕留，慎勿再请。

李标三次上疏请求辞职，对此，崇祯皇帝生气了，让他不要再辞职了。可是，他接着上疏辞职，《崇祯长编》记载：

壬午，大学士李标五疏求退。

贾宝玉"不当在这里"，"也未可定"的言外之意，不就是肯定吗？

后金还没撤军，朝廷乱作一团，内阁首辅李标急了。不过，皇帝同意他辞职，可以勉强一笑。

"爱极颦儿、疼煞颦儿"的内阁大学士要走了，"乌龟""王八"要入内阁了。

林姑娘的话是圣旨，比刀子尖利多了，他让朝臣死，朝臣就得死。

大家瞧，作者在文中出了考试题，作者问："这算了什么呢？"这算崇祯皇帝答应李标辞职吧。

明朝皇帝赶走敢于劝谏的大臣，皇太极笑了。

皇太极对崇祯皇帝下手了！后文中，宝钗常常会"拧"或"打"黛玉，黛玉则从未还手。

批语在为李标鸣不平。

对于崇祯皇帝的话，恨不得，喜不得。

【甲戌侧批：可知余前批不谬。】

薛姨妈一面又说："别怕，别怕，【甲戌侧批：是接前老爷问书之语。】

"我的儿！来这里没好的你吃，

"别把这点子东西唬的存在心里，

"倒叫我不安。

"只管放心吃，都有我呢。

"越发吃了晚饭去，便醉了，就跟着我睡罢。"

因命："再烫热酒来！姨妈陪你吃两杯，可就吃饭罢。"

【甲戌侧批：二语不失长上之体，且收拾若干文，千斤力量。】

宝玉听了，方又鼓起兴来。

李嬷嬷因吩咐小丫头子们："你们在这里小心着，我家里换了衣服就来，

"悄悄的回姨太太，别由着他，多给他吃。"说着便家去了。

这里虽还有三两个婆子，都是不关痛痒的，【甲戌侧批：写得到。】

见李嬷嬷走了，也都悄悄去寻方便去了。

只剩了两个小丫头子，乐得讨宝玉的欢喜。

幸而薛姨妈千哄万哄的，只容他吃了几杯，就忙收过了。

作酸笋鸡皮汤，宝玉痛喝了两碗，

老先生的批语若不谬，笔者就放心了。

宝玉真怕呀！

吃的是"糟的"。

后金打来，怎能不将惊吓存在心里呢？

哄小儿语。

定要灌醉宝玉，天下哪有这样的姨妈？

稍待时日，等宝玉长到17岁（崇祯十七年），明朝江山社稷就跟着你们"睡"了。

刚才吃了三杯，再吃两杯，真是三长两短！

从表面情节上讲，薛姨妈的话不失长辈口吻。对于隐写历史而言，字字千斤，藏着若干历史。

何兴之有？

李标（李嬷嬷）辞职回家了，他脱掉官服（换了衣服）成为布衣！《崇祯长编》记载：

三月，壬午，大学士李标五疏求退。优旨准驰驿回籍。

李标一片忠心，临走之前，还不想让宝玉多吃酒。

李标离职后，内阁里还有三两个"不关痛痒的"大学士，他们分别是周延儒、成基命、何如宠、钱象坤，下文中，这四位大学士要上场了。

"都悄悄寻方便去了"，奸臣当道的时代就要来了。

下文将由小丫头扮演内阁大学士，其中两位大学士正在拍马屁讨好宝玉。

宝玉共喝了五杯酒，以"万艳同杯"计量，在己巳之变中，明朝伤亡、被俘五万人！再者，宝玉喝了五杯酒暗示时间是崇祯三年五月，这时候，战争已是尾声。

"酸笋鸡皮汤"谐音"算损计皮汤"，这是在计算明朝的战争损失。宝玉"痛喝了两碗"，喝这种汤会心痛啊！

吃了半碗饭碧粳粥。【甲戌侧批：美粥名。】

一时薛、林二人也吃完了饭，又酽酽的沏上茶来，每人吃了两碗。薛姨妈方放了心。

雪雁等三四个丫头已吃了饭，进来伺候。

黛玉因问宝玉道："你走不走？"【甲戌侧批：妙问。】

宝玉乜斜倦眼【甲戌侧批：醉意。】道："你要走，我和你一同走。"【甲戌侧批：妙答。此等话，阿颦心中最乐。】

黛玉听说，遂起身道："咱们来了这一日，也该回去了。

"还不知那边怎么找咱们呢。"

说着，二人便告辞。

小丫头忙捧过斗笠来，【甲戌侧批：不漏。】宝玉便把头略低一低，命他戴上。

那丫头便将着大红毡斗笠一抖，才往宝玉头上一合，

"碧粳粥"似乎有深意，笔者不知。

"千红一窟"来了，每喝一杯伤亡一千人。宝玉喝了五杯酒，黛玉喝了两杯茶，明朝伤亡、被俘五万两千人！对此，笔者没查到具体数据，不过，从《清史稿》的记载可见一斑。《清史稿·太宗本纪》记载：

四月，己卯，贝勒阿巴泰、济尔哈朗等自永平还。上问是役俘获较前孰多，对曰："此行所获人口甚多。"上曰："财帛不足喜，惟多得人为可喜耳。"

五月，阿敏、硕托闻之恐，遂杀降官白养粹等，尽屠城中士民，收其金币，乘夜出冷口。

崇祯三年五月，马世龙（雪雁）还是援军总理，所以，还得雪雁进来伺候。

战争结果统计完了，文章要收场了。

必然一同走，若不一同走，明朝就灭亡了，黛玉就该自缢了。

穿越空间的对话结束了，黛玉、宝玉该穿越回去了。

他俩在红楼梦中，读者应该好好找找他俩。

二人手拉手，哭着一起走。

再起波澜。这位小丫头拿过斗笠为宝玉挡雪，这分明是在保护明朝（宝玉）。

一合谐音议和，后金军撤离得差不多了，有人要议和。《崇祯长编》记载：

五月，乙酉，大清遣人至开平监纪主事丘禾嘉、丰润总兵尤世禄营议和。且使奏请禾嘉以白枢辅承宗及中枢廷栋，世禄径上奏。

崇祯三年五月，战争快结束了，后金却派人与明朝议和，很明显，议和是撤军的烟幕弹。这位丫头就是总兵尤世禄，他向皇帝汇报了议和的消息，这必然要挨骂！

宝玉便说："罢，罢！好蠢东西，你也轻些儿！

好蠢东西！啥时候了还议和？快出兵追击吧。《崇祯长编》记载：

帝切责之，趣承宗进兵。

"难道没见过别人【甲戌侧批："别人"者，袭人、晴雯之辈也。】戴过的？让我自己戴罢。"

这小丫头只想"一合"完事。

黛玉站在炕沿上道："罗唆什么，过来，我瞧瞧罢。"

别啰唆了，让崇祯皇帝收拾局面吧。

宝玉忙就近前来。黛玉用手整理，轻轻笼住束发冠，将笠沿掖在抹额之上，将那一颗核桃大的绛绒簪缨扶起，颤巍巍露于笠外。

后金军撤走了，崇祯皇帝再收拾旧河山。

整理已毕，端相了端相，说道："好了，披上斗篷罢。"宝玉听了，方接了斗篷披上。

快回家吧，薛家不是久待之地。

【甲戌双行夹批：若使宝钗整理，颦卿又不知有多少文章。】

若由宝钗整理，定然是乱糟糟的样子。

【蒙侧批：知己最难逢，相逢意相同。花新水上香，花下水含红。】

批语如同江湖黑话。

薛姨妈忙道："跟你们的妈妈都还没来呢，且略等等不迟。"

又一折。首辅李标辞职回家了，接班的新首辅还没来，下文将介绍新任首辅。

宝玉道："我们倒去等他们，有丫头们跟着也够了。"

下文由丫头扮演内阁首辅，文章交代得清楚。

薛姨妈不放心，到底命两个妇女跟随他兄妹方罢。

"到底"二字说明送得勉强。

他二人道了扰，一径回至贾母房中。贾母尚未用晚饭，知是薛姨妈处来，更加喜欢。

表面情节，骗人的鬼话。

【甲戌侧批：收得好极，正是写薛家母女。】

薛姨妈是狼外婆，她想把小孩灌醉。

因见宝玉吃了酒，遂命他自回房去歇着，不许再出来了。

文章从第四回开始介绍己巳之变，目前才介绍完整个过程。

因命人好生看侍着。

必须得好生看着，不然，薛姨妈想留下他。

忽想起跟宝玉的人来，遂问众人："李奶子怎么不见？"【甲戌侧批：细。】

辞职回老家了。

众人不敢直说家去了，【甲戌侧批：有是事，大有是事。】

对于李标辞职，朝臣有话不敢直说。

只说："才进来的，想有事才去了。"

李标当了十来天内阁首辅，果然是"才进来的"又"才去了"。

宝玉跟跄回头道："他比老太太还受用呢，问他作什么！没有他只怕我还多活两日。"

醉话，疯话，实表李标敢于劝谏。

一面说，一面来至自己的卧室。只见笔墨在案，【甲戌侧批：如此找前文最妙，且无逗榫之迹。】晴雯先接出来，

"说曹操，曹操到"！新任内阁首辅接出来了！晴雯扮演内阁大学士成基命！

笑说道："好，好，

成基命要当首辅了，未曾说话先笑着叫好。

"要我研了那些墨，早起高兴，只写了三个字，

"早起"是时间点，文章要补叙较早前的历史。崇祯元年十一月，金瓯枚卜，"成基命"三个字在候选人名单第一位。《崇祯长编》记载：

　　吏部会推阁员：左侍郎成基命、礼部右侍郎钱谦益、郑以伟、尚书李腾芳、孙慎行、何如宠、薛三省、盛以弘、礼部右侍郎罗喻义、吏部尚书王永光、都察院左都御史曹于汴。

"丢下笔就走了，

这次枚卜不了了之，《崇祯长编》记载：

　　寻礼部尚书温体仁以不与会推衔钱谦益，讦其天启辛酉主试浙江钱千秋贿中事，不宜枚卜。

"哄的我们等了一日。【甲戌侧批：娇憨活现，余双圈不及。】快来与我写完这些墨才罢！"【甲戌侧批：补前文之未到。】

以日比年，崇祯元年十一月的枚卜不了了之，成基命于第二年十一月入阁，他整整等了一年。

宝玉忽然想起早起的事来，因笑道："我写的那三个字在那里呢？"

笔者代答："在内阁里。"

晴雯笑道："这个人可醉了。

肯定醉了。

"你头里讨那府里去，

"头里讨那府里去"指己巳之变前夕。

"嘱咐贴在这门斗上，这会子又这么问。

又在"门"上做文章，兵部尚书王洽被写成门子，兵部尚书申用懋（周瑞家的）说过"出门子就完了"，门斗上贴的东西必然是门神，朝廷要请出另一位守卫国门的人物。

"我生怕别人贴坏了，【甲戌侧批：全是体贴一人。】我亲自爬高上梯的贴上，【甲戌侧批：可见可见。】

"这会子还冻的手僵冷的呢。"【甲戌侧批：可见可见。】【甲戌双行夹批：写晴雯，是晴雯走下来，断断不是袭人、平儿、莺儿等语气。】

宝玉听了，笑【甲戌侧批：是醉笑。】道："我忘了。

"你的手冷，我替你渥着。"说着便伸手携了晴雯的手，

同仰首看门斗上新书的三个字。【甲戌侧批：究竟不知是三个什么字，妙！】【甲戌眉批：誓不作词幻见山文字。】

一时黛玉来了，

宝玉笑道："好妹妹，你别撒谎，你看这三个字那一个好？"

黛玉仰头看里间门斗上，新贴了三个字，写着"绛芸轩"。【甲戌侧批：出题妙。原来是这三字。】

黛玉笑道："个个都好。

"怎么写的这么好了？明儿也与我写一个匾。"【甲戌侧批：滑贼。】

宝玉嘻嘻的笑道："又哄我呢。"

说着又问："袭人姐姐呢？"【甲戌侧批：断不可少。】

"贴上"的字面意思是上贴、上疏，己巳之变发生后，成基命上疏推荐了孙承宗。《明史·成基命传》记载：

明年十月，京师戒严，基命请召还旧辅孙承宗，省一切浮议，仿嘉靖朝故事，增设枢臣，帝并可之。

成基命上疏召还孙承宗时，他还不是内阁大学士，故而，他的手还"僵冷"。

忘了写成基命入阁的历史吧，现在补叙还不完。

成基命（晴雯）接到了入阁的圣旨，他可以"渥"一下圣旨上玉玺的印记了。《崇祯长编》记载：

崇祯二年十一月，辛卯，以成基命为礼部尚书兼东阁大学士，入阁办事。

既然文章没有开门见山，我们慢慢看下文。

"一时"是时间点，文章用它岔开文字。崇祯皇帝来了，一定发生了大事。

"字"与"子"谐音，文章要介绍崇祯皇帝的儿子。皇长子朱慈烺于崇祯三年二月十日被册立为太子，《崇祯长编》记载：

二月，庚申，册立皇长子慈烺为皇太子。

史湘云扮演皇太子朱慈烺。"绛芸轩"的意思是史湘云降生一年了，他并被册立为太子了。

崇祯皇帝笑了，他儿子被册封为太子了。

作者狡猾之至，这句话就把表面情节抹平了。

如此一补，便明说写匾一事是假。

册立皇太子的时间是二月初十，韩爌（袭人）于正月十五离任，故而，有此一问。

晴雯向里间炕上努嘴。【甲戌侧批：画。】

宝玉一看，只见袭人和衣睡着在那里。

宝玉笑道："好，太渥早了些。"【甲戌侧批：绛芸轩中事。】

因又问晴雯道："今儿我在那府里吃早饭，有一碟子豆腐皮的包子，

"我想着你爱吃，

"和珍大奶奶说了，只说我留着晚上吃，叫人送过来的，你可吃了？"

晴雯道："快别提。一送了来，我知道是我的，偏我才吃了饭，就放在那里。后来李奶奶来了看见，说：'宝玉未必吃了，拿了给我孙子吃去罢。'他就叫人拿了家去了。"

【甲戌双行夹批：奶母之倚势亦是常情，奶母之昏愦亦是常情。

然特于此处细写一回，与后文袭卿之酥酪遥遥一对，足见晴卿不及袭卿远矣。

余谓晴有林风，袭乃钗副，真真不假。】

接着茜雪捧上茶来。宝玉因让："林妹妹吃茶。"

众人笑说："林妹妹【甲戌侧批：三字是接上文口气而来，非众人之称。醉态逼真。】早走了，还让呢。"

【甲戌眉批：写颦儿去，如此章法从何设想？奇笔奇文。】

"努嘴"就是打哑语，文章不便说袭人走了，故而打了一个哑语。

"和衣睡着"的人可以随时入梦，作者可以根据需要安排她出场。

交代得清，成基命入阁（晴雯渥手一事）比册立太子的时间（绛芸轩中事）"早了些"，早三个月。

"豆腐皮的包子"肯定皮儿薄肉馅大，能吃这种包子的人是顶级"肉食者"。首辅韩爌离职，内阁首辅职位空缺了。

成基命想吃"包子"，想当首辅。

成基命暂时没"吃"到，李标先"吃"了。

如何？李标（李嬷嬷）拿走了"包子"。
文章左右牵连，时间没有半点错误，神奇之至：
1．1628年11月成基命（晴雯）参加会推。
2．1629年11月成基命（晴雯）入阁。
3．1630年1月首辅韩爌（袭人）辞职。
4．1630年2月皇长子（史湘云）册立太子。
5．1630年3月首辅李标（李嬷嬷）辞职。
6．1630年3月成基命（晴雯）任首辅。

李标资格老，他当首辅也是常情。崇祯皇帝已经明确不让李标再辞职了，他却再次辞职，"昏愦"也是常情。

成基命（晴雯）的地位比韩爌（袭人）差远了。

晴雯有崇祯皇帝的性格，袭人有皇太极的性格。

再起波澜。茜雪扮演钱龙锡，文章要补写他离职的过程了。

众人不敢称崇祯皇帝为林妹妹，所以，批注说林妹妹"非众人之称"。

崇祯皇帝只管大事，不管小事，下文不需要林妹妹搭戏。

宝玉吃了半碗茶，忽又想起早起的茶来，

【甲戌双行夹批：偏是醉人搜寻得出细事，亦是真情。】

因问茜雪道："早起沏了一碗枫露茶，

【甲戌侧批：与"千红一窟"遥映。】

"我说过，那茶是三四次后才出色的，这会子怎么又沏了这个来？"【甲戌侧批：所谓闲茶是也，与前浪酒一般起落。】

茜雪道："我原是留着的，

"那会子李奶奶来了，他要尝尝，就给他吃了。"【甲戌侧批：又是李嬷，事有凑巧，如此类是。】

宝玉听了，将手中的茶杯只顺手【甲戌侧批：是醉后，故用二字，非有心动气也。】往地下一掷，豁啷一声，打了个粉碎，

泼了茜雪一裙子的茶。

【甲戌眉批：按警幻情榜，宝玉系"情不情"。凡世间之无知无识，彼俱有一痴情去体贴。今加"大醉"二字于石兄，是因问包子、问茶、顺手掷杯、问茜雪、撵李嬷，乃一部中未有第二次事也。袭人数语，无言而止，石兄真大醉也。】

补叙"早起"的历史事件。

醉酒人常拿陈谷子烂芝麻说事，文章借用此法补叙历史，惟妙惟肖。

钱龙锡于崇祯二年十二月离职，所以，这碗茶必是"早起"的茶。

袁崇焕下狱后，有人弹劾钱龙锡是幕后主使，于是，宝玉问钱龙锡："你怎么弄出这个来？"《烈皇小识》记载：

先是，崇焕出都，阁臣钱龙锡叩以辽事，答以当先从东江做起。龙锡谓："舍实地而问海道何也？且毛帅亦未必可得力。"崇焕云："可用则用之，不可用则杀之。"至是，疏中即入钱语。上以问锡龙，龙锡谓实有之。

关于袁崇焕的问题，钱龙锡有所保留，《明史·钱龙锡传》记载：

龙锡奏辩，言："崇焕陛见时，臣见其貌寝，退谓同官'此人恐不胜任'。及崇焕以五年复辽自诡，往询方略，崇焕云：'恢复当自东江始。文龙可用则用之，不可用则去之易易耳。'迨崇焕突诛文龙，疏有'臣低佪'一语。臣念文龙功罪，朝端共知，因置不理。奈何以崇焕夸诩之词，坐臣朋谋罪？"又辩挑激大寿之诬，请赐罢黜。

当时，李标（李奶奶）还在朝廷中。

宝玉果断下达命令逮捕袁崇焕。

钱龙锡被卷入了袁崇焕的案子。

宝玉无知无识，他只能贴一下圣旨。玉兄虽醉，演技不减，成基命入阁、钱龙锡离任、李标离任等事都穿插在一起描写，紧处愈紧，密不容针。韩爌（袭人）有话要说，却无言而止，这是因为崇祯皇帝已经被阉党余党迷惑了。

【甲戌眉批：余亦云实实大醉也。难辞醉闹，非薛蟠纨绔辈可比！】

又跳起来问着茜雪道："他是你那一门子的奶奶，你们这么孝敬他？

石兄大醉，他不应该赶走钱龙锡的。薛蟠之醉，打人而已，后文中，薛蟠要打死宝玉呢。

"不过是仗着我小时候吃过他几日奶罢了。【甲戌侧批：真醉了。】如今逞的他比祖宗还大了。如今我又吃不着奶了，白白的养着祖宗作什么！撵了出去，大家干净！"【甲戌侧批：真真大醉了。】说着便要去立刻回贾母，撵他乳母。

责问钱龙锡却又扯上李标。韩爌、李标、钱龙锡三人主持审定阉党案，阉党余党要对付这三个人，因而，袭人、李嬷嬷、茜雪都遇上了麻烦。

石兄大醉矣，撵走乳母就没有奶喝了。

原来袭人实未睡着，不过故意装睡，引宝玉来怄他顽耍。

先闻得说字问包子等事，也还可不必起来，

"问包子"事件发生在韩爌离职后，那是继任首辅的问题，他"不必起来"。

后来摔了茶钟，动了气，遂连忙起来解释劝阻。

把韩爌（袭人）扯进来了。

钱龙锡被卷入袁崇焕的案子时，首辅是韩爌，他必须出面。前文说宝玉摔了"茶杯"，这里则说是"茶钟"，钟与忠谐音，韩爌是袁崇焕的座师，他认为袁崇焕忠心，所以，这里用"茶钟"一词。

早有贾母遣人来问是怎么了。【甲戌侧批：断不可少之文。】

贾母是皇权象征，贾母发问指代崇祯皇帝发问，他要过问此事。

袭人忙道："我才倒茶来，被雪滑倒了，【甲戌侧批：现成之至，瞧他写袭卿为人。】

韩爌（袭人）真的"被雪滑倒"了，如果后金不曾打来，他不会离任。这场"雪""滑"倒了不少高官。

"失手砸了钟子。"

没能救下袁崇焕的确是韩爌失手。

一面又安慰宝玉道："你立意要撵他也好，【甲戌侧批：二字奇，使人一惊。】我们也都愿意出去，

可悲可叹，崇祯皇帝错信了阉党余党的话，大学士韩爌、李标都愿意辞职出去。

"不如趁势连我们一齐撵了，我们也好，

都要撵的。

"你也不愁再有好的来伏侍你。"

再来的人真是"好的"吗？越换越糟！

255

宝玉听了这话,方无了言语,被袭人等扶至炕上,脱换了衣服。不知宝玉口内还说些什么,只觉口齿缠绵,眼眉愈加饧涩,【甲戌侧批:二字带出平素形象。】忙伏侍他睡下。

宝玉"只觉口齿缠绵",他有话要说尚未出口,这就相当于省略号。宝玉要撵韩爌(袭人),但是,表面情节不能这样说罢了。

袭人伸手从他项上摘下那通灵玉来,用自己的手帕包好,塞在褥下,次日带时便冰不着脖子。

韩爌申请辞职,他用玉玺在圣旨(手帕)上盖了章。紧接着,李标(李嬷嬷)就该"进来"了。

【甲戌双行夹批:试问石兄:此一渥,比青埂峰下松风明月如何?】

着实苦恼。

那宝玉就枕便睡着了。彼时李嬷嬷等已进来了,

李标(李嬷嬷)进来了,他当了首辅。

听见醉了,不敢前来再加触犯,

李标也不敢再加触犯,他也只能申请辞职。

只悄悄的打听睡了,方放心散去。

李标离任了。

【甲戌侧批:交代清楚。"塞玉"一段,又为"误窃"一回伏线。晴雯茜雪二婢又为后文先作一引。甲戌眉批:偷渡金针法,最巧。】

前文为后文"伏线"一说,倒不如说后文借用前文做幌子。

次日醒来,

岔开文字转笔介绍新的历史事件。

【甲戌双行夹批:以上已完正题,以下是后文引子,前文之余波。

到目前为止,文章已将己巳之变的战争状况和明朝内阁首辅更替情况介绍完了。

此文收法与前数回不同矣。】

此处的收法与前文不同,这里是以起为收,"次日醒来"收束前文、开启下文。

就有人回:"那边小蓉大爷带了秦相公来。"

洪承畴(秦钟)上场了!

宝玉忙接了出去,领了拜见贾母。

洪承畴是万历年间的进士,他要先见一见万历皇帝(贾母)。

贾母见秦钟形容标致,举止温柔,堪陪宝玉读书,【甲戌侧批:娇养如此,溺爱如此。】心中十分欢喜,便留茶留饭,

朝廷重用了洪承畴。

又命人带去见王夫人等。

孙传庭(王夫人)任陕西巡抚时,洪承畴任三边总督,二人见面,非常合理。

众人因素爱秦氏，今见了秦钟是这般人品，也都欢喜，临去时都有表礼。

贾母又与了一个荷包并一个金魁星，取"文星和合"之意。

【甲戌眉批：作者今尚记金魁星之事乎？抚今思昔，肠断心摧。】

又嘱咐他道："你家住的远，

"或有一时寒热饥饱不便，只管住在这里，不必限定了。

"只和你宝叔在一处，别跟着那些不长进的东西们学。"

【甲戌侧批：总伏后文。】

秦钟一一的答应，回去禀知。他父亲秦业【甲戌双行夹批：妙名。业者，孽也，盖云情因孽而生也。】现任营缮郎，年近七十，夫人早亡。

【甲戌双行夹批：官职更妙，设云因情孽而缮此一书之意。】

因当年无儿女，便向养生堂抱了一个儿子并一个女儿。

谁知儿子又死了，【甲戌侧批：一顿。】

只剩女儿，小名唤可儿，

【甲戌双行夹批：出明秦氏究竟不知系出何氏，所谓寓褒贬、别善恶也。乘刀斧之笔、具菩萨之心亦甚难矣，如此写出可儿来历亦甚苦矣。又知作者是欲天下人共来哭此情字。】

【甲戌眉批：写可儿出身自养生堂，

众人对洪承畴"也都欢喜"，洪承畴比孙传庭还受拥戴。《明史·孙传庭传》记载：

秦人爱之不如总督洪承畴，然其才自足办贼。

"荷包"和"金魁星"一个表示文一个表示武，"文星和合"大概是指"文韬武略"吧。

批书的老先生记得洪承畴的历史事件，但是，洪承畴最终降清了，抚今思昔，肠断心摧。

洪承畴在陕西任职，他离得太远了。

从表面情节看，"不必限定了"五个字似乎是多余的。对隐写历史而言，洪承畴在千里之外，文章特意做出了提示。

谁是不长进的东西？时任三边总督杨鹤剿灭农民起义军不力，朝廷要让洪承畴替代他。下回重点介绍这个问题，暂不多谈。

"不长进"的杨鹤与洪承畴形成鲜明对比。

秦业扮演延绥巡抚张梦鲸。张梦鲸生于明穆宗隆庆三年（1569年），至崇祯三年（1630年），他已经61岁了，勉强算"年近七十"。子承父业，洪承畴马上要就任延绥巡抚了。

明朝有营缮郎这个职位。《明史·职官》记载："营缮，典经营兴作之事。"营缮郎是工部官员，负责工程维修，这里借用了这个官名。

妙，这里明确指出父子关系、父女关系、姐弟关系全是假的。

其中似乎还有一段历史。

"可儿"！袁崇焕（秦可卿）还可以。

这里穿插介绍了袁崇焕的出身，隐藏着对他的褒贬判断，区别他是善是恶。

作者有菩萨心肠，他用正史之法介绍袁崇焕，天下人可以为这段历史一哭。

对于袁崇焕的评价，褒贬不一，《红楼梦》一书，该

是褒中贬。后死封龙禁尉，是贬中褒。灵巧一至于此。】

长大时，生的形容袅娜，

性格风流。【甲戌侧批：四字便有隐意。《春秋》字法。】

因素与贾家有些瓜葛，故结了亲，许与贾蓉为妻。

那秦业至五旬之上方得了秦钟。因去岁业师亡故，未暇延请高明之士，只得暂时在家温习旧课。正思要和亲家【甲戌侧批：指贾珍。】去商议送往他家塾中，暂且不致荒废，

可巧遇见了宝玉这个机会。

又知贾家塾中现今司塾的是贾代儒，【甲戌侧批：随笔命名，省事。】乃当今之老儒，

秦钟此去，学业料必进益，成名可望，因此十分喜悦。

只是宦囊羞涩，那贾家上上下下都是一双富贵眼睛，【甲戌侧批：为天下读书人一哭、寒素人一哭。】

容易拿不出来，又恐误了儿子的终身大事，【甲戌侧批：原来读书是终身大事。】

说不得东拼西凑的恭恭敬敬【甲戌侧批：四字可思，近之鄙薄师傅者来看。】封了二十四两贽见礼，

【甲戌双行夹批：可知"宦囊羞涩"与"东拼西凑"等样，是特为近日守钱虏而不使子弟读书之辈一大哭。】

亲自带了秦钟，来代儒家拜见了。然后听宝玉上学之日，好一同入塾。

褒的褒，该贬的贬。正史笔法。

袁崇焕个子不高。

"性格风流"是对袁崇焕的最佳评价，性格风流便少不了流言蜚语。

假夫妻，真冤家。

读书是假，正为描写学堂打斗事件。

只有宝玉能提供这个机会。

贾代儒扮演吴甡。吴甡将会到延绥赈灾，到时，他会遇上洪承畴。《明史·吴甡传》记载：

奉命赈延绥饥，因谕散贼党。帝闻，即命按陕西。

洪承畴此去，"成名可望"，他先当上延绥巡抚，再当上三边总督。

朝廷官员都有一双富贵眼睛，他们盯着地方官的钱袋子，索要钱财。为贫苦出身读书人一哭，就算考中进士，没钱送礼也要受人责难。

此读书非彼读书，这里的读书指代打仗，洪承畴终将因"读书"误了"终身大事"。

二十四两银子，这笔钱谁收下了呢？不知是不是时任大学士周延儒。《崇祯长编》记载了陕西道试御史余应桂的上疏：

又巡抚之出，延儒必先得多金为贽。

如果官员不肯花钱，升迁就会受阻，为这些官员一哭吧。

读书之日便是打仗之时。

【甲戌双行夹批：不想浪酒闲茶一段金玉骑旒之文后，忽用此等寒瘦古拙之词收住，亦行文之大变体处。《石头记》多用此法，历观后文便知。】

正是：

早知日后闲争气，岂肯今朝错读书。

【甲戌侧批：这是隐语微词，岂独此指一事哉？余则谓读书正为争气。但此"争气"与彼"争气"不同。写来一笑。】

本回前半部分介绍明朝的战争损失，后半部分介绍洪承畴，《红楼梦》中很多地方用了这种章法，后文就可以知道了。

洪承畴降清本是一段闲气。如果在崇祯初年集中力量消灭起义军，就不会留下明日祸患了。

整本《红楼梦》都是隐语微词！下回将在学堂里演绎一场战争，战争就是要争取胜利，此"争气"与彼"争气"，完全不是一回事。

第九回

恋风流情友入家塾　起嫌疑顽童闹学堂

说明: 前人的批注为解读文章提供了很大帮助, 由于"甲戌本"没有第九回, 故而, 自本回始, 引入"戚序本"上批注。说到"戚序本", 就不得不说戚蓼生先生为《石头记》撰写的序文。下面, 我们先来看这篇序文。

【《石头记序》吾闻绛树两歌, 一声在喉, 一声在鼻; 黄华二牍, 左腕能楷, 右腕能草。神乎技也, 吾未之见也。

今则两歌而不分乎喉鼻, 二牍而无区乎左右, 一声也而两歌, 一手也而二牍, 此万万不能有之事, 不可得之奇, 而竟得之《石头记》一书。嘻! 异矣。

夫敷华掞藻、立意遣词无一落前人窠臼, 此固有目共赏, 姑不具论。

第观其蕴于心而抒于手也, 注彼而写此, 目送而手挥, 似谲而正, 似则而淫, 如春秋之有微词, 史家之多曲笔。

试一一读而绎之: 写闺房则极其雍肃也, 而艳冶已满纸矣; 状阀阅则极其丰整也, 而式微已盈睫矣;

写宝玉之淫而痴也, 而多情善悟, 不减历下琅琊; 写黛玉之妒而尖也, 而笃爱深怜, 不啻桑娥石女。他如摹绘玉钗金屋, 刻画芟泽罗襦, 靡靡焉几令读者心荡神怡矣, 而欲求其一字一句之粗鄙猥亵, 不可得也。

盖声止一声, 手只一手, 而淫佚贞静, 悲戚欢愉, 不啻双管之齐下也。噫! 异矣。其殆稗官野史中之盲左、腐迁乎?

我听说绛树这个人能同时唱两支歌, 一支歌从喉咙里发声, 另一支歌从鼻孔里发声。黄华能用两只手同时写字, 左手写楷书, 右手写草书。这都是神奇的技艺, 我并没有亲眼所见。

同时唱两支歌而不分喉咙与鼻孔, 同时写两种字而不区分左手与右手, 一个声音同时唱两支歌, 一只手同时写两种字, 这是万万不可能的事情, 但是, 《石头记》却做到了。啊! 这太神奇了!

《石头记》一书遣词造句、文章立意, 一点儿也不落俗套, 这是有目共睹的, 暂且不谈论它。

我看到的是, 作者把蕴藏在心里的内容抒发于笔端, 表面文章之下另有深意。目送归鸿, 手挥五弦, 皆有言外之意, 文章似乎怪诞却不失主旨, 似乎严谨而杂乱。文章如同《春秋》记载历史一样, 微言寓大义, 史公多曲笔。

我尝试着一一解读它, 文章描写女子非常庄重, 实际上妖艳满纸。描写世家丰整有序, 实际上满目衰微。

描写宝玉意淫、呆痴、多情、善悟, 不减于历下、琅琊二人。描写黛玉小性刻薄, 对感情专一深沉, 堪比桑娥石女。描写其他美女, 刻画衣着以及香味, 让读者心神荡漾。但是, 文章的本意不是描写这些, 如果想找一个粗鄙、猥亵的词句, 根本做不到。

作者只有一支笔, 文章却能双管齐下, 放纵与贞静, 悲戚与欢愉, 同时存在于字里行间。唉! 太神奇了! 这就是野史小说中隐藏着的左丘明、司马迁之作吧?

然吾谓作者有两意，读者当具一心。譬之绘事，石有三面，佳处不过一峰；路看两蹊，幽处不逾一树。必得是意，以读是书，乃能得作者微旨。如捉水月，只把清辉；如雨天花，但闻香气，庶得此书弦外音乎。

乃或者以未窥全豹为恨，不知盛衰本是回环，万缘无非幻泡，作者慧眼婆心，正不必再作转语，而千万领悟，便具无数慈航矣。彼沾沾焉刻楮叶以求之者，其与开卷而窹者几希！】

话说秦业父子专候贾家的人来送上学择日之信。

我认为作者有两层意思，但是，读者要专注于其一。比如画上的石头有三个面，最美不过一座山峰；眼前有两条道路，最幽不过一株大树。只有学会这种方法，才能读懂《红楼梦》的意思。读《红楼梦》如水中捞月，只能捕捉光辉；又如佛祖讲经时天上降雨，可以闻到香味，只有这样，才能悟到此书的弦外之音。

有人把没看到《红楼梦》全书当作遗憾，他们不知道文章描写历史的回环，一切本是梦幻泡影。作者慧眼婆心，文章不必在最后章节做点拨，只要读者用心领悟，就会渡过迷津了。《红楼梦》的表面情节非常逼真，莫辨楮叶，真正明白《红楼梦》的人太少了。

如果让君子解决农民起义军问题，他要施以仁德，但是，这样无法消灭起义军，朝廷会责罚君子。

如果让小人解决农民起义军问题，他就会全力歼灭，故而，他会立下功劳，而不被被朝廷惩处。

文章要将战争搬到学堂中，幻境幻情即将上演。

本回重点描写洪承畴（秦钟），李贵是顺笔带出来的历史人物，把李贵的名字写入题目，喧宾夺主，这是第一处错误。

宝玉是玉玺，文章描写宝玉似赞似讽，含糊其词，但是，题目将宝玉说成劣子，这就写实了，这是第二处错误。

洪承畴在陕西打击农民起义军是正文，修改后的题目将正文抹得干干净净，这是第三处错误。

闹学堂事件描写了一场战争，每个人物都与战争有关，修改后的题目不能反映整段历史，这是第四处错误。

《红楼梦》原本最佳，只守不可修改！

这封信就是洪承畴（秦钟）升职的圣旨。稍候时日，洪承畴就会接到圣旨。

原来宝玉急于要和秦钟相遇，【蒙双行夹批：妙！不知是怎样相遇。】

却顾不得别的，遂择了后日一定上学。

"后日一早，请秦相公到我这里，会齐了，一同前去。"打发了人送了信。

至是日一早，宝玉起来时，袭人早已把书笔文物包好，收拾得停停妥妥，坐在床沿上发闷。

【蒙侧批：此等神理，方是此书的正文。】

【蒙双行夹批：神理可思，忽又写小儿学堂中一篇文字，亦别书中未有。】

见宝玉醒来【戚序本：见宝玉醒来作宝玉起来，宝玉未起改作见宝玉来均不如原文。】，只得伏侍他梳洗。

宝玉见他闷闷的，因笑问道："好姐姐，【蒙双行夹批：开口断不可少之三字。】

"你怎么又不自在了？

"难道怪我上学去，丢的你们冷清了不成？"

袭人笑道："这是那里话。

"读书是极好的事，不然就潦倒一辈子，

朝廷急于重用洪承畴，原因是身为督粮道参政的洪承畴很会打仗。《崇祯实录》记载：

崇祯二年，四月，甲午。固原盗侵犯耀州，督粮道参政洪承畴令官兵、乡勇万余人分十二营围贼于云阳，几覆之。乘夜雷雨，溃围走淳化，入神道岭；追斩二百余级。

（崇祯二年十月）是月，巡抚陕西右佥都御史刘广生奏报：督粮道参政洪承畴同抚院中军李满、都司艾穆、千总费邑宰击破之，贼走清润。

顾不得介绍别的历史事件了，重点介绍洪承畴吧。

朝廷派人送圣旨（信）给洪承畴了。

"是日一早"就是某年年初的意思。韩爌（袭人）于崇祯三年一月离任，这正是"是日一早"。韩爌要离任了，故而，袭人在发闷。

文章在介绍韩爌离职一事，这是正文。就表面情节而言，宝玉上学是正文，此处并非正文。

玉玺（宝玉）当然不能去上学，本书中的上学与别书中的上学完全不是一回事。

韩爌（袭人）要离职了，他不高兴，"只得"二字反映了韩爌的无奈。

韩爌是忠臣，是一位"好姐姐"，以后再来的"姐姐"，一代不如一代了。

"又"字最妙。韩爌当过两届内阁首辅，他在天启年间离任过一次，这是他第二次离任。

宝玉冷清了韩爌、钱龙锡、李标三位内阁大学士，他们在三个月内都被"丢"了。

这句话别有所指，且看下文。

读书关系宝玉一辈子。宝玉是明朝的象征，关系明朝生死存亡的问题就是战争。读书就是打仗，只要明朝打胜仗，宝玉就不会潦倒，否则，潦倒一辈子。

"终久怎么样呢。

"但只一件，只是念书的时节想着书，

【蒙侧批：袭人方才的闷闷，此时的正论，请教诸公，设身处地，亦必是如此方是，真是曲尽情理，一字也不可少者。】

"不念的时节想着家些。别和他们一处玩闹，

【蒙侧批：长亭之嘱，不过如此。】

"碰见老爷不是顽的。

"虽说是奋志要强，那工课宁可少些，一则贪多嚼不烂，

"二则身子也要保重。这就是我的意思，你可要体量着些。"

【蒙双行夹批：书正语细嘱一番。盖袭卿心中，明知宝玉他并非真心奋志之意，袭人自别有说不出来之语。】

袭人说一句，宝玉答应一句。

袭人又道："大毛衣服我也包好了，交出给小子们去了。

"学里冷，好歹想着添换，比不得家里有人照顾。脚炉手炉的炭也交出去了，你可逼着他们添。

"那一起懒贼，你不说，他们乐得不动，白冻坏了你。"

宝玉道："你放心，出外头我自己都会调停的。

【蒙侧批：无人体贴，自己扶持。】

"你们也别闷死在这屋里，

终究让李自成把"书"给撕了。

打仗要好好打仗，不可三心二意。

韩爌（袭人）要离任了，他心有不甘，临行前，他陈述了治国策略。《崇祯长编》记载：

大学士韩爌且疏辞朝，并陈御敌安民之计。优旨报闻。

千万不要玩闹，后金发动己巳之变之际，陕西农民起义军兴起，明朝就要腹背受敌了。

正是长亭之嘱，韩爌有千言万语要诉说。

作者吴梅村（贾政）于崇祯四年考中进士，目前已是崇祯三年，还碰不见老爷。

万历皇帝与天启皇帝落下许多"功课"，宝玉要奋志要强，但是，贪多嚼不烂，欲速则不达。

韩爌劝皇帝保重身体。

袁崇焕下狱，阉党余党想利用这件事打击东林党人，韩爌无法救助袁崇焕和钱龙锡，并且，他也被牵连进来了，他心里有"说不出来之语"。

宝玉只答应并不回话，袭人伤心之至。

"大毛衣服"指内阁首辅的官服。韩爌把官服交给了"小子们"，下文中，首辅将由"小子们"扮演。

老臣韩爌离任了，他还在记挂着皇帝的冷暖。

再来的大学士是一群"懒贼"，他们不关心国家安危，只计较个人得失，会把宝玉"白冻坏了"。

朝廷要调整人事安排。

老诚忠厚的韩爌走了，年轻的崇祯皇帝要自我扶持了。

这屋里太闷了，喘不过气来，韩爌辞职走了。

"长和林妹妹一处去顽笑才好。"

说着，俱已穿戴齐备，袭人催他去见贾母、贾政、王夫人等。

如果韩爌能够与崇祯皇帝长久在一起，问题或许会好些。可惜，历史不能改写。

表面情节过渡语。

宝玉且又嘱咐了晴雯麝月等几句，【蒙侧批：这才是宝玉的本来面目。】方出来见贾母。

韩爌走了，晴雯、麝月扮演的官员得以提升。

贾母也未免有几句嘱咐的话。然后去见王夫人，又出来书房中见贾政。

表面情节过渡话。

偏生这日贾政回家早些，

文章正在介绍崇祯三年的历史，但是，吴梅村（贾政）"偏生""回家早些"，作者提前出场了！

【蒙双行夹批：若俗笔则又方不在家矣。试想若再不见，则成何文字哉？所谓不敢作安逸苟且塞责文字。】

如果是俗笔，肯定会说贾政"吃斋"不在贾府。黛玉入贾府时未见贾政，薛家入贾府时未见贾政。若贾政再不露面，表面情节就太假了。《红楼梦》一体两面，表面情节并不完全是塞责文字。

正在书房中与相公清客们闲谈。

吴梅村还没有考中进士，只能"闲谈"，不能参与朝廷事务。

忽见宝玉进来请安，回说上学里去，贾政冷笑道：

作者要说话，洗耳恭听！

"你如果再提'上学'两个字，连我也羞死了。

谁要再说"上学"两个字，就把作者羞死了！

【蒙双行夹批：这一句才补出已往许多文字。是严父之声。】

这一句补出上学是假。表面情节虽假，贾政的口吻却非常逼真。

"依我的话，你竟顽你的去是正理。

骂杀了！"你竟顽你的去是正理"！

"仔细站脏了我这地，靠脏了我的门！"

骂得痛快！《红楼梦》是吴梅村的"地"，是吴梅村的"门"，若以为"上学"是真，你站脏了这片地，靠脏了这扇门。

【蒙双行夹批：画出宝玉的俯首捱壁形象来。】

吴梅村将玉玺人物化创作了《红楼梦》，所以，吴梅村称宝玉为儿子。文章刻画这对父子，毕肖。

众清客相公们都早起身笑道："老世翁何必又如此。

就是，演戏嘛，何必这么认真！

"今日世兄一去，三二年就可显身成名的了，断不似往年仍作小儿之态了。

"天也将饭时，世兄竟快请罢。"

说着便有两个年老的携了宝玉出去。

贾政因问："跟宝玉的是谁？"

只听外面答应了两声，早进来三四个大汉，打千儿请安。

贾政看时，认得是宝玉的奶母之子，名唤李贵。

因向他道："你们成日家跟他上学，他到底念了些什么书！

"倒念了些流言混话在肚子里，学了些精致的淘气。

"等我闲一闲，先揭了你的皮，

朝廷起用洪承畴后，打击农民起义军会取得一些成绩。

第三回中贾政"吃斋"去了；第八回中贾政在"梦坡斋"，此刻，他快要到做"肉食者"了。

又起波澜。两位年老的大学士出去了，他俩是钱象坤、何如宠。崇祯四年夏秋之际，钱、何二人相继离职了，二人离职时同是62岁，的确是"年老的"。《崇祯实录》记载：

崇祯四年，六月，丁未，大学士钱象坤罢。

《崇祯长编》记载：

崇祯四年，八月，丙辰，大学士何如宠以病恳求罢斥。帝优旨许之，遣行人护送驰驿回籍，仍赐银币、蟒衣等物。

"偏生这日贾政回家早些"并非白写，"两个年老的"出去时，吴梅村已是朝臣。《烈皇小识》记载：

（崇祯四年）三月，廷试策士，赐陈于泰、吴伟业（吴梅村）、夏日瑚等进士及第出身有差。

作者吴梅村问："时任内阁首辅是谁？"

何、钱二人离任时，内阁里还有"三四个"大学士，分别是周延儒、温体仁、吴宗达。

"认得"二字便怪！吴梅村认得李贵，李贵必然扮演周延儒，吴梅村参加会试时主考官是周延儒。《烈皇小识》记载：

二月，会试天下士，命大学士周延儒、何如宠为考试官，取中吴伟业等三百五十人。

前文由贾琏扮演周延儒，因表面情节不便行文，本回由李贵扮演周延儒。李标（李嬷嬷）任首辅时，周延儒（李贵）是大学士，如此推算，可以比作"母子"。

啥书也不会念呀。

宝玉肚子里都是"流言混话"。

揭皮？揭吧！主考官周延儒作弊。《明史·余应桂传》记载：

劾户部尚书毕自严朋比，殿试读卷，取陈于泰第一。于泰者，首辅周延儒姻也。

"再和那不长进的算账！"

【蒙侧批：此等话似觉无味无理，然而作父母的，到无可如何处，每多用此种法术，所谓百计经营、心力俱瘁者。】

吓的李贵忙双膝跪下，摘了帽子，碰头有声，连连答应"是"，

又回说："哥儿已经念到第三本《诗经》，

"什么'呦呦鹿鸣，荷叶浮萍'，

"小的不敢撒谎。"

说的满座哄然大笑起来。贾政也掌不住笑了。

因说道："那怕再念三十本《诗经》，也都是掩耳偷铃，哄人而已。

"你去请学里太爷的安，就说我说了：

"什么《诗经》古文，也都是虚应故事而已，

既然作者要揭"皮"，笔者也要揭"皮"，贾琏、李贵都扮演周延儒，因而，二人永远不会相遇。

这笔账不好算，吴梅村降清为官，他欠宝玉（明朝）一笔账呢！

父亲欠儿子的账，自然无可如何，纵然百计经营、心力俱瘁，降清已是事实，何以偿还呢？

主考官周延儒作弊，他被人弹劾而害怕。《烈皇小识》记载：

适会试、廷试两元，一以文，一以行，俱大不协于众口，廷元尤为公论所不许。给事中吴执御一疏再疏，竟借两元为题。然在伟业（吴梅村），不过云迷五色，在于泰则实受其万金之馈，而于泰亦疏参执御，揭其有无不可知之事，欲倾人以自救，而适以动天下之兵，则宜兴（周延儒）之至巧而实自拙也。嗣继执御以攻宜兴者，不下十余疏，上概行留中，圣心已不能无动。

"第三本"的"三"指崇祯三年，贾政现身之前的文字都是在讲崇祯三年前的历史。

"呦呦鹿鸣"之"鹿"就是逐鹿中原之"鹿"，农民起义军要逐鹿中原。

文章把事件、时间交代得清清楚楚，李贵真的没撒谎。

这样的表面情节，作者也撑不住笑了。

表面情节全是"掩耳偷铃，哄人而已"。

作者有话要说。

文中的《诗经》古文都是虚应故事，敷衍表面情节而已。有些版本将这句话改为："什么《诗经》古文，一概不用虚应故事"，如此一改，便错矣！因本书文字是从网络上下载的，文字不同处，本书将采用戚序本、庚辰本、蒙古王府本的原文。

"只是先把《四书》一气讲明背熟，是最要紧的。"

李贵忙答应"是"，见贾政无话，方退出去。

此时宝玉独站在院外屏声静候，待他们出来，便忙忙的走了。

李贵等一面弹衣服，

一面说道："哥儿可听见了不曾？可先要揭我们的皮呢！人家的奴才跟主子赚些好体面，我们这等奴才白陪挨打受骂的。

"从此后也可怜见些才好。"

宝玉笑道："好哥哥，你别委曲，我明儿请你。"李贵道："小祖宗，谁敢望你请？只求听一句半句话就有了。"

说着，又至贾母这边，秦钟已早来候着了，贾母正和他说话儿呢。于是二人见过，辞了贾母。

【蒙双行夹批：此处便写贾母爱秦钟一如其孙，至后文方不突然。】

宝玉忽想起未辞黛玉，因又忙至黛玉房中来作辞。【蒙双行夹批：妙极！何顿挫之至！余已忘却，至此心神一畅，一丝不漏。】

彼时黛玉才在窗下对镜，

听宝玉来说上学去，因笑道："好！这一去，可定是要'蟾宫折桂'了。

【蒙侧批：此写黛玉，差强人意。《西厢》双文，能不抱愧！】

"我不能送你了。"

"四书"指崇祯四年的历史，读者先把崇祯四年的历史背熟，这是"最要紧的"，因为下文要讲这一年的历史。

贾政无话最妙，级别不够，若乱讲话就不妙了。

宝玉需要随同别人一起走。

弹衣服引申义为弹冠相庆，周延儒将会穿上内阁首辅的官服，也就是袭人所说的"大毛衣服"。

人家当内阁首辅都赚些好体面，周延儒也将白赔在里面。

马上就可怜你。

宝玉说"一句半句话"就是圣旨，崇祯三年九月，周延儒当首辅了。《明史·周延儒传》记载：

九月，成基命致仕，延儒遂为首辅。

文章又绕到洪承畴（秦钟）身上来了。

如果不写贾母喜欢秦钟，后文中，贾家对秦钟那么好就太过突兀了。

妙极！不能把崇祯帝搁置在一边，黛玉还要露面。

镜中之景，皆是虚幻。

洪承畴（秦钟）此去，明军取得了一些胜利，但是，并未"蟾宫折桂"，这话有点儿牵强。

黛玉的话有点儿牵强，或许另有深意，笔者不知。

不劳皇帝亲送。

宝玉道:"好妹妹,等我下学再吃晚饭。和胭脂膏子也等我来再制。"

"胭脂膏子"就是印泥,玉玺(宝玉)不来,制了"胭脂膏子"也无用。

劳叨了半日,方撤身去了。【蒙双行夹批:如此总一句,更妙!】

"劳叨了半日"可能指时间又向后推移了。

黛玉忙又叫住问道:"你怎么不去辞辞你宝姐姐呢?"

明朝玉玺不需要向后金大汗辞行。

宝玉笑而不答。

宝玉不太好回答了。如果回答,他可能要说:"我在宝姐姐家冻了个半死,才不想见她呢。"

【蒙侧批:黛玉之问,宝玉之笑,两心一照,何等神工鬼斧之笔。】

黛玉一问,宝玉一笑,揭示了宝钗的身份,"神工鬼斧"之笔有不写之写。

【蒙双行夹批:必有是语,方是黛玉,此又系黛玉平生之病。】

宝钗是黛玉平生的心病。

一径同秦钟上学去了。

上学去吧,好好读书,不至于将来后悔。

【靖批:此岂宝玉所乐为者?然不入家塾则何能有后回"试才""结社"文字?作者从不作安逸苟且文字,于此可见。】

玉玺怎么会乐于上学呢?但是,如果不写他上学,"试才""结社"等情节都需要宝玉有文采,因此,上学一节也是后文的幌子。

【靖批:此以俗眼读《石头记》者,作者之意又岂是俗人所能知。余谓《石头记》不得与俗人读。】

俗眼不识《石头记》,暴殄天物不自知。

原来这贾家义学离此也不甚远,不过一里之遥,原系始祖所立,恐族中子弟有贫穷不能请师者,即入此中肄业。凡族中有官爵之人,皆供给银两,按俸之多寡帮助,为学中之费。

哪有义学,整个上学过程,老师没露面,傻子才相信这是上学呢!

特共举年高有德之人为塾之长,

这位塾长就是御史吴甡,他负责监察工作。

专为训课子弟。

御史要训课官员,《明史·职官》记载:
十三道监察御史,主察纠内外百司之官邪,或露章面劾,或封章奏劾。

【蒙侧批:创立者之用心,可谓至矣。】

朝廷设置监察部门是为了约束朝臣行为。

如今宝秦二人来了,一一的都互相拜见过,读起书来。

不为读书,专为打架。

自此以后，他二人同来同往，同起同坐，愈加亲密。又兼贾母爱惜，也时常的留下秦钟，住上三天五日，与自己的重孙一般疼爱。

洪承畴（秦钟）多次接到圣旨，圣旨上有个假宝玉（玉玺的印记），所以，秦钟常与宝玉同来同往。

因见秦钟不甚宽裕，更又助他些衣履等物。

洪承畴缺少军饷，朝廷给他军饷。

不上一月之工，秦钟在荣府便熟了。【蒙双行夹批：交代得清。】

洪承畴在短时间内就成为重臣。《清史稿·洪承畴传》记载：

> 崇祯初，流贼大起，明庄烈帝以承畴能军，迁延绥巡抚、陕西三边总督，屡击斩贼渠，加太子太保、兵部尚书，兼督河南、山、陕、川、湖军务。

宝玉终是不安分之人，【蒙双行夹批：写宝玉总作如此笔。】【靖眉批：安分守己，也不是宝玉了。】竟一味的随心所欲，因此又发了癖性，

如果文章把宝玉写成老实孩子，这就很难用他串联表面情节了，因而，宝玉必是不安分之人。

又特向秦钟悄说道："咱们两个人一样的年纪，况又是同窗，以后不必论叔侄，只论弟兄朋友就是了。"

朝廷太重视洪承畴了。

【蒙侧批：悄说之时何时？舍尊就卑何心？随心所欲何癖？相亲爱密何情？】

批语在追问时间、追问目的。一言以蔽之，朝廷期望洪承畴消灭起义军。

先是秦钟不肯，当不得宝玉不依，只叫他"兄弟"，或叫他的表字"鲸卿"，秦钟也只得混着乱叫起来。

张梦鲸（秦业）是延绥巡抚，洪承畴将接替他的职位，鲸卿的"鲸"字取自张梦鲸之名。再者，"鲸卿"的字面意思就是大臣。洪承畴支撑着明朝的半壁江山，宝玉叫他"兄弟"并不为过。

原来这学中虽都是本族人丁与些亲戚家的子弟，俗语说的好，"一龙九种，种种各别。"未免人多了，就有龙蛇混杂，下流人物在内。【蒙双行夹批：伏一笔。】

"学堂"里有"下流人物"，注意"流"字，朝廷称起义军为流寇、流贼，"下流人物"就是起义军。明末清初的彭孙贻撰写了一本反映崇祯年间起义军历史的书就叫《流寇志》。

自宝、秦二人来了，都生的花朵儿般的模样，又见秦钟腼腆温柔，未语面先红，怯怯羞羞，有女儿之风；

书中女儿大多扮演内阁大学士，待洪承畴降清后，他也会成为"女儿"。

宝玉又是天生惯能做小服低，赔身下气，性情体贴，话语绵缠，

玉玺盖章需要降低姿态，紧贴圣旨。圣旨上的文字"话语绵缠"，情义无限。

第九回　恋风流情友入家塾　起嫌疑顽童闹学堂

269

【蒙双行夹批：凡四语十六字，上用"天生成"三字，真正写尽古今情种人也。】

以上16个字是描述玉玺的最佳文字，天成地设之文。

因此二人更加亲厚，也怨不得那起同窗人起了疑，背地里你言我语，诟谇谣诼，布满书房内外。【蒙双行夹批：伏下文"阿呆争风"一回。】

欲引起战争，先制造矛盾。

原来薛蟠自来王夫人处住后，便知有一家学，

薛蟠扮演多尔衮，如果他出现在"学堂"里，解读就全错了。薛蟠只是幌子，他一定不会露面。

学中广有青年子弟，不免偶动了龙阳之兴，

扯到色情问题上了，不要想多了，战争就是硬碰硬。

因此也假来上学读书，

薛蟠是"假来"，交代得清楚。

不过是三日打鱼，两日晒网，白送些束脩礼物与贾代儒，却不曾有一些儿进益，只图结交些契弟。

多尔衮要结交一些"契弟"，这是后话，明朝灭亡后，降清官员都是他的"契弟"。

谁想这学内就有好几个小学生，图了薛蟠的银钱吃穿，被他哄上手的，也不消多记。【蒙双行夹批：先虚写几个淫浪蠢物，以陪下文，方不孤不板。】

被"哄上手的"降清官员太多了，这是后话，暂且不表。

更有两个多情的小学生，【蒙双行夹批：此处用"多情"二字方妙。】

这两位"小学生"可能是陕西地区的州县小官，他们的辖区内首先发生了农民起义。

亦不知是那一房的亲眷，亦未考真名姓，

作者没考证出二人的姓名。高明的骗术就是这样说实话让对方上当。

【蒙双行夹批：一并隐其姓名，所谓"具菩提之心，秉刀斧之笔"。】

刀斧之笔写史，菩提之心开悟。

只因生得妩媚风流，满学中都送了他两个外号，一号"香怜"，一号"玉爱"。

以外号命名没考证清楚的历史人物，极妙。

谁都有窃慕之意，将不利于孺子之心，【蒙双行夹批：诙谐得妙，又似李笠翁书中之趣语。】

少儿不宜。

只是都惧薛蟠的威势，不敢来沾惹。

以薛蟠为幌子说事，此事与他无关，下文会把他撇出去。

如今宝、秦二人一来了，见了他两个，也不免缱绻羡慕，亦因知系薛蟠相知，故未敢轻举妄动。香、玉二人心中，也一般的留情与宝、秦。

香怜、玉爱、秦钟、宝玉是明朝官方代表，四人最有感情。

因此四人心中虽有情意，只未发迹。每日一入学中，四处各坐，却八目勾留，

荒唐！小学生早恋，并且还是同性恋！就是放在今天，笔者都不会相信！

或设言托意，或咏桑寓柳，遥以心照，却外面自为避人眼目。

《红楼梦》设言托意、咏桑寓柳，表面情节避人眼目而已。

【蒙双行夹批：小儿之态活现，掩耳盗铃者亦然，世人亦复不少。】

文章将历史人物描写成小孩，描摹得活灵活现。不过，这仍是掩耳盗铃。

不意偏又有几个滑贼看出形景来，都背后挤眉弄眼，或咳嗽扬声，

"滑贼"就是流贼、起义军，他们在背后挤眉弄眼、咳嗽扬声，他们不安分了。

【蒙侧批：才子辈偏无不解之事。】
【蒙双行夹批：又画出历来学中一群顽皮来。】

作者巧妙地将起义军（滑贼）的形象呈现在了读者面前，笔笔如画。

这也非此一日。

起义军闹事已有一段时间了，崇祯元年就有人造反。《明史·李自成传》记载：

崇祯元年，陕西大饥，延绥缺饷，固原兵劫州库。白水贼王二，府谷贼王嘉胤，宜川贼王左挂、飞山虎、大红狼等，一时并起。

可巧这日代儒有事，早已回家去了，

又是"可巧"。目前正在介绍陕西农民军起义的前期经过，此时，吴甡（代儒）还没到陕西，故而，"老师"不在"学堂"里。

吴甡于崇祯四年到陕西。《崇祯长编》记载：

一月，丁酉。帝以延镇岁祲民饥，命户兵二部发银十万两，遣御史吴甡前往赈恤，仍令府州县有司设法凑济以杜乱源。

又留下一句七言对联，命学生对了，明日再来上书；

贾瑞扮演三边总督杨鹤，在这个假学堂里，杨鹤是最高长官。《明史·杨鹤传》记载：

明年，总督武之望死。久之，廷臣莫肯往者，群推鹤。帝召见鹤，问方略。对曰："清慎自持，抚恤将卒而已。"遂拜鹤兵部右侍郎，代之望总督陕西三边军务。

将学中之事，又命贾瑞【蒙双行夹批：又出一贾瑞。】暂且管理。

妙在薛蟠如今不大来学中应卯了，

薛蟠若来应卯，解读就全错了。

因此秦钟趁此和香怜挤眉弄眼，递暗号儿，二人假装出小恭，走至后院说体己话。

秦钟先问他："家里的大人可管你交朋友不管？"【蒙双行夹批：妙问，真真活跳出两个小儿来。】

一语未了，只听背后咳嗽了一声。

【蒙双行夹批：太急了些，该再听他二人如何结局，正所谓小儿之态也，酷肖之至。】

二人唬的忙回头看时，原来是窗友名金荣者。

【蒙双行夹批：妙名，盖云有全自荣，廉耻何益哉？】

香怜本有些性急，羞怒相激，问他道："你咳嗽什么？难道不许我两个说话不成？"

金荣笑道："许你们说话，难道不许我咳嗽不成？

"我只问你们：有话不明说，

"许你们这样鬼鬼祟祟的干什么故事？

"我可也拿住了，

"还赖什么！先得让我抽个头儿，

"咱们一声儿不言语，不然大家就奋起来。"

秦、香二人急得飞红的脸，便问道："你拿住什么了？"金荣笑道："我现拿住了是真的。"

表面情节越扯越不像话，不过，这一切都是"假装"的。

表面情节很逼真。

"背后"有人！根据护官符中的"金作马"一语可知，来人的名字中必定有"金"字。

表面情节有点儿假，秦钟与香怜刚说话还没有实质行动，背后的咳嗽声有点儿急了。

果然姓金！金荣就是马子、起义军。陕西地区连年大旱，金荣饿极了，下文必然会提到食物。

起义军要抢劫财物，他们不顾廉耻了。

农民起义了，地方官员（香怜）急了，你们要干什么？难道不听官府的话吗？

起义军饿得嗓子眼干咳呀！

明说就露馅了。

他俩的故事就是想打死金荣。

起义军已经拿住了地方官员。

农民军没有太大要求，就想"抽个头儿"，混碗饭吃。

如若地方官员不给饭吃，大家就造反了。

起义军拿住了地方官员。这是真的！《明史·杨鹤传》记载：

白水王二者，鸠众，墨其面，闯入澄城，杀知县张耀采。

说着，又拍着手笑嚷道："贴的好烧饼！你们都不买一个吃去？"

秦钟香怜二人又气又急，忙进来向贾瑞前告金荣，

说金荣无故欺负他两个。

原来这贾瑞最是个图便宜没行止的人，每在学中以公报私，勒索子弟们请他；【蒙侧批：学中亦自有此辈，可为痛哭。】

后又附助着薛蟠，图些银钱酒肉，一任薛蟠横行霸道，

他不但不去管约，反助纣为虐讨好儿。

偏那薛蟠本是浮萍心性，今日爱东，明日爱西，近来又有了新朋友，把香、玉二人丢开一边。就连金荣亦是当日的好朋友，自有了香、玉二人，便弃了金荣。近日连香、玉亦已见弃。

故贾瑞也无了提携帮衬之人，不说薛蟠得新弃旧，只怨香、玉二人不在薛蟠前提携帮补他，

【蒙双行夹批：无耻小人，真有此心。】

起义军有烧饼吃了！他们大喊一声："穷小子们，一起来吃烧饼！"金荣一声呼喊，越来越多的农民加入了起义军队伍！《明史·杨鹤传》记载：

由是府谷王嘉允、汉南王大梁、阶州周大旺群贼蜂起，三边饥军应之，流氛之始也。

地方官员被起义军打了，他们又气又急，向三边总督杨鹤（贾瑞）汇报情况！

金荣为了烧饼而已。

三边总督杨鹤名誉扫地了。

杨鹤打击起义军不力，起义军作乱，这就"附助"了以多尔衮为代表的后金。

杨鹤讨好起义军，助纣为虐，误了封疆大事。《明史·杨鹤传》记载：

别贼王嘉允掠延安、庆阳，鹤匿不奏，而给降贼王虎、小红狼、一丈青、掠地虎、混江龙等免死牒，安置延绥、河曲间。贼淫掠如故，有司不敢问。寇患成于此矣。

薛蟠只是说事的幌子，他与明朝内部战争无关，所以，他要弃尽这帮"朋友"。

三边总督杨鹤（贾瑞）闹出了笑话，谁还肯帮衬他呢？《明史·杨鹤传》记载：

鹤设御座于城楼，贼跪拜呼万岁。鹤宣圣谕，令设誓，或归伍，或归农，贼佯应之，则立赦其罪，群盗自是视总督如儿戏矣。鹤又以一魁最强，致其婿帐中，同卧起，而一魁果至。数以十罪，则稽首谢。即宣诏赦之，畀以官，处其众四千余人于宁塞，使守备吴弘器护焉。

大家看，这是骂年轻人的话吗？

【靖批：前有幻境遇可卿，今又出学中小儿淫浪之态，后文更放笔写贾瑞正照。看书人细心体贴，方许你看。】

因此贾瑞金荣等一干人，也正在醋妒他两个。

今儿见秦、香二人来告金荣，贾瑞心中便不自在起来，不好呵叱秦钟，却拿着香怜作法，反说他多事，着实抢白了几句。

香怜反讨了没趣，连秦钟也讪讪的各归坐位去了。

金荣越发得了意，摇头咂嘴的，口内还说许多闲话，

玉爱偏又听了不忿，两个人隔座咕咕唧唧的角起口来。

金荣只一口咬定说："方才明明的撞见他两个在后院子里商议怎么长短。"

【蒙侧批："怎么长短"四字，何等韵雅，何等浑含！俚语得文人提来，便觉有金玉为声之象。】

【戚本眉批：此书妙处在目送飞鸿，意寓弦外。而今本此段忽加入"在后院亲嘴摸屁股"等恶语，

不知改之者与此书有何冤仇，而污之毁之若是。呜呼！使原本不发现者，此冤殆终沉海底矣。】

金荣只顾得意乱说，却不防还有别人。谁知早又触怒了一个。

你道这个是谁？原来这一个名唤贾蔷，【蒙双行夹批：新而绝，得空便入。】

杨鹤的招抚政策注定了自己的下场，读者要细心理解，才许读者看《红楼梦》。

可悲可叹，贾瑞、金荣成了"一干人"！杨鹤的招抚政策纵容了起义军，他的死期不远了。

地方官员向三边总督杨鹤反映起义军的问题，杨鹤却抢白地方官员。《崇祯实录》记载：

百姓吞声、有司莫敢告，而寇患成矣。

洪承畴（秦钟）及地方官员对杨鹤的政策不满意，"讪讪的"。《明史·杨鹤传》记载：

（鹤）素有清望，然不知兵。

起义军"越发得了意"，他们还要说闲话。

起义军与地方官员玉爱发生了争执。

洪承畴与地方官员商议对付起义军的问题。

"怎么长短"四个字引起无限遐想，但是，不要错会了意，作者将俚语运用到极致，其中别有含义。

《红楼梦》的妙处在于目送飞鸿不留痕迹，一切都是弦外之意。有些版本上将金荣的话修改为："方才明明的撞见他两个在后院子里亲嘴摸屁股，一对一，撅草棍儿抽长短，谁长谁先干。"这纯粹是胡扯了。

修改文字的人与《红楼梦》有冤仇吗？这分明是在毁坏《红楼梦》。如果不曾发现原本，《红楼梦》之冤将石沉大海了。

起义军得意了，朝廷不能坐视不理，所以，又有人要出场了。

贾蔷扮演时任兵部尚书梁廷栋，杨鹤（贾瑞）打击起义军不利，兵部尚书该表态了。

亦系宁府中之正派玄孙，

父母早亡，从小儿跟贾珍过活，如今长了十六岁，比贾蓉生的还风流俊俏。

他兄弟二人最相亲厚，常相共处。

宁府人多口杂，那些不得志的奴仆们，专能造言诽谤主人，因此不知又有了什么小人诟谇谣诼之辞。

贾珍想亦风闻得些口声不大好，自己也要避些嫌疑，

如今竟分与房舍，命贾蔷搬出宁府，自去立门户过活去了。

【蒙侧批：此等嫌疑不敢认真搜查，悄为分计，皆以含而不漏为文，真实灵活至极之笔。】

这贾蔷外相既美，【蒙双行夹批：亦不免招谤，难怪小人之口。】内性又聪明，

虽然应名来上学，亦不过虚掩眼目而已。

仍是斗鸡走狗，赏花玩柳。

总恃上有贾珍溺爱，【蒙双行夹批：贬贾珍最重。】

梁廷栋是朝廷（宁国府）六部尚书之一。

满桂已经于崇祯二年战死，扮演他的贾蓉没有戏份了。因而，本回的贾蓉不是满桂，而是吏部尚书王永光。梁廷栋比王永光还"风流俊俏"，他会惹出不少事来。

王永光是阉党余党，梁廷栋起初与他不错，但是，不久后二人会翻脸。

梁廷栋骤然得志，有人弹劾他。《明史·梁廷栋传》记载：

三年正月，兵部尚书申用懋罢，特召廷栋掌部事。时京师虽解严，羽书旁午，廷栋剖决无滞。而廷臣见其骤用，心嫉之。给事中陈良训首刺廷栋，同官陶崇道复言："廷栋数月前一监司耳，倏而为巡抚、总督、本兵，国士之遇宜何如报。乃在通州时，言遵、永易复，良、固难破，自以为神算。今何以难者易，易者难？且尝请躬履行间，随敌追击，以为此报主热血。今偃然中枢，热血何销亡也？谓制敌不专在战，似矣，而伐谋用间，其计安在？"

贾珍是朝廷（宁国府）的当家人，他扮演内阁首辅成基命，他当然知道众人弹劾梁廷栋。

梁廷栋要"自立门户"，他介于东林党与阉党余党中间，自成一派。

"贾蔷搬出宁府"，这会让读者以为梁廷栋离职了，故而，批语说"此等嫌疑不敢认真搜查"。不过，文章要写梁廷栋"自立门户"，"搬出去"是表面文章的前提，这是含而不漏的文字。

如果梁廷栋不聪明，崇祯皇帝不可能在一两个月内升任他为巡抚、总督、尚书。

梁廷栋没到陕西战场上来，又一名假学生。

梁廷栋本性难改，早晚会出事。

梁廷栋惹下无数乱子，内阁大学士成基命（贾珍）没有弹劾他。

下有贾蓉匡助，【蒙双行夹批：贬贾蓉次之。】

因此族中人谁敢来触逆于他。

他既和贾蓉最好，今见有人欺负秦钟，如何肯依？如今自己要挺身出来报不平，

心中却忖度一番，【蒙双行夹批：这一忖度，方是聪明人之心机，写的最好看，最细致。】

想道："金荣贾瑞一干人，都是薛大叔的相知，向日我又与薛大叔相好，倘或我一出头，他们告诉了老薛，【蒙双行夹批：先曰"薛大叔"，此曰"老薛"，写尽娇侈纨绔。】

"我们岂不伤和气？

"待要不管，如此谣言，说的大家没趣。

"如今何不用计制服，又止息了口声，又不伤了脸面。"

想毕，也装出小恭，走至外面，悄悄的把跟宝玉的书童名唤茗烟【蒙双行夹批：又出一茗烟。】者唤到身边，如此这般调拨他几句。

【蒙双行夹批：如此便好，不必细述。】

梁廷栋的身份不清白，文章总是拿阉党余党王永光（贾蓉）说事。

梁廷栋宠极一时，谁敢触逆他呢？《明史·梁廷栋传》记载：

未几，工部主事李逢申劾廷栋虚名，崇道又言廷栋轻于发言，致临洮、固原入卫兵变。帝皆不纳。

兵部尚书梁廷栋只能指挥战争不能亲临前线。

梁廷栋在思索，他是个聪明人，这里在描摹他的心机。

薛大叔？老薛？梁廷栋对后金人下错了称呼！明朝不承认后金的合法地位，官方文书称后金为"建虏"，原任兵部左侍郎郭巩在上疏中称后金为"大金"，为此，梁廷栋弹劾郭巩致使其下狱。贾蔷称薛蟠为"老薛"，就是反说这件事。《崇祯长编》记载：

迁安原任兵部左侍郎郭巩逃入京，乞师自述，有却聘书。帝问其书云何？巩录呈，兵部梁廷栋劾其称大金，非法，命下狱论死。

这话在骂梁廷栋，他可能也想与后金和谈，广西道御史袁耀然在奏疏中提到这件事。《崇祯长编》记载：

臣又见枢臣梁廷栋一疏内有尤世禄首倡和议之说，臣读未竟不觉愤气填胸。果世禄之倡端乎？抑枢臣托言以探圣心乎？城下之盟，春秋耻之。

有人造反，身为兵部尚书，不管不行。

不知梁尚书有何良计？

"茗烟"谐音"明阉"，明朝阉人也。由于太监的史料较少，不确定这位太监是谁。

兵部尚书梁廷栋的战争部署要通过太监送达陕西，因而，写到太监就很妙了。

这茗烟乃是宝玉第一个得用的，且又年轻不谙世事，

如今听贾蔷说金荣如此欺负秦钟，连他爷宝玉都干连在内，不给他个利害，下次越发狂纵难制了。

这茗烟无故就要欺压人的，

如今得了这个信，又有贾蔷助着，便一头进来找金荣，

也不叫金相公了，只说："姓金的，你是什么东西！"

贾蔷遂跺一跺靴子，故意整整衣服，看看日影儿说："是时候了。"遂先向贾瑞说有事要早一步。

贾瑞不敢强他，只得随他去了。

这里茗烟先一把揪住金荣，

【蒙侧批：豪奴辈，虽系主人亲故，亦随便欺慢，即有一二不服气者，而豪家多是偏护家人。理之所无，而事之尽有，不知是何心思，是非凡常可测略。】

问道："我们的事，管你什么相干。你是好小子，出来动一动你茗大爷！"

【戚本批语：今本至此，加入龌龊等语，更不堪入目矣。呜呼！改者之罪，较之毁谤名闺应加十等。】

卟的满屋中了弟都怔怔的痴望。贾瑞忙吆喝："茗烟不得撒野！"

金荣气黄了脸，说："反了！

这是介绍太监茗烟地位，没有史料佐证，奈何？

千不怕万不怕，就怕下次，今天纵容起义军，下次就狂纵难制了。

这是太监茗烟的本来面目。

茗烟可能是某位监军太监。己巳之变后，崇祯皇帝就开始重用太监，安排太监监军。《崇祯长编》记载：

九月，遣乾清宫牌子王坤往宣府、刘文忠往大同、刘允中往山西监视各镇粮饷兵马、边墙抚赏。

姓金的是起义军。

看日影儿就是看时间，贾蔷"跺靴子""整衣服"，梁廷栋穿不住官靴、官服了，他要离任兵部尚书了，熊明遇取代了他。《崇祯长编》记载：

崇祯四年，六月，癸亥，起熊明遇为兵部尚书。

三边总督杨鹤管不着兵部尚书梁廷栋的行踪。

监军太监很有气势。

从表面情节讲，茗烟只是家丁，他居然欺负主人的亲故，读者可能对这样的表面情节不服气，但是，主人袒护家丁，这也是常有的事情。理论上不存在的事情，现实中却发生了，作者的心思，不是平常心态能猜测到的。

战争拉开了序幕。

某些版本对茗烟的话做了修改，抄录过来，聊供一笑："我们肏屁股不肏屁股，管你鸡巴相干？横竖没肏你爹去罢了！你是好小子，出来动一动你茗大爷！"

三边总督杨鹤（贾瑞）不打起义军，还不让别人打，朝廷会问罪的。

起义军造反了！

"奴才小子都敢如此，我和你主子说。"便夺手要去抓打宝玉秦钟。【蒙双行夹批：好看之极！】

尚未去时，从得脑后"飕"的一声，早见一方瓦砚飞来，【蒙双行夹批：好看好笑之极！】并不知系何人打来的，

幸未打着，却又打了旁人的座上，这座上乃是贾兰贾菌。

贾菌亦系荣府近派的重孙，【蒙双行夹批：先写一宁派，又写一荣派，互相错综得妙。】其母亦少寡，独守着贾菌，

这贾菌与贾兰最好，所以二人同桌而坐。

谁知贾菌年纪虽小，志气最大，极是淘气不怕人的。【蒙双行夹批：要知没志气小儿，必不会淘气。】

他在座上冷眼看见金荣的朋友暗助金荣，

飞砚来打茗烟，偏没打着茗烟，便落在他座上，正打在面前，

将一个磁砚水壶打了个粉碎，溅了一书黑水。

【蒙双行夹批：这等忙，有此闲处用笔。】

贾菌如何依得，便骂："好囚攮的们，这不都动了手了么！"【蒙双行夹批：好听煞。靖眉批：声口如闻。】

骂着，也抓起砖砚来要打回去。【蒙双行夹批：先瓦砚，次砖砚，转换得妙极。】

抓宝玉就是夺江山，打秦钟就是打洪承畴。激烈的战争开始了，文章好看至极！

顺势又插入了一场战争。

战争打到了贾兰、贾菌的防区。贾兰扮演吴三桂，贾菌扮演时任蓟辽总督曹文衡，他俩在明清边境守边防，这段文字是在介绍边境线上的战争。

曹文衡的父亲早逝，母亲守寡。《唐县志》记载：
父去世，便辞官回乡孝母。

借贾兰介绍贾菌所在的位置，二人"同桌"。

曹文衡的志气很大，他是不怕别人的，因而，他要与监军太监大闹一场。

后金军与起义军是"朋友"，后金军牵制明朝兵力，这就是"暗中相助"。

后金的"飞砚"打不到陕西战场上，只能落在明清边境线上。

有人往蓟辽总督曹文衡（贾菌）这边泼黑水，此人是监军太监邓希诏。《明史·高倬传》记载：
蓟辽总督曹文衡与总监邓希诏相讦奏。

文章夹写曹文衡与邓希诏闹翻脸一事，真神文也。

蓟辽总督曹文衡脾气很大。《明史·黄绍杰传》记载：
绍杰言："文衡烈士，受内臣指摘，何颜立三军上。希诏内竖，讦边臣辱国，大不便。宜亟更文衡而罢希诏。"

这是要打谁呢？起义军在千里之外，打不到；离后金虽近，又打不过。

贾兰是个省事的，忙按住砚，

极口劝道："好兄弟，不与咱们相干。"【蒙双行夹批：是贾兰口气。】

贾菌如何忍得住，便两手抱起书匣子来，照那边抢了去。【蒙双行夹批：先"飞"后"抢"，用字得神，好看之极！】终是身小力薄，却抢不到那里，

刚到宝玉秦钟桌案上就落了下来，只听"哗啷啷"一声，砸在桌上，书本纸片等至于笔砚之物撒了一桌，又把宝玉的一碗茶也砸得碗碎茶流。

【蒙双行夹批：好看之极！不打着别个，偏打着二人，亦想不到文章也。此书此等笔法，与后文踢着袭人、误打平儿，是一样章法。】

贾菌便跳出来，要揪打那一个飞砚的。

金荣此时随手抓了一根毛竹大板在手，

地狭人多，那里经得舞动长板。

茗烟早吃了一下，乱嚷："你们还不来动手！"

宝玉还有三个小厮：一名锄药，一名扫红，一名墨雨。这三个岂有不淘气的，一齐乱嚷："小妇养的！动了兵器了！"

【蒙双行夹批：好听之极，好看之极！】

墨雨遂掇起一根门闩，扫红锄药手中都是马鞭子，蜂拥而上。

贾瑞急拦一回这个，劝一回那个，谁听他的话，肆行大闹。

贾兰省事吗？目前还省事，以后就难说了。

起义军那边的战争与明清边境线上无关。

曹文衡要向监军太监反击，可惜，他输了。

曹文衡与邓希诏闹矛盾这事传到了朝廷中，宝玉要过问此事。《明史·黄绍杰传》记载：

久之，文衡以闲住去。

明明想打人，却打不到人，误打误撞，闹到了宝玉这里，后文中还有这样的章法。

堂堂蓟辽总督，却输给了监军太监，曹文衡性子烈，他不服气呀。

再讲起义军。揭竿而起的"竿"就是"毛竹大板"，起义军揭竿而起了。

官兵众多，不容起义军造反。

太监茗烟大喊："各路大军，还不来动手！"

锄药、扫红、墨雨，三路兵马齐至，真的动兵器了！

声情并茂，好看杀！

农民起义初期，官军占绝对优势。

杨鹤大人，别劝了，没人执行你的招安政策了。

众顽童也有趁势帮着打太平拳助乐的，也有胆小藏在一边的，也有直立在桌上拍着手儿乱笑、喝着声儿叫打的，登时间鼎沸起来。

【蒙侧批：燕青打擂台，也不过如此。】

"众顽童"指明朝官员。有的官员积极抗击起义军，力保天下太平（打太平拳）；有的官员藏身于一边避祸（胆小者）；有的官员持观望态度。这么一闹，就热闹了。

燕青打擂台，哪有这场面热闹！

外边李贵等几个大仆人听见里边作反起来，

战争的消息传到朝廷里，大学士周延儒（李贵）已经知道陕西那边有人"反起来"了。

忙都进来一齐喝住，问是何原故。

内阁首辅要过问起义军的问题了。

众声不一，这一个如此说，那一个又如彼说。【蒙双行夹批：妙！如闻其声。】

朝臣观点不一致，有人这样说，有人那样说，对待农民起义军，到底应该围剿还是招抚呢？

李贵且喝骂了茗烟四个一顿，撵了出去。【蒙双行夹批：处治得好。】

不知茗烟是哪位太监，不知此话何意。

秦钟的头早撞在金荣的板上，打去一层油皮，宝玉正拿褂襟子替他揉呢，

瞧，朝廷（宝玉）多么关心洪承畴（秦钟）。

见喝住了众人，便命："李贵，收书！拉马来，我回去回太爷去！

太爷吴甡还没到陕西，暂时见不到太爷。

"我们被人欺负了，不敢说别的，守礼来告诉瑞大爷，瑞大爷反倒派我们不是，

宝玉的话就是朝廷兴师问罪，杨鹤遇上麻烦了。对表面情节而言，称贾瑞为瑞大爷极为不妥，学堂里怎么会有大爷呢？但是，对隐写的历史而言，千妥万妥。虽然没查到杨鹤生于哪一年，但是，他儿子杨嗣昌生于万历十六年（1588年），到崇祯三年（1630年），杨嗣昌已经42岁了，杨鹤至少应该60岁，他真是一位大爷。

"听人家骂我们，还调唆他们打我们茗烟，连秦钟的头也打破，这还在这里念什么书！

念哪门子书？谁再说念书，打死完事。

"茗烟他也是为有人欺侮我的。不如散了罢。"

散了吧，别再说上学了。

李贵劝道："哥儿不要性急。太爷既有事回家去了，这会子为这点子事去聒噪他老人家，倒显的咱们没理。

千万不要性急，御史吴甡（太爷）于崇祯四年到陕西赈灾时，才能发现杨鹤的问题。文章急了就没有道理了。

"依我的主意，那里的事那里了结好，何必去惊动他老人家。

"这都是瑞大爷的不是，

时任内阁首辅周延儒（李贵）在帮杨鹤说话，这是因为杨鹤向他行贿了，后文会提及此事。

打击起义军不力是杨鹤的不是。《明书·杨鹤传》记载：

> 贼胎于杨，亦烈于杨。前则恇怯图苟安，养寇是也，后则增饷敛怨，因而长乱。养寇在一方，长乱满中原矣。

三边总督杨鹤是头脑，其他官吏都看他行事。

"太爷不在这里，你老人家就是这学里的头脑了，众人看你着行事。

【蒙侧批：劝的心思，有个太爷得知，未必然之。故巧为辗转以结其局，而不失其体。】

劝杨鹤是为了他好，等御史吴甡（太爷）得知杨鹤的事后，他就不会劝了。文章巧妙安排，表面情节也极其逼真。

"众人有了不是，该打的打，该罚的罚，如何等闲到这步田地不管？"

对待起义军，该打的打，该罚的罚，如何闹到这步田地还不管呢？

贾瑞道："我吆喝着都不听。"【蒙双行夹批：如闻。】

杨鹤只知道吆喝，却不懂兵法。

李贵笑道："不怕你老人家恼我，

诸君请看，李贵称贾瑞为"老人家"，他真是老人家呀。

"素日你老人家到底有些不正经，所以这些兄弟才不听。

三边总督不正儿八经地打击起义军，下属如何肯听？

"就闹到太爷跟前去，连你老人家也脱不过的。

千不怕万不怕，就怕吴甡（太爷）知道这件事，到时候，脱不过的。

"还不快作主意撕罗开了罢。"

没有机会撕罗，一切都成为既定事实。

宝玉道："撕罗什么？我必是回去的！"

玉玺（宝玉）表态了，贾瑞只能等着下狱了。

秦钟哭道："有金荣，我是不在这里念书的。"

有他无我，有我无他，洪承畴（秦钟）有志气。

宝玉道："这是为什么？难道有人家来得的，咱们倒来不得？我必回明白众人，撵了金荣去。"

撵吧！就怕撵不尽，撵了金荣，还有金钏儿；死了金钏儿，还有醉金刚。

又问李贵："金荣是那一房的亲戚？"

节外生枝，再起波澜，"又问"开启下文，文章要引出另外一个历史人物。

李贵想了一想："也不用问了。若说起那一房的亲戚，更伤了弟兄们的和气了。"

下面的历史事件是"弟兄们"的问题，是朝廷的内部问题。

茗烟在窗外道:"他是东胡同里璜大奶奶的侄儿,

太监(茗烟)"在窗外"插话。"东胡同"指山海关到锦州之间的狭长地带,这里非常像一条胡同。

"那是什么硬正仗腰子的,也来唬我们。

璜大奶奶扮演的历史人物打不了硬仗。

"璜大奶奶是他姑娘。你那姑妈只会打旋磨子,给我们琏二奶奶跪着借当头。

璜大奶奶"只会打旋磨子",面对后金军,他只能打旋磨子躲避。己巳之变期间,在"东胡同"附近"打旋磨子"的人是蓟辽总督刘策。《崇祯长编》记载了他"打旋磨子"一事:

(二年十二月)癸酉,责巡抚郭之琮、范景文、刘策入援逗留,各戴罪图功。

【蒙侧批:可怜!开口告人,终身是玷。】

批语似乎在提示与刘策相关的历史事件。

"我眼里就看不起他那样的主子奶奶!"

刘策(璜大奶奶)要遇上麻烦。

李贵忙断喝不止说:"偏你这小狗肏的知道,有这些蛆嚼!"

周延儒(李贵)骂太监了。茗烟谐音明阉,是太监的统称,前文中的茗烟是一位太监,"在窗外"插话进来"蛆嚼"的茗烟是另一位太监。周延儒骂的这位太监就是与曹文衡翻脸的太监邓希诏。邓希诏与曹文衡发生矛盾,涉及了周延儒。《明史·周延儒传》记载:

而监视中官邓希诏与总督曹文衡相讦奏,语侵延儒。

宝玉冷笑道:"我只当是谁的亲戚,原来是璜嫂子的侄儿,我就去问问他来!"

朝廷(宝玉)过问蓟辽总督刘策的问题了。

说着便要走,叫茗烟进来包书。茗烟包着书,又得意道:"爷也不用自己去见,等我去到他家,

包书?这本书就是圣旨,朝廷要让太监(明阉)拿着圣旨去捉拿刘策(璜嫂子)。

"就说老太太有说的话问他呢,雇上一辆车拉进去,当着老太太问他,岂不省事?"

明明要兴师问罪,却要雇上一辆车把对方拉过来,天下哪有这等事情?不过,如果这辆车是囚车,那就另当别论了。注意这辆"车",第十回中璜嫂子真是坐"车"来的。

【蒙双行夹批:又以贾母欺压,更妙!】

借贾母作为说事的幌子,丝毫不牵强。

李贵忙喝道:"你要死!仔细回去我好不好先捶了你,然后再回老爷太太,就说宝玉全是你调唆的。

周延儒(李贵)在大骂监军太监邓希诏。

"我这里好容易劝哄的好了一半了，你又来生个新法子。你闹了学堂，不说变法儿压息了才是，反要迈火坑！"

茗烟方不敢作声儿了。

此时贾瑞也怕闹大了，自己也不干净，只得委曲着来央告秦钟，又央告宝玉。

先是他二人不肯。后来宝玉说："不回去也罢了，只叫金荣赔不是便罢。"金荣先是不肯，后来禁不得贾瑞也来逼他去赔不是，

李贵等只得好劝金荣说："原来是你起的端，

"你不这样，怎得了局？"

金荣强不得，只得与秦钟作了揖。宝玉还不依，偏定要磕头。

贾瑞只要暂息此事，又悄悄的劝金荣说："俗语说的好，'杀人不过头点地'。你既惹出事来，少不得下点气儿，磕个头就完事了。"

金荣无奈，只得进前来与秦钟磕头。且听下回分解。

【蒙：此篇写贾氏学中，非亲即族，且学乃大众之规范，人伦之根本。首先悖乱，以至于此极，其贾家之气数，即此可知。

挟用袭人之风流，群小之恶逆，一扬一抑，作者自必有所取。】

【忍得一时忿，终身无恼闷。】

监军太监把蓟辽总督逼走了，这算不算"迈火坑"？

事件终于平息了，可是，曹文衡（贾菌）离职了。

三言两语又绕回杨鹤（贾瑞）身上来了。杨鹤还想干净？干净不了了。

这不是赔不是能解决的问题，不过，文章要收场了，表面情节要给一个交代。

原是起义军起的端！

如果不让金荣作揖，表面情节怎么收场呢？

不能作揖了之，打死金荣才好。

"杀人不过头点地"，妙极！如果有人点头就算被杀了！金荣磕头就等于他被杀了。崇祯初年，陕西饥荒严重，疫病流行，农民"皮骨已尽，救死不瞻"，农民王二、种光道等聚集灾民首插义旗，王嘉胤、杨六、不沾泥等在陕西府谷起义，陕境共有100多支起义军，经过多次整合，还有"十三家七十二营"。因而，有一部分"金荣"被打死了，有一部分"金荣"生存了下来。

农民起义军打不过朝廷军。

本回用贾氏学堂比喻明朝，明朝内部有人作乱，起义军与朝廷军打起来了，明朝气数已尽，起义军终将占领京城。

明代史书称阉党为"群小"。韩爌（袭人）想救袁崇焕，阉党恶逆谋兴大狱，文章一扬一抑，包含着深意。

农民军目前挨打，后来，他们会打回来！

第十回

金寡妇贪利权受辱　张太医论病细穷源

【蒙：新样幻情欲收拾，可卿从此世无缘。和肝益气浑闲事，谁知今日寻病源？】

话说金荣因人多势众，又兼贾瑞勒令，赔了不是，给秦钟磕了头，宝玉方才不吵闹了。

大家散了学，金荣回到家中，越想越气，说："秦钟不过是贾蓉的小舅子，又不是贾家的子孙，附学读书，也不过和我一样。他因仗着宝玉和他好，他就目中无人。

"他既是这样，就该行些正经事，人也没的说。

"他素日又和宝玉鬼鬼祟祟的，只当我们都是瞎子，看不见。今日他又去勾搭人，偏偏的撞在我眼里。

【蒙侧批：偏是鬼鬼祟祟者，多以为人不见其行，不知其心。】

"就是闹出事来，我还怕什么不成？"

他母亲胡氏听见他咕咕嘟嘟的说，

因问道："你又要争什么闲气？好容易【蒙侧批："好容易"三字，写尽天下迎逢要便宜苦恼。】我望你姑妈说了，你姑妈千方百计的才向他们西府里的琏二奶奶跟前说了，你才得了这个念书的地方。

文章要以新的情节继续描写历史，袁崇焕（可卿）就要被杀了。"和肝益气"的药方并非闲文，谁能想到这是介绍袁崇焕被杀的根源呢？

起义军（金荣）要给洪承畴（秦钟）赔不是，文章在突显洪承畴之威。

文章要以金荣上学之事为幌子，引出蓟辽总督刘策（璜大奶奶），所以，这里先安排金荣说话。

洪承畴最终降清了，这事不正经，成了话柄。

洪承畴勾搭清朝是后话，后文中，秦钟免不了要勾搭别人。

农民起义军才是鬼鬼祟祟者。

不造反就得饿死，贫苦农民还怕什么不成呢？

胡氏扮演三边总督杨鹤，也就是说，她与贾瑞是同一个人。杨鹤实行招安政策，养虎为患，故而，他被比作起义军之母。《明史》记载：

赞曰：流贼之肆毒也，祸始于杨鹤，成于陈奇瑜，而炽于熊文灿、丁启睿。

杨鹤在劝说农民起义军。这话似乎是说杨鹤的招安政策好容易得以实施，起义军才得了一条生路。

"若不是仗着人家，咱们家里还有力量请的起先生？

"况且人家学里，茶也是现成的，饭也是现成的。

"你这二年在那里念书，家里也省好大的嚼用呢。

"省出来的，你又爱穿件鲜明衣服。

"再者，不是因你在那里念书，你就认得什么薛大爷了？那薛大爷一年不给不给，这二年也帮了咱们有七八十两银子。

【己卯侧批：因何无故给许多银子？金母亦当细思之。】

【蒙侧批：可怜！妇人爱子，每每如此。自知所得者多，而不知所失者大，可胜叹者！】

"你如今要闹出了这个学房，再要找这么个地方，我告诉你说罢，比登天还难呢！【己卯侧批：如此弄银，若有金荣在，亦可得。】

"你给我老老实实的顽一会子睡你的觉去，好多着呢。"

于是金荣忍气吞声，不多一时他自去睡了。次日仍旧上学去了。

不在话下。

且说他姑娘，原聘给的是贾家玉字辈的嫡派，名唤贾璜。但其族人那里皆能象宁荣二府的富势，原不用细说。

这贾璜夫妻守着些小的产业，

"人家"指代后金，如果没有后金，起义军没有力量与官军对抗。

茶和饭是现成的，起义军只管去抢就可以。

起义后可以为家里省下好大嚼用。

还能省出衣服来。

以多尔衮（薛蟠）为代表的后金牵制明朝兵力，这就等于帮了起义军大忙。

七八十两银子不是小数目，薛蟠为什么给这么多银子？杨鹤应该思考这个问题，明朝面临内忧外患，一味招安怎么行呢？

杨鹤有妇人之仁，他招安了无数起义军头目，养虎为患。《明史·杨鹤传》记载：

总督杨鹤既受群贼降，已，复相继叛。

起义军终将闹出"学房"，并将占领京城，"登天"虽然有点儿难，但是，迟早会实现。

胡氏只想让金荣老实，却不知金荣永远不会安分。

金荣还要上学！起义军还要继续闹事呀！

岔开文章。

璜大奶奶扮演蓟辽总督刘策，不确定贾璜扮演谁。另外，"姑娘"一词是典型的吴语，是作者的家乡话。

守产业就是守边防，贾璜夫妻没守好"产业"，己巳之变，后金从他们的防区突袭进来了。《明史·袁崇焕传》记载：

时所入隘口乃蓟辽总理刘策所辖，而崇焕甫闻变即千里赴救，自谓有功无罪。

又时常到宁荣二府里去请请安，又会奉承凤姐儿并尤氏，

所以凤姐儿尤氏也时常资助资助他，方能如此度日。【蒙侧批：原来根由如此，大与秦钟不同。】

今日正遇天气晴明，又值家中无事，遂带了一个婆子，坐上车，来家里走走，瞧瞧寡嫂并侄儿。

闲话之间，金荣的母亲偏提起昨日贾家学房里的那事，从头至尾，一五一十都向他小姑子说了。

这璜大奶奶不听则已，听了，一时怒从心上起，

说道："这秦钟小崽子是贾门的亲戚，难道荣儿不是贾门的亲戚？【己卯侧批：这贾门的亲戚比那贾门的亲戚。】

"人都别恃势利了，况且都作的是什么有脸的好事！就是宝玉，也犯不上向着他到这个样。

"等我去到东府瞧瞧我们珍大奶奶，

"再向秦钟他姐姐说说，叫他评评这个理。"

【己卯侧批：未必能如此说。】【靖侧批：这个理怕不能评。】

【蒙侧批：狗仗人势者，开口便有多少必胜之谈，事要三思，免劳后悔。】

刘策下狱时，内阁首辅是韩爌（尤氏）。

刘策当上总督，原是有人照顾的结果。《烈皇小识》记载：

先是，河南巡抚缺，升太仆卿张泼往。泼既领敕矣，复上乞休一疏。阁中票旨，遽准其请。山左诸公大哗，以为摧折东人太甚也。适蓟辽总督喻安性罢归，共推毂刘策，不半年，遂罹此祸。

刘策（璜大奶奶）带着张士显（婆子）往朝廷中来了。他俩坐"车"而来，这辆"车"就是第九回末尾太监茗烟所说的囚车。《崇祯长编》记载：

庚寅，以失机，逮蓟辽总督刘策、总兵张士显于狱，论死。

杨鹤（金母）怎么会与刘策（璜大奶奶）相遇呢？故而，文章必然要用"闲话"二字开启下文。

后金军突破了刘策的防区，刘策不敢正面迎击，只是发怒吗？难道不着急吗？不羞愧吗？

此亲非彼亲。

后事前述法，洪承畴降清不是有脸的好事。

刘策被逮捕了，他要来见一见内阁首辅韩爌（尤氏）。

刘策是总督，袁崇焕是督师，刘策想找袁崇焕评评理。不过，这个理没法评了。刘策于崇祯三年一月被逮捕，袁崇焕已于崇祯二年十二月下狱。所以，璜大奶奶无缘见秦氏。

袁崇焕正在舆论的风口浪尖上，刘策敢说起袁崇焕吗？这个理无法评。

刘策当蓟辽总督是"狗仗人势"的结果。刘策任总督不到半年就被杀了，后悔已经来不及了。

这金荣的母亲听了这话，急的了不得，

忙说道："这都是我的嘴快，告诉了姑奶奶了，

"求姑奶奶别去，

"别管他们谁是谁非。【己卯侧批：不论谁是谁非，有钱就可矣。蒙侧批：胡氏可谓善哉！】

"倘或闹起来，怎么在那里站得住。

"若是站不住，家里不但不能请先生，反倒在他身上添出许多嚼用来呢。"

璜大奶奶听了，说道："那里管得许多，你等我说了，看是怎么样！"

也不容他嫂子劝，一面叫老婆子瞧了车，就坐上往宁府里来。

【蒙侧批：何等气派，何等声势，有射石定羽之力，动天摇地，如项羽暗咤。】

到了宁府，进了车门，到了东边小角门前下了车，

进去见了贾珍之妻尤氏。也未敢气高，殷殷勤勤叙过寒温，

说了些闲话，方问道：【蒙侧批：何故兴致索然？】"今日怎么没见蓉大奶奶？"【己卯侧批：何不叫秦钟的姐姐？】

尤氏说道："他这些日子不知怎么着，经期有两个多月没来。

杨鹤"急的了不得"，招安政策终非长久之计。

真是嘴快，二人风马牛不相及，若不是嘴快便无缘对话。

千万别去，去了会被砍头。

朝廷正在闹是非，督师袁崇焕下狱，大学士钱龙锡受牵连，这么大的是非，没人管得了啊！

站不住，就得倒下。

好章法！滴水不漏！胡氏的话绕了一个大圈子，最终，又与学堂事件吻合起来了。

好好看璜大奶奶最终怎么样吧。

注意"婆子"和"车"，都跟着刘策呢！

"项羽暗咤"，这是韩信评价项王的话。《史记·淮阴侯列传》记载："项王暗恶叱咤，千人皆废，然不能任属贤将，此特匹夫之勇耳。"项羽震怒咆哮时，吓得千百人不敢动，但是，他不能放手任用有才能的将领，所以，项羽只是匹夫之勇。这里引用项羽的故事说明蓟辽总督刘策也只是匹夫之勇。

刘策一进朝廷应该就没有脾气了。

刘策（璜大奶奶）下狱的罪名是"失机"，他当然不敢气高。

先说闲话，然后切入正题，刘策问："今日怎么没见袁崇焕？"

内阁首辅韩爌回话："袁崇焕入狱两个月了。"袁崇焕于崇祯二年十二月初一下狱，刘策被捕的时间是第二年一月十日，时间跨两个月。

"叫大夫瞧了，又说并不是喜。

"那两日，到了下半天就懒待动，话也懒待说，眼神也发眩。"

"我说他：'你且不必拘礼，早晚不必照例上来，你就好生养养罢。

"'就是有亲戚一家儿来，有我呢。就有长辈们怪你，等我替你告诉。'

"连蓉哥我都嘱咐了，我说：'你不许累他，不许招他生气，叫他静静的养养就好了。

【蒙侧批：只一丝不露。】

"'他要想什么吃，只管到我这里取来。倘或我这里没有，只管望你琏二婶子那里要去。

"'倘或他有个好和歹，你再要娶这么一个媳妇，这么个模样儿，这么个性情的人儿，打着灯笼也没地方找去。'

【己卯侧批：还有这么个好小舅子。】

"他这为人行事，那个亲戚，那个一家的长辈不欢喜他？

"所以我这两日好不烦心，焦的我了不得。

"偏偏今日早晨他兄弟来瞧他，谁知那小孩子家不知好歹，看见他姐姐身上不大爽快，就有事也不当告诉他，别说是这么一点子小事，就是你受了一万分的委曲，也不该向他说才是。

"谁知他们昨儿学房里打架，不知

"大夫"就是士大夫，有些士大夫已为袁崇焕看过"病"了，"并不是喜"，一定是忧。如果有人以为这个"喜"是指怀胎，岂不笑掉大牙。

袁崇焕已经被折腾得懒得说话解释了，他头晕目眩，不知所以。

袁崇焕在监狱中，不能"照例上来"了。

韩爌是袁崇焕的座师，有人怪罪袁崇焕，韩爌想替他"告诉"。苦心的"婆婆"想救"儿媳"，可惜，没有机会了。

韩爌想保护袁崇焕，他甚至做了王永光（贾蓉）的工作。

如果露得太多，这本书就被清廷毁了。

朝臣内斗，有人想借机扳倒韩爌，韩爌有心无力，他想让监军太监王应朝（凤姐）帮忙。

灯笼是用来照明的，袁崇焕如同灯笼一样，可以"照亮"明朝，可惜，他遭遇了不测。

这位"小舅子"是洪承畴，他也了不起。

上一辈官员喜欢袁崇焕。《明史·袁崇焕传》记载：

庄烈帝即位，忠贤伏诛，削诸冒功者。廷臣争请召崇焕。

韩爌好不烦心，他救不了袁崇焕、救不了钱龙锡，并且还被人弹劾。

洪承畴与袁崇焕风马牛不相及，所以，秦钟"有事也不当告诉他""也不该向他说才是"。

金荣来历不明。

是那里附学来的一个人欺侮了他了。

【己卯侧批：眼前竟像不知者。】

【蒙侧批：文笔之妙，妙至于此。本是璜大奶奶不忿来告，又偏从尤氏口中先出，确是秦钟之语，且是情理必然，形势逼近。孙悟空七十二变，未有如此灵巧活跳。】

"里头还有些不干不净的话，

"都告诉了他姐姐。婶子，你是知道那媳妇的，

"虽则见了人有说有笑，会行事儿，他可心细，心又重，

"不拘听见个什么话儿，都要度量个三日五夜才罢。这病就是打这个秉性上头思虑出来的。

"今儿听见有人欺负了他兄弟，又是恼，又是气。恼的是那群混账狐朋狗友的扯是搬非、调三惑四那些人；

"气的是他兄弟不学好，不上心念书，以致如此学里吵闹。

"他听了这事，今日索性连早饭也没吃。

"我听见了，我方到他那边安慰了他一会子，

"又劝解了他兄弟一会子。我叫他兄弟到那府里去找宝玉去了，

"我才看着他吃了半盏燕窝汤，我才过来了。婶子，你说我心焦不心焦？

【蒙侧批：这会子金氏听了这话，心里当如何料理，实在悔杀从前高兴。天下事不得不豫为三思，先为防渐。】

演戏给读者看呗，内阁首辅当然知道起义军。

文章正在描写蓟辽总督刘策被捕一事，却是首辅韩爌先说话，说的却是洪承畴，并且表面情节形象逼真、条理井井。孙悟空有七十二般变化，也不能如此灵活。

话中夹话。

蓟辽总督刘策当然知道督师袁崇焕。

袁崇焕心细、心重。他杀毛文龙，说明他心重；杀毛文龙前后的周密部署反映他心细。

"不拘听见个什么话儿"，这就说明有人在背后说坏话。

那群混账狐朋狗友是阉党余党，他们扯是搬非、调三惑四，想借机翻案。《明史·韩爌传》记载：
永光等谋因崇焕兴大狱，可尽倾东林。

夹写洪承畴不学好，最终降清了。

袁崇焕不是"肉食者"了，早饭没"吃"，他已经下狱。

也只能安慰一下，并无解救之法。

夹写洪承畴被朝廷重用一事。

心焦，心焦！

半年前，刘策就任蓟辽总督，现在，他要下狱了，升职时的高兴一扫无余。如果刘策提前防备，后金突袭不至于那么快吧。

"况且如今又没个好大夫，我想到他这病上，我心里倒象针扎似的。

"你们知道有什么好大夫没有？"
【蒙侧批：作无意相问语，是逼近一分，则金氏犹不免当为分拆。一逼之下，实无可赞之词。】

金氏听了这半日话，把方才在他嫂子家的那一团要向秦氏理论的盛气，早吓的都丢在爪洼国去了。

【己卯侧批：又何必为金母着急。】

【靖批：吾为趋炎附势，仰人鼻息者一叹。】

听见尤氏问他有知道好大夫的话，连忙答道："我们这么听着，实在也没见人说有个好大夫。

"如今听起大奶奶这个来，定不得还是喜呢。嫂子倒别教人混治。

"倘或认错了，这可是了不得的。"

尤氏道："可不是呢。"

正是说话间，贾珍从外进来，

见了金氏，便向尤氏问道："这不是璜大奶奶么？"

金氏向前给贾珍请了安。贾珍向尤氏说道："让这大妹妹吃了饭去。"

三人成虎，人们都说袁崇焕勾结后金，已经很难找到明白的士大夫，内阁首辅心如针扎。

尤氏述说袁崇焕的历史，下文中金氏继续拆分，文章并没有半句赘述之词。

"爪洼国"指代后金，后金突破口在刘策的防区，刘策不敢迎战。因为"爪洼国"，刘策把命丢了。《烈皇小识》记载：

蓟镇总兵朱国栋自缢，以旧总兵张世显署镇事，与总督刘策率兵堵御，俱以逗遛不前被逮。至是，俱伏法。

不必为金母着急，但需要为秦氏着急。

这是就刘策当蓟辽总督一事评论。

确实没有好的士大夫了。

珍大嫂子不想让人混治，可是有人偏要混治。

千万别认错了袁崇焕，这可是了不得！

文章在自我解读。

大学士成基命（贾珍）来了。袁崇焕下狱时，成基命已是大学士，他也要参与袁崇焕事件。

刘策下狱，大学士成基命问问此事，未尝不可。

这大妹妹要死了，她无缘吃饭。成基命乐于救人，想给别人"饭"吃。《明史·成基命传》记载：

基命性宽厚，每事持大体。先是，四城未复，兵部尚书梁廷栋衔总理马世龙，将更置之，以撼枢辅承宗，基命力调剂，世龙卒收遵、永功。尚书张凤翔、乔允升、韩继思相继下吏，并为申理。副都御史易应昌下诏狱，以基命言，改下法司。御史李长春、给事中杜齐芳坐私书事，将置重典。基命力救，不听，长跪会极门，言："祖宗立法，贾珍说着话，就过那屋里去了。

【靖眉批：不知心中作何想。】

金氏此来，原要向秦氏说说秦钟欺负了他侄儿的事，听见秦氏有病，不但不能说，亦且不敢提了。

况且贾珍尤氏又待的很好，反转怒为喜，又说了一会子话儿，方家去了。

【蒙侧批：金氏何面目再见江东父老？然而如金氏者，世不乏其人。】

金氏去后，贾珍方过来坐下，问尤氏道："今日他来，有什么说的事情么？"

尤氏答道："倒没说什么。一进来的时候，脸上倒象有些着了恼的气色似的，及说了半天话，又提起媳妇这病，他倒渐渐的气色平定了。

"你又叫让他吃饭，他听见媳妇这么病，也不好意思只管坐着，又说了几句闲话儿就去了，倒没求什么事。

"如今且说媳妇这病，

"你到那里寻一个好大夫来与他瞧瞧要紧，可别耽误了。

"现今咱们家走的这群大夫，那里要得？

【蒙侧批：医毒。非止近世，从古有之。】

真死罪犹三复奏，岂有诏狱一讯遽置极刑？"自辰至酉未起。帝意解，得遣戍。

稍候时日，成基命会当上首辅。此时的首辅是韩爌，袁崇焕被杀时，首辅是成基命。所以，此时尤氏说话，后文中贾珍说话。

前文已明，想让大妹妹吃"饭"的。

千里迢迢来支援京城的袁崇焕都下狱了，防御失机的刘策"不能说"，也"不敢提"什么了。

金氏家去了吗？车子呢？婆子呢？前文中金氏说过"你等我说了，看是怎么样！"现在看的结果是，车子没了，婆子不见了！

刘策有何面目见人？他应该以死谢罪。然而，与刘策一样躲避后金军的将领太多了。

成基命向韩爌问话，刘策说什么了吗？

刘策开始还有点儿恼怒，说了半天话就调查清楚了，他确实不敢直面后金军，再提起袁崇焕下狱一事，他还有什么话可说呢？

刘策"去了"，他被杀了，临死前，他也"没求什么事"。刘策该不该死，这事有争议，到崇祯九年，刘宗周在上疏中还提到这件事，《崇祯实录》记载：

丁魁楚之失事于边而与之戴罪，何以服刘策之死！

说书人口气，岔开文章之法。

首辅韩爌向大学士成基命安排工作了："你快想办法救袁崇焕，可别耽误了。"

韩爌认识到问题的严重性，阉党余党要不得！如果从表面情节讲，这又是怪事，主人何必请无用的大夫呢？

哪个朝代都有奸臣。

"一个个都是听着人的口气儿，人怎么说，他也添几句文话儿说一遍。

"可倒殷勤的很，

"三四个人一日轮流着倒有四五遍来看脉。

"他们大家商量着立个方子，吃了也不见效，

"倒弄得一日换四五遍衣裳，坐起来见大夫，其实于病人无益。"

贾珍说道："可是。这孩子也糊涂，何必脱脱换换的，倘再着了凉，更添一层病，那还了得。

"衣裳任凭是什么好的，可又值什么，孩子的身子要紧，就是一天穿一套新的，也不值什么。

"我正进来要告诉你：方才冯紫英来看我，他见我有些抑郁之色，问我是怎么了。

"我才告诉他说，媳妇忽然身子有好大的不爽快，

"因为不得个好太医，断不透是喜是病，又不知有妨碍无妨碍，所以我这两日心里着实着急。

有人说袁崇焕与后金勾结，众人随声附和。《明史·袁崇焕传》记载：

然都人骤遭兵，怨谤纷起，谓崇焕纵敌拥兵。

献殷勤的人必有所图。

这三四个"看脉"人是阉党余党，他们要轮流上疏。《崇祯长编》记载：

乙卯，江西道御史高捷疏言：皇上赫然震怒，下督师袁崇焕于狱，辇下啧啧万口诵圣明英断，踵武肃皇，国法振而内患除矣……

吏部尚书王永光等疏言：皇上逮问兵部尚书王洽、工部尚书张凤翔、督师袁崇焕于狱，雷霆迭震，百僚悚惕，此皇上之大机权也……

大夫用心不良，会诊的方子不见效。

一身衣裳对应一位人物，有四五个人被牵涉进来。

袁崇焕也糊涂，何必一会儿打仗一会儿议和呢？着了后金的"凉"，那还不得！

"身子要紧"，保命要紧！

冯紫英扮演大学士孙承宗。孙承宗要想办法救袁崇焕。

袁崇焕"忽然"就不爽快了！"忽然"二字妙。

大学士成基命为袁崇焕一事着急。《明史·成基命传》记载：

袁崇焕、祖大寿入卫，帝召见平台，执崇焕属吏，大寿在旁股栗。基命独叩头请慎重者再，帝曰："慎重即因循，何益？"基命复叩头曰："敌在城下，非他时比。"帝终不省。

"冯紫英因说起他有一个幼时从学的先生，姓张名友士，

张友士扮演祖大寿，也就是前文中的板儿。张友士谐音张有事，祖大寿惹下事了，袁崇焕下狱后，他带着辽东军东溃了。这就是板儿的"一无所知"之处，辽东士兵走了，监狱里的袁崇焕怎么办呢？

"学问最渊博的，更兼医理极深，且能断人的生死。【己卯侧批：未必能如此。】【蒙侧批：举荐人的通套，多是如此说。】

祖大寿没有多少学问，也不通医理，他最终也没救了袁崇焕。故而，己卯侧批、蒙侧批做了解释。

"今年是上京给他儿子来捐官，

祖大寿确实上京来了。

"现在他家住着呢。

祖大寿是孙承宗的老部下，是"幼时从学的先生"，孙承宗将利用这层关系把祖大寿召回来。

"这么看来，竟是合该媳妇的病在他手里除灾亦未可知。

祖大寿是袁崇焕事件的见证人，他或许能救袁崇焕。

"我即刻差人拿我的名帖请去了。【蒙侧批：父母之心，昊天罔极。】

后金兵临城下，得赶快把祖大寿请回来。《明史·孙承宗传》记载：

至十二月四日，而有祖大寿之变。大寿，辽东前锋总兵官也，偕崇焕入卫。见崇焕下吏，惧诛，遂与副将何可纲等率所部万五千人东溃，远近大震。

"今日倘或天晚了不能来，明日想必一定来。

祖大寿已经出了山海关，他一时回不来。《崇祯实录》记载：

辽东兵溃。辽兵素感崇焕恩，满桂与祖大寿又互相疑贰，大寿辄率兵归宁远，远近大骇。

"况且冯紫英又即刻回家亲自去求他，务必叫他来瞧瞧。

孙承宗(冯紫英)正在想办法让祖大寿回来。《明史·孙承宗传》记载：

承宗闻，急遣都司贾登科赍手书慰谕大寿，而令游击石柱国驰抚诸军。

"等这个张先生来瞧了再说罢。"

等祖大寿来了再说吧。

尤氏听了，心中甚喜，

韩爌心里略略宽慰了一些。

因说道："后日是大爷的寿日，到底怎么办？"

假太爷过寿，这能怎么办？看作者怎么描述了。张溥（贾敬）与吴梅村是同科进士，此叫，他没考中进士，不在朝廷里。但是，下文要安排一次朝臣聚会，贾敬的生日就成了聚会的幌子。

贾珍说道:"我方才到了太爷那里去请安,兼请太爷来家来受一受一家子的礼。

"太爷因说道:'我是清净惯了的,我不愿意往你们那是非场中去闹去。

老爷真的来不了。

张溥不想在朝中当官,只想图清净。《明史·张溥传》记载:

四年成进士,改庶吉士。以葬亲乞假归,读者若经生,无间寒暑。

"'你们必定说是我的生日,要叫我去受众人些头,

这话是说,你们必定要以我的生日为幌子说事!

"'莫过你把我从前注的《阴骘文》给我令人好好的写出来刻了,

这话是说,还不如把我写的书刻出来呢。张溥写了很多书,崇祯皇帝还要读他的书,这是后话。

"'比叫我无故受众人的头还强百倍呢。

"'倘或后日这两日一家子要来,你就在家里好好的款待他们就是了。

不能无缘无故安排人物出场,如果贾敬出现在宁国府,这本书就没法解读了。

"'也不必给我送什么东西来,连你后日也不必来,

此事与我无关,你们内阁大学士看着办。

"'你要心中不安,你今日就给我磕了头去。

一切与贾敬无关,不必送礼物,也不必来人。

【蒙侧批:将写可卿之好事多虑。至于天生之文中,转出好清静之一番议论,清新醒目,立见不凡。】

这个头也磕不着。

"'倘或后日你要来,又跟随多少人来闹我,我必和你不依。'如此说了又说,后日我是再不敢去的了。

文章在介绍袁崇焕时,插笔介绍张溥(贾敬),后文便以贾敬的生日为幌子,组织贾府聚会,这正是文章的高明之处。

张溥在老家苏州,成基命哪有时间去那里。

"且叫来升来,吩咐他预备两日的筵席。"

来升扮演闵洪学,崇祯三年三月,他升任左都御史了。《崇祯实录》记载:

三月,工部主事陆澄源密劾左都御史曹于汴。于汴免,以闵洪学为左都御史。

尤氏因叫人叫了贾蓉来:"吩咐来升照旧例预备两日的筵席,要丰丰富富的。你再亲自到西府里去请老太太、大太太、二太太和你琏二婶子来逛逛。

文章要安排一场假聚会,下回中,众官员齐聚朝堂(宁国府),正面交锋就开始了。

"你父亲今日又听见一个好大夫，业已打发人请去了，想必明日必来。

"你可将他这些日子的病症细细的告诉他。"

贾蓉一一的答应着出去了。正遇着方才去冯紫英家请那先生的小子回来了，

因回道："奴才方才到了冯大爷家，拿了老爷的名帖请那先生去。那先生说道：'方才这里大爷也向我说了。

"'但是今日拜了一天的客，才回到家，此时精神实在不能支持，就是去到府上也不能看脉。'他说等调息一夜，明日务必到府。

【蒙侧批：医生多是推三阻四，拿腔做调。】

"他又说，他'医学浅薄，本不敢当此重荐，因我们冯大爷和府上的大人既已如此说了，又不得不去，你先替我回明大人就是了。大人的名帖实不敢当。'

"仍叫奴才拿回来了。哥儿替奴才回一声儿罢。"

贾蓉转身复进去，回了贾珍尤氏的话，方出来叫了来升来，吩咐他预备两日的筵席的话。

来升听毕，自去照例料理。不在话下。

且说次日午间，人回道："请的那张先生来了。"

贾珍遂延入大厅坐下。

已经派人去召回祖大寿了，他很快就回来。

王永光（贾蓉）要借袁崇焕事件挑衅，现在，祖大寿要回来了，二人可以当面对质。

派出去召回祖大寿的人回来了。

朝廷的帖子还没到，孙承宗（冯紫英）已向祖大寿传递了消息。

祖大寿带着辽东士兵出了山海关，他一时回不来。

表面情节逼真之处。

祖大寿不懂医学，以医学推荐他，他怎么敢当此重荐呢。

王永光（贾蓉）知道祖大寿要回来了，心里应该不安了。

闵洪学（来升）任左都御史的时间是三月，祖大寿返回的时间在此之前。

贾敬的"生日筵"由左都御史料理，下回中的"筵席"吃不得。

祖大寿回来了，《明史·何可纲传》记载：
崇焕下吏，乃随大寿东溃，复与归朝。

这个"大厅"非常大，因为祖大寿要带兵抗击后金军，他不可能真与成基命坐下谈话，他只是上疏说明袁崇焕的问题。

茶毕，方开言道："昨承冯大爷示知老先生人品学问，

"又兼深通医学，

"小弟不胜钦仰之至。"

张先生道："晚生粗鄙下士，本知见浅陋，

"昨因冯大爷示知，

"大人家第谦恭下士，

"又承呼唤，敢不奉命。

"但毫无实学，倍增颜汗。"

贾珍道："先生何必过谦。就请先生进去看看儿妇，仰仗高明，以释下怀。"于是，贾蓉同了进去。

到了贾蓉居室，见了秦氏，向贾蓉说道："这就是尊夫人了？"

贾蓉道："正是。请先生坐下，让我把贱内的病说一说再看脉如何？"

那先生道："依小弟的意思，竟先看过脉再说的为是。

"我是初造尊府的，本也不晓得什么，但是我们冯大爷务必叫小弟过来看看，小弟所以不得不来。

"如今看了脉息，看小弟说的是不是，再将这些日子的病势讲一讲，大家斟酌一个方儿，可用不可用，那时大爷再定夺。"

贾蓉道："先生实在高明，如今恨相见之晚。就请先生看一看脉息，可治不可治，以便使家父母放心。"

此时的祖大寿已经50岁了，真是老先生。人品、学问另当别论了。

兼学之术，恐怕不精。

开口求人难，大学士成基命对祖大寿说这等话了。

说了实话，袁崇焕下狱，你不该跑的！

幸亏孙承宗（冯大爷）召回祖大寿。

实写成基命，史笔。

若不奉命返回，恐怕也要下狱。

现在知道处事不当，脸红了。祖大寿东溃这件事，连他老婆都出场了。《明史·孙承宗传》记载：

大寿妻左氏亦以大义责其夫，大寿敛兵待命。

仰仗祖大寿救助袁崇焕了。

文章并没有张友士见秦氏的场景，因为祖大寿不可能再见到袁崇焕了。

恶人先告状，王永光（贾蓉）已将袁崇焕称为"贱内"了。

祖大寿要开口说实情。

祖大寿不够主动，都是孙承宗（冯大爷）让他说的。《明史·孙承宗传》记载：

承宗密札谕大寿急上章自列，且立功赎督师罪，而己当代为剖白。

这个"方子"不好开，双方正在斗争，还需要众人定夺。

原来如此，治妻子的病只是为了让父母放心。"父母"二人（成基命、韩爌）着实操心。

于是家下媳妇们捧过大迎枕来，一面给秦氏拉着袖口，露出脉来。

先生方伸手按在右手脉上，调息了至数，宁神细诊了有半刻的工夫，方换过左手，亦复如是。

诊毕脉息，说道："我们外边坐罢。"

贾蓉于是同先生到外间房里床上坐下，一个婆子端了茶来。

贾蓉道："先生请茶。"于是陪先生吃了茶，遂问道："先生看这脉息，还治得治不得？"

先生道："看得尊夫人这脉息：左寸沉数，左关沉伏，

"右寸细而无力，右关需而无神。

"其左寸沉数者，乃心气虚而生火；

"左关沉伏者，乃肝家气滞血亏。

"右寸细而无力者，乃肺经气分太虚；

"右关需而无神者，乃脾土被肝木克制。

"虚而生火者，应现经期不调，夜间不寐。

"肝家血亏气滞者，必然肋下疼胀，月信过期，心中发热。

"肺经气分太虚者，头目不时眩晕，寅卯间必然自汗，如坐舟中。

这"脉"不好把，且看作者如何着笔。

权衡左右。

里边是监狱，还是到外面说话为妙。因为祖大寿的兵马在外，他不可能入城见袁崇焕了，故而，张友士为秦氏看病的环节写得很简单，重点的内容则是下文的谈话。

哪里冒出来的婆子，会不会是坏婆子呢？

如果治得，就对王永光（贾蓉）不利了。

"左关"指明朝的关隘大安口。己巳之变，后金突袭，大安口"沉伏"沦陷。《明史·庄烈帝本纪》记载：
冬十月戊寅，大清兵入大安口。

"右关"指毛文龙驻扎的皮岛。毛文龙被袁崇焕杀了，皮岛将士失去"神主"。

大安口地区边防虚弱，这里最先燃起战火。

大安口沦陷，因为蓟辽总督刘策逗留不前，不敢抗击后金军。

皮岛的主帅毛文龙死了，防守空虚，无力打击后金，失去军事作用。

右关没有主将，这是因为袁崇焕杀了毛文龙。

左右两关，边防虚弱，战火由此而生。

边防调和不利，袁崇焕"五年复辽"的计划"月信过期"，无法实现。

第五回中，宝玉在梦中遇到"木居士掌舵"的小舟，寅卯五行属木，崇祯王朝就是那只"木舟"，袁崇焕（秦氏）在"木舟"中非常难受了！

"脾土被肝木克制者，必然不思饮食，精神倦怠，四肢酸软。

"据我看这脉息，应当有这些症候才对。

"或以这个脉为喜脉，则小弟不敢从其教也。"

旁边一个贴身伏侍的婆子道："何尝不是这样呢。真正先生说的如神，倒不用我们告诉了。

"如今我们家里现有好几位太医老爷瞧着呢，都不能的当真切的这么说。

"有一位说是喜，有一位说是病，这位说不相干，那位说怕冬至，总没有个准话儿。求老爷明白指示指示。"

那先生笑【蒙侧批：说是了，不觉笑，描出神情跳跃，如见其人。】道："大奶奶这个症候，可是那众位耽搁了。

"要在初次行经的日期就用药治起来，不但断无今日之患，而且此时已全愈了。

"如今既是把病耽误到这个地位，也是应有此灾。

"依我看来，这病尚有三分治得。

"吃了我的药看，若是夜里睡的着觉，那时又添了二分拿手了。

"看这脉息：大奶奶是个心性高强聪明不过的人，

"聪明忒过，则不如意事常有，不如意事常有，则思虑太过。

袁崇焕又被朝臣克制，他没有心思吃饭了。

这些症候就是袁崇焕被杀的罪名。《崇祯实录》记载：

谕曰：袁崇焕付托不效，专事欺隐。市粟谋款不战，散遣援兵，潜移喇嘛僧入城，卿等已知之；自当依律正法。

不是"喜"脉，必是死脉！

文章借张友士（祖大寿）之口分析了前因后果，但是，张友士是来救袁崇焕的，他不应该说这段话，所以，婆子来应话了，这位婆子是敌人，他正想说这番话呢。

"好几位"官员在瞧着袁崇焕这事呢！从表面情节看，太医是御医，专门为帝王、宫廷服务，宁国府怎么会有太医呢？

朝臣议论纷纷，大家都没有准话儿。

袁崇焕（大奶奶）的"病"能治，只是治晚了！《崇祯长编》中记载了钱龙锡、孙承宗、祖大寿的奏书，都反映袁崇焕没有降清。

袁崇焕"初次行经"去辽东时，他向崇祯皇帝许诺"五年复辽"，这就是祸患。《明史·袁崇焕传》记载：

帝退少憩，给事中许誉卿叩以五年之略。崇焕言："圣心焦劳，聊以是相慰耳。"誉卿曰："上英明，安可漫对。异日按期责效，奈何？"崇焕怃然自失。

所有的灾难都有缘由。

三分治得，七分治不得了。

又添二分，九分治不得了，祖大寿（张友士）帮不了袁崇焕，袁崇焕九死一生！

"心性高强"四个字，刀斧之笔也。如果心性不高强，他怎么敢说"五年复辽"呢？

如果不是聪明忒过，袁崇焕怎么想到议和呢？

"此病是忧虑伤脾，肝木忒旺，经血所以不能按时而至。

"大奶奶从前的行经的日子问一问，断不是常缩，必是常长的。是不是？"

【蒙侧批：恐不合其方，又加一番议论，一方合为药，一为天亡症，无一字一句不前后照应者。】

这婆子答道："可不是，从没有缩过，或是长两日三日，以至十日都长过。"

先生听了道："妙啊！这就是病源了。

"从前若能够以养心调经之药服之，何至于此。

"这如今明显出一个水亏木旺的虚症候来。

"待用药看看。"

于是写了方子，递与贾蓉，上写的是：

益气养荣补脾和肝汤

人参二钱　白术二钱土炒　云苓三钱　熟地四钱　归身二钱酒洗　白芍二钱　川芎钱半　黄芪三钱　香附米二钱制　醋柴胡八分　怀山约二钱炒　真阿胶二钱蛤粉炒　延胡索钱半酒炒　炙甘草八分

袁崇焕向皇帝许诺"五年复辽"，但是，胜利"不能按时而至"。

是了，袁崇焕从前守辽东时，他"行经"打仗不是常缩。《明史·袁崇焕传》记载：

至五年夏，承宗与崇焕计，遣将分据锦州、松山、杏山、右屯及大、小凌河，缮城郭居之。自是宁远且为内地，开疆复二百里。

又载：崇焕与中官应坤、副使毕自肃督将士登陴守，列营濠内，用炮距击；而桂、世禄、大寿大战城外，士多死，桂身被数矢，大军亦旋引去，益兵攻锦州。以溽暑不能克，士卒多损伤，六月五日亦引还，因毁大、小凌河二城。时称宁锦大捷，桂、率教功为多。

文章中的每一句话都与历史相照应！

袁崇焕从没缩过，不能说他勾结后金。

真妙！

旧"病"在身，并未用"药"。

"症"是虚假的，必然是"虚症候"！这里说水亏木旺，何其荒谬？原神既亏，用神何旺？这是一篇假文章，处处以错谬警醒读者，痴弟子不知也。

且看祖大寿会搞出什么方子。

就表面情节而言，秦可卿得了妇科病，方子却关注"脾"与"肝"，由此可见，病是虚病，方是虚方，全是假文章。

方子是假的，关键在方子的最末一句："引用建莲子七粒去心，红枣二枚。"

建莲子就是莲子，它的药用价值在心，去心后它还是药吗？"建莲子"谐音"见帘了"，这是惕醒读者注意药方的名字！

引用建莲子七粒去心　红枣二枚

贾蓉看了，说："高明的很。

"还要请教先生，这病与性命终久有妨无妨？"

先生笑道："大爷是最高明的人。人病到这个地位，非一朝一夕的症候，

"吃了这药也要看医缘了。

"依小弟看来，今年一冬是不相干的。

"总是过了春分，就可望全愈了。"

贾蓉也是个聪明人，也不往下细问了。

于是贾蓉送了先生去了，方将这药方子并脉案都给贾珍看了，说的话也都回了贾珍并尤氏了。

"益气养荣补脾和肝汤"，药方共九个字，"引用七粒"就是取其中七个字；两枚谐音两没，就是删除两个字。取舍结果是，去掉"脾""肝"二字，剩下"益气养荣补和肝"七个字。这七个字谐音"益气养荣补何干"，只要祖大寿补充介绍袁崇焕究竟干了什么就可以了。

孙承宗授意祖大寿开的这个"方子"非常高明。

性命暂时不妨，就怕夜长梦多。

所有的"症候"都被扒拉出来，"付托不效，专事欺隐""市粟谋款不战""散遣援兵""潜移喇嘛僧入城"……

能不能救袁崇焕，要看缘分吧。

袁崇焕于崇祯二年十二月下狱，第二年秋天被处死，"这一冬是不相干的"！

反话！过了秋分，人就死了。袁崇焕于崇祯三年八月十六日被杀，刚刚过了秋分八天。

再问就不好回答了，人是必死的！

祖大寿向朝廷详细汇报了袁崇焕的情况，大学士韩爌、成基命见到了这个"方子"。《崇祯长编》记载：

十二月，甲戌。总兵祖大寿疏言：臣在锦州哨三百里外，踪迹皆知，讵意忌臣知觉，避臣邀截，乃从老河北岸，离边六日之程，潜度入蓟。督师袁崇焕檄调，当选精兵统领西援。十一月初三日，进山海关。随同督师星驰，途接塘报，遵化、三屯等处俱陷。则思蓟州乃京师门户，堵守为急。初十日，统兵入蓟，三日之内，连战皆捷。又虑其逼近京师，间道飞抵左安门外扎营。二十日、二十七日，沙锅、左安等门，两战皆捷。城上万目共见，何敢言功？露宿城壕者半月，何敢言苦？岂料城上之人，声声口口只说辽将、辽人都是奸细，谁调你来？故意丢砖，打死谢友才、李朝江、沈京玉三人。无门控诉。选锋出城，砍死刘成、田汝洪、刘有贵、孙得复、张士功、张友明六人，不敢回手。彰义门将拨夜拿去，都作奸细杀了。左安门挈进拨夜高兴，索银四十六两才放。众兵受冤丧气，不敢声言。比因袁崇焕被拿，宣读圣谕，三军放声大哭。臣用好言慰止，且令奋勇图功、以赎督师

之罪。此捧旨内臣及城上人所共闻共见者。奈何讹言日炽，兵心已伤。初三日夜，哨见海子外营火，发兵夜袭，本欲拼命一战，期建奇功，以释内外之疑。不料兵忽东奔，臣同副将何可纲、张弘谟及参、游、都司，竭力拦阻，多方劝谕，人众势解，收掇不来。此时在臣不难即死自明，诚恐兵丁一散，再集更难。且谕且行，沿途禁约，仍枭示生事者十数人，所过地方毫无骚扰。行至玉田，乘机商复遵化，适阁部孙承宗、总督刘策、关院方大任各差官，亦谕臣期复遵化，在诸将莫不慨然，而众军齐言："京师城门口大战堵截，人所共见，反将督师拿问，有功者不蒙升赏，阵亡者暴露无棺，带伤者呻吟冰地，立功何用？即复遵化，皇上哪得知道我们的功劳？既说辽人是奸细，今且回去，让他们厮杀。"拥臣东行，此差官所目击者。及到山海关，阁部孙承宗差总兵马世龙赍捧圣谕将到，传令扎营于教军场迎接。众兵眼望家乡，齐拥出关。臣即止于关外欢喜岭，同所统官旗人等，听宣读毕，皆痛哭流涕，举手加额。臣因众军感泣，谕之曰："辽兵素受国恩，颇称忠勇。今又蒙朝廷特恩宽宥，若不建功，何以生为？"众军闻言，又复泣下，务立奇功，仰答圣恩于万一矣。

尤氏向贾珍说道："从来大夫不象他说的这么痛快，想必用的药也不错。"

贾珍道："人家原不是混饭吃久惯行医的人。

"因为冯紫英我们好，他好容易求了他来了。

"既有这个人，媳妇的病或者就能好了。

"他那方子上有人参，就用前日买的那一斤好的罢。"

贾蓉听毕话，方出来叫人打药去煎给秦氏吃。不知秦氏服了此药病势如何，下回分解。

【蒙：欲速可卿之死，故先有恶奴之凶顽，而后及以秦钟来告，层层克入，点露其用心过当，种种文章逼之。虽贫

祖大寿（张友士）的上疏解释得很清楚，袁崇焕没有反志，韩爌觉得这个"方子"不错。

本是假医生。

孙承宗好容易才把祖大寿召回来的。

祖大寿可以证明袁崇焕的清白，袁崇焕可能有救了。

韩爌（尤氏）、成基命（贾珍）要用上好的"药"救袁崇焕。

方子是好方子，打药的人是冤家对头王永光（贾蓉），历史无法改写，此药必然无效。

恶奴凶顽，秦钟打斗，表面文章一遍再遍，欲写秦氏之死。袁崇焕身为督师，他用心过当，想要议和，他不得不死了。

女得居富室，诸凡遂心，终有不能不夭亡之道。

我不知作者于着笔时何等妙心绣口，能道此无碍法语，令人不禁眼花缭乱。】

文章设计巧妙、表达自然，把历史事件介绍得清清楚楚，令人眼花缭乱！

第十一回

庆寿辰宁府排家宴　见熙凤贾瑞起淫心

【蒙：幻境无端换境生，玉楼春暖述乖情。

闹中寻静浑闲事，运得灵机属凤卿。】

幻境就是表面情节，文章将要借助新的表面情节讲述历史。朝廷要处理袁崇焕案件，这就是所谓的"乖情"。

"闹"指后金进犯，"静"指朝臣内斗，阉党余党"闹中寻静"，想借袁崇焕事件打击东林党。面对朝臣内斗，凤姐是聪明人，他想力挽狂澜。

话说是日贾敬的寿辰，贾珍先将上等可吃的东西，稀奇些的果品，装了十六大捧盒，着贾蓉带领家下人等与贾敬送去，

向贾蓉说道："你留神看太爷喜欢不喜欢，你就行了礼来。

"你说：'我父亲遵太爷的话未敢来，在家里率领合家都朝上行了礼了。'"

贾蓉听罢，即率领家人去了。

贾敬过生日，人却不在家，表面情节真的可信吗？文章要安排官员们在朝堂（宁国府）集合，贾敬过生日是集合的幌子。由于张溥（贾敬）此时还没考上进士，于是，就出现了贾敬过生日，人却不在家的荒唐事件。

"你留神看太爷喜欢不喜欢"，这是提醒语，如果贾敬真的修道，他要十六大捧盒东西干什么呢？

"朝上"就是朝堂上，大学士成基命（贾珍）已在朝堂上向皇上行礼了，他想救袁崇焕。《明史·成基命传》记载：

袁崇焕、祖大寿入卫，帝召见平台，执崇焕属吏，大寿在旁股栗。基命独叩头请慎重者再……

王永光（贾蓉）有一群"家人"，他们都要参与这件事。《明史·袁崇焕传》记载：

魏忠贤遗党王永光、高捷、袁弘勋、史褷辈谋兴大狱，为逆党报仇，见崇焕下吏，遂以擅主和议、专戮大帅二事为两人罪。捷首疏力攻，褷、弘勋继之，必欲并诛龙锡。法司坐崇焕谋叛，龙锡亦论死。

这里渐渐的就有人来了。先是贾琏贾蔷到来，先看了各处的座位，

周延儒（贾琏）、梁廷栋（贾蔷）也来了。《崇祯实录》记载：

初，逆珰定案，诸奸深憾龙锡，谋借袁崇焕事报之；且因龙锡，罗及诸臣。周延儒、温体仁实主之，欲发自兵部尚书梁廷栋，廷栋不敢任。

周延儒、梁廷栋二人在寻找官位（座位）。崇祯二年十二月二十五日，梁廷栋升任兵部尚书；两天后，周延儒升任内阁大学士。

并问："有什么顽意儿没有？"

家人答道："我们爷原算计请太爷今日来家来，所以未敢预备顽意儿。"

"前日听见太爷又不来了，现叫奴才们找了一班小戏儿并一档子打十番的，都在园子里戏台上预备着呢。"

次后邢夫人、王夫人、凤姐儿、宝玉都来了，

贾珍并尤氏接了进去。尤氏的母亲已先在这里呢。

大家见过了，彼此让了坐。贾珍尤氏二人亲自递了茶，因说道："老太太原是老祖宗，我父亲又是侄儿，

"这样日子，原不敢请他老人家，

"但是这个时候，天气正凉爽，满园的菊花又盛开，

"请老祖宗过来散散闷，看着众儿孙热闹热闹，是这个意思。

"谁知老祖宗又不肯赏脸。"

凤姐儿未等王夫人开口，先说道：

"老太太昨日还说要来着呢，因为晚上看着宝兄弟他们吃桃儿，老人家又嘴馋，吃了有大半个，

《崇祯长编》记载：

十二月，乙亥，兵部尚书申用懋致仕，以梁廷栋为兵部尚书。

十二月，丁丑，进礼部侍郎周延儒、何如宠、钱象坤为礼部尚书兼东阁大学士，直文渊阁。

周延儒、梁廷栋会对袁崇焕不利，他俩有备而来，故而，开口问对方有"顽意儿"没有？

成基命（贾珍）"未敢预备顽意儿"，他准备不足，斗争双方高下自见！

精彩大戏就要开始了，朝臣分为两派，一派唱小戏儿，一档子打十番，两方水火不容。崇祯皇帝登基后，惩处阉党，整顿吏制，政治生态有所好转，但是，袁崇焕事件成了分水岭。

卢象升（邢夫人）、孙传庭（王夫人）陪戏，监军太监王应朝（凤姐）是主角。

尤氏母亲可能扮演温体仁，他也要参与这件事。《崇祯实录》记载：

周延儒、温体仁实主之……

老太太扮演"世代封君"，她可以扮演明朝的历代帝王。这里提示"老太太原是老祖宗"，这说明下文的老太太扮演一位老皇帝。

现在是崇祯年间，老祖宗肯定没法出场。

菊花于秋天开放，下面的事件发生于秋天。

如果把老太太请来，表面情节确实热闹，看着也是这么个意思。但是，对隐写的历史来讲，老太太真的来不了。

就算想赏脸，她也来不了。

"先说"二字提示凤姐说的是先前的历史。

吃桃？文章在描写某位皇帝吃东西，这位皇帝是明光宗朱常洛，他因为吃东西而死。《明史·方从哲传》记载：

（万历四十八年八月）辛酉，帝不视朝，从哲偕廷臣诣宫门问安。时都下纷言中官崔文升进泄药，帝由此委顿，而帝传谕有"头目眩晕，身体软弱，不能动履"语，群情益疑骇。

"五更天的时候就一连起来了两次，今日早晨略觉身子倦些。

【蒙侧批：此一问一答，即景生情，请教是真是假？非身经其事者，想不到，写不出。】

"因叫我回大爷，今日断不能来了，

"说有好吃的要几样，

"还要很烂的。"【蒙侧批：是。】

贾珍听了笑道："我说老祖宗是爱热闹的，今日不来，必定有个原故，若是这么着就是了。"

王夫人道："前日听见你大妹妹说，蓉哥儿媳妇儿身上有些不大好，到底是怎么样？"

尤氏道："他这个病得的也奇。

"上月中秋还跟着老太太，太太们顽了半夜，回家来好好的。

"到了二十后，一日比一日觉懒，

太监崔文升向明光宗（老祖宗）下了泄药，明光宗身体不适，开始闹肚子了。

真者自真，假者自假，不了解历史的人万万想不到，文章正在介绍明末三大疑案之一的"红丸案"。

现在是崇祯年间，明光宗断不能来！

明光宗要红丸吃了。《明史·方从哲传》记载：

帝复问："有鸿胪官进药者安在？"从哲曰："鸿胪寺丞李可灼自云仙方，臣等未敢信。"帝命宣可灼至，趣和药进，所谓红丸者也。

够烂的！明光宗吃过红丸后就死了。《明史·方从哲传》记载：

帝服讫，称"忠臣"者再。诸臣出俟宫门外。顷之，中使传上体平善。日晡，可灼出，言复进一丸。从哲等问状，曰："平善如前。"明日九月乙亥朔卯刻，帝崩。

"老太太吃桃儿"一事记载了崔文升下泄药一事；"好吃的要几样"记载了李可灼进献红丸一事，这段文字完整地记载了"红丸案"。明光宗死的那天是九月初一，正是菊花盛开之时。

老太太扮演了一次明光宗朱常洛，若是这么着，文章也不是太荒唐。

贾珍的话终结了"红丸案"，王夫人的话引起袁崇焕（可卿）事件。

内阁首辅韩爌先说话，这是正理。韩爌是袁崇焕的座师，他深知袁崇焕下狱太奇怪了。

崇祯二年中秋节时，袁崇焕还好好的。后金发动己巳之变，袁崇焕支援京城，他于十一月初八来到蓟州，这时也还好好的。

十一月二十日以后，袁崇焕的麻烦来了，后金军突破蓟州防线，直逼京城，袁崇焕的队伍跟了过来。于是，有人说袁崇焕纵敌深入。所以，十一月二十三日，皇帝召见袁崇焕时，"崇焕不自安，留中使于营，自青衣玄帽入"。

（侧标题）第十一回 庆寿辰宁府排家宴 见熙凤贾瑞起淫心

"也懒待吃东西，这将近有半个多月了。

"经期又有两个月没来。"

邢夫人接着说道："别是喜罢？"【蒙侧批：此书总是一幅《云龙图》。】

正说着，外头人回道："大老爷，二老爷并一家子的爷们都来了，在厅上呢。"

贾珍连忙出去了。

这里尤氏方说道："从前大夫也有说是喜的。

"昨日冯紫英荐了他从学过的一个先生，医道很好，

"瞧了说不是喜，竟是很大的一个症候。

"昨日开了方子，吃了一剂药，今日头眩的略好些，别的仍不见怎么样大见效。"

凤姐儿道："我说他不是十分支持不住，今日这样的日子，再也不肯不扎挣着上来。"

尤氏道："你是初三日在这里见他的，

"他强扎挣了半天，也是因你们娘儿两个好的上头，他才恋恋的舍不得去。"

凤姐儿听了，眼圈儿红了半天，半日方说道："真是'天有不测风云，人有旦夕祸福'。

【蒙侧批：揣摩的极平常言语来写无涯之幻景幻情，反作了悟之意，且又转至别处，真是月下梨花，几不能辨。】

从十一月二十日算起，"将近有半个多月"就包含十二月初一，也就是袁崇焕下狱的日子。他下狱原因就是"犯懒"，不想打仗想议和。

表面情节补足之句，哄小儿之语。

"经期"一语是应付表面情节，邢夫人的话是假上之假。故而，批语予以揭示，邢夫人的话是《云龙图》、烟幕弹。

钱谦益（大老爷）于崇祯元年离职，吴梅村（二老爷）还没考中进士，二人走过场而已，下文中，二人一定要离开。

成基命要出去躲避是非。

首辅韩爌说话了，从前的时候，大家都说袁崇焕不错。

孙承宗（冯紫英）已经安排祖大寿（张友士）向皇帝解释过袁崇焕的问题了。

祖大寿的上疏没起到作用，袁崇焕事件越闹越大。

"方子"不见效，奈何？

文章并没说秦可卿的病因，病情却不断加重，表面情节无法解释呀。

袁崇焕于十二月初一被捕，监军太监王应朝（凤姐）可能于初三到监狱里看过袁崇焕。

袁崇焕想扎挣，他不想在监狱里。

皇帝又称天子，"天有不测风云"的意思是指天子的恩威难测，这导致了袁崇焕的"旦夕祸福"。

一个"天"字点破幻境，这是多么了悟的表达啊！这样的妙语，如同月下梨花，难辨真假。

“这个年纪，倘或就因这个病上怎么样了，人还活着有甚么趣儿！”

【蒙侧批：大英雄多在此等处悟得，每能超凡入圣。】

正说话间，贾蓉进来，给邢夫人、王夫人、凤姐儿前都请了安，

方回尤氏道：“方才我去给太爷送吃食去，并回说我父亲在家中伺候老爷们，款待一家子的爷们，遵太爷的话未敢来。

“太爷听了甚喜欢，说：‘这才是。’

“叫告诉父亲母亲好生伺候太爷太太们，叫我好生伺候叔叔婶子们并哥哥们。

“还说那《阴骘文》，叫急急的刻出来，印一万张散人。

“我将此话都回了我父亲了。我这会子得快出去打发太爷们并合家爷们吃饭。”

凤姐儿说：“蓉哥儿，你且站住。你媳妇今日到底是怎么着？”

贾蓉皱皱眉说道：“不好么！

“婶子回来瞧瞧去就知道了。”【蒙侧批：伏线自然。】

于是贾蓉出去了。

这里尤氏向邢夫人、王夫人道：“太太们在这里吃饭阿，还是在园子里吃去好？小戏儿现预备在园子里呢。”

倘或袁崇焕因“勾结后金”的罪名而被怎么样了，活着还有什么意思呢？

监军太监王应朝（凤姐）能够说出这话，足见他算个英雄。

王永光（贾蓉）来了，事情更加糟糕了。

贾敬不必来家里过生日，贾珍不必看望所谓的父亲，亲情关系都是假的。

相互划清界限，这才是嘛！

父亲母亲是同伙，贾蓉那一伙是敌对势力。

“还说”二字提示文章插入了其他历史事件，张溥去世后，朝廷征集了3000多卷张溥的遗书。这是后话，所以是“急急的刻出来”。《明史·张溥传》记载：

帝颔之，遂有诏征溥遗书，而道周亦复官。有司先后录上三千余卷，帝悉留览。

王永光好急，他要“快出去”找同伙帮忙。

太监王应朝问吏部尚书王永光，袁崇焕到底怎么样？

王永光说袁崇焕不好！《明史·韩爌传》记载：

时逆案虽定，永光及袁弘勋、捷、禖辈日为翻案计……倡言大清兵之入，由崇焕杀毛文龙所致。

这为凤姐看望秦氏留下了借口。

出去找同伙了，十来天后，他的同伙高捷弹劾钱龙锡是袁崇焕的主谋。

孙传庭（王夫人）还没入朝，卢象升（邢夫人）官位较低，他俩没到“园子”里吃，管不了袁崇焕的事。

王夫人向邢夫人道："我们索性吃了饭再过去罢，也省好些事。"邢夫人道："很好。"

"吃饭"指肉食者、为官者，后文不再介绍孙传庭、卢象升入朝为官的过程了，这样省好些事呢！

于是尤氏就吩咐媳妇婆子们："快送饭来。"门外一齐答应了一声，都各人端各人的去了。

官员"各人端各人的"，这分明就是各人顾各人。

不多一时，摆上了饭。尤氏让邢夫人、王夫人并他母亲都上了坐，他与凤姐儿、宝玉侧席坐了。

席位反了，尤氏是首辅，凤姐是大太监，他俩应该上坐。邢夫人、王夫人是配角，二人必然要为座次问题做出解释。

邢夫人、王夫人道："我们来原为给大老爷拜寿，这不竟是我们来过生日来了么？"

张溥（贾敬）无法过"生日"，卢象升（邢夫人）在这期间升职了，他可以过"生日"。《明史·卢象升传》记载：

凤姐儿说道："大老爷原是好养静的，

崇祯二年，京师戒严，募万人入卫。明年，进右参政兼副使，整饬大名、广平、顺德三府兵备，号"天雄军"。又明年举治行卓异，进按察使，治兵如故。象升虽文士，善射，娴将略，能治军。

"已经修炼成了，也算得是神仙了。

张溥本是"好养静的"，他喜欢找个安静的地方读书，连官都不做了。

张溥已经"修炼成了"，他考中进士之前，就是复社领袖。《明史·张溥传》记载：

崇祯元年以选贡生入都，采方成进士，两人名彻都下。已而采官临川。溥归，集郡中名士相与复古学，名其文社曰复社。

"太太们这么一说，这就叫作'心到神知'了。"【蒙侧批：此等趣语，亦不肯无着落。】

作者心已到，读者神知否？ "心到神知"四字提示入微。

一句话说的满屋里的人都笑起来了。

能笑出来的人必是知情人。

于是，尤氏的母亲并邢夫人、王夫人、凤姐儿都吃毕饭，漱了口，净了手，才说要往园子里去，

大戏就要开始了，朝臣要在园子里集合。

贾蓉进来向尤氏说道："老爷们并众位叔叔哥哥兄弟们也都吃了饭了。

演员们都吃了饭，开始演戏吧。

"大老爷说家里有事，

钱谦益摊上事了！后文有详细介绍，在此不赘述。

308

"二老爷是不爱听戏又怕人闹的慌，都才去了。

"别的一家子爷们都被珍二叔并蔷兄弟让过去听戏去了。

"方才南安郡王、东平郡王、西宁郡王、北静郡王四家王爷，并镇国公牛府等六家，忠靖侯史府等八家，都差人持了名帖送寿礼来，

"俱回了我父亲，先收在帐房里了，礼单都上上档子了。

"老爷的领谢的名帖都交给各来人了，各来人也都照旧例赏了，众来人都让吃了饭才去了。

"母亲该请二位太太，老娘，婶子都过园子里坐着去罢。"

【蒙侧批：人送寿礼，是为园子；回人去的去了在的在，是为可以过园子里坐；园子里坐可以转入正文中之幻情；

幻情里有乖情，而乖情初写，偏不乖。真是慧心神手！】

尤氏道："也是才吃完了饭，就要过去了。"

凤姐儿说："我回太太，我先瞧瞧蓉哥儿媳妇，我再过去。"

王夫人道："很是，我们都要去瞧瞧他，倒怕他嫌闹的慌，【蒙侧批：为下文留地步。】说我们问他好罢。"

尤氏道："好妹妹，媳妇听你的话，你去开导开导他，我也放心。

"你就快些过园子里来。"

宝玉也要跟了凤姐儿去瞧秦氏去，

吴梅村还没考中进士，他不在场。再者，"怕人闹的慌"说明已经闹得慌了！

大学士周延儒（贾琏）和兵部尚书梁廷栋（贾蔷）是皇帝的宠臣，其他大臣都投向他们那边了。

表面情节有点儿扯淡，贾敬是道士，贾珍只是三品官员，王爷、国公、侯爵凭什么来送寿礼？

文中写到四位王爷、多位爵爷，不知道他们分别是谁，先"收在帐房里"吧。

来的人不少，该走的走了，剩下的就是政治斗争的核心人物。

两位太太陪戏，老娘、婶子有重要戏份。

送寿礼是为了说明宁府聚集的人很多，走的走，留的留，文章就可以转入正文。

这是一段双方斗争的历史，文章写双方斗争，丝毫没有痕迹。这真是慧心神手啊。

韩爌快要离职了，"就要过去了"。

王应朝要去看袁崇焕了。

袁崇焕已经被闹得慌了。

朝臣要治袁崇焕的罪，韩爌想借用太监的力量救助袁崇焕。他本来不太理会太监，此刻，他喊"好妹妹"了。

快去快回，朝臣正在园子演戏，需要王应朝（凤姐）快点儿加入这场大戏。

宝玉去看秦氏，这说明王应朝去看袁崇焕是皇帝指示。

王夫人道："你看看就过去罢，那是侄儿媳妇。"

王夫人一片好意。

于是尤氏请了邢夫人，王夫人并他母亲都过会芳园去了。

平台召对，会芳园可能是皇帝召见大臣的平台。

凤姐儿、宝玉方和贾蓉到秦氏这边来。进了房门，悄悄的走到里间房门口，

"里间"就是监狱。

秦氏见了，就要站起来，

袁崇焕（秦氏）想"站起来"，可是，他永远站不起来了！

凤姐儿说："快别起来，看起猛了头晕。"【蒙侧批：知心每每如此。】

"头晕"的事情还在后面！

于是凤姐儿就紧走了两步，拉住秦氏的手，说道："我的奶奶！

能够叫一声"我的奶奶"，足见凤姐是个英雄。

"怎么几日不见，就瘦的这么着了！"

极平常的话却包含无限玄机，袁崇焕被一刀刀活剐而死，他最终"瘦"得只剩下骨头。

于是就坐在秦氏坐的褥子上。

监狱里没有床，袁崇焕坐在褥子上。

宝玉也问了好，坐在对面椅子上。

宝玉可以坐坐"椅子"！

贾蓉叫："快倒茶来，婶子和二叔在上房还未喝茶呢。"

王永光总在作怪，他不想让太监与袁崇焕接触。

秦氏拉着凤姐儿的手，强笑道：

"强笑"二字传神，袁崇焕只能"强笑"。

"这都是我没福。

袁崇焕没有福气啊，当了一年半的督师，就下狱了。

"这样人家，公公婆婆当自己的女孩儿似的待。

"婆婆"是韩爌，"公公"是成基命，两位大学士对袁崇焕都还可以。

【蒙侧批：正写幻情，偏作锥心刺骨语。

两位大学士没救下袁崇焕的命，袁崇焕说出这话，锥心刺骨啊。

呼渡河者三，是一意。】

宋朝抗金将领宗泽在临死前呼喊："过河！过河！过河！"《宋史·宗泽传》记载：

泽前后请上还京二十余奏，每为潜善等所抑，忧愤成疾，疽发于背。诸将入问疾，泽矍然曰："吾以二帝蒙尘，积愤至此。汝等能歼敌，则我死无恨。"众皆流涕曰："敢不尽力！"诸将出，泽叹曰：""出师未捷身先死，长使英雄泪满襟'。"翌日，风雨昼晦。泽无一语及家事，但连呼"过河"者三而薨。都人号恸。

"婶娘的侄儿虽说年轻，却也是他敬我，我敬他，从来没有红过脸儿。

"就是一家子的长辈同辈之中，除了婶子倒不用说了，别人也从无不疼我的，也无不和我好的。

"这如今得了这个病，把我那要强的心一分也没了。

"公婆跟前未得孝顺一天，

"就是婶娘这样疼我，

"我就有十分孝顺的心，如今也不能够了。

"我自想着，未必熬的过年去呢。"

宝玉正眼瞅着那《海棠春睡图》并那秦太虚写的"嫩寒锁梦因春冷，芳气笼人是酒香"的对联，不觉想起在这里睡晌觉梦到"太虚幻境"的事来。

正自出神，听得秦氏说了这些话，如万箭攒心，那眼泪不知不觉就流下来了。

凤姐儿心中虽十分难过，但恐怕病人见了众人这个样儿反添心酸，倒不是来开导劝解的意思了。

见宝玉这个样子，因说道："宝兄弟，你忒婆婆妈妈的了。

宋朝与金国通过"海上之盟"消灭了辽国，1125年，金国大举南侵，攻打北宋，徽、钦二帝被金国俘虏，这就是靖康之耻。1127年，康王赵构于南京即位，建立南宋。抗金将领宗泽曾20多次请宋高宗返回旧都，却一直没有成功。宗泽期待渡过河去恢复旧都，他临死时连喊三声"过河"。宗泽是抗金将领，袁崇焕也是抗金（后金）将领，这里以宗泽之死比拟袁崇焕之死，批语非常露骨了。

袁崇焕与王永光没有矛盾，可是，王永光要借机翻案、打击东林党，他把袁崇焕害苦了。

没出事前，朝臣与袁崇焕关系都不错。

自从有人说袁崇焕勾结后金，他已经没有要强的心了。

袁崇焕无法报答韩爌、成基命对自己的帮助了。

太监王应朝对袁崇焕也不错。

袁崇焕一片忠心，无法报效朝廷了。

崇祯二年能熬过去，崇祯三年就熬不过去了。

此一时，彼一时，一年前，袁崇焕那么受宠，如今落入监狱，往事不堪回首。

封疆大吏身陷囹圄，蒙受不白之冤，宝玉万箭攒心，石头"不知不觉"地落泪了。

岂止心酸，令人心寒。

宝玉是皇帝的代言人，责备宝玉就是责备皇帝。崇祯皇帝在处理袁崇焕的问题上婆婆妈妈，时间拖得越久，问题越大。

311

"他病人不过是这么说，那里就到得这个田地了？

"况且能多大年纪的人，略病一病儿就这么想那么想的，这不是自己倒给自己添病了么？"

贾蓉道："他这病也不用别的，只是吃得些饮食就不怕了。"【蒙侧批：各人是各人伎俩，一丝不乱，一毫不遗。】

凤姐儿道："宝兄弟，太太叫你快过去呢。你别在这里只管这么着，倒招的媳妇也心里不好。

"太太那里又惦着你。"

因向贾蓉说道："你先同你宝叔叔过去罢，【蒙侧批：为本。】我还略坐一坐儿。"

贾蓉听说，即同宝玉过会芳园来了。

这里凤姐儿又劝解了秦氏一番，又低低的说了许多衷肠话儿，

尤氏打发人请了两三遍，

凤姐儿才向秦氏说道："你好生养着罢，我再来看你。合该你这病要好，所以前日就有人荐了这个好大夫来，再也是不怕的了。"

秦氏笑道："任凭神仙也罢，治得病治不得命。婶子，我知道我这病不过是挨日子。"

凤姐儿说道："你只管这么想着，病那里能好呢？总要想开了才是。

"况且听得大夫说，若是不治，怕的是春天不好呢。

凤姐是真英雄，他分析有道理。崇祯皇帝为袁崇焕恢复名誉并委以重任刚一年，他怎么会到了勾结后金的田地呢？

袁崇焕想议和，他"这么想那么想的"，这就是给自己添了"病"。

志士不饮盗泉之水，廉者不受嗟来之食。王永光休要胡说。

宝玉会招得媳妇心里不好，这一次，玉兄错矣！

孙传庭（太太）是最惦记明朝（宝玉）的人。

王永光占了上风，他与宝玉在一起了。

斗争的结果就要见分晓了。

凤姐英明。

韩爌心里急呀。

从当时的情况看，祖大寿（张友士）回来，对袁崇焕是个好消息。

实话，神仙也"治不得命"，袁崇焕"不过是挨日子"罢了。

叫人如何想得开呢？

有人想在第二年春天处死袁崇焕。

"如今才九月半，

"还有四五个月的工夫，什么病治不好呢？

"咱们若是不能吃人参的人家，这也难说了，

"你公公婆婆听见治得好你，别说一日二钱人参，就是二斤也能够吃的起。

"好生养着罢，我过园子里去了。"

秦氏又道："婶子，恕我不能跟过去了。

"闲了时候还求婶子常过来瞧瞧我，咱们娘儿们坐坐，多说几遭话儿。"

凤姐儿听了，不觉得又眼圈儿一红，遂说道："我得了闲儿必常来看你。"

于是凤姐儿带领跟来的婆子丫头并宁府的媳妇婆子们，从里头绕进园子的便门来。

【蒙侧批：偏不独行，用此等反克文字。】

但只见：

黄花满地，白柳横坡。

小桥通若耶之溪，曲径接天台之路。
【蒙侧批：点明题目。】

石中清流激湍，篱落飘香，树头红叶翩翩，疏林如画。

西风午紧，初罢莺啼，暖日当暄，又添蛩语。

遥望东南，建几处依山之榭，纵观西北，结三间临水之轩。

这是表面情节，照应老太太吃桃的时间。再者，袁崇焕在狱中整整九个半月。

快想办法治病救人吧。

"人参"的"人"指朝臣，"参"指参本。有人参本弹劾袁崇焕。

"婆婆"是大学士韩爌，"公公"是大学士成基命，他们管理朝臣参本这件事，正常情况下，他们能够救下袁崇焕。

养着养着就出事了。

身不由己。

袁崇焕说软话了，他想保命呀。

好凤姐，真英雄。

"便门"？这是方便之门，且看绕到何处。

文章没有继续讲述袁崇焕之死，而是岔开文字讲别的历史事件。

下面是一段赋文，目的是岔开文字。

秋天的景色。

小桥通向远方，曲径接到天路，即将出场的人物离京城有点远。

虚写景物。

西风紧处必是陕西起义军兴风作浪之地。

移山填海术。东南为海，这里有海盗倭寇；西北为山，这里有农民起义军。

· 313 ·

笙簧盈耳，别有幽情，

罗绮穿林，倍添韵致。

凤姐儿正自看园中景致，一步步行来赞赏。猛然从假山石后走过一个人来，向前对凤姐儿说道："请嫂子安。"

凤姐儿猛然见了，将身子望后一退，说道："这是瑞大爷不是？"

贾瑞说道："嫂子连我也不认得了？不是我是谁！"

凤姐儿道："不是不认得，猛然一见，不想到是大爷到这里来。"

【蒙侧批：作者何等心思，能在此等事想到如此出言。渐入之妙，无过于此。】

贾瑞道："也是合该我与嫂子有缘。

"我方才偷出了席，

"在这个清净地方略散一散，不想就遇见嫂子也从这里来。这不是有缘么？"【蒙侧批：重点"有缘"二字，方是笔力。】

一面说着，一面拿眼睛不住的觑着凤姐儿。

凤姐儿是个聪明人，见他这个光景，如何不猜透八九分呢，因向贾瑞假意含笑道：

听曲子就要听幽情，否则，味同嚼蜡。

"添"字妙，文章要添上另一段历史。

假山！山是假的，"假山"二字天成地设。三边总督杨鹤（贾瑞）从"假山"后面走来了。

正是瑞大爷，杨鹤是60岁左右的老人，是个大爷。不过，这位大爷没管好"学堂"纪律，招安起义军失计，朝廷要处理他了！

认得，频繁招安起义军的瑞大爷。

对呀，三边总督怎么跑到这里来了？上文还在介绍袁督师，三边总督来得有点儿突然。

文章何等神妙，"不想到是大爷到这里来"，这是赤裸裸的提示。对于表面情节而言，却又如此逼真，神妙至极。

此缘必死，有人弹劾杨鹤了。《崇祯实录》记载：

崇祯四年，七月，吏科给事中孟国祚、曹履泰各奏抚贼欺饰之弊，国祚曰：今日招抚，原迫于计之无奈，借此以宽目前；而贼势益横，有此处就抚，彼处猖獗。当事既欲言抚，必不肯悛；将至身名俱败，贻误封疆。履泰曰：偷旦夕处堂之安，无制伏安插之道；只有借抚以张贼之焰、以盖贼之名；官兵亦束手而不敢动将。草泽之雄，窥见庙堂举动如此，天下事尚忍言哉！

杨鹤本不在席，他在陕西才对。

找死之缘。

别闹了，两个大男人觑什么？

假意！表面情节皆是假意，真意皆在文里。

"怨不得你哥哥时常提你,说你很好。

"今日见了,听你说这几句话儿,就知道你是个聪明和气的人了。

"这会子我要到太太们那里去,不得和你说话儿,等闲了咱们再说话儿罢。"

贾瑞道:"我要到嫂子家里去请安,又恐怕嫂子年轻,不肯轻易见人。"

凤姐儿假意笑道:"一家子骨肉,说什么年轻不年轻的话。"

贾瑞听了这话,再不想到今日得这个奇遇,那神情光景亦发不堪难看了。

凤姐儿说道:"你快入席去罢,仔细他们拿住罚你酒。"

贾瑞听了,身上已木了半边,慢慢的一面走着,一面回过头来看。

凤姐儿故意的把脚步放迟了些儿,见他去远了,心里暗忖道:"这才是知人知面不知心呢,

"那里有这样禽兽的人呢!

杨鹤于崇祯四年下狱,时任内阁首辅是周延儒(贾琏),他对杨鹤不错。

"聪明"过了头,"和气"过了头!《崇祯实录》记载:

鹤及刘广生各遣材官持牌四出招盗,黄虎、小红狼、一丈青、龙江水、掠地虎、郝小泉等俱先后给免死牌,安置延绥、河西;然不焚杀,其淫掠如故:百姓吞声、有司莫敢告而寇患成矣。

说书人口吻,目前的主戏是袁崇焕事件,"等闲了"再说杨鹤。

杨鹤被人弹劾,他想巴结太监了事,却又担心太监不见他。

都是老爷们,说什么年轻不年轻的话,这不扯远了吗?

杨鹤的神情光景已经"不堪难看了",他先下狱后死亡。

杨鹤即将被"拿住"。

"木了半边"?妙极!贾瑞扮演杨鹤,"杨"字的半边是"木"字旁!再者,杨鹤被人弹劾,他已经"木了半边",凶多吉少。

"知人知面不知心",这话评价杨鹤太到位了。《明史·杨鹤传》记载:

崇祯元年,召拜左金都御史,进左副都御史。鹤上言:"图治之要,在培元气。自大兵大役,加派频仍,公私交罄,小民之元气伤;自辽左、黔、蜀丧师失律,暴骨成丘,封疆之元气伤;自播绅构党,彼此相倾,逆奄乘之,诛锄善类,士大夫之元气伤。譬如重病初起,百脉未调,风邪易入,道在培养。"时以为名言。

崇祯初年,杨鹤提出独特的政治策略,并成为当时名言,可是,知人知面不知心,谁也没想到,他当上三边总督后,放纵起义军,留下无穷祸患。

"衣冠禽兽"指官员服饰上的禽兽图案,文官官服绣禽,武官官服绘兽。这里的"禽兽"指官员,哪有杨鹤这样的官员呢?

·315·

【蒙侧批：大英雄气概。作者以此命凤，其有为耶？】

"他如果如此，几时叫他死在我的手里，他才知道我的手段！"

于是凤姐儿方移步前来。将转过了一重山坡，见两三个婆子慌慌张张的走来，

见了凤姐儿，笑说道："我们奶奶见二奶奶只是不来，急的了不得，叫奴才们又来请奶奶来了。"

【蒙侧批：别者必将遇贾瑞的事声张一番，以表情节。此文偏若无事，一则可以见熙凤非凡，一则可以见熙凤包含广大。】

凤姐儿说道："你们奶奶就是这么急脚鬼似的。"

凤姐儿慢慢的走着，问："戏唱了几出了？"那婆子回道："有八九出了。"

说话之间，已来到了天香楼的后门，

见宝玉和一群丫头们在那里玩呢。

凤姐儿说道："宝兄弟，别忒淘气了。"【蒙侧批：照应前文。】

有一个丫头说道："太太们都在楼上坐着呢，请奶奶就从这边上去罢。"

凤姐儿听了，款步提衣上了楼，见尤氏已在楼梯口等着呢。

尤氏笑说道："你们娘儿两个忒好了，见了面总舍不得来了。你明日搬来和他住着罢。

"你坐下，我先敬你一钟。"

凤姐真真厉害！

贾瑞死定了。

话题绕到袁崇焕事件上来了，两件事风马牛不相及，的确需要"转过了一重山坡"，再来叙述。

"急的了不得"，这是真急呀！首辅韩爌等着监军太监的消息呢。

文章刚着笔介绍杨鹤，转笔再写袁崇焕，文章如此安排，可以表现凤姐的非凡之处，也可以反映监军太监管理范围之大。

袁崇焕于崇祯二年十二月初一下狱，韩爌于崇祯三年一月二十二日辞职回家，他将会"急脚鬼似的"辞职走人。

关于袁崇焕之死，共有十出"戏"，现在演了"八九出"了，剩下的"戏"不多了。

天香楼可能是某个宫殿，因为楼名中有一个"天"字。

一群大臣正围绕在玉玺（宝玉）身边，他们正在商量如何对付袁崇焕呢。

袁崇焕事件能够上演十出戏，这是宝玉"淘气"的结果，文章不便指责皇帝，拿宝玉说事。

分门别道，太监入场与大臣入场的道路不同。

王应朝，走快点儿吧，韩爌等急了。

太监王应朝将来也要入狱乎？此事不得而知。

韩爌敬监军太监王应朝"一杯酒"，向他求助。

于是凤姐儿在邢、王二夫人前告了坐，又在尤氏的母亲前周旋了一遍，

仍同尤氏坐在一桌上吃酒听戏。尤氏叫拿戏单来，让凤姐儿点戏，

凤姐儿说道："亲家太太和太太们在这里，我如何敢点。"

邢夫人王夫人说道："我们和亲家太太都点了好几出了，

"你点两出好的我们听。"

凤姐儿立起身来答应了一声，方接过戏单，从头一看，点了一出《还魂》，一出《弹词》，

递过戏单去说："现在唱的这《双官诰》，【蒙侧批：点下文。】

"唱完了，再唱这两出，也就是时候了。"

王夫人道："可不是呢，也该趁早叫你哥哥嫂子歇歇，他们又心里不静。"

尤氏说道："太太们又不常过来，

"娘儿们多坐一会子去，才有趣儿，天还早呢。"

凤姐儿立起身来望楼下一看，说："爷们都往那里去了？"

旁边一个婆子道："爷们才到凝曦轩，带了打十番的那里吃酒去了。"

凤姐儿说道："在这里不便宜，背地里又不知干什么去了！"

【蒙侧批：偏是爱吃酸醋。】

王应朝与温体仁（尤氏母亲）展开了"周旋"。

快点儿，快点戏。

朝臣正在斗争，太监不敢轻易参与进来。

尤氏的母亲已经点过戏了！总共十出戏，已经演了"八九出"，凤姐快点戏，不然的话，秦氏的命就不保了！

"好的"二字是重点，前面的戏是"坏的"。

王应朝点了一出《还魂》，他想为袁崇焕还魂。要救袁崇焕就得反驳别人，这正是《弹词》！

双官诰谐音双官告，字面意思是两方在告袁崇焕，一方是吏部尚书王永光等人；另一方是周延儒、温体仁，甚至还包括梁廷栋，他们要坐收渔翁之利。

是时候了，袁崇焕（秦氏）命休矣！

两位"心里不静"的大学士韩爌与成基命都该歇歇了。袁崇焕下狱不足两月，韩爌离任；袁崇焕被杀一个月后，成基命离任。

孙传庭、卢象升不常到朝廷中来。

崇祯三年了，天也不早了，还是早做打算吧。

爷们都是浑蛋，他们把事情搞复杂了！真正的"爷们"只剩凤姐了！

"打十番"的字面意思是打10次，前面十出戏就是10次交手，周延儒（贾琏）、梁廷栋（贾蔷）取得了胜利，吃酒去了。

败家的爷们在背地里作乱！

若以为凤姐爱吃醋，岂不会错了意？"偏是"二字是指表面情节"偏是"如此写。

尤氏笑道："那里都象你这么正经人呢。"

贾府爷们不正经，凤姐才是正经人！

于是说说笑笑，点的戏都唱完了，方才撤下酒席，摆上饭来。

凤姐、尤氏笑不出来吧？到底谁在"说说笑笑"，文章连个主语也没给。

吃毕，大家才出园子来，到上房坐下，吃了茶，方才叫预备车，向尤氏的母亲告了辞。

尤氏的母亲如鬼魂一样存在，没有正面描写，始终阴魂不散，她点完"戏"就走了，这人一直在背地里使劲呢！

尤氏率同众姬妾并家下婆子媳妇们方送出来，贾珍率领众子侄都在车旁侍立，等候着呢，

成基命（贾珍）等候着当首辅呢。

见了邢夫人王夫人道："二位婶子明日还过来逛逛。"

文章要收场了。

王夫人道："罢了，我们今日整坐了一日，也乏了，明日歇歇罢。"于是都上车去了。

两位婶子陪戏，本回并没描写她俩的历史事件，她俩"整坐了一日"。

贾瑞犹不时拿眼睛觑着凤姐儿。【蒙侧批：无有不足不尽处。】

再提杨鹤（贾瑞），见缝插针，伏线自然。

贾珍等进去后，李贵才拉过马来，

成基命（贾珍）先入阁，周延儒（李贵）后上马，二人入阁时间只差一个月。

宝玉骑上，随了王夫人去了。这里贾珍同一家子的弟兄子侄吃过了晚饭，方大家散了。

表面情节。

次日，仍是众族人等闹了一日，不必细说。

"族人"就是第一回中甄士隐那个旺族的人，他们是阉党。阉党余党王永光（贾蓉）会依靠"族人"开展工作，目前，他们还要闹一段时间；下回中，王永光还要请"族人"帮忙评理。

现在，大家应该知道《明史》上为什么没有王永光的传记了吧，因为撰写《明史》的人想把袁崇焕之死的全部责任推到崇祯皇帝身上，他们隐去了王永光落井下石的历史。

此后凤姐儿不时亲自来看秦氏。秦氏也有几日好些，也有几日仍是那样。

监军太监王应朝（凤姐）多次到监狱中探问袁崇焕。

贾珍、尤氏、贾蓉好不焦心。【蒙侧批：陪衬补足。】

补足表面情节之句。

318

且说贾瑞到荣府来了几次，偏都遇见凤姐儿往宁府那边去了。

这年正是十一月三十日冬至。

到交节的那几日，贾母、王夫人、凤姐儿日日差人去看秦氏，

回来的人都说："这几日也没见添病，也不见甚好。"

王夫人向贾母说："这个症候，遇着这样大节不添病，就有好大的指望了。"

贾母说："可是呢，好个孩子，要是有些原故，可不叫人疼死。"

说着，一阵心酸，叫凤姐儿说道："你们娘儿两个也好了一场，明日大初一，过了明日，你后日再去看一看他去。

"你细细的瞧瞧他那光景，

再讲杨鹤（贾瑞）。

十一月三十日冬至，这是准确的时间。笔者查阅历书，从 1620 年（明泰昌元年）至 1800 年（清嘉庆五年），十一月三十日是冬至的年份只有两年：一个是崇祯四年，另一个是崇祯十五年。杨鹤下狱时间是崇祯四年。《崇祯长编》记载：

崇祯四年，七月，癸未，逮总督陕西三边军务兵部右侍郎杨鹤下刑部狱。明年，戍袁州卫。

这年十一月三十日正是冬至！作者高明之至，明确指出杨鹤下狱的年份。第一回中石头对空空道人说："我师何太痴耶！若云无朝代可考，今我师竟假借汉唐等年纪添缀，又有何难？"诸位请看，添缀年纪并不难，书中交代得清清楚楚。

过完十一月三十日，就是十二月初一，袁崇焕于十二月初一下狱。不过，十一月三十日是崇祯四年的日期，十二月初一是崇祯二年的日期，因而，"这年正是十一月三十日冬至"应该并入贾瑞文章，"到交节的那几日"应该并入秦氏的文章。

袁崇焕刚下狱时，还没添"病"，后来才添了"病"。

孙传庭盼望袁崇焕能够好起来。

贾母是世代封君，现在，她站在崇祯皇帝的角度说话了。在表面情节中，如果黛玉或宝玉谈论可卿的病情，有些不妥，所以，文章请出了贾母。一年前，崇祯皇帝接见袁崇焕，并委以封疆重任，如果袁崇焕真"有些原故"，皇帝会非常痛心！

崇祯皇帝安排太监王应朝"后日再去看一看"袁崇焕，这是去调查袁崇焕的问题呀。这与前文中凤姐探望秦氏是同一件事，不过，这是站在崇祯皇帝的角度描写这件事。

崇祯皇帝让人"细细的"调查袁崇焕的问题。

"倘或好些儿，你回来告诉我，我也喜欢喜欢。

崇祯皇帝还等着听汇报呢。

"那孩子素日爱吃的，你也常叫人做些给他送过去。"

表面情节补足句。

凤姐儿一一的答应了。到了初二日，吃了早饭，来到宁府，看见秦氏的光景，

监军太监提审了袁崇焕。

虽未甚添病，

监军太监并未发现袁崇焕勾结后金的问题。

但是那脸上身上的肉全瘦干了。

文章多次提到秦氏在变瘦。袁崇焕行经法场前，刽子手一刀刀割下他的肉，到达法场时，袁崇焕气绝身亡，骨肉无存，这就是越来越"瘦"。

于是和秦氏坐了半日，说了些闲话儿，又将这病无妨的话开导了一遍。

凤姐向袁崇焕询问了很多问题（说了些闲话）。

秦氏说道："好不好，春天就知道了。如今现过了冬至，又没怎么样，或者好的了也未可知。

袁崇焕盼望着好起来，因为他本质上就是"好的"。

"婶子回老太太、太太放心罢。

请皇上放心吧，我没勾结后金！

【蒙侧批：文字一变。人于将死时也应有一变。】

袁崇焕为自己的生死辩解。

"昨日老太太赏的那枣泥馅的山药糕，我倒吃了两块，倒象克化的动似的。"

"枣泥馅的山药糕"，枣泥是红色，山药是白色，这真是青红皂白。对袁崇焕问题要分出个青红皂白来呀。

凤姐儿说道："明日再给你送来。我到你婆婆那里瞧瞧，就要赶着回去回老太太的话去。"

王应朝是有心人，他要先与内阁首辅韩爌（婆婆）沟通，然后再向皇帝（老太太）汇报工作。

秦氏道："婶子替我请老太太、太太安罢。"

求救之语。

凤姐儿答应着就出来了，到了尤氏上房坐下。尤氏道："你冷眼瞧媳妇是怎么样？"

首辅韩爌向太监发问："你瞧着袁崇焕到底怎么样？"

凤姐儿低了半日头，说道："这实在没法儿了。

朝臣内斗，凤姐没有办法从根本上解决问题。

"你也该将一应的后事用的东西给他料理料理，冲一冲也好。"【蒙侧批：伏下文代办理丧事。】

尤氏道："我也叫人暗暗的预备了。就是那件东西不得好木头，暂且慢慢的办罢。"

于是凤姐儿吃了茶，说了一会子话儿，说道："我要快回去回老太太的话去呢。"

尤氏道："你可缓缓的说，别吓着老太太。"

凤姐儿道："我知道。"于是凤姐儿就回来了。

到了家中，见了贾母，说："蓉哥儿媳妇请老太太安，给老太太磕头，说他好些了，求老祖宗放心罢。

"他再略好些，还要给老祖宗磕头请安来呢。"

贾母道："你看他是怎么样？"

凤姐儿说："暂且无妨，精神还好呢。"

【蒙侧批："精神还好呢"五字，写得出神入化。】

贾母听了，沉吟了半日，

因向凤姐儿说："你换换衣服歇歇去罢。"

凤姐儿答应着出来，见过了王夫人，到了房中，平儿将烘的家常的衣服给凤姐儿换了。

凤姐儿方坐下，问道："家里没有什么事么？"

韩爌应该"冲一冲"了，只有冲出血路，打倒反对派，才能救下袁崇焕。

韩爌在暗暗预备，崇祯皇帝在气头上呢，这事只能慢慢地办。"好木头"这话又为下文做了伏笔，文字真妙。

王应朝马上要向皇帝汇报工作了。

你对皇帝好好说呀！

阿弥陀佛，凤姐是个好人。

太监王应朝向皇帝汇报了："皇上，袁崇焕没有勾结后金，求老祖宗放心吧！"

皇上，放他出来吧，让他来磕头解释好吗？

真真急死人，笔者来答吧："陛下，他没问题！"

袁崇焕没有勾结后金，他只是想议和而已，他的"精神还好呢"！

"精神还好呢"，用这五字评价袁崇焕胜过若干文字，不管他做了什么，他不至于勾结后金。

崇祯皇帝"沉吟了半日"，他在犹豫，真是婆婆妈妈！只要老太太说"明儿带蓉儿媳妇来玩"，问题解决了，可是，她没有正面回答。

皇帝发话了，你一边歇着去吧！崇祯皇帝把袁崇焕的问题撂下了。

王应朝换上了家常衣服，这可能是说他不再监军了。

"家里"有事，千头万绪理不清呀。

平儿方端了茶来，递了过去，说道："没有什么事。就是那三百银子的利银，旺儿媳妇送进来，我收了。【蒙侧批：陪。】

"再有瑞大爷使人来打听【蒙侧批：正。】奶奶在家没有，【蒙侧批：没他。】他要来请安说话。"

凤姐儿听了，哼了一声，说道："这畜生合该作死，看他来了怎么样！"

平儿因问道："这瑞大爷是因什么只管来？"

太监平儿收了人家的银子，目前还不知道相关历史事件。

杨鹤（贾瑞）要来巴结太监。

朝廷要问杨鹤的罪，看他来到朝廷中怎么解释吧。

因为杨鹤打击起义军不利，不断有人弹劾他。《崇祯长编》记载：

崇祯四年三月，辛卯。工科给事中顾光祖疏劾督臣杨鹤、魏云中玩寇贻患，使秦晋之间破城陷堡，杀将覆军，民遭荼毒，罪实难逭。伏乞敕令依限追兵，如期平贼以收桑榆之劲，帝然之。

凤姐儿遂将九月里宁府园子里遇见他的光景，他说的话，都告诉了平儿。

平儿说道："癞蛤蟆想天鹅肉吃，没人伦的混帐东西，起这个念头，叫他不得好死！"

凤姐儿道："等他来了，我自有道理。"不知贾瑞来时作何光景，且听下回分解。

【蒙：将可卿之病将死，作幻情一劫；又将贾瑞之遇唐突，作幻情一变。

下回同归幻境，真风马牛不相及之谈。

同范并趋，毫无滞碍，灵活之至，飘飘欲仙。

默思作者其人之心，其人之形，其人之神，其人之文，比宋玉、子建一般心性，一流人物。】

补足表面情节之句。

杨鹤的念头错了，招安起义军的政策不对。一旦念头错了，工作越努力，差错越大。

"且听"不是"且看"，说书人口气，欲知后事如何，且听下回分解。

袁崇焕将被处死，这是幻情中的劫难。杨鹤招抚起义军致祸，这是幻情中的变情。

袁崇焕、杨鹤都要下狱，都得死，但是，他俩没有任何关系，真是"风马牛不相及之谈"。

文章穿插介绍了两位历史人物，却毫无滞碍，灵活之至，飘飘欲仙。

作者吴梅村先生是宋玉、子建那样的人物。

第十二回

王熙凤毒设相思局　贾天祥正照风月鉴

贾瑞扮演杨鹤，鹤可以在天空中飞翔，"翔"与"祥"谐音，"天祥"二字是从"鹤"字化出来的。

【蒙本批注：反正从来总一心，镜光至意两相寻。

《红楼梦》有反正两面，核心却只有一个。以史为鉴，《风月宝鉴》就是历史，"镜光"是表面情节，"至意"才是本质，读者要于书中细细搜寻。

有朝敲破蒙头瓮，绿水青山任好春。】

书中藏史，这就是"蒙头瓮"。有朝一日，它被敲破后，文章里的"山水"就会显现出来。

【庚辰眉批：勿作正面看为幸。畸笏。】

不要看《红楼梦》的正面！

话说凤姐正与平儿说话，只见有人回说："瑞大爷来了。"

三边总督杨鹤（贾瑞）被逮到京城来了。

凤姐急命：【庚辰侧批：立意追命。】"快请进来。"

庚辰侧批："立意追命。"杨鹤主张招安，误国不浅，皇帝非常生气，本回就要解决他的性命了。

贾瑞见往里让，心中喜出望外，急忙进来，见了凤姐，满面陪笑，【庚辰侧批：如蛇。】连连问好。

杨鹤似乎要巴结太监凤姐以求平安。

凤姐儿也假意殷勤，让坐让茶。

"假意殷勤"，实际上并不肯帮忙。

贾瑞见凤姐如此打扮，益发酥倒，因饧了眼问道："二哥哥怎么还不回来？"

杨鹤开始打听周延儒（贾琏）的消息了，他要向周延儒行贿求救。《明史·余应桂传》记载：

劾延儒纳孙元化参、貂，受杨鹤重赂。

凤姐道："不知什么原故。"

杨鹤下狱时，周延儒是首辅，故而，"二哥哥"在"家"。但是，如果说贾琏在家，表面情节就不好写了，故而，凤姐只能说"不知什么原故"。

贾瑞笑道·"别是路上有人绊住了脚了，

有人想绊住周延儒，绊脚人是钱谦益。《明史·瞿式耜传》记载：

十月，诏会推阁臣，礼部侍郎钱谦益以同官周延儒方言事蒙眚，虑并推则己绌，谋沮之。

贾赦扮演钱谦益，贾琏扮演周延儒，假父子是真仇人，后文中，"父子"二人定然不合。

【蒙侧批：旁敲远引。】

"旁敲"指钱谦益阻止周延儒入阁一事；"远引"指温体仁排挤周延儒出阁一事。《明史·温体仁传》记载：

> 比龙锡减死出狱，延儒言帝盛怒解救殊难，体仁则佯曰："帝固不甚怒也。"善龙锡者，因薄延儒。其后太监王坤、给事中陈赞化先后劾延儒，体仁默为助，延儒遂免归。

"舍不得回来也未可知？"

补写一句，引起下文。

凤姐道："也未可知。男人家见一个爱一个也是有的。"

周延儒意志不坚定，"见一个爱一个"，"也是有的"。

【蒙侧批：这是钩。】

周延儒会勾搭上奸佞小人。

贾瑞笑道：【庚辰双行夹批：如闻其声。】"嫂子这话错了，我就不这样。"

杨鹤的口碑比周延儒强多了，周延儒的传记在《奸臣传》上。

【庚辰双行夹批：渐渐入港。】

入港即死。

凤姐笑道："像你这样的人能有几个呢，十个里也挑不出一个来。"

像杨鹤这样招安起义军的官员"十个里也挑不出一个来"。《崇祯实录》记载：

> 癸未。贼首孙继业、茹成名等六十余人来降，还合水知县蒋应昌并保安县印。杨鹤受之，令固原知州国日强于城楼上奉御座，贼跪拜，呼万岁。因宣圣谕，同往关将军庙，令设誓。谕各解散归伍，否则归农。自此群盗视总督如儿戏，其众数万人皆辫发。杨鹤遂给票，令各还乡。

【蒙侧批：游鱼虽有入瓮之志，无钩不能上岸；一上钩来，欲去亦不可得。】

如果用正史笔法描述杨鹤下狱并死在戍所的过程，三五句话就可以写清楚。但是，表面情节很难用三五句话将贾瑞写死，这就需要不断设钩，层层递进，直至贾瑞合情合理地死去。

贾瑞听了，喜的抓耳挠腮，

抓耳挠腮，是急，非喜也。

又道："嫂子天天也闷的很？"

太监生活在深宫大院里，的确有点儿闷。

凤姐道："正是呢，只盼个人来说话解解闷儿。"

正中下怀，三边总督来陪太监聊天吧。

贾瑞笑道："我倒天天闲着，天天过来替嫂子解解闲闷可好不好？"

陪太监解闷是好事吗？找死！

凤姐笑道："你哄我呢，你那里肯往我这里来？"

贾瑞勾搭凤姐乎？凤姐勾搭贾瑞乎？文章欲贾瑞速死。

贾瑞道："我在嫂子跟前，若有一点谎话，天打雷劈！

"只因素闻得人说，嫂子是个利害人，在你跟前一点也错不得，所以唬住了我。

"如今见嫂子最是个有说有笑极疼人的，【庚辰双行夹批：奇妙！】我怎么不来，死了也愿意！"【庚辰侧批：这倒不假。】

凤姐笑道："果然你是个明白人，比贾蓉两个强远了。我看他那样清秀，只当他们心里明白，谁知竟是两个糊涂虫，【庚辰侧批：反文着眼。】一点不知人心。"

贾瑞听这话，越发撞在心坎儿上，由不得又往前凑了一凑，【写呆人痴性活现。】觑着眼看凤姐带的荷包，然后又问戴着什么戒指。

凤姐悄悄道："放尊重着，别叫丫头们看了笑话。"

贾瑞如听纶音佛语一般，忙往后退。凤姐笑道："你该走了。"

【庚辰双行夹批：叫去正是叫来也。】

贾瑞道："我再坐一坐儿。好狠心的嫂子！"

凤姐又悄悄的道："大天白日，人来人往，你就在这里也不方便。你且去，等着晚上起了更你来，悄悄的在西边穿堂儿等我。"

【庚辰眉批：先写穿堂，只知房舍之大，岂料有许多用处。】

【蒙侧批：凡人在平静时，物来言

杨鹤在太监面前不敢说谎。

朝廷问罪，杨鹤害怕，他被唬住了。

身为三边总督，成何体统！既然"死了也愿意"，那就等死吧。

从表面情节看，凤姐的话太荒唐了，难道她嫌贾蓉两个不懂风情，没有勾引婶子吗？庚辰侧批："反文着眼。"凤姐的话是反文，是在说王永光（贾蓉）和梁廷栋（贾蔷）是糊涂虫！

还有荷包、戒指？笑话！三边总督杨鹤总是看错人，先是看错了农民起义军，此时又把太监当成女人看了！

诸位看看，是不是笑话？

细思"你该走了"四字，意义颇深。

去即是来，反文笔法。

非嫂子狠心，实是自作自受。

这个"穿堂儿"是监狱，准确地说应该算作看守所。杨鹤于崇祯四年七月被逮捕（一说九月），第二年一月被充军发配，所以，杨鹤先被关进看守所，等待朝廷调查处理。

读者只知道贾府房舍大，没想到里面还有监狱吧。

人们在平静的状态下，对事物变动、人物对话比较敏至，无不照见。若迷于一事一物，虽风雷交作，有所不闻。

即"穿堂儿"等之一语，府第非比凡常，关门户，必要查看，且更夫仆妇，势必往来，岂容人藏过于其间？只因色迷，闻声联诺，不能有回思之暇，信可悲夫！】

贾瑞听了，如得珍宝，忙问道："你别哄我。

"但只那里人过的多，怎么好躲的？"

凤姐道："你只放心。我把上夜的小厮们都放了假，两边门一关，再没别人了。"

贾瑞听了，喜之不尽，忙忙的告辞而去，心内以为得手。【庚辰侧批：未必。】

盼到晚上，果然黑地里摸入荣府，趁掩门时，钻入穿堂。

果见漆黑无人，往贾母那边去的门户已锁倒，只有向东的门未关。贾瑞侧耳听着，半日不见人来，忽听咯登一声，东边的门也倒关了。【庚辰侧批：平平略施小计。】

贾瑞急的也不敢则声，只得悄悄的出来，将门撼了撼，关得铁桶一般。此时要求出去，亦不能够。

【蒙侧批：此大抵是凤姐调遣。不先为点明者，可以少许多事故，又可以藏拙。】

南北皆是大房墙，要跳亦无攀援。这屋内又是过门风，空落落；现是腊月天气，夜又长，朔风凛凛，侵肌裂骨，一夜几乎不曾冻死。

【庚辰眉批：可为偷情一戒。】

感，容易发现隐藏的秘密。读者一旦被文章的表面情节迷惑，隐写的历史事件已风雷交作，读者却充耳不闻。

贾府非同寻常，晚上关了门户之后，必定有人巡查，并且会有更夫、奴仆来往，"穿堂儿"如何藏人呢？读者被表面情节迷惑了，表面情节说什么，读者就相信什么，而不前后思考，这太可悲了！

偏要哄好色之徒。

贾瑞尚且有此一问，读者是否该深究一下呢？

"放假"是杨鹤的拿手绝活，他经常给起义军"放假"。只有贾瑞才相信放假的鬼话。

空欢喜，必不能得手。

杨鹤进入监狱了。

监狱里漆黑一片，门已上锁。

监狱里如同"铁桶一般"，杨鹤无法出来。

逮捕杨鹤，需要太监传旨，文章没有先点明凤姐传旨一事，这为表面情节省下了文字，也为后文藏下更多历史事件。

"南北皆是大房墙""朔风凛凛""侵肌裂骨"，这不是监狱又是哪里？

逼真的表面情节，足以警醒世人。

【蒙侧批：教导之法、慈悲之心尽矣，无奈迷径不悟何！】

好容易盼到早晨，只见一个老婆子先将东门开了，进去叫西门。贾瑞瞅他背着脸，一溜烟抱着肩跑了出来，幸而天气尚早，人都未起，从后门一径跑回家去。

原来贾瑞父母早亡，只有他祖父代儒教养。

那代儒素日教训最严，

【庚辰眉批：教训最严，奈其心何！一叹。】

不许贾瑞多走一步，生怕他在外吃酒赌钱，有误学业。

今忽见他一夜不归，只料定他在外非饮即赌，嫖娼宿妓，

【庚辰侧批：辗转灵活，一人不放，一笔不肖。】

那里想到这段公案，【庚辰侧批：世人万万想不到，况老学究乎！】

因此气了一夜。

作者具慈悲之心，用直白的语言描述监狱，如果读者执迷不悟，这有什么办法呢？

杨鹤还能回家吗？不能！但是，文章要穿插介绍与杨鹤相关的历史人物，因而，先让他出来，以便引出他人，下文必将有新人物出场。

"原来"说明文章要补叙前面的历史。贾代儒扮演吴甡，"闹学堂"事件时，吴甡还没到陕西，崇祯四年一月，吴甡到陕西来赈灾了。《崇祯实录》记载：

> 己亥。命御史吴甡赈陕西饥荒，招抚流盗。谕曰："陕西屡报饥荒，小民失业。甚者迫而从贼，自罹锋刃。谁非赤子，颠连若斯！今特发十万金，命御史前去酌被灾处次第赈给。仍晓谕愚民：即被胁从，若肯归正即为良民，嘉与维新，一体收恤。"

朝廷想通过赈灾平息农民起义，吴甡到陕西赈灾时，就会发现三边总督杨鹤的所作所为。

这是正面描写吴甡，他与恶势力为敌，最为严厉。《明史·吴甡传》记载：

> 时大治忠贤党，又值京察，甡言此辈罪恶非考功法所能尽，宜先定其罪，毋混察典。御史任赞化以劾体仁谪，甡论救，而力诋王永光媚珰，请罢黜。

吴甡没有权限管理三边总督杨鹤。

学业已误，教训晚矣。倘若"闹学堂"时打死金荣，无今日之耻矣。

吴甡已料定这个"孙子"不成才。

文章转笔灵活，上句介绍吴甡，下句介绍杨鹤，不做一笔苟且。

世人万万想不到这桩公案！何况老学究呢？

吴甡生气了，他要弹劾杨鹤。《明史·杨鹤传》记载：

贾瑞也捻着一把汗，少不得回来撒谎，

只说："往舅舅家去了，天黑了，留我住了一夜。"

代儒道："自来出门，非禀我不敢擅出，如何昨日私自去了？

"据此亦该打，何况是撒谎！"

【庚辰眉批：处处点父母痴心、子孙不肖。此书系自愧而成。】

因此，发狠到底打了三四十板，

不许吃饭，令他跪在院内读文章，定要补出十天工课来方罢。

贾瑞直冻了一夜，今又遭了苦打，且饿着肚子跪在风地里念文章，其苦万状。【庚辰双行夹批：祸福无门，唯人自招。】

此时贾瑞前心犹是未改，【庚辰侧批：四字是寻死之根。】

御史谢三宾言："鹤谓庆阳抚局既毕，贼散遣俱尽。中部之贼，宁自天降？"疏下巡按御史吴甡核奏，甡奏鹤主抚误国。

面对弹劾，皇帝让杨鹤解释，他只能撒谎应付。《崇祯长编》记载：

崇祯四年五月，三边总督杨鹤以帝因按臣吴甡天心厌乱一疏，责其徇抚讳剿，苟图结局，上疏析辩。

撒谎！纯粹是撒谎！笔者有个想法，将贾瑞的话修改为："新结识了几个朋友，一起玩儿，天黑了，他们带错了道。"不知此话可否？一笑。

吴甡驳斥杨鹤了，朝廷派你出门，本让你"剿抚并用"，你为何私自决策呢？

做错了事情还撒谎，该打！

父母痴心，子孙不肖，奈何？奈何？《红楼梦》系自愧而成。

杨鹤被打了吗？没查到佐证史料。

三边总督杨鹤被免职了，他不再是"肉食者"了，无法吃官饭了。

招安政策，养虎为患，朝廷怪罪下来，受苦受难，怪不得别人。

"犹是未改"就是下狱的原因，杨鹤的招安政策，早就暴露出问题了。《明史·杨鹤传》记载：

（崇祯三年）二月，延安知府张辇、都司艾穆蹙贼延川，降其魁王子顺、张述圣、姬三儿。别贼王嘉允掠延安、庆阳，鹤匿不奏，而给降贼王虎、小红狼、一丈青、掠地虎、混江龙等免死牒，安置延绥、河曲间。贼淫掠如故，有司不敢问。寇患成于此矣。

崇祯三年，杨鹤给起义军首领发放免死护照，但是，起义军该怎么抢还是怎么抢。崇祯四年，杨鹤照样招安，"犹是未改"。《明史·杨鹤传》记载：

明年正月，贼弃宁塞，陷保安。一元死，弟一魁围庆阳，陷合水，鹤闻，移驻宁州。一魁求抚，送还合水知县蒋应昌，别贼拓先龄、金翅鹏、过天星、田近庵、独头虎、上天龙等亦先后降。

【庚辰眉批：苦海无边，回头是岸。若个能回头也？叹叹！壬午春。畸笏。】

回头难啊。

再想不到是凤姐捉弄他。

凤姐捉弄读者也。

过后两日，得了空，便仍来找凤姐。凤姐故意抱怨他失信，贾瑞急的赌身发誓。

赌身发誓有什么用呢？

凤姐因见他自投罗网，【庚辰侧批：可谓因人而使。】

自编罗网，自投罗网。

少不得再寻别计令他知改，

改不了！

【庚辰侧批：四字是作者明阿凤身份，勿得轻轻看过。】

"令他知改"四个字可以反映凤姐的身份，没找到史料，奈何？奈何？故而，不能确定本回中凤姐扮演谁，只能笼统地把她当作一位太监解读。

故又约他道："今日晚上，你别在那里了。你在我这房后小过道子里那间空屋里等我，可别冒撞了。"【庚辰双行夹批：伏得妙！】

"那间空屋"是监狱，不是杨鹤二次入狱，而是文章借贾瑞回家一事，补叙了吴甡的历史，实际上，杨鹤一直在监狱里（那间空屋）。

贾瑞道："果真？"凤姐道："谁可哄你，你不信就别来。"【庚辰侧批：紧一句。】【蒙侧批：大士心肠。】

最好别信，信则死矣！

贾瑞道："来，来，来。死也要来！"【庚辰双行夹批：不差。】

真真是找死！

凤姐道："这会子你先去罢。"贾瑞料定晚间必妥，【庚辰侧批：未必。】此时先去了。

三番两次上当，贾瑞痴人也。

凤姐在这里便点兵派将，【庚辰侧批：四字用得新，必有新文字好看。】【蒙侧批：新文，最妙！】设下圈套。

既然"点兵派将"，必然要插入另一段历史了。

那贾瑞只盼不到夜上，偏生家里有亲戚又来了，

这位亲戚不是别人，而是杨鹤的儿子杨嗣昌，他为父亲求情来了。《崇祯长编》记载：

山海关内道右参政杨嗣昌以其父杨鹤被逮，上疏请以身代父罪。帝不允。

【庚辰双行夹批：专能忙中写闲，狡猾之甚！】

直等吃了晚饭才去，那天已有掌灯时候。又等他祖父安歇了，方溜进荣府，直往那夹道中屋子里来等着，

热锅上的蚂蚁一般，【蒙侧批：有心人记着，其实苦恼。】只是干转。

左等不见人影，右听也没声音，心下自思："别是又不来了，又冻我一夜不成？"【蒙侧批：似醒非醒语。】

正自胡猜，只见黑魆魆的来了一个人，【庚辰侧批：真到了。】

贾瑞便意定是凤姐，不管皂白，饿虎一般，等那人刚至门前，便如猫儿捕鼠的一般，抱住叫道："亲嫂子，等死我了。"

说着，抱到屋里炕上就亲嘴扯裤子，满口里"亲娘""亲爹"的乱叫起来。【蒙侧批：丑态可笑。】

那人只不做声，【庚辰侧批：好极！】

贾瑞拉了自己裤子，硬帮帮的就想顶入。【庚辰侧批：将到矣。】

忽然灯光一闪，只见贾蔷举着个捻子照道："谁在屋里？"

文章总能在合适的地方穿插介绍相关历史事件，巧妙之甚。

杨鹤正在监狱里（夹道），朝廷正在问罪，一旦定罪，他就会被充军发配。

朝廷问罪，杨鹤真急呀。

杨鹤在等内阁首辅周延儒救自己，可是，周延儒迟迟不来，他收受杨鹤贿赂的事被揭发了。《崇祯长编》记载：

陕西道试御史余应桂上言：阁臣周延儒赋性极其贪邪而更饶机警……若杨鹤欲以抚贼卸担，而知延儒之可贿动，先行二千金为贽以求其成。延儒欢然受之，不待公议，不涉部科，举宁塞重地而卑之一魁，使得为负隅之虎，今且不可收拾矣。律以祖宗之法，则延儒当于杨鹤同科……

来了，来了，且看来者何人。

逼真之至，可笑之至。

杨鹤喊着"亲娘""亲爹"托人求情解脱罪责。

注意"只不做声"这人，表面情节中的逻辑错误就要出现了。这个人是吏部尚书王永光（贾蓉），他与杨鹤的事情没有关系，故而，他"只不做声"。

要丢脸了。

贾蔷是兵部尚书梁廷栋，梁廷栋于崇祯四年六月离任。《崇祯实录》记载：

六月，丁未，以熊明遇为兵部尚书。

梁廷栋离任一个月后杨鹤下狱，文章要将两件事穿插在一起描写。

只见炕上那人笑道："瑞大叔要臊我呢。"贾瑞一见，却是贾蓉，【庚辰双行夹批：奇绝！】

真臊的无地可入，【庚辰侧批：亦未必真。】不知要怎么样才好，

回身就要跑，被贾蔷一把揪住道："别走！如今琏二婶已经告到太太跟前，

【庚辰侧批：好题目。】

"说你无故调戏他。【庚辰眉批：调戏还要有故？一笑！】

"他暂用了个脱身计，哄你在这边等着，太太气死过去，【庚辰侧批：好大题目。】

"因此叫我来拿你。

"刚才你又认作他，

"没的说，跟我去见太太！"

贾瑞听了，魂不附体，只说："好侄儿，只说没有见我，

"明日我重重的谢你。"

贾蔷道："你若谢我，放你不值什么，只不知你谢我多少？

"况且口说无凭，写一文契来。"

贾瑞道："这如何落纸呢？"【庚辰侧批：也知写不得。一叹！】

贾蔷道："这也不妨，写一个赌钱输了外人账目，借头家银若干两便罢。"

王永光（贾蓉）是阉党余党，想臊他的人很多，岂止瑞大叔一个？

杨鹤没办法了，不知要怎么样才好了。

太太扮演孙传庭，孙传庭全力打击起义军，甚至把命都搭上了。孙传庭当然会痛恨杨鹤的招安行为。

一句话就扯上了孙传庭，真是好题目。不过，孙传庭打击起义军是后话。

调戏太监，非同小可。

对于杨鹤的招安行为，孙传庭真能气个半死。

兵部尚书来拿三边总督了。

认错了吧？

贾瑞若见太太便羞死了。

梁廷栋离任兵部尚书的时间在前，杨鹤下狱的时间在后，杨鹤被逮捕时，二人真的不能相见。表面情节把两件事穿插在一起描写罢了。

又"登开一笔"，下文要接笔写梁廷栋受贿一事。

梁廷栋开口向人要钱了，这就是他离职的原因。《明史·梁廷栋传》记载：

御史水佳允者，弘勋郡人也，两疏力攻廷栋，发其所与司官手书，且言其纵奸人沈敏交关蓟抚刘可训，纳贿营私。

文契？梁廷栋的文契让御史水佳允获得了，证据确凿。

这事真不好落纸，梁廷栋收受蓟州巡抚刘可训的贿赂，并没收受杨鹤的贿赂，所以，贾瑞不该写这个文契。难以落纸的是作者。

只知收受银子，不知大祸临头。

· 331 ·

贾瑞道:"这也容易。只是此时无纸笔。"贾蔷道:"这也容易。"说罢,翻身出来,纸笔现成,【庚辰侧批:二字妙!】拿来命贾瑞写。

他两作好作歹,只写了五十两银,然后画了押,贾蔷收起来。

然后撕罗贾蓉。【蒙侧批:可怜至此!好事者当自度。】

贾蓉先咬定牙不依,

只说:"明日告诉族中的人评评理。"

贾瑞急的至于叩头。

贾蔷做好做歹的,【蒙侧批:此是加一倍法。】也写了一张五十两欠契才罢。

贾蔷又道:"如今要放你,我就担着不是。【庚辰双行夹批:又生波澜。】

"老太太那边的门早已关了,

"老爷正在厅上看南京的东西,

兵部尚书利用职权受贿,这事现成,梁廷栋做了数次"现成事"。《明史·梁廷栋传》记载:

> 有安国栋者,初以通判主插汉抚赏事,廷栋荐其才,特擢职方主事,仍主抚赏,颇为奸利,廷栋庇之。后佳允坐他事左迁行人司副,复上疏发两人交通状,并列其贿馈将领数事,事俱有迹。

文章在描写梁廷栋收受贿赂,贾瑞"作好作歹"陪演了一出戏。

从表面情节看,撕罗贾蓉就不好理解了。如果蓉、蔷二人都是凤姐派来的,贾蔷不应该撕罗贾蓉;如果贾蓉不是凤姐派来的,那么,在半夜三更之际,他突然被人抱住,为什么不叫喊呢?

对于隐写的历史而言,兵部尚书梁廷栋要撕罗吏部尚书王永光。《明史·梁廷栋传》记载:

> 廷栋谋并去永光,以己代之,得释兵事,永光遂由此去。

王永光不想放弃吏部尚书的职位,他咬定牙不依。

王永光有"族人",他要找阉党余党弹劾梁廷栋。《明史·梁廷栋传》记载:

> 给事中葛应斗劾御史袁弘勋纳参将胡宗明金,请嘱兵部;廷栋亦劾弘勋及锦衣张道濬通贿状。两人遂下狱。两人者,吏部尚书王永光私人也。廷栋谋并去永光,以己代之,得释兵事,永光遂由此去。御史水佳允者,弘勋郡人也,两疏力攻廷栋,发其所与司官手书,且言其纵奸人沈敏交关蓟抚刘可训,纳贿营私。

插入一句,介绍杨鹤之急。

梁廷栋做过好人也做过歹人,在袁崇焕被杀事件中,他算是歹人;在王永光离任事件中,他算是好人。前文说贾蔷"自立门户"与此处照应,他是既"好"又"歹"的人物。

梁廷栋已经担着不是了,贾蓉告诉族人评理的结果呈现出来了,御史水佳允正在弹劾梁廷栋。

皇帝已经为杨鹤关上了"门",杨鹤必然要下狱。

吴梅村(贾政)是崇祯四年的进士,杨鹤下狱时,他已经在"厅"上。

"那一条路定难过去，如今只好走后门。

"若这一走，倘或遇见了人，连我也完了。

"等我们先去哨探哨探，再来领你。

"这屋你还藏不得，少时就来堆东西。等我寻个地方。"

说毕，拉着贾瑞，仍熄了灯，【庚辰双行夹批：细。】出至院外，摸着大台矶底下，说道："这窝儿里好，你只蹲着，别哼一声，等我们来再动。"【庚辰侧批：未必如此收场。】说毕，二人去了。

贾瑞此时身不由己，只得蹲在那里。

心下正盘算，只听头顶上一声响，哗拉拉一净桶尿粪从上面直泼下来，可巧浇了他一头一身，贾瑞掌不住嗳哟了一声，忙又掩住口，【庚辰双行夹批：更奇。】不敢声张，满头满脸浑身皆是尿屎，冰冷打战。

【庚辰侧批：余料必有新奇解恨文字收场，方是《石头记》笔力。】

【庚辰眉批：瑞奴实当如是报之。此一节可入《西厢记》批评内十大快中。畸笏。】

【蒙侧批：这也未必不是预为埋伏者，总是慈悲设教。遇难教者，不得不现三头六臂，并吃人心、喝人血之相，以警戒之耳。】

杨鹤只有一条路了，那就是充军发配。

杨鹤下狱前一个月，兵部尚书梁廷栋也完了。《明史·梁廷栋传》记载：

廷栋危甚，赖中人左右之，得闲住去，以熊明遇代。

梁廷栋先离职，杨鹤后下狱，前后相差一个月。

杨鹤不在监狱里了，他要被充军发配了。《崇祯长编》记载：

崇祯五年，一月，丙午，戍原任三边总督杨鹤于附近卫所。

"这窝儿"就是袁州，杨鹤被发配袁州了。

身不由己。

杨鹤已经下狱，还有人往他头上泼"尿粪"，唉！官场如此而已！

杨鹤将死在充军发配地方，行文至此，可以让贾瑞死了，但是，文章没有这样安排，如此看来，后文必有新奇文字。

不知十大快之批评，不敢妄言。

这也是作者在预设机关，目的是开导读者。但是，遇到难教的读者，文章不得不现出三头六臂，甚至赤裸裸地描写"吃人心、喝人血"的场面，用以警醒读者。

只见贾蔷跑来叫："快走，快走！"贾瑞如得了命，三步两步从后门跑到家里，天已三更，只得叫门。

杨鹤的历史基本讲完了，唯有一死，下文将介绍杨鹤之死。

开门人见他这般光景，问是怎的。少不得撒谎说："黑了，失脚掉在茅厕里了。"

自己失了脚，怨不得他人。

一面到自己房中更衣洗濯，心下方想到是凤姐顽他，因此发一回恨；

后悔晚矣。

再想想凤姐的模样儿，【庚辰侧批：欲根未断。】又恨不得一时搂在怀，一夜竟不曾合眼。自此满心想凤姐，只不敢往荣府去了。

文章要为贾瑞制造病源，从而描写杨鹤之死。

【庚辰眉批：此刻还不回头，真自寻死路矣。】

没机会回头了，只能等死。

【蒙侧批：孙行者非有紧箍儿，虽老君之炉、五行之山，何尝屈其一二？】

如果崇祯皇帝不给杨鹤"紧箍儿"，不知杨鹤还会闹出什么事来。

贾蓉两个常常的来索银子，他又怕祖父知道，正是相思尚且难禁，更又添了债务；

债务为第一道催死令。

日间工课又紧，

功课为第二道催死令。

他二十来岁之人，尚未娶亲，迩来想着凤姐，未免有那指头告了消乏等事；

相思为第三道催死令。

更兼两回冻恼奔波，【庚辰双行夹批：写得历历病源，如何不死？】因此三五下里夹攻，【庚辰侧批：所谓步步紧。】不觉就得了一病。

奔波为第四道催死令。

心内发膨胀，口内无滋味，脚下如绵，眼中似醋，黑夜作烧，白昼常倦，下溺连精，嗽痰带血。诸如此症，不上一年，都添全了。【庚辰侧批：简洁之至！】

文章欲贾瑞速死，连下四道催死令。

于是不能支持，一头睡倒，合上眼还只梦魂颠倒，满口乱说胡话，惊怖异常。

贾瑞"满口乱说胡话"，下文中，贾瑞将要说胡话。这些"胡话"与历史无关，对于解读《红楼梦》至关重要。

百般请医治疗，诸如肉桂、附子、鳖甲、麦冬、玉竹等药，吃了有几十斤下去，也不见个动静。【庚辰双行夹批：说得有趣。】

倏又腊尽春回，这病更又沉重。

代儒也着了忙，各处请医疗治，皆不见效。

因后来吃"独参汤"，代儒如何有这力量，只得往荣府来寻。

王夫人命凤姐秤二两给他，【庚辰双行夹批：王夫人之慈若是。】

凤姐回说："前儿新近都替老太太配了药，那整的太太又说留着送杨提督的太太配药，偏生昨儿我已送了去了。"

王夫人道："就是咱们这边没了，你打发个人往你婆婆那边问问，或是你珍大哥哥那府里再寻些来，凑着给人家。吃好了，救人一命，也是你的好处。"【庚辰双行夹批：夹写王夫人。】

凤姐听了，也不遣人去寻，只得将些渣末泡须凑了几钱，命人送去，

只说：【蒙侧批："只说"。】"太太送来的，再也没了。"然后回王夫人说："都寻了来，共凑了有二两多送去。"

【庚辰双行夹批：然便有二两独参汤，贾瑞固亦不能微好，又岂能望好，但凤姐之毒何如是？终是瑞之自失也。】

那贾瑞此时要命心胜，无药不吃，只是白花钱，不见效。

杨鹤快要病死了。《明史·杨鹤传》记载：

八年冬，鹤卒于戍所。

时光飞逝，文章从崇祯四年写到了崇祯八年，杨鹤病死了。

无药可医了。

"独参汤"的"参"就是参本的意思，还有一个参本，那就是杨鹤的儿子杨嗣昌，他要为父亲讨名分。《明史·杨鹤传》记载：

嗣昌请恤，帝复鹤官，而不予恤。

孙传庭（王夫人）一片慈心。

"杨提督"！杨提督！文章明点杨鹤的姓氏与官职了！杨提督就是贾瑞，贾瑞就是杨提督。目前，杨提督生"病"了，杨提督的太太（新任三边总督）主持工作。

夹写孙传庭有好生之德。

杨鹤死后，在杨嗣昌请求下，崇祯皇帝只给他复官，并没有抚恤。因而，贾瑞只能在荣国府得到些"渣末泡须"。

蒙侧批提示"只说"两个字，只是说说而已，没有人救杨鹤了。

杨嗣昌想恢复父亲的名誉，可是，此时的杨嗣昌还不是实权派，所以，他救不了父亲。杨鹤之死，终究是自己的过失。

若见效就不是史实了。

忽然这日有个跛足道人来化斋,

跛足道人扮演钱谦益,他于崇祯元年就被温体仁排挤出朝廷,所以,他已不是"肉食者",这不,他"化斋"来了。

【庚辰双行夹批:自甄士隐随君一去,别来无恙否?】

跛足道人被朝廷打了一顿,焉能别来无恙?《崇祯长编》记载:

崇祯二年六月,己巳,钱谦益杖赎,以钱千秋关节案失于觉察律也。

口称专治冤业之症。

吹牛,自己的冤业未治好,如何能治他人之症。

贾瑞偏生在内就听见了,直着声叫喊说:"快请进那位菩萨来救我!"一面叫,一面在枕上叩首。

可怜啊,堂堂三边总督到了这般地步。

【庚辰双行夹批:如闻其声,吾不忍听也。】【庚辰双行夹批:如见其形,吾不忍看也。】

批书人似乎很熟悉杨鹤。

众人只得带了那道士进来。

那道士,休要装神弄鬼,有话快快讲来。

贾瑞一把拉住,连叫:"菩萨救我!"

道士毫无法术,他不会治病,只会写文章。

【庚辰双行夹批:人之将死,其言也哀,作者如何下笔?】

文章在描摹杨鹤之死,这般情景,着实悲伤。

那道士叹道:"你这病非药可医!

非药可医,如何治得?

"我有个宝贝与你,

钱谦益有一个宝贝,它就是《明史稿》。后人认为这本书毁于火,钱谦益视其为宝贝,怎能轻易毁坏呢?

"你天天看时,此命可保矣。"

读史可以明理,如果三边总督杨鹤经常读史,就不至于闹出招抚起义军的诸多笑话了。

说毕,从褡裢中取出一面镜子来。

"镜子"来了!以史为鉴,镜子就是史书。

【庚辰双行夹批:妙极!此褡裢犹是士隐所抢背者乎?】

褡裢乃催死之物。

【庚辰双行夹批:凡看书人从此细心体贴,方许你看,否则此书哭矣。】

读者只有细心领会,才让你看《红楼梦》,不然的话,《红楼梦》哭了。

两面皆可照人,

《红楼梦》反正两面都有故事。

【庚辰双行夹批:此书表里皆有喻也。】

研读者们睁大眼睛吧!

镜把上面錾着"风月宝鉴"四字，【庚辰双行夹批：明点。】

递与贾瑞道："这物出自太虚幻境空灵殿上，警幻仙子所制，

【庚辰双行夹批：言此书原系空虚幻设。】

【庚辰眉批：与"红楼梦"呼应。】

"专治邪思妄动之症，【庚辰双行夹批：毕真。】

"有济世保生之功。【庚辰双行夹批：毕真。】

"所以带他到世上，单与那些聪明俊杰、风雅王孙等看照。

【庚辰双行夹批：所谓无能纨绔是也。】

"千万不可照正面，

【庚辰侧批：谁人识得此句！】

【庚辰双行夹批：观者记之，不要看这书正面，方是会看。】

"只照他的背面，【庚辰双行夹批：记之。】要紧，要紧！

"三日后吾来收取，管叫你好了。"说毕，佯常而去，众人苦留不住。

贾瑞收了镜子，想道："这道士倒有些意思，我何不照一照试试。"

想毕，拿起"风月鉴"来，向反面一照，只见一个骷髅立在里面，

【庚辰双行夹批：所谓"好知青冢骷髅骨，就是红楼掩面人"是也。作者好苦心思。】

"风月宝鉴"就是钱谦益的《明史稿》。《红楼梦》以《明史稿》为蓝本，第一回说得清清楚楚，《红楼梦》又叫《风月宝鉴》。再者，古文中没有标点符号，"风月宝鉴"这面镜子就是《风月宝鉴》这本书。

镜子是虚幻的，这本书是虚幻的，这是等量代换法。

点明了。

《红楼梦》就是"风月宝鉴"，二者遥相呼应。

看正面的人都有邪思妄动之症。

这是史书的功效。

聪明俊杰、风雅王孙才能看得明白。

纨绔子弟看不懂此书。

千万！千万！不可照正面！

谁人识得？谁人？

不看正面！不看！

要紧！要紧！

待作者来取书之时，读者就现原形了。

贾瑞说胡话了，他不再扮演杨鹤，他要向读者演示读书方法。

《红楼梦》的反面是骷髅，那些逝去的历史人物难道个是骷髅吗？

坟墓与骷髅就是《红楼梦》中历史人物的归宿。作者用心良苦啊！

唬得贾瑞连忙掩了，骂："道士混账，如何吓我！

"我倒再照照正面是什么。"

想着，又将正面一照，只见凤姐站在里面招手【庚辰侧批：可怕是"招手"二字。】叫他。【庚辰双行夹批：奇绝！】

贾瑞心中一喜，荡悠悠的觉得进了镜子，【庚辰双行夹批：写得奇峭，真好笔墨。】与凤姐云雨一番，凤姐仍送他出来。

到了床上，"嗳哟"了一声，一睁眼，镜子从手里掉过来，仍是反面立着一个骷髅。

贾瑞自觉汗津津的，底下已遗了一滩精。

【蒙侧批：此一句力如龙象，意谓：正面你方才已自领略了，你也当思想反面才是。】

心中到底不足，又翻过正面来，只见凤姐还招手叫他，他又进去。如此三四次。

到了这次，刚要出镜子来，只见两个人走来，拿铁锁把他套住，拉了就走。

【庚辰双行夹批：所谓醉生梦死也。】

贾瑞叫道："让我拿了镜子再走！"

【庚辰双行夹批：可怜！大众齐来看此。】

【蒙侧批：这是作书者之立意，要写情种，故于此试一深写之。在贾瑞则是求仁而得人，未尝不含笑九泉，虽死亦不解脱者，悲矣！】

只说了这句，就再不能说话了。

的确不应该吓贾瑞，作者无可奈何，只能让贾瑞向读者演示读书方法。

正面是"满纸荒唐言"，看正面便误入歧途。

凤姐正在"招手"，有没有读者想进去约会呢？

走火入魔是也。2019 年 6 月，笔者告诉某红学刊物的编辑说，《红楼梦》是史书，对方说笔者走火入魔了。病入膏肓者却取笑别人，想来一笑。

无论读者从正面看到了什么，反面的骷髅一直在那儿呢！

如果读者只看正面，这就是白白地消耗精力。

你已经把正面读得很熟了，该想想反面了。

一生精力在红楼，进进出出不得解。

拿贾瑞的两个人不是黑白无常，而是吴梅村和钱谦益，作者来拿人了！作者要处理看正面的人了。

醉生梦死者多矣。

不识真假，要镜子何用！

可怜呀，读者都来看看，错会了意，便是这种下场。

作者立意写史，在此借贾瑞试探读者，是否会看此书。杨鹤死后，被复了职，他还可以含笑九泉；只看到《红楼梦》正面的读者，至死也不明白书中的妙处，可悲啊！

不能说话了吧，该闭嘴了吧。

旁边伏侍的贾瑞的众人，只见他先还拿着镜子照，落下来，仍睁开眼拾在手内，末后镜子落下来便不动了。

镜子一动不动，都是看镜子的人在动。六祖慧能已经开示过了："非风动，非幡动，仁者心动。"

众人上来看看，已没了气，身子底下冰凉溃湿一大滩精，这才忙着穿衣抬床。

看正面会耗尽精力，最终结果是精尽人亡！

代儒夫妇哭的死去活来，大骂道士："是何妖镜！

代儒演戏给读者看了，他首先发问："这书是何妖书？"

【庚辰双行夹批：此书不免腐儒一谤。】

腐儒太多了，他们夸夸其谈，毁谤此书！

"若不早毁此物，遗害于世不小。"【庚辰双行夹批：腐儒。】

迂腐！此书有百利而无一害。

【庚辰双行夹批：凡野史俱可毁，独此书不可毁。】

野史可毁，正史不可毁。

遂命架火来烧，

钱谦益（跛足道人）家里失火了，有人要烧书。《清史稿·钱谦益传》记载：

家富藏书，晚岁绛云楼火，惟一佛像不烬，遂归心释教，著《楞严经蒙钞》。

就表面情节而言，无论铜镜还是玻璃镜，要毁坏镜子，首选办法是砸，而不是烧。被烧的只能是书！当然，代儒烧书并不表示吴甡烧钱谦益的书，"总以事理为要"，切莫胶柱鼓瑟！

只听镜内哭道："谁叫你们瞧正面了！你们自己以假为真，何苦来烧我？"

谁叫你们瞧正面了！你们自己以假为真！怨不得别人！300多年过去了，这本书直勾勾地盯着读者，声嘶力竭地呼喊：看反面！看反面！

【庚辰双行夹批：观者记之。】

读者好好记着吧！

正哭着，只见那跛足道人从外跑来，喊道："谁毁'风月鉴'，吾来救也！"

后人认为钱谦益的《明史稿》毁于大火，但是，并非如此，钱谦益要在火中救书（镜子）！

说着，直入中堂，抢入手内，飘然去了。

钱谦益把《明史稿》救下来了，《明史稿》尚在，吴梅村把它演绎成了《红楼梦》。

当下，代儒料理丧事，各处去报丧。

文章要收场了。

三日起经，七日发引，寄灵于铁槛寺，日后带回原籍。

杨鹤死在充军发配之地袁州，他的尸骨要带回原籍。他的原籍是湖广武陵，文章不便描述了。

【庚辰双行夹批：所谓"铁门限"是业。先安一开路道之人，以备秦氏仙枢有方也。】

当下贾家众人齐来吊问，荣府贾赦赠银二十两，贾政亦是二十两，宁国府贾珍亦有二十两，别者族中人贫富不等，或三两五两，不可胜数。另有各同窗家分资，也凑了二三十两。代儒家道虽然淡薄，倒也丰丰富富完了此事。

谁知这年冬底，林如海的书信寄来，却为身染重疾，写书特来接林黛玉回去。

【蒙侧批：须要林黛玉长住，偏要暂离。】

贾母听了，未免又加忧闷，只得忙忙的打点黛玉起身。宝玉大不自在，争奈父女之情，也不好拦劝。

于是贾母定要贾琏送他去，仍叫带回来。

一应土仪盘缠，不消烦说，自然要妥贴。作速择了日期，贾琏与林黛玉辞别了贾母等，带领仆从，登舟往扬州去了。要知端的，且听下回分解。

【庚辰：此回忽遣黛玉去者，正为下回可儿之文也。若不遣去，只写可儿、阿凤等人，却置黛玉于荣府，成何文哉？故必遣去，方好放笔写秦，方不脱发。

况黛玉乃书中正人，秦为陪客，岂因陪而失正耶？后大观园方是宝玉、宝钗、黛玉等正经文字，前皆系陪衬之文也。】

铁槛寺就是一个铁的门槛，也就是明清边境，这里提到铁槛寺是在为后文介绍袁崇焕（秦氏）之死做伏笔。

草草收场了。

杨鹤去世于崇祯八年，这年冬底，内阁大学士文震孟（林如海）出事了，他被温体仁排挤出内阁，这就是林如海"身染重疾"的原因。《国榷》记载：

崇祯八年十一月，癸丑，大学士何吾驺致仕，文震孟冠带闲住。

崇祯皇帝当然要长住荣国府，表面情节偏安排黛玉离开，如此安排必然有其中的妙处。

崇祯皇帝（林黛玉）不会离开皇宫，黛玉走是表面情节，所以，文章根本不会描写林黛玉看望父亲的情节。

贾琏陪黛玉！好章法！杨鹤（贾瑞）下狱时间是崇祯四年，死亡时间是崇祯八年，文章从崇祯四年写到了崇祯八间，这期间，朝廷中还有许多大事，文章不能把内阁首辅周延儒（贾琏）写丢了。贾琏陪黛玉，内阁首辅周延儒陪伴在崇祯皇帝身边。

贾琏陪黛玉为真，去扬州是假，所以，后文根本不会描写去扬州的情况。

文章安排黛玉离开，这是为后文做伏笔。如果文章只写可卿、凤姐，而不写崇祯皇帝，这成了什么文章？文章安排黛玉离开，然后再写秦氏之死，如果秦氏死时，黛玉在荣府，如何描写黛玉呢？

黛玉是崇祯皇帝，秦氏是大臣，文章不能喧宾夺主。描写大观园的文字才是崇祯皇帝与皇太极争夺宝玉的正文，这里的文字都是陪衬事件。

【蒙回末总评：儒家正心，道者炼心，释辈戒心。可见此心无有不到，无不能入者，

独畏其入于邪而不反，故用正炼戒以缚之。

请看贾瑞一起念，及至于死，专诚不二，虽经两次警教，毫无反悔，可谓痴子，可谓愚情。

相乃可思，不能相而独欲思，岂逃倾颓？作者以此作一新样情理，以助解者生笑，以为痴者设以棒喝耳！】

儒家正人心性，道家注重修炼，佛家让人持戒。由此可见，教导人的方法很多，没有教导不到的地方。

最害怕有人误入歧途却不反思，所以，作者正面教导读者，不要受文章表面情节的束缚。

如果读者像贾瑞一样，至死不明白应该看《红楼梦》哪一面，这种人太愚痴了。

镜中之像，值得思考，如果脱离了像去思考，难免读错书。镜子有正反两面，文章也有反正两面，作者设计这样的情节，令解书人拍案而笑，同时，这也是对错会书意者的当头棒喝。

第十三回

秦可卿死封龙禁尉　　王熙凤协理宁国府

【靖：此回可卿梦阿凤，作者大有深意，惜已为末世，奈何奈何！

贾珍虽奢淫，岂能逆父哉？特因敬老不管，然后恣意，足为世家之戒。

"秦可卿淫丧天香楼"，作者用史笔也。

老朽因有魂托凤姐贾家后事二件，岂是安富尊荣坐享人能想得到者？其事虽未行，其言其意，令人悲切感服，姑赦之，

因命芹溪删去"遗簪""更衣"诸文，是以此回只十页，删去天香楼一节，少去四五页也。】

【甲戌侧批：贾珍尚奢，岂有不请父命之理？因敬□□□要紧，不问家事，故得恣意放为。】

熙凤梦见可卿一事，大有深意，文章要借梦话述说明朝的政治及军事问题，然而，此时已是明朝末年，说这些有什么用呢？

"父"指崇祯皇帝。时任内阁首辅成基命（贾珍）没有说服崇祯皇帝救下袁崇焕的性命，导致奸臣逆子恣意妄为，这足以成为朝廷的大忌。

"秦可卿淫丧天香楼"描述了袁崇焕之死，作者用史笔记载了这段历史。

批书人要通过修改文章表达自己的思想，这是读者想不到的。批书人的思想虽然无法实施，但是，这种观点应该能够令人悲切感服。

芹溪与批书人一起解读文章，他在批书人授意下，对原文做了修改。如果曹雪芹（芹溪）是作者，这条批语就很难理解,难道作者写作时,批书人就在旁边指指点点吗？如果他能够指指点点，何必又在书上做批注呢？

袁崇焕死得很惨，批书人把这部分历史删除了。我们不妨根据史料补充一下删减的情节：

1. 袁崇焕被磔刑处死。由此推测，"更衣"的情节可能会写秦可卿一层层脱衣服,暗指袁崇焕被一刀刀活剐。文章还可能会写秦可卿肌肤裸露，瘦得只剩下骨头，暗指袁崇焕被剐得只剩骨头。

2. 袁崇焕的头颅被传首九边。"遗簪"情节可能会写秦可卿的簪子掉在地上，很多人看到了这支簪子。簪子指代头颅，人们看到簪子暗指传首九边。

3. 如果将"更衣""遗簪"的场面安排在一起，极可能是淫乱场面，这就是"秦可卿淫丧天香楼"的核心情节。

4. 由于成基命（贾珍）没能救下袁崇焕，因而，贾珍极可能被写进淫乱的场景中。

"父命"指皇帝之命，大学士成基命没有向皇帝请命救助袁崇焕，批语在指责他。

红楼闲微——解读《红楼梦》前二十回

【庚辰：荣、宁世家未有不尊家训者。虽贾珍尚奢，岂明逆父哉？故写敬老不管，然后恣意，方见笔笔周到。】

【庚辰：诗曰：一步行来错，回头已百年。古今风月鉴，多少泣黄泉！】（按：此庚辰本回前三评，原在第十一回前，第十一至第二十回目录页背面，现据甲戌、靖藏回前评而移于此。）

【蒙本回前批：生死穷通何处真？英明难遇是精神。微蜜久藏偏自露，幻中梦里语惊人。】

话说凤姐儿自贾琏送黛玉往扬州去后，心中实在无趣，

每到晚间，不过和平儿说笑一回，就胡乱【甲戌侧批："胡乱"二字奇。】睡了。

这日夜间，正和平儿灯下拥炉倦绣，早命浓薰绣被，二人睡下，屈指算行程该到何处，

【甲戌侧批：所谓"计程今日到梁州"是也。】

不知不觉已交三鼓。

平儿已睡熟了。凤姐方觉星眼微蒙，恍惚只见秦氏从外走来，

含笑说道："婶婶好睡！我今日回去，你也不送我一程。

"因娘儿们素日相好，我舍不得婶子，故来别你一别。还有一件心愿未了，非告诉婶子，别人未必中用。"

朝臣不敢违背皇帝的意旨，成基命不敢向皇帝解释，所以，表面情节就说贾敬不管家，儿子任意妄为。

朝廷错杀袁崇焕，转眼已近百年。在古今历史上，有多少大臣蒙冤而死啊。

袁崇焕勾结后金的问题是真是假呢？他想和谈，并不能说明他勾结后金，他的"精神"还好！表面情节之下隐藏的历史渐渐露出端倪来了，可卿梦中的话语，句句惊人。

周延儒（贾琏）陪伴在崇祯皇帝（黛玉）身边。对此，太监凤姐感到"无趣"，他不认可周延儒。当然，黛玉去扬州只是表面情节，崇祯皇帝怎么会到扬州去呢？因而，后文中绝对不会描写黛玉在扬州见父亲的过程。

凤姐与平儿是两位太监，不"胡乱"睡，还能怎么睡？

"屈指算行程该到何处"，这是提醒语，算一算时间吧。杨鹤事件从崇祯四年写到了崇祯八年，现在要介绍袁崇焕之死，时间又回到了崇祯三年。

"计程今日到梁州"是白居易《同李十一醉忆元九》中的诗句，这句诗是作者在推测友人的行程，批语借此提示读者，要推算周延儒的仕途之程。

"三鼓"暗指崇祯三年。

梦开始了！凡梦幻之处都是大关节处，都是最容易解读的地方。

袁崇焕（秦氏）命休矣！

袁崇焕还有未了的心愿，他只能将心愿告诉太监，因为朝臣都不中用，权力在太监手中！《烈皇小识》记载：

且也长山（刘鸿训）以改敕获戾，而上疑大臣不足倚矣。未几，乌程（温体仁）以枚卜告讦，而上疑群臣不足信矣……举外廷皆不可恃，势不得不仍归于内，适又有

借不测之恩威，伸具瞻之喜怒者，事权乃尽归于内而不可复收。

【甲戌侧批：一语贬尽贾家一族空顶冠束带者。】

顶冠束带的朝臣没有用啊。

凤姐听了，恍惚问道："有何心事？你只管托我就是了。"

人都快死了，说这话有什么用呢？真是"恍惚"之语。

秦氏道："婶婶，你是个脂粉队里的英雄，【甲戌侧批：称得起。】

朝纲已乱，太监已是英雄。

"连那些束带顶冠的男子也不能过你，

朝臣不如太监，难怪崇祯皇帝要频繁更换内阁大学士。

"你如何连两句俗语也不晓得？常言'月满则亏，水满则溢'；

明月有亏，清水欲溢，明亡清兴是也。

"又道是'登高必跌重'。

登高跌重，这正是袁崇焕的人生写照。

"如今我们家赫赫扬扬，已将百载，

朱明王朝赫赫扬扬，200多年了。

"一日倘或【甲戌侧批："倘或"二字酷肖妇女口气。】乐极悲生，

秦氏的话本非妇女之语，甲戌侧批指出，"倘或"二字描摹妇女口气酷肖。

"若应了那句'树倒猢狲散'的俗语，岂不虚称了一世诗书旧族了！"

崇祯十七年，明朝灭亡，大臣散了，这就是"树倒猢狲散"。

【甲戌眉批："树倒猢狲散"之语，今犹在耳，屈指三十五年矣。哀哉伤哉，宁不痛杀！】

脂砚斋做批注时离明朝灭亡已经35年了，明朝灭亡于1644年，35年后就是1679年。吴梅村先生逝世于1672年，也就是说，作者去世7年后，脂砚斋对《石头记》做了批注。又过了15年，就到了甲戌年（1694年），脂砚斋可能在这一年对《石头记》做了第二次批注，这或许是"甲戌本"和"脂砚斋重评石头记"的渊源。

凤姐听了此话，心胸大快，十分敬畏，忙问道："这话虑的极是，但有何法可以永保无虞？"

明朝无法"永保无虞"，灭亡是无法改变的史实，这部分文字可能就是批书人让芹溪修改的地方。作者笔笔写史，而批书人则托梦言理，此处的章法与原文完全不同。

【甲戌侧批：非阿凤不明，该古今名利场中惠失之同意也。】

阿凤既然明白，他问这话给谁听呢？读者当细思。

秦氏冷笑道："婶子好痴也。否极泰来，荣辱自古周而复始，岂人力能可常保的。

朝代更替，周而复始，这不是人力所能常保的。

· 344 ·

"但如今能于荣时筹画下将来衰时的世业，亦可谓常保永全了。

此句与作者笔法完全不同，作者用的全是囫囵语，这里对"常保永全"四个字做肯定描述，若作者写此句，可能会是"或可常保永全了"。

"即如今日诸事都妥，只有两件未妥，若把此事如此一行，则后日可保永全了。"

这话虽然不是史实，袁崇焕（秦氏）在将死之际尚且考虑国家安危，也能表现他没有二心。

凤姐便问何事。秦氏道："目今祖茔虽四时祭祀，只是无一定的钱粮；

国家财政紧张，缺少钱粮。

"第二，家塾虽立，无一定的供给。依我想来，如今盛时固不缺祭祀供给，但将来败落之时，此二项有何出处？

军队供给不足。

"莫若依我定见，趁今日富贵，将祖茔附近多置田庄房舍地亩，

多置田庄地亩暗指巩固边防、收复失地。这是在体现袁崇焕的边防观点，《明史·袁崇焕传》记载：

其冬，崇焕偕应坤、用、率教巡历锦州、大、小凌河，议大兴屯田，渐复第所弃旧土。

"以备祭祀供给之费皆出自此处，将家塾亦设于此。

在明清边界建设堡垒，暗指巩固大凌河等城池的边防力量。

"合同族中长幼，大家定了则例，日后按房掌管这一年的地亩、钱粮、祭祀、供给之事。

派合适的官员管理边境事务，官员们各司其职，保障边防军队的人事、财务问题。袁崇焕第一次见崇祯皇帝时就讲过这话。《明史·袁崇焕传》记载：

顷之，帝出，即奏言："东事本不易竣。陛下既委臣，臣安敢辞难。但五年内，户部转军饷，工部给器械，吏部用人，兵部调兵选将，须中外事事相应，方克有济。"帝为饬四部臣，如其言。

"如此周流，又无竞争，亦不有典卖诸弊。

如此安排，能够减少边境线上的诸多弊端。

"便是有了罪，凡物可入官，这祭祀产业连官也不入的。

就算边防官员有罪，边境线上的产业还在。

"便败落下来，子孙回家读书务农，也有个退步，祭祀又可永继。

这话极是！袁崇焕败落，他的子孙没有回乡务农的退步了。《崇祯长编》记载：

依律家属口六以上处斩，十五以下给功臣家为奴，今止流其妻妾子女及同产兄弟于两千里外，余俱释不问。

【蒙双行夹批：幻情文字中忽入此等警句，提醒多少热心人。】

"若目今以为荣华不绝，不思后日，终非长策。

"眼见不日又有一件非常喜事，真是烈火烹油、鲜花着锦之盛。

"要知道，也不过是瞬息的繁华，一时的欢乐，万不可忘了那'盛筵必散'的俗语。

【蒙侧批："瞬息繁华，一时欢乐"二语，可共天下有志事业功名者同来一哭。

但天生人非无所为，遇机会，成事业，留名于后世者，亦必有奇传奇遇，方能成不世之功。此亦皆苍天暗中扶助，虽有波澜，而无甚害，反觉其铮铮有声。其不成也，亦由天命。

其奸人倾险之计，亦非天命不能行。其繁华欢乐，亦自天命。

人于其间，知天命而存好生之心，尽己力以周旋其间，不计其功之成否，所谓心安而理尽，又何患乎？一时瞬息，随缘遇缘，乌乎不可！】

"此时若不早为后虑，临期只恐后悔无益了。"

【甲戌眉批：语语见道，字字伤心，读此一段，几不知此身为何物矣。松斋。】

凤姐忙问："有何喜事？"秦氏道："天机不可泄漏。【甲戌侧批：伏得妙！】

"只是我与婶子好了一场，临别赠你两句话，须要记着。"

这是妇道人家的话语吗？不是啊！这样的话还惊醒不了读者吗？

明朝应该从长计议，议和未必不是良策。袁崇焕死后不足10年，崇祯皇帝就默许杨嗣昌议和。这样说来，袁崇焕议和，算不算远见呢？

贾府马上就有喜事，元春升职了。元春扮演奸臣温体仁，元春升职暗指温体仁入阁。与其说这是喜事，不如说是悲事，这真是火上浇油。

温体仁（元春）是崇祯年间任职最长的内阁首辅，不过，盛筵必散，他的下场也不好。

温体仁位高权重，不过，这也只是"瞬息繁华，一时欢乐"，追逐仕途功名的人可以同来一哭了。

天生我材必有用，一个人遇到机会，成就事业，千古留名，必定有传奇的境遇，才能成就功业。这都是苍天扶助的结果，这种人的境遇也会有波澜，但是，他会逢凶化吉，成就名声。如果他没有成功，这也是天命。

奸臣的阴险计谋，也是天命成就的；他得到繁华欢乐，这也是天命。

人们生活在世上，懂得天命，心存好生之德，尽力周旋，不计名利，这就是心安理得，又有什么坏处呢？是非成败，瞬息万变，随缘应命，这有什么不可呢？

早做准备为妙，不然，李自成打来，清军入关，后悔就无益了。

可从此批。

《红楼梦》字字都是天机。

读者需要好好记着。

因念道：

三春去后诸芳尽，

崇祯十七年三月十九日，正当三春之际，李自成攻陷京城，崇祯皇帝自杀，明朝灭亡，朝臣四散。

文章以"春"字命名贾府四艳，就是因为明朝将于春天灭亡。贾府四艳扮演四位内阁大学士，探春是"庶出"，他不是首辅，其他"三春"是内阁首辅，"三春"——离职后，明朝就灭亡了。

各自须寻各自门。

明朝灭亡后，官员们自杀的自杀，投降的投降，逃跑的逃跑。"各自须寻各自门"，短短七个字，写尽了朝臣各寻门路的情形。

不用看完这本书，这句诗已经介绍了全书的结局。明朝灭亡，朝臣四散，此情此景，怎能不让人落泪呢？

【甲戌侧批：此句令批书人哭死。甲戌眉批：不必看完，见此二句，即欲堕泪。梅溪。】

凤姐还欲问时，只听二门上传事云牌连叩四下，将凤姐惊醒。人回："东府蓉大奶奶没了。"

凤姐闻听，吓了一身冷汗，出了一回神，只得忙忙的穿衣，往王夫人处来。

袁崇焕（秦氏）在内城被杀了。《明史·袁崇焕传》记载：

三年八月，遂磔崇焕于市，兄弟妻子流三千里，籍其家。

"只得忙忙的穿衣"，"只得"二字比较奇怪，遇到这种情况，凤姐应该匆匆忙忙穿衣服，为什么用"只得"二字呢？是这样的，凤姐"出了一回神"，凤姐的元神出壳了，她不再扮演监军太监王应朝了，她忙忙地换了演出服，她要扮演另一位太监，因而，"只得"二字并非用词不当，而是措辞谨慎。

彼时合家皆知，无不纳罕，都有些疑心。

袁崇焕被杀完全是"疑心"所致，谈迁在《国榷》中评论说：

众今俱谓其通建奴，一时难民忿祸，众喙漂山，而爰书三尺，真同反叛，安能折其心使不断断地下哉？

大臣对袁崇焕之死抱有疑心，这是不写之写。

【甲戌眉批：九个字写尽天香楼事，是不写之写。［靖本多署名"棠村"。］庚辰眉批：可从此批。】

【靖眉批：可从此批。通回将可卿如何死故隐去，是余大发慈悲也。叹叹！壬午季春。笏叟。】

袁崇焕被处斩的场面太惨了，批书人"大发慈悲"删减了其中情节。

那长一辈的想他素日孝顺；平一辈的，想他平日和睦亲密，【庚辰眉批：

"长辈、平辈、下辈"对袁崇焕都还不错，他的死是阉党余党与奸臣借机寻衅的结果。

347

松斋云：好笔力。此方是文字佳处。】
下一辈的想他素日慈爱，以及家中仆从老小想他素日怜贫惜贱、慈老爱幼【庚辰侧批：八字乃为上人之当铭于五衷。】之恩，莫不悲嚎痛哭者。【庚辰侧批：老健。】

闲言少叙，却说宝玉因近日林黛玉回去，剩得自己孤凄，也不和人顽耍，【甲戌侧批：与凤姐反对。淡淡写来，方是二人自幼气味相投，可知后文皆非突然文字。】每到晚间便索然睡了。

如今从梦中听见说秦氏死了，连忙翻身爬起来，只觉心中似戮了一刀的不忍，哇的一声，直奔出一口血来。

【甲戌侧批：宝玉早已看定可继家务事者可卿也，

今闻死了，大失所望。急火攻心，焉得不有此血？为玉一叹！】

袭人等慌慌忙忙上来搊扶，问是怎么样，又要回贾母来请大夫。

宝玉笑道："不用忙，不相干，【庚辰侧批：又淡淡抹去。】这是急火攻心，【甲戌侧批：如何自己说出来了？】血不归经。"说着便爬起来，要衣服换了，来见贾母，即时要过去。

【庚辰眉批：如此总是淡描轻写，全无痕迹，方见得有生以来，天分中自然所赋之性如此，非因色所感也。】

袁崇焕被杀了，明朝少了一员大将，宝玉孤凄起来。

宝玉象征明朝的江山社稷，守卫江山的将领被杀了，宝玉"似戮了一刀"啊。

朝廷（宝玉）早就看定袁崇焕可以管理边境事务了。《明史·袁崇焕传》记载：

自崇焕死，边事益无人，明亡征决矣。

袁崇焕死了，"五年复辽"的计划成为泡影。

袁崇焕被杀时，韩爌已经离任七个月了，前文中，扮演过韩爌的袭人、尤氏二位演员失业了。因而，尤氏因"病"不能露面，袭人则转换角色扮演他人。自本回开始，袭人扮演内阁大学士温体仁，对此，后文有详细说明，在此不赘述。

袁崇焕死于崇祯三年八月，两个月前，温体仁（袭人）入阁，所以，袭人要"慌慌忙忙上来"找补这个时间差。温体仁当了八年内阁大学士，后文中，袭人的戏份非常多。

小孩子知道自己是"急火攻心，血不归经"，又是怪事！

文章把玉玺写成人物，淡描轻写，一点儿痕迹都没有，其实，宝玉就是一块石头，并非因色而感。

袭人见他如此，心中虽放不下，又不敢拦，只是由他罢了。

贾母见他要去，因说："才咽气的人，那里不干净；二则夜里风大，明早再去不迟。"宝玉那里肯依。贾母命人备车，多派跟从人役，拥护前来。

一直到了宁国府前，只见府门洞开，两边灯笼照如白昼，乱烘烘人来人往，里面哭声摇山振岳。【甲戌侧批：写大族之丧，如此起绪。】

宝玉下了车，忙忙奔至停灵之室，痛哭一番。

然后见过尤氏。谁知尤氏正犯了胃疼旧疾，睡在床上。

【甲戌侧批：妙！非此何以出阿凤！】

【庚辰侧批：紧处愈紧，密处愈密。】

【庚辰眉批：所谓层峦叠翠之法也。野史中从无此法。即观者到此，亦为写秦氏未必全到，岂料更又写一尤氏哉！】

然后又出来见贾珍。

彼时贾代儒带领贾敕、贾效、贾敦、贾赦、贾政、贾琮、贾瑞、贾珩、贾珖、贾琛、贾琼、贾璘、贾蔷、贾菖、贾菱、贾芸、贾芹、贾蓁、贾萍、贾藻、贾蘅、贾芬、贾芳、贾兰、贾菌、贾芝等【庚辰侧批：将贾族约略一总，观者方不惑。】都来了。

袭人心事好重啊，袁崇焕之死，温体仁脱不了干系！《明史·温体仁传》记载：

初，帝杀袁崇焕，事牵钱龙锡，论死。体仁与延儒、永光主之，将兴大狱……

玉玺的印记（宝玉）就在斩杀袁崇焕的圣旨，多位跟从的人役带着圣旨来了！

袁崇焕被杀时的场面真是乱烘烘人来人往。《明季北略》记载：

明年四月（大部分史料记载是八月）诏磔西市。时百姓怨恨，争啖其肉，皮骨已尽，心肺之间，叫声不绝半日而止。所谓活剐者也。

哭有何益？身为玉玺，却无法救人，真是天下无能第一！

韩爌已离任，扮演他的演员尤氏不能露面了。

真妙，尤氏病了，又为凤姐当家埋下伏笔。

尤氏生病是在补写韩爌离任，文章密不容针。

文章面面俱到，野史中从来没有这种章法。就算正面介绍袁崇焕的历史，未必能够面面俱到，而文章却还能夹写离任的韩爌！

时任内阁首辅是成基命（贾珍）。

这些人物都是明朝官员，贾代儒是御史吴甡，贾赦是礼部侍郎钱谦益，贾政是作者吴梅村，贾蔷是兵部尚书梁廷栋，贾芸是将来的大学士杨嗣昌，贾珖是工部尚书曹珖，贾兰是山海关总兵吴三桂……

真热闹，明朝官员大集会，《崇祯长编》记载：

崇祯三年，八月，癸亥日，未刻。上御平台，召辅臣并五府六部、都、通、大、翰林院记注官四员、史科等科、河南等道掌印官及总协、锦衣卫堂上官俱入，谕以袁崇焕付托不效……

皇帝召开会议研究袁崇焕的问题，多位军政长官都参加了此次会议。不过，上述人员名单有真有假。首先，贾琏应该出现在人物名单中，此时是崇祯三年八月，周延儒（贾琏）已是内阁大学士。但是，表面情节中，他送林黛玉回家了，就不能出现在这里。其次，贾政混进了这个名单。此时的吴梅村（贾政）还没进入朝廷，不过，后文中他要对袁崇焕事件做出评价，所以，贾政混进来了。

贾珍哭的泪人一般，

【甲戌侧批：可笑，如丧考妣，此作者刺心笔也。】

首辅成基命没能救下袁崇焕，他哭了。

批语大骂成基命，他为了避免是非，没有参加处死袁崇焕的这次御前会议。《明史·成基命传》记载：

至六月，温体仁、吴宗达入，延儒、体仁最为帝所眷，比而倾基命，基命遂不安其位矣。方崇焕之议罪也，基命病足不入直。

成基命以脚病为由没参加会议，所以，下文中贾珍会拄着拐杖出现，因为他的脚病了。

正和贾代儒等说道："合家大小，远亲近友，谁不知我这媳妇比儿子还强十倍。

成基命向吴甡（代儒）说，袁崇焕不错，他比别人强十倍呢！

"如今伸腿去了，可见这长房内绝灭无人了。"

袁崇焕死了，明朝还有良将吗？贾府无人矣！

说着又哭起来。

哭有什么用？本应该参加御前会议，申明观点，救助袁崇焕才对！

众人忙劝道："人已辞世，哭也无益，且商议如何料理要紧。"

【庚辰侧批：淡淡一句，勾出贾珍多少文字来。】

如何料理？那群混账取得了胜利，如果斗争不过他们，首辅也得辞职。

这句话勾出了成基命离任的文字，袁崇焕一死，反对派的矛头指向了成基命。《明史·成基命传》记载：

锦衣张道浚以委卸劾之，工部主事陆澄源疏继上。基命奏辩曰："澄源谓臣当两首廷推，皆韩爌等欲藉以救崇焕。当廷推时，崇焕方倚任，安知后日之败，预谋救之。其说祖逢申、道浚，不逐臣不止，乞放归。"帝慰留之。卒三疏自引去。

贾珍拍手道："如何料理，不过尽我所有罢了！"

"尽我所有"四个字骂死成基命。不顾个人安危，拼命去救袁崇焕，这才是"尽我所有"。袁崇焕死了，还说什么"尽我所有"？

【蒙双行夹批："尽我所有"，为媳妇是非礼之谈，父母又将何以待之？

"尽我所有"，这是公公说儿媳的话吗？这话又与焦大酒后胡话相照应，文章包含不露，批书人却要揭示贾珍的短处。

故前此有恶奴酒后狂言，及今复见此语，含而不露，吾不能为贾珍隐讳。】

正说着，只见秦业、秦钟并尤氏的几个眷属【甲戌侧批：伏后文。】尤氏姊妹也都来了。

这是为后文人物做伏笔。

贾珍便命贾琼、贾琛、贾璘、贾蔷四个人去陪客，一面吩咐去请钦天监阴阳司来择日，推准停灵七七四十九日，三日后开丧送讣闻。

贾琼、贾琛、贾璘、贾蔷，这四位是"陪客"，不知他们有何事。

这四十九日，单请一百单八众禅僧在大厅上拜大悲忏，超度前亡后化诸魂，以免亡者之罪；另设一坛于天香楼上，【甲戌侧批：删却，是未删之笔。】【靖眉批：何必定用"西"字？读之令人酸鼻！】（按：此条所评正文之"天香楼"，靖藏本作"西帆楼"。）是九十九位全真道士，打四十九日解冤洗业醮。然后停灵于会芳园中，灵前另有五十众高僧、五十众高道，对坛按七作好事。

本段文字有删而未删之笔，与前文接续不上，有些地方不好理解。

那贾敬闻得长孙媳妇死了，因自为早晚就要飞升，如何肯又回家染了红尘，将前功尽弃呢，因此并不在意，只凭贾珍料理。

【庚辰侧批：可笑可叹。古今之儒，中途多惑老佛。

王梅隐云："若能再加东坡十年寿，亦能跳出这圈子来。"斯言信矣。】

【蒙侧批："就要飞升"的"要"，用得得当。凡"要"者，则身心急切；急切之者，百事无成，正为后文作引线。】

贾珍见父亲不管，亦发恣意奢华。看板时，几副杉木板皆不中用。

张溥（贾敬）还不是朝廷官员，他不能进入贾家。再者，张溥死于崇祯十四年，他快要"飞升"了。《明史·张溥传》记载：

卒时，年止四十。

张溥本是古今之儒。《明史·张溥传》记载：

溥诗文敏捷。四方征索者，不起草，对客挥毫，俄顷立就，以故名高一时。

如果再给张溥10年的寿命，他也会经历李自成攻陷京城、清军入关的那段历史。

张溥急于成就大事，最终却"百事无成"。他帮助周延儒二次为相，自己却死了。《明史·张溥传》记载：

及是，至发、国观亦相继罢，而周延儒当国，溥座主也，其获再相，溥有力焉……

《大明嘉议大夫刑部左侍郎新吾吕君墓志铭》有句云："善恶在我，毁誉由人，盖棺定论，无藉于子孙之乞言耳。"盖棺定论,袁崇焕被杀了,朝廷要为他下一个结论,成基命作为第一宰相,他对这个结论起到至关重要的作用。

可巧薛蟠来吊问,

又是"可巧"!多尔衮(薛蟠)来了!不必多问,他代表后金送棺材来了。

因见贾珍寻好板,便说道:"我们木店里有一副板,叫做什么樯木,【甲戌眉批:樯者,舟具也。所谓"人生若泛舟"而已,宁不可叹!】

如果不是后金打来,袁崇焕会死吗?后金诱使袁崇焕杀死了毛文龙,袁崇焕的"棺材"就有了雏形;后金攻打到燕京城下,散布袁崇焕通敌的消息,袁崇焕的"棺材"基本完工。剩下的工作就等明朝盖棺定论吧。

"出在潢海铁网山上,【甲戌侧批:所谓迷津易堕,尘网难逃也。】作了棺材,万年不坏。

注意"铁"字,讲解"珍珠如土金如铁"的时候说过,"金如铁"的意思是用铁表示后金。

"这还是当年先父带来,原系义忠亲王老千岁要的,因他坏了事,【蒙侧批:"坏了事"等字毒极,写尽势利场中故套。】就不曾拿去。

多尔衮的父亲努尔哈赤已为"义忠亲王"准备棺材了。义忠亲王可能指熊廷弼,他与努尔哈赤战争多年,最终被天启皇帝杀了,也被传首九边。

"现今还封在店里,也没人出价敢买。

谁敢买这么个东西。

"你若要,就抬来罢了。"

要不要?不收钱。

贾珍听了,喜之不尽,即命人抬来。

何喜之有?此乃不祥之物,要不得!

大家看时,只见帮底皆厚八寸,纹若槟榔,味若檀麝,以手扣之,玎珰如金玉。大家都奇异称赏。

太神奇了,木头居然"玎珰如金玉",这"玎珰"之声分明是金器发出的,这是后金在作怪呀!

贾珍笑问:"价值几何?"

不要钱,白送。

薛蟠笑道:"拿一千两银子来,只怕也没处买去。什么价不价,赏他们几两工钱就是了。"

明朝要多少棺材,薛蟠就送多少来!

【甲戌侧批:的是阿呆兄口气。】

批书人熟悉多尔衮的口气呢。

贾珍听说,忙谢不尽,即命解锯糊漆。

内阁首辅成基命(贾珍)接受了这个"棺材",盖棺定论,明朝官方认为袁崇焕通敌!

贾政因劝道:"此物恐非常人可享者,

在大是大非面前,作者吴梅村(贾政)站出来说话了:"恐怕不能这样评价袁崇焕吧?"

【甲戌侧批:政老有深意存焉。】

全书皆是政老深意,谁人知之?

352

"殓以上等杉木也就是了。"

【甲戌侧批：夹写贾政。】【甲戌眉批：写个个皆到，全无安逸之笔，深得《金瓶》壶奥！】

此时贾珍恨不能代秦氏之死，这话如何肯听。【蒙侧批："代秦氏死"等句，总是填实前文。】

因忽又听得秦氏之丫鬟名唤瑞珠者，见秦氏死了，他也触柱而亡。【甲戌侧批：补天香楼未删之文。】【靖侧批：是亦未删之笔。】

此事可罕，合族中人也都称赞。贾珍遂以孙女之礼殓殡，一并停灵于会芳园中之登仙阁。

小丫鬟名宝珠者，因见秦氏身无所出，

乃甘心愿为义女，誓任摔丧驾灵之任。

贾珍喜之不尽，即时传下，从此皆呼宝珠为小姐。

那宝珠按未嫁女之丧，在灵前哀哀欲绝。【甲戌侧批：非恩惠爱人，那能如是？惜哉可卿，惜哉可卿！】

于是，合族人丁并家下诸人，都各遵旧制行事，自不敢紊乱。【甲戌侧批：两句写尽大家。】

贾珍因想着贾蓉不过是个黉门监，灵幡经榜上写时不好看，便是执事也不多，因此心中甚不自在。【甲戌侧批：善起波澜。】【庚辰侧批：又起波澜，却不突然。】

用普通木头就可以呀！

"深得《金瓶》壶奥"！这话大有学问，难道《金瓶梅》也是史书吗？简直不敢想象！

成基命没有全力救助袁崇焕，也没能保住自己的首辅职位。他还不如拼命救助袁崇焕，哪怕一死呢。

因本处文字有删减，故而，不好判断瑞珠的身份。不过，根据这段历史分析，瑞珠可能扮演赵率教，他在己巳之变中战死了。《明史·赵率教传》记载：

大清兵由大安口南下。率教驰援，三昼夜抵三屯营。总兵朱国彦不令入，遂策马而西。十一月四日战于遵化，中流矢阵亡，一军尽殁。

朝廷厚葬了赵率教。《明史·赵率教传》记载：帝闻痛悼，赐恤典，立祠奉祀。

袁崇焕没有儿子。《明史·袁崇焕传》记载：崇焕无子，家亦无余赀，天下冤之。

宝珠可能扮演接替袁崇焕管理辽东军务的官员。

宝珠地位提升了。

袁崇焕死得可惜呀。

"于是"二字岔开文字，下文要写新的历史事件。

文章再起波澜，要穿插介绍另一段历史了。这里说王永光（贾蓉）是黉门监，文章要从头介绍王永光。

可巧这日正是首七第四日，

又是"可巧"！"天启"这个年号共有七年，"首七"指天启的年号，"第四日"指天启四年。

早有大明宫掌宫内相戴权，【甲戌侧批：妙！大权也。】先备了祭礼遣人来，

戴权是一位权力很大的太监，他就是魏忠贤。文章又把魏忠贤请出来了。

次后坐了大轿，打伞鸣锣，亲来上祭。

魏忠贤出场，场面自然小不了。

贾珍忙接着，让至逗蜂轩献茶。

天启四年，朝廷发生了大事，副都御史杨涟弹劾魏忠贤二十四条罪状。成基命（贾珍）是杨涟的门生，他要与魏忠贤对话了。

【甲戌侧批：轩名可思。】

逗蜂轩可能指魏忠贤正在批斗杨涟。《明史·杨涟传》记载：

（天启四年）涟遂抗疏劾忠贤，列其二十四大罪。忠贤初闻疏，惧甚。遂令魏广微调旨切责涟。涟愈愤，拟对仗复劾之。忠贤词知，遏帝不御朝者三日。自是，忠贤日谋杀涟。

贾珍心中打算定了主意，

成基命打定了主意，他可能想帮杨涟做点儿事情，最终，他被牵连进这个案子。《明史·成基命传》记载：
六年，魏忠贤以基命为杨涟同门生，落职闲住。

因而趁便就说要与贾蓉捐个前程的话。

"趁便"？原来如此，介绍贾蓉只是趁便说说。

戴权会意，因笑道："想是为丧礼上风光些？"

丧礼指杨涟的丧礼。杨涟死后，家中无钱埋葬，成基命极可能想为座师争取个体面的丧礼。《明史·杨涟传》记载：

其年七月遂于夜中毙之，年五十四。涟素贫，产入官不及千金。母妻止宿谯楼，二子至乞食以养。征赃令急，乡人竞出赀助之，下至卖菜佣亦为输助。其节义感人如此。

【甲戌侧批：难得内相机括之快如此。】

魏忠贤如此爽快，难得呀。

贾珍忙笑道："老内相所见不差。"

休笑，老内相要连你一起撵走。

戴权道："事倒凑巧，正有个美缺。

事有凑巧，杨涟与魏忠贤产生矛盾与一个美缺有关。魏忠贤把吏部尚书赵南星赶出了朝廷，吏部尚书空缺，魏忠贤想安排自己的人就任，但是，杨涟坚决反对。《明史·杨涟传》记载：

"如今三百员龙禁尉短了两员，昨日襄阳侯的兄弟老三来求我，

"现拿了一千五百两银子，送到我家里。你知道，咱们都是老相与，

"不拘怎么样，看着他爷爷的分上，胡乱应了。【甲戌侧批：忙中写闲。】

"还剩了一个缺，谁知永兴节度使冯胖子来求，要与他孩子捐，我就没工夫应他。

"既是咱们的孩子【甲戌侧批：奇谈，画尽阉宦口吻。】要捐，快写个履历来。"

至十月，吏部尚书赵南星既逐，廷推代者，涟注籍不与。

杨涟是湖北人，襄阳是湖北重镇，这里以襄阳侯暗指杨涟。兄弟老三则指吏部尚书赵南星的继任者崔景荣。《明史·崔景荣传》记载：

天启四年十一月，特起为吏部尚书。当是时，魏忠贤盗国柄，群小更相倚附，逐尚书赵南星。即家起景荣，欲倚为助。

魏忠贤以为崔景荣是"老相与"，可是，魏忠贤错打了算盘，崔景荣不买他的账，且看下文。

魏忠贤真是"胡乱应了"崔景荣，崔景荣要与他对着干。《明史·崔景荣传》记载：

比至，忠贤饰大宅以待，景荣不赴。锦衣帅田尔耕来谒，又辞不见。帝幸太学，忠贤欲先一日听祭酒讲，议裁诸听讲大臣赐坐赐茶礼，又议减考选员额，汰京堂添注官。景荣皆力持不行，浸忤忠贤指。又移书魏广微，劝其申救杨涟、左光斗。广微不得已，为具揭。

魏忠贤提拔崔景荣，崔景荣却要救杨涟，这么说来，老三（崔景荣）和襄阳侯（杨涟）算是"兄弟"。

冯胖子可能指冯铨，也就是第四回中的冯渊，魏忠贤不理会他了。《清史稿·冯铨传》记载：

（铨）谄事魏忠贤，累迁文渊阁大学士兼户部尚书，加少保兼太子太保，以微忤罢去。

王永光（贾蓉）是魏忠贤的"孩子"，他是阉党。《明史·许誉卿传》记载：

吏部尚书王永光素附珰，仇东林，尤阴鸷。

《明史·文震孟传》记载：

三年春，辅臣定逆案者相继去国，忠贤遗党王永光辈日乘机报复，震孟抗疏纠之。

《明史·吴甡传》记载：

御史任赞化以劾体仁谪，甡论救，而力诋王永光媚珰，请罢黜。

诸君请看，王永光是阉党，许誉卿、文震孟、吴甡等正直君子都与他为敌，袁崇焕之死、钱龙锡下狱、韩爌离任等事都与他有关，但是，《明史》上没有他的传记，这是在隐瞒他的丑事，栽赃给崇祯皇帝。

贾珍听说，忙吩咐："快命书房里人恭敬写了大爷的履历来。"小厮不敢怠慢，去了一刻，便拿了一张红纸来与贾珍。贾珍看了，忙送与戴权。

红纸拿出来了，王永光要通过魏忠贤升官了。《熹宗实录》记载：

天启五年正月，以庆陵工成……王永光加太子太保，荫一子入监读书，赏银四十两纻丝二表里。

王永光的一个儿子可以进入国子监读书，这就是"黉门监"问题的渊源了。

看时，上面写道：

江南江宁府江宁县监生贾蓉，年二十岁。

这是以王永光之子入监读书说事。

曾祖，原任京营节度使世袭一等神威将军贾代化；

贾代化，假话。

祖，乙卯科进士贾敬；

张溥（贾敬）是辛未科的进士。"乙卯科"是假，崇祯年间没有这一科，整个清朝也没有这一科。

父，世袭三品爵威烈将军贾珍。

假话。

戴权看了，回手便递与一个贴身的小厮收了，说道："回来送与户部堂官老赵，说我拜上他，

又一折。老赵是赵南星，在天启年间，他已经70多岁了，真是"老赵"。忠贤要让人向赵南星送礼。《明史·赵南星传》记载：

魏忠贤雅重之，尝于帝前称其任事。一日，遣婢子傅应星介一中书赞见，南星麾之去。

吏部尚书赵南星（老赵）管理人事问题，魏忠贤向老赵送银子，老赵不收。

"起一张五品龙禁尉的票，再给个执照，就把那履历填上，明儿我来兑银子送去。"

小厮答应了，戴权也就告辞了。

魏公公就别来掺和了，该走了。

贾珍十分款留不住，只得送出府门。

"只得"二字说明不太想送呀。

临上轿，贾珍因问："银子还是我到部兑，还是一并送入老内相府中？"

老赵不收银子，还是送到老内相府中去吧。

戴权道："若到部里，你又吃亏了。不如平准一千二百银子送到我家里就完了。"

魏公公贪财呢。

贾珍感谢不尽，只说："待服满后，亲带小犬到府叩谢。"

小犬会亲自到魏忠贤那里叩谢。

于是作别。

速速作别吧，别耽误介绍崇祯年间的历史了。

接着，便又听喝道之声，

原来是忠靖侯史鼎的夫人来了。【甲戌侧批：史小姐湘云消息也。】

王夫人、邢夫人、凤姐等刚迎入上房，又见锦乡侯、川宁侯、寿山伯三家祭礼摆在灵前。少时，三人下轿，贾政等忙接上大厅。

如此亲朋你来我去，也不能胜数。只这四十九日，【庚辰侧批：就简去繁。】宁国府街上一条白漫漫人来人往，【甲戌侧批：是有服亲朋并家下人丁之盛。】花簇簇官去官来。【甲戌侧批：是来往祭吊之盛。】

贾珍命贾蓉次日换了吉服，领凭回来。灵前供用执事等物，俱按五品职例。

灵牌疏上皆写"天朝诰授贾门秦氏恭人之灵位"。会芳园临街大门洞开，旋在两边起了鼓乐厅，两班青衣按时奏乐，一对对执事摆的刀斩斧齐。

更有两面朱红销金大字牌对竖在门外，上面大书："防护内廷紫禁道御前侍卫龙禁尉"。

对面高起着宣坛，僧道对坛榜文，榜上大书："世袭宁国公冢孙妇、防护内廷御前侍卫龙禁尉贾门秦氏恭人之丧。

【庚辰眉批：贾珍是乱费，可卿却实如此。】

"四大部州至中之地，奉天承运太平之国，

【庚辰眉批：奇文。若明指一州名，似若《西游》之套，故曰至中之地，不待言可知是光天化日仁风德雨之下矣。不云国名更妙，可知是尧街舜巷衣冠礼义之乡矣。直与第一回呼应相接。】

岔开文章，开启下文。

史家有人来了，皇太子朱慈烺（史湘云）有消息了。

锦乡侯、川宁侯、寿山伯三位来了，不知他们分别扮演谁。不过，作者吴梅村（贾政）可能见过这三个人。

袁崇焕死时，人山人海，人们争食其肉。

王永光（贾蓉）是袁崇焕之死的幕后推手，袁崇焕死了，他穿着吉服。

刀斩斧齐准备到位，袁崇焕（秦氏）被杀了。

不解何意。

袁崇焕被杀时，场面很大。

不仅乱费，还是白费。

事情发生在哪个国家哪个地区？文章就是不明说。

《西游记》是神话故事，神话还要说明故事发生的地点呢，《红楼梦》比神话故事还玄幻，就是不说地点。

"总理虚无寂静教门僧录司正堂万虚、总理元始三一教门道录司正堂叶生等，敬谨修斋，朝天叩佛"，以及"恭请诸伽蓝、揭谛、功曹等神，圣恩普锡，神威远镇，四十九日消灾洗业平安水陆道场"等语，亦不消繁记。

只是贾珍虽然此时心意满足，【蒙侧批：可笑。】

但里面尤氏又犯了旧疾，不能料理事务，

惟恐各诰命来往，亏了礼数，怕人笑话，因此心中不自在。

当下正忧虑时，因宝玉【甲戌侧批：余正思如何高搁起玉兄了。】在侧问道："事事都算安贴了，大哥哥还愁什么？"

贾珍见问，便将里面无人的话说了出来。

宝玉听说笑道："这有何难，我荐一个人【甲戌侧批：荐凤姐须得宝玉，俱龙华会上人也。】与你权理这一个月的事，管必妥当。"

贾珍忙问："是谁？"宝玉见座间还有许多亲友，不便明言，走至贾珍耳边说了两句。

贾珍听了喜不自禁，连忙起身道："果然安贴，如今就去。"说着拉了宝玉，辞了众人，便往上房里来。

文章不消繁记，我们也不必繁解。请来这么多神仙，但愿秦氏能往生极乐世界。

懦弱！堂堂首辅，为了避免是非，不去参加御前会议就心意满足呀？

韩爌早已离任，尤氏不能料理朝廷事务了。

成基命打错了算盘，袁崇焕死后 11 天，就有人弹劾他，他心中不自在了。《崇祯长编》记载：

锦衣卫佥书都指挥使张道浚上言：袁崇焕、钱龙锡辈交结误国，罪状已明。首辅闭门高坐，巧为卸担，言官并不敢斥陈，其事、其私固有不可言者。大学士成基命疏辨甚力，且言阁中近规，原无一人担承之事，安所容其脱卸？

愁事多了，没救下袁崇焕，自己还被人弹劾了，能不愁吗？

朝廷"无人"，派太监当家吧。

宝玉突然世故起来，他要推荐凤姐担任重要职务。己巳之变后，皇帝重用太监，工部左侍郎刘宗周曾在上疏中总结过这个问题。《明史·刘宗周传》记载：

十月，事稍定，乃上疏曰：己巳之变，误国者袁崇焕一人。小人竞修门户之怨，异己者概坐以崇焕党，日造蜚语，次第去之。自此小人进而君子退，中官用事而外廷浸疏。

朝廷重用太监，这事需要悄悄说，不然的话，朝臣有意见。

下文要引出凤姐了。

可巧这日非正经日期，

又是"可巧"！"非正经日期"是时间提示语，袁崇焕被杀时间是崇祯三年八月，"非正经日期"表示下文中的时间有偏差。

亲友来的少，里面不过几位近亲堂客，邢夫人、王夫人、凤姐并合族中的内眷陪坐。

凤姐又露面了，文章要重点介绍她。

闻人报："大爷进来了。"唬的众婆娘唿的一声，往后藏之不迭，

袁崇焕被杀时，成基命不在朝廷中，袁崇焕死后，他来了。成基命一来，那群奸逆臣子"唿的一声"藏之不迭。哎呀，首辅成基命来晚了呀，如果他能"尽我所有"早早唬开这群人，无今日之愁了。

【甲戌侧批：数日行止可知。作者自是笔笔不空，批者亦字字留神之至矣。】

数日内，成基命以脚病为由躲避是非，没能救下袁崇焕，如果他早来，情况或许不同了。

独凤姐款款站了起来。【庚辰侧批：又写凤姐。】

庚辰侧批："又写凤姐。""又"字说明，凤姐不再扮演监军太监王应朝，她扮演司礼太监张彝宪了，张彝宪"款款站了起来"，这个人有些本领。

贾珍此时也有些病症在身，二则过于悲痛了，因拄拐蹒跚了进来。

成基命的脚病还没好，他拐着拐杖呢。

邢夫人等因说道："你身上不好，又连日事多，该歇歇才是，又进来做什么？"

此话甚是，你的脚病了，袁崇焕死了，连日发生了这么多事，你也应该离任"歇歇才是"。

贾珍一面扶拐，【庚辰侧批：一丝不乱。】【靖眉批：刺心之笔。】扎挣着要蹲身跪下请安道乏。

脚病还没好，回老家歇歇去吧。

邢夫人等忙叫宝玉搀住，命人挪椅子来与他坐。贾珍断不肯坐，

成基命断不肯坐内阁首辅的"椅子"了，他要辞职了。《明史·成基命传》记载：
帝慰留之。卒三疏自引去。

因勉强陪笑道："侄儿进来有一件事要求二位婶子并大妹。"

成基命"勉强陪笑"，文章要借以引出凤姐了。

邢夫人等忙问："什么事？"

前几回用王夫人陪戏，本回用邢夫人陪戏，亦妙。

贾珍忙道："婶子自然知道，

知道，卢象升（邢夫人）知道朝廷里最近发生的事情。

"如今孙子媳妇没了，侄儿媳妇偏又病倒，我看里头着实不成个体统。

袁崇焕没了，韩爌离职了，崇祯初年最受宠的两位大臣却是这样的下场，成基命把问题看透了，吏部尚书王永

"怎么屈尊大妹妹一个月，【庚辰侧批：不见突然。】在这里料理料理，我就放心了。"【庚辰侧批：阿凤此刻心痒矣。】

光的小团伙频频作乱，周延儒、温体仁两位新入阁的大学士推波助澜，朝廷里头着实不成个体统。

邢夫人笑道："原来为这个。你大妹妹现在你二婶子家，只和你二婶子说就是了。"

太监张彝宪（凤姐）就要从后宫走到朝堂上来公开料理政务了。《明史·冯元飏传》记载：

帝遣中官张彝宪总理户、工二部事。

卢象升（邢夫人）与这件事无关。

王夫人忙道："他一个小孩子家【庚辰侧批：三字愈令人可爱可怜。】

太监与大臣相比也只能算作"小孩子"。

"何曾经过这样事，

"倘或料理不清，反叫人笑话，倒是再烦别人好。"

历朝历代，哪有太监公开处理朝政的事情呢？
太监参与政务，就怕料理不清，让人笑话。

贾珍笑道："婶子的意思侄儿猜着了，是怕大妹妹劳苦了。

先用废话开路。

"若说料理不开，我包管必料理的开，

一年半载还可以，时间长了恐怕要出问题。

"便是错一点儿，别人看着还是不错的。

时间已经"错一点儿"，张彝宪总理户部和工部工作的时间是崇祯四年九月，时间整整错了一年，不过，从表面情节讲，"别人看着还是不错的"！

"从小儿大妹妹顽笑着就有杀伐决断，【庚辰侧批：阿凤身份。】如今出了阁，又在那府里办事，越发历练老成了。

"杀伐决断"的张彝宪"越发历练老成了"，好一个大太监！

"我想了这几日，除了大妹妹再无人了。

朝臣无一可用者。

"婶子不看侄儿、侄儿媳妇的分上，只看死了的分上罢！"说着滚下泪来。【庚辰侧批：有笔力。】

好笔法！提到袁崇焕之死，成基命哭了。《红楼梦》不仅描写历史事件的经过，还描写人物的心理。

王夫人心中怕的是凤姐未经过丧事，怕他料理不清，惹人耻笑。

孙传庭不想让太监到朝廷中主持政务。

今见贾珍苦苦的说到这步田地，心中已活了几分，却又眼看着凤姐出神。

若王夫人当家，不让去矣。

那凤姐素日最喜揽事办，好卖弄才干，虽然当家妥当，也因未办过婚丧大事，恐人还不服，巴不得遇见这事。

张彝宪“素日最喜揽事办，好卖弄才干”，他有几分本事。《明史·张彝宪传》记载：

而以彝宪有心计，令钩校户、工二部出入。

今见贾珍如此一来，他心中早已欢喜。

心中想去。

先见王夫人不允，后见贾珍说的情真，王夫人有活动之意，便向王夫人道：“大哥哥说的这么恳切，太太就依了罢。”

张彝宪（凤姐）心痒呀！四年前，大太监魏忠贤只手遮天，阿凤也想效仿一二，大显身手。

王夫人悄悄的道：“你可能么？”

王夫人说悄悄话了：“你张彝宪能行吗？”

凤姐道：“有什么不能的。

凤姐反驳王夫人也。如果张彝宪真的听到孙传庭说这话，他会大叫说：“关你屁事！”

“外面的大事已经大哥哥【庚辰旁批：王夫人是悄言，凤姐是响应，故称“大哥哥”。】料理清了，【庚辰侧批：已得三昧矣。】不过是里头照管照管，便是我有不知道的，问问太太就是了。”【甲戌侧批：胸中成见已有之语。】

此事已成。

王夫人见说的有理，便不作声。

人微言轻，鞭长莫及。

贾珍见凤姐允了，又陪笑道：“也管不得许多了，

作者又说无奈的话，文章“也管不得许多了”，张彝宪理政时，成基命已离职一年，贾珍不仅“陪笑”，整个人都是陪衬。

“横竖要求大妹妹辛苦辛苦。我这里先与妹妹行礼，等事完了，我再到那府里去谢。”

贾珍扮演完成基命后，还会扮演另一位历史人物。“等事完了”，他还要到那府里向皇帝谢恩。

说着，就作揖下去，凤姐儿还礼不迭。

贾珍的戏快演完了，他“作揖下去”，后文中，贾珍要扮演其他历史人物了。

贾珍便忙向袖中取了宁国府对牌出来，命宝玉送与凤姐，

张彝宪分管户部和工部的工作，需要宝玉下达旨意。《崇祯长编》记载：

崇祯四年，九月，命司礼监太监张彝宪总理户工二部一切出入钱粮。

又说：“妹妹爱怎样就怎样，

随你的便。

"要什么只管拿这个取去，也不必问我。

"只求别存心替我省钱，只要好看为上；二则也要同那府里一样待人才好，不要存心怕人抱怨。只这两件外，我再没不放心的了。"

凤姐不敢就接牌，只看着王夫人。【蒙双行夹批：凡有本领者断不越礼。接牌小事而必待命于王夫人也，诚家道之规范，亦天下之规范也。看是书者不可草草从事。】

王夫人道："你哥哥既这么说，你就照看照看罢了。只是别自作主意，有了事，打发人问你哥哥、嫂子要紧。"

宝玉早向贾珍手里接过对牌来，强递与凤姐了。

又问："妹妹住在这里，还是天天来呢？若是天天来，越发辛苦了。不如我这里赶着收拾出一个院落来，妹妹住过这几日倒安稳。"

凤姐笑道："不用。【甲戌侧批：二字句，有神。】那边也离不得我，倒是天天来的好。"

贾珍听说，只得罢了。然后又说了一回闲话，方才出去。

一时女眷散后，王夫人因问凤姐："你今儿怎么样？"

凤姐儿道："太太只管请回去，我须得先理出一个头绪来，才回去得呢。"

王夫人听说，便先同邢夫人等回去，不在话下。

这里凤姐儿来至三间一所抱厦内坐了，

自己做主，谁也不必问。

贾珍走吧，不要啰唆。

事关重大，太监张彝宪要管理户部和工部的工作，户部尚书和工部尚书会怎么想呢？因而，凤姐不敢接牌，这个牌子由宝玉送过来方可。

王夫人嘱咐："你是太监，别自作主意，如果'有了事'，问问别人。"可惜，王夫人空口传声，凤姐听不到这番话，凤姐会把朝臣搞得晕头转向，好戏在后头呢！

"对牌"经宝玉之手交给凤姐，太监参与朝政，这是皇帝的旨意！

朝廷要为太监张彝宪收拾办公场所（收拾院落），后文有描述。

前朝与后宫，两边都离不开张彝宪。

贾珍在搭戏，在说"闲话"，他早该回老家了。

这还用问，受用着呢。

说干就干，太监张彝宪（凤姐）马上要将朝廷的事务"理出一个头绪来"了。

配角先回去，看主角如何演戏。

张彝宪找到自己的办公地点——抱厦。

因想：头一件是人口混杂，遗失东西；

第二件，事无专责，临期推委；

第三件，需用过费，滥支冒领；

第四件，任无大小，苦乐不均；

第五件，家人豪纵，有脸者不服铃束，无脸者不能上进。

【甲戌眉批：旧族后辈受此五病者颇多，余家更甚。

三十年前事见书于三十年后，令余悲痛血泪盈面。】

【庚辰眉批：读五件事未完，余不禁失声大哭，三十年前作书人在何处耶？】

此五件实是宁国府中风俗。不知凤姐如何处治，且听下回分解。

【甲戌眉批：此回只十页，因删去天香楼一节，少去四五页也。】

正是：
金紫万千谁治国，裙钗一二可齐家。

【蒙：五件事若能如法整理得当，岂独家庭，国家天下治之不难。】

【蒙回末总评：借可卿之死，又写出情之变态，上下大小，男女老少，无非情感而生情。

且又藉凤姐之梦，更化就幻空中一片贴切之情，所堆寂然不动，感而遂通。

所感之象，所动之萌，深浅诚伪，随种必报，所谓幻者此也，情者亦此也。

头一件，官员鱼龙混杂，有人贪赃枉法。

第二件，责任分工不明，遇事推诿扯皮。

第三件，财政支出太大，存在财务漏洞。

第四件，分派任务不均，苦乐任由其便。

第五件，不守朝廷纪律，压制后辈上进。

作者煞费苦心，借凤姐之口把朝廷的主要问题梳理出来了。每个朝代的末世都存在这五种情况，明朝更甚。

30年前的历史事件就在纸上，批书人"悲痛血泪盈面"。

这五件事句句言中要害，批书人哭泣着发问："作者老先生，你把问题总结得这么清晰，国破之前，你为什么不向朝廷提出来呢？"

这五件事就是明朝末年面临的主要问题！

朝廷官员万千位，谁人治国理朝政；
大内太监一二人，亦可齐家平天下。

这条批语太露了，直接点出"国家天下治之不难"。

文章借袁崇焕之死引出诸多历史事件、历史人物，这些历史人物都是在表面情节的基础上——引出来的。

文章又借凤姐之梦，述说巩固边防的方法。人在做梦时寂然不动，但是，梦境与文中的历史事件息息相通。

文章隐写的历史，前后照应，各有因果。表面情节，也是这样。

何非幻，何非情？情即是幻，幻即是情，明眼者自见。】

什么不是表面情节？什么不是真实历史？一切历史都可以写进表面情节，一切表面情节都是真的历史。明眼人完全明白这一切。

第十四回
林如海捐馆扬州城　贾宝玉路谒北静王

【甲戌：凤姐用彩明，因自识字不多，且彩明系未冠之童。】

明太祖朱元璋曾下令不允许太监识字，故而，太监张彝宪（凤姐）识字不多，他管理户部和工部的工作时，需要识字的人来帮忙。

【甲戌：写凤姐之珍贵，写凤姐之英气，写凤姐之声势，写凤姐之心机，写凤姐之骄大。】

本回要全面介绍太监张彝宪。

【甲戌：昭儿回并非林文，琏文是黛玉正文。】

昭儿回来一事，并不是崇祯皇帝（林黛玉）的正传，崇祯皇帝怎么会离开故宫呢？文章绝对不会描写黛玉回乡的场景。大学士周延儒（贾琏）陪伴崇祯皇帝，这是文章的正文。

【甲戌：路谒北静王，是宝玉正文。】

路谒北静王的情节介绍了玉玺的特征，这是宝玉的正文。

【蒙：家书一纸千金重，

昭儿带回了贾琏的消息，这段文字详细介绍了周延儒进入内阁以及升任首辅的过程，字字千金。

勾引难防嘱下人。

周延儒与温体仁勾结，这件事无法预防。

任你无双肝胆烈，多情奋起自眉攒。】

无论太监张彝宪多么严厉，面对大学士周延儒与温体仁相互勾结，他也只能皱眉头。

话说宁国府中都总管来升闻得里面委请了凤姐，

都总管指吏部尚书，吏部尚书是六卿之长，故而，文章称其为"都总管"。张彝宪于崇祯四年九月总理户、工两部，时任吏部尚书是闵洪学，来升就扮演闵洪学。《崇祯实录》记载：

崇祯四年，三月，壬午吏部尚书王永光罢，以左都御史闵洪学为吏部尚书。

因传齐了同事人等说道："如今请了西府里琏二奶奶管理内事，倘或他来支取东西，或是说话，我们须要比往日小心些。

后宫太监张彝宪要到朝廷中总理户、工两部，吏部尚书闵洪学（来升）不服气，他召集官员共同反对张彝宪。《明史·张彝宪传》记载：

而以彝宪有心计，令钩校户、工二部出入……吏部尚书闵洪学率朝臣具公疏争。

"每日大家早来晚散，宁可辛苦这

因为张彝宪总理户、工两部这件事，多位朝臣丢了老

一个月，过后再歇着，不要把老脸丢了。【庚辰侧批：此是都总管的话头。】

"那是个有名的烈货，脸酸心硬，一时恼了，不认人的。"

众人都道："有理。"

又有一个笑道："论理，我们里面也须得他来整治整治，【庚辰侧批：伏线在二十板之误差妇人。】都特不像了。"

正说着，只见来旺媳妇拿了对牌来领取呈文京榜纸札，票上批着数目。

众人连忙让坐倒茶，一面命人按数取纸来抱着，同来旺媳妇一路来至仪门口，方交与来旺媳妇自己抱进去了。

凤姐即命彩明钉造簿册。

【庚辰眉批：且明写阿凤不识字之故。壬午春。】

【甲戌眉批：宁府如此大家，阿凤如此身份，岂有使贴身丫头与家里男人答话交事之理呢？此作者忽略之处。】

【庚辰眉批：彩明系未冠小童，阿凤便于出入使令者。老兄并未前后看明，是男是女，乱加批驳。可笑。】

即时传来升媳妇，兼要家口花名册来查看，又限于明日一早传齐家人媳妇进来听差等语。大概点了一点数目单册，

脸。闵洪学组织朝臣集体上疏，崇祯皇帝直接责备众人。《明史·张彝宪传》记载：

帝曰："苟群臣殚心为国，朕何事乎内臣。"众莫敢对。

本回的凤姐与前文中的凤姐完全不同，她扮演太监张彝宪。张彝宪是个烈货，脸酸心硬，翻脸不认人！这是正史笔法。注意，张彝宪总理户、工两部时，作者吴梅村已经入朝为官，这是作者的亲身经历。

大白话都讲出来了，哪个敢说无理。

朝臣都特不像了，因为袁崇焕事件，先后逼迫钱龙锡、韩爌、李标、成基命四位内阁大学士下野，甚至还要为阉党翻案，确实该整治整治了！

来旺媳妇可能扮演工部的官员，他手里有对牌，"票上批着数目"，他领取物资合理合法。

"方"是字眼，来旺媳妇领取物资的过程不顺利，他"一路来至仪门口"，"方"得到物资。这说明张彝宪迟迟不肯发放物资。《明史·张彝宪传》记载：

彝宪益骄纵，故勒边镇军器不发。

这个"簿册"是张彝宪的计谋。《明史·袁继咸传》记载：

总理户、工二部中官张彝宪有朝觐官赀册之奏。继咸疏论之。

张彝宪不识字，他管理户、工两部时，需要一位识字的人当助手。

这条批语认为，彩明是丫头，她与男人答话，表面情节不合常理，这是作者的忽略之处。

这条批语认为，彩明是小男孩，凤姐可以随便使唤他出入。这条批语还认为甲戌本的批书人没弄明白彩明的性别。其实，彩明的性别不是大问题，他极可能是一位识字的太监。

来升媳妇可能扮演户部官员。张彝宪把户部官员的花名册找来了，还向户部官员问了几句话。

【甲戌侧批：已有成见。】问了来升媳妇几句话，便坐车回家。一宿无话。

至次日，卯正二刻便过来了。那宁国府中婆娘媳妇闻得到齐，只见凤姐正与来升媳妇分派，众人不敢擅入，只在窗外听觑。【甲戌侧批：传神之笔。】

只听凤姐与来升媳妇道："既托了我，我就说不得要讨你们嫌了。【甲戌侧批：先站地步。】

"我可比不得你们奶奶好性儿，由着你们去，

"再不要说你们'这府里原是这样'的话，

【甲戌侧批：此话听熟了。一叹！】

【蒙侧批："不要说"，"原是这样的话"，破尽痼弊根底。】

"如今可要依着我行，【甲戌侧批：婉转得妙！】

"错我半点儿，管不得谁是有脸的，谁是没脸的，一例现清白处治。"

说着，便吩咐彩明念花名册，按名一个一个的唤进来看视。【庚辰侧批：量才而用之意。】

一时看完，便又吩咐道："这二十个分作两班，一班十个，每日在里头单管人客来往倒茶，别的事不用他们管。

"这一十个也分作两班，每日单管本家亲戚茶饭，别的事也不用他们管。

"这四十个人也分作两班，单在灵前上香添油，挂幔守灵，供茶供饭，随起举哀，别的事也不与他们相干。

世道变了，太监来到朝廷理政，官员们则"不敢擅入，只在窗外听觑"！

张彝宪（凤姐）参与朝政，官员们不肯买账，因而，张彝宪就要讨众人嫌了。

这一句写韩爌是个好性儿。

不要再拿陈规陋习说事了，一切都得改，太监理政与官员理政完全不一样！

听熟了这话的人可能是当事人。

明朝的痼弊，积年已久，非三五年能破除的。

依了你，看你有何法术。

好厉害的太监！谁都不能错他半点儿，倘若错了，不管哪级官员，一例清白处治。麻烦由此而来，太监与大臣较上劲了。

要命啊！太监要将户部和工部官员一个一个地唤进来看视。

张彝宪提出了自己的理政策略，经过皇帝同意后，他的策略开始实施。《崇祯长编》记载：

崇祯四年，十月，丁巳日，总理户工两部太监张彝宪条议严出入、催官解、禁衙蠹三款。帝许饬行。

办丧事是说事的幌子，文章在描写张彝宪（凤姐）总理户、工两部的情形。

这是明确官员职责。

"这四个人单在内茶房收管杯碟茶器，若少一件，便叫他四个人描赔。这四个人单管酒饭器皿，少一件，也是他四个人描赔。

这是加强纪律建设。

"这八个人单管监收祭礼。这八个人单管各处灯油、蜡烛、纸札，我总支了来，交与你八个，然后按我的定数再往各处去分派。

这是强化精细管理。

"这三十个每日轮流各处上夜，照管门户，监察火烛，打扫地方。这下剩的按着房屋分开，某人守某处，某处所有桌椅古董起，至于痰盒掸帚，一草一苗，或丢或坏，就和守这处的人算帐描赔。

这是深化执纪监察。

"来升家的每日揽总查看，或有偷懒的，赌钱吃酒的，打架拌嘴的，立刻来回我。

可叹，官员来升家的要听命于太监张彝宪。《明史·张彝宪传》记载：

彝宪遂按行两部，踞尚书上，命郎中以下谒见。

有的官员要倒霉了。

"你有徇情，经我查出，三四辈子的老脸就顾不成了。

"如今都有定规，以后那一行乱了，只和那一行说话。

户部乱了就治理户部，工部乱了就治理工部。张彝宪安排工作井井有条，难怪崇祯皇帝让他总理户、工两部。

"素日跟我的人，随身自有钟表，不论大小事，我是皆有一定的时辰。

这话似乎是提醒读者，张彝宪当了四年户、工总理，读者需要区分具体事件发生的时间。

"横竖你们上房里也有时辰钟。卯正二刻我来点卯，巳正吃早饭，凡有领牌回事的，只在午初刻，

点卯、吃饭是陪衬，"领牌回事"是正事、是历史。"领牌回事"的时间"午初刻"，午指庚午年，也就是崇祯三年，张彝宪于崇祯三年起势，逐步被皇帝重用。

"戌初烧过黄昏纸，我亲到各处查一遍，回来上夜的交明钥匙。

"戌初"是指崇祯七年，这年是甲戌年，张彝宪在这一年走下坡路。

"第二日仍是卯正二刻过来。说不得咱们大家辛苦这几日，

"说不得"三字妙，不便说破的意思。

【甲戌侧批：是协理口气，好听之至！】

好听！

【庚辰侧批：所谓先礼后兵是也。】

先礼后兵，礼节已经说过了，后文便要弄兵。

"事完了，你们家大爷自然赏你们。"
【庚辰侧批：滑贼，好收煞。】

凤姐说了这么一大段话，前面都是历史，唯有最后一句是表面文章，文章收拾得干净利落。

说罢，又吩咐按数发与茶叶、油烛、鸡毛掸子、笤帚等物。一面又搬取家伙：桌围、椅搭、坐褥、毡席、痰盒、脚踏之类。

分发物资，整理物品。

一面交发，一面提笔登记，某人管某处，某人领某物，开得十分清楚。

建账立卡，物账统一。

众人领了去，也都有了投奔，不似先时只拣便宜的做，剩下的苦差没个招揽。

职责分明，人尽其用。

各房中也不能趁乱失迷东西。便是人来客往，也都安静了，不比先前正摆茶又去端饭，正陪举哀又顾接客。如这些无头绪，荒乱、推托、偷闲、窃取等弊，次日一概都蠲了。

皇帝公开让太监参与朝政，官员们不敢乱来，治理效果很快呈现出来了。

凤姐儿见自己威重令行，心中十分得意。

太监张彝宪的缺点也暴露出来了，他得意了。

因见尤氏犯病，

张彝宪总理户、工两部时，韩爌离职一年多了，扮演韩爌的尤氏不能露面。

贾珍又过于悲哀，不大进饮食，

成基命于崇祯三年九月辞职，张彝宪于崇祯四年总理户、工两部，贾珍怎么又出现了呢？本回的贾珍不再扮演成基命，他扮演工部尚书曹珍，贾珍的名字就取自曹珍。贾珍就是曹珖。《明史·曹珖传》记载：

（崇祯）三年，拜工部尚书。珖初名珍，避仁宗讳，始改名。

太监张彝宪总理户、工两部，工部尚书曹珍（贾珍）不高兴，堂堂尚书屈居太监之下，这算怎么回事？曹珍对此事"过于悲哀"，他准备辞职，干脆不吃官饭了，所以，他"不大进饮食"。

自己每日从那府中煎了各样细粥，精致小菜，命人送来劝食。【庚辰眉批：写凤之心机。】

贾珍不大进饮食，凤姐却送菜劝食，这不是好意，这是霸王硬上弓。

贾珍也另外吩咐每日送上等菜到抱厦内，单与凤姐吃。【庚辰眉批：写凤之珍贵。】

曹珍也准备了"上等菜"，专门对付张彝宪。《明史·曹珖传》记载：

久之，上命司礼监张彝宪总户、工部事，司务许九皋设正座，次尚书，侍郎左右侍，比至，公趋出曰："事毕矣！"

那凤姐不畏勤劳，【蒙双行夹批：不畏勤劳者，一则任专而易办，一则技痒而莫遏。士为知己者死。不过勤劳，有何可畏？】

天天于卯正二刻就过来点卯理事，【庚辰眉批：写凤之英勇。】

独在抱厦内起坐，

不与众妯娌合群，便有堂客来往，也不迎会。【庚辰眉批：写凤之骄大。如此写得可叹可笑。】

这日乃五七正五日上，

那应佛僧正开方破狱，传灯照亡，参阎君，拘都鬼，延请地藏王，开金桥，引幢幡；

那道士们正伏章申表，朝三清，叩玉帝；

禅僧们行香，放焰口，拜水忏；又有十三众尼僧，搭绣衣，趿红鞋，在灵前默诵接引诸咒，十分热闹。

工部大堂上为太监设正座，尚书居其下，侍郎站立，这算怎么回事呢？张彝宪来到工部办公时，曹珍对官员们说："会议到此结束，散会。"曹珍准备了这么一道"上等菜"，"单"给张彝宪吃，工部官员散会了，你一个人在这里吧。

批语分析张彝宪不畏勤劳有两个原因：一是他管理的工作相对简单，"任专而易办"；二是他善于表现而不知道收敛。士为知己者死，皇帝重用张彝宪，别说他不畏勤劳，就是死，他也应该尽力做。

不点卯还好，天天到户部、工部衙门点卯，这要出大事。

"抱厦"是张彝宪专用办公场所！《崇祯长编》记载：

丁丑，工部主事金铉以总理太监张彝宪公署初完履任，行牌两部司属欲其一应仪注俱照部堂体式上言：彝宪之遣，皇上原使之监视两部钱粮，未尝假以堂属体制。今彝宪移檄，俨然以部堂体制自居，欲驱清署之臣，群然屈节于奄寺，此皇上敕谕中所无，祖宗典故中所未有，臣等安能败坏朝廷制度，轻自屈抑于刑余之下以羞庙堂而辱当世？望立敕彝宪，勿谬以部堂自居，并敕两部臣勿轻以司属自亵，庶国体正而士气伸矣。

朝廷为太监建设了公署，工部主事金铉看不下去了，上疏弹劾了张彝宪。

张彝宪骄傲自大，与官员不合，这与前文中"单与凤姐吃""独在抱厦内起坐"相呼应。

"首七第四日"指天启四年，这里的"五七正五日"指崇祯五年，下文将重点介绍崇祯五年的历史。

和尚指代后金人，后金人不安分，鬼怪上场，旗帜飘扬。

这群道士指代农民起义军，起义军也在行动。

崇祯五年，后金与农民起义军都在暗暗起势。

那凤姐必知今日人客不少，在家中歇宿一夜，至寅正，平儿便请起来梳洗。及收拾完备，更衣盥手，吃了几口奶子糖粳粥，漱口已毕，已是卯正二刻了。

来旺媳妇率领诸人伺候已久。

凤姐出至厅前，上了车，前面打了一对明角灯，大书"荣国府"三个大字，款款来至宁府。

大门上门灯朗挂，两边一色戳灯，照如白昼，

白汪汪穿孝仆从两边侍立。

请车至正门上，小厮等退去，众媳妇上来揭起车帘。

凤姐下了车，一手扶着丰儿，两个媳妇执着手把灯罩，簇拥着凤姐进来。

宁府诸媳妇迎来请安接待。

凤姐缓缓走入会芳园中登仙阁灵前，一见了棺材，那眼泪恰似断线之珠，滚将下来。

院中许多小厮垂手伺候烧纸。凤姐吩咐得一声："供茶烧纸。"只听一棒锣鸣，诸乐齐奏，早有人端过一张大圈椅来，

放在灵前，凤姐坐了，放声大哭。【庚辰侧批：谁家行事，宁不堕泪？】

于是里外男女上下，见凤姐出声，都忙忙接声嚎哭。

一时贾珍尤氏遣人来劝，凤姐方才止住。

凤姐四点（寅正）起来梳洗，六点多（卯正二刻）才梳洗打扮完毕，时间是否有点长呢？这里的寅、卯指月份，寅月是正月，卯月是二月，下面的事情发生于崇祯五年一二月间。

等久了就会不耐烦。

张彝宪好大气派，他坐着车，打着灯，从后宫（荣国府）款款来到前朝（宁国府）。

这应该是故宫内的实景。

送殡是借以说事的幌子。

张彝宪到朝廷工作，小太监送到后宫门口。

丰儿是陪伴张彝宪的太监。

宁府的媳妇都是大臣，他们会随时出现。

凤姐并不是为秦氏而哭，他为谁哭呢？下文的批语有提示。

好体面的"大圈椅"，这本是尚书的座位，太监张彝宪（凤姐）坐上去，成何体统？《崇祯实录》记载：

中官张彝宪总理户、工两部事，议设座于部堂，珙不可。右侍郎高弘图履任，彝宪欲共设公座，珙与弘图约，比彝宪至，皆曰事竣矣，撤座去，彝宪怏怏。

袁崇焕（秦氏）已经死了一年多了，张彝宪为什么哭呢？他在为天启皇帝而哭，因为天启皇帝的陵墓于崇祯五年二月建成。《崇祯实录》记载：

庚午，德陵成……

这是描写朝臣祭祀天启皇帝的场景。

贾珍、尤氏不出来劝，遣人来劝，妙极了。文章若隐若现，藏而微露。

来旺媳妇献茶漱口毕，凤姐方起身，别过族中诸人，自入抱厦内来，

按名查点，

各项人数都已到齐，只有迎送亲客上的一人未到。

【庚辰侧批：须得如此，方见文章妙用。余前批非谬。】

即命传到，那人已张惶愧惧。

凤姐冷笑【甲戌侧批：凡凤姐恼时，偏偏用"笑"字，是章法。】道："我说是谁误了，原来是你！

【庚辰侧批：四字有神，是有名姓上等人口气。】

"你原比他们有体面，所以才不听我的话。"

那人道："小的天天来的早，只有今儿，醒了觉得早些，因又睡迷了，来迟了一步，求奶奶饶过这次。"

正说着，只见荣府中的王兴媳妇来了，在前探头。

【甲戌侧批：惯起波澜，惯能忙中写闲，又惯用曲笔，又惯综错，真妙！】
【庚辰侧批：偏用这等闲文间住。】

凤姐且不发放这人，【庚辰侧批：的是凤姐作派。】

却先问："王兴媳妇作什么？"

张彝宪来到了朝廷为他特设的公署（抱厦）。

户部和工部官员不甘心听命于太监，张彝宪偏要点卯查人。

这个没到的人是工部右侍郎高弘图，他耻于与太监共坐，因此没来。《明史·高弘图传》记载：

五年迁工部右侍郎。方入署，总理户、工二部中官张彝宪来会，弘图耻之，不与共坐。

批书人前批不谬的话，笔者前批也不谬。《崇祯长编》记载，高弘图升任工部右侍郎的时间是崇祯五年二月，因而，前文中"五七正五日"就是指崇祯五年，凤姐于寅卯时梳洗打扮的"寅卯"是指寅卯月。

笑话，高弘图可不怕这一套。

张彝宪冷笑着责问"原来是你"！高弘图遇上麻烦了。

工部右侍郎高弘图算不算有名姓的上等人？

高弘图原来是左副都御史，相当于纪检委三把手，工作很体面，专门监察纪律、弹劾官员，他刚来到工部上班，就要居于太监之下，他怎么会听话呢？

真真"睡迷了"说胡话，高弘图应该这样说："老子根本不想来！"

再起波澜，又插入一段历史。"王兴家的"名字中有"兴"字，她扮演工部主事孙肇兴。

文章要穿插介绍孙肇兴的历史，真是"惯起波澜""惯用曲笔"。

张彝宪不肯放过高弘图。

工部主事孙肇兴（王兴媳妇）来领军需物资了。

王兴媳妇巴不得先问他完了事，连忙进去说："领牌取线，打车轿上网络。"

【庚辰侧批：是丧事中用物，闲闲写却。】

说着，将个帖儿递上去。凤姐命彩明念道："大轿两顶，小轿四顶，车四辆，共用大小络子若干根，用珠儿线若干斤。"

凤姐听了，数目相合，便命彩明登记，取荣国府对牌掷下。王兴家的去了。

凤姐方欲说话时，见荣国府的四个执事人进来，都是要支领东西领牌来的。

凤姐命彩明要了帖念过，听了一共四件，指两件说道："这两件开销错了，再算清了来取。"

【庚辰侧批：好看煞，这等文字。】

着掷下帖子来。那二人扫兴而去。

凤姐因见张材家的在旁，【庚辰侧批：又一顿挫。】因问："你有什么事？"

张材家的忙取帖儿回说："就是方才车轿围作成，领取裁缝工银若干两。"凤姐听了，便收了帖子，命彩明登记。

孙肇兴是管理军需物资的工部主事，他领物资还得向太监张彝宪汇报。

若真是丧事用物，何用此批？

"大轿两顶，小轿四顶"的"顶"可能是指盔甲。因为盔甲厂制造的盔甲不坚固，孙肇兴被罚俸半年。《崇祯长编》记载：

崇祯五年，一月，帝以样甲屡造不坚，命将盔甲厂掌贴刘守乾、贺尧年、石国泰削秩二级，戴罪管事；监督孙肇兴夺俸半年。

孙肇兴被罚俸半年，事出有因，这是因为张彝宪不发放物资导致的，所以，孙肇兴要三番五次弹劾张彝宪。

既然数目相合，并且已经登记，王兴家的就应该领取到物资，可是，王兴家空着手走了。孙肇兴没领到物资，他要弹劾张彝宪。《明史·张彝宪传》记载：

彝宪益骄纵，故勒边镇军器不发。管盔甲主事孙肇兴恐稽滞军事，因劾其误国。

同时来了四个执事人，张彝宪（凤姐）好忙啊！

又有两个人没能从张彝宪那里领到物品。

好看。

打发走了两位官员。《明史·张彝宪传》记载：
主事金铉、周镳皆以谏斥去。

从庚辰侧批看，文章"又一顿挫"，又插入了一段历史。张材家的可能是时任兵部尚书张凤翼。《崇祯长编》记载：

崇祯五年九月，戊申，起张凤翼为兵部尚书。

兵部尚书张凤翼（张材家的）向户、工总理张彝宪（凤姐）要钱来了。

待王兴家的交过牌，得了买办的回押相符，然后方与张材家的去领。

一面又命念那一个，是为宝玉外书房完竣，支买纸料糊裱。【庚辰侧批：却从闲中，又引出一件关系文字来。】

凤姐听了，即命收帖儿登记，待张材家的缴清，

又发与这人去了。

凤姐便说道："明儿他也睡迷了，后儿我也睡迷了，将来都没了人了。

【甲戌侧批：接上文，一点痕迹俱无，且是仍与方才诸人说话神色口角。】庚辰侧批：接得紧，且无痕迹，是山断【云连法也。】

"本来要饶你，只是我头一次宽了，下次人就难管，不如现开发的好。"

登时放下脸来，喝令："带出去，打二十板子！"一面又掷下宁国府对牌："出去说与来升，革他一月银米！"

众人听说，又见凤姐眉立，【庚辰侧批：二字如神。】知是恼了，不敢怠慢，拖人的出去拖人，执牌传谕的忙去传谕。

那人身不由己，已拖出去挨了二十大板，还要进来叩谢。

凤姐道："明日再有误的，打四十，后日的六十，有挨打的，只管误！"

说着，吩咐："散了罢。"窗外众人听说，方各自执事去了。

孙肇兴（王兴家的）是管军需物资的工部主事，张凤翼（张材家的）是兵部尚书，在军需物资方面，二人需要对接一下。

第九回中宝玉读书是一场战争，装饰外书房与战争有关。因而，批语说，闲文中又引出另一件关系文字。

收拾"书房"准备打仗，这事得兵部尚书张凤翼（张材家的）去干。

太监张彝宪开始打发工部侍郎高弘图了。

工部"将来都没了人了"，尚书曹珍辞职，右侍郎高弘图辞职，主事孙肇兴充军发配，主事金铉、周镳离职，工部马上就面临没有人的局面。

文断意连，表面情节毫无破绽。

张彝宪下决心把高弘图赶走。《明史·高弘图传》记载：

方入署，总理户、工二部中官张彝宪来会，弘图耻之，不与共坐，七疏乞休。帝怒，遂削籍归，家居十年不起。

打了不罚，罚了不打。既打又罚，高弘图被折腾得不轻，他被革职回家，10年间没被重新起用。

高弘图连续七次上疏辞职，把崇祯皇帝惹恼了，张彝宪煽风点火，高弘图被处理得太重了。

皇帝允许高弘图辞职了，高弘图还得来叩谢。

杀鸡骇猴是也。

张彝宪这么一闹，工部和户部官员都应该认真执事了。

彼时宁国荣国两处执事领牌交牌的，人来人往不绝，那抱愧被打之人含羞去了，【甲戌侧批：又伏下文，非独为阿凤之威势费此一段笔墨。】这才知道凤姐利害。

众人不敢偷闲，自此兢兢业业，【庚辰侧批：收拾得好。】执事保全。不在话下。

如今且说宝玉【庚辰侧批：忙中闲笔。】因见今日人众，恐秦钟受了委曲，因默与他商议，要同他往凤姐处来坐。

秦钟道："他的事多，况且不喜人去，咱们去了，他岂不烦腻。"【甲戌侧批：纯是体贴人情。】

宝玉道："他怎好腻我们，不相干，只管跟我来。"

说着，便拉了秦钟，直至抱厦。凤姐才吃饭，见他们来了，便笑道："好长腿子，快上来罢。"

宝玉道："我们偏了。"【庚辰侧批：家常戏言，毕肖之至！】

凤姐道："在这边外头吃的，还是那边吃的？"

宝玉道："这边同那些浑人吃什么！

【甲戌侧批：奇称。试问谁是清人？】

"原是那边，我们两个同老太太吃了来的。"一面归坐。

官员们这才知道张彝宪的厉害，走出后宫的太监原来是这样的！

太监张彝宪参与朝政的历史介绍得差不多，文章收场了。

洪承畴（秦钟）露面了。张彝宪被任命为户、工总理的时间是崇祯四年九月二十六日，洪承畴于三天前被任命为三边总督，二人可以一起坐坐。《明史·庄烈帝本纪》记载：

甲午，逮杨鹤下狱，论戍。洪承畴总督三边军务。丁酉，太监张彝宪总理户、工二部钱粮，给事中宋可久等相继谏，不听。

洪承畴与张彝宪没有任何关系，文章要将二人穿插在一起描写，硬生生地凑故事。

不相干，二人各有各的历史事件。

腿真长，洪承畴（秦钟）在陕西对付农民起义军，他怎么跑到朝廷中来了呢？"上来"是指提拔他当三边总督。就表面情节而言，文中并没说凤姐在高处，为什么要说"快上来"呢？

洪承畴（秦钟）任三边总督的时间比张彝宪（凤姐）总理户、工两部的时间早三天，如果按时间顺序描写，应该先写秦钟，再写凤姐。"我们偏了"是说明时间偏差。

"这边"是张彝宪所在的朝廷，"那边"是洪承畴所在的陕西，秦钟肯定是"那边"吃的。

这边的朝臣都是浑人。

文章见缝就钻，批语也是这样，文中提到"浑人"，批语便提示，谁是人清的人呢？

洪承畴就在"那边"。再者，他是万历四十四年的进士，在万历皇帝（老太太）那边吃过官饭。

凤姐吃毕，就有宁国府中的一个媳妇来领牌，为支取香灯事。

凤姐笑道："我算着你们今儿该来支取，总不见来，想是忘了。

"这会子到底来取，要忘了，自然是你们包出来，都便宜了我。"

那媳妇笑道："何尝不是忘了，方才想起来，再迟一步，也领不成了！"

【甲戌侧批：此妇亦善迎合。】

【庚辰侧批：下人迎合凑趣，毕真。】

说罢，领牌而去。一时登记交牌。秦钟因笑道："你们两府里都是这牌，倘或别人私弄一个，支了银子跑了，怎样？"【庚辰侧批：小人语。】

凤姐笑道："依你说，都没王法了。"

宝玉道："怎么咱们家没人领牌子做东西？"【庚辰侧批：写不理家务公子之语。】

凤姐道："人家来领的时候，你还做梦呢。【庚辰侧批：此言甚是也。】

"我且问你，你们这夜书多早晚才念呢？"【庚辰侧批：补前文之未到。】

宝玉道："巴不得这如今就念才好，他们只是不快给收拾出书房来，这也无法。"

又来了一个人，这个人是新任工部尚书周士朴。

张彝宪责问新任工部尚书周士朴："你为什么不来见我？"《明史·张彝宪传》记载：

工部尚书周士朴以不赴彝宪期，被诘问。

有本事就别来，来了还得受太监欺负。

这话便是"大事化小，小事化了"之法。

不迎合怎么办？工部尚书曹珍辞职后，张延登继任，他干了四个月后也走了，随后便是周士朴，他没法再走了。

但见"毕真"二字，笔者心中便踏实许多。

秦钟搭戏了："张彝宪，你同时管理朝廷与后宫事务，就不怕出现疏漏吗？"

凤姐直戳洪承畴（秦钟）的痛处："将来你投降清朝，这样做'都没王法了'！"

家里有人领东西，只是宝玉不知道，宝玉就是一块小小的石头。

宝玉乃梦中人也！如果没有《红楼梦》，世间哪有宝玉这个人物呢？

闹学堂事件指洪承畴与农民军作战，"念夜书"就是继续描写洪承畴带兵打仗。洪承畴是贯穿明末清初历史的人物，崇祯二年至十二年，他与农民军作战；崇祯十二年至十五年，他与清军作战；崇祯十五年五月，他投降清朝。如果文章不安排秦钟早点儿死，这个人物就会贯穿始终，为此，作者将集中笔墨写《洪承畴传》，一直写到他死。

把三边总督杨鹤的职位空出来让给洪承畴，他才有机会好好"念书"。

凤姐笑道："你请我一请，包管就快了。"

宝玉道："你要快也不中用。他们该作到那里的，自然就有了。"

凤姐笑道："便是他们作，也得要东西，搁不住我不给对牌是难的。"

宝玉听说，便猴【庚辰侧批：诗中知有炼字一法，不期于《石头记》中多得其妙。】向凤姐身上立刻要牌，

说："好姐姐，给出牌子来，叫他们要东西去。"

凤姐道："我乏的身子上生疼，还搁的住揉搓。

"你放心罢，今儿才领了纸裱糊去了，他们该要的还等叫呢，可不傻了？"

宝玉不信，凤姐便叫彩明查册子与宝玉看了。

正闹着，人回："苏州去的人昭儿来了。"【甲戌侧批：接得好！】

凤姐急命唤进来。

昭儿打千儿请安。

张彝宪与洪承畴同时被提拔，请张彝宪时便会请到洪承畴。

别急，作者写到那里，历史事件自然就有了。

好个张彝宪（凤姐），还要难为宝玉不成？

宝玉"猴"在凤姐身上，玉玺要在写有张彝宪名字的圣旨上盖章。

宝玉逼迫张彝宪要及时发放物资。

玉玺要"揉搓"张彝宪，受到"揉搓"就得降级或离职，所以，凤姐不想让宝玉"揉搓"。

张彝宪向皇帝复命，"你放心罢"，太监总理户、工两部没有问题。

张彝宪还找证据、查册子给皇帝看。

去了就去了，干吗回来呢？昭儿扮演已经离任的内阁大学士钱象坤。《国榷》记载：

崇祯四年六月，丁未，大学士钱象坤罢。

钱象坤于崇祯四年六月离任大学士，张彝宪总理户、工两部的时间是同年九月。因而，钱象坤（昭儿）是离职的人、去了的人。

文章要补叙钱象坤的历史事件，所以，得"急命"他回来。

钱象坤向太监问好了，这事得从兵部尚书梁廷栋说起。梁廷栋被人弹劾了，他还没接到圣旨就上疏解释，非常明显，有人泄露了秘密，泄密人就是梁廷栋的座师钱象坤。因而，钱象坤被牵涉进了梁廷栋的案件，于是，他向太监张彝宪打千儿请安。《明史·钱象坤传》记载：

四年，御史水佳允连劾兵部尚书梁廷栋，廷栋不待旨即奏辩。廷栋故出象坤门，佳允疑象坤泄之，语侵象坤。

《明史·梁廷栋传》记载：

廷栋危甚，赖中人左右之，得闲住去，以熊明遇代。

凤姐便问："回来做什么的？"

昭儿道："二爷打发回来的。

回来补叙历史。

是周延儒把钱象坤打发走的。《明史·钱象坤传》记载：

延儒以延栋尝发其私人赃罪，恶之，并恶象坤。象坤遂五疏引疾去，延栋落职。

"林姑老爷是九月初三日巳时没的。【甲戌眉批：颦儿方可长居荣府之文。】

林如海扮演大学士文震孟，这里记载了他的死亡日期。"九月"指崇祯九年；"初三"指初三；"巳时"指六月（古人用地支计数，子一，丑二，寅三，卯四，辰五，巳六）。由此可知，文震孟死于崇祯九年六月初三。《崇祯实录》记载：

崇祯九年，六月，丙子，前礼部左侍郎兼东阁大学士文震孟卒。

"二爷带了林姑娘【庚辰侧批：暗写黛玉。】同送林姑老爷灵到苏州，

文震孟是苏州人，他死在故乡。

"大约赶年底就回来。

这句补写周延儒进入内阁的时间，他于崇祯二年"年底"进入内阁。《明史·周延儒传》记载：

十二月，命与周延儒、钱象坤俱以本官兼东阁大学士，入阁辅政。

"二爷打发小的来报个信请安，

周延儒（贾琏）与钱象坤（昭儿）同时进入内阁，昭儿可以作为贾琏入阁的报信人。

"讨老太太示下，还瞧瞧奶奶家里好，叫把大毛服带几件去。"

"大毛衣服"指内阁首辅的官服。崇祯三年九月，成基命离职后，周延儒（贾琏）穿上了"大毛衣服"，就任内阁首辅。

凤姐道："你见过别人了没有？"

钱象坤（昭儿）的历史是补叙出来的，他当然已经见过别的朝臣了。

昭儿道："都见过了。"说毕，连忙退去。

文章要从头介绍周延儒，顺便介绍了与他同时入阁的钱象坤（昭儿）。

凤姐向宝玉笑道："你林妹妹可在咱们家住长了。"

崇祯皇帝能到哪儿去？林妹妹根本就没走，文章只字未提林妹妹回乡葬父的情节！

【庚辰侧批：此系无意中之有意，妙！】

倒是无情却有情是也。

宝玉道："了不得，想来这几日他不知哭的怎样呢！"说着，蹙眉长叹。

强敌入侵，朝臣结党，崇祯皇帝真的该哭了。

凤姐见昭儿回来，因当着人未及细问贾琏，心中自是记挂，待要回去，争奈事情繁杂，一时去了，恐有延迟失误，惹人笑话。

这段话是提醒语，周延儒（贾琏）于崇祯二年十二月进入内阁，崇祯三年九月当上内阁首辅，张彝宪于崇祯四年九月总理户、工两部。文章已经介绍张彝宪总理户、工两部了，却还没有详细介绍周延儒的历史，这就是"延迟失误"。但是，对于这样的失误，谁敢笑话呢？

少不得耐到晚上回来，复令昭儿进来，细问一路平安信息。

从头细写周延儒（贾琏）。

连夜打点大毛衣服，和平儿亲自检点包裹，

补写周延儒穿上"大毛衣服"当内阁首辅一事。

再细细追想所需【蒙侧批："追想所需"四字，写尽能事者之所以为能事者之底蕴。】何物，一并包藏交付昭儿。

"追想所需"！看看这四个字，是补写否？

又细细吩咐昭儿"在外好生小心伏侍，不要惹你二爷生气；

哪壶不开提哪壶，钱象坤会惹周延儒生气。《明史·钱象坤传》记载：

> 延儒以廷栋尝发其私人赃罪，恶之，并恶象坤。

"时时劝他少吃酒，别勾引他认得浑账老婆，【甲戌侧批：切心事耶？】"

"浑账老婆"指温体仁。贾琏与"浑账老婆"早就勾搭上了，他俩狼狈为奸，先后进入内阁，后文中还会详细描述这段历史。再者，钱象坤是温体仁的门生，凤姐劝一句非常有必要，你别掺和座师温体仁与周延儒的事呀。

"回来打折你的腿"【甲戌侧批：此一句最要紧。】等语。

内阁大学士钱象坤因袒护门生被迫离职，这已经够丢人了，打折腿就算了吧。

赶乱完了，天已四更将尽，

"四更"指崇祯四年，钱象坤于崇祯四年离任。

总睡下又走了困，【庚辰侧批：此为病源伏线。后文方不突然。】不觉又是天明鸡唱，忙梳洗过宁府中来。

天一亮就是崇祯五年了。

那贾珍因见发引日近，

"发引"指辞职。工部尚书曹珍（贾珍）离职的日子近了。工部官员高弘图、孙肇兴、金铉等一大批官员因反对张彝宪而受到打击，尚书曹珍决定辞职了。

亲自坐车，带了阴阳司吏，往铁槛寺来踏看寄灵所在。

曹珍来到亲人寄灵的地方，准备带着亲人的骸骨回老家。《明史·曹珖传》：

> 彝宪又指闸工冒破齮龁之，珖累疏乞骸骨归，（崇祯五年）五月得请。

又一一嘱咐住持色空，好生领备新鲜陈设，多请名僧，以备接灵使用。色空忙看晚斋。

曹珍也无心茶饭，因天晚不得进城，

就在净室胡乱歇了一夜。

次日早，便进城来料理出殡之事，一面又派人先往铁槛寺，连夜另外修饰停灵之处，并厨茶等项接灵人口坐落。

里面凤姐见日期在限，也预先逐细分派料理，

一面又派荣府中车轿人从跟王夫人送殡，又顾自己送殡去占下处。

目今正值缮国公诰命亡故，王邢二夫人又去打祭送殡；西安郡王妃华诞，送寿礼；镇国公诰命生了长男，预备贺礼；

又有胞兄王仁连家眷回南，一面写家信禀叩父母并带往之物；

又有迎春染病，每日请医服药，看医生启帖、症源、药案等事，亦难尽述。

又兼发引在迩，因此忙的凤姐茶饭也没工夫吃得，坐卧不得清净。【庚辰眉批：总得好。】

刚到了宁府，荣府的人又跟到宁府；既回到荣府，宁府的人又找到荣府。

曹珍辞去了工部尚书的职位，他不再是"肉食者"，他开始吃"斋"了。

曹珍"天晚不得进城"，他再也没有机会进入京城复职为官。《明史·曹珖传》：

> 屡荐不起。家居十四年卒。

"胡乱"是字眼。上一句话写工部尚书曹珍离职回家了，但是，下文还有他的历史事件，因而，这一夜"胡乱"过了，文章还要回头介绍曹珍的其他历史事件。

"次日早"开启下文，下文是一段新的历史了。天启皇帝的陵寝于崇祯五年二月建成，工部负责祭祀的准备工作，时任工部尚书正是曹珍（贾珍）。

太监张彝宪也在为德陵祭祀一事分派料理。

这句话似乎是表面情节补足句。

本段文字信息量非常大，缮国公、西安郡王、镇国公可能是崇祯朝的国公、王爷或大臣，此处文字比较简单，无法确定他们的真实身份。

不知这位胞兄是何人。

迎春扮演薛国观，"迎春染病"指薛国观被人弹劾。"启帖"指薛国观被人上疏弹劾；"症源"是他投靠过魏忠贤；"药案"指薛国观化险为夷。《明史·薛国观传》记载：

> 国观先附忠贤，至是大治忠贤党，为南京御史袁耀然所劾。国观惧，且虞挂察典，思所以挠之……帝虽以挠察典责之，国观卒免察。

进了不该进的抱厦，坐了不该坐的大圈椅，休想再清净了。

如此忙碌，太监理政也不容易啊！

凤姐见如此，心中倒十分欢喜，并不偷安推托，恐落人褒贬，

落的褒贬还少吗？

因此日夜不暇，筹理得十分的整肃。于是合族上下无不称赞者。

这是表面情节顺带过渡之笔。

这日伴宿之夕，里面两班小戏并耍百戏的与亲朋堂客伴宿，尤氏犹卧内于室，一应张罗款待，独是凤姐一人周全承应。

"两班小戏"就是第十三回中的两班小戏，指朝臣分成两派。

合族中虽有许多妯娌，但或有羞口的，或有羞脚的，或有不惯见人的，也有惧贵怯官的，种种之类，俱不及凤姐举止舒徐，言语慷慨，珍贵宽大；

官员、太监虽多，众人三缄其口，只有张彝宪敢说敢为。

因此也不把众人放在眼里，挥霍指示，任其所为，目若无人。

张彝宪的问题暴露出来了，他不把官员放在眼里，挥霍指示，任其所为，目若无人。

【甲戌侧批：写秦氏之丧，却只为凤姐一人。】

秦氏之丧是幌子，本回主要介绍张彝宪总理户、工两部的历史。

一夜中灯明火彩，客送官迎，那百般热闹，自不用说的。

"自不用说的"，何必多讲呢？

至天明，吉时已到，一般六十四名青衣请灵，

因为下文中送葬场面极其宏大，似乎不是描述袁崇焕之死，上文又提到崇祯五年一二月，而德陵恰在这个时候建成，故而，下文将把送葬的场面当作祭祀天启皇帝的情景解读，待高明君子批示谬误。

前面铭旌上大书"奉天洪建，

明太祖朱元璋的年号是"洪武"，因而旗帜上是"奉天洪建"。

"兆年不易之朝，【庚辰眉批："兆年不易之朝，永治太平之国"，奇甚妙甚！】

文中只字不提国家、朝代。

"诰封一等宁国公冢孙妇防护内廷紫禁道御前侍卫龙禁尉享强寿贾门秦氏恭人之灵柩"。

以秦氏之丧为幌子。

一应执事陈设，皆系现赶着新做出来的，一色光艳夺目。

德陵工程分为两期：一期工程是地下部分，二期工程是地上部分。二期工程完工，执事陈设都是新做出来的。

宝珠自行未嫁女之礼外，摔丧驾灵，十分哀苦。

夹写宝珠，不知她扮演哪位历史人物。

那时官客送殡的，有镇国公牛清之孙现袭一等伯牛继宗，理国公柳彪之孙现袭一等子柳芳，齐国公陈翼之孙世袭三品威镇将军陈瑞文，治国公马魁之孙世袭三品威远将军马尚，修国公侯明之孙世袭一等子侯孝康；缮国公诰命亡故，其孙石光珠守孝不曾来得。这六家与荣宁二家，当日所称"八公"的便是。

突然冒出这么多人，里面藏着大量信息，可惜笔者不知道他们分别扮演哪些历史人物。

【庚辰眉批：牛，丑也。清，属水，子也。柳折卯字。彪折虎字，寅字寓焉。陈即辰。翼火为蛇；巳字寓焉。马，午也。魁折鬼，鬼，金羊，未字寓焉。侯、猴同音，申也。晓鸣，鸡也，酉字寓焉。石即豕，亥字寓焉。其祖曰守业，即守夜也，犬字寓焉。此所谓十二支寓焉。】

这条批注如同天书，未解其意。

余者更有南安郡王之孙，西宁郡王之孙，忠靖侯史鼎，平原侯之孙世袭二等男蒋子宁，定城侯之孙世袭二等男兼京营游击谢鲸，襄阳侯之孙世袭二等男戚建辉，景田侯之孙五城兵马司裘良。余者锦乡侯公子韩奇，神威将军公子冯紫英，卫若兰等诸王孙公子，不可枚数。

不知众人是谁，奈何？奈何？

堂客算来亦有十来顶大轿，三四十小轿，连家下大小轿车辆，不下百十余乘。连前面各色执事、陈设、百耍，浩浩荡荡，一带摆出三四里远来。

祭祀天启皇帝的场面非常大。

走不多时，路旁彩棚高搭，设席张筵，和音奏乐，俱是各家路祭：第一座是东平王府祭棚，第二座是南安郡王祭棚，第三座是西宁郡王，第四座是北静郡王的。

这四位王爷是万历皇帝的四个儿子。万历皇帝共有八个儿子，其中，三个早夭，皇长子朱常洛当了一个月皇帝便死了，到崇祯年间，还有四人活着，这就是东南西北四王，他们分别是福王朱常洵、瑞王朱常浩、惠王朱常润、桂王朱常瀛。

原来这四王，当日惟北静王功高，及今子孙犹袭王爵。

北为尊位，北静王扮演福王朱常洵，他在四王中年龄最大、地位最高。

现今北静王水溶年未弱冠，

"水溶"二字的第一个字是"水"，第二个字是"水字旁"，作者在突出"水"字。前文说过，朱明皇族是按五行相生顺序取名的，"水"字提示北静王的辈分，他是崇祯皇帝的叔叔。"年未弱冠"是哄人的，因为他没当过皇帝，文章便说他年龄小。

生得形容秀美，性情谦和。

福王朱常洵长相不错。

近闻宁国公冢孙媳告殂，因想当日彼此祖父相与之情，同难同荣，未以异姓相视，

"未以异姓相视"，这说明就是同姓，他们都是朱氏后人，同宗同祖，同难同荣。

因此不以王位自居，

福王朱常洵（水溶）来到朝廷中，他不敢以王位自居呀。再者，朱常洵的生母郑贵妃想左右万历皇帝，废长立幼，大臣极力反对，朱常洵没当上皇帝，史称"国本之争"。朱常洵与崇祯皇帝的父亲争夺过皇位，因而，崇祯皇帝未必买他的账。

上日也曾探丧上祭，

天启皇帝去世时，福王亲自或派人祭祀过。

如今又设路祭，命麾下的各官在此伺候。

德陵完工后，福王可能前来祭祀。就表面情节而言，贾府死了一个小辈媳妇，身为王爷的水溶为什么两次来祭祀呢？

自己五更入朝，

五更指崇祯五年，福王朱常洵于这一年入朝见皇帝。

公事一毕，

公事已经办完了，下文便是穿插进来的情节。

便换了素服，坐大轿鸣锣张伞而来，至棚前落轿。手下各官两旁拥侍，军民人众不得往还。

封路了。

一时只见贾府大殡浩浩荡荡、压地银山一般从北而至。【庚辰眉批：数字道尽声势。壬午春。畸笏老人。】

这是描写祭祀天启皇帝的场面。

早有宁府开路传事人看见，连忙回去报与贾珍。

福王来了，早有人传报与工部尚书曹珍。

贾珍急命前面驻扎，同贾赦贾政三人连忙迎来，以国礼相见。

从表面情节讲，贾赦、贾政是死者的爷爷，他们怎么会在送葬孙媳妇的队伍里呢？对于隐写的历史而言，作者吴梅村（贾政）掺和进来，下文中，他必定会开口说话。

水溶在轿内欠身含笑答礼，仍以世交称呼接待，并不妄自尊大。

福王朱常洵（水溶）还是很和气的。

贾珍道："犬妇之丧，累蒙郡驾下临，荫生辈何以克当。"

对呀，对于表面情节而言，王爷来干什么呢？

水溶笑道："世交之谊，何出此言。"遂回头命长府官主祭代奠。

福王朱常洵是天启皇帝的叔叔，因而，需要有人代为祭奠。

贾赦等一旁还礼毕，复身又来谢恩。

钱谦益向福王朱常洵还礼谢恩，其中似乎还有文章。

水溶十分谦逊，因问贾政道："那一位是衔玉而诞者？

福王向作者吴梅村（贾政）发问："人物化的玉玺在哪里呢？请出来看看吧。"

【庚辰眉批：忙中闲笔，点缀玉兄，方不失正文中之正人。作者良苦。壬午春。畸笏。】

文章介绍历史已是目不暇接，还夹杂介绍人物化的玉玺，作者用心良苦。

"几次要见一见，都为杂冗所阻，想今日是来的，何不请来一会？"

福王朱常洵几次想见玉玺，他本想当皇帝的。《明史·朱常洵传》记载：

初，王皇后无子，王妃生长子，是为光宗。常洵次之，母郑贵妃最幸。帝久不立太子，中外疑贵妃谋立己子，交章言其事，窜谪相踵，而言者不止。帝深厌苦之。二十九年始立光宗为太子，而封常洵福王。

贾政听说，忙回去，急命宝玉脱去孝服，领他前来。

贾政一时叫不来贾宝玉，明朝灭亡后，他写成《红楼梦》才有了贾宝玉。故而，他"忙回去"，"急命"宝玉出现。然而，宝玉现世时，明朝已经灭亡，故而，宝玉穿着孝服。作者真苦心人也。

那宝玉素日就曾听得父兄亲友人等说闲话时，赞水溶是个贤王，【蒙侧批：宝玉见北静王，是为后文伏线。】

朱常洵不算贤王，故而，批注提示，这句话是为后文伏线，不是实写福王。

且生得才貌双全，风流潇洒，

朱常洵长相真不错。

每不以官俗国体所缚。

朱常洵不太讲究国体礼仪。《明史·朱常洵传》记载：日闭阁饮醇酒，所好惟妇女倡乐。

每思相会，只是父亲拘束严密，无由得会，今日反来叫他，自是喜欢。

玉玺怎么能和福王相会呢？因为文章是反文，"反来叫他"，二人便在梦中相会了。

一面走，一面早瞥见那水溶坐在轿内，好个仪表人才。不知近看时又是怎样，且听下回分解。

凡事最怕细看，细看就会看出端倪。

【庚辰：此回将大家丧事详细剔尽，如见其气概，如闻其声音，丝毫不错，作者不负大家后裔。】

【写秦死之盛，贾珍之奢，实是却写得一个凤姐。】

【蒙：大抵事之不理，法之不行，多因偏于爱恶，幽柔不断。请看凤姐无私，犹能整齐丧事。况丈夫辈受职于庙堂之上，倘能奉公守法，一毫不苟，承上率下，何安不行？】

如果删除描写丧事的字眼，文章就会呈现出张彝宪理政的详细过程，作者描摹历史，"如见其气概，如闻其声音"，能够如此撰写这段历史，不愧为明朝后裔。

本回主要描写张彝宪总理户、工两部的历史。

朝政未理顺，律法未实施，这都是因为官员有所爱憎、优柔寡断。太监理政尚能井井有条，大臣受命于朝廷，如果能够奉公守法、一毫不苟、承上率下，这还有什么问题解决不了呢？

第十五回

王凤姐弄权铁槛寺　秦鲸卿得趣馒头庵

【甲戌：宝玉谒北静王辞对神色，方露出本来面目，迥非在闺阁中之形景。】

作者将玉玺人物化为宝玉，因而，宝玉有两个身份：一是玉玺，二是作者的"儿子"（作品）。本回中，作者吴梅村（贾政）与宝玉一起出场，宝玉的应答与表情，露出了他的真实面目。

【甲戌：北静王论聪明伶俐，又年幼时为溺爱所累，亦大得病源之语。】

万历皇帝与郑贵妃溺爱朱常洵（北静王），这就是朱常洵幼时的"病源"。

【甲戌：凤姐中火，写纺线村姑，是宝玉闲花野景一得情趣。】

纺线村姑一节，大有深意，可惜，村姑跑远了。

【甲戌：凤姐另住，明明系秦、玉、智能幽事，却是为净虚钻营凤姐大大一件事作引。】

文章将凤姐与秦钟的事情穿插在一起描写，前事为后事铺垫，后事顺承前事，表面情节毫无违和感。

【甲戌：秦、智幽情，忽写宝、秦事云："不知算何帐目，未见真切，未曾记得，此系疑案，不敢纂创。"是不落套中，且省却多少累赘笔墨。昔安南国使有题一丈红句云："五尺墙头遮不得，留将一半与人看。"】

作者不了解洪承畴（秦钟）的人生归宿，故而说"不敢纂创"，这种写史方法不落俗套，"留将一半与人看"也。

【蒙：欲显铮铮不避嫌，英雄每入小人缘。鲸卿些子风流事，胆落魂销已可怜。】

如果洪承畴不曾降清，他就是明朝的大英雄，可惜，他"胆落魂销"投降清朝，实在可怜！

话说宝玉举目见北静王水溶头上戴着洁白簪缨银翅王帽，穿着江牙海水五爪坐龙白蟒袍，系着碧玉红鞓带，面如美玉，目似明星，真好秀丽人物。

这是实写福王朱常洵（北静王）的衣着与面貌。关于"五爪坐龙白蟒袍"似乎还有学问，笔者不知。

宝玉忙抢上来参见，水溶连忙从轿内伸出手来挽住。

如果万历皇帝将皇位传给朱常洵，宝玉与北静王早就"手拉手"了。此时一见，宝玉该说："这位王爷，我也曾见过。"

见宝玉戴着束发银冠，勒着双龙出海抹额，穿着白蟒箭袖，围着攒珠银带，面若春花，目如点漆。

全是囫囵话，这是描写玉玺或盛放玉玺的器皿。

【甲戌侧批：又换此一句，如见其形。】

水溶笑道："名不虚传，果然如'宝'似'玉'。"【靖本眉批：伤心笔。】

因问："衔的那宝贝在那里？"

宝玉见问，连忙从衣内取了递与过去。水溶细细的看了，又念了那上头的字，

因问："果灵验否？"

贾政忙道："虽如此说，只是未曾试过。"

【甲戌：北静王问玉上字果验否，政老对以未曾试过，是隐却多少捕风捉影闲文。】

水溶一面极口称奇道异，

一面理好彩绦，亲自与宝玉带上，【甲戌侧批：钟爱之至。】

又携手问宝玉几岁，读何书。宝玉一一的答应。

水溶见他语言清楚，谈吐有致，

【庚辰眉批：八字道尽玉兄，如此等方是玉兄正文写照。壬午春。】

一面又向贾政笑道："令郎真乃龙驹凤雏，

"非小王在世翁前唐突，将来'雏凤清于老凤声'，未可量也。"

批书人似乎见过玉玺。

本来就是宝，本来就是玉！"宝玉"二字不是白叫的！

那宝贝就是这人物，二者合二为一。

通灵宝玉的反正两面都有字，不必看正面，重点要看反面，这与"风月宝鉴"是同样的道理。反面文字是"一除邪祟，二疗冤疾，三知祸福"。前文讲过，这话的意思是：明朝应该先除掉后金，再解决起义军问题，如果干好这两件事，是福是祸，听由天命。

这是在问对付后金怎么样了，对付农民起义军怎么样了。

真没试过吗？"送宫花"是明清之战，"学堂打架"是在对付起义军，都试过了，只是都没赢。

针对北静王问话，贾政应该说"不太灵验"，但是，他不便这样回答，贾政的话中隐藏着文字呀。

确实奇异。

能见此玉者皆非平常人。

宝玉离不开《红楼梦》，离开《红楼梦》，他只是玉玺，不是人物。因而，他只能读《红楼梦》。

王婆卖瓜，自卖自夸。《红楼梦》记载历史，语言清楚，谈吐有致。当然，这八个字也可以理解为圣旨上的文字，因为玉玺能够令圣旨生效。

夸奖玉兄就是夸奖《红楼梦》的正文了。

宝玉"真乃"龙凤之相。

"雏凤清于老凤声"是李商隐的诗句，比喻儿子的文采强于父亲。贾宝玉毫无文采，但是，"父亲"吴梅村（贾政）文学基因强大，造就了他。

贾政忙陪笑道："犬子岂敢谬承金奖。

"赖藩郡余祯，果如是言，亦荫生辈之幸矣。"【庚辰侧批：谦的得体。】

水溶又道："只是一件，令郎如是资质，想老太夫人、夫人辈自然钟爱极矣；

"但吾辈后生，甚不宜钟溺，钟溺则未免荒失学业。昔小王曾蹈此辙，想令郎亦未必不如是也。

"若令郎在家难以用功，不妨常到寒第。小王虽不才，却多蒙海上众名士，凡至都者，未有不另垂青，是以寒第高人颇聚。令郎常去谈谈会会，则学问可以日进矣。"

贾政忙躬身答应。

水溶又将腕上一串念珠卸了下来，递与宝玉道："今日初会，伧促竟无敬贺之物，

"此系前日圣上亲赐鹡鸰香念珠一串，权为贺敬之礼。"

宝玉连忙接了，回身奉与贾政。【庚辰侧批：转出没调教。】贾政与宝玉一齐谢过。

于是贾赦、贾珍等一齐上来请回舆，水溶道："逝者已登仙界，非碌碌你我尘寰中之人也。

西昆派是北宋初年影响非常大的诗歌流派。西昆派标榜学习李商隐，追求用典丰缛，属对工整，文字丽艳，声韵铿锵。开口便引用李商隐的诗句，怎能不令人刮目相看呢？

赞子便是赞父，故而，作者要谦虚一下。

吴梅村写成《红楼梦》，"生"了这位"犬子"，如果世人懂得了宝玉，这便是作者平生之幸了。

太夫人爱宝玉是帝王爱江山。
王夫人爱宝玉是将军爱国家。

朱常洵受父母溺爱。《明史·朱常洵传》记载：

二十九年始立光宗为太子，而封常洵福王，婚费至三十万，营洛阳邸第至二十八万，十倍常制。廷臣请王之藩者数十百奏。不报。至四十二年，始令就藩。先是，海内全盛，帝所遣税使、矿使遍天下，月有进奉，明珠异宝文罽锦绮山积，他搜括赢羡亿万计。至是多以资常洵。

福王府上聚集着一些谋士，他们在讨论治国策略。福王想把自己的观点告诉皇上，想让"令郎常去谈会谈会"。从表面情节看，这番话不像"年未弱冠"者所说的话，这位少年过于老成了。

作者只能答应，无法表态。

念珠谐音念主，这串念珠可能是上疏，朱常洵可能要向崇祯皇帝上疏。

念珠是皇帝所送，本该突出"圣上"二字，"前日"却放在"圣上"前面。"前日圣上"指泰昌皇帝，"昨日圣上"指天启皇帝，"今日圣上"指崇祯皇帝。"鹡鸰"表示兄弟，"前日圣上"与福王朱常洵（水溶）是兄弟关系！

"回身奉与贾政"是表面情节，念珠还在宝玉手上，下文中，宝玉会将念珠送给黛玉。

你我皆碌碌之人，未曾建功立业。

"小王虽上叩天恩，虚邀郡袭，岂可越仙轸而进也？"

贾赦等见执意不从，只得告辞谢恩回来，

命手下掩乐停音，滔滔然将殡过完，【庚辰侧批：有层次，好看煞。】方让水溶回舆去了。

不在话下。

且说宁府送殡，一路热闹非常。

刚至城门前，又有贾赦、贾政、贾珍等诸同僚属下各家祭棚接祭，一一的谢过，然后出城，竟奔铁槛寺大路行来。

彼时贾珍带贾蓉来到诸长辈前让坐轿上马，因而贾赦一辈的各自上了车轿，贾珍一辈的也将要上马。

凤姐儿因记挂着宝玉，【庚辰侧批：细心人自应如是。】【甲戌侧批：千百件忙事内不漏一丝。】

怕他在郊外纵性逞强，不服家人的话，

贾政管不着这些小事，

惟恐有个失闪，难见贾母，因此便命小厮来唤他。

宝玉只得来到他车前。

凤姐笑道："好兄弟，

仙轸指运载灵柩的车，这里指坟墓中的天启皇帝。福王朱常洵不能越过天启皇帝。

这话似乎还夹杂着钱谦益（贾赦）的历史。

天启皇帝的祭祀仪式结束后，福王回去了。

终结上一段历史。

"且说"二字开启下一段历史。

出城了，天下不太平，城外必然有大事。

先把无关的人物安排好，以便着笔描写主要历史人物。

凤姐一出现，这里有两条批语，庚辰侧批指出凤姐是"细心人"，甲戌侧批提示文章要补写另一件事，从这两条批语看，本回的凤姐似乎要扮演另一位历史人物。

队伍已到郊外，不知会不会遇到起义军。

实话，吴梅村管不着玉玺的事。

凤姐恐宝玉有失闪，凤姐要保护宝玉、保护明朝江山呀。本回中，她扮演延绥巡抚陈奇瑜。

宝玉来到了陈奇瑜（凤姐）这里，这说明陈奇瑜接到了升职的圣旨（圣旨上有玉玺的印记）。不过，"只得"二字说明陈奇瑜升职的过程有故事，《烈皇小识》记载：

延绥巡抚缺，时御史吴甡奉旨赉银十万，赈济陕西饥民，兼行招抚。部推行甡为正，布政陈奇瑜陪，上用奇瑜。

朝臣推荐吴甡为延绥巡抚，皇帝却点用了陈奇瑜，因而，宝玉"只得"找陈奇瑜。

宝玉一来，陈奇瑜笑着叫兄弟了，他升任延绥巡抚了。

"你是个尊贵人，女孩儿一样的人品，【甲戌侧批：非此一句宝玉必不依，阿凤真好才情。】别学他们猴在马上。

"下来，咱们姐儿两个坐车，岂不好？"宝玉听说，忙下了马，爬入凤姐车上，二人说笑前进。

不一时，只见从那边两骑马压地飞来，【庚辰侧批：有气有声，有形有影。】

离凤姐车不远，一齐蹿下来，扶车回说："这里有下处，奶奶请歇更衣。"

凤姐急命请邢夫人王夫人的示下，【庚辰侧批：有次序。】

那人回来说："太太们说不用歇了，叫奶奶自便罢。"凤姐听了，便命歇了再走。

众小厮听了，一带辕马，岔出人群，往北飞走。

宝玉在车内急命请秦相公。

那时秦钟正骑马随着他父亲的轿，

忽见宝玉的小厮跑来请他去打尖。

秦钟看时，只见凤姐儿的车往北而去，后面拉着宝玉的马，搭着鞍笼，便知

他们猴在马上，正在行军打仗。

宝玉与陈奇瑜同行，这是要写陈奇瑜正传。

好声势！"两骑马压地飞来"，这哪是送殡队伍，分明是报马来了，"不一时"，又有新消息了。

陈奇瑜要更换官服了，他升任总督了。《明史·陈奇瑜传》记载：

明年（崇祯七年），廷议诸镇抚事权不一，宜设大臣统之，多推荐洪承畴。以承畴方督三边，不可易，乃擢奇瑜兵部右侍郎兼右佥都御史，总督陕西、山西、河南、湖广、四川军务，专办流贼。

"急命"是字眼。崇祯七年了，孙传庭（王夫人）快上场了，卢象升（邢夫人）已经上场了。《明史·李自成传》记载：

以卢象升抚治郧阳，为奇瑜破贼延水关有威名，而象升历战阵知兵也。

凤姐不用向两位夫人请示，文章只用"那人回来说"五个大字就说明了请示过程，两位太太管不着凤姐！从表面情节看，贾赦、贾政、邢夫人、王夫人是死者爷爷、奶奶，他们需要参加葬礼吗？

五省军务总督陈奇瑜（凤姐）的队伍岔出路来，准备打击起义军了。《明史·陈奇瑜传》记载：

奇瑜檄诸将会兵陕州。

又一个"急命"！朝廷急命三边总督洪承畴（秦钟）配合陈奇瑜的队伍剿灭起义军。

秦钟的父亲扮演原任延绥巡抚张梦鲸，"那时"，洪承畴还在延绥一带，官职是三边总督。

"打尖"谐音"打奸"，洪承畴接到"急命"，朝廷让他与陈奇瑜配合，打击起义军。

陈奇瑜的队伍来了，洪承畴的队伍也赶上来了！李自成、张献忠的麻烦来了！下文必定会写李、张两家。

宝玉同凤姐坐车，自己也便带马赶上来，

同入一庄门内。

早有家人将众庄汉撵尽。

那庄农人家无多房舍，

婆娘们无处回避，只得由他去了。

那些村姑庄妇见了凤姐、宝玉、秦钟的人品衣服，礼数款段，岂有不爱看的？

一时凤姐进入茅堂，因命宝玉等先出去顽顽。宝玉等会意，因同秦钟出来，带着小厮们各处游顽。

凡庄农动用之物，皆不曾见过。【庚辰侧批：真，毕真！】

宝玉一见了锹、镢、锄、犁等物，皆以为奇，不知何项所使，其名为何。

【甲戌侧批：凡膏粱子弟齐来着眼。】

小厮在旁一一的告诉了名色，说明原委。【甲戌侧批：也盖因未见之故也。】

宝玉听了，因点头叹道："怪道古人诗上说：'谁知盘中餐，粒粒皆辛苦。'正为此也。"

陈奇瑜和洪承畴的队伍同时打进了村庄！

官军把起义军（庄汉）赶得差不多了。《明史·陈奇瑜传》记载：

奇瑜乃驰至均州，檄四巡抚会讨。陕西练国事驻商南，遏其西北；郧阳卢象升驻房、竹，遏其西；河南元默驻卢氏，遏其东北；湖广唐晖驻南漳，遏其东南。奇瑜乃偕象升督将士由竹溪至平利之乌林关，十余战，斩贼千七百余级。越七日，大破之乜家沟，斩千八十余级，总兵邓玘功为多。已，设伏蚋溪，连战，斩三百余级。至狮子山，斩七百二十余级。别将杨化麟、杨世恩、周任凤、杨正芳等分道击杀贼，擒其魁闯王、翻山虎等。奇瑜上言："楚中屡捷，一时大盗几尽，其窜伏深山者，臣督乡兵为向道，无穴不搜，楚中渐有宁宇。"帝嘉劳之。

连年大旱，农民没有房舍，衣食无着。

贫困农民"由他们去了"，跟着起义军造反了。

农民看见凤姐、宝玉、秦钟的华美衣服，他们眼红，想抢劫！

陈奇瑜（凤姐）进入乡村草堂，洪承畴（秦钟）要出去与起义军"顽顽"！

诸君请看，表面情节是不是很真切？

玉玺（宝玉）如何认得农具呢？

膏粱子弟不识红楼面目。

小厮是聪明人。

天下大旱，庄稼颗粒无收，粒粒皆辛苦，这就是农民造反的原因。《崇祯实录》记载：

时关中大旱，延安四郊皆盗。

"粒粒皆辛苦"本来形容耕作辛苦，这里形容缺少粮食，令人拍案叫绝。

"粒粒皆辛苦"写尽了天下大旱的情况，聪明人读到此处应该明白了。

【甲戌侧批：聪明人自是一喝即悟。】

玉兄点拨读者，这是作者良苦用心之处。

【庚辰眉批：写玉兄正文总于此等处，作者良苦。壬午季春。】

一面说，一面又至一间房屋前，只见炕上有个纺车，宝玉又问小厮们："这又是什么？"小厮们又告诉他原委。宝玉听说，便上来拧转作耍，自为有趣。

纺车是贫苦农民的衣食工具，千万别弄坏了。

只见一个约有十七八岁的村庄丫头跑了来乱嚷："别动坏了！"

官军把起义军赶尽了，怎么跑来一个丫头呢？这个丫头就是李自成，他被困住了。《明史·李自成传》记载：

及奇瑜兵至，献忠等奔商、雒，自成等陷于兴安之车厢峡。会大雨两月，马乏刍多死，弓矢皆脱。

李自成被困车车厢峡，他不想被官军打死，所以，丫头说："别动坏了！"

"别动坏了"四个字无论用于表面情节还是隐写历史，都非常恰当。

【庚辰侧批：天生地设之文。】

众小厮忙断喝拦阻，

官兵（小厮）们正在"拦阻"李自成！

宝玉忙丢开手，陪笑说道："我因为没见过这个，所以试他一试。"

应该让小厮打死丫头才对！为什么要丢开手呢？这是因为李自成要诈降！

【庚辰眉批：一"忙"字，二"陪笑"字，写玉兄是在女儿分上。壬午季春。】

不看在女儿分上就打死了。

那丫头道："你们那里会弄这个，站开了，

官军哪里会瓮中捉鳖，李自成要想办法让他们"站开了"！

【甲戌侧批：如闻其声，见其形。】
【庚辰侧批：三字如闻。】

"站开了"三字，写尽了李自成想逃命的迫切心理。

【蒙侧批：这丫头是技痒，是多情，是自己生活恐至损坏，

李自成被官军包围了，他已经"技痒"，他恐怕丢掉性命，因而，他要多情起来，向官军示好。

宝玉此时一片心神，另有主张。】

李自成被围困了，朝廷（宝玉）已有主张。

"我纺与你瞧。"

纺哪门子线？李自成要创造机会，以便投降。接着看下文，不一会儿，二丫头就把"线"纺出来了。

秦钟暗拉宝玉笑道:"此卿大有意趣。"

此卿是李自成,当然大有意趣。如果洪承畴(秦钟)与他遭遇,定然会大打出手,可惜,包围李自成的人不是洪承畴,而是陈奇瑜。所以,秦钟暗拉宝玉,想让宝玉打死二丫头。《明史·陈奇瑜传》记载:

> 贼见官军四集,大惧,悉遁入兴安之车厢峡,诸渠魁李自成、张献忠等咸在焉。峡四山巉立,中亘四十里,易入难出。贼误入其中,山上居民下石击,或投以炬火,山口累石塞,路绝,无所得食,困甚。

【庚辰侧批:忙中闲笔;却伏下文。】

洪承畴管不着"二丫头"这事,秦钟说话是闲文。

宝玉一把推开,笑道:"该死的!【甲戌侧批:的是宝玉生性之言。】

"该死的"!李自成本该死于此处的!

"再胡说,我就打了!"

崇祯皇帝准备下旨打了!

【庚辰侧批:玉兄身分本心如此。】

崇祯皇帝(宝玉)本想在车厢峡打死李自成的!

说着,只见那丫头纺起线来。

李自成命不该死,他在创造机会投降。《明史·李自成传》记载:

> 自成用君恩计,赂奇瑜左右,诈降。

诸君请看,陈奇瑜要受李自成的贿,下文中,扮演陈奇瑜的凤姐一定会受贿的。

宝玉正要说话时,

崇祯皇帝正要表态,圣旨还没发出,事情有了变化,陈奇瑜放过了李自成。《明史·李自成传》记载:

> 奇瑜意轻贼,许之,檄诸将按兵毋杀,所过州县为具糗传送。

【庚辰眉批:若说话,便不是《石头记》中文字也。】

宝玉若说话,必然说:"打死那丫头!"倘若宝玉说出此话,《红楼梦》将改写了,哪还有李自成占领京城这档子事。

只听那边老婆子叫道:"二丫头,快过来!"

这个婆子就是李自成的谋士顾君恩,他的计策救了李自成。《明史·陈奇瑜传》记载:

> 当是时,官军蹙之,可尽歼,自成等见势绌,用其党顾君恩谋,以重宝赂奇瑜左右及诸将帅,伪请降。

那丫头听见,丢下纺车,一径去了。

李自成"一径去了",《明史·李自成传》记载:

> 贼甫渡栈,即大噪,尽屠所过七州县。

宝玉怅然无趣。【甲戌侧批:处处点"情",又伏下一段后文。】

放过了李自成,宝玉还有何趣?

只见凤姐儿打发人来叫他两个进去。凤姐洗了手，

换衣服抖灰，

问他们换不换。宝玉不换，只得罢了。

家下仆妇们将带着行路的茶壶茶杯、十锦屉盒、各样小食端来，凤姐等吃过茶，待他们收拾完备，便起身上车。

外面旺儿预备下赏封，赏了那本村主人，庄妇等来叩赏。

凤姐并不在意，宝玉却留心看时，内中并没有二丫头。【庚辰侧批：妙在不见。】

一时上了车，出来走不多远，只见迎头二丫头怀里抱着他小兄弟，【庚辰侧批：妙在此时方见，错综之妙如此！】同着几个小女孩子说笑而来。

宝玉恨不得下车跟了他去，料是众人不依的，少不得以目相送，争奈车轻马快，【甲戌侧批：四字有文章。人生离聚亦未尝不如此也。】

一时展眼无踪。

走不多时，仍又跟上大殡了。

早有前面法鼓金铙，幢幡宝盖：铁槛寺接灵众僧齐至。

陈奇瑜收受李自成的贿赂，他手上有脏物，现在他想洗手了，但是，这双手洗不干净了。

无耻！自己做错了事还抖搂灰尘脏及他人！《明史·陈奇瑜传》记载：

奇瑜悔失计，乃委罪他人以自解。

陈奇瑜放过了李自成，有人弹劾他，但是，朝廷"不换"人，继续让陈奇瑜总督军务，弹劾他的人反而被处分了。《明史·陈奇瑜传》记载：

给事中顾国宝劾奇瑜误封疆，诏解任候勘。

无耻！这个时候还有心思喝茶？"十锦屉盒"里面放的是不是李自成的贿赂？

朝廷还在发钱赈灾，在提拔陈奇瑜为五省总督的会议上还提到了放赈的问题。《国榷》记载：

体仁曰："昨唐世济言，解散难氓，每人给百钱，恐不足遣。"

李自成（二丫头）跑了，再抓他可就难了。

李自成逃出车厢峡，他的队伍又壮大了，并且多了一位小兄弟，他们说笑而来。《明史·李自成传》记载：

而略阳贼数万亦来会，贼势愈张。

悔之晚矣，李自成"车轻马快"跑远了，再追就追不上了。

李自成跑得无影无踪了。

从表面情节看，凤姐是丧事的总管，秦钟是逝者的弟弟，他俩落在送殡队伍后面，这算怎么回事？文章用"仍又跟上大殡了"七个大字，扯回幌子上来，表面情节欺人太甚！

"金铙"在此，到后金与明朝的边境，洪承畴（秦钟）的大戏要开场了。

红楼闲微——解读《红楼梦》前二十回

· 394 ·

少时到入寺中，另演佛事，重设香坛。

重打锣鼓另开戏。

安灵于内殿偏室之中，宝珠安于里寝室相伴。

此笔写宝珠，不知她扮演何人。

外面贾珍款待一应亲友，也有扰饭的，也有不吃饭而辞的，一应谢过乏，从公侯伯子男一起一起的散去，至未末时分方才散尽了。

文章描写了一个浩浩荡荡的送殡队伍，可是，刚来到安灵的地方，大部分人回去了，这真是送殡吗？表面情节而已。

里面的堂客皆是凤姐张罗接待，先从显官诰命散起，也到晌午大错时方散尽了。

"大错时"，下文的时间有较大跨度。

只有几个亲戚是至近的，等做过三日安灵道场方去。

这几个至近的亲戚是谁呢？文中并没写清。贾蓉在干什么？惜春在哪儿呢？元春要不要表示哀悼？迎春、探春为什么不露面？纵然有一万个疑问，作者也不会写这些。

那时邢、王二夫人知凤姐必不能来家，也便就要进城。

陈奇瑜（凤姐）一时还回不了家。

王夫人要带宝玉去，宝玉乍到郊外，那里肯回去，只要跟凤姐住着。

陈奇瑜与宝玉在一起，他暂时还没被处分。

王夫人无法，只得交与凤姐便回来了。

孙传庭于崇祯九年三月巡抚陕西，陈奇瑜同年六月被捕，二人有交集，但是，孙传庭没有陈奇瑜职位高，他也无法。

原来这铁槛寺原是宁荣二公当日修造，现今还是有香火地亩布施，以备京中老了人口，在此便宜寄放。

铁槛寺大有来历，前面解释过"金如铁"的意思，文章把后金（大清）比作"铁"。第一回中，英莲坐在"门槛"上丢失，"门槛"是明清的疆界。寺的原意是官署，比如太常寺、大理寺等。铁槛寺是"家庙"，它是明清国界上的一个机构，这里就是山海关防线。

其中阴阳两宅俱已预备妥贴，

阳宅没有阴宅多，这里死了很多人。

【甲戌双行夹批：大凡创业之人，无有不为子孙深谋至细。奈后辈仗一时之荣显，犹为不足，另生枝叶，虽华丽过先，奈不常保，亦足可叹，争及先人之常保其朴哉！近世浮华子弟齐来着眼。】

明朝的开创者为后世谋好了基业，但是，后辈不能"常保"！

好为送灵人口寄居。

本是寄居之处。

【甲戌侧批：祖宗为子孙之心细到如此！】【庚辰眉批：《石头记》总于没要紧处闲三二笔，写正文筋骨。看官当用巨眼，不为被瞒过方好。壬午季春。】

"看官当用巨眼，不为被瞒过方好。"

不想如今后辈人口繁盛，其中贫富不一，或性情参商，

性情参商，就会生出事来，后金要与明朝分庭抗礼。

【甲戌双行夹批：所谓"源远水则浊，枝繁果则稀"。余为天下痴心祖宗为子孙谋千年业者痛哭。】

"浊"与"清"是反义词，"源远水则浊"是在点"清"字，明朝将被大清取代。

有那家业艰难安分的，【甲戌侧批：妙在艰难就安分，富贵则不安分矣。】便住在这里了；

家业艰难的后金先祖住在这里。

有那尚排场有钱势的，只说这里不方便，一定另外或村庄或尼庵寻个下处，为事毕宴退之所。【甲戌侧批：真真辜负祖宗体贴子孙之心。】

朝廷官员是"尚排场有钱势"的人，他们不想到明清边境线上守卫边疆。

即今秦氏之丧，族中诸人皆权在铁槛寺下榻，独有凤姐嫌不方便，【甲戌侧批：不用说，阿凤自然不肯将就一刻的。】

"即今"开启下文。凤姐必然一刻也不肯安分，文章又起波澜。

因而早遣人来和馒头庵的姑子净虚说了，腾出两间房子来作下处。

"水""月"二字是"清"字的左偏旁和右下部分，"水月庵"是指后金的都城盛京沈阳。

原来这馒头庵就是水月庵，因他庙里做的馒头好，就起了这个浑号，离铁槛寺不远。

馒头与坟墓的样子相同，水月庵里善于制造"馒头"。

【甲戌双行夹批：前人诗云："纵有千年铁门限，终须一个土馒头"是此意。

明清边境是"铁门限"，明军打不过去，但是，对方会送来"土馒头"。

故"不远"二字有文章。】

铁槛寺离馒头庵并不远，山海关防线的最前沿是锦州，锦州到沈阳直线距离200公里。

当下和尚工课已完，

这场"工课"就是崇祯十五年的松锦大战。松锦大战结束了，洪承畴被俘虏了！《明史·庄烈帝本纪》记载：

二月，戊午，大清兵克松山，洪承畴降。

奠过晚茶，贾珍便命贾蓉请凤姐歇息。凤姐见还有几个妯娌们陪着女亲，自己便辞了众人，带着宝玉、秦钟往水月庵来。

文章要重点介绍洪承畴降清，众人进入盛京（水月庵）了。

原来秦业年迈多病，【甲戌侧批：伏一笔。】不能在此，

补写张梦鲸（秦业），下文会介绍他去世的历史。

只命秦钟等待安灵罢了。

朝廷命令洪承畴（秦钟）率八位总兵抗击清军，可是，他被俘虏了。

那秦钟便只跟着凤姐、宝玉，一时到了水月庵，

洪承畴（秦钟）被带到了盛京。

净虚带领智善、智能两个徒弟出来迎接，大家见过。

这里与第七回周瑞家到薛家是同一个章法，还是以发型说明人物身份。智能儿扮演庄妃，皇太极要安排庄妃劝降洪承畴！

凤姐等来至净室更衣净手毕，因见智能儿越发长高了，模样儿越发出息了，

庄妃很漂亮。

因说道："你们师徒怎么这些日子也不往我们那里去？"

这与第七回周瑞家的问宝钗是同一章法，"这些日子"是时间点，下文方见妙处。

净虚道："可是这几天都没工夫，因胡老爷府里产了公子，

净虚是清方代言人，他说话了："我们没有工夫打你们，我们这里有一位重要人物降生了。"

【甲戌侧批：虚陪一个胡姓，妙！言是胡涂人之所为也。】

古时候，汉人称北方民族为"胡人"，文中的"胡老爷"就是皇太极，新出生的公子就是爱新觉罗·福临，也就是后来的顺治皇帝。顺治皇帝生于崇祯十一年，文章补叙了他出生的历史。

"太太送了十两银子来这里，叫请几位师父念三日《血盆经》，忙的没个空儿，就没来请奶奶的安。"

顺治皇帝出生这年，清军再次进攻明朝，史称"戊寅虏变"，孙传庭（太太）要参加这次战争，战争死了很多人，需要念几天经超度亡灵。

不言老尼陪着凤姐。

文章重点要介绍洪承畴。

且说秦钟、宝玉二人正在殿上顽耍，因见智能过来，宝玉笑道："能儿来了。"

庄妃（智能儿）来到监狱中劝降洪承畴（秦钟）了。

秦钟道："理那东西作什么？"

洪承畴起初不想降清，不想理"那东西"。《清史稿·洪承畴传》记载：

上欲收承畴为用，命范文程谕降。承畴方科跣谩骂……

宝玉笑道："你别弄鬼，

弄鬼就会遇上鬼，下文便有鬼现身。

"那一日在老太太屋里，一个人没有，你搂着他作什么呢？这会子还哄我。"【甲戌侧批：补出前文未到处，细思秦钟近日在荣府所为可知矣。】

宝玉在胡说，这纯粹是为表面情节做铺垫。下文要写秦钟与智能儿云雨，如果不做铺垫，情节过于唐突。

秦钟笑道："这可是没有的话。"

提示语，宝玉的话是假的。

宝玉笑道："有没有也不管你，

赖皮法。

"你只叫他倒碗茶来我吃，就丢开手。"

洪承畴就要与明朝（宝玉）丢开手了。

秦钟笑道："这又奇了，你叫他倒去，还怕他不倒？何必要我说呢。"

宝玉与大清的人搭不上话呀。

宝玉道："我叫他倒的是无情意的，

明朝与清朝之间是无情的。

"不及你叫他倒的是有情意的。"【甲戌侧批：总作如是等奇语。】

你们之间是有情意的。

秦钟只得说道："能儿，倒碗茶来给我。"

闲酒浪茶喝不得。明朝打了败仗，洪承畴被俘虏，宝玉又要喝茶。《清史稿·洪承畴传》记载：

承畴被围阅六月，食且尽。明年二月，松山城守副将夏成德使其弟景海通款，以子舒为质。我师夜就所守堞树云梯，阿山部卒班布里、何洛会部卒罗洛科先登，遂克其城，获承畴、民仰、变蛟、廷臣及诸将吏，降残卒三千有奇。

那智能儿自幼在荣府走动，无人不识，因常与宝玉秦钟顽笑。他如今大了，渐知风月，便看上了秦钟人物风流，

庄妃（智能儿）要以风月之情劝降风流人物洪承畴。

那秦钟也极爱他妍媚，二人虽未上手，却已情投意合了。

洪承畴已为女色所动。

【甲戌侧批：不爱宝玉，却爱秦钟，亦是各有情孽。】

各有孽缘。

今智能见了秦钟，心眼俱开，走去倒了茶来。

心眼俱开！

秦钟笑说："给我。"【甲戌侧批：如闻其声。】宝玉叫："给我！"

"千红一窟"之茶，必由宝玉吞下。

智能儿抿着嘴笑道："一碗茶也争，我难道手里有蜜！"

【甲戌侧批：一语毕肖，如闻其语，观者已自酥倒，不知作者从何着想。】

宝玉先抢得了，吃着，方要问话，只见智善来叫智能去摆茶碟子，一时来请他两个去吃茶果点心。他两个那里吃这些东西？坐一坐仍出来顽耍。

凤姐也略坐片时，便回至净室歇息，老尼相送。

此时众婆娘媳妇见无事，都陆续散了，自去歇息，跟前不过几个心腹常服侍小婢，

老尼便趁机说道："我下有一事，要到府里求太太，先请奶奶一个示下。"

凤姐因问何事。

老尼道："阿弥陀佛！【甲戌侧批：开口称佛，毕肖。可叹可笑！】

"只因当日我先在长安县内善才庵【甲戌侧批："才"字妙。】内出家的时节，

"那时有个施主姓张，是大财主。

"他有个女儿小名金哥，【甲戌侧批：俱从"财"一字上发出。】

"那年都往我庙里来进香，不想遇见了长安府府太爷的小舅子李衙内。

有蜜，无蜜何以招蜂引蝶？"蜜"与"密"谐音，智能儿身上有秘密，她要色劝洪承畴。

庄妃来看望洪承畴，"观者已自酥倒"，不知洪承畴是否酥倒。

"茶果点心"一事，未解何意。

转笔再写陈奇瑜（凤姐），"回至"二字提示文章是补写。

陈奇瑜身边有几个心腹人员，李自成首先要向这些人行贿。《明史·陈奇瑜传》记载：

自成等见势绌，用其党顾君恩谋以重宝贿奇瑜左右及诸将帅，伪请降。

老尼试探陈奇瑜的口风了。

行贿，要不要？

贼婆！开口念佛，求人心切呀。

老尼原是善才庵的人，她先扮演起义军。"长安县"指西安周边地区，"善才庵"的"僧尼"扮演起义军，他们善于抢夺财务。

张财主就是张献忠，他与李自成一起被困车厢峡，《烈皇小识》记载：

贼首李自成、张献忠等，坐困于汉中之车厢峡。

《明史·陈奇瑜传》记载：

贼见官军四集，大惧，悉遁入兴安之车厢峡，诸渠魁李自成、张献忠等咸在焉。

名字中含"金"的人又来了，金哥与金荣是一伙，都是农民起义军。金哥的确是一位哥！

姓李的出现了，李衙内扮演李自成。张家、李家本是一伙，都是起义军。

"那李衙内一心看上，要娶金哥，打发人来求亲，

"不想金哥已受了原任守备的公子的聘定。

"张家若退亲，又怕守备不依，因此说已有了人家。

"谁知李公子执意不依，定要娶他女儿。

"张家正无计策，两处为难。

"不想守备家听了此信，也不管青红皂白，便来作践辱骂，说一个女孩儿许几家，偏不许退定礼，就打官司告状起来。

【甲戌双行夹批：守备一闻便问，断无此理。此必是张家惧府尹之势，必先退定礼，守备方不从，或有之。此时老尼，只欲与张家完事，故将此言遮饰，以便退亲，受张家之贿也。】

"那张家急了，【甲戌双行夹批：如何便急了，话无头绪，可知张家理缺。此系作者巧摹老尼无头绪之语，莫认作者无头绪，正是神处奇处。摹一人，一人必到纸上活现。】

"只得着人上京来寻门路，赌气偏要退定礼。【甲戌侧批：如何？的是张家要与府尹攀亲！】

"我想如今长安节度云老爷与府上最契，

李自成要"求亲"，他要向陈奇瑜示好，以便伪降。

原任守备是贺人龙。《明史·贺人龙传》记载：

贺人龙，米脂人。初以守备隶延绥巡抚洪承畴麾下。

贺人龙跟着洪承畴干时，职务是守备。后来，贺人龙成了陈奇瑜部下。《明史·贺人龙传》记载：

会山西贼几尽，乃还陕西。从巡抚陈奇瑜讨平延川贼，浮斩一千有奇。奇瑜擢总督，以人龙自随。

张献忠害怕贺人龙。贺人龙作战悍勇，人送外号"贺疯子"。

李自成想"和亲"。

起义军被打得不轻，张献忠两处为难。

表面情节又出问题了，既然守备"不许退定礼"，说明他想娶张家女儿，那么，他为何要骂"一个女孩儿许几家"，作践没过门的儿媳妇呢？对于隐写的历史而言，文章正在描写原任守备贺人龙的暴躁脾气呢。

批语指出了表面情节的漏洞，张献忠害怕贺人龙，这才是其中原因。老尼半遮半掩，以便促成行贿，让起义军逃过一劫。

张献忠急了！

张献忠想寻门路让贺人龙退兵（退定礼）。

长安节度云老爷是陕西巡抚练国事。当时，陈奇瑜派出四路人马围剿起义军，练国事的队伍就是其中一路人马。《明史·陈奇瑜传》记载：

奇瑜乃驰至均州，檄四巡抚会讨。陕西练国事驻商南，

"可以求太太与老爷说声，打发一封书去，求云老爷和那守备说声，不怕那守备不依。若是肯行，张家连倾家孝顺，也都情愿。"

【甲戌双行夹批：坏极，妙极！若与府尹攀了亲，何惜张财不能再得？小人之心如此，良民遭害如此！】

凤姐听了笑道："这事倒不大，【甲戌侧批：五字是阿凤心迹！】

"只是太太再不管这样的事。"

老尼道："太太不管，奶奶也可以主张了。"

凤姐听说笑道："我也不等银子使，也不做这样的事。"【庚辰侧批：口是心非，如闻已见。】

净虚听了，打去妄想，半晌叹【庚辰侧批：一叹转出多少至恶不畏之文来。】道："虽如此说，张家已知我来求府里，如今不管这事，张家不知道没工夫管这事，不希罕他的谢礼，倒像府里连这点

过其西北；郧阳卢象升驻房、竹，过其西；河南元默驻卢氏，过其东北；湖广唐晖驻南漳，过其东南。

五省总督陈奇瑜（凤姐）要让陕西巡抚练国事（云老爷）给起义军让出一条生路。练国事放了起义军。不过，练国事很快就后悔了，因为陈奇瑜要委罪于他。《明史·练国事传》记载：

奇瑜委罪国事以自解，国事上言："汉南贼尽入栈道，奇瑜檄止兵，臣未知所抚实数。及见奇瑜疏，八大王部万三千余人，蝎子块部万五百余人，张妙手部九千一百余人，八大王又一部八千三百余人，臣不觉仰天长叹。夫一月内，抚强寇四万余，尽从栈道入内地，食饮何自出，安得无剽掠？且一大帅将三千人，而一贼魁反拥万余众，安能受纪律？即藉口回籍，延安州县骤增四万余人，安集何所？合诸征剿兵不满二万，而降贼逾四万，岂内地兵力所能支，宜其连陷名城而不可救也。若咎臣不堵剿，则先有止兵檄矣；若云贼已受抚，因误杀使人致然，则未误杀之先，何为破麟游、永寿。今事已至此，惟急调大军致讨，若仍以愿回原籍，禁兵勿剿，三秦之祸安所终极哉！"疏入，事已不可为，遂逮下狱。

起义军与官府"攀亲"，只要他们逃脱，还会四处抢夺财物，良民遭害如此！

这事还不大呢？陈奇瑜（凤姐）犯晕了，后悔的日子在后头。

孙传庭绝对不会收受起义军贿赂。

全凭奶奶主张。

五省总督收受起义军的贿赂，总得犹豫一下吧。

可恶的老尼，居然用激将法，怪不得老尼，终是陈奇瑜见识低。

子手段也没有的一般。"【庚辰眉批：闺阁营谋说事，往往被此等语惑了。】

凤姐听了这话，便发了兴头，说道："你是素日知道我的，从来不信什么是阴司地狱报应的，【庚辰侧批：批书人深知卿有是心，叹叹！】

"凭是什么事，我说要行就行。你叫他拿三千银子来，我就替他出这口气。"

老尼听说，喜不自禁，忙说："有！有！这个不难。"

凤姐又道："我比不得他们扯篷拉纤的图银子。【庚辰侧批：欺人太甚。】

"这三千银子，不过是给打发说去的小厮作盘缠，使他赚几个辛苦钱，

"我一个钱也不要他的。【庚辰眉批：对如是之奸尼，阿凤不得不如是语。】便是三万两，我此刻也拿的出来。"【甲戌侧批：阿凤欺人如此。】

老尼连忙答应，又说道："既如此，奶奶明日就开恩也罢了。"

凤姐道："你瞧瞧我忙的，那一处少了我？

"既应了你，自然快快的了结。"

老尼道："这点子事，别人的跟前就忙的不知怎么样，

"若是奶奶的跟前，再添上些也不够奶奶一发挥的。

陈奇瑜真不信阴司报应，他收受贿赂放过了李自成，却反口说别人耽误他招安。这与凤姐"抖灰"一事照应。《明史·陈奇瑜传》记载：

奇瑜遂劾嘉彦及凤翔乡官孙鹏等挠抚局，抚按官亦异心。帝怒，切责抚按，逮嘉彦、鹏及士民五十余人。

陈奇瑜准备接受李自成的贿赂。

喜不自禁！

二丫头纺出的"线"专门用于"扯篷拉纤"。只要陈奇瑜的心腹图银子，这事就有眉目了。

围剿起义军很辛苦，陈奇瑜的心腹通过"扯篷拉纤"赚到了"辛苦钱"。

凭什么能拿出三万两银子来？如果不受贿，有这么多银子吗？陈大人，有人记着这笔账呢，你得到银子不止三万两。《烈皇小识》记载：

李自成等大窘，乃求抚。密遣人贿奇瑜，每抚一名，纳银五十两，奇瑜利其贿许之。凡降贼三万四千有奇……

老尼请陈奇瑜开恩放人了。

优秀演员两头忙。

《明史·陈奇瑜传》记载：

奇瑜无大计，遽许之，先后籍三万六千余人，悉劳遣归农。

别人没有这么大能耐。

这话有学问，前文中，凤姐一直扮演太监，本回中她扮演了总督，这是给演员"添事"啊。

【蒙侧批："若是奶奶"等语，陷害杀无穷英明豪烈者。誉而不喜，毁而不怒，或可逃此等术法。】

几句奉承话害了陈奇瑜，如果不放过李自成，他也是英明豪烈。遇到奖誉而不欣喜，遇到毁谤而不愤怒，从容处事或许能逃过这等法术。

"只是俗语说的'能者多劳'，太太因大小事见奶奶妥贴，越发都推给奶奶了，

"奶奶也要保重金体才是。"

一路话奉承的凤姐越发受用，也不顾劳乏，更攀谈起来。

优秀演员戏份多。凤姐扮演了一回总督。

陈奇瑜就要被捕了，保重金体重要呀。

充军发配就在眼前，有何受用？

【甲戌侧批：总写阿凤聪明中的痴人。】

放过李自成是大痴，委罪于他人是小聪明。陈奇瑜是聪明中的痴人，此语甚是。

谁想秦钟趁黑无人，来寻智能。

刚至后面房中，只见智能独在房中洗茶碗，

洪承畴（秦钟）来找庄妃（智能儿）了。

"洗茶碗"说明宝玉已经喝完了"茶"，明军已经输了。

秦钟跑来便搂着亲嘴。

智能儿急的跺脚说："这算什么！再这么我就叫唤。"

洪承畴被俘，亲嘴的机会来了。

这算色诱洪承畴，你不会叫唤的。

秦钟求道："好人，我已急死了。

"你今儿再不依，我就死在这里。"

智能道："你想怎样？除非我出了这牢坑，离了这些人，才依你。"

大实话！洪承畴被俘，他真快要急死了。

如果庄妃不劝降，洪承畴打算死在这里。

"牢坑"！二人在牢坑里呀！庄妃劝导洪承畴说："洪大人，'你想怎样'，这里是牢坑，只要你离了明朝'这些人'，我就'依你'。"

秦钟道："这也容易，只是远水救不得近渴。"

远水救不得近渴！别说明朝没有援军了，就算有援军，也救不了洪承畴了！

说着，一口吹了灯，

满屋漆黑，

将智能抱到炕上，就云雨起来。

"灯"指代明朝，洪承畴把"灯"吹灭了。

"满"是满族的"满"。

这种行为叫通奸！通奸既指男女不正当媾和，又指勾结敌国。

【庚辰侧批：小凤波事，亦在人意外。谁知为小秦伏线，大有根处。】

民间传说庄妃与洪承畴有肌肤之亲，这事"大有根处"。

【庚辰眉批：实表奸淫，尼庵之事如此。壬午季春。】【庚辰批：又写秦钟智能事，尼庵之事如此。壬午季春。畸笏。】

那智能百般的挣挫不起，又不好叫的，【庚辰侧批：还是不肯叫。】少不得依他了。

正在得趣，只见一人进来，将他二人按住，也不则声。二人不知是谁，唬的不敢动一动。

只听那人嗤的一声，掌不住笑了，二人听声方知是宝玉。【庚辰侧批：请掩卷细思此刻形景，真可喷饭。历来风月文字可有如此趣味者？】

秦钟连忙起来，抱怨道："这算什么？"

宝玉笑道："你倒不依，咱们就喊起来。"

羞的智能趁黑地跑了。【庚辰眉批：若历写完，则不是《石头记》文字了，壬午季春。】

宝玉拉了秦钟出来道："你可还和我强？"

【蒙侧批：请问此等光景，是强是顺？一片儿女之态，自与凡常不同。细极，妙极！】

秦钟笑道："好人，【庚辰侧批：前以二字称智能，今又称玉兄，看官细思。】

这桩淫案是真的！只是官方史书不记载罢了。

事实就在眼前，《清史稿》关于洪承畴降清的记载有问题！《清史稿·洪承畴传》记载：

上欲收承畴为用，命范文程谕降。承畴方科跣谩骂，文程徐与语，泛及今古事，梁间尘偶落，著承畴衣，承畴拂去之。文程遽归，告上曰："承畴必不死，惜其衣，况其身乎？"上自临视，解所御貂裘衣之，曰："先生得无寒乎？"承畴瞠视久，叹曰："真命世之主也！"乃叩头请降。

贾宝玉，你是猴子派来的吗？

这样的情节"真可喷饭"，笑杀人。

洪承畴说话了："我已降清，你来算什么？"

宝玉说："你不该依的，既然你依了，我就要喊出这事了。"

一次情缘就可以了。

一个降清的人还有什么脸面强？

此批最妙，洪承畴面临如此境地，应该"强"还是"顺"呢？

谁是好人？谁是坏人？洪承畴不辨敌我。

· 404 ·

"你只别嚷的众人知道，你要怎样我都依你。"

宝玉笑道："这会子也不用说，等一会睡下，再细细的算帐。"

一时宽衣要安歇的时节，凤姐在里间，秦钟宝玉在外间，满地下皆是家下婆子，打铺坐更。

凤姐因怕通灵玉失落，便等宝玉睡下，命人拿来塞在自己枕边。

宝玉不知与秦钟算何帐目，未见真切，未曾记得，此系疑案，不敢纂创。

【甲戌双行夹批：忽又作如此评断，似自相矛盾，却是最妙之文。

若不如此隐去，则又有何妙文可写哉？这方是世人意料不到之大奇笔。若通部中万万件细微之事俱备，《石头记》真亦太觉死板矣。

故特因此二三件隐事，指石之未见真切，淡淡隐去，越觉得云烟渺茫之中，无限丘壑在焉。】

一宿无话，至次日一早，便有贾母王夫人打发了人来看宝玉，又命多穿两件衣服，无事宁可回去。

宝玉那里肯回去，又有秦钟恋着智能，调唆宝玉求凤姐再住一天。

凤姐想了一想：【甲戌侧批：一想便有许多的好处。真好阿凤！】

凡丧仪大事虽妥，还有一半点小事未曾安插，

可以指此再住一日，岂不又在贾珍跟前送了满情；

二则又可以完净虚那事；

进士出身的明军主帅降清了，丢人啊！洪承畴不想让别人说这件事。

宝玉还想跟洪承畴（秦钟）算账呢！时至今日，这笔账还没算完呢！

"里间"指明朝，"外间"指清朝。

陈奇瑜还在保卫明朝（宝玉），下文还有话说。

对于洪承畴降清后的经历，作者"未见真切"，故而，"不敢纂创"。

小说完全可以乱编，历史则不能乱记。不敢纂创是写史的基本要求。

文章要写明朝灭亡的历史，洪承畴已经降清，如果继续介绍他，还有什么文章可写呢？

文章用"此系疑案，不敢纂创"八个大字隐去洪承畴的后事，这真是大丘壑呀。

王夫人怕宝玉受冷，慈母也。

洪承畴已留在大清，故而，秦钟不想走。

历史事件介绍得差不多了，凤姐这一想是对本回做总结。

噢？还有历史事件没安插呢？看来，文章要边总结边补叙小事。

收得好，又扯回办丧事的幌子上来了。

还有事情没介绍完。

三则顺了宝玉的心，贾母听见，岂不欢喜？

因有此三益，【甲戌侧批：世人只云一举两得，独阿凤一举更添一。】便向宝玉道："我的事都完了，

"你要在这里逛，少不得索性辛苦一日罢了，明儿可是定要走的了。"

宝玉听说，千姐姐万姐姐的央求："只住一日，明儿回去的。"于是又住了一夜。

凤姐便命悄悄将昨日老尼之事，说与来旺儿。

来旺儿心中俱已明白，急忙进城找着主文的相公，假托贾琏所嘱，修书一封，【甲戌侧批：不细。】连夜往长安县来，不过百里路程，两日工夫俱已妥协。

那节度使名唤云光，久受贾府之情，这点小事，岂有不允之理，给了回书，旺儿回来。且不在话下。【甲戌侧批：一语过下。】

却说凤姐等又过了一日，次日方别了老尼，着他三日后往府里去讨信。【甲戌侧批：过至下回。】

那秦钟与智能百般不忍分离，背地里多少幽期密约，俱不用细述，

只得含恨而别。

凤姐又到铁槛寺中照望一番。宝珠执意不肯回家，贾珍只得派妇女相伴。后回再见。

还想讨好皇帝。

陈奇瑜的历史基本介绍完了。

陈奇瑜一定要走的，《明史·陈奇瑜传》记载：九年六月谪戍边。

宝玉为这位姐姐费了不少心思。

悄悄说的话是补叙前文。

甲戌侧批"不细"，此处文字的确不细，不能确定来旺扮演谁。

此事似乎是来旺促成，他在来回奔忙。

三日后的事情，陈奇瑜还能管得着吗？

洪承畴不能回明朝去了，他与大清还有密约。

"含恨而别"的对象是明朝。"含恨而别"借智能儿之事说出，文章只得在"含恨而别"前面加上"只得"二字。

再见。

红楼阐微——解读《红楼梦》前二十回

【蒙：请看作者写势利之情，亦必因激动；写儿女之情，偏生含蓄不吐，可谓细针密缝。其述说一段，言语形迹无不逼真，圣手神文，敢不熏沐拜读？】

文章写势力，必然借助于某个动态因素。文章写历史，含蓄之至，密不容针。秦钟"吹了灯""满屋漆黑"等双关妙语，连珠迸发，几乎不能辨识真假，圣手神文，谁敢不熏沐拜读呢？

第十六回

贾元春才选凤藻宫　秦鲸卿夭逝黄泉路

【甲戌：幼儿小女之死，得情之正气，又为痴贪辈一针灸。

凤姐恶迹多端，莫大于此件者：受赃婚以致人命。

贾府连日闹热非常，宝玉无见无闻，却是宝玉正文。

夹写秦、智数句，下半回方不突然。】

【甲戌：黛玉回，方解宝玉为秦钟之忧闷，是天然之章法。平儿借香菱答话，是补菱姐近来着落。】

【甲戌：借省亲事写南巡，出脱心中多少忆昔感今。】

【甲戌：极热闹极忙中，写秦钟夭逝，可知除"情"字，俱非宝玉正文。】

【甲戌：大鬼小鬼论势利兴衰，骂尽攒炎附势之辈。】

【蒙：请看财势与情根，万物难逃造化门。旷典传来空好听，那如知己解温存？】

话说宝玉见收拾了外书房，约定与秦钟读夜书。

偏那秦钟的秉赋最弱，因在郊外受了些风霜，

又与智能儿偷期绻缱，未免失于调养，【庚辰侧批：勿笑。这样无能，却是写与人看。】

前文描写了可卿之死，本回描写了秦钟之死，《红楼梦》就是要描写死人事件，这为痴心读者再下针灸。

陈奇瑜恶迹多端，他收受贿赂放过李自成，这是一件糟糕透顶的事情。

宝玉无见无闻，这才是最真实的玉玺。

夹写秦、智二人，这是一边行文一边做伏笔。

宝玉为秦钟之丧伤心，黛玉回来解宝玉之伤心，表面情节设计巧妙。文章借平儿之语，补写了范文程（香菱）的历史。

南巡一事包含着明朝早年的历史事件。

洪承畴关系着明朝的生死存亡，《红楼梦》就是要写生死存亡的大事，其他都不是正文。

大鬼小鬼论兴衰一段文章，骂尽无数降清官员。

洪承畴被迫降清，万事皆是造化，他前半生的威名，因为片刻温存，瞬间成空。

家塾指国内战场，外书房指边境战场。朝廷安排洪承畴（秦钟）到边境战场打仗了。《明史·杨振传》记载：

十四年，祖大寿被困锦州，总督洪承畴率八大将往救。

洪承畴要解锦州之围，然而，他却被清军包围了。

洪承畴被庄妃（智能儿）成功劝降。

回来时便咳嗽伤风，懒进饮食，大有不胜之态，

遂不敢出门，只在家中养息。【甲戌侧批：为下文伏线。】

"不胜"即失败。

宝玉便扫了兴，只得付于无可奈何，

且自静候大愈时再约。【甲戌侧批：所谓"好事多魔"也。［庚辰本多署名"脂砚"。］】

洪承畴降清了，他躲在大清养息。

朝廷（宝玉）"无可奈何"了。

再也约不到了。

那凤姐已是得了云光的回信，俱已妥协。

在陈奇瑜（凤姐）授意下，官军放了李自成。

老尼达知张家，果然那守备忍气吞声的受了前聘之物。谁知那张家父母如此爱势贪财，却养了个知义多情的女儿，闻得父母退了前夫，他便将一条麻绳悄悄的自缢了。

金哥被官军打死了。

【庚辰侧批：所谓"老鸦窝里出凤凰"，此女是在十二钗之外副者。】

十二钗之外副者，必是起义军头目。

那守备之子闻得金哥自缢，他也是个极多情的，遂也投河而死，不负妻义。【庚辰侧批：一双美满夫妻。】

官军也有伤亡。《流寇志》记载了官军与起义军作战的历史，因为涉及的人物较多，未确定守备之子的真实身份。

张李两家没趣，真是人财两空。

就表面情节而言，守备受了窝囊气，还死了儿子，他最没趣。"张李两家没趣"指张献忠、李自成的人员有所伤亡，财物都用于行贿了。

这里凤姐却坐享了三千两，

【庚辰侧批：如何消缴？造孽者不知，自有知者。】

陈奇瑜收受了贿赂。

如何消费这笔银子呢？陈奇瑜造孽啊，有人知道他收受贿赂放过李自成一事！

王夫人等连一点消息也不知道。

这件事与孙传庭没有关系。王夫人一直在跑龙套。

自此凤姐胆识愈壮，以后有了这样的事，便恣意的作为起来，也不消多记。

陈奇瑜受贿的历史介绍完了，后文不消多记。

【甲戌双行夹批：一段收拾过阿凤心机胆量，真与雨村是一对乱世之奸雄。后文不必细写其事，则知其平生之作为。】

这段文字介绍了陈奇瑜的心机与胆量，他与雨村扮演的人物都是乱世奸雄。后文不必详细描写陈奇瑜了，读者应该知道他的平生作为了。

回首时，无怪乎其惨痛之态，使天下痴心人同来一警，或可期共入于恬然自得之乡矣。脂砚。】

一日正是贾政的生辰，宁荣二处人丁都齐集庆贺，热闹非常。

忽有门吏忙忙进来，至席前报说："有六宫都太监夏老爷来降旨。"

唬得贾赦贾政等一干人不知是何消息，

忙止了戏文，

撤去酒席，摆了香案，启中门跪接。

早见六宫都太监夏守忠乘马而至，前后左右又有许多内监跟从。那夏守忠也不曾负诏捧敕，至檐前下马，满面笑容，走至厅上，面南而立，

口内说："特旨：立刻宣贾政入朝，在临敬殿陛见。"

说毕，也不及吃茶，便乘马去了。贾政等不知是何兆头。只得急忙更衣入朝。

【庚辰眉批：泼天喜事却如此开宗。出人意料外之文也。壬午季春。】

贾母等合家人等心中皆惶惶不定，不住的使人飞马来往探信。

有两个时辰工夫，忽见赖大等三四个管家喘吁吁跑进仪门报喜，

回首李自成灭亡明朝的惨痛结局，如果当时打死李自成，人们或许还生活在"恬然自得"的明王朝！

吴梅村（贾政）过"生辰"，这是一件大事，崇祯四年三月，吴梅村以会试第一、殿试第二的成绩考中进士，入朝为官。贾政不再"吃斋"，他要做一名"肉食者"。《烈皇小识》记载：

（崇祯四年）三月，廷试策士，赐陈于泰、吴伟业（吴梅村）、夏日瑚等进士及第出身有差。

太监来喊吴梅村入朝，崇祯皇帝要接见新科进士了。

这次科举考试的主考官是内阁首辅周延儒，状元是他的亲戚陈于泰，对此，有人提出疑问。这件事波及了吴梅村，因此，他不知是何消息。

第五回说过《红楼梦》是一部戏，此刻，戏文中止，文章要正儿八经地介绍作者了。

吴梅村正等着接旨，好消息马上就来了。

这是实写太监传旨的情景。

临敬殿的"敬"指贾敬，即复社领袖张溥，他与吴梅村是同科进士，两人相临入殿面君，这就是"临敬殿"的意思。

吴梅村要入朝面圣了。

"泼天喜事"就是考中进士，作者如此描写自己考中进士的过程，世人万万意料不到啊。

《红楼梦》戏文已中止，贾母等演员此时就半真半假了。

有人出来报喜，崇祯皇帝看过了吴梅村的试卷，给予高度评价。《吴梅村先生行状》记载：

又说"奉老爷命，速请老太太带领太太等进朝谢恩"等语。

那时贾母正心神不定，在大堂廊下伫立，

【庚辰侧批：慈母爱子写尽。回廊下伫立与"日暮倚庐仍怅望"对景，余掩卷而泣。】【庚辰眉批："日暮倚庐仍怅望"，南汉先生句也。】

那邢夫人、王夫人、尤氏、李纨、凤姐、迎春姊妹以及薛姨妈等皆在一处，

听如此信至，贾母便唤进赖大来细问端的。

赖大禀道："小的们只在临敬门外伺候，里头的信息一概不能得知。后来还是夏太监出来道喜，说咱们家大小姐晋封为凤藻宫尚书，加封贤德妃。

"后来老爷出来亦如此吩咐小的。

"如今老爷又往东宫去了，

时有攻宜兴（周延儒）相者，借先生为射的，庄烈帝御批其卷，有"正大博雅，足式诡靡"之语，言者乃止。

"又说"二字引出了另一段历史。

戏文已中止，贾母是说事的幌子。

文章描摹慈母爱子，以假乱真。明朝已经"日暮"，批书人"仍怅望"明朝复兴，但是，这已经不可能了，批书人"掩卷而泣"。

李自成（李纨）与清方代表（薛姨妈）都夹在人物之中，真像个大家庭！

细问端的，方知妙处。

表面情节又出问题了，赖大已让贾母等人"进朝谢恩"，现在才说谢恩原因，这不合常理。对于隐写的历史而言，文章又起波澜，这里要插笔介绍贾元春了。

贾元春扮演温体仁，凤藻宫尚书的"尚书"二字是真的，早在崇祯元年，温体仁就是礼部尚书了。《崇祯长编》记载：

十二月，甲午，原任礼部右侍郎钱谦益疏辩礼部尚书温体仁奏劾……

贤德妃是"加封"的、是假的，贾妃是一位假妃子。温体仁在内阁中工作八年，任首辅四年，他蝇营狗苟，争权夺利，作者把他比作自己的女儿，这是大调侃呀。

本书全是老爷的吩咐。

吴梅村将会当上东宫讲读官。《崇祯实录》记载：

崇祯十年冬十月，甲寅，定东宫官属：礼部尚书姜逢元、詹事姚明恭、少詹事王铎、国子祭酒屈可伸侍班，礼部右侍郎方逢年、右谕德项煜、翰林修撰刘理顺、编修吴伟业（吴梅村）、杨廷麟、林增志直讲读。

吴梅村生于1609年，他于1637年成为东宫太子的老师，此时，年仅28岁，这说明他富有学识，并得到皇帝的赏识。

"速请老太太领着太太们去谢恩。"

贾母等听了方心神安定，不免又都洋洋喜气盈腮。【庚辰侧批：字眼，留神。亦人之常情。】于是都按品级大妆起来。

贾母带领邢夫人、王夫人、尤氏，一共四乘大轿入朝。

贾赦、贾珍亦换了朝服，带领贾蓉、贾蔷奉侍贾母大轿前往。

于是宁荣两处上下里外，莫不欣然踊跃，【甲辰夹批：秦氏生魂先告凤姐矣。】个个面上皆有得意之状，言笑鼎沸不绝。

谁知近日水月庵的智能私逃进城，

【甲戌侧批：好笔仗，伏好机轴。】

【甲戌眉批：忽然接水月庵，似大脱卸。及读至后，方知为紧收。】

此大段有如歌疾调迫之际，忽闻戛然檀板截断，真见其大力量处，却便于写宝玉之文。】

找至秦钟家下看视秦钟，不意被秦业知觉，将智能逐出，将秦钟打了一顿，自己气的老病发作，三五日光景呜呼死了。

秦钟本自怯弱，又带病未愈，受了笞杖，今见老父气死，此时悔痛无及，

更又添了许多症候。因此宝玉心中怅然如有所失。

【庚辰眉批：凡用宝玉收拾，俱是大关键。】

虽闻得元春晋封之事，亦未解得愁闷。

这话是为了引起下文。

作者自我介绍之后，中止的《红楼梦》戏文重新开始，演员们按照品级化装了。

女性演员入场，她们进入朝廷，扮演帝王将相。

男性演员入场，他们扮演朝臣。

掩卷细思，贾府就是一个戏班子，贾府人物分别扮演生、旦、净、末、丑等角色，贾母是领班，优秀演员要扮演三五个历史人物，每一回就是一出戏。第五回中警幻引导宝玉看戏，实是大章法。

大戏上演，马上就有新戏。

还是借用前文做幌子，好笔仗、好机轴。

吴梅村于崇祯四年考中进士，洪承畴于崇祯十五年降清，文章从吴梅村考中进士一事转笔写到洪承畴降清，文章似乎脱节了。读至后文才会知道这样安排的妙处。

这段文字如同歌曲高潮之际，戛然中断，这正是歌曲的发力之处，文章便于继续描写宝玉。

这是一笔两用，夹写延绥巡抚张梦鲸（秦业），他的确是被活活气死的。《崇祯长编》记载：

帝命梦鲸在镇料理，不必亲来，梦鲸未闻，命吴自勉偕行，自勉沿途征马且逗遛贿放，梦鲸禁之不从，一夕愤死。

洪承畴已经降清，此时，他"悔痛无及"了！

洪承畴降清后，松山、锦州等城丢失了，明朝江山（宝玉）失去了一小部分。

只要宝玉出面收拾文字，一定发生了大事！

这位姐姐是奸臣，宝玉不高兴！

【甲戌双行夹批：眼前多少热闹文字不写，却从万人意外撰出一段悲伤，是别人不屑写者，亦别人之不能处。】

贾母等如何谢恩，如何回家，亲朋如何来庆贺，宁荣两处近日如何热闹，众人如何得意，独他一个皆视有如无，毫不曾介意。

【庚辰侧批：的的真真宝玉。】

因此众人嘲他越发呆了。

【甲戌双行夹批：大奇至妙之文，却用宝玉一人连用五"如何"，隐过多少繁华势利等文。试思若不如此，必至种种写到，其死板拮据、琐碎杂乱，何可胜哉？故只借宝玉一人如此一写，省却多少闲文，却有无限烟波。】【庚辰侧批：越发呆了。】

且喜贾琏与黛玉回来，先遣人来报信，明日就可到家，

宝玉听了，方略有些喜意。

【甲戌双行夹批：不如此，后文秦钟死去，将何以慰宝玉？】

细问原由，方知贾雨村也进京陛见，皆由王子腾累上保本，此来后补京缺，与贾琏是同宗弟兄，又与黛玉有师从之谊，故同路作伴而来。

在明亡清兴的历史上，有无数事件可以记载，但是，文章却从温体仁的一些小事写起，这是人们想不到的，也是别人不屑写的，别人也没有这样的本领。

"视有如无，毫不曾介意"，这九个大字是写姐弟情吗？

宝玉对姐姐的态度就是作者吴梅村对温体仁的态度，吴梅村不喜欢温体仁。《吴梅村先生行状》记载：

值乌程（温体仁）柄国，先生与同年公杨廷麟辈，挺立无所附。

玉玺在提拔温体仁的圣旨上盖章，这就是宝玉的呆处。温体仁是大奸臣，自此以后，奸臣当道的时代来了。

每个历史人物都有许多故事，用宝玉穿插，是省闲文法，这样就可以集中笔墨介绍重要历史事件。

崇祯皇帝（黛玉）与周延儒（贾琏）一起露面了。文章将要介绍周延儒的历史了。

宝玉心中只有黛玉，别人都是过客。

表面情节穿插得巧妙，宝玉为秦钟之死伤心，黛玉回来，正好可以解宝玉伤心。

贾雨村又来了，本回中，他扮演大学士吴宗达。吴宗达与周延儒是亲戚，文章便说他俩是"同宗弟兄"。二人都是宜兴人，同是内阁大学士，所以，他俩"同路作伴而来"。《烈皇小识》记载：

吴宗达，宜兴（周延儒）姻也。于是特揭二人奏请，上亦以乌程孤忠可任，六月十一日特旨："温体仁、吴宗达，俱着以原官兼东阁大学士，同首辅成基命，同入阁办事。"

林如海已葬入祖坟了，诸事停妥，贾琏方进京的。本该出月到家，因闻元春喜信，遂昼夜兼程而进，一路俱各平安。

宝玉只闻得黛玉"平安"二字，余者也就不在意了。

【甲戌双行夹批：又从天外写出一段离合来，总为掩过宁、荣两处许多琐细闲笔。处处交代清楚，方好起大观园也。】

好容易【庚辰侧批：三字是宝玉心中。】盼至明日午错，果报："琏二爷和林姑娘进府了。"

见面时彼此悲喜交接，未免又大哭一阵，后又致喜庆之词。

【甲戌双行夹批：世界上亦如此，不独书中瞬息，观此便可省悟。】

宝玉心中品度黛玉，越发出落的超逸了。

黛玉又带了许多书籍来，忙着打扫卧室，安插器具，

又将些纸笔等物分送宝钗、迎春、宝玉等人。

宝玉又将北静王所赠鹡鸰香串珍重取出来，转赠黛玉。黛玉说："什么臭男人拿过的！我不要他。"遂掷而不取。宝玉只得收回，暂且无话。

【甲戌双行夹批：略一点黛玉情性，赶忙收住，正留为后文地步。】

且说贾琏自回家参见过众人，回至

文震孟（林如海）于崇祯九年去世，周延儒任内阁首辅的时间是崇祯三年，"本该出月到家"意思是周延儒早就该在内阁中了。

"平安"二字要紧，崇祯皇帝平安与否，这是天大的事情。

二玉的这段离合是表面情节，不是真的，故而，批语用"天外"二字。朝廷的事件太多了，无法一一记载，文章用"平安"二字交代崇祯皇帝的现状，以便省出笔墨，后文重点描写大观园。

大学士周延儒来了！

周延儒入阁后，朝廷进入了"悲喜交接"的时代，大学士韩爌、李标、成基命等人总体上还不错，从周延儒开始，朝纲日益混乱。

"大哭一阵"的场景不仅在书中上演，明朝灭亡后，将会在世间上演。

崇祯皇帝越长越帅。

崇祯皇帝爱看书。

表面情节，骗人而已。

福王朱常洵（北静王）的"念珠"被扔了，崇祯皇帝没有采纳叔叔朱常洵的建议。关于此事，笔者没找到相关史料，不过，史书上有唐王朱聿键进京勤王被拒的记载，崇祯九年八月，清兵南略，朱聿键上疏勤王，崇祯皇帝不许，朱聿键被废为庶人。明朝对藩王防备极严，由此看来，崇祯皇帝拒绝福王一事，合乎逻辑。

这段文字也反映了崇祯皇帝的脾气，他一旦上火，脾气非常大。

这里的凤姐是太监张彝宪。凤姐刚扮演完总督陈奇

红楼闲微——解读《红楼梦》前二十回

房中。正值凤姐近日多事之时，无片刻闲暇之工，【甲戌双行夹批：补阿凤二句最不可少。】

见贾琏远路归来，少不得拨冗接待，

【庚辰侧批：写得尖利刻薄。】

房内无外人，便笑道："国舅老爷大喜！

"国舅老爷一路风尘辛苦。【甲戌侧批：娇音如闻，俏态如见，少年夫妻常事，的确有之。】

"小的听见昨日的头起报马来报，

"说今日大驾归府，略预备了一杯水酒掸尘，【庚辰侧批：却是为下文作引。】不知赐光谬领否？"

贾琏笑道："岂敢岂敢，多承多承！"【庚辰侧批：一言答不上，蠢才蠢才！】

一面平儿与众丫鬟参拜毕，献茶。

贾琏遂问别后家中的诸事，又谢凤姐的操持劳碌。

凤姐道："我那里管得这些事！

"见识又浅，口角又笨，心肠又直率，

"人家给个棒槌，我就认作针。

"脸又软，搁不住人给两句好话，心里就慈悲了。

"况且又没经历过大事，

"胆子又小，太太略有些不自在，就吓的我连觉也睡不着了。我苦辞了几回，太太又不容辞，倒反说我图受用，不肯习学了。

瑜，现在她扮演太监张彝宪，所以，补写凤姐的两句话最重要，表明了她的身份。

张彝宪要"接待"周延儒，户、工总理太监要与内阁首辅面对面了，有好戏看了！

只有尖利刻薄，才能反映斗争激烈。

"国舅老爷"四个大字，讥讽如刀。周延儒（贾琏）扶持温体仁（元春）入阁，这里以元春称呼贾琏，骂杀了！

写得毕真毕肖，令人捧腹。

在内阁首辅面前，太监的确是"小的"。

这是夫妻对话吗？

蠢材！堂堂内阁首辅，却对太监说："岂敢岂敢，多承多承！"这样的内阁首辅，别指望他成就功业了。

平儿扮演的太监将与周延儒发生矛盾。此处点一下平儿，这是为后文伏笔。

工部官员曹珍、高弘图等人已被张彝宪折腾恼了，周延儒不主持公道，却要谢张彝宪，周延儒无能也！

太监管理朝臣，不太好管呀。

这样的德行，很容易得罪人。

张彝宪拿着棒槌当针，自己要居于两部尚书之上。

喜欢别人巴结。

太监肯定"没经历过大事"。

以太太为说话的幌子，太太本不想让凤姐任事的。

"殊不知我是捻着一把汗儿呢。一句也不敢多说，一步也不敢多走。

【甲戌眉批：此等文字，作者尽力写来，是欲诸公认得阿凤，好看以后之书，勿作等闲看过。】

"你是知道的，咱们家所有的这些管家奶奶们，那一位是好缠的？【甲戌侧批：独这一句不假。脂砚。】

"错一点儿他们就笑话打趣，

"偏一点儿他们就指桑骂槐的报怨。

"'坐山观虎斗''借剑杀人''引风吹火''站干岸儿''推倒油瓶儿不扶'，都是全挂子的武艺。

"况且我年纪轻，头等不压众，怨不得不放我在眼里。

"更可笑【庚辰侧批：三字是得意口气。】那府里忽然蓉儿媳妇死了，珍大哥又再三再四的在太太跟前跪着讨情，只要请我帮他几日；我是再四推辞，太太断不依，只得从命。

"依旧被我闹了个马仰人翻，【庚辰侧批：得意之至口气。】

"更不成个体统，

"至今珍大哥哥还报怨后悔呢。

"你这一来了，明儿你见了他，好歹描补描补，

"就说我年纪小，原没见过世面，谁叫大爷错委他的。"

【甲戌眉批：阿凤之弄琏兄如弄小儿，可思之至。】【庚辰侧批：阿凤之弄琏兄如弄小儿，可怕可畏！若生于小户，落在贫家，琏兄死矣！】

想做点儿实事也不容易。

介绍凤姐理家的这段文字是在提醒读者，要注意区分凤姐的身份，她不是陈奇瑜而是张彝宪。

这群"管家奶奶"是明朝官员，对于太监张彝宪来说，没有一位官员是"好缠的"！

有人笑话太监。

有人"指桑骂槐"，弹劾张彝宪。

明朝官员具有"全挂子的武艺"，坐山观虎斗、借剑杀人、引风吹火、站干岸儿、推倒油瓶儿不扶！瞧！明朝官员在干什么呢！

官员看不起太监。就表面情节而言，凤姐是主人，谁敢这样对待主人呢？再者，她总结出了下人的这些问题，为什么不去治理呢？

皇帝重用太监，如之奈何？

此语甚是，张彝宪把户、工两部闹了个马仰人翻。

太监公开参与朝政，不成体统！

工部尚书曹珍因张彝宪而辞职，他能不抱怨后悔吗？

你来当首辅了，再描补一些历史事件呀。

真没见过世面。

太监戏耍内阁首辅，如弄小儿。如果周延儒不是首辅，"琏兄死矣"。

正说着，【甲戌双行夹批：又用断法方妙。盖此等文断不可无，亦不可太多。】

只听外间有人说话，凤姐便问："是谁？"平儿进来回道："姨太太打发了香菱妹子来问我一句话，我已经说了，打发他回去了。"

贾琏笑道："正是呢，方才我见姨妈去，不防和一个年轻的小媳妇子撞个对面，

"生的好齐整模样。【庚辰侧批：酒色之徒。】

"我疑惑咱家并无此人，

"说话时因问姨妈，谁知就是上京来买的那小丫头，名唤香菱的，竟与薛大傻子作了房里人，开了脸，

"越发出挑的标致了。

"那薛大傻子真玷辱了他。"

【甲戌双行夹批：垂涎如见，试问兄宁有不玷平儿乎？脂砚。】

凤姐道："嗳！【庚辰侧批：如闻。】往苏杭走了一趟回来，也该见些世面了，【甲戌侧批：这"世面"二字，单指女色也。】

横云断岭法，又插话进来，文章再起波澜。

太监平儿开口谈香菱，不必多说，下文一定要介绍范文程的历史。

周延儒是明朝内阁大学士，范文程（香菱）是清朝内阁大学士，二人"不防"就"撞了个对面"，文章要转笔介绍"对面"人物。

荒唐小人。

范文程已降清，明朝（贾家）没有这个人。

范文程"开了脸"，他开始露脸了，他成了清朝的内阁大学士。《清史稿·范文程传》记载：

（天聪）六年，从上略明边，文程与同直文馆宁完我、马国柱上疏论兵事，以为入宣、大，不若攻山海。

天聪六年（崇祯五年），范文程已是"文馆"，"文馆"就是清朝内阁大学士的前身。《清史稿》记载：

论曰：太祖时，儒臣未置官署。天聪三年，命诸儒臣分两直，译曰"文馆"，亦曰"书房"；置官署矣，而尚未有专官，诸儒臣皆授参将、游击，号榜式；未授官者曰"秀才"，亦曰"相公"。崇德改元，设内三院，希福、文程、承先及刚林授大学士，是为命相之始。

周延儒任内阁首辅时，范文程已是大清的"文馆"，这段文字是在补写范文程升职的历史。

范文程越来越出挑了，这是个人才呀。

多尔衮欺负过范文程吗？不知道这是哪年的历史。

别闹了，一群大老爷们，羞不羞？

周延儒是江苏宜兴人，宜兴属于苏杭地区。周延儒任首辅期间，他可能回过一次老家，因为他老婆去世了。《崇祯长编》记载：

崇祯四年，九月，大学士周延儒妻吴氏病故，优旨给

"还是这样眼馋肚饱的。你要爱他，不值什么，我去拿平儿换了他来如何？

【甲戌侧批：奇谈，是阿凤口中方有此等语句。】

【甲戌眉批：用平儿口头谎言，写补菱卿一项实事，并无一丝痕迹，而有作者有多少机括。】

吹牛皮，明朝太监能换来大清的内阁大学士吗？

阿凤揶揄琏兄也。

借平儿的话补写范文程的历史，表面情节不露一丝破绽，作者胸中到底有多少玄机呀！

"那薛老大【甲戌侧批：又一样称呼，各得神理。】也是'吃着碗里看着锅里的'，

多尔衮（薛蟠）当然可以称为"老大"。皇太极去世后，他就是实质老大。清朝是"碗"，明朝是"锅"，多尔衮"吃着碗里看着锅里的"。

"这一年来的光景，他为要香菱不能到手，【甲戌侧批：补前文之未到，且并将香菱身分写出。】

表面情节又假了，薛蟠打死冯渊抢来英莲，一年来为何不能到手呢？就隐写历史而言，如果多尔衮能到手于范文程，这成了什么文章？

"和姨妈打了多少饥荒。

似为补足之句。

"也因姨妈看着香菱模样儿好还是末则，

模样儿好不好不重要，关键是能力。

"其为人行事，却又比别的女孩子不同，温柔安静，

范文程与别人不同，他做事很沉稳（温柔安静）。《清史稿·范文程传》记载：
文程少好读书，颖敏沉毅。

"差不多的主子姑娘也跟他不上呢，【甲戌双行夹批：何曾不是主子姑娘？盖卿不知来历也，作者必用阿凤一赞，方知莲卿尊重不虚。】

元春、迎春、惜春、探春，这些主子姑娘扮演内阁大学士，香菱也扮演内阁大学士，她何尝不是主子姑娘呢？只是不在同一个朝廷罢了。

"故此摆酒请客的费事，明堂正道的与他作了妾。

纳妾是假，范文程地位提高是真。

"过了没半月，也看的马棚风一般了，我倒心里可惜了的。"

可惜了的，明朝人在为大清卖力。

【甲戌双行夹批：一段纳宠之文，偏于阿凤口中补出，亦奸猾幻妙之至！】

文章借凤姐之口补写范文程的历史，这种设计狡猾而幻妙。

一语未了，二门上的小厮传报："老爷在大书房等二爷呢。"贾琏听了，忙忙整衣出去。

这里凤姐乃问平儿："方才姨妈有什么事，巴巴打发了香菱来？"【甲戌侧批：必有此一问。】

平儿笑道："那里来的香菱，是我借他暂撒个谎。

【甲戌侧批：卿何尝谎言？的是补菱姐正文。】

"奶奶说说，旺儿嫂子越发连个承算也没了。"

【庚辰侧批：此处系平儿捣鬼。】

说着，又走到凤姐身边，悄悄的说道：【庚辰侧批：如闻如见。】"奶奶的那利钱银子，迟不送来，早不送来，

"这会子二爷在家，他且送这个来了。【甲戌侧批：总是补遗。】

"幸亏我在堂屋里撞见，

"不然时走了来回奶奶，二爷倘或问奶奶是什么利钱，奶奶自然不肯瞒二爷的，少不得照实告诉二爷。【甲戌侧批：平姐欺看书人了。】【庚辰侧批：可儿可儿，凤姐竟被他哄了。】

"我们二爷那脾气，油锅里的钱还要找出来花呢，

"听见奶奶有了这个梯己，他还不放心的花了呢。所以我赶着接了过来，叫我说了他两句，

"谁知奶奶偏听见了问，我就撒谎说香菱来了。"

横云断岭法，文章要支开贾琏，以便凤姐与平儿说悄悄话。

范文程（香菱）已经降清，他来干什么？这里必须做出解释，凤姐发问就是要让平儿解释这个问题。所以，"必有此一问"。

范文程没来！平儿说香菱来了，这是导线，以便引出香菱，介绍香菱。

补写范文程（香菱）的事件却是真的。

旺儿嫂子扮演宣府巡抚马士英，他没有承算，挪用了公款。

平儿扮演太监王坤，他要弹劾马士英。

马士英（旺儿嫂子）向别人送钱行贿了。《明史·马士英传》记载：

五年，擢右佥都御史，巡抚宣府。到官甫一月，檄取公帑数千金，馈遗朝贵。

二爷在家是在提示时间，事发周延儒（贾琏）任内阁首辅期间。

王坤是宣府的监饷太监，他发现了巡抚马士英挪用公款一事。

张彝宪会把自己接受贿赂的事情告诉周延儒吗？当然不会。平儿姐姐欺负读者不懂呢。

周延儒贪财。

王坤上疏揭露了马士英。《烈皇小识》记载：

宣府巡抚马士英甫莅任，冒侵饷银六千两。镇守太监王坤疏发其事，士英逮问遣戍。

只有"香菱来了"四个字是谎言，介绍香菱、介绍旺儿嫂子都是正史。

419

【甲戌侧批：一段平儿见识作用，不枉阿凤平日刮目，又伏下多少后文，补尽前文未到。】

凤姐听了笑道："我说呢，姨妈知道你二爷来了，忽刺巴的反打发个房里人来了？原来是你这蹄子肏鬼。"【庚辰侧批：疼极反骂。】

说话时贾琏已进来，凤姐便命摆上酒馔来，夫妻对坐。

凤姐虽善饮，却不敢任兴，【甲戌双行夹批：百忙中又点出大家规范，所谓无不周详，无不贴切。】只陪侍着贾琏。

一时贾琏的乳母赵嬷嬷走来，贾琏凤姐忙让吃酒，

令其上炕去。赵嬷嬷执意不肯。

平儿等早于炕下设下一机，又有一小脚踏，赵嬷嬷在脚踏上坐了。

贾琏向桌上拣两盘肴馔与他放在机上自吃。

凤姐又道："妈妈很嚼不动那个，倒没的硌了他的牙。"

平儿的见识作用，不仅凤姐刮目，就连崇祯皇帝都刮目，且看后文。

就是王坤在"肏鬼"，马士英挪用公款不是大事，但是，王坤要肏鬼。《烈皇小识》记载：

> 旧例：巡抚到任，修候都门要津，佑以厚赂，赎缓不能猝至，则撮库中正额钱粮应用，而徐图偿补。此相沿陋习，各省各边皆然，不独一宣府也。士英莅任未几，一时不及抵偿，遂为王坤所纠。坤既以发奸为功，上亦心喜内臣之果能绝情面而剔积弊也。故凡言内臣者，皆不听。

好章法！首辅与太监对坐，二人要斗法呀。

张彝宪（凤姐）可能会喝酒，这样的细节都描写出来了！难怪批语说"无不周详，无不贴切"。

赵嬷嬷扮演内阁大学士钱象坤，也就是前文中的昭儿，故而，此处与昭儿的文字照应。文章要补写周延儒与钱象坤的个人恩怨了。

炕在高处，钱象坤执意不肯坐高处，因为他的座师温体仁进入了内阁，他把座位让给了老师。《崇祯长编》记载：

> 大学士钱象坤以新辅体仁谊关师生，请让班次，从之。

炕最高，机次之，小脚踏最低。内阁首辅周延儒坐于炕上，大学士温体仁坐于机上，大学士钱象坤坐于脚踏上。内阁排位次也。

有人弹劾钱象坤的门生兵部尚书梁廷栋，老奸巨猾的周延儒就把奏折分给钱象坤处理，留于他"自吃"。《烈皇小识》记载：

> 行人司副水佳允，悍然操戈，直攻鄢陵（梁廷栋），显为袁、张报复。水疏入，分会稽（钱象坤）票拟。

钱象坤是梁廷栋的座师，梁廷栋受贿这事要"硌牙"，不太好处理了。

【庚辰侧批：何处着想？却是自然有的。】

因向平儿道："早起我说那一碗火腿炖肘子很烂，正好给妈妈吃，你怎么不拿了去赶着叫他们热来？"

又道："妈妈，你尝一尝你儿子带来的惠泉酒。"【庚辰侧批：补点不到之文，像极！】

嬷嬷道："我喝呢，奶奶也喝一钟，怕什么？

"只不要过多了就是了。

【甲戌双行夹批：宝玉之李嬷，此处偏又写一赵嬷，特犯不犯。先有梨香院一回，今又写此一回，两两遥对，却无一等相重，一事合掌。】

"我这会子跑了来，倒也不为饮酒，倒有一件正经事，奶奶好歹记在心里，疼顾我些罢。

"我们这爷，只是嘴里说的好，到了跟前就忘了我们。

"幸亏我从小儿奶了你这么大。我也老了，有的是那两个儿子，

"你就另眼照看他们些，别人也不敢呲牙儿的。【庚辰侧批：为蔷、蓉作引。】

"我还再四的求了几遍，你答应的倒好，到如今还是燥屎。

【庚辰侧批：有是乎？】

钱象坤任内阁大学士时已经60多岁了，他的牙齿可能不太好了。

大腿曰股，上臂曰肱，"火腿炖肘子"就是股与肱，凤姐的意思是，钱象坤是股肱之臣，这事得慎重处理。《明史·钱象坤传》记载：

象坤在翰林，与龙锡、谦益、士升并负物望，有"四钱"之目。

惠泉酒产自江苏无锡，周延儒是宜兴人，宜兴属于无锡！惠泉酒是周延儒的家乡酒，文章把周延儒的老家特产都写出来了。

怕什么？有太监帮忙，钱象坤不怕周延儒，二人要公开翻脸。

补表面情节之文。

李嬷嬷扮演内阁大学士，赵嬷嬷也扮演内阁大学士，文章描写两位嬷嬷的章法完全不同。李嬷嬷爱唠叨，赵嬷嬷会聊天，二人遥遥相对，譬如对联，无重复、无合掌。

钱象坤有正经事，周延儒做事不地道，钱象坤向张彝宪求助来了。

周延儒要借机排挤钱象坤。《明史·钱象坤传》记载：

延儒以廷栋尝发其私人赃罪，恶之，并恶象坤。

两个儿子乎？应该是一个"儿子"呀，钱象坤想救助梁廷栋呀。

水佳允弹劾梁廷栋是一场政治斗争，首辅周延儒应该合理解决此事，平息这场斗争。赵嬷嬷为儿子求情，批语却说为蔷、蓉作引，这岂不是鬼话？当然，批语不是鬼话，表面情节才是鬼话。

钱象坤向周延儒求助过，周延儒只答应不办事。

笔者也没查到史料。

"这如今又从天上跑出这一件大喜事来，那里用不着人？

"所以倒是来和奶奶说是正经。靠着我们爷，只怕我还饿死了呢。"

凤姐笑道："妈妈你放心，两个奶哥哥都交给我。

"你从小儿奶的儿子，你还有什么不知他那脾气的？拿着皮肉倒往那不相干的外人身上贴。

"可是现放着奶哥哥，那一个不比人强？

"你疼顾照看他们，谁敢说个'不'字儿？【庚辰侧批：会送情。】没的白便宜了外人。

"我这话也说错了，我们看着是'外人'，你却是看着'内人'一样呢。"【庚辰侧批：可儿可儿！】

说的满屋里人都笑了。

嬷嬷也笑个不住，又念佛道："可是屋子里跑出青天来了。

"若说'内人''外人'这些混帐原故，我们爷是没有，

【甲戌侧批：千真万真，是没有。一笑。】【庚辰侧批：有是语，像极，毕肖。乳母护子。】

"不过是脸软心慈，搁不住人求两句罢了。"

天上掉事儿，温体仁（元春）入阁了。

张彝宪一定会帮忙，只是周延儒这关不太好过，且看这对"夫妻"如何斗法。

一口答应下来。

周延儒逼走大学士钱象坤、兵部尚书梁廷栋，这就帮了那群"不相干的外人"，这群人是阉党余党王永光等人。《明史·梁廷栋传》记载：

给事中葛应斗劾御史袁弘勋纳参将胡宗明金，请嘱兵部；廷栋亦劾弘勋及锦衣张道濬通贿状。两人遂下狱。两人者，吏部尚书王永光私人也。廷栋谋并去永光，以己代之，得释兵事，永光遂由此去。御史水佳允者，弘勋郡人也，两疏力攻廷栋，发其所与司官手书，且言其纵奸人沈敏交关蓟抚刘可训，纳贿营私。

梁廷栋至少比王永光的人强一些。

张彝宪（凤姐）分析得很有道理，处理梁廷栋受贿这件事得想个两全的法子，对方有政治目的，也不能白便宜他们。

凤姐是太监，从他的角度看，朝臣是"外人"。太监眼中的"外人"，在朝臣眼里都是"内人"。

满屋里的人有没有读者呢？

太监成了青天大老爷，周延儒昏聩啊。

此处是为后文解释，后文中贾琏勾引女人都是假的，周延儒并未勾引女人。

若真写贾琏好色，成何文也？

周延儒背后可能还有推手。

凤姐笑道："可不是呢，有'内人'的他才慈软呢，

"他在咱们娘儿们跟前才是刚硬呢！"

嬷嬷笑道："奶奶说的太尽情了，我也乐了，再吃一杯好酒。从此我们奶奶作了主，我就没的愁了。"

贾琏此时没好意思，只是讪笑吃酒，说"胡说"二字："快盛饭来，

"吃碗子还要往珍大爷那边去商议事呢。"

凤姐道："可是别误了正事。才刚老爷叫你作什么？"

【庚辰双行夹批：一段赵姬讨情闲文，却引出通部脉络。所谓由小及大，譬如登高必自卑之意。】

细思大观园一事，若从如何奉旨起造，又如何分派众人，从头细细直写将来，几千样细事，如何能顺笔一气写清？又将落于死板拮据之乡。

故只用琏凤夫妻二人一问一答，上用赵妪讨情作引，下文蓉蔷来说事作收，余者随笔顺笔略一点染，则耀然洞彻矣，此是避难法。】

贾琏道："就为省亲。"【甲戌双行夹批：二字醒眼之极，却只如此写来。】

这位"内人"可能是大学士温体仁。此处属猜测，无实证。

周延儒够刚硬的。《烈皇小识》记载：
宜兴（周延儒）直从会稽（钱象坤）手拉去，颇左袒佳允。

你的愁在后头呢，喝庆功酒为时过早，周延儒要刚硬到底。

"此时没好意思"，过一会儿就好意思了，你们统统是胡说，我内阁首辅说了算。注意贾琏与凤姐的这顿"饭"，后文多次提到他俩一起吃饭，都是同一顿"饭"，这是指周延儒任首辅与张彝宪任户、工总理的时间交集。

首辅周延儒要与工部尚书曹珍（贾珍）商议事情，至于商议何事，下文见分晓。

上文中老爷叫走贾琏，此处也有着落，表面情节严丝合缝。老爷叫贾琏，老爷是贾赦还是贾政呢？必是贾政，因为作者要编造一个弥天大谎，文章要建造一个子虚乌有的大观园。

文章借赵嬷嬷闲聊引出大观园，大观园是假园子，它是缩小版的中国疆域图，崇祯皇帝、皇太极、李自成争夺江山，就是争夺园子的管理权，因而，园子是整部书的脉络，《红楼梦》就是黛玉、宝钗、李纨争夺大观园管理权的历史。

不仅写不清，还会成为赘笔。

文章用贾琏、凤姐一问一答介绍了修建大观园的原因，这是避难法，不用花费大量笔墨介绍修建过程了。

无亲可省，仇人却有一个。

【甲戌眉批：大观园用省亲事出题，是大关键事，方见大手笔行文之立意。畸笏。】

如果没有园子，怎么模拟李自成、皇太极与崇祯皇帝争夺江山的过程呢？有了园子，行文立意就非常明显了。

凤姐忙问道：【甲戌双行夹批："忙"字最要紧，特于凤姐口中出此字，可知事关巨要，非同浅细，是此书中正眼矣。】"省亲的事竟准了不成？"

准了，作者贾政老爷要制造新的幌子，岂有不准之理？

【甲戌双行夹批：问得珍重，可知是万人意外之事。脂砚。】

省亲是全书最大的幌子，必须郑重介绍。

贾琏笑道："虽不十分准，也有八分准了。"【甲戌双行夹批：如此故顿一笔，更妙！见得事关重大，非一语可了者，亦是大篇文章，抑扬顿挫之至。】

故作顿挫，使表面情节更像小说。

凤姐笑道："可见当今的隆恩。历来听书看戏，古时从未有的。"

哪朝哪代有省亲的故事呢？没有！文章在编造假故事之前，提前向读者打招呼，历朝历代都没有省亲这种事。

【甲戌双行夹批：于闺阁中作此语，直与击壤同声。脂砚。】

根本没有省亲之说，文章先破论、再立论，从而，让子虚乌有的"省亲"事件合理化。

赵嬷嬷又接口道："可是呢，我也老糊涂了。

真老糊涂了，朝廷还没下旨，梁廷栋怎么就上疏辩解了呢？这不是把自己出卖了吗？

"我听见上上下下吵嚷了这些日子，

这些日子的确挺吵，水佳允不断弹劾兵部尚书，内阁首辅又推波助澜，太监还想打抱不平，又有朝臣弹劾首辅，好戏还在后面呢。

"什么省亲不省亲，我也不理论他去；

钱象坤虽然是温体仁的门生，但是，他不理论温体仁（元春）！《明史·钱象坤传》记载：

及体仁相，无附和迹。

"如今又说省亲，到底是怎么个原故？"

到底就是一个幌子。

【甲戌侧批：补近日之事，启下回之文。】【甲戌眉批：赵嬷一问是文章家进一步门庭法则。】

"到底是怎么个原故"一语承上启下，重点是引起下文。

【庚辰眉批：自政老生日用降旨截住，贾母等进朝如此热闹，用秦业死岔开，只写几个"如何"，将泼天喜事交代完了，

吴梅村考中进士，张梦鲸去世，周延儒与张彝宪斗法，钱象坤求助于张彝宪，本回的历史事件众多。

紧接黛玉回，琏、凤闲话，以老妪勾出省亲事来。

其千头万绪，合榫贯连，无一毫痕迹，如此等，是书多多，不能枚举。

历史事件千头万绪，表面情节却合榫贯连，没有一毫破绽，书中有很多这种情况，不能枚举。

想兄在青埂峰上，经锻炼后，参透重关至恒河沙数，如否？余曰：万不能有此机括，有此笔力，恨不得面问果否。叹叹！丁亥春。笏叟。】

作者经过明亡清兴的历史洗礼后，参透了历史，不然，文章不可能有这么多玄机。恨不能面见作者问一问真相。

【甲戌侧批：大观园一篇大文，千头万绪，从何处写起，今故用贾琏夫妻问答之间，闲闲叙出，观者已省大半。后再用蓉、蔷二人重一渲染。便省却多少赘瘤笔墨。此是避难法。】

贾琏道："如今当今贴体万人之心，世上至大莫如'孝'字，想来父母儿女之性，皆是一理，不是贵贱上分别的。

这是为省亲编造理由。

"当今自为日夜侍奉太上皇、皇太后，尚不能略尽孝意，因见宫里嫔妃才人等皆是入宫多年，抛离父母音容，岂有不思想之理？在儿女思想父母，是分所应当。

假故事中讲出了硬道理，不容读者不相信。

"想父母在家，若只管思念儿女，竟不能见，倘因此成疾致病，甚至死亡，皆由朕躬禁锢，不能使其遂天伦之愿，亦大伤天和之事。

扯藤拉蔓，像煞有介事，把小事说大，让说理更充分。

"故启奏太上皇、皇太后，每月逢二六日期，准其椒房眷属入宫请候看视。

亲属可以入宫看视嫔妃，还须更进一步，方能引出修建省亲别墅的幌子。

"于是太上皇、皇太后大喜，深赞当今至孝纯仁，体天格物。因此二位老圣人又下旨意，说椒房眷属入宫，未免有国体仪制，母女尚不能惬怀。

更进一步，待引出修建省亲别墅的幌子，则大功告成矣。

"竟大开方便之恩，特降谕诸椒房贵戚，除二六日入宫之恩外，凡有重宇别院之家，可以驻跸关防之处，不妨启

大功告成！省亲需要"重宇别院"，这就为大观园布下了幌子。历史上没有省亲之说，这段话却合理地解释了省亲一事，不仅如此，这段假话还夸奖了并不存在的太上

425

请内廷鸾舆入其私第，庶可略尽骨肉私情、天伦中之至性。此旨一下，谁不踊跃感戴？

"现今周贵人父亲已在家里动了工了，修盖省亲别院呢。又有吴贵妃的父亲吴天佑家，也往城外踏看地方去了。【甲戌侧批：又一样布置。】这岂非有八九分了？"

赵嬷嬷道："阿弥陀佛！原来如此。

"这样说，咱们家也要预备接咱们大小姐了？"

【庚辰侧批：文忠公之嬷。】

红楼闲微——解读《红楼梦》前二十回

贾琏道："这何用说呢！不然，这会子忙的是什么？"

【甲戌侧批：一段闲谈中补明多少文章。真是费长房壶中天地也。】

凤姐笑道："若果如此，我可也见个大世面了。可恨我小几岁年纪，若早生二三十年，如今这些老人家也不薄我没见世面了。

【甲戌侧批：忽接入此句，不知何意，似属无谓。】

"说起当年太祖皇帝仿舜巡的故事，比一部书还热闹，

【庚辰侧批：既知舜巡而又说热闹，此妇人女子口头也。】

皇、皇太后与皇帝，清廷还以为这是在歌功颂德呢。

周贵人指周延儒，吴贵妃指吴宗达，贾妃指温体仁，三人是同一时期的内阁大学士！

终于明白了吧。

接！马上就接那个"乌龟"！温体仁是乌程籍归安人，简称乌归，谐音"乌龟"。不是笔者骂人，这是当时的人为他取的外号。

文忠是谥号，批书人可能搞错了钱象坤的谥号，他谥文贞非文忠。《明史·钱象坤传》记载：

家居十年，无病而卒。赠太保，谥文贞，荫一子中书舍人。

不知批语有错还是另有所指，不过，"大小姐"温体仁谥号却是文忠。

"这何用说呢"！对呀，省亲是假，为什么要多说呢？

费长房壶中天地的故事见于《后汉书·卷八十二下·方术列传第七十二下》，《红楼梦》可以与这个神话故事媲美。

凤姐这话没有述说对象，似乎是为了引出下文。

前辈批书人也没看懂这句话的意思。

明太祖朱元璋干过大事业，说起来比《红楼梦》这部书还热闹呢。

模拟逼真之故。

"我偏没造化赶上。"【庚辰侧批：不用忙，往后看。】

赵嬷嬷道："嗳哟哟，那可是千载希逢的！

"那时候我才记事儿，咱们贾府正在姑苏扬州一带监造海舫，修理海塘，只预备接驾一次，【庚辰侧批：又要瞒人。】把银子都花的像淌海水似的！说起来……"

凤姐忙接道：【甲戌侧批：又截得好。"忙"字妙！上文"说起来"必未完，粗心看去则说疑团，殊不知正传神处。】

"我们王府也预备过一次。那时候我爷爷单管各国进贡朝贺的事，凡有的外国人来，都是我们家养活。粤、闽、滇、浙所有的洋船货物都是我们家的。"【甲戌侧批：点出阿凤所有外国奇玩等物。】

赵嬷嬷道："那是谁不知道的？如今还有个口号儿呢，说'东海少了白玉床，龙王来请江南王'，【庚辰侧批：应前"葫芦案"。】这说的就是奶奶府上了。

"还有如今现在江南的甄家，【甲戌侧批：甄家正是大关键、大节目，勿作泛泛口头语看。】

"嗳哟哟，【庚辰侧批：口气如闻。】好势派！独他家接驾四次，【庚辰侧批：点正题正文。】若不是我们亲眼看见，告诉谁谁也不信的。

"别讲银子成了土泥，【庚辰侧批：极力一写，非夸也，可想而知。】凭是世上所有的，没有不是堆山塞海的，'罪过可惜'四个字竟顾不得了。"【庚辰侧批：真有是事，经过见过。】

凤姐道："常听见我们太爷们也这

太祖的故事发生在200多年前，你赶不上。

赵嬷嬷充当说书人介绍太祖朱元璋的历史了。

苏州、扬州一带属于南直隶管辖（南京），这是在描写明太祖朱元璋建都南京的历史。"监造海舫，修理海塘"是指建设宫殿。

如果从明太祖朱元璋讲起，三言两语说不完，所以，文章必须截住。

不太确定这段话的意思，这里的"我爷爷"可能指魏忠贤。

赵嬷嬷在配合凤姐补叙一段历史。

甄家指南京，明成祖朱棣迁都北京后，南京成为副都，仍保留着政府机关。所以，甄家正是大关键、大节目。

南京作为副都，"独他家接驾四次"应该是实话，只是不知道在说哪位皇帝。

"银子成了土泥"，恐怕只能是皇家。

皇家才有这么富贵。

样说，岂有不信的。【庚辰侧批：对证。】只纳罕他家怎么就这么富贵呢？"

赵嬷嬷道："告诉奶奶一句话，也不过拿着皇帝家的银子往皇帝身上使罢了！【甲戌侧批：是不忘本之言。】

"谁家有那些钱买这个虚热闹去？"【甲戌侧批：最要紧语。人苦不自知。能作是语者吾未尝见。】

正说的热闹，王夫人又打发了来瞧凤姐吃了饭不曾。

凤姐便知有事等他，忙忙的吃了半碗饭，漱口要走，【庚辰侧批：好顿挫。】

又有二门上小厮们回："东府里蓉、蔷二位哥儿来了。"

贾琏才漱了口，平儿捧着盆盥手，见他二人来了，便问："什么话？快说。"

凤姐且止步稍候，听他二人回些什么。

贾蓉先回说："我父亲打发我来回叔叔：

"老爷们已经议定了，【庚辰侧批：简净之至！】

"从东边一带，借着东府里花园起，转至北边，一共丈量准了，三里半大，可以盖造省亲别院了。

花的是皇帝的银子！

别人家不行，只有皇家能花这钱。

文章又岔开了。

张彝宪（凤姐）任户、工总理的时间段被比作"一碗饭"，目前，他吃了"半碗饭"，他任职时间已经过半了。

兵部尚书梁廷栋（贾蔷）和吏部尚书王永光（贾蓉）来了，二人有事来找内阁首辅周延儒。

两位尚书，有话快说。

太监张彝宪在打探朝廷事务。

吏部尚书排名在兵部尚书前面，故而，吏部尚书王永光（贾蓉）先说话。前文讲过，贾珍扮演过内阁首辅成基命、工部尚书曹珍，这里的"我父亲"指这两个人都可以，且看下文。

周延儒当内阁首辅前，有一件事情已经商量好了，他当上首辅后，需要继续执行。

省亲是假的，哪有闲文写省亲别墅，这是建设天启皇帝的陵墓。天启皇帝被埋在德陵，德陵分为两期工程：一期工程是地下部分，二期工程是地上部分。二期工程于崇祯三年五月开工。《崇祯长编》记载：

庚寅，德陵择是日兴工。怀隐王坟卜于翠微山麓，亦以是日兴工。

崇祯三年五月，内阁首辅是成基命，同年九月，曹珍升任工部尚书，二人肯定要参与德陵建设的问题。因而，贾蓉所说的"我父亲"既可以指成基命，也可以指曹珍。

德陵位于明十三陵的最东边，所以，要"从东边一带"

红楼阐微——解读《红楼梦》前二十回

428

【庚辰侧批：园基乃一部之主，必当如此写清。】

"已经传人画图样去了，明日就得。

起建。"东府里花园"指皇宫，德陵在皇宫北方，所以，一定要"转至北边"。

建设皇陵必须先确定园基。

【庚辰侧批：后一图伏线。大观园系玉兄与十二钗之太虚幻境，岂可草率？】

"叔叔才回家，未免劳乏，不用过我们那边去，【庚辰侧批：应前贾琏口中。】有话明日一早再请过去面议。"

周延儒任首辅时，二期工程已经施工，所以，不必详细描写规划设计的过程。

德陵是前一图，虚拟的大观园是后一图。文章实写德陵，虚写大观园。大观园是中国疆域图，是皇太极、李自成与崇祯皇帝争夺的江山社稷，断不可草草写来。

周延儒就任内阁首辅时间还不长，有事明天再说吧。

贾琏笑着忙说："多谢大爷费心体谅，我就不过去了。正经是这个主意才省事，盖造也容易；

"若采置别处地方去，那更费事，且倒不成体统。

德陵建设完全是图"省事"。德陵规制取法庆陵，庆陵的石料从大石窝采料或从其他陵园凑用。建德陵时已无别石可凑，只能采用石窝石料。

如果到别的地方采集石料，不仅费事，还不成体统。

"你回去说这样很好，若老爷们再要改时，全仗大爷谏阻，万不可另寻地方。

天启皇帝已埋在此处三四年了，谁敢另寻地方。

"明日一早我给大爷去请安去，再议细主。"

贾蓉忙应几个"是"。【庚辰侧批：园已定矣。】

现在才把"大爷"的身份交代明白，周延儒是成基命的继任者，二人无法再次相见，所以，贾珍必然扮演工部尚书曹珍。

王永光在周延儒面前唯唯诺诺。

贾蔷又近前回说："下姑苏聘请教习，采买女孩子，置办乐器行头等事，大爷派了侄儿，【庚辰侧批："画蔷"一回伏线。】

周延儒任内阁首辅时，梁廷栋（贾蔷）已当了一年多兵部尚书，所以，贾蔷已经有任务了，不过，此时他要离任了。

"带领着来管家两个儿子，还有单聘仁、卜固修两个清客相公，一同前去，

有五个人要走了。"来管家两个儿子"可能指两位尚书；单聘仁、卜固修指两位内阁大学士，一位是何如宠，另一位是钱象坤，二人同时离开内阁；另一人就是梁廷栋本人。

"所以命我来见叔叔。"

【庚辰侧批：凡各物事工价重大，兼伏隐着情字者，莫如此件。故园定后便先写此一件，余便不必细写矣。】

贾琏听了，将贾蔷打谅了打谅，【庚辰侧批：有神。】

笑道："你能在这一行么？【庚辰侧批：勾下文。】

"这个事虽不算甚大，里头大有藏掖的。"

【甲戌侧批：射利人微露心迹。庚辰侧批：射利语，可叹！是亲侄。】

贾蔷笑道："只好学习着办罢了。"

贾蓉在身旁灯影下悄拉凤姐的衣襟，

凤姐会意，

因笑道："你也太操心了，难道你父亲比你还不会用人？

"偏你又怕他不在行了。谁都是在行的？

"孩子们已长的这么大了，'没吃过猪肉，也看见过猪跑'。

"大爷派他去，原不过是个坐纛旗儿，

兵部尚书来见内阁首辅了。

"聘请教习，采买女孩子，置办乐器行头"都是假的，这是为大观园伏笔。建设大观园需要浓墨重彩地描述，其他事情不必细写。

梁廷栋把周延儒得罪了，所以，贾琏"打谅"贾蔷。《明史·钱象坤传》记载：

延儒以廷栋尝发其私人赃罪，恶之……

周延儒不想让梁廷栋继续干兵部尚书了。

里头大有藏掖，周延儒要把梁廷栋受贿的事情抖搂出来。

周延儒贪财。《崇祯长编》记载了陕西道试御史余应桂的上疏：

正月间，布政何应瑞推河南巡抚而赞仪未送，延儒遂使家役周京等五人向应瑞称贺而索贷一千二百余金，往复至再，应瑞严拒，周京大噪而去。

兵部尚书可不能学习着干，得有文韬武略才行。

王永光（贾蓉）也找太监张彝宪帮忙，他想逼走梁廷栋。不过，钱象坤（赵嬷嬷）已经当面求过张彝宪了，王永光只是在暗中（灯影下）使劲，这次较量，高下自现。

会意便是聪明人。

注意"你父亲"三个字，这是指崇祯皇帝，梁廷栋为崇祯皇帝所用。甲戌本上清清楚楚是"你父亲"三个字，某些版本上，好事者划去此三字，修改为"珍大哥"，如此修改岂不荒唐？

张彝宪在责问周延儒，皇帝用的人，你怎么怕他不在行呢？

梁廷栋如一头蠢猪，收受贿赂被人抓了现行，现在，他只能跑了。

兵部尚书当然是坐纛旗儿的。

"难道认真的叫他讲价钱会经纪去呢!

"依我说就很好。"

贾琏道:"自然是这样。并不是我驳回,

"少不得替他算计算计。"

因问:"这一项银子动那一处的?"

贾蔷道:"才也议到这里。

"赖爷爷说,【甲戌侧批:此等称呼,令人酸鼻。】【庚辰侧批:好称呼。】

"不用从京里带下去,

"江南甄家还收着我们五万银子。明日写一封书信会票我们带去,先支三万,

"下剩二万存着,等置办花烛彩灯并各色帘笼帐幔!"

贾琏点头道:"这个主意好。"

【庚辰眉批:《石头记》中多作心传神会之文,不必道明。一道明白,便入庸俗之套。】

凤姐忙向贾蔷道:【甲戌侧批:再不略让一步,正是阿凤一生短处。脂砚。】"既这样,我有两个在行妥当人,你就带他们去办,这个便宜了你呢。"

梁廷栋真不会讲价钱,不过,这又是另一段历史了,他让朝廷增加军饷一事,饱受诟病。

太监张彝宪想让梁廷栋继续当兵部尚书(坐纛旗儿)。

梁廷栋深受皇帝宠信,周延儒并不敢直接对付他。《明史·梁廷栋传》记载:

廷栋居中枢岁余,所陈兵事多中机宜,帝甚倚任。

梁廷栋受贿,周延儒要替他算计算计受贿的钱数,这一算计就把梁廷栋赶走了。

周延儒问梁廷栋,你的银子是从哪里来的?《明史·梁廷栋传》记载:

后佳允坐他事左迁行人司副,复上疏发两人交通状,并列其贿鬻将领数事,事俱有迹。

接得好!赵嬷嬷为何而来,正为梁廷栋,上文正议到这里,现在文章来接头了。

"赖"不是姓氏,而是依赖的意思。梁廷栋受贿一案,依赖张彝宪帮忙,如果没有"爷爷"帮忙,梁廷栋可能会下狱。《明史·梁廷栋传》记载:

廷栋危甚,赖中人左右之,得闲住去。

梁廷栋不用被充军发配"从京里带下去"了。

处理一下贪污的钱财吧。《烈皇小识》记载:

佳允再疏,则发鄢陵(梁廷栋)私人沈敏与蓟抚刘可训往来诸奸状,据有手书盈握,且有暮夜之迹。鄢陵几不免祸。

剩下的二万用于置办"帘笼帐幔",这不就是扯幌子吗?这句是为大观园之事铺垫。

转得好。

不必道明也不便道明,如果道明,琏、蔷二人应该对骂了。

梁廷栋受贿的事被查实了,但是,他没有下狱,只是被免职回家,真的便宜了他。

贾蔷忙陪笑说："正要和婶婶讨两个人呢，【甲戌侧批：写贾蔷乖处。脂砚。】这可巧了。"因问名字。

凤姐便问赵嬷嬷。

彼时赵嬷嬷已听呆了话，平儿忙笑推他，【蒙侧批：真是强将手下无弱兵。至精至细。】

他才醒悟过来，

忙说："一个叫赵天梁，一个叫赵天栋。"

凤姐道："可别忘了，我可干我的去了。"说着便出去了。

贾蓉忙送出来，又悄悄的向凤姐道："婶子要什么东西，

"吩咐我开个帐给蔷兄弟带了去，叫他按帐置办了来。"

凤姐笑【庚辰侧批：有神。】道："别放你娘的屁！【庚辰侧批：像极，的是阿凤。】

"我的东西还没处摆呢，稀罕你们鬼鬼祟祟的？"说着一径去了。

【甲戌侧批：阿凤欺人处如此。忽又写到利弊，真令人一叹。脂砚。】【甲戌眉批：从头至尾细看阿凤之待蓉、蔷，可为一体一党，然尚作如此语欺蓉，其待他人可知矣。】

这里贾蔷也悄问贾琏："要什么东西？顺便织来孝敬。"

贾琏笑道："你别兴头。才学着办事，倒先学会了这把戏。

要说名字了，真名实姓就要出现了。

再提钱象坤，双线合一了。

平儿也参与进来了，这是个办大事的姑娘。兵部尚书梁廷栋的反对派是阉党残余势力，张彝宪、王坤能够受到崇祯皇帝重用，说明他们与魏忠贤不是一伙的，阉党残余势力想反攻，张彝宪、王坤也与他们为敌。

钱象坤反应有点儿慢，他不应该让梁廷栋先奏辩的。

两个儿子合成一个人名，梁廷栋！

这段历史介绍完了。

王永光（贾蓉）还在作怪。这位"婶子"不需要你的东西，他在帮梁廷栋呢。

嘴真巧，绕到了梁廷栋身上。对于梁廷栋而言，真得好好孝敬孝敬"婶子"，不然的话，他就得下狱。

这些年放的屁还少吗？骂得痛快！

两位尚书鬼鬼祟祟，做下这等事情，太监都看不起你们。

文章从大处说事，批书的老先生从小处着眼，若介绍张彝宪贪财，成何文章？岂不是捡了芝麻丢了西瓜？

前事已了，何来此话？"顺便"二字是玄机，若真心孝敬，须用"专程"二字。

梁廷栋当兵部尚书时，很有兴头，他的把戏让崇祯皇帝很高兴。

"我短了什么，少不得写信来告诉你，【庚辰侧批：又作此语，不犯阿凤。】

"且不要论到这里。"

说毕，打发他二人去了。

接着回事的人来，不止三四次，贾琏害乏，便传与二门上，一应不许传报，俱等明日料理。

凤姐至三更时分方下来安歇，【庚辰侧批：好文章，一句内隐两处若许事情。】一宿无话。

次早贾琏起来，见过贾赦贾政，

便往宁府中来，合同老管事的人等，并几位世交门下清客相公，审察两府地方，

缮画省亲殿宇，

一面察度办理人丁。

自此后，各行匠役齐集，金银铜锡以及土木砖瓦之物，搬运移送不歇。【蒙侧批：一总。】

先令匠人拆宁府会芳园墙垣楼阁，直接入荣府东大院中。

荣府东边所有下人一带群房尽已拆去。

当日宁荣二宅，虽有一小巷界断不通，【甲戌侧批：补明，使观者如身临足到。】然这小巷亦系私地，并非官道，故可以连属。

会芳园本是从北拐角墙下引来一股活水，今亦无烦再引。

贪财。

梁廷栋离职了，他不会向周延儒行贿，所以，不用说这些事。

周延儒把吏部尚书王永光、兵部尚书梁廷栋都打发走了。《崇祯实录》记载：

崇祯四年，三月，吏部尚书王永光罢……

四月，辛酉，兵部尚书梁廷栋免。

内阁首辅很疲劳，有事明天再说。

户、工两部总理太监也很忙，有事明天再聊。

赦老不在朝廷中，政老刚刚入职。

首辅周延儒与大学士温体仁、吴宗达一起办公。温、吴二人都与周延儒有牵连，故用"世交"二字。

处理德陵修建事务。

安排人事问题。

德陵二期工程正在积极推进。

不用会芳园做幌子了，就此拆迁。

东北角的后金（梨香院）也不用了，中国疆域图（大观园）上有它的位置，拆了吧。

宁荣府是皇宫的前院与后院，中间的道路本是"连属"。

"从北拐角"来的水表示大清。因而，不必看后文可知，薛宝钗将会入住大观园的东北方。

【甲戌侧批：园中诸景，最要紧是水，亦必写明方妙。

余最鄙近之修造园亭者，徒以顽石土堆为佳，不知引泉一道。

甚至丹青，唯知乱作山石树木，不知画泉之法，亦是恨事。脂砚斋。】

其山石树木虽不敷用，贾赦住的乃是荣府旧园，

其中竹树山石以及亭榭栏杆等物，皆可挪就前来。

如此两处又甚近，凑来一处，省得许多财力，纵亦不敷，所添亦有限。

全亏一个老明公号山子野【甲戌侧批：妙号，随事生名。】者，一一筹画起造。

贾政不惯于俗务，【庚辰侧批：这也少不得的一节文字，省下笔来好作别样。】

只凭贾赦、贾珍、贾琏、赖大、来升、林之孝、吴新登、詹光、程日兴等几人安插摆布。

凡堆山凿池，起楼竖阁，种竹栽花，一应点景等事，又有山子野制度。

下朝闲暇，不过各处看望看望，

最要紧处和贾赦等商议商议便罢了。

贾赦只在家高卧，

水表示大清，写清水的发源地及流向，最为重要。

智者乐水，正照风月鉴者不知水之妙也。

大观园就是丹青画，画上是中国疆域，不知画泉者便是正照风月鉴者。

钱谦益（贾赦）已经回到姑苏老家，姑苏属于南直隶（南京），这里正是荣府"老宅"。

南京的风景也画入大观园之中。

这句写德陵。建设大观园不需要花钱，仅凭政老智慧就可以了。建设德陵需要花钱，甚至还有官员捐款。《崇祯长编》记载：

总督河道李若星疏解祖陵皇陵节省银助建德陵。命到日核收。

刘泽深解银一千二百两助德陵工作。

"老明公"就是明朝的老公，山子野是明朝的一位老年人，他具体负责德陵建设工作。

作者不干俗务，他要"省下笔来好作别样"，他要在德陵基础上虚拟并不存在的大观园。

曹珍（贾珍）是工部尚书，周延儒（贾琏）是内阁首辅，二人一定会参与德陵修建工作。

山子野是德陵的总工程师。

此时的吴梅村（贾政）只是新科进士，没有机会参与德陵建设。

吴梅村与钱谦益商议最紧要处，这是两位作者写作《红楼梦》的过程。

钱谦益已被免职回家。

有芥豆之事，贾珍等或自去回明，或写略节；或有话说，便传呼贾琏、赖大等来领命。

贾蓉单管打造金银器皿。【蒙侧批：好差。】

交代得清楚。

贾蔷已起身往姑苏去了。

贾蓉又有新差事，他要扮演另一位历史人物了。

贾珍、赖大等又点人丁，开册籍，监工等事，一笔不能写到，不过一时喧阗热闹非常而已。暂且无话。

梁廷栋下野回家是也。

收束前文。

且说宝玉近因家中有这等大事，贾政不来问他的书，【庚辰侧批：一笔不漏。】心中是件畅事；

书还没写成，如何问得？

无奈秦钟之病日重一日，也着实悬心，不能乐业。

洪承畴降清，明朝的主力部队失败了，宝玉悬心，明朝永远无法乐业了。

【甲戌侧批："天下本无事，庸人自扰之"，世上人个个如此，又非此情钟意功。】

前文已经介绍了洪承畴降清历史，宝玉再为他悬心，这难道不是庸人自扰吗？

【甲戌眉批：偏于极热闹处写出大不得意之文，却无丝毫牵强，且有许多令人笑不了、哭不了、叹不了、悔不了，唯以大白酹我作者。壬午季春。畸笏。】

洪承畴降清，让人"笑不了、哭不了、叹不了、悔不了"。

这日一早起来才梳洗毕，意欲回了贾母去望候秦钟，忽见茗烟在二门照壁前探头缩脑，

"茗烟"谐音"明阉"，就是明朝太监。

宝玉忙出来问他："作什么？"茗烟道："秦相公不中用了！"

太监带回来消息，洪承畴"不中用了"。这是要从明朝的角度描写洪承畴降清一事。

【甲戌侧批：从茗烟口中写出，省却多少闲文。】

如果从头描写洪承畴降清这段历史，得从锦州被包围写起，这需要很多文字。

宝玉听说，吓了一跳，

不独宝玉吓了一跳，笔者也吓了一跳，如果秦钟真死了，解读就全错了，且看下文。

忙问道："我昨儿才瞧了他来，【庚辰侧批：点常去。】还明明白白，怎么就不中用了？"

昨天的洪承畴还是明军主帅，一夜之间，他不再"明明白白"了。

茗烟道："我也不知道，才刚是他家的老头子来特告诉我的。"

宝玉听了，忙转身回明贾母。贾母吩咐："好生派妥当人跟去，到那里尽一尽同窗之情就回来，不许多耽搁了。"

宝玉听了，忙忙的更衣出来，车犹未备，【甲戌侧批：顿一笔方不板。】急的满厅乱转。

一时催促的车到，忙上了车，李贵、茗烟等跟随。

来至秦钟门首，悄无一人，【甲戌侧批：目睹萧条景况。】

遂蜂拥至内室，唬的秦钟的两个远房婶母并几个弟兄都藏之不迭。

【甲戌侧批：妙！这婶母兄弟是特来等分绝户家私的，不表可知。】

此时秦钟已发过两三次昏了，移床易箦多时矣。【甲戌侧批：余亦欲哭。】

宝玉一见，便不禁失声。

李贵忙劝道："不可不可，

"秦相公是弱症，

"未免炕上挺扛的骨头不受用，

【庚辰侧批：李贵亦能道此等语。】

"所以暂且挪下来松散些。哥儿如此，岂不反添了他的病。"

宝玉听了，方忍住近前，见秦钟面如白蜡，合目呼吸于枕上。宝玉忙叫道："鲸兄！宝玉来了。"

太监茗烟带来消息说，洪承畴死了。《清史稿·洪承畴传》记载：

庄烈帝初闻承畴死，予祭十六坛，建祠都城外，与邱民仰并列。

不过，茗烟的消息是听别人说，这是一个错误消息，洪承畴没死。

朝廷让人祭祀洪承畴，"尽一尽同窗之情"。

这是实写，得知洪承畴战死的消息，整个朝廷（宝玉）"急的满厅乱转"。

洪承畴降清时，周延儒已经两次为相，所以，扮演周延儒的李贵又出现了。

洪承畴降清了，他家里"悄无一人"。

亲人都不在跟前，"远房"的婶母和弟兄都是大清的人。

批语骂得有点儿重。

洪承畴头脑"发昏"，投降清朝了。他已经搬家了，"移床易箦"多时了。

先别哭，茗烟的消息不实，洪承畴没死。

二次为相的周延儒（李贵）劝导崇祯皇帝不要过于伤心。

明军没有清军强大，洪承畴得了"弱症"，

洪承畴不是硬骨头。

周延儒也不是硬骨头。

周延儒在开导皇帝。

情深义重，人不如石。

连叫两三声，秦钟不睬。

宝玉又道："宝玉来了。"那秦钟早已魂魄离身，只剩得一口悠悠余气在胸，正见许多鬼判持牌提索来捉他。

【甲戌侧批：看至此一句令人失望，再看至后面数语，方知作者故意借世俗愚谈愚论设譬，喝醒天下迷人，翻成千古未见之奇文奇笔。】

【庚辰眉批：《石头记》一部中皆是近情近理必有之事，必有之言。又如此等荒唐不经之谈，间亦有之，是作者故意游戏之笔，聊以破色取笑，非如别书认真说鬼话也。】

那秦钟魂魄那里肯就去，

又记念着家中无人掌管事务，【甲戌侧批：扯淡之极，令人发一大笑。余请诸公莫笑，且请再思。】

又记挂着父亲还有留积下的三四千两银子，【甲戌双行夹批：更属可笑，更可痛哭。】

又记挂着智能尚无下落，【甲戌双行夹批：忽从死人心中补出活人原由，更奇更奇。】

因此百般求告鬼判。无奈这些鬼判都不肯徇私，

反叱咤秦钟道："亏你还是读过书人，岂不知俗语说的：'阎王叫你三更死，谁敢留人到五更。'【庚辰眉批：可想鬼不读书，信矣哉！】

"我们阴间上下都是铁面无私的，不比你们阳间瞻情顾意，【庚辰侧批：写杀了。】有许多的关碍处。"

洪承畴（秦钟）不理会宝玉了！

"鬼判"指清军，清军把洪承畴捉拿住了。

鬼判来捉秦钟，这句话过于写实，所以，批书人说"令人失望"，但是，后面还有妙文。

本书全是鬼话，此时，鬼判现身，否定之否定法，都是实话。

洪承畴最初不愿意降清。

若记念明朝"家务"，他就不会降清了。记念家务这话有点儿扯淡。

废话，补表面情节之语。

注意批语中"活人原由"四个字，洪承畴活下来与庄妃（智能儿）有关！

进去容易出来难。

读书就该明理，既然被俘虏了，如果不投降，死在眼前。

清方纪律严明、"铁面无私"，这里与明朝内部复杂的人际关系不一样。

正闹着，那秦钟魂魄忽听见"宝玉来了"四字，便忙又央求道："列位神差，略发慈悲，让我回去，和这一个好朋友说一句话就来的。"

> 秦钟还有脸见宝玉吗？作者妙手神笔，偏偏安排他们再见一次，且看所说何事。

众鬼道："又是什么好朋友？"秦钟道："不瞒列位，就是荣国公的孙子，小名宝玉。"都判官听了，先就唬慌起来，忙喝骂鬼使道："我说你们放了他回去走走罢，你们断不依我的话，如今只等他请出个运旺时盛的人来才罢。"

> 鬼话。

【甲戌双行夹批：如闻其声，试问谁曾见都判来，观此则又见一都判跳出来。

> 描摹逼真也。

调侃世情固深，然游戏笔墨一至于此，真可压倒古今小说。这才算是小说。】

> 一语尽矣，《红楼梦》压倒古今小说，"这才算是小说"！

众鬼见都判如此，也都忙了手脚，一面又报怨道："你老人家先是那等雷霆电雹，原来见不得'宝玉'二字。

> 敌我双方，本来无缘得见。

【甲戌侧批：调侃"宝玉"二字，极妙！脂砚。】

> 见到"宝玉"二字，识其本义方妙。

【甲戌眉批：世人见"宝玉"而不动心者为谁？】

> 世人若见这宝玉，不动心者少。

"依我们愚见，他是阳，我们是阴，怕他们也无益于我们。"【甲戌侧批：神鬼也讲有益无益。】【列：此章无非笑趋势之人。】

> 阴间不惧阳间，"怕他们也无益于我们"，这话将明清军事形势表达尽了。

都判道："放屁！俗语说的好，'天下官管天下事'，自古人鬼之道却是一般，阴阳并无二理。

> 一理以贯之，阳为明，阴为清。

【庚辰双行夹批：更妙！愈不通愈妙，愈错会意愈奇。脂砚。】

> 错会意者坚持己见便可悲了。

"别管他阴也罢，阳也罢，还是把他放回没有错了的。"【庚辰侧批：名曰捣鬼。】

> 啰唆，快放回去让他说话，说过话他必须回来。

众鬼听说，只得将秦魂放回，哼了一声，微开双目，见宝玉在侧，乃勉强叹道："怎么不肯早来？"【庚辰侧批：千言万语只此一句。】

千斤力量在"怎么不肯早来"一句，看罢此句，笔者哭矣。洪承畴被困城中，明朝救兵为什么不早来呢？

"再迟一步也不能见了。"

补足之句。

放秦钟出来就是为了留话给读者看。

宝玉忙携手垂泪道："有什么话留下两句。"【庚辰双行夹批：只此句便足矣。】

秦钟道："并无别话。

"以前你我见识自为高过世人，

"我今日才知自误了。

自己无法向明朝交代了。

此一时，彼一时。

洪承畴自误了！倘若他狱中一死，便是千古英雄！

批书人泄露了自己的身份，他也降清了，他也后悔！

洪承畴还要在清朝立志功名、荣耀显达。

【庚辰双行夹批：谁不悔迟！】

"以后还该立志功名，以荣耀显达为是。"

【庚辰侧批：此刻无此二语，亦非玉兄之知己。】【庚辰眉批：观者至此，必料秦钟另有异样奇语，然却只以此二语为嘱。试思若不如此为嘱，不但不近人情，亦且太露穿凿。读此则知全是悔迟之恨。】

批语似乎将"立志功名"看作秦钟劝导宝玉之语，如此理解，未尝不可。但是，"立志功名"一句没有主语，文章似乎在暗讽洪承畴为大清建立功业，而不是嘱咐宝玉立志功名。

说毕，便长叹一声，萧然长逝了。

【庚辰双行夹批：若是细述一番，则不成《石头记》之文矣。】

洪承畴没死，他在清朝生活20多年，但是，文章不再介绍他降清后的历史了。

《石头记》写明亡清兴的历史，如果叙述洪承畴降清后的历史，就超出了记载范围。

【蒙回末总批：大凡有势者未尝有意欺人。然群小蜂起，浸润左右，伏首下气，奴颜悲膝，或激或顺，不计事之可否，以要一时之利。】

"群小"二字专指阉党，《明史》《烈皇小识》中无数次使用这个词语，诸如"群小合谋""群小附合""群小用事"，等等。

周延儒不一定想赶走梁廷栋，因为王永光、水佳允、袁弘勋等"群小"巴结奉迎，周延儒不计后果，驱逐了梁廷栋。《烈皇小识》记载：

> 弘勋、道浚日夜入长垣（王永光）之幕，备为奸利。道浚先既参御史刘芳革职，继又助吕纯如参先文肃，毒焰甚烈，而从中保护长垣。因并护袁、张者，宜兴（周延儒）也。

有势者自任豪爽，斗露才华，未审利害，高下其手，偶有成就，一试再试，习以为常，则物理人情皆所不论。

又财货丰余，衣食无忧，则所乐者必旷世所无。要其必获，一笑百万，是所不惜。其不知排场已立，收敛实难，从此勉强，至成寒窘，时衰运败，百计颠翻。

昔年豪爽，今朝指背。此千古英雄同一慨叹者。

大抵作者发大慈大悲愿，欲诸公开巨眼，得见毫微，塞本穷源，以成无碍极乐之至意也。】

周延儒自任豪爽、斗露才华，但是，他没有权衡利害关系，他助长阉党余党的气势，长此以往，要坏大事的。

周延儒是两届内阁首辅，享受旷世所无的生活，但是，他马上会惹上麻烦，温体仁那只老狐狸已经盯上他了。

昔年的首辅，今天却被骂为奸臣，令人感叹。

不开巨眼，如何知道此书之妙呢？

第十七回

大观园试才题对额　荣国府归省庆元宵

【庚辰回前批：宝玉系诸艳之冠，故大观园对额必得玉兄题跋，且暂题灯匾联上，再请赐题，此千妥万当之章法。】

大观园是虚拟的园子，由虚拟人物贾宝玉题写匾联，这是最妥当的章法。

诗曰：豪华虽足羡，离别却难堪。博得虚名在，谁人识苦甘？

这首诗赤裸裸地讽刺了温体仁（元春），诗的意思是，今天的豪华虽然值得人们羡慕，但是，到离职的时候就难堪了。温体仁当了八年内阁大学士，其中四年是内阁首辅，然而，这一切都是虚名，谁知道其中的酸甜苦辣呢？

【庚辰侧批：好诗，全是讽刺。近之谚云："又要马儿好，又要马儿不吃草。"真骂尽无厌贪痴之辈。】

文章不能明写温体仁的历史，只能借诗讽刺。既想文章精彩，又想不露痕迹，这就是所谓的"又要马儿好，又要马儿不吃草"。

话说秦钟既死，宝玉痛哭不已，李贵等好容易劝解半日方住，归时犹是凄恻哀痛。

得知洪承畴（秦钟）战死的消息，崇祯皇帝（宝玉代皇帝）"痛哭不已"。《石匮书后集》记载：

十二月，北兵薄山海关，总督洪承畴出战，报军覆身没。上为辍朝恸哭。

贾母帮了几十两银子，外又备奠仪，宝玉去吊纸。

从表面情节讲，秦钟死了，宝玉可以去吊纸，但没必要"外又备奠仪"。从隐写历史讲，明朝的确为洪承畴举行了奠仪。《清史稿·洪承畴传》记载：

庄烈帝将亲临奠，俄闻承畴降，乃止。

七日后便送殡掩埋了，别无记述。

文章不再记载洪承畴降清后的历史了。

只有宝玉日日思慕感悼，然亦无可如何了。

明军主帅洪承畴降清，宝玉无可如何了。

【庚辰双行夹批：每于此等文后使用此语作结，是板定大章法，亦是此书大旨。】

这条批语告诉我们，每当宝玉对一个人物"无可如何了"，这个人可能投降或死了。

又不知历过几日何时，【庚辰侧批：惯用此等章法。】

作者不知道洪承畴何时去世。因而，这里的标点符号有误，这句话应该并入上文，不应该使用逗号并入下文。

【庚辰双行夹批：年表如此写，亦妙！】

批语说得清楚，"又不知历过几日何时"是时间年表。

这日贾珍等来回贾政："园内工程俱已告竣，

工部尚书曹珍（贾珍）来汇报工作，德陵的二期工程竣工了，此时是崇祯五年二月。《崇祯实录》记载：

二月庚午，德陵成。

"大老爷已瞧过了，只等老爷瞧了，或有不妥之处，再行改造，好题匾额对联的。"

早干什么去了？工程竣工后才请贾政去瞧，如果有不妥之处，改造还来得及吗？表面情节太假了。对于隐写的情节而言，作者吴梅村（贾政）要在德陵基础上虚拟一个大观园，"改造"是真改造，改造方式是题匾额对联，作者要运用匾额对联虚拟一个大观园。注意，贾政没看过园子，下文中，他非常熟悉园子里的小路，这就是仙人指路。

贾政听了，沉思一回，说道："这匾额对联倒是一件难事。

作者"沉思一回"，匾额对联不好写呀。文中的工程指德陵，大观园是虚拟的，匾额对联该写德陵还是大观园呢？

"论理该请贵妃赐题才是，

此贵妃非彼贵妃，元春是假妃（贾妃），第一回中的"时飞"是真妃，是张嫣皇后。德陵里埋葬着张嫣皇后的丈夫，论理，应该请她赐题才是。

"然贵妃若不亲睹其景，大约亦必不肯妄拟；

张嫣皇后居于后宫，她不可能到德陵里面看过之后赐题对联。

"若直待贵妃游幸过再请题，偌大景致，若干亭榭，无字标题，也觉寥落无趣，任有花柳山水，也断不能生色。"

张嫣皇后若来，她要为德陵题联，然而，作者要虚拟一个大观园，这事就不劳贵妃了，全凭政老裁决。

众清客在旁笑答道："老世翁所见极是。

贾政与宝玉是主角，清客是配角，文章将通过人物对话创设一个并不存在的大观园。

"如今我们有个愚见：各处匾额对联断不可少，亦断不可定名。

万万不可定名，园子是假的，名字自然真不了。

"如今且按其景致，或两字、三字、四字，虚合其意，拟了出来，暂且做出灯匾联悬了。

原来是"虚合其意"，都是假的。

"待贵妃游幸时，再请定名，岂不两全？"

贵妃不来，来的是假妃（贾妃）。

贾政等听了，都道："所见不差。我们今日且看看去，只管题了，若妥当便用；

诸君请看，政老并不关心工程，只关心题字。

"不妥时,然后将雨村请来,令他再拟。"【庚辰双行夹批:点雨村,照应前文。】

不妥之处请示张嫣皇后,表字时飞之雨村也。

众人笑道:"老爷今日一拟定佳,何必又待雨村。"

作者吴梅村(贾政)在场,不必劳烦他人。

贾政笑道:"你们不知,我自幼于花鸟山水题咏上就平平;

这是作者的自我介绍,吴梅村不擅长花鸟山水诗,他擅长史诗。清人顾师轼的《吴梅村年谱》记载:

> 吾乡梅村先生之诗,亦世之所谓诗史也。先生负旷世之才,为风雅总持,其所交游多魁奇俊伟之士,而又当明季百六之运,故其集中之作,类皆感慨时事,悲歌掩抑,铜驼石马,故宫禾黍之痛,往往而在。

【庚辰侧批:是纱帽头口气。】

从表面情节看,贾政一出场就是工部员外郎,那时,他就是"纱帽头",为什么此时才说他是"纱帽头"呢?因为吴梅村于崇祯四年三月考中进士,德陵于崇祯五年二月竣工,此时,他戴上"纱帽头"还不足一年。

"如今上了年纪,且案牍纷烦,于这怡情悦性文章上更生疏了,

吴梅村写《红楼梦》时已经"上了年纪",那时,明朝已经灭亡,他无心写怡情悦性的文章,只能写哀悼文章。

"纵拟了出来,不免迂腐古板,

谁敢评价老先生"迂腐古板"?

"反不能使花柳园亭生色,似不妥协,反没意思。"【庚辰眉批:政老情字如此写。壬午季春。畸笏。】

这里有两个"反"字,文章就是反文嘛。

众清客笑道:"这也无妨。我们大家看了公拟,各举其长,优则存之,劣则删也,未为不可。"

这句话是作者在教读者,文中的诗句"优则存之,劣则删也",需要大家公拟。

贾政道:"此论极是。且喜今日天气和暖,大家去逛逛。"【庚辰双行夹批:音光,字去声,出《谐声字笺》。】说着起身,引众人前往。

新科进士吴梅村要与众人一起去德陵了。这可能是史实,但是,事情不大,找不到史料佐证。当然,逛德陵还在其次,文章要穿插介绍大观园,读者要紧跟政老的步伐,他虽然没去过园子,却非常熟悉其中的小路。

贾珍先去园中知会众人。

工部尚书曹珍(贾珍)开道。凡贾珍开道处都是在介绍德陵,凡贾政开道处则是介绍虚拟的大观园。

可巧近日宝玉因思念秦钟,忧戚不尽,贾母常命人带他到园中来戏耍。

又一个"可巧"。文章要安排宝玉出场,贾政、宝玉要演对手戏,作者要显摆"儿子"的文采了。

【庚辰侧批：现成榫楔，一丝不费力。若特唤出宝玉来，则成何文字？】

此时亦才进去，忽见贾珍走来，向他笑道："你还不出去，老爷就来了。"宝玉听了，带着奶娘小厮们，一溜烟就出园来。

【庚辰侧批：不肖子弟来看形容。余初看之，不觉怒焉，盖谓作者形容余幼年往事，因思彼亦自写其照，何独余哉？信笔书之，供诸大众同一发笑。】

方转过弯，顶头贾政引众客来了，躲之不及，只得一边站了。

贾政近日因闻得塾掌称赞宝玉专能对对联，虽不喜读书，偏倒有些歪才情似的，

【蒙侧批：如此顺写，笔间写来，然却是宝玉正传。】

今日偶然撞见这机会，便命他跟来。

【庚辰双行夹批：如此偶然方妙，若特特唤来题额，真不成文矣。】

宝玉只得随往，尚不知何意。

贾政刚至园门前，只见贾珍带领许多执事人来，一旁侍立。

贾政道："你且把园门都关上，我们先瞧了外面再进去。"【庚辰双行夹批：是行家看法。】贾珍听说，命人将门关了。贾政先秉正看门。

只见正门五间，上面桶瓦泥鳅脊；

以宝玉思念秦钟为幌子，现成的借口，一丝也不费力。宝玉本是玉玺，如果新科进士吴梅村唤他出来，这成了什么文章？

园子那么大，宝玉随便找个地方便可藏身。贾政要进园，宝玉要出园，这哪是躲避，分明就是制造"偶遇"。

表面情节太逼真了，批书人作此语生笑罢了。

偌大的园子，宝玉竟然"躲之不及"，这是欲擒故纵，好戏就要上演了。作者贾政不想唱独角戏，他要与宝玉一起演二人传。

玉玺（宝玉）不会读书，他哪有才情，他的才情是"歪"的。为了剧情需要，文章先补充介绍宝玉"专能对对联"。

不喜读书，似乎有点儿歪才，这是正写玉玺。

臭小子贾宝玉，等着作者安排剧情吧。

万万不可唤来，吴梅村如何唤得动玉玺呢？

没有大事，演戏而已。剧本在你父亲手中，最好的角色定然归你。

朝臣来到德陵门口，工部尚书曹珍站在门口等着大家。

观看陵园有讲究，先把园门关上，整体看大门，这是行家看法。

请看德陵大门的图片：

德陵大门

屋顶正是"桶瓦泥鳅脊"。不过，图中的正门三间，这是因为清政府重修德陵时，祾恩门、祾恩殿被缩小重建了，拆除了左、右配殿。

陵墓的门栏窗隔，肯定不能用朱粉涂饰。

那门栏窗隔，皆是细雕新鲜花样，并无朱粉涂饰，

一色水磨群墙，【庚辰双行夹批：门雅，墙雅，不落俗套。】下面白石台矶，凿成西番草花样。

水磨群墙、白石台矶都在，只是花样不清了，还是看图吧。

左右一望，皆雪白粉墙，下面虎皮石，随势砌去，

左右看看吧，雪白粉墙和虎皮石还在。

德陵大门

果然不落富丽俗套，自是欢喜。

读者在俗套中，便以为此园富丽堂皇。

遂命开门，只见迎门一带翠嶂挡在前面。【庚辰双行夹批：掩映好极。】

"翠嶂"就是天启皇帝的陵寝。

众清客都道："好山，好山！"贾政道："非此一山，一进来园中所有之景悉入目中，则有何趣。"

作者吴梅村（贾政）出面解释了，如果不借助于皇陵，仅描写虚假的大观园，这有什么意思呢？

众人道："极是。非胸中大有邱壑，焉想及此。"

表面意思是夸奖园子设计者，实际是提醒读者，"胸中大有邱壑"才能想到这是陵墓。

说着，往前一望，见白石崚嶒，或如鬼怪，或如猛兽，纵横拱立，上面苔藓成斑，藤萝掩映，

这是德陵的真实景象。就表面情节而言，大观园刚建成，怎么会"苔藓成斑"呢？就隐写情节而言，德陵的建设历时五年，当然会有苔藓。

【庚辰双行夹批：曾用两处旧有之园所改，故如此写方可，细极。】

德陵曾取石于别处，批语指出了这一点。

【庚辰双行夹批：想入其中，一时难辨方向。用"前""后""这边""那边"等字，正是不辨东西。】

因为作者要在德陵基础上虚拟一个大观园，所以，文章不能说具体方位。

其中微露羊肠小径，

作者吴梅村要领读者走"小径"，沿途风景全是他设计的。

【庚辰双行夹批：好景界，山子野精于此技。此是小径，非行车蔫通道，令贾政原欲游览其景，故指此等处写之。

贾政是走小路之人，小路通向虚拟的大观园。

想其通路大道，自是堂堂冠冕气象，无庸细写者也。后于省亲之时已得知矣。】

大道通向德陵，不必用过多笔墨介绍德陵。

贾政道："我们就从此小径游去，回来由那一边出去，方可遍览。"

贾政从没到过园子，他居然知道"由那一边出去，方可遍览"，怪不怪？

说毕，命贾珍在前引导，自己扶了宝玉，逶迤进入山口。【庚辰侧批：宝玉此刻已料定吉多凶少。】

贾珍所引之路是德陵正路，贾政所引之路是大观园之假路。

【庚辰双行夹批：此回乃一部之纲绪，不得不细写，尤不可不细批注。盖后文十二钗书，出入来往之境，方不能错乱，观者亦如身临足到矣。

本回是"一部之纲绪"，有了大观园，就可以准确表示崇祯皇帝（黛玉）、皇太极（宝钗）、李自成（李纨）所处的位置，并可以上演争夺园子管理权的大戏。

今贾政虽进的是正门，却行的是僻路，按此一大园，羊肠鸟道不止几百十条，穿东度西，临山过水，万勿以今日贾政所行之径，考其方向基址。

"正门"指德陵，"僻路"则是作者虚拟的大观园。大观园是一幅中国疆域图，作者要引领读者欣赏这幅大自然的图作，读者千万不要考证大观园的基址。如果把大观园当作一个园子，这本书就没法读了。

故正殿反于末后写之，足见未由大道而往，乃逶迤转折而经也。】

本回重点介绍虚拟的大观园，末尾才写德陵正殿。

抬头忽见山上有镜面白石一块，【庚辰侧批：新奇。】正是迎面留题处。

镜面白石便是墓碑形状。

【庚辰双行夹批：留题处便精，不必限定凿金镂银一色恶俗，赖及枣梨之力。】

白石留题，设计巧妙，题字之后就会明确文章的引导方向。"枣梨之力"即枣梨之灾，形容滥刻无用的书。批语的意思是，如果留题处"凿金镂银"，这就恶俗了，读者不懂，就不要怪文章写得不好。

贾政回头笑道："诸公请看，此处题以何名方妙？"

众人听说，也有说该题"叠翠"二字，也有说该题"锦嶂"的，又有说"赛香炉"的，又有说"小终南"的，种种名色，不止几十个。原来众客心中早知贾政要试宝玉的功业进益何如，只将些俗套来敷衍。

宝玉亦料定此意。【庚辰双行夹批：补明好。】贾政听了，便回头命宝玉拟来。

宝玉道："尝闻古人有云：'编新不如述旧，刻古终胜雕今。'"【庚辰双行夹批：未闻古人说此两句，却又似有者。】

"况此处并非主山正景，原无可题之处，不过是探景一进步耳。【庚辰双行夹批：此论却是。】

"莫如直书'曲径通幽处'这旧句旧诗在上，倒还大方气派。"

众人听了，都赞道："是极！二世兄天分高，才情远，不似我们读腐了书的。"

贾政笑道："不可谬奖。他年小，不过以一知充十知用，取笑罢了。再俟选拟。"

说着，进入石洞来，只见佳木笼葱，奇花烔灼，一带清流，从花木深处曲折泻于石隙之下。

【庚辰双行夹批：这水是人力引来做的。】

再进数步，渐向北边，平坦宽豁，两边飞楼插空，雕甍绣槛，皆隐于山坳树杪之间。

待老先生开示。

这段话是用俗套敷衍读者，且看下文。

父子演双簧。

文章正在"述旧"，正在"刻古"。

交代得清楚之至。大观园"原无可题之处"，只不过是为了演绎历史的需要罢了。

曲径通幽处！妙啊！不愧为亲生"儿子"，宝玉把作者吴梅村想说的话都说出来了！文章要领读者走"曲径"达"幽处"。

读腐了书的来看此句。

以一充十就是将小比大之意。

"石洞"就是《桃花源记》中的石洞，里面有一个完整的世界。众人已经进入了石洞，作者带领我们进入桃花源了。

这是作者借用《桃花源记》引申出来的文章。

楼房殿宇都隐在山坳树杪之间，重要的城池藏身于风景之中，并且都在中国的北方。

【庚辰双行夹批：细极。后文所以云进贾母卧房后之角门，是诸钗日相来往之境也。后文又云，诸钗所居之处，只在西北一带，最近贾母卧室之后，皆从此"北"字而来。】

大观园是一幅中国疆域图，明朝首都北京、李自成起义地陕西、清朝的发源地东北，都位于北方，所以，大观园主要"景点"都在北方。

俯而视之，则清溪泻雪，石磴穿云，【庚辰双行夹批：前已写山至宽处，此则由低至高处，各景皆遍。】白石为栏，环抱池沿，石桥三港，兽面衔吐。

这是俯视图。仔细一看，"清溪泻雪"四个字暗含大清薛家，需要注意此处，这里似乎是明清边界，明朝长城是"白石为栏"，清朝边界被比作"环抱池沿"。

桥上有亭。【庚辰双行夹批：前已写山写石，今则写池写楼，各景皆遍。】贾政与诸人上了亭子，倚栏坐了，

这是明清边界上的亭子，可能是指山海关。

【庚辰双行夹批：此亭大抵四通八达，为诸小径之咽喉要路。】

批书人也是猜测口气，这个地方可能是咽喉要路山海关。

因问："诸公以何题此？"诸人都道："当日欧阳公《醉翁亭记》有云：'有亭翼然。'就名'翼然'。"

"翼然"谐音"亦然"，也是这样的意思。山海关是天下第一关，样子很像亭子。再者，《红楼梦》与《醉翁亭记》一样，醉翁之意不在酒。

贾政笑道："'翼然'虽佳，但此亭压水而成，还须偏于水题方称。

这里离大清太近，题字不能离开水字。

"依我拙裁，欧阳公之'泻出于两峰之间'，竟用他这一个'泻'字。"

妙！此句气势胜于李白的"天门中断楚江开"，明军与农民军"两峰对峙"，大清从"两峰"之间泻出！

有一客道："是极，是极。竟是'泻玉'二字妙。"

是极！两峰一水，写尽了明军、起义军、清军三方的军事形势。

贾政拈髯寻思，因抬头见宝玉侍侧，便笑命他也拟一个来。

已经妙极，如何再拟？看他下文。

宝玉听说，连忙回道："老爷方才所议已是。

予以肯定。

"但是如今追究了去，似乎当日欧阳公题酿泉用一'泻'字则妥，今日此泉若亦用'泻'字，则觉不妥。

"泻"字千妥万妥，但是，黛玉、宝玉都叫玉，第一处景点就题"泻玉"，表面情节不好交代。

"况此处虽为省亲驻跸别墅，亦当入于应制之例，用此等字眼，亦觉粗陋不雅。求再拟较此蕴藉含蓄者。"

"泻玉"二字确实粗陋不雅，还是找个"蕴藉含蓄"的词语来掩盖掩盖吧。

贾政笑道："诸公听此论若如?

"方才众人编新，你又说不如述古；如今我们述古，你又说粗陋不妥。你且说你的来我听。"

宝玉道："有用'泻玉'二字，则莫若'沁芳'【庚辰侧批：真新雅。】二字，【庚辰双行夹批：果然。】岂不新雅?"

贾政拈髯点头不语。【庚辰眉批：六字是严父大露悦容也。壬午春。】

众人都忙迎合，赞宝玉才情不凡。

贾政道："匾上二字容易，再作一副七言对联来。"宝玉听说，立于亭上，四顾一望，便机上心来，乃念道：

绕堤柳借三篙翠，【庚辰双行夹批：要紧，贴切水字。】

隔岸花分一脉香。【庚辰双行夹批：恰极，工极! 绮靡秀媚，香奁正体。】

贾政听了，点头微笑。众人先称赞不已。

于是出亭过池，一山一石，一花一木，莫不着意观览。

【庚辰双行夹批：浑写两句，已见经行处愈远，更至北一路矣。】

忽抬头看见前面一带粉垣，里面数楹修舍，有千百竿翠竹遮映。

众人都道："好个所在!"

【庚辰侧批：此方可为颦儿之居。】

于是大家进入，只见入门便是曲折游廊，【庚辰双行夹批：不犯超手游廊。】阶下石子漫成甬路。

此论妙极。

宝玉欲掩人耳目，正合老先生心意，故而，老先生笑着让宝玉说话。

"沁芳"二字固然新雅，然而，鲜花沁浸于水中，仍是颓丧。再者，"沁芳"谐音"侵芳"，摧折花木之意，草木之人林黛玉何以受得?

点头认可。

有何才情? 宝玉不过是贾政手中的猴子，主人演戏，猴子开场而已。

"机上心来"!

"三篙"指明朝、清朝、起义军三方力量；明朝末年，"三篙"同"翠"。

"隔岸花"指清朝，它不仅要"分一脉香"，还要占领大观园。

贾政"点头微笑"，如此妙文，作者自为得意!

跟随作者逛园子，半点儿不能马虎，需要"着意观览"。

批书者识路，亦是奇事。

"竹子"谐音"主子"，明朝皇帝（黛玉）才是主子。"普天之下，莫非王土"，种竹子的地方就是明朝疆域。

明朝本是好地方。

此处必为黛玉住处。

大家走入了明朝疆域图中。

449

上面小小两三间房舍，一明两暗，

"小小"二字是重点，文章将世间风景缩小到大观园中了。明朝疆域（大观园）有"一明两暗"，"一明"指明朝实际控制区域，"两暗"指大清和起义军的控制区域。

里面都是合着地步打就的床几椅案。

合着地步打就的，这是按比例缩放的。

从里间房内又得一小门，出去则是后院，有大株梨花兼着芭蕉。

"里间"指明朝地盘，"后院"指大清地盘。

又有两间小小退步。

"退步"可能指边境线。

后院墙下忽开一隙，得泉一派，开沟仅尺许，灌入墙内，绕阶缘屋至前院，盘旋竹下而出。

清军如同流水一样从"一隙"之间攻入，"盘旋竹下"，后院之水将会流向前院。

贾政笑道："这一处还罢了。【庚辰侧批：一处。】

这是评价语，作者吴梅村会对每一处"景点"做评价。前院是种有竹子的明朝，这里不错。

"若能月夜坐此窗下读书，不枉虚生一世。"

如果明朝不曾灭亡，作者在明朝读书，他就不会降清，"虚生一世"了。

说毕，看着宝玉，唬的宝玉忙垂了头。【庚辰双行夹批：点一笔。】

贾政"虚生一世"的原因是江山易主，宝玉象征江山社稷，所以，他"忙垂了头"。

众客忙用话开释，【庚辰双行夹批：客不可不有。】又说道："此处的匾该题四个字。"贾政笑问："那四字？"

崇祯王朝。如何？

一个道是"淇水遗风"。

《诗经·淇奥》中有句："瞻彼淇奥，绿竹猗猗。"意思是看那淇水之畔的弯弯河岸，碧绿的竹林连成一片。这里还是以竹子比喻主子，"淇水遗风"可以理解为明朝故国。

贾政道："俗。"【庚辰双行夹批：余亦如此。】

俗则易懂。老先生最好不要出高雅的难题，否则，笔者帮不了您。

又一个是"睢园雅迹"。

《滕王阁序》中有句："睢园绿竹，气凌彭泽之樽。"睢园多绿竹，这还是以竹子比拟主子。

贾政道："也俗。"

若雅恐难懂。

贾珍笑道："还是宝兄弟拟一个来。"【庚辰眉批：又换一章法。壬午春。】

工部尚书曹珍（贾珍）本不该插话，故而，批语说又换一章法。

贾政道："他未曾作，先要议论人家的好歹，可见就是个轻薄人。"【庚辰侧批：知子者莫如父。】

父亲骂儿子为轻薄人，天下有这样的父亲吗？实在是"儿子"不成器，最终会亡国。

众客道："议论的极是，其奈他何。"

贾政道："休如此纵了他。"

因命他道："今日任你狂为乱道，

"先设议论来，然后方许你作。

【庚辰双行夹批：又一格式，不然，不独死板，且亦大失严父素体。】

【庚辰眉批：于作诗文时虽政老亦有如此令旨，可知严父亦无可奈何也。不学纨绔来看。畸笏。】

"方才众人说的，可有使得的？"

宝玉见问，答道："都似不妥。"【庚辰双行夹批：明知是故意要他搬驳议论，落得肆行施展。】

贾政冷笑道："怎么不妥？"

宝玉道："这是第一处行幸之处，必须颂圣方可。

"若用四字的匾，又有古人现成的，何必再作。"

贾政道："难道'淇水''睢园'不是古人的？"

宝玉道："这太板腐了。莫若'有凤来仪'四字。"【庚辰双行夹批：果然，妙在双关暗合。】众人都哄然叫妙。

贾政点头道："畜生，畜生，可谓'管窥蠡测'矣。"

宝玉是玉玺，贾政管不着玉玺，"其奈他何"？

不可溺爱，不可放纵，教子与治国同法也。

小小石头，你父亲让你乱讲了，不妨把《红楼梦》的底细和盘托出吧。

没有议论，读者不容易理解。

严父口声如闻，作者训教儿子，演戏给读者看呢！

贾政若真能教导宝玉，《红楼梦》就该改写了。

众人说的都使得，只是作者老先生在炼字，还有妙文要讲。

放肆！戏弄读者乎？

何用"冷笑"？贾政与宝玉对话，实际上就是作者自问自答，完全可以捧腹大笑！

对呀，说了半天把省亲的幌子丢了，还得再谈省亲行幸呀。

把明朝皇宫匾上的文字拿来便可。

文章在写古人，定然得用古人的。

"有凤来仪"四字，妙不可言，庚辰夹批认为其"双关暗合"，笔者认为不只"双关暗合"，还有"一关明合"。此处是崇祯皇帝的疆域，可以用"凤"字；就德陵而言，张嫣皇后将埋葬于这里，可以用"凤"字；从表面情节讲，元春省亲可以用"凤"字。以上三件事都可以称作"有凤来仪"，这真是巧夺天工，难怪"众人都哄然叫妙"。

如果以为"有凤来仪"指元春省亲，这完全是"管窥蠡测"，作者便破口骂人了。

因命："再题一联来。"宝玉便念道：

宝鼎茶闲烟尚绿，【庚辰双行夹批："尚"字妙极！不必说竹，然恰恰是竹中精舍。】

"宝鼎茶闲"指崇祯皇帝自缢了；"烟尚绿"指吴三桂的队伍还在，这是明朝的最后一缕"烟火"。

幽窗棋罢指犹凉。【庚辰双行夹批："犹"字妙！"尚绿""犹凉"四字，便如置身于森森万竿之中。】

"幽窗棋罢"指吴三桂与李自成的战争结束了；"指犹凉"指吴三桂招致清军入关，让人们感到悲凉。

贾政摇头说道："也未见长。"说毕，引众人出来。

贾政引出众人，贾珍必然要上场。一虚一实，交替介绍。

方欲走时，忽又想起一事来，【己卯侧批：不板。】

又要插入一段历史。

因问贾珍道："这些院落房宇并几案桌椅都算有了，【庚辰侧批：此一顿少不得。】还有那些帐幔帘子并陈设玩器古董，可也都是一处一处合式配就的？"

作者问工部尚书曹珍（贾珍），德陵的陈设用具准备得怎么样了？

【庚辰双行夹批：大篇长文不如此顿，则成何话说？】

本回主要介绍虚拟的大观园，如果只字不说历史，"则成何话说"。

贾珍回道："那陈设的东西早已添了许多，自然临期合式陈设。帐幔帘子，昨日听见琏兄弟说，还不全。

工部尚书曹珍听内阁首辅周延儒（贾琏）说，德陵的陈设用具还不全。

"那原是一起工程之时就画了各处的图样，量准尺寸，就打发人办去的。想必昨日得了一半。"【庚辰双行夹批：补出近日忙冗，千头万绪景况。】

"一起工程"？既然有一期工程，就有二期工程，从表面情节讲，以最快的建设速度估算，建设园子需要一两年时间。建园期间，贾府有没有发生其他事情呢？长大了一两岁的青年男女都在干什么呢？文章并没描写这些。就隐写历史而言，"一起工程"指德陵的地下工程，二期工程是地上部分，二期工程还要照原来的图纸施工。

贾政听了，便知此事不是贾珍的首尾，

德陵一期工程开工时，工部尚书是薛凤祥，换了数任工部尚书，德陵才完工，这事当然不是曹珍的首尾。

便令人去唤贾琏。一时贾琏赶来。【庚辰双行夹批：写出忙冗景况。】

内阁首辅周延儒来说事了。周延儒很忙，不过，无论多忙，先帝的陵寝建成了，他必须来。

贾政问他共有几种，现今得了几种，尚欠几种。贾琏见问，忙向靴桶取靴掖

内阁首辅周延儒熟练地从靴掖内取出了折子。这样的描写太细致了，其他史书从来没有这样的章法。

内装的一个纸折略节来,【庚辰双行夹批:细极! 从头至尾,誓不作一笔逸安苟且之笔。】

看了一看,回道:"妆蟒绣堆、【庚辰双行夹批:一字一句。】刻丝弹墨【庚辰双行夹批:二字一句。】并各色绸绫大小幔子一百二十架,昨日得了八十架,下欠四十架。帘子二百挂,昨日俱得了。

"外有猩猩毡帘二百挂,金丝藤红漆竹帘二百挂,墨漆竹帘二百挂,五彩线络盘花帘二百挂,每样得了一半,也不过秋天都全了。

"椅搭、桌围、床裙、桌套,每分一千二百件,也有了。"

一面走,一面说,【庚辰双行夹批:是极! 】倏尔青山斜阻。

【庚辰双行夹批:"斜"字细,不必拘定方向。诸钗所居之处,若稻香村、潇湘馆、怡红院、秋爽斋、蘅芜苑等,都相隔不远,究竟只在一隅。然处置得巧妙,使人见其千邱万壑,恍然不知所穷,所谓会心处不在乎远。大抵一山一水,一木一石,全在人之穿插布置耳。】

转过山怀中,隐隐露出一带黄泥筑就墙,墙头上皆稻茎掩护。【庚辰双行夹批:配的好! 】

有几百株杏花,如喷火蒸霞一般。

里面数楹茅屋。外面却是桑、榆、槿、柘,各色树木新条,随其曲折,编就两溜青篱。

篱外山坡之下,有一土井,旁有桔槔辘轳之属。下面分畦列亩,佳蔬菜花,漫然无际。

通过贾琏的话可知,修建德陵需要很多物品。当时,工部请求发放帑银 200 万两,崇祯帝几经筹措,只拨了 50 万两,还反复叮咛"以期速成",为了不影响工期,大臣纷纷捐款才使陵园勉强修建起来。

天启皇帝去世于八月,他的祭日就在秋天,有些物品到秋天祭祀时才能齐全。

普通用具都有了。

岔开文字,作者将继续引领读者游览大观园。

大观园中千丘万壑,不知所穷,读者会心,才能明白。

到陕西农村了,这里比较穷,"黄泥墙"上"稻茎掩护",这里就是李自成、张献忠的老家。

红杏出墙,暗喻农民起义了,起义队伍有上百支。

起义军队伍经过数次整合,已经编成"两溜":"一溜"是李自成的队伍,"另一溜"是张献忠的队伍。

农民起义军已经"漫然无际"了,陕西的起义军扩散到河南、山西、湖广等周边地区了。

【庚辰双行夹批：阅至此，又笑别部小说中，一万个花园中，皆是牡丹亭、芍药圃、雕栏画栋、琼榭朱楼，略不差别。】

别书是小说，本书不是小说。

贾政笑道："倒是此处有些道理。

大有道理。

"固然系人力穿凿，

这些景点都是"人力穿凿"而成。

"此时一见，未免勾引起我归农之意。

明朝灭亡后，作者吴梅村有归农之意。钱林撰写的《吴伟业》记载：

如是者十年，将著书老矣。会有迫之出者……

明朝灭亡后，吴梅村不打算再出仕了，不过，有人三番两次逼迫他出山。如果老先生早日归农，就没有这本《红楼梦》了，造化弄人，造化成人。

【庚辰双行夹批：极热中偏以冷笔点之，所以为妙。】

文章点出作者有归农之意，正是热中冷笔。

"我们且进去歇息歇息。"

留出说话的时间。

说毕，方欲进篱门去，忽见路旁有一石碣，亦为留题之备。【庚辰侧批：真妙真新。】

李自成的地盘上有"石碣"留题，诚如批语所言"真妙真新"。

【庚辰双行夹批：更恰当。若有悬额之处，或再用镜面石，岂复成文哉？忽想到"石碣"二字，又托出许多郊野气色来，一肚皮千丘万壑，只在这石碣上。】

作者的"一肚皮千丘万壑"，在本回暴露无遗。

众人笑道："更妙，更妙！此处若悬匾待题，则田舍家风一洗尽矣。

这里是农村，要尽显田舍家风，如果这里悬挂匾额，就与文意背道而驰了。

"立此一碣，又觉生色许多，非范石湖田家之咏不足以尽其妙。"

南宋诗人范成大（范石湖）的《四时田园杂兴》共有60首，写尽了村野风光。所以，直接把范成大的诗用在这里就可以。

【庚辰侧批：赞得是，这个葰翁有些意思。】

这个葰翁是内行，在今世可以称作专家了。

【庚辰双行夹批：客不可不养。】

清客陪戏而已，故而，本回中的清客没有名字，他们不扮演历史人物。

贾政道："诸公请题。"众人道："方才世兄有云，'编新不如述旧'，此处古人已道尽矣，莫若直书'杏花村'妙极。"

杏花村在山西，离陕西还有一点儿距离，如果能找一个陕西的村名则更妙。

贾政听了，笑向贾珍道："正亏提醒了我。此处都妙极，只是还少一个酒幌，

文章要明目张胆地挂幌子呀。

"明日竟作一个，不必华丽，就依外面村庄的式样作来，用竹竿挑在树梢。"

竹竿挑在树梢，这就是揭竿而起！

贾珍答应了，又回道："此处竟还不可养别的雀鸟，只是买些鹅鸭鸡类，才都相称了。"贾政与众人都道："更妙。"

这里一定不能养珍贵的雀鸟，陕西的贫困农民如何养得起它们？这里只能养"鹅鸭鸡"，这样才与农村"相称"。

贾政又向众人道："'杏花村'固佳，只是犯了正名，

杏花村的"村"字就是吴梅村的"村"，"杏花村"犯了贾政的名字。

"村名直待请名方可。"

作者吴梅村的名字，需要读者"请名"才可以。

众客都道："是呀。如今虚的，便是什么字样好？"大家想着，

作者的姓名如今还是虚的，他到底叫什么名字呢？"大家想着"这件事吧！

宝玉却等不得了，【庚辰双行夹批：又换一格方不板。】也不等贾政的命，【庚辰双行夹批：忘情有理。】便说道："旧诗云：'红杏梢头挂酒旗。'

红杏出墙，挂出反旗。

"如今莫若'杏帘在望'【庚辰双行夹批：妙在一"在"字。】四字。"

农民起义军隐隐在望。

众人都道："好个'在望'！又暗合'杏花村'意。"

作者自己作文，自我解释。

宝玉冷笑道：【庚辰双行夹批：忘情最妙。】"村名若用'杏花'二字，则俗陋不堪了。又有古人诗云：'柴门临水稻花香。'何不就用'稻香村'的妙？"

妙啊！"柴门"指没落的明朝，"临水"指兴起的大清，"稻香村"指陕西的农民起义军。

众人听了，亦发哄声拍手道："妙！"

笔者也拍手叫妙。

贾政一声喝断："无知的业障！【庚辰眉批：爱之至，喜之至，故作此语。作者至此，宁不笑杀？壬午春。】

不该骂，宝玉解释得如此到位，贾政喜欢还来不及呢。

"你能知道几个古人，能记得几首熟诗，也敢在老先生前卖弄！

小小石头，你懂诗吗？有何资格卖弄？还是让你父亲卖弄吧。

"你方才那些胡说的,不过是试你的清浊,取笑而已,你就认真了!"

说着,引众人步入茆堂,里面纸窗木榻,富贵气象一洗皆尽。

贾政心中自是喜欢,

却瞅宝玉道:"此处如何?"

众人见问,都忙悄悄的推宝玉,教他说好。

宝玉不听人言,便应声道:"不及'有凤来仪'多矣。"【庚辰双行夹批:公然自定名,妙!】

贾政听了道:"无知的蠢物!你只知朱楼画栋,恶赖富丽为佳,那里知道这清幽气象。终是不读书之过!"

宝玉忙答道:"老爷教训的固是,但古人常云'天然'二字,不知何意?"

众人见宝玉牛心,都怪他呆痴不改。

今见问"天然"二字,众人忙道:"别的都明白,为何连'天然'不知?'天然'者,天之自然而有,非人力之所成也。"

宝玉道:"却又来!此处置一田庄,分明见得人力穿凿扭捏而成。

"远无邻村,近不负郭,背山山无脉,临水水无源,高无隐寺之塔,下无通市之桥,峭然孤出,似非大观。

"争似先处有自然之理,得自然之气,虽种竹引泉,亦不伤于穿凿。

"古人云'天然图画'四字,正畏非其地而强为其地,非其山而强为其山,虽百般精而终不相宜……"

作者为石头(宝玉)安排了几句台词而已,石头居然当真了。如此说来,也该挨骂。

这里是陕西农民起义之地,哪有富贵可言?

作者把想表达的话都说出来了,他心中高兴呢。

此处不好,铲平此处才好呢!

看热闹不怕事大,宝玉傻吗?他会说李自成的地盘好吗?

这里不好,朝廷那边好。

骂杀了!骂杀了!错会文意者,颜面何在?

《射雕英雄传》中有一位"老顽童",他的左右手互搏术,乃上乘功夫。文中父子对话亦是此术,宝玉直戳文章的漏洞:"大观园是天然所有,文章把它写成园子,这怎么解释?"

优秀演员都是这样子。

田庄乃"天之自然而有,非人力之所成也"。大观园的景点不是建造出来的,不是!

少来这一套!这个地方设计一个田庄,分明就是作者穿凿扭捏成的!

宝玉继续向作者发问:邻村在哪里?城郭在哪里?山脉在哪里?水源在哪里?寺塔在哪里?桥梁在哪里?没有这些东西,如何说它是李自成的老家呢?

前文用种竹子的地方比拟明朝,这还不太穿凿;这里用房子比拟起义军所在的区域,这太穿凿了。

大观园是天然图画,文章却把它写成一个园子,不是那个地方却说成那个地方,不是那座山却说成那座山,大观园再逼真,它也不相宜。

未及说完，贾政气的喝命："又出去！"

宝玉把作者的老底揭穿了，作者老先生怒了。

刚出去，又喝命："回来！"

还得请回来，继续让宝玉揭老底，不然，后人读不懂呀。

命再题一联："若不通，一并打嘴！"【庚辰眉批：所谓奈何他不得也，呵呵！畸笏。】

凡是讲不通的，一律打嘴。

宝玉只得念道：

新涨绿添浣葛处，【庚辰双行夹批：采《诗》颂圣最恰当。】

好云香护采芹人。【庚辰双行夹批：采《风》采《雅》都恰当。然冠冕中又不失香奁格调。】

笔者被打嘴了，完全不明白这句诗的意思。

贾政听了，摇头说："更不好。"

不懂。

一面引人出来，转过山坡，穿花度柳，抚石依泉，过了荼蘼架，再入木香棚，越牡丹亭，度芍药圃，入蔷薇院，出芭蕉坞，盘旋曲折。【庚辰双行夹批：略用套语一束，与前顿破格不板。】

翻山越岭，走过许多地方。

忽闻水声潺湲，泻出石洞，上则萝薜倒垂，下则落花浮荡。

石洞中"水声潺湲""落花浮荡"，这里还是桃花源呀。

【庚辰双行夹批：仍是沁芳溪矣，究竟基址不大，全是曲折掩映之巧可知。】

桃花源只有一个洞口，基址能有多大？

众人都道："好景，好景！"贾政道："诸公题以何名？"众人道："再不必拟了，恰恰乎是'武陵源'三个字。"

怎么把实话都说出来了？"武陵源"正是桃花源。《桃花源记》原文：

晋太元中，武陵人捕鱼为业。缘溪行，忘路之远近……

贾政笑道："又落实了，而且陈旧。"

作者笑着说："你们又说实话了，这个园子本质上就是武陵源。不过，武陵源的故事陈旧老套，我这个园叫大观园。"

众人笑道："不然就用'秦人旧舍'四字也罢了。"

"秦人旧舍"还是《桃花源记》中的石洞。《桃花源记》有文：

自云先世避秦时乱，率妻子邑人来此绝境，不复出焉，遂与外人间隔。

· 457 ·

宝玉道："这越发过露了。

"'秦人旧舍'说避乱之意，如何使得？莫若'蓼汀花溆'四字。"

贾政听了，更批胡说。

于是要进港洞时，又想起有船无船。

贾珍道："采莲船共四只，座船一只，如今尚未造成。"贾政笑道："可惜不得入了。"

贾珍道："从山上盘道亦可进去。"

说毕，在前导引，大家攀藤抚树过去。

只见水上落花愈多，其水愈清，溶溶荡荡，曲折萦迂。

池边两行垂柳，杂着桃杏，遮天蔽日，真无一些尘土。

忽见柳阴中又露出一个折带朱栏板桥来，【庚辰双行夹批：此处才见一朱粉字样，绿柳红桥，此等点缀亦不可少。后文写芦雪广，则曰蜂腰板桥，都施之得宜，非一幅死稿也。】

度过桥去，诸路可通，【庚辰双行夹批：补四字，细极！不然，后文宝钗来往，则将日日爬山越岭矣。记清此处，则知后文宝玉所行常径，非此处也。】

便见一所清凉瓦舍，一色水磨砖墙，清瓦花堵。

那大主山所分之脉，【庚辰双行夹批：两见大主山，稻香村又云怀中，不写主山，而主山处处映带连络不断可知矣。】

皆穿墙而过。【庚辰双行夹批：好想。】

大观园就是桃花源，文章已经和盘托出了！

"蓼汀花溆"是全文的魂魄，这四个字谐音聊听花叙，文章将借助花草说事儿。

借助花草描述历史，还真有点儿"胡说"之意。

"港洞"还是石洞，不过，这里是大清的地盘，故用"港洞"一词，里面有"清水"。

去大清有一段路程，无船可通。还记得宝玉梦中的那只船吗？木居士掌舵，灰侍者撑篙，它无法到达彼岸。

走山路也可以去大清。

道路难走，需要攀藤抚树。

"清"字显现出来了。

没有尘土就是"大清"二字的字面意思。

这个"桥"可能是明清之间的咽喉要道，似乎是指山海关，去大清的路上要经过山海关。

批语太露骨了，"后文宝钗来往，则将日日爬山越岭矣"。这话暗指皇太极发兵，爬山越岭攻打明朝。

"清凉瓦舍""清瓦花堵"，两个"清"字。

"大主山"指明朝疆域。农民起义军活动区域在明朝内部，故而，"稻香村"在"大主山怀中"。大清已经建国，故而，这里则是"大主山所分之脉"。

《清史稿》称长城为岭子墙，"穿墙而过"的意思是大清（后金）突破长城进攻明朝。

贾政道："此处这所房子，无味的很。"

【庚辰双行夹批：先故顿此一笔，使后文愈觉生色，未扬先抑之法。盖钗、颦对峙有甚难写者。】

因而步入门时，忽迎面突出插天的大玲珑山石来，

四面群绕各式石块，

竟把里面所有房屋悉皆遮住，

而且一株花木也无。【庚辰双行夹批：更奇妙！】只见许多异草：

或有牵藤的，或有引蔓的，或垂山巅，或穿石隙，甚至垂檐绕柱，萦砌盘阶，【庚辰双行夹批：更妙？】或如翠带飘摇，或如金绳盘屈，或实若丹砂，或花如金桂，味芬气馥，非花香之可比。

【庚辰双行夹批：前三处皆还在人意之中，此一处则今古书中未见之工程也。连用几"或"字，是从昌黎《南山诗》中学得。】

贾政不禁笑道："有趣！【庚辰双行夹批：前有"无味"二字，及云"有趣"二字，更觉生色，更觉重大。】只是不大认识。"

有的说："是薜荔藤萝。"贾政道："薜荔藤萝不得如此异香。"

宝玉道："果然不是。这些之中也有薜荔藤萝，那香的是杜若蘅芜，

"那一种大约是茝兰，这一种大约是清葛，那一种是金簦草，这一种是玉蕗藤，红的自然是紫芸，绿的定是青芷。

【庚辰双行夹批：金簦草，见《字汇》。玉蕗，见《楚辞》"菎蕗杂于糜蒸"。】

作者直接表明自己不喜欢清朝。

文章顿一笔，作者表明态度，后文更加精彩。疆域图都写出来了，描写"钗""颦"对峙，又有何难？

"大玲珑山石"是大清政权，这块石头插上了天！

这是指大清初年的疆域。

文章不再详细写大清的房屋，再写房屋就与稻香村重复了。

林黛玉是草木之人，但是，这里的草木全是异草。

大清地盘内，全是奇景。

这项工程全在作者笔力，这是"今古书中未见之工程也"。

作者都说不认识，读者就更不认识了。

前文的"蓼汀花溆"并非白写，它谐音聊听花叙，姑且听花草叙述历史吧。

"香的是杜若蘅芜"，食用冷香丸的薛宝钗必将入住蘅芜院。

"清""金"二字，隐隐作怪。

不知所云。

莛、葛、芸、芷，皆不必注，见者太多。此书中异物太多，有人生之未闻未见者，然实系所有之物，或名差理同者亦有之。】

"想来《离骚》《文选》等书上所有的那些异草，也有叫作什么藿蒳姜荨的，也有叫什么纶组紫绛的，还有石帆、水松、扶留等样，【庚辰双行夹批：左太冲《吴都赋》。】又有叫作什么绿荑的，还有什么丹椒、蘼芜、风连。【庚辰双行夹批：以上《蜀都赋》。】

作者卖弄风骚，笔者不知其意。

"如今年深岁改，人不能识，故皆象形夺名，渐渐的唤差了，也是有的。"【庚辰双行夹批：自实注一笔，妙！】

文章以花比人，读者不能识，确实是有的。

未及说完，贾政喝道："谁问你来！"【庚辰双行夹批：又一样止法。】唬的宝玉倒退，不敢再说。

老先生只问读者，不问宝玉。

贾政因见两边俱是超手游廊，便顺着游廊步入。只见上面五间清厦连着卷棚，四面出廊，绿窗油壁，更比前几处清雅不同。

这里又有"清厦""清雅"两个词语，自入"港洞"以来，文章已用了六个"清"字。

贾政叹道："此轩中煮茶操琴，亦不必再焚香矣。

大清会"煮茶"，煮的是"千红一窟"。因而，来到这里就不要焚香跪拜了。

【庚辰双行夹批：前二处，一曰月下读书，一曰勾引起归农之意，此则操琴煮茶，断语皆妙。】

"月下读书"处是明朝；"归农之意"处是李自成起兵处；"操琴煮茶"处是大清发祥地。

"此造已出意外，诸公必有佳作新题以颜其额，方不负此。"

这个地方已在读者意料之外，所以，写匾额来解释说明一下。

众人笑道："再莫若'兰风蕙露'贴切了。"

"兰"就是贾兰，他扮演吴三桂。"露"是清水，暗指大清。"兰风蕙露"谐音"兰风惠露"，吴三桂引清军入关，惠及了大清。

贾政道："也只好用这四字。其联若何？"

文章用花草描摹历史事件，着实有些难度。

一人道："我倒想了一对，大家批削改正。"念道是：

李自成占领北京后，明朝已成为"斜阳院"，即将日暮。这时候，吴三桂（贾兰）的队伍还在，他是明朝的最

460

麝兰芳霭斜阳院，
杜若香飘明月洲。

众人道："妙则妙矣，只是'斜阳'二字不妥。"

那人道："古人诗云：'蘼芜盈手泣斜晖！'"

众人道："颓丧，颓丧。"

又一人道："我也有一联，诸公评阅评阅。"因念道：

三径香风飘玉蕙，

一庭明月照金兰。【庚辰双行夹批：此二联皆不过为钓宝玉之饵，不必认真批评。】

贾政拈髯沉吟，意欲也题一联。

忽抬头见宝玉在旁不敢则声，因喝道："怎么你应说话时又不说了？还要等人请教你不成！"

宝玉听说，便回道："此处并没有什么'兰麝'、'明月'、'洲渚'之类，若要这样着迹说来，就题二百联也不能完。"

贾政道："谁按着你的头，叫你必定说这些字样呢？"

宝玉道："如此说，匾上则莫若'蘅芷清芬'四字。

对联则是：

吟成豆蔻才犹艳，

后一点儿希望，最后一丝"芬芳"。

"杜若蘅芜"指清军，吴三桂引领清军入关，致使清军占领明朝，"明月洲"被他人占领了。

"斜阳"二字完全符合史实。但是，表面情节在介绍省亲别墅，这两个字就显得不妥了。

"蘼芜盈手泣斜晖"，出自鱼玄机的《闺怨》一诗，意思是丈夫久出未归，女子手持蘼芜在夕阳下哭泣。蘼芜象征爱人分离，乐府诗《上山采蘼芜》有句："上山采蘼芜，下山逢故夫。"这里用"蘼芜盈手泣斜晖"比喻明朝灭亡后，朝臣为故国哭泣。

颓丧也没有办法，本来就是无可奈何的事。

"三径香风"指明朝、大清、起义军三方力量，这会使明朝政权（玉蕙）飘摇不定。

"金"指起义军，"兰"指吴三桂（贾兰）。在明朝的一庭明月之下，起义军与吴三桂斗争起来了。

"吟安一个字，捻断数茎须"。本回的文字都是政老拈髯沉吟出来的，老先生用心良苦啊。

教训得极是，如果宝玉不出来说话，读者如何能懂文章呢？所以，宝玉又该说话了。

此话极是，文章还没描写李自成与吴三桂战争的历史，说这些太早了。再者，对于这一历史事件，题两百联也难不倒作者，作者的《圆圆曲》就写了这件事，堪称千古绝唱。

就是，不会换字样吗？只要表达贴切，随便换字样。

"蘅芷清芬"谐音"蘅指清芬"，蘅芜院指大清。

《红楼梦》将皇太极"吟成"了豆蔻少女薛宝钗，并且她才思敏捷。

睡足荼蘼梦亦香。【庚辰双行夹批：实佳。】

贾政笑道："这是套的'书成蕉叶文犹绿'，不足为奇。"

众客道："李太白'凤凰台'之作，全套'黄鹤楼'，【庚辰侧批：这一位蒉翁更有意思。】只要套得妙。"

"如今细评起来，方才这一联，竟比'书成蕉叶'尤觉幽娴活泼。视'书成'之句，竟似套此而来。"

贾政笑说："岂有此理！"

说着，大家出来。

行不多远，则见崇阁巍峨，层楼高起，面面琳宫合抱，迢迢复道萦纡，青松拂檐，玉兰绕砌，金辉兽面，彩焕螭头。

贾政道："这是正殿了。

【庚辰双行夹批：想来此殿在园之正中。按园不是殿方之基，西北一带通贾母卧室后，可知西北一带是多宽出一带来的，诸钗始便于行也。】

"只是太富丽了些。"

众人都道："要如此方是。虽然贵妃崇尚节俭，天性恶繁悦朴，

宋人吴淑姬词"谢了荼蘼春事休"，荼蘼花谢之时，崇祯朝灭亡了。此时，皇太极已经去世半年了，他已在"睡梦"之中，然而，他的梦是香的，因为清朝即将一统江山。

作者自我解释文章了。怀素在芭蕉叶上练习书法，文字仿佛染上了绿色。这里比喻《红楼梦》的表面情节非常逼真。

李白的《登金陵凤凰台》一诗感怀历史，讽刺奸臣，完全契合《红楼梦》主旨。《凤凰台》套用《黄鹤楼》，《红楼梦》则套用史书。

作者将帝王将相"吟成豆蔻"，于是，《红楼梦》书成矣。

作者笑了。"吟成豆蔻"是作者的句子，"书成"之句是古人的句子，怎么能说古人套用作者的句子呢？真是岂有此理！

走出港洞，虚拟的大观园介绍完了，下文应该写德陵了。

德陵正殿：崇阁巍峨，层楼高起。见下图：

德陵正殿

作者告诉读者实话呢。

没搞明白批语的意思。

这句话是引出下文的句子。

张嫣皇后"崇尚节俭，天性恶繁悦朴"。

【庚辰侧批：写出贾妃身分天性。】

"然今日之尊，礼仪如此，不为过也。"

一面说，一面走，只见正面【庚辰双行夹批：正面，细。】现出一座玉石牌坊来，上面龙蟠螭护，玲珑凿就。

贾政道："此处书以何文？"众人道："必是'蓬莱仙境'方妙。"贾政摇头不语。

宝玉见了这个所在，心中忽有所动，寻思起来，倒像在那里曾见过的一般，却一时想不起那年那月日的事了。

【庚辰双行夹批：仍归于葫芦一梦之太虚玄境。】

贾政又命他作题，宝玉只顾细思前景，全无心于此了。

众人不知其意，只当他受了这半日的折磨，精神耗散，才尽辞穷了；

再要考难逼迫，着了急，或生出事来，倒不便。

遂忙都劝贾政："罢，罢，明日再题罢了。"

贾政心中也怕贾母不放心，【庚辰双行夹批：一笔不漏。】

遂冷笑道："你这畜生，也竟有不能之时了。也罢，限你一日，明日若再不能，我定不饶。

"这是要紧之处，更要好生作来！"

【庚辰眉批：一路顺顺逆逆，已成千邱万壑之景，若不有此一段大江截住，直成一盆景矣。作者从何落笔着想！】

说着，引人出来，再一观望，原来自进门起，所行至此，才游了十之五六。【庚辰双行夹批：总住，妙！伏

此笔写贾妃乎？待高明君子指正。

这是照顾表面情节的话。

天启皇帝墓前石碑上有"龙蟠螭护"。

怎么能把坟墓说成"蓬莱仙境"呢？因此，作者吴梅村摇头不语。

宝玉是玉玺，他见过坟墓里的天启皇帝。天启皇帝于天启七年八月二十一日去世，那年那月那日的事情怎么能不记得呢？

魏忠贤（甄士隐）的葫芦一梦正是从天启皇帝去世开始的，这里与第一回照应。

想起先帝，宝玉再无心思题诗写句了。

众人不知宝玉所想。

如果再逼迫，万一露了馅儿，文章就要生出是非来了。

借坡下驴法。

这是照顾表面情节的句子，文章非常逼真。

要小心了，已经限定了期限，再不明白，作者不饶人了。

作者苦口婆心，奈何不悟？

本回用大篇幅的文字介绍大观园，并没有太多历史事件，所以，文章应该截住了，再不截住就真写成盆景了。

大观园是巨幅地图，无法一一介绍其他地方，后文中，作者会根据需要随时布置景点。

下后文所补等处。若都入此回写完，不独太繁，使后文冷落，亦且非《石头记》之笔。】

又值人来回，有雨村处遣人来回话。【庚辰双行夹批：又一紧，故不能终局也。此处渐渐写雨村亲切，正为后文地步。伏脉千里，横云断岭法。】

笔者以为此处的雨村是第一回中的张嫣皇后。批语认为雨村扮演他人，待高明君子批示谬误。

贾政笑道："此数处不能游了。虽如此，到底从那一边出去，纵不能细观，也可稍览。"

政老把大观园介绍得差不多了，他开心地笑了。

说着，引众客行来，至一大桥前，水如晶帘一般奔入。原来这桥便是通外河之闸，引泉而入者。

外河指大清，大桥指明清间的关隘。文章要收尾了，用"外河"二字做重点提示。

【庚辰双行夹批：写出水源，要紧之极！近之画家着意于山，若不讲水。又造园圃者，唯知弄茫憨顽石壅笨冢辄谓之景，皆不知水为先着。此园大概一描，处处未尝离水，盖又未写明水之从来，今终补出，精细之至！】

文章必然要介绍清楚大清之"源"，故而，文章多次提到流水，并未提及水源，这里明确告诉读者水源在外。

贾政因问："此闸何名？"

此闸可能是指山海关。

宝玉道："此乃沁芳泉之正源，就名'沁芳闸'。"

大观园将为大清所侵。

【庚辰双行夹批：究竟只一脉，赖人力引导之功，园不易造，景非泛写。】

水只有一股，它代表大清。作者巧妙设计，虚拟了这个园子，文中的每一处景点都不是泛写，后文中都有用处。

贾政道："胡说！偏不用'沁芳'二字。"【庚辰双行夹批：此以下皆系文终之余波，收的方不突。】

作者在炼字。

于是一路行来，或清堂茅舍，或堆石为垣，或编花为牖，或山下得幽尼佛寺，或林中藏女道丹房，或长廊曲洞，或方厦圆亭，贾政皆不及进去。【庚辰双行夹批：伏下栊翠庵、芦雪广、凸碧山庄、凹晶溪馆、暖香坞等诸处，于后文一段一段补之，方得云龙作雨之势。】

这里又伏下其他"景点"，便于后文应用。

因说半日腿酸，未尝歇息，忽又见前面又露出一所院落来，【庚辰眉批：问卿此居比大荒山若何？】

上文主要介绍三处"景点"，分别指明朝实际控制区域、起义军所在区域、大清发祥地。为了更准确地描写历史，还要描写一个重要的"景点"：明朝故宫。目前进入的这个"院落"就是故宫。

贾政笑道："到此可要进去歇息歇息了。"

新科进士吴梅村可以进故宫歇息一会儿了。

说着，一径引人绕着碧桃花，【庚辰双行夹批：怡红院如此写来，用无意之笔，却是极精细文字。】穿过一层竹篱花障编就的月洞门，【庚辰双行夹批：未写其居，先写其境。】

"碧桃花""月洞门"，这还是桃花源的入口，文章要描写故宫，还得先把读者请进桃花仙境。

俄见粉墙环护，绿柳周垂。【庚辰双行夹批：与"万竿修竹"遥映。】

这是故宫外壁及周围的景象。万竿修竹处是明朝国土，这里自然要与其照应。

贾政与众人进去，一入门，两边都是游廊相接。

进入故宫了，游廊就是黛玉入贾府时的游廊。

院中点衬几块山石，

故宫院子中的山石。

一边种着数束芭蕉；那一边乃是一棵西府海棠，其势若伞，绿垂碧缕，葩吐丹砂。

根据聊听花叙（蘅汀花溆）的意思可知，文章借花写人，芭蕉、海棠都指人物。芭蕉是绿色，这里用其指代玉玺；西府海棠就是指西府里的林黛玉，也就是崇祯皇帝。

众人赞道："好花，好花！从来也见过许多海棠，那里有这样妙的。"

天下哪有这样妙的花儿呢？

贾政道："这叫作'女儿棠'，【庚辰双行夹批：妙名。】

文章用海棠比作人物，第五回中的《海棠春睡图》上，海棠指袁崇焕，此处的海棠指崇祯皇帝。

"乃是外国之种。

表面情节补足句。

"俗传系出'女儿国'中，【庚辰旁批：出自政老口中，奇特之至！】

女儿国！作者明点女儿国了！读者身处"女儿国"，黛玉为女儿国国王！

"云彼国此种最盛，亦荒唐不经之说罢了。"【庚辰侧批：政老应如此语。】

若说彼国最盛，当然是荒唐不经。

众人笑道："然虽不经，如何此名传久了？"

笔者也欲问。

宝玉道："大约骚人咏士，以花之色红晕若施脂，轻弱似扶病，【庚辰双行夹批：体贴的切，故形容的妙。】

【庚辰眉批：十字若海棠有知，必深深谢之。】

"大近乎闺阁风度，所以以'女儿'命名。

"想因被世间俗恶听了，他便以野史纂入为证，以俗传俗，以讹传讹，都认真了。"

【庚辰双行夹批：不独此花，近之谬传者不少，不能悉道，只借此花数语驳尽。】

众人都摇身赞妙。

一面说话，一面都在廊外抱厦下打就的榻上坐了。【庚辰双行夹批：至阶又至檐，不肯轻易写过。】

贾政因问："想几个什么新鲜字来题此？"

一客道："'蕉鹤'二字最妙。"

又一个道："'崇光泛彩'方妙。"贾政与众人都道："好个'崇光泛彩'！"

宝玉也道："妙极。"又叹："只是可惜了。"众人问："如何可惜？"宝玉道："此处蕉棠两植，其意暗蓄'红''绿'二字在内。若只说蕉，则棠无着落；若只说棠，蕉亦无着落。固有蕉无棠不可，有棠无蕉更不可。"

贾政道："依你如何？"宝玉道："依我，题'红香绿玉'四字，方两全其妙。"

贾政摇头道："不好，不好！"

"红晕若施脂，轻弱似扶病"，这就是林黛玉呀！以花儿比人，体贴得切，形容得妙。

海棠若知道自己被比作崇祯皇帝，必深深谢之。

这就是以女儿命名的本末。

俗恶之辈以野史考证《红楼梦》，以俗传俗，以讹传讹，岂不坏了大事？这书要用正史考证。

时至今日，谬传者太多，好一番口水战呢。

妙！

为什么坐在"廊外抱厦下"呢？怎么不到主厅主座上坐下？怕是不敢。

作者又出考试题了，这回要考新鲜字。

不知其妙，奈何？

"崇"指崇祯，"光"指明朝。

棠不离蕉，蕉不离棠，黛玉不离宝玉，宝玉不离黛玉，皇帝与玉玺不能分开。

"红香"指崇祯皇帝（林黛玉）；"绿玉"指玉玺（贾宝玉）。

是有点儿不好，不太形象。

说着，引人进入房内。只见这几间房内收拾的与别处不同，竟分不出间隔来的，【庚辰侧批：特为青埂峰下凄凉与别处不同耳。庚辰双行夹批：新奇希见之式。】

进入皇宫大殿了，大殿不分间隔。

原来四面皆是雕空玲珑木板，或"流云百蝠"，或"岁寒三友"，或山水人物，或翎毛花卉，或集锦，或博古，

这是在描写大殿的四壁。

【庚辰双行夹批：花样周全之极！然必用下文者，正是作者无聊，撰出新异笔墨，使观者眼目一新。

文章集中笔墨描写故宫大殿，这足以让读者眼目一新了。

所谓集小说之大成，游戏笔墨，雕虫之技，无所不备，可谓善戏者矣。又供诸人同学一戏，洵为妙极。】

本书重点介绍历史，这里是在描写故宫大殿，这只能作雕虫小技，真真是游戏笔墨。

或万福万寿，

庚辰本上的"万福万寿"是符号，见下图：

这些符号是故宫大殿四壁、门窗等处的图样。

【前庚辰双行夹批：金玉篆文是可考正篆，今则从俗花样，真是醒睡魔。

通灵玉和金项圈上的文字是篆书，是可以考证的文字，这里的图样取自现实图案，如果说《红楼梦》是一场梦，这是一场醒着的梦，现实场景就在梦中。

其中诗词雅谜以及各种风俗字文，一概不必究，只据此等处便是一绝。】

书中的诗词雅谜以及世俗人情，一概不必考证，只考证这个图案，就会拍案叫绝。

各种花样，皆是名手雕镂，五彩销金嵌宝的。

皇宫的雕刻出自名家之手，都是销金嵌宝的。

【庚辰双行夹批：至此方见一米彩之处，亦必如此式方可。可笑近之园庭，行动便以粉油从事。】

前几处景致并没有朱彩颜色，这里是皇宫，只有这里才能用朱彩颜色。

一隔一隔，或有贮书处，或有设鼎处，或安置笔砚处，或供花设瓶、安放盆景处，其隔各式各样，或天圆地方，或葵花蕉叶，或连环半壁。真是花团锦簇，剔透玲珑。倏尔五色纱糊就，竟系小窗；倏尔彩绫轻覆，竟系幽户。【庚辰双行夹批：精工之极！】

皇宫大殿内的景致，精工至极。

且满墙满壁，皆系随依古董玩器之形抠成的槽子。诸如琴、剑、悬瓶、【庚辰双行夹批：悬于壁上之瓶也。】桌屏之类，虽悬于壁，却都是与壁相平的。

壁画乎？

【庚辰双行夹批：皆系人意想不到，日所未见之文，若云拟编虚想出来，焉能如此？一段极清极细，后文鸳鸯瓶、紫玛瑙碟、西洋酒令、自行船等文，不必细表。】

普通人没有机会进入皇宫，普通人写不出这段文字。如果说文章是作者虚构的，文字为什么如此逼真呢？这段文字描写得如此细致，后文中的物品就不必说了，作者都见过。

众人都道："好精致想头！难为怎么想来？"【庚辰双行夹批：谁不如此赞？】

恨不能一见。

原来贾政等走了进来，未进两层，便都迷了旧路，

政老也会迷路吗？

左瞧也有门可通，右瞧又有窗暂隔，

门门有道是也。

及到了跟前，又被一架书挡住。

挡路之书就是《红楼梦》，否则，政老不会迷路。

回头再走，又有窗纱明透，门径可行；

多走几次便可明白，这是提示之句。

及至门前，忽见迎面也进来了一群人，都与自己形相一样，却是一架玻璃大镜相照。

妙！妙！妙！作者带领读者游览幻境中的皇宫，此时，官员正在办公，吴梅村先生就在其中，所以，贾政遇见了一个一模一样的自己。

及转过镜去，【庚辰侧批：石兄迷否？】益发见门子多了。【庚辰侧批：所谓投投是道是也。】

机关颇多，不知下文绕向何处。

贾珍笑道："老爷随我来。从这门出去，便是后院，从后院出去，倒比先近了。"

工部尚书曹珍又来了，文章要转笔了。

说着，又转了两层纱厨锦隔，果得一门出去，【庚辰侧批：此方便门也。】院中满架蔷薇、宝相。

转过花障，则见清溪前阻。众人咤异："这股水又是从何而来？"

贾珍遥指道："原从那闸起流至那洞口，从东北山坳里引到那村庄里，又开一道岔口，引到西南上，共总流到这里，仍旧合在一处，【庚辰侧批：于怡红总一园之看，是书中大立意。】从那墙下出去。"

众人听了，都道："神妙之极！"说着，忽见大山阻路。众人都道："迷了路了。"

贾珍笑道："随我来。"仍在前导引，众人随他，直由山脚边忽一转，便是平坦宽阔大路，【庚辰侧批：众善归缘，自然有平坦大道。】豁然大门前见。

【庚辰双行夹批：可见前进来是小路径，此云忽一转，便是平坦宽阔之正甬路也，细极！】

众人都道："有趣，有趣，真搜神夺巧之至也！"于是大家出来。

【庚辰眉批：以上可当《大观园记》。】

【蒙回末总评：好将富贵回头看，总有文章如意难。零落机缘君记去，黄金万斗大观摊。】

出去之门，意欲何往？

笔者也诧异，怎么又写水了呢？阻路之水就是大清，文章要做强调说明吗？

"东北山坳里"的大清。

真迷路了，上文的解读颇有几处不妥，待高明君子指正。

终于绕出来了，光明大路就在眼前。

众人由大门入，入园即走小路，小路上所见就是虚拟的大观园之景；偶尔走上大路，大路上所见是德陵实景。

果然有趣，只是比较难懂，颇费精力。

以上文字可以仿照《桃花源记》写一篇《大观园记》了。

诗文可意会难言传，作者行文难，批书人注解也难。

第十八回

皇恩重元妃省父母　天伦乐宝玉呈才藻

那宝玉一心只记挂着里边，又不见贾政吩咐，少不得跟到书房。

跟随作者一起逛大观园是人生的一大趣事，逛完园子后，读者有没有疑惑呢？作者指明了解惑方法，"少不得跟到书房"，就是到书房查阅古籍，解开疑惑。作者用心良苦，可是，有些版本将这句话修改为"那宝玉一心只记挂着里边的姊妹们"，一块石头为什么要记挂姊妹们呢？真是管窥蠡测了。

贾政忽想起他来，方喝道："你还不去？难道还逛不足！【庚辰侧批：冤哉冤哉！】也不想逛了这半日，老太太必悬挂着。

要打发宝玉走了。

"快进去，疼你也白疼了。"

明朝将会灭亡，终究是"白疼了"宝玉，这是神妙之笔。可是，有些版本中删除了"白疼了"三字，还是看看庚辰本与蒙古本的原文吧！

【庚辰双行夹批：如此去法，大家严父风范，无家法者不知。】

没有家法的人太多了。

宝玉听说，方退了出来。至院外，就有跟贾政的几个小厮上来拦腰抱住，

再起波澜，宝玉刚出来就摊上事了，瞧，宝玉被小厮拦住了，明朝又有麻烦了。

都说："今儿亏我们，老爷才喜欢，老太太打发人出来问了几遍，都亏我们回说喜欢；

强词夺理，宝玉呈才与小厮有什么关系？文章要硬生生地创设幌子。

【庚辰侧批：下人口气毕肖。】

这几个小厮有些来历，文章把他们描摹为下人，描摹得"毕肖"，不过，他们要做出奇怪的举动。

"不然，若老太太叫你进去，就不得展才了。人人都说，你才那些诗比世人的都强。

宝玉刚从园里出来，知道诗文的人并不多，为什么"人人都说"宝玉的诗好呢？

"今儿得了这样的彩头，该赏我们了。"

小厮向宝玉讨钱了，这群小厮必然是农民起义军，只要宝玉不给钱，他们就会抢。

宝玉笑道："每人一吊钱。"

朝廷没有那么多钱放赈，每人只给一吊钱。

众人道："谁没见那一吊钱！

【庚辰侧批：钱亦有没用处。】

"把这荷包赏了罢。"说着，一个上来解荷包，那一个就解扇囊，不容分说，将宝玉所佩之物尽行解去。

又道："好生送上去罢。"

一个抱了起来，几个围绕，送至贾母二门前。

【庚辰侧批：好收煞。】

那时贾母已命人看了几次。众奶娘丫鬟跟上来，见过贾母，知道不曾难为着他，心中自是喜欢。

少时袭人倒了茶来，见身边佩物一件无存，

【庚辰侧批：袭人在玉兄一身无时不照察到。】

因笑道："带的东西又是那起没脸的东西们解了去了。"

林黛玉听说，走来瞧瞧，果然一件无存，

因向宝玉道："我给你的那个荷包也给他们了？【庚辰侧批：又起楼阁。】你明儿再想我的东西，可不能够了！"

说毕，赌气回房，将前日宝玉所烦他作的那个香袋儿，做了一半，赌气拿过来就铰。

宝玉见他生气，便知不妙，忙赶过来，早剪破了。

农民起义军嫌钱少！

放赈也解决不了问题。

这群小厮在"不容分说"的情况下解荷包、解扇囊，他们分明在抢劫！农民起义军的声势越来越大，已经公开抢劫了。

"又道"是转折语，"小厮"的历史事件说完了，文章将继续向下说事。

"抱"字最有神理，宝玉是玉玺，他需要小心谨慎地抱着。

明明有人抢劫了宝玉，文章如此收拾，不留一丝痕迹，干净利落。

表面情节过渡语。

袭人与元春都扮演温体仁。元春是妃子，文章用她反映温体仁的地位，由于妃子的活动范围、言谈举止受到了限制，文章就安排袭人也扮演温体仁。

温体仁（袭人）察言观色，他要施展奸术迷惑皇帝，所以，袭人对玉兄无时不照察到。

小厮被称为"没脸的东西们"，他们就是农民起义军。

崇祯皇帝（黛玉）出场了，小厮抢劫宝玉的东西是重大历史事件。不然，崇祯皇帝不会出场。

崇祯皇帝一出场就生气了，一定是起义军（小厮）惹下了大祸。

香袋里盛放着香火，香火是用来祭祀祖先的，朱氏祖先那边出问题了，凤阳皇陵被起义军毁坏了。《明史·王应熊传》记载：

八年正月，流贼陷凤阳，毁皇陵。

破了，破了，凤阳城被攻破了。

宝玉已见过这香囊，虽尚未完，却十分精巧，费了许多工夫，今见无故剪了，却也可气。

香囊破了，香火丢了，凤阳皇陵被攻破，何以祭祀祖先呢？

因忙把衣领解了，从里面红袄襟上将黛玉所给的那荷包解了下来，递与黛玉瞧道："你瞧瞧，这是什么！我那一回把你的东西给人了？"

对方抢劫，宝玉有何办法？凤阳虽然失守，幸好，宝玉的贴身之物还在。

林黛玉见他如此珍重，带在里面，

戴在里面也要小心，还有人要抢。

【庚辰双行夹批：按理论之，则是"天下本无事，庸人自扰之"。

"按理论之"就是从表面情节来讲。从表面情节讲，这是在写男女感情，与天下大事毫无关系。

若以儿女之情论之，则事必有之，事必有之，理又系今古小说中不能写到写得，谈情者不能说出讲出，情痴之至文也！】

"若以儿女之情论之"就是从隐写的历史来讲。从隐写的历史来讲，凤阳皇陵被毁坏了，崇祯皇帝悲痛无比，但是，表面情节很难描写崇祯皇帝的心理，批书人也不便说破。这件事对崇祯皇帝的打击很大，这是情痴之至文。

可知是怕人拿去之意，因此又自悔莽撞，【庚辰双行夹批：情痴之至！若无此悔便是一庸俗小性之女子矣。】

崇祯皇帝"自悔莽撞"，因为有人早就提出要加强凤阳皇陵的防守，但是，这个提议没能实施，现在，后悔就晚了。《明史·张凤翼传》记载：

及贼将南犯，请以江北巡抚杨一鹏镇凤阳，防护皇陵，温体仁不听，凤翼亦不能再请。八年正月，贼果毁凤阳皇陵。

皇帝"又愧又气"，愧的是皇陵被毁坏，对不起先祖；气的是守城者不力，他要生气处理人。《烈皇小识》记载：

未见皂白就剪了香袋，因此又愧又气，低头一言不发。

二月，流贼犯凤阳，焚毁皇陵。报至，传辍经筵。是日十二，正当开讲也。百官皆角素，九卿上慰安公疏。二十四日乙巳，上御布袍，慰祭太庙。二十六日丁未，廷遣驸马都尉王炳慰告皇陵，百官俱布服从事，下诏罪己，减膳撤乐。随命逮凤阳巡抚杨一鹏、巡按吴振缨下之狱。

从《明史》《崇祯实录》看，凤阳被攻陷的时间为一月，逮凤阳巡抚、巡按的时间是二月。

宝玉道："你也不用剪，

本非她剪。

"我知道你是懒待给我东西。我连这荷包奉还，何如？"说着，掷向他怀中便走。【庚辰双行夹批：这确是难怪。】

臭小子！难道要把江山社稷扔下吗？这一掷，必然会让黛玉大哭！宝玉真是个优秀演员，他引得黛玉落泪，以便描写崇祯皇帝伤心落泪的情形。

黛玉见如此，越发气起来，声咽气堵，又汪汪的滚下泪来，

【庚辰双行夹批：怒之极正是情之极。】

拿起荷包来又剪。

宝玉见他如此，忙回身抢住，笑道："好妹妹，饶了他罢！"【庚辰双行夹批：这方是宝玉。】

黛玉将剪子一摔，拭泪说道："你不用同我好一阵歹一阵的，要恼，就撂开手。

"这当了什么！"

说着，赌气上床，面向里倒下拭泪。

禁不住宝玉上来"妹妹"长"妹妹"短赔不是。

前面贾母一片声找宝玉。

众奶娘丫鬟们忙回说："在林姑娘房里呢。"

贾母听说道："好，好，好！让他们姊妹们一处顽顽罢。

"才他老子拘了他这半天，让他开心一会子罢。

"只别叫他们拌嘴，不许扭了他。"众人答应着。

崇祯皇帝落泪了。《明史·李自成传》记载：

乘胜陷凤阳，焚皇陵，留守署正硃国相等皆战死。事闻，帝素服哭……

怒也无奈，唯有大哭。

这是自我折磨，崇祯皇帝下了罪己诏。《崇祯实录》记载：

崇祯八年，十月，上下诏罪己，避殿彻乐。诏曰："朕以凉德，缵承大统。不期倚任非人，遂至师徒暴露、黎庶颠连。国帑匮绌，而征调未已；闾阎雕敝，而加派难停：中夜思维，不胜愧愤！今年正月，复致上干皇陵，祖恫民仇，责实在朕……"

宝玉在说情："皇帝，您不要太自责了。"

皇帝与玉玺的关系已经好一阵歹一阵了，一旦"撂开手"，明朝就完了，可惜，不"撂开手"哪有此书？

作者居然在书中出了考试题：这当了什么？这当了皇帝下罪己诏一事。

崇祯皇帝无颜面对先祖，"面向里"是因为他羞愧呀。

还好，江山还在，宝玉还在。

"前面贾母"指代朱明皇室的列祖列宗，他们"一片声找宝玉"，生怕丢了江山社稷。

宝玉还在崇祯皇帝房里，老祖宗暂时放心吧。

朱氏祖宗（贾母）连叫三个"好"，如果宝玉、黛玉结婚生子，子子孙孙，香火不断，贾母应喊无数个"好"。

借幌子补足句子。

玉玺要在皇帝的罪己诏上盖章，这正是二人"拌嘴"，宝玉要责备黛玉呢！朱氏祖宗不想让二人闹任何别扭，只愿他俩和和美美地生活一辈子。

黛玉被宝玉缠不过，只得起来道：

"你的意思不叫我安生，我就离了你。"说着往外就走。

宝玉笑道："你到那里，我跟到那里。"一面仍拿起荷包来带上。

黛玉伸手抢道："你说不要了，这会子又带上，我也替你怪臊的！"说着，嗤的一声笑了。

宝玉道："好妹妹，明日另替我作个香袋儿罢。"黛玉道："那也只瞧我的高兴罢了。"

一面说，一面二人出房，到王夫人上房中去了，【庚辰双行夹批：一段点过二玉公案，断不可少。】

可巧宝钗亦在那里。

此时王夫人那边热闹非常。

【庚辰双行夹批：四字特补近日千忙万冗多少花团锦簇文字。】

原来贾蔷已从姑苏采买了十二个女孩子，并聘了教习，以及行头等事来了。

"只得"二字极是，为了表面情节，文章"只得"让黛玉起来，不然的话，黛玉要大哭特哭，还要发脾气处理人。

崇祯皇帝与玉玺分离的前兆。

好宝玉，皇帝到哪里，玉玺跟到哪里。

这是表面情节，就是这等话语骗过了读者。

皇帝现在很不高兴。

崇祯皇帝于崇祯八年十月下《罪己诏》，恰在此时，孙传庭（王夫人）被起用了。《明史·孙传庭传》记载：

崇祯八年秋，始迁验封郎中，超迁顺天府丞。

又是"可巧"！这里突然插入宝钗，下文并没接着描写她，如果本书是小说，完全可以删掉这句话。就隐写历史而言，这话至关重要，就在崇祯皇帝下罪己诏前两个月，清军打来了。《清史稿·太宗本纪》记载：

天聪九年（崇祯八年）八月庚辰，多尔衮等率兵略明山西，自平虏卫入边，毁长城，略忻州、代州，至崞县。

孙传庭（王夫人）这边热闹了，他升任顺天府丞五个月后，被委以重任，升任陕西巡抚。《明史·孙传庭传》记载：

陕西巡抚甘学阔不能讨贼，秦之士大夫哗于朝，乃推边才用传庭，以九年三月受代。

王夫人那边热闹非常，这还能补足表面情节，甚妙。

原任兵部尚书梁廷栋（贾蔷）又回朝廷中来了。《明史·梁廷栋传》记载：

八年冬，召拜兵部右侍郎兼右都御史，代杨嗣昌总督宣、大、山西军务。

文章太神奇了，崇祯皇帝下《罪己诏》、孙传庭复出、清军南略、梁廷栋复出，这四件事都发生于崇祯八年秋末冬初，由此而论，《红楼梦》也是编年体史书。

那时薛姨妈另迁于东北上一所幽静房舍居住，

将梨香院早已腾挪出来，

另行修理了，就令教习在此教演女戏。

又另派家中旧有曾演学过歌唱的众女人们，如今皆已皤然老妪了，着他们带领管理。【庚辰双行夹批：又补出当日宁、荣在世之事，所谓此是末世之时也。】

就令贾蔷总理其日用出入银钱等事，以及诸凡大小所需之物料帐目。

【庚辰双行夹批：补出女戏一段，又伏一案。】

又有林之孝家的来回："采访聘买的十个小尼姑、小道姑都有了，连新作的二十分道袍也有了。

"外有一个带发修行的，本是苏州人氏，祖上也是读书仕宦之家。

"因生了这位姑娘自小多病，买了许多替身儿皆不中用，到底这位姑娘亲自入了空门，方才好了，

"所以带发修行，今年才十八岁，法名妙玉。

【庚辰眉批：妙玉世外人也，故笔笔带写，妙极妥极！畸笏。】

后金（薛家）搬家了。多尔衮带兵攻打河套平原时得到了传国玉玺，半年后，后金改国号为大清，皇太极由大汗改称皇帝。对此，后文有记载，暂不多谈。

梨香院表示大清发祥地，虚拟的大观园已经建成，里面有大清的位置，故而，梨香院就没有用处了。

《红楼梦》本是一出戏，一群女戏子扮演帝王将相。由于历史人物实在太多，文章又安排一个戏中戏，新教导的女戏马上也将上场，她们都扮演朝廷官员，文章直接用"官"字为她们命名。

老演员带新演员，共同演绎《红楼梦》。

贾蔷有了新工作，他不再扮演梁廷栋。梁廷栋复出后不再是兵部尚书，没有什么大事可记了。这位有了新工作的贾蔷扮演时任兵部侍郎唐世济，下文有他的好戏。

伏下的似乎不是一案，而是若干案。

"林之孝"三个字颇有学问，崇祯皇帝（林黛玉）之死可能与他有关。

尼姑、道姑扮演清军、起义军，后文中，她们必然要在大观园里兴风作浪。

"带发修行"的尼姑自然是尘缘未了，留着头发准备随时还俗嫁人，不知她是否看中了宝玉。

"替身儿"！妙玉是替身演员，她是李纨的替身，她也扮演李自成。平常情况下，妙玉在"空门"中，表面情节不便安排李纨出面时，她就上场。

凡以"玉"字命名的人物必定为情所困，妙玉必陷情海，惹出无限风波。

妙玉是替身演员，所以，笔笔带写。

【庚辰双行夹批：妙卿出现，至此细数十二钗，以贾家四艳再加薛林二冠有六，添秦可卿有七，熙凤有八，李纨有九，今又加妙玉仅得十人矣。后有史湘云与熙凤之女巧姐儿者共十二人，雪芹题曰"金陵十二钗"是本宗《红楼梦》十二曲之意。

后宝琴、岫烟、李纹、李绮皆陪客也，《红楼梦》中所谓副十二钗是也。又有又副册三断词乃晴雯、袭人、香菱三人，余未多及，想为金钏、玉钏、鸳鸯、苗云、平儿等人无疑矣。观者不待言可知，故不必多费笔墨。】

【庚辰眉批：树处引十二钗总未的确，皆系漫拟也。至回末警幻情榜方知正、副、再副及三四副芳讳。壬午季春。畸笏。】

"如今父母俱已亡故，身边只有两个老嬷嬷，一个小丫头伏侍。文墨也极通，经文也不用学了，

"模样儿又极好。

"因听见长安都中有观音遗迹并贝叶遗文，

"去岁随了师父上来，【庚辰双行夹批：因此方使妙卿入都。】现在西门外牟尼院住着。

"他师父极精演先天神数，于去冬圆寂了。

"妙玉本欲扶灵回乡的，他师父临寂遗言，说他'衣食起居不宜回乡，

"'在此静居，后来自有你的结果'。所以他竟未回乡。"

表面情节中的12个女子被命名为"金陵十二钗"。但是，书名《金陵十二钗》另有隐意，笔者猜测，文章极可能隐写了十二位金陵地区的高官。

这是表面情节中的"十二钗"，不必多谈。

从这条批语看，现在说"十二钗"都是猜测，到最后才能明白"十二钗"的真实身份。

若学经文就是真尼姑了，不学经文最妙。

模样儿好的往往不安分。

张、李两家争婚，事发地点是"长安县"，这里则是"长安都中"，各具其妙。李自成（妙玉）听说都城中有宝贝，他必定要去凑热闹。

李自成目前还在陕西一带，故而，妙玉"现在西门外"。崇祯十七年三月，他就会进入都中。

这位师父可能指高迎祥。李自成是高迎祥的部下，高迎祥死后，李自成取代了他的位子。

衣食起居不宜回乡，宜在外地抢夺。

关于妙玉的身世，后文"自有结果"，静观后文就可以了。

王夫人不等回完，便说："既这样，我们何不接了他来。"

林之孝家的回道："请他，他说：'侯门公府，必以贵势压人，我再不去的'。"

【庚辰双行夹批：补出妙卿身世不凡心性高洁。】

王夫人道："他既是官宦小姐，自然骄傲些，就下个帖子请他何妨。"

林之孝家的答应了出去，命书启相公写请帖去请妙玉。次日遣人备车轿去接等后话，暂且搁过，此时不能表白。

【庚辰双行夹批：补尼道一段，又伏一案。】

【己卯眉批："不能表白"后是第十八回的起头。】

当下又有人回，工程上等着糊东西的纱绫，请凤姐去开楼拣纱绫；又有人来回，请凤姐开库，收金银器皿。

连王夫人并上房丫鬟等众，皆一时不得闲的。

宝钗便说："咱们别在这里碍手碍脚，

"找探丫头去。"

说着，同宝玉黛玉往迎春等房中来闲顽，无话。

王夫人等日日忙乱，

孙传庭是陕西巡抚，他要打击起义军。故而，一提李自成（妙玉），他就有些不耐烦，"不等回完"就表态了："把他抓（接）过来？"

李自成害怕孙传庭以"贵势压人"，他不敢正面与孙传庭交锋！《明史·孙传庭传》记载：

传庭莅秦，严征发期会，一从军兴法。秦人爱之不如总督洪承畴，然其才自足办贼。

妙玉的身份暴露无遗了。

请也不来，如何能请动李自成呢？

孙传庭与李自成打了多年仗，他并没捉住李自成，所以，王夫人请不来妙玉。但是，表面情节不能这样写，文章用"此时不能表白"作结。

这是大案要案，王夫人将死于妙玉之手，知乎？

此处"不能表白"的历史，正是后文要重点描写的历史，孙传庭与李自成还有几场硬仗要打。

张彝宪（凤姐）换工作了，有人请他"收金银器皿"了。《崇祯实录》记载：

崇祯七年，十月，总理户、工二部司礼太监张彝宪改司礼监提督。

孙传庭于崇祯八年复出，随后，他一直不得闲。

皇太极（宝钗）要撤兵了，他不再对明朝"碍手碍脚"了。《清史稿·太宗本纪》记载：

天聪九年（崇祯八年），九月癸丑，贝勒多尔衮等师还，献玉玺，告天受之。

这是在出卖谢升（探春），因为他将会降清。

凡是"闲顽""闲话"等处，不必多管，都是表面情节。

孙传庭工作很忙。

直到十月将尽，幸皆全备：各处监管都交清帐目；

大观园的"帐目"已经交代清楚了。

各处古董文玩，皆已陈设齐备；

内阁大学士（老古董）已经安排好了。

假园子已经布置好了。

采办鸟雀的，自仙鹤、孔雀以及鹿、兔、鸡、鹅等类，悉已买全，交于园中各处像景饲养；

贾蔷那边也演出二十出杂戏来；小尼姑、道姑也都学会了念几卷经咒。

演员已经安排到位。

贾政方略心意宽畅，【蒙双行夹批：好极！可见智者心无一时痴怠！】

布置好虚拟的大观园，作者吴梅村（贾政）就开心了。

又请贾母等进园，色色斟酌，点缀妥当，再无一些遗漏不当之处了。

作者经过"色色斟酌，点缀妥当"，文章的大框架终于安排好了，诸事妥当，再无遗漏。

于是贾政方择日题本。

全书都是政老之"本"。

【蒙双行夹批：至此方完大观园工程公案，观者则为大观园费尽精神，余则为若笔墨却只因一个葬花冢。】

大观园布置好了，读者为这个园子费尽了精力。但是，这个园子是虚拟的，实有的园子是天启皇帝的陵墓，只是一个"葬花冢"罢了。

本上之日，奉朱批准奏：次年正月十五日上元之日，恩准贵妃省亲。

正月十五元宵节，妃子不在皇宫团圆，却要离开皇宫，表面情节不靠谱呀，作者为什么要把省亲的时间安排在正月十五呢？因为下文要用时辰表示历史事件发生的年份，这些时辰恰在晚上，所以，省亲只能安排在晚上。

贾府领了此恩旨，益发昼夜不闲，年也不曾好生过的。

自从温体仁（元春）当上内阁大学士，朝廷里再也没过一个好年，奸臣当道的时代来了。

【庚辰双行夹批：一语带过。是以"岁首祭宗祀，元宵开夜宴"一回留在后文细写。】

过年的幌子用在后文中。

展眼元宵在迩，自正月初八日，就有太监出来先看方向：何处更衣，何处燕坐，何处受礼，何处开宴，何处退息。

"初八日"指崇祯八年，这一年，朝廷调整了监军太监的工作岗位。太监"看方向"，说明"方向"有变，朝廷不再重用太监，太监要"退息"了。《明史·张彝宪传》记载：

到八年八月始下诏曰："往以廷臣不职，故委寄内侍。今兵制粗立，军饷稍清，尽撤监视总理。"

又有巡察地方总理关防太监等，带了许多小太监出来，各处关防，挡围幕，

"巡察地方总理关防太监"就是监军太监。注意"关防"二字，关防就是印章，监军太监有印章。《崇祯长编》

指示贾宅人员何处退，何处跪，何处进膳，何处启事，种种仪注不一。

外面又有工部官员并五城兵备道打扫街道，撵逐闲人。

贾赦等督率匠人扎花灯烟火之类，至十四日，俱已停妥。这一夜，上下通不曾睡。

至十五日五鼓，自贾母等有爵者，俱各按品服大妆。

园内各处，帐舞龙蟠，帘飞彩凤，金银焕彩，珠宝争辉，【庚辰双行夹批：是元宵之夕，不写灯月而灯光月色满纸矣。】鼎焚百合之香，瓶插长春之蕊，【庚辰双行夹批：抵一篇大赋。】静悄无人咳嗽。【庚辰双行夹批：有此句方足。】

贾赦等在西街门外，贾母等在荣府大门外。街头巷口，俱系围幕挡严。

正等的不耐烦，

忽一太监坐大马而来，【庚辰双行夹批：有是理。】贾母忙接入，问其消息。

太监道："早多着呢！未初刻用过晚膳，

"未正二刻还到宝灵宫拜佛，【庚辰双行夹批：暗贴王夫人，细。】

"酉初刻进大明宫领宴看灯方请旨，只怕戌初才起身呢。"

凤姐听了道：【庚辰侧批：自然当家人先说话。】"既是这么着，老太太、太太且请回房，等是时候再来也不迟。"

记载：

　　帝命铸给总理户工钱粮事务太监关防。
　　命铸提督京营太监关防。

太监不监军了，兵备道官员要"撵逐闲人"，打击敌人。

钱谦益（贾赦）开始"扎花灯"了，他与贾政一样，制造文章的表面情节，故而，十四日、十五日是表面情节。

演员开始化装了，大戏即将开演。

一个逼真的假园子，这段描写全是囫囵话，没有一句具体描写。

这是表面情节。温体仁（元春）入阁时，钱谦益（贾赦）已经离职，贾母扮演明朝历代皇帝，本不应该出现在这里。为了表面情节更逼真，文章把二人请出来了。

没有人愿意等一个假妃子，故而不耐烦。

先打探一下温体仁（元春）消息。

时刻表示年份，"未初刻"则表示未年，崇祯四年是辛未年，这年，温体仁（元春）已是内阁大学士，他在皇帝身边进"膳"，这顿饭全是"肉"。

"佛"表示皇帝，温体仁在一心一意"拜佛"。

"酉初刻"指酉年，崇祯六年是癸酉年，这年温体仁当上首辅，他可以领导群臣（领宴）了。

时辰不对，稍候再来。

479

于是贾母等暂且自便，

园中悉赖凤姐照理。

又命执事人带领太监们去吃酒饭。

一时传人一担一担的挑进蜡烛来，各处点灯。

方点完时，忽听外边马跑之声。【庚辰双行夹批：静极故闻之。细极。】

一时，有十来个太监都喘吁吁跑来拍手儿。

【庚辰双行夹批：画出内家风范。《石头记》最难之处别书中摸不着。】

这些太监会意，【庚辰侧批：难得他写的出，是经过之人也。】都知道是"来了，来了"，各按方向站住。

贾赦领合族子侄在西街门外，贾母领合族女眷在大门外迎接。

半日静悄悄的。

忽见一对红衣太监骑马缓缓的走来，【庚辰双行夹批：形容毕肖。】

至西街门下了马，将马赶出围幕之外，便垂手面西站住。【庚辰双行夹批：形容毕肖。】半日又是一对，亦是如此。

少时便来了十来对，方闻得隐隐细乐之声。

一对对龙旌凤翣，雉羽夔头，又有销金提炉焚着御香；然后一把曲柄七凤金黄伞过来，便是冠袍带履。

贾母等演员"暂且自便"，她们不再扮演原有角色，只起陪衬作用。

区区一个温体仁，太监张彝宪（凤姐）一个人接待他就可以了。

张彝宪招呼同伙去吃酒饭了。

"一时"起承上启下的作用，"一时"引起了新的事件。下文要描写皇帝上早朝的情景，此刻，朝堂里已经点蜡烛了。

不太清楚为什么有马跑声，不过，官员们在等待皇帝到来，故而，非常安静。

太监出来了，他们不敢说话，拍手传递消息，皇帝快要上朝了。

没上过早朝的人，很难描摹出这种场景。

来了，来了，崇祯皇帝来上早朝了。

朝臣在等待崇祯皇帝到来。按理说，贾母不应该出现在人群中，不过，前文已有交代，"贾母等暂且自便"，在元春省亲过程中，演员贾母解放了，她不扮演历史人物。

皇帝还没来到大殿，一切都静悄悄的。

表面情节非常逼真啊。

骑马的太监是何人？着实不懂。

皇帝上早朝时有音乐。《明史·嘉礼》记载：

明洪武三年定制，朔望日，帝皮弁服御奉天殿，百官朝服于丹墀东西，再拜……常朝官一拜三叩头，乐止，复班。

伞盖之下的人就是崇祯皇帝。

又有值事太监捧着香珠、绣帕、漱盂、拂尘等类。

随从太监拿着物品，跟在崇祯皇帝后面。

一队队过完，后面方是八个太监抬着一顶金顶金黄绣凤版舆，缓缓行来。

崇祯皇帝的伞盖描写完了，假戏就要上演了，后面缓缓行来的是一位假妃子，她只能乘坐"版舆"，没有资格在伞盖底下。

贾母等连忙路旁跪下。【庚辰侧批：一丝不乱。】

表面情节够逼真的，但是，无论多么逼真，黛玉绝不会下跪，贾政绝不会下跪。

早飞跑过几个太监来，扶起贾母、邢夫人、王夫人来。

未见赦、政二老下跪。

那版舆抬进大门、入仪门往东去，到一所院落门前，

仪门往东的这所院落可能是内阁大学士的办公场所。

有执拂太监跪请下舆更衣。

温体仁（元春）要更换内阁大学士的服饰了。

于是抬舆入门，太监等散去，

太监本是陪衬，"版舆"出现时，他们就应该统统散去了。

只有昭容、彩嫔等引领元春下舆。

昭容就是前文中的昭儿，即大学士钱象坤，彩嫔可能指大学士周延儒。温体仁入阁时，钱象坤、周延儒已在内阁中。周延儒与温体仁狼狈为奸，钱象坤与温体仁有师生之谊。

只见院内各色花灯烱灼，【庚辰侧批：元春月中。】皆系纱绫扎成，精致非常。上面有一匾灯，写着"体仁沐德"四字。

"体仁沐德"四个大字包含温体仁的名字！文章并没说匾灯挂在什么地方，凭空呈现"体仁沐德"给读者看，温体仁沐浴皇恩了。再者，在方言中，"没"与"沐"谐音，"体仁沐德"谐音"体仁没德"，温体仁没有道德，贾元春没有道德。

元春入室，更衣毕复出，上舆进园。

温体仁进入内阁，换上大学士的官服了。

只见园中香烟缭绕，花彩缤纷，处处灯光相映，时时细乐声喧，说不尽这太平景象，富贵风流。

又是一段囫囵话，"说不尽"就不必说了，一个假园子，有何可说呢？

此时自己回想当初在大荒山中，青埂峰下，那等凄凉寂寞；若不亏癞僧、跛道二人携来到此，又安能得见这般世面。

这里的表面情节太逼真了，作者怕读者被表面情节误导，便安排石头说话。作者的用意非常明确，无论表面情节多么逼真，石头还是那块石头，不要被误导。

本欲作一篇《灯月赋》《省亲颂》，以志今日之事，但又恐入了别书的俗套。

文章交代得清楚，千万不要入了别书的俗套。

按此时之景，即作一赋一赞，也不能形容得尽其妙；

千赋万赋也写不尽大观园的妙处。

即不作赋赞，其豪华富丽，观者诸公亦可想而知矣。

文章与"观者诸公"对话了，就凭这一点，读者怎么能够把《红楼梦》当作小说看呢？

所以倒是省了这工夫纸墨，且说正经的为是。

对于这个虚拟的大观园不必多费纸墨，集中笔墨撰写历史才对。

【庚辰双行夹批：自"此时"以下皆石头之语，真是千奇百怪之文。】

虽然是千奇百怪之文，但是，越奇怪越易于解读，越逼真越难于解读。

【庚辰眉批：如此繁华盛极花团锦簇之文忽用石兄自语截住，是何笔力！令人安得不拍案叫绝。试阅历来诸小说中有如此章法乎？】

不仅令人拍案叫绝，这段文字还为解读者省了精力。

且说贾妃在轿内看此园内外如此豪华，因默默叹息奢华过费。忽又见执拂太监跪请登舟。贾妃乃下舆。

贾妃谐音假妃，温体仁（贾妃）老谋深算、混世有术，魏忠贤当权时他不吃亏，崇祯帝登基后，他入阁了，温体仁与崇祯帝关系紧密，作者把他比作妃子，非常恰当。

只见清流一带，势若游龙，两边石栏上，皆系水晶玻璃各色风灯，点的如银光雪浪；

清流之中宛若有龙。

上面柳杏诸树虽无花叶，然皆用通草绸绫纸绢依势作成，粘于枝上的，每一株悬灯数盏；

假花。

更兼池中荷荇凫鹭之属，亦皆系螺蚌羽毛之类作就的。

假物。

诸灯上下争辉，真系玻璃世界，珠宝乾坤。

假世界。

船上亦系各种精致盆景诸灯，珠帘绣幕，桂楫兰桡，自不必说。

不必说。

已而入一石港，港上一面匾灯，明现着"蓼汀花溆"四字。

"蓼汀花溆"谐音"聊听花叙"，提示非常到位，下文将由花袭人（花）替代元春扮演温体仁。

按此四字，并"有凤来仪"等处，皆系上回贾政偶然一试宝玉之课艺才情耳，何今日认真用此匾联？

问得好，如果有人以为宝玉会吟诗作对，岂不枉费作者的一片苦心？

况贾政世代诗书，来往诸客屏侍坐陪者，悉皆才技之流，

这是吴梅村（贾政）读书、交友的情况。《吴梅村先生行状》记载：

先生所居乃故铨部王公士骐之贲园……与士友殇咏其间，终日无倦色。其风度冲旷简远，令人抱之鄙吝顿消。

岂无一名手题撰，竟用小儿一戏之辞苟且搪塞？【庚辰眉批：驳得好！】

高手多的是，为什么要用小儿戏言搪塞读者呢？

真似暴发新荣之家，滥使银钱，一味抹油涂朱，毕则大书"前门绿柳垂金锁，后户青山列锦屏"之类，则以为大雅可观，岂《石头记》中通部所表之宁荣贾府所为哉！据此论之，竟大相矛盾了。

作者自己说文章"竟大相矛盾了"！哪位作者会这样评价自己的作品呢？这真是天下至奇之文！为了揭示文章的主旨，作者自己来为文章找碴儿了。

【庚辰双行夹批：石兄自谦，妙！可代答云"岂敢！"】

作者自谦而已，谁敢说文章矛盾呢？就算有矛盾，那也是表面情节。

将原委说明，大家方知。【庚辰眉批：《石头记》惯用特犯不犯之笔，读之真令人惊心骇目。】

表面情节矛盾就是"犯不犯之笔"，这种矛盾"令人惊心骇目"，读者需要高度注意。

当日这贾妃未入宫时，自幼亦系贾母教养。

表明温体仁（元春）的前期经历，他是万历二十六年（1598年）进士，必由万历皇帝（贾母）教养。

后来添了宝玉，贾妃乃长姊，宝玉为弱弟，贾妃之心上念母年将迈，始得此弟，是以怜爱宝玉，与诸弟待之不同。且同随贾母，刻未离。

奸臣温体仁对待宝玉与众不同。

那宝玉未入学堂之先，三四岁时，已得贾妃手引口传，教授了几本书、数千字在腹内了。

宝玉不愿读书，"姐姐"偏教他识字。奸臣！这是为难石头呀，迷惑朝纲的日子来了。

【庚辰侧批：批书人领过此教，故批至此竟放声大哭，俺先姊仙逝太早，不然余何得为废人耶？】

批书人似乎吃过温体仁的亏，提起往事，他放声大哭。本来有一位朝臣（先姊）可以保护批书人，可是他去世了，致使批书人被废为普通人。

其名分虽系姊弟，其情状有如母子。

母子情状，非分也。

自入宫后，时时带信出来与父母说："千万好生扶养，不严不能成器，过严恐生不虞，且致父母之忧。"

温体仁果然是高手，他有一个"不严"与"过严"的尺度，这就是他在皇帝面前如鱼得水的原因。

眷念切爱之心，刻未能忘。

前日贾政闻塾师背后赞宝玉偏才尽有，贾政未信，

适巧遇园已落成，令其题撰，聊一试其情思之清浊。

其所拟之匾联虽非妙句，在幼童为之，亦或可取。即另使名公大笔为之，固不费难，然想来倒不如这本家风味有趣。【庚辰侧批：转得好。】

更使贾妃见之，知系其爱弟所为，亦或不负其素日切望之意。

【庚辰侧批：有是论。】【庚辰双行夹批：一驳一解，跌宕摇曳，且写得父母兄弟体贴恋爱之情，淋漓痛切，真是天伦至情。】

因有这段原委，故此竟用了宝玉所题之联额。那日虽未曾题完，后来亦曾补拟。【庚辰双行夹批：一句补前文之不暇，启后文之苗裔。至后文凹晶馆黛玉口中又一补，所谓"一击空谷，八方皆应"。】

闲文少叙，且说贾妃看了四字，笑道："'花溆'二字便妥，何必'蓼汀'？"

侍坐太监听了，忙下小舟登岸，飞传与贾政。贾政听了，即忙移换。【庚辰双行夹批：每的周到可悦。】

一时，舟临内岸，复弃舟上舆，便见琳宫绰约，桂殿巍峨。石牌坊上明显"天仙宝镜"四字，【庚辰双行夹批：不得不用俗。】

贾妃忙命换"省亲别墅"四字。

【庚辰双行夹批：妙！是特留此四字与彼自命。】

时时刻刻，只关心一件事。

宝玉之才，作者贾政都不信，读者何以相信呢？

试宝玉乎？试读者也。

虚拟人物为虚拟的园子拟匾联，果然是本家风味，千妥万妥。

姐弟情深，只怕宝玉不认这个姐姐呀。

表面情节淋漓痛切，真如天伦至情一样，前辈批书人拿表面情节调侃呢。

"天然图画"大观园中有无数"景点"，无法处处写到。这段话补足前文，又为其他"景点"做伏笔，正是"一击空谷，八方皆应"。

"聊听"二字不要了，只剩"花叙"二字，由花袭人接着叙述温体仁的历史吧。

书中情节都是作者吴梅村（贾政）安排的，移换匾额自然由他完成。诸君细思，文中凡匾额之事，都与贾政有关。

"舟临内岸"，这还是《桃花源记》中文章，里面的世界是"天仙宝镜"！

妃子是假的，更别说省亲别墅了，只有元春说它是省亲别墅。

让这个自命不凡的家伙自己命名吧。

于是进入行宫。但见庭燎烧空，【庚辰双行夹批：庭燎最俗。】香屑布地，火树琪花，金窗玉槛。

说不尽帘卷虾须，毯铺鱼獭，鼎飘麝脑之香，屏列雉尾之扇。

真是：
金门玉户神仙府，
桂殿兰宫妃子家。

贾妃乃问："此殿何无匾额？"随侍太监跪启曰："此系正殿，外臣未敢擅拟。"

贾妃点头不语。

礼仪太监跪请升座受礼，两陛乐起。

礼仪太监二人引贾赦、贾政等于月台下排班，殿上昭容传谕曰："免。"太监引贾赦等退出。

又有太监引荣国太君及女眷等自东阶升月台上排班，

【庚辰双行夹批：一丝不乱，精致大方。有如欧阳公九九。】

昭容再谕曰："免。"于是引退。

"庭燎"谐音"廷僚"，指朝廷的官僚。温体仁（元春）入阁，朝廷官员就开始"烧空"了。

说不尽者便又是假。这里的描写又是囫囵话，诸君请看，本回描写大观园用的全是囫囵话，没有一处具体描写。

神仙府也没有大观园大，只有自大的妃子敢说这里是自己的家。

太监说话了，又有新戏呀。这里是正殿，正殿是皇帝上朝的地方，这里要接前文继续描写皇帝上朝的场面。

暂且不谈温体仁了，先闭上嘴休场一会儿。

正殿里，音乐响起，司仪太监跪请崇祯皇帝升座受礼。读者千万不要以为太监跪请元春升座受礼，因为文章根本就没说跪请的对象，下文绝对不会描写元春坐在主座上。

官员排班朝见崇祯皇帝，钱谦益（贾赦）、吴梅村（贾政）职位不够高，只能在"月台下"排班。《明史·嘉礼》记载：

明洪武三年定制，朔望日，帝皮弁服御奉天殿，百官朝服于丹墀东西，再拜。班首诣前，同百官鞠躬，称"圣躬万福"。复位，皆再拜，分班对立。省府台部官有奏，由西阶升殿。奏毕降阶，百官出。十七年，罢朔望起居礼。后更定，朔望御奉天殿，常朝官序立丹墀，东西向，谢恩见辞官序立奉天门外，北向。升座作乐。常朝官一拜三叩头，乐止，复班。谢恩见辞官序立奉天门外，北向。升座作乐。常朝官一拜三叩头，乐止，复班。谢恩见辞官于奉天门外，五拜三叩头毕，驾兴。

文章不便写贾母排班，便用"荣国太君"糊弄读者，书中文字无一字不妙呀。女眷们在"月台上"，并且居于"东阶"，女人地位高于男人。

朝臣排班陛见皇帝的情况写得一丝不乱。

无事退朝。

茶已三献，贾妃降座，乐止。

这才是写贾妃。三献茶最妙，温体仁进入内阁整整三年后，便当上了首辅，他要坐首辅的位子。

退入侧殿更衣，方备省亲车驾出园。

三献茶后，温体仁更衣换上了首辅的官服。

至贾母正室，欲行家礼，贾母等俱跪止不迭。贾妃满眼垂泪，方彼此上前厮见，一手搀贾母，一手搀王夫人，三个人满心里皆有许多话，只是俱说不出，只管呜咽对泪。

终于见面了，说话呀？说呀！扮演明朝皇帝的贾母、扮演大学士温体仁的元春、扮演陕西巡抚孙传庭的王夫人，他们之间应该说什么呢？没法开口呀！

【庚辰双行夹批：《石头记》得力擅长全是此等地方。庚辰眉批：非经历过如何写得出！壬午春。】

邢夫人、李纨、王熙凤、迎、探、惜三姊妹等，俱在旁围绕，垂泪无言。

表面情节不便描写了，便用人物哭泣进行掩饰，这与黛玉入贾府是同一章法。此时无声胜有声，这就是《石头记》最得力擅长的地方。

半日，贾妃方忍悲强笑，安慰贾母、王夫人道："当日既送我到那不得见人的去处，

大家不是都想见见吗，别只顾"垂泪无言"，聊天呀？说话呀？这话真的没法说，李自成（李纨）都混进人群中来了！

"好容易今日回家娘儿们一会，不说说笑笑，反倒哭起来。

贾妃做的事情都见不得人呀。

"一会子我去了，又不知多早晚才来！"说到这句，不觉又哽咽起来。

众人与你无话可说呀，奸臣！

【庚辰双行夹批：追魂摄魄，《石头记》传神摸影全在此等地方，他书中不得有此见识。】

作者硬生生搜寻出话来了。不久之后，温体仁将离任，他离任一年后就死了，所以，元春得哭呀！

邢夫人忙上来解劝。

于无声处听惊雷，"一会子我去了"，有影有形，追魂摄魄，后文就会描写这件事。

一语截住文章。娘们、姐妹都是假的，无法述说亲情，得截住文章向下说史了。贾母不劝，王夫人不劝，邢夫人来劝，其中也有文章！

【庚辰双行夹批：说完不可，不先说不可，说之不痛不可，最难说者是此时贾妃口中之语。只如此一说，千贴万妥，一字不可更改，一字不可增减，入情入神之至！】

批语真妙，不得三昧，哪有此批？

贾母等让贾妃归座，又逐次一一见过，又不免哭泣一番。

哭泣是掩饰文章的法宝。

486

然后东西两府掌家执事人丁等在厅外行礼，及两府掌家执事媳妇领丫鬟等行礼毕。

贾妃因问："薛姨妈、宝钗、黛玉因何不见？"

王夫人启曰："外眷无职，未敢擅入。"【庚辰双行夹批：所谓诗书世家，守礼如此。偏是暴发，骄妄自大。】

贾妃听了，忙命快请。【庚辰双行夹批：又谦之如此，真是世界好人物。】

一时薛姨妈等进来，欲行国礼，亦命免过，上前各叙阔别寒温。

又有贾妃原带进宫去的丫鬟抱琴等【庚辰双行夹批：前所谓贾家四钗之鬟暗以琴棋书画排行，至此始全。】上来叩见，贾母等连忙扶起，命人别室款待。

执事太监及彩嫔、昭容各侍从人等，宁国府及贾赦那宅两处自有人款待，只留三四个小太监答应。母女姊妹深叙些离别情景，【庚辰双行夹批："深"字妙！】及家务私情。

又有贾政至帘外问安，贾妃垂帘行参拜等事。

又隔帘含泪谓其父曰："田舍之家，虽齑盐布帛，终能聚天伦之乐；今虽富贵已极，骨肉各方，然终无意趣！"

贾政亦含泪启道："臣，草莽寒门，鸠群鸦属之中，岂意得征凤鸾之瑞。【庚辰侧批：此语犹在耳。】

"今贵人上锡天恩，下昭祖德，此皆山川日月之精奇、祖宗之远德钟于一人，幸及政夫妇。且今上启天地生物之

温体仁（元春）是首辅，"东西两府掌家执事人丁"（官员）都需要向他行礼。

就表面情节而言，贾妃身居后宫，她如何知道家里来了两门亲戚呢？

王夫人的话符合诗书礼仪，贾妃问两位帝王在哪里，这就是暴发户骄妄自大了。

又谦逊地说"快请"，真是一位绝世人物。

"薛姨妈等进来"，一个"等"字带过，这又是囫囵法，无论如何，文章不能安排黛玉亲自来面见元春。

抱琴需要"别室款待"，她极可能扮演温体仁任职期间的某位大学士。

到底叙了哪些"离别情景"，文章就是不告诉读者，全是囫囵法。

考验作者吴梅村（政老）的时候到了，他要不要向"女儿"下跪呢？政老当然不会下跪，诸君请看，是贾妃"行参拜等事"！若从表面情节讲，此处又假了，按照封建礼仪，贾政是需要下跪的！

温体仁是内阁首辅，"富贵已极"，然而，"终无意趣"，他不断被人弹劾，最终，皇帝把他撵走了。

作者吴梅村说话了："我生活在一群凡鸟之中，我可不想巴结你。"

作者在讽刺温体仁："你'上锡天恩'当上首辅，作为臣子，'虽肝脑涂地'，未必'得报于万一'，你要小心翼翼，忠于职守。"

大德，垂古今未有之旷恩，虽肝脑涂地，臣子岂能得报于万一！惟朝乾夕惕，忠于厥职外，

"愿我君万寿千秋，乃天下苍生之同幸也。

这是作者的美好祝愿。

"贵妃切勿以政夫妇残年为念，懑愤金怀，更祈自加珍爱。

你要自尊自爱，不要蝇营狗苟。

"惟业业兢兢，勤慎恭肃以侍上，庶不负上体贴眷爱如此之隆恩也。"

你要兢兢业业、勤慎恭肃，只有这样，才对得起皇帝对你的隆恩。

贾妃亦嘱"只以国事为重，暇时保养，切勿记念"等语。

大实话，吴梅村与温体仁不会相互"记念"。

贾政又启："园中所有亭台轩馆，皆系宝玉所题；如果有一二稍可寓目者，请别赐名为幸。"元妃听了宝玉能题，便含笑说："果进益了。"贾政退出。

政老爷除了讽刺女儿，他最惦记自己设计的园子，三番两次为园子题名，以便说清楚虚拟的大观园。

贾妃见宝、林二人亦发比别姊妹不同，

此二人扮演帝王，当然与众不同。

真是娇花软玉一般。

补足句。

因问："宝玉为何不进见？"【庚辰双行夹批：至此方出宝玉。】

内阁大学士要见玉玺。

贾母乃启："无谕，外男不敢擅入。"元妃命快引进来。

像煞有介事。

小太监出去引宝玉进来，

太监把玉玺带来了。

先行国礼毕，元妃命他进前，携手揽于怀内，又抚其头颈，【庚辰侧批：作书人将批书人哭坏了。】

温体仁（元春）温柔地触摸着玉玺（宝玉），妩媚之至，这个家伙的确很有权术。

笑道："比先竟长了好些……"

温体仁字长卿，长卿是崇祯年间任职时间最长的内阁首辅。"比先竟长了好些！"唉！作者胸中到底有多少丘壑呢？

一语未终，泪如雨下。

多情的宝玉为何不对贵妃姐姐说两句话呢？

【庚辰双行夹批：至此一句便补足前面许多文字。】

此批甚是，任职时间最长的内阁首辅，历史事件一定少不了。

尤氏、凤姐等上来启道："筵宴齐备，请贵妃游幸。"

尤氏何来？作者似乎在责备韩爌（尤氏），他任首辅期间帮了温体仁一个忙。《烈皇小识》记载：

上问阁臣如何说，首辅韩爌奏："体仁平日硁硁自守，亦有品望。但因参论枚卜一事，愤激过当，致犯众怒，所以诸臣攻他。"

元妃等起身，命宝玉导引，遂同诸人步至园门前。

再次游览假园子。

早见灯光火树之中，诸般罗列非常。进园来先从"有凤来仪""红香绿玉""杏帘在望""蘅芷清芬"等处，

"有凤来仪"是崇祯皇帝（黛玉）的疆域。
"红香绿玉"是玉玺（宝玉）所在的皇宫。
"杏帘在望"是李自成（李纨）的区域。
"蘅芷清芬"是皇太极（宝钗）的区域。

登楼步阁，涉水缘山，百般眺览徘徊。

"景点"之间距离太远，需要"涉水缘山"才能到达。

一处处铺陈不一，一桩桩点缀新奇。贾妃极加奖赞，又劝："以后不可太奢，此皆过分之极。"

政老爷设计的大观园确实"太奢"了，把江山版图搬到园子里，真是"过分之极"。

已而至正殿，谕免礼归座，大开筵宴。贾母等在下相陪，尤氏、李纨、凤姐等亲捧羹把盏。

假宴。

元妃乃命传笔砚伺候，亲搦湘管，择其几处最喜者赐名。

诸君请看，元春是在省亲吗？文章草草描写了省亲过程，却要浓墨重彩地描写大观园，文章立意，这不一目了然了吗？

按其书云：
"顾恩思义"匾额

顾恩思义是由顾名思义引申而来。《三国志·王昶传》记载："欲使汝曹立身行己，遵儒者之教，履道家之言，故以玄默、冲虚为名，欲使汝曹顾名思义，不敢违越也。"王昶为侄子、儿子分别取名为"玄默""冲虚"，他想让孩子理解名字的含义，遵守道德规范。这就是顾名思义的意思。

"玄默冲虚"是四个人的名字，而文章恰恰命名了四处景点，所以，文章用这个典故说明"有凤来仪"等四处景点的名字，需要顾名思义。

这诗句，挺像贵妃口气。

天地启宏慈，亦了苍头同感戴；
古今垂旷典，九州万国被恩荣。
此一匾一联书于正殿。【庚辰双行夹批：是贵妃口气。】

"大观园"园之名

"大观"是宋徽宗赵佶的年号，宋徽宗父子在靖康之变中被金国掳去，北宋灭亡。明朝也将被金国（大清）取代，"大观"二字，颓废之至！第十七回中没为园子取名，就是因为"大观"二字不妥，清客们不敢评论。

"有凤来仪"赐名曰"潇湘馆"。

潇湘是竹子之名，潇湘竹（斑竹）是舜帝的妃子娥皇、女英血泪所化。崇祯皇帝的住处命名为"潇湘馆"，寓意深远。

"红香绿玉"改作"怡红快绿"。即名曰"怡红院"。

"怡红院"是玉玺的处所。

"蘅芷清芳"赐名曰"蘅芜苑"。

"蘅芷清芳"谐音"蘅指清芬"，这里代指大清，是皇太极的区域。"蘅芜苑"谐音"衡无苑"，根本没有之意。

"杏帘在望"赐名曰"浣葛山庄"。

"杏帘在望"是山庄，李自成（李纨）的区域。

正楼曰"大观楼"，

大观楼就是明朝故宫。

东面飞楼曰"缀锦阁"，西面斜楼曰"含芳阁"；更有"蓼风轩""藕香榭"【庚辰双行夹批：雅而新。】"紫菱洲""荇叶渚"等名；

"蓼风轩""藕香榭"等处可能是皇宫的宫殿或官员的处所。在表面情节中，可以安排迎春、探春、惜春等人入住。

又有四字的匾额十数个，诸如"梨花春雨""桐剪秋风""荻芦夜雪"等名，此时悉难全记。

"梨花春雨""桐剪秋风""荻芦夜雪"等处可能是军事要塞。

【庚辰双行夹批：故意留下秋爽斋、凸碧山堂、凹晶溪馆、暖香坞等处为后文另换眼目之地步。】

历史事件牵涉众多地点，后文可以根据历史事件的发生地点，随时予以介绍。

又命旧有匾联者俱不必摘去。

旧匾保持原意，新匾做强调说明，两者互相解释，故而，旧匾不能摘。不过，在表面情节中，一个地方挂两个匾额总是怪怪的。

于是先题一绝云：

夸张是古诗的重要特征，但是，下面几首诗都不夸张，都是实写。

衔山抱水建来精，
多少工夫筑始成。
天上人间诸景备，
芳园应锡大观名。

大观园里有山有水，天上人间，景致全备，它就是一幅中国疆域图。

【庚辰双行夹批：诗却平平，盖彼不长于此也，故只如此。】

温体仁不善写诗。

写毕，向诸姐妹笑道："我素乏捷才，

不仅无才，并且无德。

"且不长于吟咏，妹辈素所深知。

薛国观（迎春）、谢升（探春）都知道温体仁不长于吟咏。

"今夜聊以塞责，不负斯景而已。

塞责而已。

"异日少暇，必补撰《大观园记》并《省亲颂》等文，以记今日之事。

这话似乎是提醒读者，要将大观园的真实面目揭示出来。

"妹辈亦各题一匾一诗，随才之长短，亦暂吟成，不可因我微才所缚。

各展其才，诗句体现了相应人物的文学水平。

"且喜宝玉竟知题咏，是我意外之想。

玉玺不会题咏，宝玉题咏当然是"意外之想"。

"此中'潇湘馆''蘅芜院'二处，我所极爱，次之'怡红院''浣葛山庄'，此四大处，必得别有章句题咏方妙。

再次题句解释说明这四大"景点"，以便与前文呼应。

"前所题之联虽佳，如今再各赋五言律一首，使我当面试过，方不负我自幼教授之苦心。"

这分明是作者在说话。

宝玉只得答应了，下来自去构思。

构思。

迎、探、惜三人之中，要算探春又出于姊妹之上，

谢升（探春）有些才华，不然的话，他不可能成为明清两朝的内阁大学士。

然自忖亦难与薛林争衡，

探春当然不能与薛林二位帝王争衡。

【庚辰双行夹批：只一语便写出宝黛二人，又写出探卿知己知彼，伏下后文多少地步。】

这一句话就点出了薛林二人的身份。谢升是明清两朝的内阁大学士，这正是后文要写的内容。

只得勉强随众塞责而已。

元春塞责，探春塞责。本回中，众人作诗都是塞责，作诗的目的是说明虚拟的大观园。

步纵也勉强凑成一律。

李自成（李纨）也"勉强"凑过来吧。

【庚辰双行夹批：不表薛林可知。】

薛林二人也是勉强塞责，敷衍表面情节而已。

贾妃先挨次看姊妹们的，写道是：

旷性怡情匾额　迎春

园成景备特精奇，
奉命羞题额旷怡。
谁信世间有此景，
游来宁不畅神思？

万象争辉匾额　探春

名园筑出势巍巍，
奉命何惭学浅微。
精妙一时言不出，
果然万物有光辉。

【庚辰双行夹批：更牵强。三首之中还算探卿略有作意，故后文写出许多意外妙文。】

文采风流匾额　李纨

秀水明山抱复回，
风流文采胜蓬莱。【庚辰双行夹批：超妙！】

绿裁歌扇迷芳草，
红衬湘裙舞落梅。【庚辰双行夹批：凑成。】

珠玉自应传盛世，
神仙何幸下瑶台。

名园一自邀游赏，
未许凡人到此来。【庚辰双行夹批：此四诗列于前正为瀚托下韵也。】

凝晖钟瑞匾额【庚辰双行夹批：便又含蓄。】　薛宝钗

芳园筑向帝城西，
华日祥云笼罩奇。

高柳喜迁莺出谷，

大观园精致而神奇，没有真才实学的薛国观（迎春）羞愧得不好意思题诗了。谁会相信世上有这样一个园子呢？游玩于其中，怎能不心旷神怡呢？

作者"筑"成的大观园气势巍巍，谢升（探春）虽然有才，在大观园面前，他也感到才学浅微。大观园的精妙一时说不清楚，里面无所不有，日月天地、江山社稷都在园里。

元春、迎春的诗就是大白话，探春的诗有了些许意境。

文章要站在李自成（李纨）的角度看大观园。

大好河山都在大观园里，大观园如同一个缥缈的蓬莱仙境，它由作者的"风流文采"虚拟而成。

绿绸裁制的歌扇与芳草同色，迷离不分。舞动的裙子上衬着红花，如同红梅一样飘落飞舞。文章用这两句诗形容大观园以假乱真。

明朝玉玺本应传给朱明后世，但是，皇帝（神仙）被李自成赶下了"瑶台"。

这个园子广袤无垠，李自成可以在园子里游览赏鉴，平凡的人没有这个机会。

站在皇太极（宝钗）的角度看大观园。

大观园是明朝的江山社稷，笼罩着一片华日祥云。

"莺出谷"是典故，典出《毛诗正义》："出自幽谷，迁于乔木。"后世常用"出谷莺"比喻升迁的人，这里暗指清朝占领明朝。

修篁时待凤来仪。【庚辰双行夹批：恰极！】

文风已着宸游夕，

孝化应隆遍省时。

睿藻仙才盈彩笔，

自惭何敢再为辞？【庚辰双行夹批：好诗！此不过颂圣应酬耳，未见长，以后渐知。】

世外仙园匾额【庚辰双行夹批：落思便不与人同。】 林黛玉

名园筑何处，

仙境别红尘。

借得山川秀，

添来景物新。【庚辰双行夹批：所谓"信手拈来无不是"，阿颦自是一种心思。】

香融金谷酒，

花媚玉堂人。

何幸邀恩宠，

宫车过往频？

【庚辰双行夹批：末二首是应制诗。余谓宝林二作未见长，何也？该后文别有惊人之句也。在宝卿有不屑为此，在黛卿实不足一为。】

贾妃看毕，称赏一番，又笑道："终是薛林二妹之作与众不同，非愚姊妹可同列者。"

原来林黛玉安心今夜大展奇才，将众人压倒，【庚辰双行夹批：这却何必，然尤物方如此。】

"修篁"就是茂盛的竹子，这里用修篁指代潇湘馆，潇湘馆里会新"凤"到来。

宸游指帝王巡游，文章已描写帝王巡游了。

不懂这句的意思。

元春等人已用诗文将大观园解释得差不多了，何必再让薛宝钗作诗呢？

站在崇祯皇帝（黛玉）的角度看大观园。

大观园建在哪里呢？建在仙境之中、梦境之中，它与红尘中的建筑完全不同。

把山川、大地缩小进园子，再添上一些景物，这就是大观园了。

金谷酒是受罚的酒。石崇的《金谷诗序》有文："遂各赋诗以叙中怀，或不能者，罚酒三斗。"明朝的香火继承要屡次受罚，消融中断。

"花"指温体仁（花袭人），他要"媚"住朝堂上的皇帝。

上天宠幸我，让我做了皇帝，生活在宫车频繁过往的皇宫里。

宝钗与黛玉的诗主要是为了说明大观园的性质，并没有惊人的句子反映二人的历史经历，所以，批语才这么说。

你们"姊妹"是大臣，怎么敢与二位帝王同列呢？

压倒李纨、宝钗二人是黛玉的平生之志。

不想贾妃只命一匾一咏，倒不好违谕多作，只胡乱作一首五律应景罢了。

【庚辰双行夹批：请看前诗，却云是胡乱应景。】

彼时宝玉尚未作完，只刚做了"潇湘馆"与"蘅芜苑"二首，正作"怡红院"一首，起草内有"绿玉春犹卷"一句。

宝钗转眼瞥见，便趁众人不理论，急忙回身悄推他道："他【庚辰双行夹批：此"他"字指贾妃。】因不喜'红香绿玉'四字，改了'怡红快绿'；

"你这会子偏用'绿玉'二字，岂不是有意和他争驰了？

"况且蕉叶之说也颇多，再想一个改了罢。"

宝玉见宝钗如此说，便拭汗说道：【庚辰双行夹批：想见其构思之苦方是至情。最厌近之小说中满纸"神童""天分"等语。】"我这会子总想不起什么典故出处来。"

宝钗笑道："你只把'绿玉'的'玉'字改作'蜡'字就是了。"

宝玉道："'绿蜡'【庚辰侧批：好极！】可有出处？"

宝钗见问，悄悄的咂嘴点头【庚辰侧批：媚极！韵极！】

笑道："亏你今夜不过如此，

"将来金殿对策，你大约连'赵钱孙李'都忘了呢！

【庚辰双行夹批：有得宝卿奚落，但就谓宝卿无情，只是较阿颦施之特正耳。】

黛玉只能胡乱作一首诗应景，若不然，元春得跪下与黛玉说话。

诗是好诗，写诗的人不是塞责就是应景。

作者要借诗文显摆风骚了。

诸君请看，宝钗推人了！

如果宝玉坚持与元春争驰，这是一件大好事。

作者在炼字，"绿玉"二字大有文章。

宝玉构思之苦正是作者的构思之苦，也是笔者思索之苦呢！笔者也在拭汗，这段话在写什么呢？

蜡烛可以发光，"蜡"指明朝。把"玉"字改作"蜡"，文章似乎在提醒读者，"玉"也表示"明"。

同问。

"咂嘴点头"，这是褒义词吗？

明朝（宝玉）在皇太极眼里"不过如此"。

钱？难道皇太极在向明朝要钱吗？

崇祯皇帝（黛玉）与皇太极（宝钗）对待明朝玉玺（宝玉）完全是两码事。黛玉奚落宝玉是深爱至极的自嘲，宝钗奚落宝玉是不能得手的讥讽。

"唐钱珝咏芭蕉诗头一句'冷烛无烟绿蜡干'，你都忘了不成？"

钱珝的《未展芭蕉》诗如下：

冷烛无烟绿蜡干，芳心犹卷怯春寒。

一缄书札藏何事？会被东风暗拆看。

尚未舒展的芭蕉叶子就像绿色的蜡烛，但是，它无法生烟。弯卷的蕉叶构成一个空心，因为春寒料峭，蕉叶未曾舒展。弯卷的蕉叶如同一封藏有心事的书信，东风来了，就会打开这封书信。

宝钗吟这首诗，说明她有心事啊！清方极可能向明方传递了书札，向明方讨要钱财。

【庚辰双行夹批：此等处便是用硬证实处，最是大力量，但不知是何心思，是从何落思，穿插到此玲珑锦绣地步。

庚辰眉批：如此章法又是不曾见过的。如此穿插安得不令人拍案叫绝！壬午季春。】

上面的文字就是文章隐写历史的实证，并且证据的力量十足。但是，不知道作者是什么样的心思，怎么就设计出这么巧妙的文章呢？

虽然笔者不太确定上面这段文字隐写的历史，但是，从批语看，解读的大方向应该不错。

宝玉听了，不觉洞开心臆，笑道："该死，该死！现成眼前之物偏倒想不起来了，真可谓'一字师'了。"

"眼前之物"可能指明清议和。《清史稿·太宗本纪》记载：

天聪九年（崇祯八年），冬十月己卯，以明议和不成，将进兵，遣使赍书谕明喜峰口、董家口诸边将。

崇祯八年十月，明清议和，最终没有成功，这可能就是宝钗要求改字的原因。

"从此后我只叫你师父，再不叫姐姐了。"

别叫姐姐了，再叫姐姐读者都不信了。

宝钗亦悄悄的笑道："还不快作上去，只管姐姐妹妹的。谁是你姐姐？那上头穿黄袍的才是你姐姐，你又认我这姐姐来了。"

谁是你姐姐？眼睛不好使吗？少来这一套！我乃大清皇帝！凭什么认我作姐姐？

一面说笑，因说笑又怕他耽延工夫，遂抽身走开了。

议和不成，清军走了。

【庚辰双行夹批：一段忙中闲文，已是好看之极，出人意外。】

文章真好看呀。

宝玉只得续成，共有了三首。此时林黛玉未得展其抱负，自是不快。

宝钗奚落宝玉，黛玉"自是不快"。

因见宝玉独作四律，大费神思，何

宝钗奚落宝玉，黛玉关爱宝玉。

不代他作两首，也省他些精神不到之处。

【庚辰双行夹批：写黛玉之情思，待宝玉却又如此，是与前文特犯不犯之处。庚辰眉批：偏又写一样，是何心意构思而得？畸笏。】

想着，便也走至宝玉案旁，悄问："可都有了？"宝玉道："才有了三首，只少'杏帘在望'一首了。"黛玉道："既如此，你只抄录前三首罢。赶你写完那三首，我也替你作出这首了。"说毕，低头一想，早已吟成一律，【庚辰双行夹批：瞧他写阿颦只如此便妙极。】

崇祯皇帝文思敏捷，这是实写。

便写在纸条上，搓成个团子，掷在他跟前。【庚辰眉批：纸条送迭系童生秘诀，黛卿自何处学得？一笑。丁亥春。】

崇祯皇帝怎么学会送字条了呢？一笑。

宝玉打开一看，只觉此首比自己所作的三首高过十倍，真是喜出望外，【庚辰双行夹批：这等文字亦是观书者望外之想。】

崇祯皇帝会写诗，后文会讲到他的诗句。

遂忙恭楷呈上。贾妃看道：

有凤来仪　臣宝玉谨题
秀玉初成实，
堪宜待凤凰。【庚辰双行夹批：起便拿得住。】

凤凰非圣世不生，非竹实不食，非梧桐不鸣。秀美的竹子刚刚结出竹实，竹林是凤凰的宜居之所。竹林指明朝，凤凰指崇祯皇帝。

竿竿青欲滴，
个个绿生凉。

竹子青翠欲滴，绿荫清凉。竹林里不仅有翠竹，还有阴暗面。大清就是明朝的阴暗面、敌对面。

迸砌防阶水，
穿帘碍鼎香。

"防水"是第一要务！明朝（竹林）想阻拦大清（水）踏上丹墀的台阶，想保护鼎中的香火。

【庚辰双行夹批：妙句！古云："竹密何妨水过"，今偏翻案。】

竹子再密，也挡不住东北方咆哮来的洪水。

莫摇清碎影，
好梦昼初长。

莫去摇碎那斑驳的竹影，但愿甜蜜的梦美好而久长。

蘅芷清芬

蘅芜院是大清地盘。李自成、张献忠等人在明朝内部

蘅芜满净苑，

萝薜助芬芳。【庚辰双行夹批："助"字妙！通部书所以皆善炼字。】

软衬三春草，

柔拖一缕香。【庚辰双行夹批：刻画入妙。】

轻烟迷曲径，

冷翠滴回廊。【庚辰双行夹批：甜脆满颊。】

谁谓池塘曲，

谢家幽梦长。

怡红快绿

深庭长日静，

两两出婵娟。

【庚辰双行夹批：双起双敲，读此首始信前云"有蕉无棠不可，有棠无蕉更不可"等批非泛泛妄批驳他人，到自己身上则无能为之论也。】

绿蜡【庚辰双行夹批：本是"玉"字，此尊宝卿改，似较"玉"字佳。】春犹卷，【庚辰双行夹批：是蕉。】

红妆夜未眠。【庚辰双行夹批：是海棠。】

凭栏垂绛袖，【庚辰双行夹批：是海棠之情。】

倚石护青烟。【庚辰双行夹批：是芭蕉之神。何得如此工恰自然？真是好诗，却是好书。】

对立东风里，【庚辰双行夹批：双收。】

主人应解怜。【庚辰双行夹批：归到主人方不落空。王梅隐云："咏物体又难双承双落，一味双拿则不免牵强。"此首可谓诗题两称，极工、极切、极流利妩媚。】

作乱，他们帮助了大清。

草木之人林黛玉（崇祯皇帝）于崇祯十七年三春之际自缢了，清军打着帮助明朝歼灭流寇的旗号入关，表面上是"软衬三春草"，实际上有一个更大的阴谋："柔拖一缕香"。

李自成与吴三桂打起来了，内斗不断的明朝迷失了方向，清军铁蹄踏入明朝的回廊。

池塘还是指大清。谁知道大清的基业呢，人家皇权梦还长着呢。

故宫里安静祥和，黛玉、宝玉比若婵娟。皇帝不离玉玺，玉玺不离皇帝。

这里与前文中的蕉棠照应。绿蜡指蕉，即宝玉。明朝（宝玉）尚未得以"舒展"，崇祯皇帝（红妆之海棠）无法入睡。

这两句似乎是写崇祯皇帝凭栏思索。

意会吧，不太好说。

杏帘在望

杏帘招客饮，

在望有山庄。【庚辰双行夹批：分题作一气呵成，格调熟练，自是阿颦口气。】

菱荇鹅儿水，

桑榆燕子梁。【庚辰双行夹批：阿颦之心臆才情原与人别，亦不是从读书中得来。】

一畦春韭熟，
十里稻花香。
盛世无饥馁，
何须耕织忙。【庚辰双行夹批：以幻入幻，顺水推舟，且不失应制，所以称阿颦。】

贾妃看毕，喜之不尽，说："果然进益了！"又指"杏帘"一首为前三首之冠。

遂将"浣葛山庄"改为"稻香村"。【庚辰双行夹批：如此服善，妙！庚辰眉批：仍用玉兄前拟"稻香村"，却如此幻笔幻体，文章之格式至矣尽矣！壬午春。】

又命探春另以彩笺誊录出方才一共十数首诗，

出令太监传与外厢。贾政等看了，都称颂不已。贾政又进《归省颂》。

元妃又命以琼酥金脍等物，赐与宝玉并贾兰。【庚辰双行夹批：忙中点出贾兰，一人不落。】此时贾兰极幼，未达诸事，只不过随母依叔行礼，故无别传。

贾环从年内染病未痊，自有闲处调养，故亦无传。【庚辰双行夹批：补明方不遗失。】

"红杏出墙"的农民起义了，他们以酒肉招致同伴，占山为王，建立"山庄"。

"水"指大清，水面上已有菱荇植物，家鹅偏凑热闹。这句诗暗指清军、农民军双向发力。

"失之东隅，收之桑榆"，桑榆指日暮。燕子是家鸟，"燕子梁"指家鸟成为梁上君子。这句诗暗指起义军在内部作乱，导致明朝日薄西山。

末四句是幻中幻，这是崇祯皇帝美好的愿望与平生的志向。

"杏帘"一首为黛玉所作，谁敢说不好呢？挺会巴结呀。

无论怎么改，这个地方离不开"村""庄"二字。

温体仁与谢升（探春）关系不错。《崇祯实录》记载：如用冢宰谢升、总宪唐世济皆体仁意……
作者贾政对文章把关。

贾兰扮演吴三桂，他还没有走到历史舞台的中央，暂时没有吴三桂的正传。

贾环扮演祖大寿，崇祯四年，祖大寿被困大凌河城，城内缺少粮食，他开城投降。投降后的祖大寿向皇太极建言，他可以去锦州当内应，帮后金夺取锦州。于是，皇太

那时贾蔷带领十二个女戏，在楼下正等的不耐烦，

只见一太监飞来说："作完了诗，快拿戏目来！"

贾蔷急将锦册呈上，并十二个花名单子。

少时，太监出来，只点了四出戏：

第一出《豪宴》；

【庚辰双行夹批：《一捧雪》中伏贾家之败。】

第二出《乞巧》；【庚辰双行夹批：《长生殿》中伏元妃之死。】

第三出《仙缘》；【庚辰双行夹批：《邯郸梦》中伏甄宝玉送玉。】

第四出《离魂》。【庚辰双行夹批：《牡丹亭》中伏黛玉死。所点之戏剧伏四事，乃通部书之大过节、大关键。】

贾蔷忙张罗扮演起来。一个个歌欺裂石之音，舞有天魔之态。虽是妆演的形容，却作尽悲欢情状。【庚辰双行夹批：二句毕矣。】

刚演完了，一太监执一金盘糕点之属进来，问："谁是龄官？"

极放了祖大寿，但是，祖大寿回到锦州后，就组织力量防御后金。不过，他降清的经历就成了"病"。再者，祖大寿（贾环）是吴三桂（贾兰）的舅舅，二人同在辽东防线，故而，贾环、贾兰经常同时出现。

唐世济（贾蔷）是温体仁的同乡，他想通过温体仁升迁，已经等得不耐烦了。《明史·冯元飏传》记载：

温体仁当国，唐世济为都御史，皆乌程人……

戏目来了，历史大戏马上开演。

唐世济向温体仁呈上"锦册"，原因是吏部尚书和左都御史两个职位空缺，唐世济想谋个职位。《石匮书后集》记载：

崇祯七年，八月，召群臣于平台，问谁堪冢宰、总宪者？

温体仁整整当了四年内阁首辅，故而，有四出大戏。

第一出戏是温体仁当上内阁首辅，这是"豪华宴席"。

批书人认为这四出戏另有所指，笔者观点与其不同。

温体仁要在皇帝面前讨巧行奸。

温体仁被太监弹劾，这是仙缘。

温体仁离职一年后就去世了。

这些女孩子要与温体仁（元春）一起演绎历史，这段历史"作尽悲欢情状"。

龄官就是一位年龄很大的官，他就是谢升，崇祯七年，谢升已经62岁了。前文讲过，探春扮演谢升，该甲不便安排探春出场，又安排了一位新的演员。诸位请看，探春是一位60多岁的老头子，若以为她是美女，岂不笑掉大牙。

· 499 ·

贾蔷便知是赐龄官之物，喜的忙接了，

谢升有美事了，温体仁要给他"金盘糕点之属"，他要当左都御史了。《明史·路振飞传》记载：

> 廷推南京吏部尚书谢升为左都御史……

半路杀出个程咬金，谢升没当上左都御史，唐世济喜得"忙接了"这个职位。《明史·路振飞传》记载：

> 振飞历诋其丑状，升遂不果用。

先别喜，将来还得下大狱。

【庚辰双行夹批：何喜之有？伏下后面许多文字只用一"喜"字。】

命龄官叩头。

谢升（龄官）也要叩头道谢，虽然有人弹劾他，但是，他与温体仁关系很好，总得捞个美差呀。

太监又道："贵妃有谕，说：'龄官极好，

大学士温体仁表态了："谢升极好。"《崇祯实录》记载：

> 上问温体仁，对曰："谢升可。"

"'再作两出戏，不拘那两出就是了'。"

左都御史、吏部尚书两个职位空缺，都是二品官，不管唱哪出，给谢升个"角色"就可以。《石匮书后集》记载：

> 时诸臣或举郑三俊，或举唐世济，捷曰："总宪世济可，冢宰非纯如不可。"俄入奏，力言纯如之长。诸臣以纯如列"逆案"不可，刑科给事中姜应甲言之尤力；捷失色。上问温体仁，对曰："谢升可。"上是之。

贾蔷忙答应了，因命龄官做《游园》《惊梦》二出。龄官自为此二出原非本角之戏，执意不作，

好家伙，非左都御史不干！吏部尚书是六卿之长，不在左都御史之下，别装了，答应下来吧。

定要作《相约》《相骂》二出。

相约、相骂的日子在后头。许誉卿就要叫骂吏部尚书谢升了。

【庚辰双行夹批：《钗钏记》中总隐后文不尽风月等文。】

唐世济、谢升都是温体仁的人，一大群朝臣会叫骂这群人，后文还有故事。

【庚辰双行夹批：按近之俗语云："宁养千军，不养一戏。"盖甚言优伶之不可养之意也。

养军保家卫国，养戏有何用处？

大抵一班之中此一人技业稍出众，此一人则拿腔作势、辖众恃能种种可恶，使主人逐之不舍责之不可，虽欲不怜而实不能不怜，虽欲不爱而实不能不爱。

谢升就任吏部尚书后会"辖众恃能"做出种种可恶之事。谢升将会被崇祯皇帝赶出朝廷，不过，几年后，又起用了他，这真是"逐之不舍责之不可"。

红楼阐微——解读《红楼梦》前二十回

余历梨园弟子广矣，个个皆然，亦曾与惯养梨园诸世家兄弟谈议及此，众皆知其事而皆不能言。

批书人曾与他人一起谈论朝臣的问题呢。

今阅《石头记》至"原非本角之戏，执意不作"二语，便见其恃能压众、乔酸娇妒，淋漓满纸矣。复至"情悟梨香院"一回更将和盘托出，与余三十年前目睹身亲之人现形于纸上。

批书人似乎见过谢升呀。

使言《石头记》之为书，情之至极、言之至恰，然非领略过乃事、迷蹈过乃情，即观此，茫然嚼蜡，亦不知其神妙也。】

不知书中隐史，味同嚼蜡！

贾蔷扭他不过，【庚辰双行夹批：如何反扭他不过？其中隐许多文字。】只得依他作了。

唐世济如何能管到谢升呢？

贾妃甚喜，命"不可难为了这女孩子，好生教习"，【庚辰双行夹批：可知尤物了。】

果然是尤物，皆是温体仁一党。

额外赏了两匹宫缎、两个荷包并金银锞子、食物之类。【庚辰双行夹批：又伏下一个尤物，一段新文。】

然后撤筵，将未到之处复又游顽。忽见山环佛寺，忙另盥手进去焚香拜佛，又题一匾云："苦海慈航"。【庚辰双行夹批：写通部人事一篇热文，却如此冷收。】

"苦海慈航"，元春小姐，苦海无边，回头是岸！

又额外加恩与一班幽尼女道。

温体仁执政期间，根本不想办法打击清军和起义军，放纵了"幽尼女道"。

少时，太监跪启："赐物俱齐，请验等例。"乃呈上略节。贾妃从头看了，俱甚妥协，即命照此遵行。太监听了，下来一一发放。

"俱甚妥协"是什么意思？一切都安排停当了吗？

原来贾母的是金、玉如意各一柄，沉香拐拄一根，伽楠念珠一串，"富贵长春"宫缎四匹，"福寿绵长"宫绸四匹，紫金"笔锭如意"锞十锭，"吉庆

这段文字似乎是表面情节，文章要收场了。

有鱼"银锞十锭。邢夫人、王夫人二分，只减了如意、拐、珠四样。贾敬、贾赦、贾政等，每分御制新书二部，宝墨二匣，金、银爵各二支，表礼按前。

宝钗、黛玉诸姊妹等，每人新书一部，宝砚一方，新样格式金银锞二对。宝玉亦同此。【庚辰双行夹批：此中忽夹上宝玉，可思。】贾兰则是金银项圈二个，金银锞二对。

尤氏、李纨、凤姐等，皆金银锞四锭，表礼四端。外表礼二十四端，清钱一百串，是赐与贾母、王夫人及诸姊妹房中奶娘众丫鬟的。贾珍、贾琏、贾环、贾蓉等，皆是表礼一分，金锞一双。其余彩缎百端，金银千两，御酒华筵，是赐东西两府凡园中管理工程、陈设、答应及司戏、掌灯诸人的。外有清钱五百串，是统役、优伶、百戏、杂行人丁的。

众人谢恩已毕，执事太监启道："时已丑正三刻，请驾回銮。"

	"丑正三刻"，这还是以时辰表示年份，丑时表示丑年，崇祯十年是丁丑年，温体仁于这年离职。
	就表面情节而言，丑正三刻是凌晨两点，妃子此时回后宫，不合理呀！
贾妃听了，不由的满眼又滚下泪来。	奸臣！还有脸哭！
却又勉强堆笑，拉住贾母、王夫人的手，紧紧的不忍释放，【庚辰双行夹批：使人鼻酸。】	温体仁不想离开朝廷，"紧紧的不忍释放"。
再四叮咛："不须记挂，好生自养。	放心好了，没有人记挂。
"如今天恩浩荡，一月许进内省视一次，见面是尽有的，何必伤惨。	你这一走，大快人心，没人为你"伤惨"。
"倘明岁天恩仍许归省，万不可如此奢华靡费了。"	不会再省亲了，"倘"字已经说明了一切。
【庚辰双行夹批：妙极之谶，试看别书中专能故用一不祥之语为谶？今偏不然，只有如此现成一语，便是不再之谶，只看他用一"倘"字便隐讳，自然之至。】	如果用不祥的谶语，表面情节便会大煞风景。

贾母等已哭的哽噎难言。

贾妃虽不忍别，怎奈皇家规范，违错不得，只得忍心上舆去了。

这里诸人好容易将贾母、王夫人安慰解劝，搀扶出园去了。

【庚辰眉批：一回离合悲欢夹写之文，正如山阴道上令人应接不暇，尚有许多忙中闲、闲中忙小波澜，一丝不漏，一笔不苟。】

【蒙回末总批：此回铺陈，非身经历开巨眼伸文笔，则必有所滞墨牵强，岂能如此触处成趣，立后文之根，足本文之情者？且借象说法，学我佛开经，代天女散花，已成此奇文妙趣，惟不得与四才子书之作者，同时讨论臧否，为可恨恨耳。】

还是哽噎，还是"难言"！

"皇家规范，违错不得"，温体仁（元春）只能离开内阁了。

收拾得干净利落。

诸君自读。

第十九回

情切切良宵花解语　意绵绵静日玉生香

【蒙回前诗：彩笔辉光若转环，情心魔态几千般。写成浓淡兼深浅，活现痴人恋恋间。】

文章"转环"了，本回从头介绍温体仁，他的情心魔态被逼真地描摹了出来，文章活现了他的形象。

话说贾妃回宫，次日见驾谢恩，并回奏归省之事，龙颜甚悦，又发内帑彩缎金银等物，以赐贾政及各椒房等员，【庚辰双行夹批：补还一句，细。方见省亲不独贾家一门是也。】不必细说。

"贾妃回宫""又发内帑"等事是表面情节，表面情节是假文章，不必细说。

且说荣宁二府中因连日用尽心力，真是人人力倦，各各神疲，

"且说"二字引出正文，自从温体仁(元春)乱政以来，朝臣人人力倦，个个神疲。

又将园中一应陈设动用之物收拾了两三天方完。

这是表面情节。

第一个凤姐事多任重，别人或可偷安躲静，独他是不能脱得的；

凤姐是一位优秀演员，优秀演员戏份多。

二则本性要强，不肯落人褒贬，只扎挣着与无事的人一样。【庚辰双行夹批：伏下病源。】

张彝宪(凤姐)在扎挣，他快摊上事了，就要成为"有事的人"。

第一个宝玉是极无事最闲暇的。

玉玺是"极无事最闲暇的"，这笔是正写玉玺。

偏这日一早，袭人的母亲又亲来回过贾母，接袭人家去吃年茶，晚间才得回来。

元春是妃子，文章不便描写她的活动，下文由袭人扮演温体仁。聊听花叙（蓼汀花溆），暂且听花袭人叙述温体仁的历史。

"偏这日一早"是在提示时间，下文的事件发生在较早之前。"晚间才得回来"，这也是在提示时间，事情发生在温体仁入阁之前，晚些时候，温体仁才能入阁。"吃年茶"说明事件发生在年底。

【庚辰双行夹批：一回一回各生机轴，总在人意想之外。】

本回开头先介绍人物（袭人扮演温体仁），再说明时间，这就是本回的机轴，下文就开始演戏了。

因此，宝玉只和众丫头们掷骰子赶围棋作戏。

"掷骰子"？朝廷中掷骰子必然是金瓯枚卜呀，朝廷要选拔新的内阁大学士了。

【庚辰双行夹批：写出正月光景。】

正在房内顽的没兴头，

忽见丫头们来回说："东府珍大爷来请过去看戏、放花灯。"宝玉听了，便命换衣裳。

才要去时，忽又有贾妃赐出糖蒸酥酪来；【庚辰双行夹批：总是新正妙景。】宝玉想上次袭人喜吃此物，便命留与袭人了。

自己回过贾母，过去看戏。谁想贾珍这边唱的是《丁郎认父》、《黄伯央大摆阴魂阵》，更有《孙行者大闹天宫》、《姜子牙斩将封神》等类的戏文。【庚辰双行夹批：真真热闹。】

倏尔神鬼乱出，忽又妖魔毕露，甚至于扬幡过会，号佛行香，

锣鼓喊叫之声闻于巷外。

【庚辰双行夹批：形容刻薄之至，弋杨腔能事毕矣。】

阅至此则有如耳内喧哗、目中离乱，后文至隔墙闻"袅晴丝"数曲，则有如魂随笛转、魄逐歌销。形容一事，一事毕肖，石头是第一能手矣。】

满街之人个个都赞："好热闹戏，别人家断不能有的。"【庚辰双行夹批：必有之言。】

这次金瓯枚卜发生于崇祯元年十一月，后续事件至第二年正月结束。

崇祯皇帝对现任内阁大学士不满意，故而，宝玉没有兴头。不过，他的兴头马上就来了，朝廷即将选拔新的内阁大学士了。

宝玉要到朝堂（宁国府）参加枚卜大典，谁能成为新任内阁大学士呢？拭目以待吧。

贾妃赐的食物留给袭人，贾妃与袭人都扮演温体仁，两位演员搞了一个交接仪式。注意"糖蒸酥酪"，这不是好东西，下文中，它会让人闹肚子。

温体仁登场，朝廷里就热闹了，有的官员开始"认父"，有的官员"大摆阴魂阵"，有的官员"大闹天宫"，有的官员"斩将封神"。这出大戏太热闹！

神鬼乱出，妖魔毕露，这都是因为温体仁！

温体仁使用奸计迷惑崇祯皇帝，市井百姓都知道这件事。《烈皇小识》记载：

京师为之语曰：礼部重开天榜，状元榜眼探花，有些惶恐；内阁翻成妓馆，乌归王巴篾片，总是遭瘟（温）。一时传以为笑。虽云出轻薄少年手，然赫赫师尹，而令人鄙夷至此，其生平可见矣。

温体仁本是刻薄人物，必用刻薄文字。

比拟事物，描摹场景，吴梅村是天下第一高手。

这样的好戏，天下谁家能有？

宝玉见那繁华热闹到如此不堪的田地，只略坐了一坐，便走开各处闲耍。

先是进内去和尤氏和丫鬟姬妾说笑了一回，便出二门来。

尤氏等仍料他出来看戏，遂也不曾照管。

贾珍、贾琏、薛蟠等只顾猜枚行令，百般作乐，也不理论，纵一时不见他在座，只道在里边去了，故也不问。

至于跟宝玉的小厮们，那年纪大些的，知宝玉这一来了，必是晚上才散，因此偷空也有去会赌的，也有往亲友家去吃年茶的，更有或嫖或饮，都私散了，待晚间再来；那些小的，都钻进戏房里瞧热闹去了。

宝玉见一个人没有，因想"这里素日有个小书房，内曾挂着一轴美人，极画的得神。

"今日这般热闹，想那里自然无人，那美人也自然是寂寞的，须得我去望慰他一回。"

【庚辰双行夹批：极不通极胡说中写出绝代情痴，宜乎众人谓之疯傻。】【蒙侧批：天生一段痴情，所谓"情不情"也。】

想着，便往书房里来。刚到窗前，闻得房内有呻吟之韵。

宝玉倒唬了一跳：敢是美人活了不成？【庚辰双行夹批：又带出小儿心意，一丝不落。】

乃乍着胆子，舔破窗纸，向内一看，那轴美人却不曾活，却是茗烟按着个一女孩子，也干那警幻所训之事。

如此不堪，全因一个袭人。

韩爌（尤氏）露面了，他的出现是一个非常明显的时间标志，他于崇祯元年十二月复职为首辅，因而，下文的事件发生于崇祯元年十二月前后。

韩爌没照管好朝廷事务，让温体仁钻了空子。

韩爌之后的两任首辅成基命（贾珍）、周延儒（贾琏）也没有照顾好宝玉，温体仁的空子越钻越大。韩爌、成基命、周延儒三任首辅都露面了，扮演李标的李嬷嬷随后也会露面。

小厮们要么赌、要么嫖、要么饮、要么看戏，宝玉身边还有好人吗？

"小书房"是办公场所，办公场所里有一轴画，这轴画就是圣旨。对于玉玺而言，圣旨才是他的"美人"。

玉玺要去找圣旨盖章了。

一个大活人去望慰画上的美人，这样的表面情节完全讲不通，但是，文章的隐喻是玉玺要在圣旨上盖章，这才是天生一段痴情！

有人在私下里捣鬼！

活脱脱一个小儿。

"茗烟"谐音"明阉"，他是明朝阉人、太监。警幻所训之事就是玉玺在圣旨上盖章，太监居然对圣旨动手脚，他要篡改圣旨！崇祯元年，的确发生了一次篡改圣旨的事件，《明史·刘鸿训传》记载：

至九月而有改敕书之事。旧例，督京营者，不辖巡捕军。惠安伯张庆臻总督京营，敕有"兼辖捕营"语，提督郑其心以侵职论之。命核中书贿改之故，下舍人田佳璧狱。给事中李觉斯言："稿具兵部，送辅臣裁定，乃令中书缮写。写讫，复审视进呈。兵部及辅臣皆当问。"十月，帝御便殿，问阁臣，皆谢不知。帝怒，令廷臣劾奏；尚书自严等亦谢不知，帝益怒。给事中张鼎延、御史王道直咸言庆臻行贿有迹，不知谁主使。

张庆臻总督京营的敕书被修改了，这件事迷雾重重。从这段文字看，太监（茗烟）参与了这件事。

了不得！太监要篡改圣旨！

篡改圣旨成功，太监急急地"抖衣"，想让圣旨上的文字快点干。

宝玉禁不住大叫："了不得！"

一脚踹进门去，将那两个唬开了，抖衣而颤。

茗烟见是宝玉，忙跪求不迭。宝玉道："青天白日，这是怎么说。【庚辰双行夹批：开口便好。】

青天白日，太监竟然干这事，这怎么说？再者，"这是怎么说"是典型的江浙话，是作者吴梅村的方言。

"珍大爷知道，你是死是活？"

这事若让人知道，必然得死。

一面看那丫头，虽不标致，倒还白净，些微亦动人处，羞的面红耳赤，低首无言。

这丫头是圣旨，玉玺已经在上面盖章了，所以，"面容"是红赤色，不过，她不会说话。

宝玉跺脚道："还不快跑！"

这丫头没有脚，她不会跑呀。

【庚辰双行夹批：此等搜神夺魄、至神至妙处，只在囫囵不解处得。】

囫囵不解处皆是文章的妙处。

一语提醒了那丫头，飞也似去了。

不提醒不走，哪有这样的人呀？

宝玉又赶出去，叫道："你别怕，我是不告诉人的。"【庚辰双行夹批：活宝玉，移之他人不可。】

没有人知道太监修改敕书这件事，玉玺（宝玉）虽然在场，但他不会说话，无法告诉他人。

急的茗烟在后叫："祖宗，这是分明告诉人了！"

这位祖宗了不得，几百年后，他通过《红楼梦》把段历史告诉了世人。

宝玉因问："那丫头十几岁了？"茗烟道："大不过十六七岁了。"

崇祯王朝只有17年，明朝圣旨上的落款日期，最多也就是崇祯十七年，所以，这个"丫头"最大不超过17岁。

宝玉道："连他的岁属也不问问，别的自然越发不知了。

如果读者不知道她的岁数，别的事件"自然越发不知了"。

"可见他白认得你了。可怜，可怜！"

太监修改圣旨，幕后必有主使，主使人可能是大学士刘鸿训，他就要可怜了。

【庚辰双行夹批：按此书中写一宝玉，其宝玉之为人是我辈于书中见而知有此人，实未目曾亲睹者。

读者在书中知道有贾宝玉这个人，但是，在现实中见不到这个人，因为他是虚拟人物！

又写宝玉之发言每每令人不解，宝玉之生性件件令人可笑，不独不曾于世上亲见这样的人，即阅今古所有之小说奇传中亦未见这样的文字。于颦儿处更为甚。

宝玉的话奇怪而又可笑，世间没有宝玉这样的人，其他书上也没有，因为他是一个假人。

其囫囵不解之中实可解，可解之中又说不出理路，合目思之，却如真见一宝玉真闻此言者，移至第二人万不可，亦不成文字矣。

书中文字都可以解读，但是，又不太容易解读。闭上眼睛想一想，好像真有一个宝玉在说话，如果真有这样一个人物如此说话，这成了什么书？

余阅《石头记》中至奇至妙之文，全在宝玉颦儿至痴至呆囫囵不解之语中，其诗词雅谜酒令，及衣食奇玩等类，固他书中未能，然在此书中评之，犹为二着。】

书中的诗词雅谜酒令是机关，衣食奇玩也是机关，批语把话都说尽了。

又问："名字叫什么？"

名字叫圣旨。

茗烟大笑道："若说出名字来话长，

小孩没娘，说来话长。

"真真新鲜奇文，竟是写不出来的。

还有作者描摹不出来的东西吗？

【庚辰双行夹批：若都写得出来，何以见此书中之妙？脂砚。】

若都直写出来，便是一部正史，无人爱看了。

"据他说，他母亲养他的时节做了一个梦，【庚辰双行夹批：又一个梦，只是随手成趣耳。】

又以梦说事。

"梦见得了一匹锦，上面是五色富贵卍不断头的花样，所以他的名字叫作万儿。"

圣旨的材质"锦"，颜色是"五色"，格调是"富贵"，花纹是"卍不断头的花样"。文章写得如此清楚，庸俗笔墨哪有这等本领？

【庚辰双行夹批：千奇百怪之想，所谓"牛溲马渤皆至乐也，鱼鸟昆虫皆妙文也"，天地间无一物不是妙物，无

原文妙，批语也妙，批语明点于纸上了，世间无一物不可以借以表达历史，只是需要读者取舍其含义罢了。

一物不可成文，但在人意舍取耳。此皆信手拈来随笔成趣，大游戏、大慧悟、大解脱之妙文也。】

宝玉听了笑道："真也新奇，想必他将来有些造化。"说着，沉思一会。

茗烟因问："二爷为何不看这样的好戏？"宝玉道："看了半日，怪烦的，

"出来逛逛，就遇见你们了。这会子作什么呢？"

茗烟嘻嘻笑道："这会子没人知道，我悄悄的引二爷往城外逛逛去，一会子再往这里来，他们就不知道了。"

【庚辰双行夹批：茗烟此时只要掩饰方才之过，故设此以悦宝玉之心。】

宝玉道："不好，仔细花子拐了去。

"便是他们知道了，又闹大了，

"不如往熟近些的地方去，还可就来。"

茗烟道："熟近地方，谁家可去？这却难了。"

宝玉笑道："依我的主意，咱们竟找你花大姐姐去，瞧他在家作什么呢。"

【庚辰双行夹批：妙！宝玉心中早安着这着，但恐茗烟不肯引去耳。恰遇茗烟私行淫媾，为宝玉所胁，故以城外引以悦其心，宝玉始悦，出往花家去。非茗烟适有罪所胁，万不敢如此私引出外。别家子弟尚不敢私出，况宝玉哉？况茗烟哉？文字着楔细甚。】

茗烟笑道："好，好！倒忘了他家。"

沉思。

宝玉和茗烟都是戏中人，有人篡改圣旨，石头都"怪烦的"，崇祯皇帝肯定生气了。

宝玉要出来逛逛，还没逛就遇见了茗烟。"偶遇"是次要历史事件，"逛逛"是主要历史事件，下文要介绍主要历史事件了。

太监茗烟（明阉）篡改圣旨一事，做得很周密，没人知道这件事。

崇祯皇帝知道了篡改圣旨的事情，太监茗烟肯定要想办法掩饰。

"花子"就是花袭人，花袭人是个"拐子"，他就要行骗了！

如果有人知道篡改圣旨这事，必然要闹大。

装腔作势！快去袭人家吧，本回开头写袭人回家不就是为去她家做准备吗？

文章有点儿难写了，篡改圣旨的太监与温体仁（袭人）没有关系，怎么让他带路呢？

自投罗网，甚妙！宝玉自己要上"花子"的当，怪不得太监（明阉）。

作者早就设好了局，本回重点要写袭人，却用茗烟引出文章，表面情节也非常细致呀。

太监茗烟与下文的历史事件关系不大。

又道:"若他们知道了,说我引着二爷胡走,

胡走就胡走,只要文字能交代明白,读者就会明白。

"要打我呢?"【庚辰双行夹批:必不可少之语。】

本该打。

宝玉笑道:"有我呢。"茗烟听说,拉了马,二人从后门就走了。

如此"走后门",甚妙!

幸而袭人家不远,不过一半里路程,展眼已到门前。

事情就发生在紫禁城内,所以,路程不会太远。再者,古人常以地名称呼人物,温体仁是乌程人,《烈皇小识》等书便称其为"乌程","不过一半里路程"的"程"字提示袭人是温体仁。

茗烟先进去叫袭人之兄花自芳。【庚辰双行夹批:随姓成名,随手成文。】

花自芳扮演钱谦益。这里与前文中的"掷骰子"事件接续上了,在崇祯元年的枚卜中,钱谦益"孤芳自赏",内阁候选人名单上有他的名字,却没有周延儒的名字。《烈皇小识》记载:

当枚卜,廷臣共推毂谦益,而宜兴周延儒以召对数语,上契圣衷,若一列名,必蒙点用……给事中瞿式耜,恐两人不能并相,因力阻延儒。

此时袭人之母接了袭人与几个外甥女儿、【庚辰双行夹批:一树千枝,一源万派,无意随手,伏脉千里。】几个侄女儿来家,正吃果茶。

袭人之母是时任大学士李标。外甥女儿与侄女儿是两伙官员,外甥女是敌人,侄女是自己人,她们就是斗争双方。

听见外面有人叫"花大哥",花自芳忙出去看时,见是他主仆两个,唬的惊疑不止,

钱谦益想阻止周延儒入阁,但是,崇祯皇帝对此事产生了怀疑,因而,钱谦益被"唬的惊疑不止"。《明史·周延儒传》记载:

帝以延儒不预,大疑。

连忙抱下宝玉来,至院内嚷道:"宝二爷来了!"

宝玉来调查周延儒为什么不是内阁大学士候选人的问题了。

别人听见还可,袭人听了,也不知为何,忙跑出来迎着宝玉,

钱谦益阻止周延儒入阁,这事与温体仁没有太大关系,"也不知为何",温体仁公开跳出来了。《明史·温体仁传》记载:

崇祯元年冬,诏会推阁臣,体仁望轻,不与也。侍郎周延儒方以召对称旨,亦弗及。体仁揣帝意必疑,遂上疏讦谦益关节受贿,神奸结党,不当与阁臣选。

一把拉着问："你怎么来了？"

"一把拉着"！温体仁这一把可就拉住宝玉了，这个奸臣就是通过这件事讨好皇帝的。钱谦益想阻止周延儒入阁，崇祯皇帝想让周延儒入阁，温体仁公开弹劾钱谦益，这样，他既讨好了皇帝，又讨好了皇帝的宠臣周延儒。

宝玉笑道："我怪闷的，来瞧瞧你作什么呢。"

温体仁还能做什么，羊群里跑出一个异类，他平白无故就要上疏弹劾钱谦益。

袭人听了，才放下心来，【庚辰双行夹批：精细周到。】

温体仁心里有底。

嗐了一声，笑【庚辰双行夹批：转至"笑"字，妙甚！】道："你也忒胡闹了，【庚辰双行夹批：该说，说得是。】可作什么来呢！"

"嗐了一声"是作者在借机发感叹，你贾宝玉来找温体仁干什么，不理会他就完了。

一面又问茗烟："还有谁跟来？"【庚辰双行夹批：细。】

"一面"引出的文字是在介绍篡改圣旨一事。

茗烟笑道："别人都不知道，就只我们两个。"

别人都不知道篡改圣旨一事，此事难免成为疑案。

袭人听了，复又惊慌，【庚辰双行夹批：是必有之神理，非特故作顿挫。】

温体仁与篡改圣旨一事无关，袭人惊慌指温体仁为弹劾钱谦益一事惊慌。《明史·温体仁传》记载：

而执政皆言谦益无罪，吏科都给事中章允儒争尤力，且言："体仁热中觊望，如谦益当纠，何俟今日。"

说道："这还了得！倘或碰见了人，或是遇见了老爷，街上人挤车碰，马轿纷纷的，若有个闪失，也是顽得的！

篡改圣旨这事，若有闪失，真不是闹着玩儿的。

"你们的胆子比斗还大。

"你们"二字说明，篡改圣旨事件背后还有人。

"都是茗烟调唆的，【庚辰双行夹批：该说，说得更是。】回去我定告诉嬷嬷们打你。"

就是明阉挑唆的。

茗烟撅了嘴道："二爷骂着打着，叫我引了来，这会子推到我身上。

不能把篡改圣旨这事全推到太监身上。

"我说别来罢，不然我们还去罢。"【庚辰双行夹批：茗烟贼。】

茗烟可以走，宝玉要留下。温体仁千方百计才得到皇帝关注，怎么会让宝玉走呢？

花自芳忙劝："罢了，已是来了，也不用多说了。

也不用多说篡改圣旨的事件了，继续讲述温体仁与钱谦益的斗争吧。

“只是茅檐草舍，又窄又脏，爷怎么坐呢？”

袭人之母也早迎了出来。

袭人拉着宝玉进去。

宝玉见房中三五个女孩儿，见他进来，都低了头，羞惭惭的。

花自芳母子两个百般怕宝玉冷，又让他上炕，又忙另摆果桌，又忙倒好茶。【庚辰双行夹批：连用三“又”字，上文一个，百般神理活现。】

袭人笑道：“你们不用白忙，

【庚辰双行夹批：妙！不写袭卿，正是忙之至。若一写袭人忙，便是庸俗小派了。】

“我自然知道。

“果子也不用摆，

“也不敢乱给东西吃。”【庚辰双行夹批：如此至微至小中便带出家常情，他书写不及此。】

一面说，一面将自己的坐褥拿了铺在一个炕上，

宝玉坐了；

用自己的脚炉垫了脚，

向荷包内取出两个梅花香饼儿来，又将自己的手炉掀开焚上，

仍盖好，放与宝玉怀内；然后将自己的茶杯斟了茶，送与宝玉。

崇祯皇帝听信了温体仁的话，宝玉不在钱谦益这里“坐”，要到温体仁那边“坐”。

袭人之母扮演时任内阁大学士李标，他要参与这次枚卜事件。

好亲密。

“三五个女孩儿”指钱谦益的盟友瞿式耜、章允儒、房可壮等人，温体仁进来，他们都该低头了，因为温体仁弹劾他们奸奸结党。

温体仁公开弹劾钱谦益，李标、钱谦益等人始料未及，现在“另摆果桌”，可就来不及了。

温体仁够狠的！他开口警告了：“李标、钱谦益，你们不用白忙！”

袭人之忙不在母兄之下。

温体仁知道崇祯皇帝想让周延儒入阁，这就是他公开弹劾钱谦益的原因。

摆了也是白摆。

宝玉不吃花自芳那一套，只吃袭人这一套。

“一面”“一面”，两面同时进行。“坐褥”指纸张，“炕”指办公桌。温体仁在办公桌上展开纸张，他要写东西。

温体仁写的东西会传递到宝玉那儿。

“脚炉”指镇纸，铺好纸张，压好镇纸，下一步该准备笔墨了。

“梅花香饼”指墨块；“手炉”指砚台。先磨墨再写字，温体仁要写《直发盖世神奸疏》弹劾钱谦益结党。

好体贴呀。

【庚辰双行夹批：叠用四"自己"字，写得宝袭二人素日如何亲洽如何尊荣，此时一盘托出。】

盖素日身居侯府绮罗锦绣之中，其安富尊荣之宝玉，亲密狭洽勤慎委婉之袭人，是分所应当，不必写者也。今于此一补，更见二人平素之情意，且暗透此回中所有母女兄长欲为赎身角口等未到之过文。】

彼时他母兄已是忙另齐齐整整摆上一桌子果品来。

袭人见总无可吃之物，【庚辰双行夹批：补明宝玉自幼何等娇贵，以此一句留与下部后数十回"寒冬噎酸齑，雪夜围破毡"等处对看，可为后生过分之戒。叹叹！】

因笑道："既来了，没有空去之理，好歹尝一点儿，也是来我家一趟。"

【庚辰双行夹批：得意之态，是才与母兄较争以后之神理。最细。】

说着，便拈了几个松子穰，【庚辰双行夹批：唯此品稍可一拈，别品便大错了。】

吹去细皮，

用手帕托着送与宝玉。

宝玉看见袭人两眼微红，粉光融滑，【庚辰双行夹批：八字画出才收泪之一女儿，是好形容，且是宝玉眼中意中。】

文章将温体仁受宠的情况和盘托出了。

文章一边介绍温体仁受宠的情况，一边暗透他与李标、钱谦益斗争的历史。

来不及了，温体仁已经上疏了，李标、钱谦益（母兄二人）匆匆忙忙，准备不足，宝玉不会吃这桌果品了。

袭人洞悉一切。

宝玉来选拔内阁大学士，可是，选拔活动被搞乱了。当然，宝玉也没有空去，他收到了温体仁的《直发盖世神奸疏》，把这个带回去吧。

母兄二人斗不过袭人，奈何？

"松子穰"指毛笔写成的汉字，宝玉除了吃胭脂，还可以吃一点儿"松子穰"，"别品便大错了"！

刚写的字需要用嘴吹干，温体仁好急。

"手帕"指温体仁的上疏。

刚刚发生了激烈的斗争，温体仁斗红了眼。《明史》《国榷》等史书都记载了这件事，《石匮书后集》记载比较简洁，摘录如下：

上召廷臣及体仁、谦益于文华殿，质辩良久。上曰："体仁所参神奸结党，谁也？"体仁曰："谦益党羽甚众，臣不敢尽言。即枚卜之典，俱谦益主持。"吏科给事中章允儒曰："体仁资深望轻，如纠谦益，何不先于枚卜时？"体仁曰："前犹冷局，今卜相事大，不得不为皇上慎用人因悄问袭人："好好的哭什么？"

好好的，怎么会哭呢？钱谦益（花自芳）在哭呢。

袭人笑道："何尝哭，才迷了眼揉的。"

奸笑。

因此便遮掩过了。【庚辰双行夹批：伏下后文所补未到多少文字。】

如此遮掩，这是要哄哪一个？

当下宝玉穿着大红金蟒狐腋箭袖，外罩石青貂裘排穗褂。袭人道："你特为往这里来又换新服，他们【庚辰双行夹批：指晴雯麝月等。】就不问你往那去的？"【庚辰双行夹批：必有是问。阅此则又笑尽小说中无故家常穿红挂绿绮绣绫罗等语，自谓是富贵语，究竟反是寒酸话。】

"他们就不问你往那去的？"这是文章的提示语，玉玺在哪里呢？玉玺当然在朝廷中，读者不要被表面情节欺骗，不要以为玉玺被人带出了皇宫，刚才发生的一切都在皇宫里。

宝玉笑道："珍大哥那里去看戏换的。"

成基命（贾珍）名列这次候选人名单第一位，宝玉正在珍大哥那里看戏呢。

袭人点头。又道："坐一坐就回去罢，这个地方不是你来的。"

温体仁入阁是后事，宝玉暂时还不能与袭人在一起。

宝玉笑道："你就家去才好呢，我还替你留着好东西呢。"【庚辰双行夹批：生受，切己之事。】

宝玉留给袭人的"好东西"就是内阁大学士的职位！这次"枚卜事件"发生于崇祯元年，温体仁于崇祯三年才能成为内阁大学士。

袭人悄笑道："悄悄的，

悄，悄悄。

"叫他们听着什么意思。"【庚辰双行夹批：想见二人来日情常。】

什么意思？就是你想要的意思。

一面又伸手从宝玉项上将通灵玉摘了下来，向他姊妹们笑道："你们见识见识。

都来见识见识玉玺吧。

"时常说起来都当希罕，恨不能一见，今儿可尽力瞧了。

你们不是没见过玉玺吗？看吧，看吧。

"再瞧什么希罕物儿，也不过是这么个东西。"

明朝玉玺在温体仁眼里不过如此。一叹！

【庚辰双行夹批：行文至此，固好看之极，且勿论按此言固是袭人得意之话，盖言你等所稀罕不得一见之宝，我却常守常见视为平物。然余今窥其用意之旨，则是作者借此正为贬玉原非大观者也。】

袭人蝇营狗苟，明朝再无大观。

说毕，递与他们传看了一遍，仍与宝玉挂好。

这些人只能看一眼玉玺，无缘与其亲密接触。

【庚辰眉批：自"一把拉住"至此诸形景动作，袭卿有意微露锋芒，轩中隐事也。】

温体仁微露锋芒，后文中，他要兴风作浪了。

又命他哥哥去或雇一乘小轿，或雇一辆小车，送宝玉回去。

小车指囚车，小轿上有轿棍，温体仁想让钱谦益下狱或挨打。

花自芳道："有我送去，骑马也不妨了。"【庚辰侧批：只知保重耳。】

还是骑马自由，钱谦益想要自由。

袭人道："不为不妨，为的是碰见人。"【庚辰双行夹批：细极！】

温体仁最怕遇见他人，他重提旧案，大家都不服气。《明史·乔允升传》记载：

事已七年矣，温体仁以枚卜不与，疑谦益主之，复发其事。诏逮千秋再讯。帝深疑廷臣结党，蓄怒以待，而体仁又密伺于旁，廷臣相顾惕息。

花自芳忙去雇了一顶小轿来，

小轿上有轿棍，钱谦益被棍子打了。《清史稿·钱谦益传》记载：

体仁追论谦益典试浙江取钱千秋关节事，予杖论赎。

众人也不敢相留，

钱谦益要走了，朝臣不敢谏言挽留。

只得送宝玉出去。

送宝玉是幌子，"只得"二字就是明证。

袭人又抓果子与茗烟，又把些钱与他买花炮放，

再提茗烟，这又是在谈篡改圣旨一事。"放花炮"的目的是掩人耳目，太监参与篡改圣旨一事，很难被他人知道了。

教他："不可告诉人，连你也有不是。"

茗烟的"不是"小，背后的主使"不是"大。

一直送宝玉至门前，看着上轿，放下轿帘。花、茗二人牵马跟随。

神妙之笔。钱谦益刚挨了打，他不能"骑马"，只能"牵马"，"牵马"也不错，至少没坐"车"。

来至宁府街，茗烟命住轿，向花自芳道："须等我同二爷还到东府里混一混，才过去的，不然人家就疑惑了。"

花自芳听说有理，忙将宝玉抱出轿来，送上马去。

宝玉笑说："倒难为你了。"【庚辰侧批：公子口气。】

于是仍进后门来。俱不在话下。

却说宝玉自出了门，他房中这些丫鬟们都越发恣意的顽笑，也有赶围棋的，也有掷骰抹牌的，磕了一地瓜子皮。

偏奶母李嬷嬷拄拐进来请安，

瞧瞧宝玉，见宝玉不在家，丫鬟们只顾玩闹，十分看不过。

【庚辰双行夹批：人人都看不过，独宝玉看得过。】

因叹道："只从我出去了，不大进来，你们越发没了样儿了，

【庚辰双行夹批：说得是，原该说。】

"别的妈妈们越不敢说你们了。【庚辰双行夹批：补得好！宝玉虽不吃乳，岂无伴从之媪妪哉？】

"那宝玉是个丈八的灯台——照见人家，照不见自家的。【庚辰双行夹批：用俗语入妙。】只知嫌人家脏，这是他的屋子，由着你们糟蹋，越不成体统了。"【庚辰双行夹批：所以为今古未有之一宝玉。】

这些丫头们明知宝玉不讲究这些，二则李嬷嬷已是告老解事出去的了，【庚辰双行夹批：调侃入微，妙妙！】如今管不着他们。

以上所有的事情都发生在东府，再进去混混，读者就不疑惑了。

"抱"！一位少年被抱来抱去，读者不奇怪吗？

真真难为了钱谦益，他排挤周延儒，这也是一片苦心呀。

终结上文，开启下文。

温体仁这么一闹，有人"越发恣意的顽笑"，搞得朝廷不像样子了。

李标（李嬷嬷）来了，他就是上文中的袭人之母。表面情节不便写"母女"吵架，李嬷嬷一来，这就容易描写吵架的场景了。

时任大学士李标对温体仁"十分看不过"。

皇帝看得过，官员有什么办法？

逼真。

原该说，可是没人敢说。

这是在指责其他内阁大学士不敢作为。

这话是说崇祯皇帝，他只看到钱谦益的科场案，没发现自己被温体仁欺骗了，由着温体仁糟蹋，成何体统？

告老解事是幌子，这时的李标是内阁大学士，后来他还要当首辅。故而，批语说"告老解事"是调侃语，调侃入微。

因此只顾顽，并不理他。

那李嬷嬷还只管问"宝玉如今一顿吃多少饭""什么时候睡觉"等语。丫头们总胡乱答应。

有的说："好一个讨厌的老货！"【庚辰侧批：实在有的。】

李嬷嬷又问道："这盖碗里是酥酪，

"怎不送与我去？我就吃了罢。"说毕，拿匙就吃。【庚辰双行夹批：写龙钟奶母，便是龙钟奶母。】

一个丫头道："快别动！那是说了给袭人留着的，【庚辰双行夹批：过下无痕。】回来又惹气了。【庚辰双行夹批：照应茜雪枫露茶前案。】

"你老人家自己承认，别带累我们受气。"【庚辰双行夹批：这等话语声口，必是晴雯无疑。】

李嬷嬷听了，又气又愧，

便说道："我不信他这样坏了。别说我吃了一碗牛奶，就是再比这个值钱的，也是应该的。

李标（李嬷嬷）的话不管用，没人理他。

乳母疼子，丫头胡闹。

温体仁讨厌李标，因为李标要为钱谦益辩护。《烈皇小识》记载：

上曰："会推大事，其中推这等人，还说是公议？诸臣奏来！"阁下李标等俱奏："关节与谦益无干。"

温体仁在玩魔术，盖碗里的道具"酥酪"，李标识破了温体仁的鬼把戏。《烈皇小识》记载：

体仁奏："分明满朝俱是谦益一党，臣受四朝知遇，忠愤所激，不容不言。关节是真，若不受贿，如何得中？况今钱千秋现在京师，日入谦益之幕，指望谦益入阁，希图辨复。谦益可以枚卜，则千秋亦可会试。"李标等又奏："前次招问明白。"

李标想"吃"掉温体仁的阴谋，但是，他没能成功，这碗"酥酪"会让李嬷嬷闹肚子。

因为温体仁，李标还要惹一回气。崇祯二年，钱龙锡（茜雪）离职，也是温体仁在作怪，李标也非常生气。《明史·温体仁传》记载：

初，帝杀袁崇焕，事牵钱龙锡，论死。体仁与延儒、永光主之，将兴大狱……

晴雯何人？老先生知道得太多了。文章没说丫头是晴雯，自有其用意，批书人说她是晴雯，这也有道理，问题较复杂，暂不多谈。

李标想"吃"掉温体仁的阴谋，但是，皇帝反驳了李标，因此，李标又气又愧。《明史·李标传》记载：

标言："陛下处分谦益、允儒，本因体仁言，体仁乃不安求罢。乞陛下念谦益事经恩诏，姑令回籍；于允儒仍许自新，而式耜等概从薄罚。诸臣安，体仁亦安。"帝不从，自是深疑朝臣有党，标等遂不得行其志。

"钱"！这是在点钱谦益的姓氏。李标的观点很明确，钱谦益是对的，是应该的。

"难道待袭人比我还重？

这话有理，难道待温体仁比大学士李标还重吗？

"难道他不想想怎么长大了？我的血变的奶，吃的长这么大，如今我吃他一碗牛奶，他就生气了？我偏吃了，看怎么样！

硬吃不行！必然会闹肚子，不信等着瞧！

"你们看袭人不知怎样，那是我手里调理出来的毛丫头，什么阿物儿！"【庚辰双行夹批：是暂委屈唐突袭卿，然亦怨不得李嬷。】

别小瞧这个"阿物儿"，他凭一己之力闹翻了朝廷。

一面说，一面赌气将酥酪吃尽。

温体仁用的是软刀子，李标硬吃不行。

又一丫头笑道："他们不会说话，怨不得你老人家生气。

这事不怨李标生气。

"宝玉还时常送东西孝敬你老去，岂有为这个不自在的。"【庚辰双行夹批：听这声口，必是麝月无疑。】

不自在已是必然。

李嬷嬷道："你们也不必妆狐媚子哄我，

别装了，老爷们"妆狐媚子"，多难为情啊。

"打量上次为茶撵茜雪的事我不知道呢。

这段文字与钱龙锡（茜雪）离职事件相照应。

【庚辰双行夹批：照应前文，又用一"撵"，屈杀宝玉，然在李嬷心中口中毕肖。】

钱龙锡引疾辞职，不是被撵走的。《明史·钱龙锡传》记载：

龙锡再辩，引疾，遂放归。

"明儿有了不是，我再来领！"说着，赌气去了。【庚辰双行夹批：过至下回。】

这是第一次不是，崇祯二年，袁崇焕事件发生后，李标还有第二次不是。

少时，宝玉回来，命人去接袭人。

"少时"开启下文。

只见晴雯躺在床上不动，【庚辰双行夹批：娇态已惯。】

晴雯扮演大学士刘鸿训。他是篡改圣旨事件的主谋，这是在接续茗烟私行淫媾的文章。此时，刘鸿训摊上事了，他不能乱动了。《明史·李标传》记载：

同官刘鸿训以增敕事为御史吴玉所纠，帝欲置鸿训于法……

宝玉因问："敢是病了？再不然输了？"秋纹道："他倒是赢的。

刘鸿训篡改圣旨的事情已经成功，他是赢的。但是，事情被人发现了，他先赢后输。

"谁知李老奶奶来了，混输了，他气的睡去了。"

李标（李嬷嬷）想帮刘鸿训，最终却没帮上，致使刘鸿训混输了。《明史·刘鸿训传》记载：

阁臣李标、钱龙锡言鸿训不宜有此，请更察访。帝曰："事已大著，何更访为？"促令拟旨。标等逡巡未上，礼部尚书何如宠为鸿训力辩，帝意卒不可回。乃拟旨，鸿训、庆臻并革职候勘。

宝玉笑道："你别和他一般见识，由他去就是了。"

刘鸿训被打发走了，"由他去就是了"。至此，篡改圣旨一事介绍完了。

说着，袭人已来，彼此相见。袭人又问宝玉何处吃饭，多早晚回来，又代母妹问诸同伴姊妹好。

接上文，再写温体仁。

一时换衣卸妆。

"换衣卸妆"，这是要脱官服辞职，温体仁又要搞花样了。

宝玉命取酥酪来，丫鬟们回说："李奶奶吃了。"

李标下决心"吃掉"温体仁的奸计（酥酪）。

宝玉才要说话，袭人便忙笑说道："原来是留的这个，多谢费心。前儿我吃的时候好吃，吃过了好肚子疼，足闹的吐了才好。他吃了倒好，搁在这里倒白糟蹋了。

明知吃酥酪肚子疼，老嬷嬷吃了酥酪，袭人却笑！好姑娘不这样。

【庚辰双行夹批：与前文应失手碎钟遥对，通部袭人皆是如此，一丝不错。】

前文的袭人扮演韩爌，这里的袭人扮演温体仁，袭人虽然扮演不同的历史人物，在表面情节中，袭人的人物形象一直没变，神奇之至。

"我只想风干栗子吃，你替我剥栗子，我去铺床。"【庚辰双行夹批：必如此方是。】

温体仁要"铺床"，他又要铺写纸张写奏折。栗与离谐音，他要上疏辞职。因为温体仁弹劾钱谦益，崇祯皇帝让人重审了钱千秋科场案，重审结果是钱谦益无罪，于是，温体仁请求辞职。

《明史·乔允升传》记载：

体仁虑谦益事白，己且获谴，再疏劾法官六欺，且言狱词尽出谦益手。

《崇祯长编》记载：

体仁既疏讦谦益，复上疏求罢。

宝玉听了信以为真，方把酥酪丢开，取栗子来，自向灯前检剥。

温体仁假装辞职，崇祯皇帝"信以为真"。《崇祯长编》记载：

帝令阁臣拟旨留之。

一面见众人不在房中，乃笑问袭人道："今儿那个穿红的是你什么人？"

【庚辰双行夹批：若是遇女儿之后没有一段文字便不是宝玉，亦非《石头记》矣。】

袭人道："那是我两姨妹子。"

宝玉听了，赞叹了两声。

【庚辰双行夹批：这一赞叹又是令人圈圈不解之语，只此便抵过一大篇文字。】

袭人道："叹什么？【庚●辰双行夹批：只一"叹"字便引出"花解语"一回来。】我知道你心里的缘故，

"想是说他那里配红的。"【庚辰双行夹批：补出宝玉素喜红色，这是激语。】

宝玉笑道："不是，不是。那样的不配穿红的，谁还敢穿。【庚辰双行夹批：活宝玉。】我因为见他实在好的很，怎么也得他在咱们家就好了。"【庚辰双行夹批：妙谈妙意。】

袭人冷笑道："我一个人是奴才命罢了，难道连我的亲戚都是奴才命不成？定还要拣实在好的丫头才往你家来？"【庚辰双行夹批：妙答。宝玉并未说"奴才"二字，袭人连补"奴才"二字最是劲节，怨不得作此语。】

"穿红的"是周延儒，这番闹剧因他而起。皇帝想让周延儒入阁，钱谦益想阻止他入阁，温体仁趁机弹劾钱谦益，这就是事件的大体过程。

文章把内阁大学士写成了女儿，宝玉见过女儿，自然有话要说。

还有这亲戚？瞎话说得逼真。两姨妹子是皇帝的红人，叔伯妹子要倒霉了。

皇帝有意让周延儒入阁，故有此赞。

这一赞叹包含大篇文字，《明史·周延儒传》记载：延儒性警敏，善伺意指。崇祯元年冬，锦州兵哗，督师袁崇焕请给饷。帝御文华殿，召问诸大臣，皆请发内帑。延儒揣帝意，独进曰："关门昔防敌，今且防兵。宁远哗，饷之，锦州哗，复饷之，各边且效尤。"帝曰："卿谓何如？"延儒曰："事迫，不得不发。但当求经久之策。"帝颔之，降旨责群臣。居数日，复召问，延儒曰："饷莫如粟，山海粟不缺，缺银耳。何故哗？哗必有隐情，安知非骄弁构煽以胁崇焕邪？"帝方疑边将要挟，闻延儒言，大说，由此属意延儒。

温体仁知道崇祯皇帝想让周延儒入阁。

这是激语，留下实话让宝玉说。

崇祯皇帝认为周延儒"实在好的很"，一心想把他让入阁。

大胆奴才！通部书中有几个人敢如此对待宝玉，反得了理。

宝玉听了，忙笑道："你又多心了。

"又"字妙，温体仁不止一次多心啊。

"我说往咱们家来，必定是奴才不成？【蒙双行夹批：勉强，如闻。】

不是奴才是什么？内阁大学士也是皇家的奴才。

"说亲戚就使不得？"

随你说，笔者罩不过你。

【庚辰双行夹批：更勉强。】

把朝臣说成皇家的亲戚，勉强。

【蒙侧批：这样妙文，何处得来？非目见身行，岂能如此的确？】

只有亲身经历过这段历史的人才知道如此的确。

袭人道："那也搬配不上。"【庚辰双行夹批：说得是。】

绝对般配不上，周延儒是奸臣。

宝玉便不肯再说，只是剥栗子。

别剥了，袭人不吃栗子。

袭人笑道："怎么不言语了？想是我才冒撞冲犯了你？

奸臣的试探口气。

"明儿赌气花几两银子买他们进来就是了。"【庚辰双行夹批：总是故意激他。】

"明儿"真的就来了，崇祯元年十一月的枚卜不了了之，崇祯二年十二月，周延儒进入了内阁。

宝玉笑道："你说的话，怎么叫我答言呢。

有什么不好答的，耍贵公子脾气说一句"明儿必买"，这就可以了。

"我不过是赞他好，正配生在这深堂大院里，

钱谦益等人觉得周延儒不配入阁，但是，崇祯皇帝赞他好，这就是症结。

"没的我们这种浊物【庚辰双行夹批：妙号！后文又曰"须眉浊物"之称，今古未有之一人始有此今古未有之妙称妙号。】倒生在这里。"

"我们"二字把袭人包含进来了，袭人就是浊物！

【庚辰双行夹批：这皆宝玉心中意中确实之念，非前勉强之词，所以谓今古未有之一人耳。

石头就是石头，本质上就是浊物。

听其囫囵不解之言，察其幽微感触之心，审其痴妄委婉之意，皆今古未见之人，亦是今古未见之文字。

宝玉是今古未见之人，《红楼梦》是今古未见之奇文。

说不得贤，说不得愚，说不得不肖，说不得善，说不得恶，说不得光明正大，说不得混账恶赖，说不得聪明才俊，说

很难评价一块石头，怎么说都不太合适。

不得庸俗平，说不得好色好淫，说不得情痴情种。

恰恰只有一颦儿可对，令他人徒加评论，总未摸着他二人是何等脱胎、何等心臆、何等骨肉。

余阅此书，亦爱其文字耳，

实亦不能评出此二人终是何等人物。后观《情榜》评曰"宝玉情不情"，"黛玉情情"，此二评自在评痴之上，亦属囫囵不解，妙甚！】

袭人道："他虽没这造化，倒也是娇生惯养的呢，

"我姨爹姨娘的宝贝。如今十七岁，各样的嫁妆都齐备了，明年就出嫁。"【庚辰双行夹批：所谓不入耳之言也。】

宝玉听了"出嫁"二字，不禁又嗐了两声。【庚辰双行夹批：心思另是一样，余前评可见。】正是不自在，

又听袭人叹道：【庚辰双行夹批：袭人亦叹，自有别论。】

"只从我来这几年，姊妹们都不得在一处。如今我要回去了，他们又都去了。"

宝玉听这话内有文章，【庚辰双行夹批：余亦如此。】

不觉一惊，【庚辰双行夹批：余亦吃惊。】忙丢下栗子，

问道："怎么，你如今要回去了？"

袭人道："我今儿听见我妈和哥哥商议，教我再耐烦一年，明年他们上来，就赎我出去的呢。"

黛玉与宝玉是皇帝与玉玺的关系，有人妄加评论，却摸不着所以然。

笔者对此书爱不释手，批至此处时，双眼充血已三日，姑记之。（2020年植树节。）

前辈批书人不能揭示黛玉、宝玉的身份，后文中的《情榜》评价宝玉为"情不情"，黛玉为"情情"，这样的评价虽然高明，不过，这也是囫囵不解之语，囫囵对囫囵，妙极了。

周延儒当了两届内阁首辅，他虽没什么造化，倒也是富贵人物。

"十七岁"是敏感年龄，崇祯十七年，李自成攻陷北京，贾府"女人"都得"出嫁"！

在宝玉面前不要提"十七岁"，因为他要于这一岁重返大荒山无稽崖。

"又"字说明袭人要述说另一段历史。

温体仁入阁八年，其他内阁大学士都被他排挤走了！《明史·温体仁传》记载：

自体仁辅政后，同官非病免物故，即以他事去。

上句话说到温体仁排挤其他内阁大学士的历史，这就是其中的文章。

交代得清楚，"丢下栗子"说明文章要暂停一下，先不讲温体仁辞职，要顺势插入其他事件。

温体仁回去是崇祯十年的事。文章从崇祯元年温体仁假辞职一事，讲到了温体仁离职一事。

今天，钱谦益（花自芳）落败，明天，他会杀个回马枪，把温体仁"赎"回去。对于这段历史，后文有详细描写，在此不赘述。

【庚辰双行夹批：即余今日犹难为情，况当日之宝玉哉？】

宝玉听了这话，越发怔了，因问："为什么要赎你？"

袭人道："这话奇了！

"我又比不得是这里的家生子儿，一家子都在别处，独我一个人在这里，怎么是个了局？"【庚辰双行夹批：说得极是。】

宝玉道："我不叫你去也难。"【庚辰双行夹批：是头一句驳，故用贵公子声口，无理。】

袭人道："从来没这道理。

"便是朝廷宫里，

"也有个定例，或几年一选，几年一入，也没有个长远留下人的理，别说你了！"【庚辰双行夹批：一驳，更有理。】

宝玉想一想，果然有理。【庚辰双行夹批：自然。】

又道："老太太不放你也难。"【庚辰双行夹批：第二层伏祖母溺爱，更是无理。】

袭人道："为什么不放？我果然是个最难得的，或者感动了老太太、太太，【庚辰双行夹批：宝玉并不提王夫人，袭人偏自补出，周密之至！】必个放我出去的，设或多给我们家几两银子，留下我，然或有之；

温体仁离职时，崇祯皇帝心里很矛盾，所以，当日之宝玉很难为情。

因为有深仇大恨。

也不奇，只是不便直说。

崇祯皇帝发现自己最宠信的大臣结党，这可怎么了局呢？《明史·温体仁传》记载：

体仁故仇谦益，拟旨逮二人下诏狱严讯。谦益等危甚，求解于司礼太监曹化淳。汉儒侦知之，告体仁。体仁密奏帝，请并坐化淳罪。帝以示化淳，化淳惧，自请案治，乃尽得汉儒等奸状及体仁密谋。

温体仁与张汉儒密谋陷害钱谦益，证据确凿，不赶走温体仁也难了！

说得是，必须得让他去。

朝廷、宫里都扯进来了！宫里的大太监曹化淳弹劾朝廷官员温体仁！

朝廷一拨一拨更换内阁大学士，温体仁早晚都得走。

大有道理。

宝玉在勾引袭人说历史也。

好会讲道理，拿老太太、太太当作说话的幌子。

· 523 ·

"其实我又不过是个平常的人，比我强的多而且多。

大实话，温体仁的治国理政能力太差，比他强的官员"多而且多"。

"自我从小儿来了，跟着老太太，先服侍了史大姑娘几年，【庚辰双行夹批：百忙中又补出湘云来，真是七穿八达，得空便入。】

史大姑娘扮演皇太子朱慈烺，这真是"得空便入"，表面情节为皇太子留下了伏笔。

"如今又服侍了你几年。

温体仁任内阁大学士八个年头，七整年。

"如今我们家来赎，正是该叫去的，只怕连身价也不要，就开恩叫我去呢。

要滚就快点儿，少啰唆。

"要说为服侍的你好，不叫我去，断然没有的事。

不打自招，温体仁执政最差劲！《明史·温体仁传》记载：

体仁荷帝殊宠，益恣横，而中阻深。所欲推荐，阴令人发端，己承其后。欲排陷，故为宽假，中上所忌，激使自怒。帝往往为之移，初未尝有迹。

"那服侍的好，是分内应当的，【庚辰侧批：这却是真心话。】不是什么奇功。

大学士服侍皇帝本是分内应当，不是奇功。

"我去了，仍旧有好的来了，不是没了我就不成事。"【庚辰双行夹批：再一驳，更精细更有理。】

温体仁可都招了，如果没有他，朝廷事务还好办一些。

宝玉听了这些话，竟是有去的理，无留的理，【庚辰双行夹批：自然。】

该打发他走了。

心内越发急了，【庚辰双行夹批：原当急。】

皇帝遭"瘟"，可见一斑。

因又道："虽然如此说，我只一心留下你，不怕老太太不和你母亲说。多多给你母亲些银子，他也不好意思接你了。"【庚辰双行夹批：急心肠，故入于霸道。无理。】

"因又道"三个字说明文章又一折。文章又写崇祯元年的"枚卜事件。"

袭人道："我妈自然不敢强。

在崇祯元年的"枚卜事件"，大学士李标（袭人之母）"不敢强"！

"且漫说和他好说，又多给银子；就便不和他好说，一个钱也不给，安心要强留下我，他也不敢不依。

霸王硬上弓，袭人在贬自己的母亲。

"但只是咱们家从没有干过这倚势仗贵霸道的事。

"这比不得别的东西，因为你喜欢，加十倍利弄了来给你，那卖的人不得吃亏，可以行得。如今无故平空留下我，于你又无益，

"反叫我们骨肉分离，这件事，老太太、太太断不肯行的。"【庚辰双行夹批：三驳，不独更有理，且又补出贾府自家慈善宽厚等事。】

宝玉听了，思忖半晌，【庚辰双行夹批：正是思忖只有去理实无留理。】

乃说道："依你说，你是去定了？"【庚辰双行夹批：自然。】袭人道："去定了。"【庚辰侧批：口气像极。】

宝玉听了，自思道："谁知这样一个人，这样薄情无义。"【庚辰双行夹批：余亦如此见疑。】

乃叹道："早知道都是要去的，

【蒙双行夹批："都是要去的"，妙！可谓触类旁通，活是宝玉。】

【蒙侧批：上古至今及后世有情者同声一哭！】

"我就不该弄了来，临了剩了我一个孤鬼儿。"

【庚辰双行夹批：可谓见首知尾，活是宝玉。】

说着，便赌气上床睡去了。【庚辰双行夹批：又到无可奈何之时了。】

原来袭人在家，听见他母兄要赎他回去，【庚辰双行夹批：补前文。】

李标并没有因为这次枚卜而受到处分。

温体仁对明朝（宝玉）并无半点儿益处。

话都说到这份上了，滚吧。

"思忖半晌"是指崇祯十年皇帝为温体仁离职而思忖。

温体仁去定了，《明史·温体仁传》记载：
会国弼再劾体仁，帝命汉儒等立枷死。体仁乃佯引疾，意帝必慰留。及得旨竟放归，体仁方食，失匕箸，时十年六月也。

崇祯皇帝终于看清了温体仁的真面目，他是个薄情无义的人。《明史·温体仁传》记载：
狱上，帝始悟体仁有党。

"乃叹道"三字是一大感慨。明朝灭亡后，朝臣都要去的，死的死，逃的逃，降的降！

温体仁也要走，触类旁通的结果是内阁大学士一个也留不下。

都来为明朝灭亡哭泣吧。

癞头和尚有言在先"还是不去好"，既来了，免不了做个孤鬼儿。

看了文章的头，便知文章的尾。

温体仁当了八年内阁大学士，最终，皇帝发现他结党，执行皇帝意志的贾宝玉无可奈何了。

"原来"二字引出的文字是补写温体仁假意辞职的后果。

他就说至死也不回去的。

温体仁是假辞职，他不想回去。

又说："当日原是你们没饭吃，

当日，魏忠贤当权，李标（袭人之母）、钱谦益（袭人之兄）都离职回家，无官饭可吃。

《明史·李标传》记载：

标师同邑赵南星，党人忌之，列名《东林同志录》中。标惧祸，引疾归。

《清史稿·钱谦益传》记载：

天启中，御史陈以瑞劾罢之。

"就剩我还值几两银子，

魏忠贤当权期间，温体仁照样领取俸禄，还"值几两银子"，仕途没受到影响。《明史·温体仁传》记载：

万历二十六年进士。改庶吉士，授编修，累官礼部侍郎。崇祯初迁尚书，协理詹事府事。

"若不叫你们卖，没有个看着老子娘饿死的理。

补足表面情节之句。

【庚辰侧批：孝女，义女。】

孝从何来？义从何出？批语在取笑罢了。

【庚辰双行夹批：补出袭人幼时艰辛苦状，与前文之香菱、后文之晴雯大同小异，自是又副十二钗中之冠，故不得不补传之。】

这是在补叙温体仁早年的经历，他与范文程（香菱）以及后文中晴雯所扮演的历史人物的仕途经历大同小异。因为温体仁是重要人物，故而，文章补写了他早年的传记。

"如今幸而卖到这个地方，【庚辰双行夹批：可谓不幸中之幸。】

幸好到了崇祯年间，不然的话，温体仁也没有太多机会。

"吃穿和主子一样，又不朝打暮骂。

内阁大学士是了不起的主子了。

"况且如今爹虽没了，

崇祯元年时，温体仁已近60岁，爹可能没了。

"你们却又整理的家成业就，复了元气。

崇祯皇帝铲除阉党，东林党复了元气。

"若果然还艰难，把我赎出来，再多掏澄几个钱，也还罢了，【庚辰侧批：孝女，义女。】其实又不难了。

东林党人已经不难了，目前，东林党最难对付的人就是温体仁（袭人）。

"这会子又赎我作什么？权当我死了，【庚辰侧批：可怜！】

死的日子也不远。

"再不必起赎我的念头！"

温体仁誓死不离朝廷。

【庚辰侧批：我也要笑。】

笔者已经笑了，小女子话家常，逼真之至。

【蒙侧批：同心同志更觉幸福。】

因此哭闹了一阵。【庚辰双行夹批：以上补在家今日之事，与宝玉问哭一句针对。】

他母兄见他这般坚执，自然必不出来的了。

况且原是卖倒的死契，

明仗着贾宅是慈善宽厚之家，不过求一求，只怕身价银一并赏了这是有的事呢。【庚辰双行夹批：又夹带出贾府平素施为来，与袭人口中针对。】

二则，贾府中从不曾作践下人，只有恩多威少的。【庚辰双行夹批：伏下多少后文。】

且凡老少房中所有亲侍的女孩子们，更比待家下众人不同，平常寒薄人家的小姐，也不能那样尊重的。

【庚辰双行夹批：又伏下多少后文。现一句是传中陪客，此一句是传中本旨。】

因此，他母子两个也就死心不赎了。【庚辰双行夹批：既如此何得袭人又作前语以愚宝玉？不知何意，且看后文。】

次后忽然宝玉去了，他二个又是那般景况，【庚辰双行夹批：一件闲事一句闲文皆无，警甚。】他母子二人心下更明白了，越发石头落了地，而且是意外之想，彼此放心，再无赎念了。【庚辰双行夹批：一段情结。】

如今且说袭人自幼见宝玉性格异常，【庚辰双行夹批：四字好！所谓"说不得好，又说不得不好"也。】

温体仁暗助周延儒，周延儒入阁后提携温体仁入阁，二人同心同志，幸福得很。

袭人曾与母兄哭闹过，这是金殿辩论啊。

母兄二人斗不过一个小女子，奈何？

直到临死前一年，温体仁才离开朝廷。

皇帝赏赐温体仁银子，这是有的事呢。《崇祯实录》记载：

二月庚午，德陵成，进周延儒少傅兼太子太傅，温体仁、吴宗达少保并太子太保，何如宠太子太保，各赐金、币；余文武、内臣赏赉有差。

贾宅不曾作践下人，这为贾府丫鬟闹脾气、发性子留下了伏笔。

贾府的下人都扮演明朝官员，他们尊重得很。

"寒薄人家的小姐"是陪衬话，贾府下人非常尊重是本旨。

温体仁先弹劾钱谦益，然后辞职，他的连环圈套骗过了崇祯皇帝，李标与钱谦益死心了。

母兄二人"心下更明白了"，他们扳不倒温体仁，索性不做无用功了。温体仁弹劾钱谦益的这段历史介绍完了。

"如今且说"开启下文。

其淘气憨顽自是出于众小儿之外，更有几件千奇百怪口不能言的毛病儿。

【庚辰双行夹批：只如此说更好。所谓"说不得聪明贤良，说不得痴呆愚昧"也。】

近来仗着祖母溺爱，父母亦不能十分严紧拘管，更觉放荡弛纵，【庚辰双行夹批：四字妙评。】任性恣情，【庚辰双行夹批：四字更好。亦不涉于恶，亦不涉于淫，亦不涉于娇，不过一味任性耳。】

最不喜务正。【庚辰双行夹批：这还是小儿同病。】

每欲劝时，料不能听，今日可巧有赎身之论，故先用骗词，以探其情，以压其气，然后好下箴规。【庚辰双行夹批：原来如此。】

今见他默默睡去了，知其情有不忍，气已馁堕。

【庚辰双行夹批：不独解语，亦且有智。】

自己原不想栗子吃的，

只因怕为酥酪又生事故，亦如茜雪之茶等事，是以假以栗子为由，混过宝玉不提就完了。【庚辰双行夹批：可谓贤而有智术之人。】

宝玉与众小儿完全不同，他的奇怪之处，作者"口不能言"。

不好不坏，无知无识，本是石头。

玉玺（宝玉）体现皇帝的意志，周延儒与温体仁狼狈为奸，蒙骗皇帝，致使宝玉"放荡弛纵、任性恣情"。

钱谦益务正，温体仁务邪，宝玉支持了温体仁。

原来是骗词！温体仁辞职是骗词，他以此试探皇帝，如果皇帝不生自己的气，他便另有说辞。

温体仁察言观色，他明白皇帝的内心世界。

温体仁颇有智术，就连文震孟都称赞过他。《烈皇小识》记载：

总兵曹文诏以剿贼阵亡，奉有恤典。其子曹变蛟任副总兵，有谢恩疏，阁票者再四，仍发出改票。御笔将奉恤典月日，及上疏月日，各加一点，阁臣咸不解其故。后数日，乌程入直，反复良久，曰："得之矣。"乃恤典之旨尚新，与谢恩疏日月不相应，盖变蛟托人在京干。当邀旨后，随即具疏，即汉昭察霍光之明也。乃票旨诘问其故，次日，即下。先文肃谓"乌程亦有小才"。谓此。

温体仁辞职是假的。

温体仁弹劾钱谦益引起了公愤，于是，他假装辞职。只要皇帝挽留他，谁还敢指责他呢？狡猾呀，老狐狸！

于是命小丫头子们将栗子拿去吃了，

"栗子"让别人吃了，钱谦益离职，章允儒、房可壮、瞿式耜降级。

自己来推宝玉。只见宝玉泪痕满面，【庚辰双行夹批：正是无可奈何之时。】【蒙侧批：不知何故，我亦掩涕。】

石头有知呀，读者同来一哭。

袭人便笑道："这有什么伤心的，你果然留我，我自然不出去了。"

卑鄙小人！现在说不走了。

宝玉见这话有文章，【庚辰双行夹批：宝玉不愚。】

袭人的话有文章，这个女子不简单。

便说道："你倒说说，我还要怎么留你，我自己也难说了。"【庚辰双行夹批：二人素常情意。】

赶走多位忠臣，留下一个奸臣，石兄无可奈何。

袭人笑道："咱们素日好处，再不用说。

温体仁在内阁八年，好处不用多说。

"但今日你安心留我，不在这上头。我另说出三件事来，

啥？不在这上头另说三件事？这是要插播广告啊，植入式广告无处不在。且看下文。

"你果然依了我，就是你真心留我了，刀搁在脖子上，我也是不出去的了。"

真心不想走。

宝玉忙笑道："你说，那几件？我都依你。好姐姐，好亲姐姐，【庚辰双行夹批：叠二语活见从纸上走一宝玉下来，如闻其呼、见其笑。】

这声"亲姐姐"便是喊元春了，元春与袭人扮演同一个人呀。

"别说两三件，就是两三百件，我也依。【庚辰双行夹批："两三百"不成话，却是宝玉口中。】

崇祯皇帝"遭瘟"了，他要答应温体仁两三百件事情呢。

"只求你们同看着我，守着我，等我有一日化成了飞灰，

【庚辰双行夹批：脂砚斋所谓"不知是何心思，始得口出此等不成话之至奇至妙之话"，诸公请如何解得，如何评论？所劝者正为此，偏于劝时一犯，妙甚！】

宝玉不愚，如果全部答应温体仁，朝廷乱成一团，这会导致灰飞烟灭！

奸臣温体仁迷惑皇帝、扰乱朝纲，因而，袭人尚未开口，宝玉先说胡话了。

"飞灰还不好,灰还有形有迹,还有知识。

有形有迹皆非宝玉。

【庚辰双行夹批:厌"还有知识",奇之不可甚言矣!余则谓人尚无知识者多多。】

今日之专家有知识乎?

"等我化成一股轻烟,风一吹便散了的时候,

明朝灭亡,玉玺"化成一股轻烟,风一吹便散了"。

"你们也管不得我,我也顾不得你们了。那时凭我去,我也凭你们爱那里去就去了。"

明朝灭亡,大家就没有什么关系了。

【庚辰双行夹批:是聪明,是愚昧,是小儿淘气?余皆不知,只觉悲感难言,奇瑰愈妙。】

不是聪明,不是愚昧,也不是小儿淘气,是真正的了悟。

话未说完,急的袭人忙握他的嘴,说:"好好的,正为劝你这些,倒更说的狠了。"

不说狠话,有人总是不肯相信。

宝玉忙说道:"再不说这话了。"【庚辰侧批:只说今日一次。呵呵,玉兄,玉兄,你到底哄的那一个?】

如果不说这话,《红楼梦》就无话可说了。玉兄,你到底哄的哪一个?

袭人道:"这是头一件要改的。"宝玉道:"改了。再要说,你就拧嘴。还有什么?"

改不了!明朝灭亡是史实!

袭人道:"第二件,

这件事就是插播的广告,是针对读者而言的。

"你真喜读书也罢,假喜也罢,【庚辰侧批:新鲜,真新鲜!】

读者朋友,你真喜欢《红楼梦》也罢,假喜欢也罢。

"只是在老爷跟前或在别人跟前,你别只管批驳诮谤,只作出个喜读书的样子来,

大家都是读书人,拿出读书人的样子来,别在作者(老爷)或别人面前,批驳《红楼梦》。

【庚辰双行夹批:所谓"开方便门"。】

文章打开了一扇方便之门,作者与读者对话了。

【庚辰双行夹批:宝玉又诮谤读书人,恨此时不能一见如何诮谤。】

当时看不到作者诮谤读者,这本书解开以后,就可以看到了。

"也教老爷少生些气,

作者吴梅村(贾政)不想生气。

· 530 ·

【庚辰侧批：大家听听，可是个丫鬟说的话。】

"在人前也好说嘴。

"他心里想着，我家代代念书，只从有了你，不承望你不喜读书，已经他心里又气又恼了。

"而且背前背后乱说那些混话，凡读书上进的人，你就起个名字叫作'禄蠹'；

【庚辰双行夹批：二字从古未见，新奇之至！难怨世人谓之可杀，余却最喜。】

"又说只除'明明德'外无书，

"都是前人自己不能解圣人之书，便另出己意，混编纂出来的。

【庚辰双行夹批：宝玉目中犹有"明明德"三字，心中犹有"圣人"二字，又素日皆作如是等语，宜乎人人谓之疯傻不肖。】

"这些话，你怎么怨得老爷不气？不时时打你。叫别人怎么想你？"

宝玉笑道："再不说了。那原是那小时不知天高地厚，信口胡说，如今再不敢说了。

【庚辰双行夹批：又作是语，说不得不乖觉，然又是作者瞒人之处也。】

"还有什么？"

当然不是丫鬟说话，这个丫鬟被贾政附体了。

作者写这本书是为了"在人前说嘴"，他要以此洗刷降清的耻辱。

吴梅村心里想着，自己家代代念书，自己却降清了，他又气又恼。

作者担心读懂《红楼梦》的人向清廷汇报，所以，他告诫说："如果你'在背前背后乱说那些混话'，目的就是升迁上进、获得官禄，这种人就是为了官禄而毁书的蛀虫，就是禄蠹。"

《红楼梦》在清朝被查禁，可能是禄蠹之祸。

"又说"，作者还有话说："《红楼梦》除了说明明朝历史外就没有其他内容了。"这就是"'明明德'外无书"的字面意思。

前人的解读都是自己不能解圣人之书，另出己意，混编纂出来的！呜呼，《红楼梦》至此该醒了。

谁傻谁知道。

"禄蠹"是要毁书的明白人，"混编纂者"是痴弟子。作者对这两种人非常生气，到处胡说八道，叫别人怎么想你？

看你还敢不敢说！

作者在公开教育读者。

看作者想说什么了。

袭人道："再不许毁僧谤道，【庚辰双行夹批：一件，是妇女心意。】调脂弄粉。【庚辰双行夹批：二件，若不如此，亦非宝玉。】还有更要紧的一件，【庚辰双行夹批：忽又作此一语。】再不许吃人嘴上擦的胭脂了，【庚辰双行夹批：此一句是闻所未闻之语，宜乎其父母严责也。】与那爱红的毛病儿。"

吃胭脂、爱红原是假的，把假的都改了吧，让读者看看真面目吧。

宝玉道："都改，都改。再有什么，快说。"袭人笑道："再也没有了。只是百事检点些，不任意任情的就是了。

再也没有了，插播广告至此结束。

【庚辰双行夹批：总包括尽矣。其所谓"花解语"者，大矣！不独冗冗为儿女之分也。】

"花解语"不仅包含历史，还在解《红楼梦》这本书啊！

"你若果都依了，便拿八人轿也抬不出我去了。"

八年的内阁大学士生涯，需要八人轿抬。

宝玉笑道："你在这里长远了，不怕没八人轿你坐。"袭人冷笑道："这我可不希罕的。

八人轿算什么，温体仁不稀罕。

"有那个福气，没有那个道理。纵坐了，也没甚趣。"

这分明是坐过八人轿的人才有的体验。

【庚辰双行夹批：调侃不浅，然在袭人能作是语，实可爱可敬可服之至，所谓"花解语"也。】

"花解语"实是解全书也。

【庚辰眉批："花解语"一段乃袭卿满心满意将玉兄为终身得靠，千妥万当，故有是。余阅至此，余为袭卿一叹。丁亥春。畸笏叟。】

袭人之作为，笔者几欲叫骂，然而，解语一段文字，则是笔者最喜。

二人正说着，只见秋纹走进来，说："快三更了，该睡了。方才老太太打发嬷嬷来问，我答应睡了。"

正在讲述温体仁的历史时，秋纹扮演的历史人物进入了内阁，他是何人？且看后文。

宝玉命取表来【庚辰双行夹批：照应前凤姐之前文。】看时，果然针已指

"亥正"表示年份，时间已是崇祯八年（乙亥年）。

到亥正，【庚辰双行夹批：表则是表的写法，前形容自鸣钟则是自鸣钟，各尽其神妙。】方从新盥漱，宽衣安歇，不在话下。

至次日清晨，袭人起来，便觉身体发重，头疼目胀，四肢火热。先时还扎挣的住，次后挨不住，只要睡着，因而和衣躺在炕上。【庚辰侧批：过下引线。】

宝玉忙回了贾母，传医诊视，说道："不过偶感风寒，吃一两剂药疏散疏散就好了。"

开方去后，令人取药来煎好，刚服下去，命他盖上被渥汗，宝玉自去黛玉房中来看视。【庚辰双行夹批：为下文留地步。】

彼时黛玉自在床上歇午，丫鬟们皆出去自便，满屋内静悄悄的。

宝玉揭起绣线软帘，进入里间，只见黛玉睡在那里，忙走上来推他道："好妹妹，【庚辰双行夹批：才住了"好姐姐"，又闻"好妹妹"，大约宝玉一日之中一时之内，此六个字未曾暂离口角。妙！】才吃了饭，又睡觉。"将黛玉唤醒。

【庚辰双行夹批：若是别部书中写，此时之宝玉一进来，便生不轨之心，突萌苟且之念，更有许多贼形鬼状等丑态邪言矣。此却反推唤醒他，毫不在意，所谓说不得淫荡是也。】

黛玉见是宝玉，因说道："你且出去逛逛，我前儿闹了一夜，今儿还没有歇过来，【庚辰双行夹批：补出娇怯态度。】浑身酸疼。"

宝玉道："酸疼事小，睡出来的病大。

崇祯八年，温体仁生病了。《烈皇小识》记载：六月至八月，乌程大病不能起……

温体仁大病一场，不过，性命并不要紧，疏散疏散就好了。

宝玉要去见黛玉，崇祯皇帝（黛玉）又露面了！

"彼时"是时间点，下文会交代时间。

只要黛玉出场，一定发生了大事。

黛玉睡在那里，宝玉难道没有青春期冲动吗？若是其他小说，宝玉应该"生不轨之心""萌苟且之念"。《红楼梦》与小说完全不同，没有半点儿男女之事。

"前儿夜里"有人闹事，崇祯皇帝一宿没睡。下文要补叙这件大事。

酸疼是小事，还有更大的事情呢。

533

"我替你解闷儿，混过困去就好了。"【庚辰双行夹批：宝玉又知养身。】

"困"不是困倦之意而是围困之意，有一个地方被敌人围困了！

黛玉只合着眼，说道："我不困，只略歇歇儿，你且别处去闹会子再来。"宝玉推他道："我往那里去呢，见了别人就怪腻的。"【庚辰双行夹批：所谓只有一絮可对，亦属怪事。】

宝玉见皇帝不腻，"见了别人就怪腻的"。

黛玉听了，嗤的一声笑道："你既要在这里，那边去老老实实的坐着，咱们说话儿。"

宝玉是玉玺，本应老老实实坐着。

宝玉道："我也歪着。"黛玉道："你就歪着。"

最好别歪着，还是正着好。

宝玉道："没有枕头，【庚辰双行夹批：缠绵秘密入微。】咱们在一个枕头上。"【庚辰双行夹批：更妙！渐逼渐近，所谓"意绵绵"也。】

放屁，玉玺要什么枕头？

黛玉道："放屁！【庚辰侧批：如闻。】外面不是枕头？拿一个来枕着。"

枕头指圣旨，宝玉要枕头，玉玺要盖章。

宝玉出至外间，看了一看，回来笑道："那个我不要，也不知是那个脏婆子的。"

你要哪个？是不是要林妹妹那个？

黛玉听了，睁开眼，【庚辰双行夹批：睁眼。】起身【庚辰双行夹批：起身。】笑【庚辰双行夹批：笑。】道："真真你就是我命中的'天魔星'！"【庚辰双行夹批：妙语，妙之至！想见其态度。】

玉玺是皇帝命中的天魔星！无论哪朝哪代，皇帝的苦楚都是因为皇权（玉玺）。

"请枕这一个。"说着，将自己枕的推与宝玉，

崇祯皇帝把圣旨（枕头）推给玉玺，玉玺要盖章了。这次盖章就是第十八回讲过的"罪己诏事件"，崇祯八年十月，崇祯皇帝下《罪己诏》了。

又起身将自己的再拿了一个来，自己枕了，二人对面躺下。

补足句。

黛玉因看见宝玉左边腮上有钮扣大小的一块血渍，

纽扣是圆形，玉玺的印面也是圆形。玉玺盖章后，印面上留有印泥，故而，宝玉腮上有"血渍"。

便欠身凑近前来，以手抚之细看，【庚辰双行夹批：想见其缠绵态度。】

崇祯皇帝在擦拭玉玺印面上的印泥。

又道："这又是谁的指甲刮破了？"【庚辰双行夹批：妙极！补出素日。】

不是刮破的。

宝玉侧身，一面躲，【庚辰侧批：对"推醒"看。】

还会躲？真妙。

一面笑道："不是刮的，只怕是才刚替他们淘漉胭脂膏子，蹭上了一点儿。"【庚辰双行夹批：遥与后文平儿于怡红院晚妆时对照。】

胭脂膏子就是印泥，玉玺盖章时蹭上了印泥。

说着，便找手帕子要揩拭。黛玉便用自己的帕子替他揩拭了，【庚辰双行夹批：想见其情之脉脉，意之绵绵。】口内说道："你又干这些事了。【庚辰双行夹批：又是劝戒语。】干也罢了，【庚辰双行夹批：一转，细极！这方是颦卿，不比别人一味固执死劝。】必定还要带出幌子来。

幌子！妙极！都是幌子，文章把幌子戳穿了。

"便是舅舅看不见，别人看见了，又当奇事新鲜话儿去学舌讨好儿，【庚辰双行夹批：补前文之未到，伏后文之线脉。】

所有的事情最终都会"吹到舅舅耳朵里"，舅舅是作者，他会把这些事件写进书里。

"吹到舅舅耳朵里，又该大家不干净惹气。"【庚辰双行夹批："大家"二字何妙之至神之至细腻之至！乃父责其子，纵加以笞楚，何能使大家不干净哉？今偏大家不干净，则知贾母如何管孙责子怒于众，及自己心中多少抑郁。难堪难禁，代忧代痛，一齐托出。】

从皇帝到朝臣，大家都有问题。

宝玉总未听见这些话，【庚辰双行夹批：可知昨夜"情切切"之语亦属行云流水矣。】

宝玉没有听觉。

只闻得一股幽香，却是从黛玉袖中发出，闻之令人醉魂酥骨。

这里与"剪香囊"事件是同一回事，这股香还是指香火，凤阳皇陵被起义军毁坏，朱明先祖的骨头被烧了，真真是"醉魂酥骨"！

【庚辰双行夹批：却像似淫极，然究竟不犯一些淫意。】

《红楼梦》中无一字犯淫。

宝玉一把便将黛玉的袖子拉住，要瞧笼着何物。

黛玉笑道："冬寒十月，

必是香囊。

崇祯皇帝下罪己诏的时间正是"冬寒十月"，《明史·庄烈帝本纪》记载：

冬十月庚辰，下诏罪己，辟居武英殿，减膳撤乐，示与将士同甘苦。

【庚辰侧批：口头语，指在春冷之时。】

批语也没说错，起义军毁坏凤阳的时间是崇祯八年正月，正是春冷之时。凤阳城被毁是崇祯皇帝下《罪己诏》的重要原因。

"谁带什么香呢。"

就是，谁带香呢！

宝玉笑道："既然如此，这香是从那里来的？"

祖坟上的烟火生香。

黛玉道："连我也不知道。【庚辰双行夹批：正是按谚云："人在气中忘气，鱼在水中忘水。"余今续之曰："美人忘容，花则忘香。"此则黛玉不知自骨肉中之香同。】想必是柜子里头的香气，

"柜子"指代坟墓，这香正是坟墓的香火。

"衣服上熏染的也未可知。"【庚辰双行夹批：有理。】

骗人！

宝玉摇头道："未必。这香的气味奇怪，不是那些香饼子、香毬子、香袋子的香。"【庚辰双行夹批：自然。】

这香"气味奇怪"，怎么会是俗香呢？

黛玉冷笑【庚辰双行夹批：冷笑便是文章。】道："难道我也有什么'罗汉''真人'给我些香不成？

真真没有。

"便是得了奇香，也没有亲哥哥亲兄弟弄了花儿、朵儿、霜儿、雪儿替我炮制。【庚辰双行夹批：活颦儿，一丝不错。】

崇祯皇帝确实没有亲哥哥、亲弟弟了。

"我有的是那些俗香罢了！"

香与香，大不同。

宝玉笑道："凡我说一句，你就拉上这么些，不给你个利害，也不知道，从今儿可不饶你了。"

说着翻身起来，将两只手呵了两口，【庚辰双行夹批：活画。】便伸手向黛玉膈肢窝内两胁下乱挠。

黛玉素性触痒不禁，宝玉两手伸来乱挠，便笑的喘不过气来，口里说："宝玉！你再闹，我就恼了。"【庚辰双行夹批：如见如闻。】

宝玉方住了手，笑问道："你还说这些不说了？"黛玉笑道："再不敢了。"

一面理鬓笑道："我有奇香，你有'暖香'没有？"【庚辰双行夹批：奇闻。】

宝玉见问，一时解不来，【庚辰双行夹批：一时原难解，终逊黛卿一等，正在此等处。】因问："什么'暖香'？"

黛玉点头叹笑道："蠢才，蠢才！

"你有玉，人家就有金来配你；人家有'冷香'，你就没有'暖香'去配？"宝玉方听出来。【庚辰双行夹批：是颦儿，活画。然这是阿颦一生心事，故每不禁自及之。】

宝玉笑道："方才求饶，如今更说狠了。"说着，又去伸手。黛玉忙笑道："好哥哥，我可不敢了。"

宝玉笑道："饶便饶你，只把袖子我闻一闻。"说着，便拉了袖子笼在面上，闻个不住。

黛玉夺了手道："这可该去了。"宝玉笑道："去，不能。

宝玉替敌人说话了，"从今儿可不饶你了"，起义军与清军要对明朝发起强大的军事进攻。

瞧，崇祯皇帝的"两肋"受到威胁，他下罪己诏有两个原因：一是清军南略，二是皇陵被毁。《国榷》记载：

乙巳。谕曰：朕以凉德，缵承大统……虏乃三入，寇则七年……今年正月，复致上干皇陵，祖恫民仇，罪实在朕。

崇祯皇帝恼了！

形势不妙，崇祯皇帝有些担心害怕了。

"暖香"何物？

下文要做提示。

总是大骂读者。

"冷香"是清军要对付明朝，"暖香"是起义军要对付明朝，这似乎还是在讲凤阳皇陵被毁坏一事。

"好哥哥"，这称呼令人叹惜。

玉玺是皇帝的手边之物，宝玉可以碰到黛玉的袖子。

暂时还不能去，等到17岁再去吧。

"咱们斯斯文文的躺着说话儿。"说着，复又倒下。

下文将斯斯文文地描述一场战争。

黛玉也倒下，用手帕子盖上脸。【庚辰双行夹批：画。】

黛玉羞愧呀。

宝玉有一搭没一搭的说些鬼话，【庚辰双行夹批：先一总。】黛玉总不理。

鬼话马上开始。

宝玉问他几岁上京，路上见何景致古迹，扬州有何遗迹故事，土俗民风。黛玉只不答。

扬州的"扬"谐音凤阳的"阳"，文章要讲凤阳皇陵发生的事了。

宝玉只怕他睡出病来，【庚辰双行夹批：原来只为此故，不暇旁人嘲笑，所以放荡无忌处不特此一件耳。】便哄他道："嗳哟！【庚辰侧批：像个说故事的。】你们扬州衙门里有一件大故事，你可知道？"

凤阳城发生了大事，皇陵被起义军毁坏了。

黛玉见他说的郑重，且又正言厉色，只当是真事，因问："什么事？"

既然说得郑重，且又正言厉色，读者当然要"当是真事"才行。

宝玉见问，便忍着笑顺口诌道：【庚辰侧批：又哄我看书人。】

哄人有方，岂奈他何？

"扬州有一座黛山，山上有个林子洞。"

凤阳（扬州）有一座坟墓（黛山），这里埋葬着朱家先祖。

黛玉笑道："这就扯谎，自来也没听见这山。"

本书全是谎，不独此一件。

【庚辰侧批：山名洞名，颦儿已知之矣。】

崇祯皇帝早就知道这件事了。

宝玉道："天下山水多着呢，你那里知道这些不成。

宝玉又取笑读者。

"等我说完了，【庚辰侧批：不先了此句，可知此谎再诌不完的。】你再批评。"

谨听作者安排，宝玉讲完故事再评论吧。

黛玉道："你且说。"宝玉又诌道："林子洞里原来有群耗子精。

好家伙，凤阳城里来了一群贼！

"那一年腊月初七日，老耗子升座议事，【庚辰双行夹批：耗子亦能升座且议事，自是耗子有赏罚有制度矣。何今之耗子犹穿壁啮物，其升座者置而不问哉？】

"因说：'明日是腊八，世上人都熬腊八粥。

"'如今我们洞中果品短少，【庚辰侧批：难道耗子也要腊八粥吃？一笑。】须得趁此打劫些来方妙。'【庚辰双行夹批：议得是，这事宜乎为鼠矣。】

"乃拔令箭一枝，遣一能干小耗【庚辰双行夹批：原来能于此者便是小鼠。】前去打听。一时小耗回报：'各处察访打听已毕，惟有山下庙里果米最多。'【蒙双行夹批：庙里原来最多，妙妙！】

"老耗问：'米有几样？果有几品？'小耗道：'米豆成仓，不可胜记。果品有五种：一红枣，二栗子，三落花生，四菱角，五香芋。'

"老耗听了大喜，即时点耗前去。乃拔令箭问：'谁去偷米？'一耗便接令去偷米。

"又拔令箭问：'谁去偷豆？'又一耗接令去偷豆。

"然后一一的都各领令去了。【庚辰侧批：玉兄也知琐碎，以抄近为妙。】

"只剩了香芋一种，因又拔令箭问：'谁去偷香芋？'只见一个极小极弱的小耗【庚辰侧批：玉兄，玉兄，唐突颦儿了！】应道：'我愿去偷香芋。'

"初七日"指崇祯七年。这年，洪承畴把起义军打得四处流窜，于是，起义军于第二年正月召开会议，商量对策，史称"荥阳大会"。《明史·李自成传》记载：

八年正月，大会于荥阳。老回回、曹操、革里眼、左金王、改世王、射塌天、横天王、混十万、过天星、九条龙、顺天王及迎祥、献忠共十三家七十二营，议拒敌，未决。

"腊八"指崇祯八年。

农民起义军缺少物资，准备打劫了。

庙者，庙堂也。农民军打算攻击朝廷的要害地方。

果品有五种，农民起义军准备兵分五路，东西南北各一路，另一路为机动部队，《明史·李自成传》记载：

乃议革里眼、左金王当川、湖兵，横天王、混十万当陕兵，曹操、过天星扼河上，迎祥、献忠及自成等略东方，老回回、九条龙往来策应。

荥阳大会后，起义军改变了各自为战的局面，他们要配合作战了。第一支起义军队伍去"偷米"。

第二支起义军队伍去"偷豆"。

第三支、第四支起义军队伍也出发了。

这只"小耗"就是李自成，在荥阳大会上，李自成崭露头角，他要与张献忠一起偷袭凤阳城。《明史·李自成传》记载：

八年，十三家会荥阳，议敌官军。守应欲北渡，献忠

"老耗和众耗见他这样，恐不谙练，且怯懦无力，都不准他去。小耗道：'我虽年小身弱，却是法术无边，口齿伶俐，机谋深远。【庚辰双行夹批：凡三句暗为黛玉作评，讽得妙！】此去管比他们偷的还巧呢。'

众耗忙问：'如何比他们巧呢？'小耗道：'我不学他们直偷。【庚辰侧批：不直偷，可畏可怕。】我只摇身一变，也变成个香芋，滚在香芋堆里，使人看不出，听不见，却暗暗的用分身法搬运，【庚辰侧批：可怕可畏。】渐渐的就搬运尽了。岂不比直偷硬取的巧些？'

【庚辰双行夹批：果然巧，而且最毒。直偷者可防，此法不能防矣。可惜这样才情这样学术却只一耗耳。】

"众耗听了，都道：'妙却妙，只是不知怎么个变法？你先变个我们瞧瞧。'小耗听了，笑道：'这个不难，等我变来。'说毕，摇身说'变'，竟变了一个最标致美貌的一位小姐。

【庚辰侧批：奇文怪文。】

"众耗忙笑说：'变错了，变错了。【庚辰双行夹批：余亦说变错了。】原说变果子的，如何变出小姐来？'

"小耗现形笑道：'我说你们没见世面，

"'只认得这果子是香芋，却不知盐课林老爷的小姐才是真正的香玉呢'。"

【庚辰双行夹批：前有"试才题对

嗤之，守应怒，李自成为解，乃定议。献忠始与高迎祥并起作贼，自成乃迎祥偏裨，不敢与献忠并。及是遂相颉颃，与俱东掠，连破河南、江北诸县，焚皇陵。

有智谋的贼最可怕。

起义军巧盗凤阳城，《明季北略》记载：

至是，贼自汝宁来，密遣壮士三百人，伪为商贾车役，先入凤阳，或鬻锦帨椒枣，或为僧道乞丐等，分投各宿，随以重兵继之。时方元夕，士女如云，笙歌彻耳，忽火光四起，咸呼曰：流贼至矣。百姓狂奔，不啻鸡入釜中，鱼游网内也。

凤阳城没有防备，李自成与张献忠得逞了。

起义军假装成商人进入凤阳城。另外，这只"小耗"也可以理解为文中的一位小姐，她就是妙玉。

天下奇文，虚假情节讲述虚假的故事，却是一段真实的历史。

真的变错了，应该变成李自成才对！

"小耗"是见过世面的人物！

这是在解"红香绿玉"的谜团，林黛玉才是真正的皇帝呢！

大观园试才结束后，宝玉去见黛玉，黛玉剪了香囊，

额"，故紧接此一篇无稽乱话，前无则可，此无则不可，盖前系宝玉之懒为者，此系宝玉不得不为者。世人诽谤无碍，奖誉不必。】

黛玉听了，翻身爬起来，

按着宝玉笑道："我把你烂了嘴的！我就知道你是编我呢。"

说着，便拧的宝玉连连央告，说："好妹妹，饶我罢，再不敢了！我因为闻你香，忽然想起这个故典来。"黛玉笑道："饶骂了人，还说是故典呢。"

【庚辰眉批："玉生香"是要与"小恙梨香院"对看，愈觉生动活泼，且前以黛玉后以宝钗，特犯不犯，好看煞！丁亥春。笏叟。】

一语未了，只见宝钗走来，【庚辰双行夹批：妙！】

笑问："谁说故典呢？我也听听。"

黛玉忙让坐，笑道："你瞧瞧有谁？他饶骂了人，还说是故典。"

宝钗笑道："原来是宝兄弟，怨不得他，他肚子里的故典原多。【庚辰双行夹批：妙讽。】

"只是可惜一件，【庚辰双行夹批：妙转。】凡该用故典之时，他偏就忘了。【庚辰双行夹批：更妙！】有今日记得的，前儿夜里的芭蕉诗就该记得。眼面前的倒想不起来，别人冷的那样，你急的只出汗。这会子偏又有记性了。"

【庚辰双行夹批：与前"拭汗"二字针对，不知此书何妙之如此，有许多

那段文字和这段文字是同一段历史，那段文字侧重于写崇祯皇帝伤心，这段文字侧重于介绍起义军攻陷凤阳的过程。

崇祯皇帝不容易，他想"翻身爬起来"！

这个故事就是在编崇祯皇帝的家事。

"香"与"故典"联系紧密。

分析得越细越好看。

起义军攻陷凤阳的时间是崇祯八年正月十五，40天后，清军打来，宝钗现身。这里与前文中"可巧宝钗亦在那里"是同一回事。《崇祯实录》记载：

二月，丙午，清兵四万，号十万，自沈阳西趋河套，收插汉余部。

皇太极（宝钗）要听什么呢？

书中故典多着呢。

关于玉玺的故典多着呢。

话都说到这个份上了，笔者还不太明白芭蕉诗的妙处！奈何？奈何？

文章把"故典"解释清楚了，可是，笔者未解其妙。

妙谈妙语、机讽诙谐，各得其时，各尽其理，前梨香院黛玉之讽则偏见，越此则正而趣，二人真是对手，两不相犯。】

黛玉听了笑道："阿弥陀佛！到底是我的好姐姐，你一般也遇见对子了。可知一还一报，不爽不错的。"

刚说到这里，只听宝玉房中一片声嚷，吵闹起来。正是——

【蒙回末总评：若知宝玉真性情者，当留心此回。

其于袭人何等留连，其于画美人何等古怪。其遇茗烟事何等怜惜，其于黛玉何等保护。再袭人之痴忠，画人之惹事，茗烟之屈奉，黛玉之痴情，千态万状，笔力劲尖，有水到渠成之象，无微不至。真画出一个上乘智慧之人，入于魔而不悟，甘心堕落。且影出诸魔之神通，亦非冷冷，有势不能登彼岸。

凡我众生掩卷自思，或于身心少有补益。

小子妄谈，诸公莫怪。】

【梦：正是：戏谑主人调笑仆，相合姊妹合欢亲。】

一还一报，不爽不错。可惜，笔者不太明白宝钗出现之后这段文字的含义。

内阁里（宝玉房中）又出事了，肯定与温体仁（袭人）有关，且看下文。

如果知道宝玉是玉玺，读者应该留心本回，因为作者在书中直接与读者对话了。

文章写史，水到渠成，无微不至，把温体仁刻画得入木三分。

读史使人明智。

老先生的批语字字见血，前辈过谦了。

相合姊妹是指温体仁与周延儒，目前，二人非常亲密。

第二十回

王熙凤正言弹妒意　林黛玉俏语谑娇音

【蒙回前诗：智慧生魔多象，魔生智慧方深。智魔寂灭万缘根，不解智魔作甚。】

话说宝玉在林黛玉房中说"耗子精"，宝钗撞来，讽刺宝玉元宵不知"绿蜡"之典，

"撞"字好，崇祯八年，清军进攻林丹汗部时捎带着抢夺了太原府，所以，宝钗是"撞"来的。

三人正在房中互相讥刺取笑。

若不讥刺取笑，便得大打出手。

那宝玉正恐黛玉饭后贪眠，一时存了食，或夜间走了困，皆非保养身体之法。

崇祯皇帝寝食不安。

【庚辰双行夹批：云宝玉亦知医理，却只是在颦、钗等人前方露，亦如后回许多明理之语，只在闺前现露三分，越在雨村等经济人前如痴如呆，实令人可恨。但雨村等视宝玉不是人物，岂知宝玉视彼等更不是人物，故不与接谈也。宝玉之情痴，真乎？假乎？看官细评。】

为了剧情需要，宝玉无所不知，懂诗词、懂书法、懂医理、懂佛学，他分明就是一位老学究，然而，老学究也会装聋作哑，这是优秀演员应有的素质。

幸而宝钗走来，大家谈笑，那林黛玉方不欲睡，自己才放了心。

表面情节过渡一下，以便引入正文。

忽听他房中嚷起来，大家侧耳听了一听，林黛玉先笑道："这是你妈妈和袭人叫嚷呢。

内阁中，有人与温体仁（袭人）叫嚷起来了。叫嚷的人是文震孟，崇祯八年七月，文震孟进入内阁，他一进入内阁就与首辅温体仁闹翻了。

"那袭人也罢了，

崇祯皇帝很少夸奖大臣，但是，他认为奸臣温体仁"也罢了"，唉！皇帝真的"遭瘟"了。

"你妈妈再要认真排场他，可见老背晦了。"

崇祯皇帝偏袒温体仁。

【庚辰双行夹批：袭卿能使颦卿一赞，愈见彼之为人矣，观者诸公以为如何？】

老先生所见极是，不必再问诸公。

宝玉忙要赶过来，宝钗忙一把拉住道：【庚辰侧批：的是宝钗行事。】

"你别和你妈妈吵才是，他老糊涂了，倒要让他一步为是。"

【庚辰双行夹批：宝钗如何？观者思之。】

宝玉道："我知道了。"

说毕走来，只见李嬷嬷拄着拐棍，

在当地骂袭人：【庚辰侧批：活像过时奶妈骂丫头。】"忘了本的小娼妇！

【庚辰侧批：在袭卿身上去叫下撞天屈来。】

"我抬举起你来，这会子我来了，你大模大样的躺在炕上，见我来也不理一理。

"一心只想妆狐媚子哄宝玉，

【庚辰侧批：看这句几把批书人吓杀了。】

宝钗"一把拉住"宝玉，这一拉形象之至，皇太极扯住了明朝的后腿。

此语甚是！文震孟"刚方贞介，有古大臣风"（《明史》评价），应该让文震孟一步才对。

宝钗的话是真知灼见，足见皇太极重视大臣。

宝玉又在骗读者。

本回中的李嬷嬷不扮演李标，她扮演文震孟。文震孟入阁了，他为什么"拄着拐棍"呢？因为他入阁的过程与众不同，"拐棍"是支撑力量。崇祯八年七月，朝廷要增加内阁大学士，文震孟是候选人，但是，他没参加竞选，然而，崇祯皇帝钦点了他。故而，李嬷嬷没经过"掷骰子"的金瓯枚卜程序，凭借"拐棍"进入内阁。《明史·文震孟传》记载：

六月，帝将增置阁臣，召廷臣数十人，试以票拟。震孟引疾不入，体仁方在告。七月，帝特擢震孟礼部左侍郎兼东阁大学士，入阁预政。

不怪文震孟叫骂，因为文震孟是讲《春秋》的名家，他有"本"，但是，温体仁故意装作忘了"本"。《明史·文震孟传》记载：

故事，讲筵不列《春秋》。帝以有裨治乱，令择人进讲。震孟，《春秋》名家，为体仁所忌，隐不举。次辅钱士升指及之，体仁佯惊曰："几失此人！"遂以其名上。及进讲，果称帝旨。

把内阁首辅骂成娼妇，这真是"撞天屈"啊。

文震孟进入内阁时，温体仁生病躺在炕上，他没法理文震孟。《烈皇小识》记载：

六月至八月，乌程（温体仁）大病不能起，上乃点用先臣（文震孟）。

温体仁专心哄皇帝，《明史·温体仁传》记载：

而体仁专务刻核，迎合帝意。

这句话就是硬证，"一心只想妆狐媚子哄宝玉"赤裸裸地述说历史，故而，批书人害怕会露馅。

"哄的宝玉不理我，听你们的话。【庚辰侧批：幸有此二句，不然我石兄袭卿扫地矣。】

"你不过是几两臭银子买来的毛丫头，这屋里你就作耗，如何使得！

"好不好拉出去配一个小子，【庚辰侧批：虽写得酷肖，然唐突我袭卿，实难为情。】

"看你还妖精似的哄宝玉不哄！"【庚辰侧批：若知"好事多魔"，方会作者这意。】

袭人先只道李嬷嬷不过为他躺着生气，少不得分辨说"病了，才出汗，蒙着头，原没看见你老人家"等语。

后来只管听他说"哄宝玉""妆狐媚"，又说"配小子"等，由不得又愧又委屈，禁不住哭起来。

宝玉虽听了这些话，也不好怎样，少不得替袭人分辨病了吃药等话，

又说："你不信，只问别的丫头们。"李嬷嬷听了这话，益发气起来了，说道："你只护着那起狐狸，那里认得我了，叫我问谁去？【庚辰侧批：真有是语。】

"谁不帮着你呢，【庚辰侧批：真有是事。】

"谁不是袭人拿下马来的！

崇祯皇帝偏信温体仁，不听文震孟的话。《明史·文震孟传》记载：

都给事中许誉卿者，故劾忠贤有声，震孟及吾驺欲用为南京太常卿。体仁忌誉卿亢直，讽吏部尚书谢升劾其与福建布政使申绍芳营求美官。体仁拟以贬谪，度帝欲重拟必发改，已而果然。遂拟斥誉卿为民，绍芳提问。震孟争之不得。

温体仁在朝廷中作耗！这如何使得！

这话有点儿离谱，崇祯八年时，温体仁已经62岁了，一个老头子如何配小子呢？这话唐突了。

奸臣皆有"妖术"。

温体仁真的病了，如果不是温体仁生病，文震孟能否进入内阁还不好说。《烈皇小识》记载：

六月至八月，乌程大病不能起，上乃点用先臣（文震孟）。使乌程不病，此举不可几也。

哭给谁看？博取皇帝同情吗？

宝玉不替嬷嬷分辩，却替袭人分辩，这是宝玉一生错处。

"又说"，这说明文章要夹写另一段历史。在这段历史中，文震孟公开表态，叫我问谁去？老子不去！《明史·文震孟传》记载：

阁臣被命，即投刺司礼大奄，兼致仪状，震孟独否。掌司礼者曹化淳，故属王安从奄，雅慕震孟，令人辗转道意，卒不往。

内阁入学士钱上升也帮着温体仁呢。《明史·钱士升传》记载：

体仁推毂谢升、唐世济，士升皆为助。

被温体仁拿下马的官员太多了，礼部侍郎钱谦益、礼

科给事中吴家周、刑科给事中李世祺、兵部职方主事贺王盛、刑部主事胡江、礼部侍郎陈子壮、工部都给事中许誉卿……

【庚辰侧批：冤枉冤哉！】

何冤之有？

"我都知道那些事。【庚辰侧批：囫囵语，难解。】

文震孟知道温体仁做的那些事。

"我只和你在老太太、太太跟前去讲了。把你奶了这么大，【庚辰侧批：奶妈拿手话。】到如今吃不着奶了，把我丢在一旁，

母乳与知识是人类的两大营养：一是物质营养，一是精神营养。这里的"奶"指知识，文震孟是崇祯年间最优秀的讲官，他给崇祯皇帝讲了不少知识。《明史·文震孟传》记载：

震孟在讲筵，最严正。时大臣数逮系，震孟讲《鲁论》"君使臣以礼"一章，反复规讽，帝即降旨出尚书乔允升、侍郎胡世赏于狱。帝尝足加于膝，适讲《五子之歌》，至"为人上者，奈何不敬"，以目视帝足，帝即袖掩之，徐为引下。时称"真讲官"。

温体仁逞强，文震孟的麻烦来了。《烈皇小识》记载：

许给事誉卿，复有去国一疏参乌程。乌程辩疏，即参先文肃（文震孟），即指前"为民极荣"之语，谓："皇上所以鼓励天下者，止有此爵禄位号，而文某乃云云，以股肱心膂之臣，为此悖伦灭法之语。"曰"悖"曰"灭"，盖深以激圣怒也。

"逗着丫头们要我的强。"一面说，一面也哭起来。

字字珠玉，并无闲文。

【庚辰眉批：特为乳母传照，暗伏后文倚势奶娘线脉。《石头记》无闲文并虚字在此。壬午孟夏。畸笏老人。】

彼时黛玉宝钗等也走过来劝说："妈妈你老人家担待他们一点子就完了。"

宝钗陪戏，黛玉主戏。温体仁指责文震孟，崇祯皇帝（黛玉）表态了。《烈皇小识》记载：

上览之果怒，有旨："吾驯、震孟，不宜徇私挠乱。"

李嬷嬷见他二人【庚辰侧批：四字，嬷嬷是看重二人身分。】来了，便拉住诉委屈，

这位嬷嬷过于正直，免不了受委屈。

将当日吃茶，茜雪出去，与昨日酥酪等事，唠唠叨叨说个不清。【庚辰侧批：好极，妙极，毕肖极！】

"茜雪出去"与"酥酪"一事中的李嬷嬷扮演李标，本回中，李嬷嬷扮演文震孟，不同的历史人物往一起掺和，这哪能说清楚。

【庚辰眉批：茜雪至"狱神庙"方呈正文。袭人正文标目曰"花袭人有始有终"，余只见有一次誊清时，与"狱神庙慰宝玉"等五六稿，被借阅者迷失，叹叹！丁亥夏。畸笏叟。】

可巧凤姐正在上房算完输赢账，

第十九回才写了崇祯元年温体仁弹劾钱谦益的历史，关于钱龙锡的历史可能要到"狱神庙"中才能见正义。另外，《红楼梦》这本书也有一番波折经历。

听得后面一片声嚷，便知是李嬷嬷老病发了，排揎宝玉的人。正值他今儿输了钱，【庚辰侧批：找上文。】迁怒于人。【庚辰侧批：有是争竞事。】

文震孟只当了三个月内阁大学士，可是，就在这期间，朝廷突然不重用太监了。为此，太监张彝宪（凤姐）要算输赢账。《明史·文震孟传》记载：

方震孟之拜命也，即有旨撤镇守中官，及次辅王应熊之去，忌者谓震孟为之。

文震孟刚入阁，皇帝就撤了监军太监，太监要找原因"迁怒于人"，这是不是文震孟干的呢？

便连忙赶过来，拉了李嬷嬷，笑道："好妈妈，别生气。大节下老太太才喜欢了一日，你是个老人家，别人高声，你还要管他们呢，难道你反不知道规矩，在这里嚷起来，叫老太太生气不成？

以文震孟的品德声望，他本应该教训别人不懂礼法，可是，他被温体仁气极了，自己嚷起来了。

【庚辰侧批：阿凤两提"老太太"，是叫老妪想袭卿是老太太的人，况又双关大体，勿泛泛看去。】

这条批语指出凤姐的话"双关大体"，也就是说凤姐的话还可以与另一历史事件联系起来。世代封君老太太扮演天启皇帝，文震孟把天启皇帝也惹生气过。《明史·文震孟传》记载：

时魏忠贤渐用事，外廷应之，数斥逐大臣。震孟愤，于是冬十月上《勤政讲学疏》……疏入，忠贤屏不即奏。乘帝观剧，摘疏中"傀儡登场"语，谓比帝于偶人，不杀无以示天下，帝领之。一日，讲筵毕，忠贤传旨，廷杖震孟八十。

"你只说谁不好，我替你打他。

真打假打？没交代清楚呀。

"我家里烧的滚热的野鸡，快来跟我吃酒去。"【庚辰侧批：何等现成，何等自然，的是凤卿笔法。】

凤姐曾要给赵嬷嬷吃"火腿炖肘子"，却给李嬷嬷吃"野鸡"。"滚热的野鸡"烫嘴，文震孟有话讲不出来，被迫离职下野。

一面说，一面拉着走，又叫："丰儿，替你李奶奶拿着拐棍子，擦眼泪的手帕子。"【庚辰侧批：一丝不漏。】

丰儿扮演司礼太监曹化淳。文震孟入阁时，曹化淳想结交文震孟，可文震孟不理会，对此，曹化淳很生气，故而，他要排挤文震孟。《烈皇小识》记载：

大珰曹化淳，系王安名下，素附正人，疑（文震孟）肃有意外之托。王安之侄中书某，转致同人，且盛称曹珰皈依先文肃之意，又云："若循例往来外廷，惟所欲为，大珰无不奉命。"同人以告，先文肃坚持不可，曰："极大珰之力，使我不为宰辅耳。不为宰辅，于我何损？而名帖既入，此辱岂能洗耶？"同人乃止。曹珰久不见复，以为大耻，遂与乌程（温体仁）比面。呼吸相应。先文肃顿失圣眷，盖由于此。

文震孟入阁三个月，白受了温体仁一场子气。

那李嬷嬷脚不沾地跟了凤姐走了，一面还说："我也不要这老命了，越性今儿没了规矩，闹一场子，讨个没脸，强如受那娼妇蹄子的气！"

后面宝钗黛玉随着，见凤姐儿这般，都拍手笑道："亏这一阵风来，把个老婆子撮了去了。"

宝钗、黛玉都笑了，笑的含义却不同。崇祯皇帝笑，因为他保护了宠臣温体仁。皇太极笑，因为奸臣扰乱明朝，清朝有了更多机会。《明史纪事本末》记载：

（温体仁）自佐政以来，边徼潢池之警，漫无经画。惟斤斤自守，不殖货贿，故上始终敬信之。

批语所言甚是，只是上面的事件中，黛玉、宝玉、凤姐都在，文章有意责备黛玉呀。

【庚辰侧批：批书人也是这样说。看官将一部书中人一一想来，收拾文字非阿凤俱有琐细引迹事。《石头记》得力处俱在此。】

宝玉点头叹道："这又不知是那里的帐，只拣软的排揎。昨儿又不知是那个姑娘得罪了，上在他账上。"

一句未了，

交代得清，前文中，李嬷嬷扮演李标，本回中她扮演文震孟，本回中李嬷嬷的事件需要重新"记账"。

一波未平，一波又起。

晴雯在旁笑道："谁又不疯了，得罪他作什么。

本回的晴雯扮演大学士何吾驺。晴雯的意思是："我又不疯，得罪文震孟干什么？"

"便得罪了他，就有本事承任，

得罪文震孟的人是温体仁，温体仁惯用伎俩是私下使绊子，他怎么会公开承认呢？

"不犯带累别人！"

文震孟与温体仁斗争，把何吾驺"带累"了。《烈皇小识》记载：

上览之果怒，有旨："吾驺、震孟，不宜徇私挠乱。"疏未及吾驺，而旨突及之，知乌程所以相中者，非一朝一夕之故矣。

袭人一面哭，一面拉着宝玉道："为我得罪了一个老奶奶，你这会子又为我得罪这些人，这还不够我受的，还只是拉别人。"

宝玉见他这般病势，又添了这些烦恼，连忙忍气吞声，安慰他仍旧睡下出汗。又见他汤烧火热，自己守着他，歪在旁边，劝他只养着病，别想着些没要紧的事生气。

袭人冷笑道："要为这些事生气，这屋里一刻还站不得了。【庚辰侧批：实言，非谬语也。】

"但只是天长日久，只管这样，可叫人怎么样才好呢?

"时常我劝你，别为我们得罪人，你只顾一时为我们那样，他们都记在心里，遇着坎儿，说的好说不好听，大家什么意思。"

【庚辰侧批：从"狐媚子"等语来，实实好语，的是袭卿。】

一面说，一面禁不住流泪，又怕宝玉烦恼，只得又勉强忍着。

【庚辰眉批：一段特为怡红袭人、晴雯、茜雪三环之性情见识身份而写。己卯冬夜。】

一时杂使的老婆子煎了二和药来。

一天走了两位内阁大学士，够你受的。

宝玉"遭瘟"了，《明史·温体仁传》记载：

体仁荷帝殊宠，益恣横，而中阻深。所欲推荐，阴令人发端，己承其后。欲排陷，故为宽假，中上所忌，激使自怒。帝往往为之移，初未尝有迹。

这话不假。弹劾温体仁的奏疏如同雪片一样，温体仁就是不倒台。《明史·温体仁传》记载：

当国既久，劾者章不胜计，而刘宗周劾其十二罪、六奸，皆有指实。宗藩如唐王聿键，勋臣如抚宁侯朱国弼，布衣如何儒显、杨光先等，亦皆论之，光先至舆榇待命。帝皆不省，愈以为孤立，每斥责言者以慰之，至有杖死者。

天长日久便会露出尾巴来。

温体仁的罪责，朝臣都记在心里呢，遇着坎了，弹劾奏疏中的话就"不好听"了！

袭卿是标准的狐媚子。

哭！哭！大老爷们哭个屁！

晴雯扮演的人物性子烈，袭人扮演的人物性子柔，茜雪扮演的人物居中。

"杂使的老婆子"指级别略低的官员。二和药的"和"与弹劾的"劾"谐音，有两位官员弹劾温体仁。因为弹劾温体仁的官员太多，不确定二人是谁。《崇祯实录》记载：

（崇祯八年一月）甲寅，兵部职方主事贺王盛再劾温体仁奸庸误国；谪外。

（崇祯八年一月）癸酉，巡按真定御史吴履中劾大学士温体仁、王应熊及监视内臣等；上切责之。

（崇祯八年二月）刑部主事胡江劾温体仁误国；镌一级。

（崇祯八年六月）兵科给事中宋学显、御史张缵曾各劾大学士温体仁贪擅，并及王应熊。

（崇祯八年六月）刑科给事中何楷劾首辅温体仁私比吴振缨、次辅王应熊私比杨一鹏。

（崇祯八年八月）己亥，刑部浙江司员外郎胡江以撤税监，因劾体仁尤当罢斥。

宝玉见他才有汗意，

汗意就是汗颜之意。内阁首辅频频被人弹劾，就算再不要脸，也应该羞愧汗颜。

不肯叫他起来，

还不肯叫他离职，快点儿叫他走吧！

自己便端着就枕与他吃了，即命小丫头子们铺炕。

"二和药"起作用了，"铺炕"指铺圣旨，铺圣旨的人换成"小丫头子们"，温体仁被暂时停职了。《烈皇小识》记载：

七日，上御笔起用黄道周。十日，上御笔放王应熊。此两日，乌程皆以待罪不入直。

袭人道："你吃饭不吃饭，到底老太太、太太跟前坐一会子，【庚辰侧批：心中时时刻刻正意语也。】

袭人的话丝毫不像奸臣的话语，文章就是这么神奇。

"和姑娘们顽一会子再回来。我就静静的躺一躺也好。"

温体仁被暂时停职，他静静躺一会儿就会好起来，照样还是内阁首辅。

宝玉听说，只得替他去了簪环，看他躺下，自往上房来。

"簪环"指代内阁大学士的权力，"簪环"被拿走了，温体仁暂时不能参与内阁事务。

同贾母吃毕饭，贾母犹欲同那几个老管家嬷嬷斗牌解闷，

这是哪里的话？笔者不知。

宝玉记着袭人，便回至房中，见袭人朦朦睡去。

真睡乎？假睡乎？

自己要睡，天气尚早。

崇祯十七年再睡吧。

彼时晴雯、绮霰、秋纹、碧痕都寻热闹，找鸳鸯琥珀等要戏去了，

"彼时"是时间点，时间又提前了，文章再起波澜。

独见麝月一个人在外间房里灯下抹骨牌。

这回不是"掷骰子"，改成"抹骨牌"了。麝月扮演内阁大学士张至发，目前，他还在"外间房里"，尚未入阁，文章要描写他"由外入内"的过程。

宝玉笑问道："你怎不同他们顽去？"麝月道："没有钱。"

宝玉道："床底下堆着那么些，还不够你输的？"

麝月道："都顽去了，这屋里交给谁呢？"【庚辰侧批：正文。】

"那一个又病了。

"满屋里上头是灯，地下是火。【庚辰侧批：灯节。】那些老妈妈子们，老天拔地，伏侍一天，也该叫他们歇歇，小丫头子们也是伏侍了一天，这会子还不叫他们顽顽去。所以让他们都去罢，我在这里看着。"

【庚辰眉批：麝月闲闲无语，令余酸鼻，正所谓对景伤情。丁亥夏。畸笏。】

宝玉听了这话，公然又是一个袭人。【庚辰侧批：岂敢。】

因笑道："我在这里坐着，你放心去罢。"【庚辰侧批：每于如此等处石兄何尝轻轻放过不介意来？亦作者欲瞒看官，又被批书人看出，呵呵。】

没有钱就是缺少资本。内阁大学士都是翰林出身，张至发（麝月）不是翰林，他缺少入阁的基本条件。

朝廷给了张至发入阁的机会。《明史·张至发传》记载：

六月，帝将增置阁臣，以翰林不习世务，思用他官参之，召廷臣数十人，各授一疏，令拟旨。遂擢至发礼部左侍郎兼东阁大学士，与文震孟同入直。自世宗朝许赞后，外僚入阁，自至发始。

张至发（麝月）想进入内阁（屋子），并且要当上首辅接管内阁。他的目标都会实现。既然提到"屋子"，不妨介绍一下它。《烈皇小识》记载：

东阁直房前第一间为首辅所居，若未正首辅之称者，虽次叙第一，不敢居也。桐城（何如宠）再召，疏辞不允，勉强就道。至临淮，复以病坚辞，始蒙谕允。乌程竭力邀首辅之称，不可得。端阳，阁臣例有赐馔，大珰传谕，口称首辅，乌程即开首辅之室居之。

温体仁在崇祯八年三月才进入首辅的屋子，张至发还没入阁就开始惦记这间屋子了。

张至发与文震孟同时进入内阁，当时，温体仁的确病了。

张至发口气很大，"让他们都去罢"，内阁中只剩下他时，就可以当首辅了。《明史·张至发传》载：

时温体仁为首辅，钱士升、王应熊、何吾驺次之。越二年，体仁辈尽去，至发遂为首辅。

崇祯朝走马灯式地更换大学士，何如宠、文震孟、何吾驺、钱士升等人都走了，张至发白捡了个内阁首辅，批注人对景伤情。

张至发"公然又是一个"温体仁，这与《明史》记载如出一辙。《明史·张至发传》载：

万历中，申时行、王锡爵先后柄政，大旨相绍述，谓之"传衣钵"。至发代体仁，一切守其所为……

刚动笔写张至发，为什么打发他去呢？"让他去"实是让他来也，宝玉的话是为了引起下文。

麝月道："你既在这里，越发不用去了，咱们两个说话顽笑岂不好？"

【庚辰侧批：全是袭人口气，所以后来代任。】

宝玉笑道："咱两个作什么呢？怪没意思的，也罢了，早上你说头痒，

"这会子没什么事，我替你篦头罢。"麝月听了便道："就是这样。"

说着，将文具镜匣搬来，卸去钗钏，打开头发，宝玉拿了篦子替他一一的梳篦。

【庚辰侧批：金闺细事如此写。】

只篦了三五下，只见晴雯忙忙走进来取钱。

一见了他两个，便冷笑道："哦，交杯盏还没吃，倒上头了！"【庚辰侧批：虽谑语，亦少露怡红细事。】

宝玉笑道："你来，我也替你篦一篦。"晴雯道："我没那么大福。"说着，拿了钱，便摔帘子出去了。

宝玉在麝月身后，麝月对镜，二人在镜内相视。【庚辰侧批：此系石兄得意处。】

宝玉便向镜内笑道："满屋里就只是他磨牙。"

说玩笑不如亲密接触一下，袭人姐姐与宝玉有过肌肤之亲，麝月姐姐要不要尝试一下呢？

这样的批注可以算作神笔了。

"头痒"是因为想戴更大的官帽，张至发想进入内阁。

张至发的愿望要实现了。

卸旧妆换新颜，崇祯八年七月，张至发（麝月）成了内阁大学士。

"金闺"就是内阁。

每篦一下就是一个月，篦了三五下就是三五个月，张至发入阁三五个月之间，何吾驺（晴雯）输了，他要离开内阁了。

喝了"交杯盏"才能圆房，没"圆房"之前，张至发只是大学士，不是首辅；"圆房"后，他便成为首辅。

何吾驺没有当首辅的福，他生气地摔帘子离任了。文震孟与何吾驺同日离任，文震孟是离职闲住，何吾驺则是被罢官，何吾驺气得不轻。

袭人乃水中花，麝月乃镜中月。《枉凝眉》曲子中的"一个是水中月，一个是镜中花"之句与此处照应。

以史为鉴，宝玉面前的镜子是一部历史，宝玉对镜子说晴雯"磨牙"，这是在介绍何吾驺的历史。何吾驺的后事真的很"磨牙"，崇祯朝灭亡后，他先在唐王建立的朝廷中当首辅，然后又到永明王的朝廷中当首辅。《明史·何吾驺传》记载：

居久之，唐王自立于福州，召为首辅，与郑芝龙议事辄相牴牾。闽疆既失，踉跄回广州。永明王以原官召之，为给事中金堡、大理寺少卿赵昱等所攻。引疾辞去，卒于家。

麝月听说，忙向镜中摆手，【庚辰侧批：好看，趣。】宝玉会意。

会意法。

忽听唿一声帘子响，晴雯又跑进来问道：【庚辰侧批：麝月摇手为此，可儿可儿！】"我怎么磨牙了？【庚辰侧批：好看煞！】咱们倒得说说。"【庚辰眉批：娇憨满纸令人叫绝。壬午九月。】

说来听听吧。

麝月笑道："你去你的罢，又来问人了。"

已经被罢官了，又回来问什么呢？

晴雯笑道："你又护着。你们那瞒神弄鬼的，【庚辰侧批：找上文。】我都知道。

张至发也要瞒神弄鬼。

"等我捞回本儿来再说话。"说着，一径出去了。

何吾驺还能"捞回本儿来"，崇祯朝灭亡后，他要在唐王、永明王的朝廷中当首辅。

【庚辰双行夹批：闲闲一段儿女口舌，却写麝月一人。

正笔写张至发，何吾驺是陪笔。

袭人出嫁之后，宝玉、宝钗身边还有一人，虽不及袭人周到，亦可免微嫌小弊等患，方不负宝钗之为人也。故袭人出嫁后云"好歹留着麝月"一语，宝玉便依从此话。可见袭人虽去实未去也。

未见后文，无法评论。

写晴雯之疑忌，亦为下文跌扇角口等文伏脉，却又轻轻抹去。正见此时都在幼时，虽微露其疑忌，见得人各禀天真之性，善恶不一，往后渐大渐生心矣。但观者凡见晴雯诸人则恶之，何愚也哉！要知自古及今，愈是尤物，其猜忌愈甚。若一味浑厚大量涵养，则有何可令人怜爱护惜哉？然后知宝钗、袭人等行为，并非一味蠢拙古板以女夫子自居，当绣幕灯前、绿窗月下，亦颇有或调或妒、轻俏艳丽等说，不过一时取乐买笑耳，非切切一味妒才嫉贤也，是以高诸人百倍。不然，宝玉何甘心受屈于二女夫子

不恶晴雯，最恶袭人。

战？看过后文则知矣。故观书诸君子不必恶晴雯，正该感晴雯金闺绣阁中生色方是。】

这里宝玉通了头，命麝月悄悄的伏侍他睡下，不肯惊动袭人。一宿无话。

至次日清晨起来，袭人已是夜间发了汗，觉得轻省了些，只吃些米汤静养。

宝玉放了心，因饭后走到薛姨妈这边来闲逛。

彼时正月内，学房中放年学，闺阁中忌针，却都是闲时。

贾环也过来顽，正遇见宝钗、香菱、莺儿三个赶围棋作耍，贾环见了也要顽。

宝钗素习看他亦如宝玉，并没他意，今儿听他要顽，让他上来坐了一处。

一磊十个钱，头一回自己赢了，心中十分欢喜。

【庚辰眉批：写环兄先赢，亦是天生地设现成文字。己卯冬夜。】

后来接连输了几盘，便有些着急。

温体仁被暂时停职，张至发（麝月）在内阁办事，服侍宝玉。《烈皇小识》记载：

> 此两日，乌程皆以待罪不入直。而十日，嘉善（钱士升）、香山（何吾驺），皆以暂假不入，惟先文肃（文震孟）与辋川（张至发）司票拟。

温体仁（袭人）被弹劾的问题解决了，他发了"汗"，不再汗颜了。

又起波澜，明清边境线上出事了！

"闲时"二字提示时间，文章将补写"闲时"的一段历史。

贾环扮演前锋总兵祖大寿。崇祯四年，祖大寿守大凌河城，皇太极把大凌河城包围了，他要下一场"围棋"！《崇祯实录》记载：

> 崇祯四年，八月，清兵大举围大凌河城，祖大寿与何可纲固守。

皇太极亲自参加了大凌河之战，《清史稿·太宗本纪》记载：

> 八月，癸卯。集蒙古诸贝勒，申前令，无擅杀掠。于是分兵两路，贝勒德格类、岳讬、阿济格以兵二万由义州入屯锦州、大凌河之间，上自白土场入广宁。丁未，会于大凌河，乘夜攻城。

大凌河城被清军包围，明朝取得了一次小范围胜利。《崇祯长编》记载：

> 兵科给事中周瑞豹以凌围四十余日仅得松山一战……

表面情节与隐写历史天生地设。

祖大寿接连输给清军几次，他"有些着急"了。《清史稿·祖大寿传》记载：

> 大寿欲突围，不得出。

赶着这盘正该自己掷骰子，

若掷个七点便赢，若掷个六点，下该莺儿掷三点就赢了。

因拿起骰子来，狠命一掷，

一个作定了五，那一个乱转。

莺儿拍着手只叫"幺"，【庚辰侧批：好看煞。】【庚辰双行夹批：娇憨如此。】

贾环便瞪着眼"六、七、八"混叫。那骰子偏生转出幺来。

贾环急了，伸手便抓起骰子来，然后就拿钱，【庚辰侧批：更也好看。】说是个六点。

莺儿便说："分明是个幺！"

宝钗见贾环急了，便瞅莺儿说道："越大越没规矩，难道爷们还赖你？还不放下钱来呢！"

莺儿满心委屈，见宝钗说，不敢则声，只得放下钱来，口内嘟囔说："一个作爷的，还赖我们这几个钱，【庚辰侧批：酷肖。】连我也不放在眼里。

"前儿我和宝二爷顽，他输了那些，也没着急。【庚辰侧批：倒卷帘法，实写幼时住事。可伤。】

"下剩的钱，还是几个小丫头子们一抢，他一笑就罢了。"

生死抉择的时刻到了。

贾环掷一百个点也得输，史实在那里。所以，下文中，莺儿根本就没掷骰子。

祖大寿痛下决心，投降！《明史·邱禾嘉传》记载：

大凌粮尽食人马。大清屡移书招之，大寿许诺。

祖大寿决定投降，却有一个人"乱转"，他不肯投降。《明史·邱禾嘉传》记载：

独副将可纲不从。十月二十七日，大寿杀可纲，与副将张存仁等三十九人投誓书约降。

文章如此描写战争，好看杀！不过，不太确定莺儿扮演谁，因为多尔衮、阿济格、德格类、岳托等人都参加了这次战争。

祖大寿时运不济，他只能投降了。

输了还想拿钱，赖皮。

就是妖！

皇太极（宝钗）把祖大寿放了。《明史·邱禾嘉传》记载：

是夕出见，（大寿）以妻子在锦州，请设计诱降锦州守将，而留诸子于大清。禾嘉闻大凌城炮声，谓大寿得脱，与襄及中官李明臣、高起潜发兵往迎。适大寿伪逃还，遂俱入锦州。

莺儿不想放人呢。

这是在说"前儿"的历史，这就是倒卷帘法。目前是崇祯四年，"昨儿"是崇祯三年，"前儿"是崇祯二年，己巳之变发生于崇祯二年。前儿，宝玉（明朝）输得太多了。

如果不是有人抢，宝玉怎么会输呢？

宝钗不等说完，连忙断喝。

贾环道："我拿什么比宝玉呢。

"你们怕他，都和他好，【庚辰侧批：蠢驴！】

"都欺负我不是太太养的。"说着，便哭了。

【庚辰侧批：观者至此，有不卷帘厌看者乎？余替宝卿实难为情。】

宝钗忙劝他："好兄弟，

"快别说这话，人家笑话你。"又骂莺儿。

正值宝玉走来，见了这般形况，问是怎么了。贾环不敢则声。

宝钗素知他家规矩，凡作兄弟的，都怕哥哥，【庚辰双行夹批：大族规矩原是如此，一丝儿不错。】却不知那宝玉是不要人怕他的。

他想着："兄弟们一并都有父母教训，何必我多事，反生疏了。

"况且我是正出，他是庶出，饶这样还有人背后谈论，【庚辰侧批：此意不呆。】还禁得辖治他了。"

更有个呆意思存在心里。【庚辰眉批：又用讳人语瞒着看官。己卯冬夜。】

你道是何呆意？因他自幼姊妹丛中长大，亲姊妹有元春、探春，伯叔的有迎春、惜春，亲戚中又有史湘云、林黛玉、薛宝钗等诸人。

帝王气势，咄咄逼人！

没法比，你是大活人，他是呆石头。

真真是蠢话。

越说越蠢，孙传庭当然没有你这样的儿子！

皇太极放了祖大寿，但是，祖大寿并没有兑现诺言，皇太极的计划落空了，他应该难为情。

皇太极想纳祖大寿为兄弟。

"我不是太太养的"这句话，真真是笑话。

大凌河之战后，有人弹劾祖大寿降清，朝廷（宝玉）过问此事，祖大寿敢说话吗？《明史·邱禾嘉传》记载：

大寿入锦州，未得间，而禾嘉知其纳款状，具疏闻于朝。

一会儿说怕，一会儿说不怕，反正都是作者的理。

祖大寿运气不错，朝廷没把他当外人，不想生疏他，《清史稿·祖大寿传》记载：

庄烈帝欲羁縻之，因为用，置勿问。

大凌河城被毁，祖大寿降清归来，还有许多官员"背后谈论"这件事。

文章要解释石头的"呆意思"，作者又为读者打开了一扇方便之门。

一群假姐妹，真真是呆意。

他便料定，原来天生人为万物之灵，凡山川日月之精秀，只钟于女儿，须眉男子不过是些渣滓浊沫而已。

原来如此，文中的须眉男子不过是些渣滓浊沫而已。

因有这个呆念在心，把一切男子都看成混沌浊物，可有可无。

一切人物对宝玉来说都可有可无。

只是父亲叔伯兄弟中，因孔子是亘古第一人说下的，不可忤慢，只得要听他这句话。【庚辰侧批：听了这一个人之话，岂是呆子？由你自己说罢。我把你作极乖的人看。】

反正都是宝玉有理。

所以，弟兄之间不过尽其大概的情理就罢了，

瞧，书中的弟兄关系只是大概情理。

并不想自己是丈夫，须要为子弟之表率。

本不是丈夫，何以做表率？

是以贾环等都不怕他，却怕贾母，才让他三分。如今宝钗恐怕宝玉教训他，倒没意思，便连忙替贾环掩饰。

双方都在掩饰。

宝玉道："大正月里哭什么？

祖大寿于崇祯四年十一月初一从后金返回锦州，目前是崇祯五年正月，朝廷要处理这件事。

"这里不好，你别处顽去。你天天念书，倒念糊涂了。比如这件东西不好，横竖那一件好，就弃了这件取那个。

明朝不好，你就到后金那边玩去；后金不好，你再跑回来嘛。

"难道你守着这个东西哭一会子就好了不成？

难道守着大凌河城哭一会子就好了不成？

"你原是来取乐顽的，既不能取乐，就往别处去寻乐顽去。哭一会子，难道算取乐顽了不成？倒招自己烦恼，不如快去为是。"【庚辰侧批：呆子都会立这样意，说这样话？】贾环听了，只得回来。

祖大寿没受到太大处分，他照样回到了锦州。

赵姨娘见他这般，因问："又是那里垫了踹窝来了？"

新人物上场了，赵姨娘扮演辽东巡抚邱禾嘉，他来问这件事了。《明史·邱禾嘉传》记载：

宁远自毕自肃遇害，遂废巡抚官，以经略兼之，至是议复设。廷栋力推禾嘉才，超拜右佥都御史，巡抚其地，兼辖山海关诸处。

【庚辰侧批：多事人等口角谈吐。】

一问不答，【庚辰侧批：毕肖。】

再问时，贾环便说："同宝姐姐顽的，莺儿欺负我，赖我的钱，宝玉哥哥撵我来了。"

赵姨娘啐道："谁叫你上高台盘去了？下流没脸的东西！那里顽不得？谁叫你跑了去讨没意思！"

正说着，可巧凤姐在窗外过，都听在耳内，

便隔窗说道："大正月又怎么了？环兄弟小孩子家，一半点儿错了，你只教导他，说这些淡话作什么！

"凭他怎么去，还有太太老爷管他呢，就大口啐他！

【庚辰侧批：反得了理了，所谓贬中褒，想赵姨即不畏阿凤，亦无可回答。】

"他现是主子，不好了，横竖有教导他的人，与你什么相干！

"环兄弟，出来，跟我顽去。"

【庚辰侧批：嫡嫡是彼亲生，句句竟成正中贬，赵姨实难答言。到此方知题标用"弹"字甚妥协。己卯冬夜。】

贾环素日怕凤姐比怕王夫人更甚，听见叫他，忙唯唯的出来。

辽东巡抚邱禾嘉与总兵祖大寿不合。祖大寿回到锦州后，邱禾嘉肯定要问他："你从哪里来的？"

邱禾嘉真是多事人，他不光与祖大寿不合，还与孙承宗不合。

祖大寿投降了后金，他没法说呀。

祖大寿被后金军欺负了。

邱禾嘉破口大骂："下流没脸的东西！谁叫你跑到后金那边自讨没意思去了！"不怪邱禾嘉大骂，因为他受到了这件事的牵连。《明史·邱禾嘉传》记载：

因初奏大寿突围出，前后不雠，引罪请死。于是言官交劾，严旨饬禾嘉。

太监张彝宪（凤姐）来为这件事收场了。

凤姐的意思是，祖大寿犯了错，你可以教导他，不用说风凉话讽刺他。

这话有理，邱禾嘉是辽东巡抚，他没有权力管总兵祖大寿。

赵姨娘回答也不难："你说得有理，我却容不得这下流种子。"聊以取乐。

祖大寿是总兵，并且还是少傅，他不好，朝廷教导他，辽东巡抚处理不着他。

玩去吧，到锦州城玩去吧。

邱禾嘉（赵姨娘）职位不够，他很难回话了。

"唯唯的出来"，形象之至。

赵姨娘也不敢则声。【庚辰侧批："弹妒意"正文。】

凤姐向贾环道："你也是个没气性的!

"时常说给你：要吃，要喝，要顽，要笑，只爱同那一个姐姐妹妹哥哥嫂子顽，就同那个顽。

【蒙侧批：借人发脱，好阿凤！好口齿！句句正言正礼，赵姨安得不抿翅低头静听发挥，批至不禁一大白又一大白矣！】

"你不听我的话，反叫这些人教的歪心邪意，狐媚子霸道的。自己不尊重，要往下流走，安着坏心，还只管怨人家偏心。

"输了几个钱?【庚辰侧批：转得好。】就这么个样儿！"

贾环见问，只得诺诺的回说："输了一二百。"凤姐道："亏你还是爷，输了一二百钱就这样！"【庚辰侧批：几者当记一大白乎？叹叹。】

回头叫丰儿："去取一吊钱来，姑娘们都在后头顽呢，把他送了顽去。【庚辰侧批：收拾得好。】

"你明儿再这么下流狐媚子，我先打了你，打发人告诉学里，皮不揭了你的！

"为你这个不尊重，【庚辰侧批：又一折笔，更觉有味。】恨的你哥哥牙根痒痒，不是我拦着，窝心脚把你的肠子窝出来了。"

邱禾嘉也不敢说话了，因为大凌河城毁了，他被降级了。《明史·邱禾嘉传》记载：

寻论筑城召衅罪，贬二秩，巡抚如故。

祖大寿没气性，副将何可纲就有气性。《明史·何可纲传》记载：

大寿及诸将皆欲降，独可纲不从，令二人捯出城外杀之，可纲颜色不变，亦不发一言，含笑而死。

想找谁就找谁，祖大寿自己抉择。

"一大白"就是一段历史，《明史·邱禾嘉传》记载：

禾嘉持论每与承宗异，不为所喜，时有诋諆。既遭丧败，廷论益不容，遂坚以疾请。五年四月，诏许还京，以杨嗣昌代。

祖大寿已经让皇太极教得有了歪心邪意，从今以后，皇太极会不断写信招降祖大寿，直至祖大寿二次降清，彻底走入"下流"。

平平一语把历史问题抹去了，文章伪装得真好。

因为大凌河城被毁，祖大寿被降级减俸了。《崇祯长编》记载：

祖大寿削少傅、左都督，以都督同知照旧管事，夺宁远百户世袭。

"后头"是指关宁锦防线，太监高起潜（丰儿）与巡抚邱禾嘉一起守锦州，他把祖大寿又带回锦州城了。

祖大寿会再次降清，他再次"下流狐媚子"时，凤姐就鞭长莫及了。

内阁首辅周延儒（贾琏）对祖大寿（贾环）恨得"牙根痒痒"，他本想处分祖大寿。

喝命："去罢！"【庚辰侧批：本来面目，断不可少。】

"去罢"二字，形象之至，祖大寿解脱了罪责，去辽东了！

贾环诺诺的跟了丰儿，得了钱，【蒙夹批：三字写着环哥。】自己和迎春等顽去。不在话下。

不在话下，则不必多谈。

【庚辰双行夹批：一段大家子奴妾吆吻如见如闻，正为下文五鬼作引也。余为宝玉肯效凤姐一点余风，亦可继荣、宁之盛，诸公当为如何？】

老先生高见，笔者实不知。

且说宝玉正和宝钗顽笑，忽见人说："史大姑娘来了。"

史湘云扮演皇太子朱慈烺。他生于崇祯二年二月，目前，他还是个孩子。

【庚辰双行夹批：妙极！凡宝玉、宝钗正闲相遇时，非黛玉来，即湘云来，是恐曳漏文章之精华也。若不如此，则宝玉久坐忘情，必被宝卿见弃，杜绝后文成其夫妇时，无可谈旧之情，有何趣味哉？】

黛玉、湘云分别是明朝皇帝和太子，只要宝钗与宝玉接触，黛玉、湘云就会介入，他们不想让皇权旁落！皇太子是明朝皇权的继承人，他要与宝玉发生微妙的关系。

宝玉听了，抬身就走。

走得好急，不想与宝钗在一起呀。

宝钗笑道："等着，【庚辰眉批："等着"二字大有神情。看官闭目熟思，方知趣味。非批书人漫拟也。己卯冬夜。】

"等着"二字是一篇大文章，皇太极说："明朝，你等着！"

"咱们两个一齐走，瞧瞧他去。"说着，下了炕，同宝玉一齐来至贾母这边。

一起瞧瞧皇太子朱慈烺去。

只见史湘云大笑大说的，

皇太子朱慈烺爱说话。

见他两个来，忙问好厮见。【庚辰双行夹批：写湘云又一笔法，特犯不犯。】

文章如此安排宝钗与湘云相见，这正是"犯不犯"之法。

正值林黛玉在旁，因问宝玉："在那里的？"宝玉便说："在宝姐姐家的。"

宝玉去宝姐姐家，必因战争。前一次去是己巳之变，这一次去是大凌河城之战。

黛玉冷笑道："我说呢，亏在那里绊住，不然早就飞了来了。"【庚辰侧批：总是心中事语，故机括一动，随机而出。】

若非有事绊住，宝玉片刻不离黛玉。

红楼闻微——解读《红楼梦》前二十回

宝玉笑道："只许同你顽，替你解闷儿。不过偶然去他那里一趟，就说这话。"

偶然也不行，玉玺不能离开皇帝。

林黛玉道："好没意思的话！

宝玉的话没有历史意义。

"去不去管我什么事，我又没叫你替我解闷儿。可许你从此不理我呢！"说着，便赌气回房去了。

大凌河城毁了，宝钗占有宝玉的机会更大了，所以，黛玉说"可许你从此不理我呢"。

宝玉忙跟了来，问道："好好的又生气了？就是我说错了，你到底也还坐在那里，

虽然战争输了，你到底还坐龙椅上呢。

"和别人说笑一会子。又来自己纳闷。"

补足表面情节之句。

林黛玉道："你管我呢！"

我是皇帝，你管得着我吗？

宝玉笑道："我自然不敢管你，只没有个看着你自己作践了身子呢。"

我没资格管你，但是，你要保重身体啊。

林黛玉道："我作践坏了身子，我死，与你何干！"宝玉道："何苦来，大正月里，死了活了的。"

只是大凌河城丢了，先别说死活问题。

林黛玉道："偏说死！我这会子就死！你怕死，你长命百岁的，如何？"

这可以算作美好的祝愿吧，皇帝死了，如果江山社稷能够长命百岁，这也不错。怕只怕，白茫茫一片大地真干净。

宝玉笑道："要像只管这样闹，我还怕死呢？倒不如死了干净。"

清军三番两次南略，死了才会干净。

黛玉忙道："正是了，要是这样闹，不如死了干净。"

崇祯皇帝心里苦呀。

宝玉道："我说我自己死了干净，别听错了话赖人。"

赖不着你，只有听错话的人才赖你。

正说着，宝钗走来道："史大妹妹等你呢。"

先别说死，皇太子朱慈烺还等着继承皇位呢。

说着，便推宝玉走了。

推，是强推。

【庚辰双行夹批：此时宝钗尚未知他二人心性，故来劝，后文察其心性，故掷之不闻矣。】

宝钗无情也。

这里黛玉越发气闷，只向窗前流泪。

窗含西岭千秋雪，窗外的大好江山被清军攻陷了一处，黛玉又一次还泪了。

没两盏茶的工夫，宝玉仍来了。【庚辰双行夹批：盖宝玉亦是心中只有黛玉，见宝钗难却其意，故暂随彼去，以完宝钗之情，是以少坐仍来也。】

今日能来，明日能来，不知后日来否。

林黛玉见了，越发抽抽噎噎的哭个不住。

还泪也。

宝玉见了这样，知难挽回，

大凌河城被毁坏了，无法挽回了。

打叠起千百样的款语温言来劝慰。不料自己未张口，【庚辰侧批：石头惯用如此笔仗。】

千言万语，张不开口。

只见黛玉先说道："你又来作什么？横竖如今有人和你顽，比我又会念，又会作，又会写，又会说笑，又怕你生气拉了你去，你又作什么来？死活凭我去罢了！"

清军要硬生生"拉了你去"，崇祯皇帝只能"死活凭我去罢了"。

宝玉听了忙上来悄悄的说道："你这么个明白人，难道连'亲不间疏，先不僭后'【庚辰侧批：八字足可消气。】也不知道？

亲疏自现，可是，宝姐姐与宝玉日渐亲密，黛玉难免伤心。

"我虽糊涂，却明白这两句话。

说不得糊涂，说不得不糊涂。

"头一件，咱们是姑舅姊妹，宝姐姐是两姨姊妹，论亲戚，他比你疏。第二件，你先来，咱们两个一桌吃，一床睡，长的这么大了，他是才来的，岂有个为他疏你的？"

硬生生编造出两条理由，表面情节像煞有介事。

林黛玉啐道："我难道为叫你疏他？我成了个什么人了呢！我为的是我的心。"宝玉道："我也为的是我的心。难道你就知你的心，不知我的心不成？"

两心是一心，怎奈要离分。

【庚辰双行夹批：此二语不独观者不解，料作者亦未必解；不但作者未必解，想石头亦不解；不过述宝、林二人

此批解笔者之疑惑，省笔者之笔墨。

之语耳。石头既未必解，宝、林此刻更自己亦不解，皆随口说出耳。若观者必欲要解，须揣自身是宝、林之流，则洞然可解；若自料不是宝、林之流，则不必求解矣。万不可记此二句不解，错谤宝、林及石头、作者等人。】

林黛玉听了，低头一语不发，半日说道："你只怨人行动嗔怪了你，你再不知道你自己恼人难受。

皇权恼得皇帝难受。

"就拿今日天气比，分明今儿冷的这样，你怎么倒反把个青肷披风脱了呢？"

"青肷披风"是宝玉的衣服，是明朝阻挡清军的屏障，也就是大凌河城。祖大寿战败，大凌河城被毁了，"披风"脱了，宝玉如何抵御清寒呢？

【庚辰双行夹批：真正奇绝妙文，真如羚羊挂角，无迹可求。此等奇妙，非口中笔下可形容出者。】

批书人也难，看破了文章却不能说破。

宝玉笑道："何尝不穿着，见你一恼，我一暴燥就脱了。"

为何不说是宝姐姐撕破了呢？

黛玉叹道："回来伤了风，又该饿着吵吃的了。"

伤风感冒再所难免。

【庚辰侧批：一语仍归儿女本传，却又轻轻抹去也。】

重作轻抹是本书的章法，几乎每回末尾都这样。

【庚辰眉批：明明写湘云来是正文，只用二三答言，反写玉、林小角口，又用宝钗岔开，仍不了局。再用千句柔言百般温态，正在情完未完之时，湘云突至，"谲娇音"之文终见。真是"卖弄有家私"之笔也。丁亥夏。笏叟。】

卖弄有家私。

二人正说着，只见湘云走来，笑道："二哥哥，林姐姐，你们天天一处顽，我好容易来了，也不理我一理儿。"

皇太子朱慈烺（湘云）在动乱年代出生，他"好容易来了"，可是，崇祯皇帝（黛玉）工作繁忙，没有更多时间照顾儿子，理他一理儿。

黛玉笑道："偏是咬舌子爱说话，连个'二'哥哥也叫不出来，

朱慈烺生于崇祯二年二月，大凌河城被毁的时间是崇祯四年底，此时的朱慈烺只有3岁，他年龄小，吐字不清。

"只是'爱'哥哥'爱'哥哥的。回来赶围棋儿,又该你闹'么爱三四五'了。"

宝玉笑道:"你学惯了他,明儿连你还咬起来呢。"

【庚辰双行夹批:可笑近之野史中,满纸羞花闭月、莺啼燕语。殊不知真正美人方有一陋处,如太真之肥、飞燕之瘦、西子之病,若施于别个,不美矣。今见"咬舌"二字加之湘云,是何大法手眼敢用此二字哉?不独不见其陋,且更觉轻巧娇媚,俨然一娇憨湘云立于纸上,掩卷合目思之,其"爱""厄"娇音如入耳内。然后将满纸莺啼燕语之字样填粪窖可也。】

史湘云道:"他再不放人一点儿,专挑人的不好。

"你自己便比世人好,也不犯着见一个打趣一个。

"指出一个人来,你敢挑他,我就伏你。"

黛玉忙问是谁。湘云道:"你敢挑宝姐姐的短处,就算你是好的。

"我算不如你,他怎么不及你呢。"

黛玉听了,冷笑道:"我当是谁,原来是他!我那里敢挑他呢。"【庚辰眉批:此作者放笔写,非褒钗贬颦也。】

宝玉不等说完,忙用话岔开。

湘云笑道:"这一辈子我自然比不上你。

"我只保佑着明儿得一个咬舌的林姐夫,时时刻刻你可听'爱''厄'去。"

"二"与"爱"谐音,朱慈烺爱大明江山("爱哥哥"),他等着继承皇位呢!"二"与"爱"谐音,这是文章讲出来的,足见谐音法的重要。

宝玉这话更妙!黛玉何尝不想终生"咬舌子"呢?

文章用湘云"咬舌"反映朱慈烺年龄尚幼,说话不清,神妙之至。再者,小孩子走路不稳,因而,下文中,宝玉提醒湘云别跌倒了。掩卷合目思之,其他书籍中莺啼燕语都可以填粪窖了。

崇祯皇帝过于严苛。

皇帝犯不着打趣自己的儿子。可是,如果不打趣,如何说明二人关系呢?表面情节还得打趣。

如果崇祯皇帝挑倒皇太极,朱慈烺(湘云)就高兴了。

做梦也想挑了宝姐姐。

小孩说话,口无遮拦,大实话都说出来了。

并非黛玉不敢,只是农民起义军作乱,宝钗抓住了机会。

公然岔话。

朱慈烺把一辈子的事情都说出来了,他无缘当皇帝了。

朱慈烺心有不甘,他求黛玉"明儿得一个咬舌的林姐夫",林姐夫就是宝玉,只有二玉"恩爱白头",江山才能保住。

"阿弥陀佛，那才现在我眼里！"

"现"与"陷"谐音，如果大明江山保住了，皇权就落入朱慈烺手中，如果真是那样，他该念佛了。

说的众人一笑，湘云忙回身跑了。

跑慢点儿，小心别摔倒了。

要知端详，下回分解。

且看下回。

【蒙回末总评：此回文字重作轻抹。

重作轻抹，使表面情节更加逼真。

得力处是凤姐拉李妈妈去，借环哥弹压赵姨娘。

得力处。

细致处宝钗为李妈妈劝宝玉，安慰环哥，断喝莺儿。

细致处。

至急处为难处是宝、颦论心。

至急处。

无可奈何处是"就拿今日天气比"，"黛玉冷笑道：'我当谁，原来是他'！"

无可奈何处。

冷眼最好看处是宝钗、黛玉看凤姐拉李嬷嬷"这一阵风"；玉、麝一节；湘云到，宝玉就走，宝钗笑说"等着"；湘云大笑大说；颦儿学咬舌；湘云念佛跑了数节，可使看官于纸上耳闻目睹其音其形之文。】

最好看处。
前辈批书人分析入微，用心良苦。

后　记

自执金矛又执戈，自相戕戮自张罗。

茜纱公子情无限，脂砚先生恨几多。

是幻是真空历遍，闲风闲月枉吟哦。

情机转得情天破，情不情兮奈我何？

庚辰本第二十一回批语中的这首诗道尽了玄机。

不得不说，前人对《红楼梦》的论述太详尽了。脂砚斋先生的批注直指历史人物或历史事件，对于自己不了解的人物，则有"斯何人也"之问。哈斯宝先生则注重评价人物好坏，他评价袭人说："读《红楼梦》的人都说袭人是第一等好人。我看，再也没有比她更精通奸计诈术的人了。"戚蓼生先生的序文，论述了文章的一体两面性，揭示文章主旨："其殆稗官野史中之盲左、腐迁乎？"以上三种论述，恰是一个"点—线—面"的论述体系啊！

"前人种树，后人乘凉"。即使偶有发现，亦属侥幸，何况笔者毫无实学，书中隐史之说，终是井蛙之见。然而，既已成书，不免赘述几句。

阅读《红楼梦》，字字句句不容错过，笔者深知，是书非三五年时间所能读懂，故而，先将前二十回的注解，结集出版。个人水平所限，前二十回的解读，颇有几处不妥；二十回以后的章节，尚不能全解，仍须苦读寻绎。

最早的寻绎者脂砚斋先生在第一回就发出了"是书何本"之问，这句批语是这样的："今而后惟愿造化主再出一芹一脂，是书何本，余二人亦大快遂心于九泉矣。"脂砚斋先生希望后世有人能够明白"是书何本"，时至今日，我们不能再将"满纸荒唐言"当真了，应该搞明白"是书何本"了。小子斗胆，给《红楼梦》下个定义吧：

《红楼梦》是一本正史，是一本纪传体与编年体兼顾的正史！文章把历史事件比拟为市井琐事，表面情节，行云流水，俨然优秀小说；隐写情节，笔笔如画，分明正史传记。

以史为鉴，《红楼梦》这面镜子要反映明亡清兴的血泪史。在这段历史中，还有许多大事需要记载，比如，张献忠伪降、杨嗣昌议和、皇太极之死、崇祯皇帝之死，其实，前八十回中对这些事件都做了记载。

清虚观打醮中的张道士就是张献忠，这段文字开篇写道："都喝声叫'拿，拿，拿！打，打，打'！"这是因为张献忠被官军包围了，故而，张道士殷勤地向贾家人示好，他要伪降了。

宝玉身边突然来了一个小红，她是如此与众不同，因为她是清方的议和代表，她是来谈"恋爱"的，贾芸便是主张明清议和的兵部尚书杨嗣昌。因为议和失败，这桩"恋爱"必然不了了之。

刘姥姥讲了一个茗玉姑娘去世的故事，这便是描写皇太极之死，因而，这位"姑娘"必然有雪地偷柴的盗抢行为，她的祠堂一定位于东北方向。

晴雯之死则是演绎崇祯皇帝之死，故而，晴雯死后，黛玉再次出现时，文中便说鬼来了。那么，紧随其后的那篇《芙蓉女儿诔》究竟是悼念谁，这不一目了然了吗？诔文提到，"相与共处者，仅五年八月有奇"。诸君可以查阅《吴梅村年谱》，吴梅村与崇祯皇帝共处的时间恰恰是五年八个月。

唉！《红楼梦》记载的历史太多了，除了帝王本纪，便是官员正传。大家瞧，文官、芳官、宝官、玉官、龄官等一大群官员就要从镜子之中走出来了，真真是太神奇了！

真作假时假亦真！真者自真，假者自假，作者具菩提之法，指点迷津，又何须笔者多言呢？我们还是请出作者来掰谎吧：

贾母笑道："这些书都是一个套子，左不过是些佳人才子，最没趣儿。把人家女儿说的那样坏，还说是佳人，编的连影儿也没有了。开口都是书香门第，父亲不是尚书就是宰相，生一个小姐必是爱如珍宝。这小姐必是通文知礼，无所不晓，竟是个绝代佳人。只一见了一个清俊的男人，不管是亲是友，便想起终身大事来，父母也忘了，书礼也忘了，鬼不成鬼，贼不成贼，那一点儿是佳人？便是满腹文章，做出这些事来，也算不得是佳人了。比如男人满腹文章去作贼，难道那王法就说他是才子，就不入贼情一案不成？可知那编书的是自己塞了自己的嘴。再者，既说是世宦书香大家小姐都知礼读书，连夫人都知书识礼，便是告老还家，自然这样大家人口不少，奶母丫鬟伏侍小姐的人也不少，怎么这些书上，凡有这样的事，就只小姐和紧跟的一个丫鬟？你们白想想，那些人都是管什么的，可是前言不答后语？"

众人听了，都笑说："老太太这一说，是谎都批出来了。"

贾母笑道："这有个原故：编这样书的，有一等妒人家富贵，或有求不遂心，所以编出来污秽人家。再一等，他自己看了这些书看魔了，他也想一个佳人，所以编了出来取乐。何尝他知道那世宦读书家的道理！别说他那书上那些世宦书礼大家，如今眼下真的，拿我们这中等人家说起，也没有这样的事，别说是那些大家子。可知是诌掉了下巴的话。所以我们从不许说这些书，丫头们也不懂这些话。这几年我老了，他们姊妹们住的远，我偶然闷了，说几句听听，他们一来，就忙歇了。"

李薛二人都笑说："这正是大家的规矩，连我们家也没这些杂话给孩子们听见。"

凤姐儿走上来斟酒，笑道："罢，罢，酒冷了，老祖宗喝一口润润嗓子再掰谎。这一回就叫作《掰谎记》，就出在本朝本地本年本月本日本时，老祖宗一张口难说两家话，花开两朵，各表一枝，是真是谎且不表，再整那观灯看戏的人。老祖宗且让这二位亲戚吃一杯酒看两出戏之后，再从昨朝话言掰起如何？"他一面斟酒，一面笑说，未曾说完，众人俱已笑倒。

呜呼！文章自我掰谎了，以假为真者，夫复何言！"花开两朵，各表一枝，是真是谎且不表"，该收场了，借用那首开篇诗作结吧：

满纸荒唐言，一把心酸泪。都云作者痴，谁解其中味？

2020 年 5 月 28 日